AY TAHAYYUR-ISHQ

(Urdu)

Rafi Mustafa

اے تحیّرِ عشق

(نہ جنوں رہا، نہ پری رہی)

ناول

رفیع مصطفیٰ

WHIMSY PUBLICATIONS

WHIMSY PUBLICATIONS
19 Legacy Drive,
Markham, ON L3S 4C4
Canada

www.rafimustafa.org
rafi.mustafa@indusflow.com

Ay Tahayyur-e-Ishq
First Edition – December 2018
Second Edition – December 2020
All rights reserved.

ISBN: 978-1-9995631-0-3

1. FICTION, GENERAL

THE WONDER YEARS
By Imtiaz Piracha

After Dr Rafi Mustafa's previous book Tales from Birehra, a collection of interlinked short stories in English, comes Ay Tahayyur-i-Ishq (Na Junoon Raha, Na Paree Rahi), a coming-of-age novel which begins with a family deeply rooted in a culture rich in the traditions and values of a small town in northern India. Set in the 1930s and '40s, the middle-class, semi-rural household of the protagonist Bilal illustrates the relationships among the characters of three generations of a family which experiences fluctuating fortunes. The language and expression of the novel has a lucid flow and momentum that kept me going, turning page after page, never losing interest in the story even for a moment.

The centuries-old harmony of this family's multi-faith society is shattered suddenly by the upheaval and chaos of Partition, but really, the setting could be anywhere in the world where the trauma of war or natural disaster has toppled an established social and economic structure. This gives the novel a universal appeal. The subsequent events of rebuilding a new life from scratch in a strange new country and the travails of a family uprooted into homelessness and inching towards resurrection are beautifully portrayed in delightfully pure Urdu without the use of any clichés of the political or sentimental kind. For instance, words such as zulm [cruelty], saffaaki [brutality], beyimaani [dishonesty], badqismati [misfortune], khudgharzi [selfishness] or mohajir [migrant] etc hardly feature in the text, while being clearly shown through events in the narrative. And that too without leaning on any other language for that matter, except when painting characters who speak different languages.

Bilal is a student of class three when the world around him is set on fire and demolished forever. Part of a desperate family fighting for survival, he resumes his schooling and encounters new friends, as well as building relationships with different communities in the new country. His favourite adult and mentor is Mamoo, his maternal uncle. Mamoo is a very eligible bachelor who refuses to marry for most of his life because he does not want to shoulder the responsibilities that come with marriage. However, in his later years he does marry a local widow with children, a woman who comes from a background completely different from his own. Mamoo now has a stepson, the same age as Bilal, and they are already best friends. There is also a stepdaughter, Rubina, for whom Bilal coins the term "mumani-zadee" [daughter of mamoo's wife]. Rubina and Bilal are nearly betrothed, but then conflicts emerge that disrupt more than just their proposed engagement.

> *Quite aside from the charming flavour of its*
> *original Urdu diction, a new novel succeeds*
> *in stirring a deep emotional response*
> *despite its cool, clinical writing style.*

Another girl, Memoona, living in the house opposite Bilal's, matches the academic accomplishments and personal challenges of our protagonist. Both develop a rivalry, admiration and respect for each other over time as university students and nurture dreams of a future together. However, before their relationship takes off, Bilal earns a scholarship for higher studies that takes him out of the country for a long period of time.

The link of the narrative with the title of the novel becomes apparent upon Bilal's return home after an absence of many years. The title, Ay Tahayyur-i-Ishq (Na Junoon Raha, Na Paree Rahi), is taken from a verse by a remarkable 18th century Sufi poet, Siraj Aurangabadi: "Khabar-i-tahayyur-i-ishq sunn, na junoon raha na paree rahi/ Na tau tu raha na tau main raha, jo rahi so beykhabari rahi" [Listen to the astonishing news about love, neither the madness remains nor the angst/ Neither you remain, nor I; the only thing that stays is oblivion].

The novel is like a steady, meandering stream with gentle turns and splashes, but with quantum physics, astronomy and the Big Bang Theory seamlessly woven in the tale. This adept amalgamation could be ascribed to the author's career in academia — after completing his education in Hyderabad, Sindh, he went to Canada for his PhD and taught at several universities in different countries. The narrative brings to mind the world and subtle romanticism that Haseena Moin's plays depict, before it converges to the universal concerns of existentialism.

> *The novel is like a meandering stream, but*
> *with quantum physics and astronomy*
> *seamlessly woven in.*

In fact, what seems to distinguish Ay Tahayyur-i-Ishq from most of the contemporary Urdu literature — besides its charming flavour of original Urdu diction, syntax, idioms and vocabulary — is the grippingly cool, clinical writing style of a man of science, who still succeeds in stirring deep emotional response in the reader in spite of it. The characters are drawn so close to real life — largely through dialogue — that they grow to become as familiar as our own acquaintances. They are made livelier with the vivid descriptions of the atmosphere and surroundings.

Ay Tahayyur-i-Ishq offers a profound panoramic view of an important era, as well as insight into the ordinary individuals that lived through it.

The reviewer is a freelance writer and translator of Freedom of the Press: The War on Words (1977-1978)
Ay Tahayyur-i-Ishq (Na Junoon Raha Na Paree Rahi)
By Rafi Mustafa
Fazleesons, Karachi
ISBN: 978-9694412429
286pp.

Published in Dawn Karachi, Books & Authors, April 28th, 2019

By The Same Author
TALES FROM BIREHRA

Azad believes that Birehra still exists, just as he had left it seven decades ago. He is six years old once again, and can clearly hear the dull sound of the bells hanging around the necks of oxen, which are on their way at dawn to plough the fields. He still runs with his friends after dust devils, throwing pieces of paper into them to see whose paper will go highest. He still hears the shrill call of a cuckoo bird perched in a mango tree. As a sudden gust of wind passes through the fluttering leaves, the bird flies away, and the spell is broken.

***

Against a rocky plain, ragged men, women and children are running. A young boy, his skin darkened by dirt, scrambles after his barefoot mother, who stops and screams: "Hurry up, Son!" Several other refugees dash by the frantic pair, without pausing to offer help. In the distance, dust rises from a chokepoint seething with people on the horizon. The scene is timeless, the time is 1947, and two new nations are being born, accompanied by all the pain, blood and anguish that birth can bring. The refugees carry a few possessions: a pair of shoes, some aluminum pots, a few enamel plates. But in their memories and dreams nest the shattered remnants of their village.

***

With vivid scenery, and characters who seem to breathe with colourful life, Dr. Rafi Mustafa draws his readers into the culture he describes, making them treasure its simple joys and dread its looming devastation.

ISBN
978-1-9995631-2-7 *(Paperback)*
978-1-9995631-3-4 *(eBook)*
Available from Amazon and oter online outlets.

www.ingramcontent.com/pod-product-compliance
Lightning Source LLC
Chambersburg PA
CBHW032148050726
47591CB00001B/132

اے تحیرِ عشق

(نہ جنوں رہا، نہ پری رہی)

ناول

رفیع مصطفیٰ

WHIMSY PUBLICATIONS

WHIMSY PUBLICATIONS
19 Legacy Drive,
Markham, ON L3S 4C4
Canada

www.rafimustafa.org
rafi.mustafa@indusflow.com

Ay Tahayyur-e-Ishq
First Edition – December 2018
Second Edition – December 2020
All rights reserved.

ISBN: 978-1-9995631-0-3

1.   FICTION, GENERAL

نگہت کے نام

مرے پلنگ پہ بکھری ہوئی کتابوں کو
ادائے عجز و کرم سے اُٹھا رہی ہو تم
سہاگ رات جو ڈھولک پہ گائے جاتے ہیں
دبے سُروں میں وہی گیت گا رہی ہو تم

ساحر

پیش لفظ

کل کی سی بات لگتی ہے جب ایک روپے میں سولہ آنے ہوتے تھے اور روپیہ واقعی روپیہ ہوتا تھا۔ 1964 میں جب میرا تقرر سندھ یونیورسٹی میں بطور لیکچرار ہوا تو میری تنخواہ 286 روپے ماہوار تھی۔ اس زمانے میں جب کلرک کو صرف 90 روپے مہینہ ملتے تھے، یہ پیسے بہت تھے۔ کار تو کار، کبھی سائیکل تک خریدنے کے متعلق نہیں سوچا تھا، مگر پھر بھی بڑے عیش سے گزر بسر ہوتی تھی۔ اس ناول کی کہانی اُسی دور کی کہانی ہے۔

پاکستان ایک منفرد ملک ہے جس میں بھانت بھانت کی بولیاں بولنے والے بھانت بھانت کے لوگوں کو سکڑی سکڑائی سرحدوں میں مقید کر دیا گیا۔ جب سے پاکستان معرض وجود میں آیا تب سے وقت کے ساتھ ساتھ علاقائی ثقافتوں اور زبانوں کے امتزاج سے ایک نئی ثقافت ابھر رہی ہے جس کی جھلک آپ کو اس کہانی میں نظر آئے گی۔ چند مکالمات پنجابی اور سندھی زبانوں میں ہیں مگر تحریر کے تسلسل کو برقرار رکھنے کی خاطر ان کا ترجمہ نہیں کیا گیا کیونکہ منظر کی مناسبت سے ان کا مفہوم واضح ہو جاتا ہے۔

اس کہانی کی ابتدا پچھلے رمضان میں اس طرح ہوئی کہ جناب منیر سامی نے اپنے فیس بک پیج پر افطاری کے حوالے سے ایک پوسٹ ڈالی جس پر میں نے بھی کمنٹ کر دیا جو انہیں اتنا پسند آیا کہ مجھے ٹیلی فون کر کے فرمائش کی کہ اسی انداز میں مزید کچھ لکھیں۔ چنانچہ ابتدائی ابواب میں وہی انداز تحریر اختیار کیا گیا ہے۔ ممکن ہے کہ آپ کو یو۔پی میں استعمال ہونے والے کچھ الفاظ غیر مانوس لگیں یا اب متروک ہو چکے ہوں مگر کوئی ایسا لفظ استعمال نہیں کیا گیا جس کے معنی گوگل میں نہ مل سکیں۔

جن احباب نے اس کتاب کی تکمیل میں میری رہنمائی کی ان میں بالخصوص انور عباس نقوی کا بے حد شکر گزار ہوں جنہوں نے مسودے کی نوک پلک درست کی۔ ان کے علاوہ جناب کرامت اللہ خان غوری، ڈاکٹر امتیاز احمد، کرم احمد صدیقی اور لطیف نظامانی کا بھی ممنون ہوں جنہوں نے اپنے مشوروں سے نوازا۔ میں حساب دوستاں در دل کا قائل نہیں لہذا نگہت کا شکریہ ادا کرنا بھی ضروری ہے۔ سب سے پہلے انہوں نے ہی اس کتاب کے مسودے کا پہلا ڈرافٹ پڑھا اور غلطیوں کی تصحیح کی۔

آخر میں اتنا عرض کرتا چلوں کہ خدارا اس کہانی کو میری سوانح حیات نہ سمجھیں کیونکہ سوانح حیات تو صرف مشہور لوگوں کی ہی لکھی اور پڑھی جاتی ہے جبکہ شہرت میرے قریب سے کیا دور سے بھی نہیں گزری۔ اس کہانی میں "میں" میرا ہمزاد ضرور ہے مگر میں ہر گز نہیں ہوں۔

رفیع مصطفٰی
یکم دسمبر 2018

پس نوشت

میں جناب عبدالسلام سلامی کا تہہ دل سے ممنون ہوں کہ انہوں نے دوسرے ایڈیشن کی تصحیح و تزئین میں معاونت اور رہنمائی کی۔ پروف ریڈنگ کے لیے قبلہ ہمایوں ظفر کا بھی بے حد مشکور ہوں۔ ان کی خورد بیں نگاہوں نے وہ کچھ دیکھا جو کسی قاری کو نظر نہیں آیا۔

رفیع مصطفٰی
مارکھم، کینیڈا
21 دسمبر 2020

rafi.mustafa@indusflow.com

1

ماموں جان نے زندگی میں بس ڈیڑھ روزہ رکھا تھا، اللہ اللہ خیر صلّا۔ پہلا تو اپنی روزہ کشائی کے موقع پر اور دوسرا دوپہر کو اتفاقاً ٹوٹ گیا۔ ہوا یوں کہ اچھے خاصے، ظہر کے وقت چوکی پر بیٹھے وضو کر رہے تھے کہ بُھولے سے کُلّی نِگل لی ۔ سوچا کہ روزہ تو ٹوٹ ہی گیا، چنانچہ لوٹے کی ٹونٹی منہ سے لگا کر غٹاغٹ پیٹ بھر لیا۔ پھر توبہ بھی کر لی اور اپنے سے وعدہ بھی کر لیا کہ زندگی میں جب بھی اللہ میاں نے توفیق دی، بطور کفارہ پورے چالیس روزے رکھ کر حساب برابر کر دیں گے۔ اللہ بڑا غفورالرحیم ہے۔

یہ تو خیر اُن کے بچپن کی بات تھی مگر حقیقت یہ تھی کہ ماموں جان روزے کے معاملے میں ہمیشہ کچّے رہے اور جب بھی بات نکلتی تو اپنی کمزوری کے لئے ہمیشہ اپنی والدہ مرحومہ کو موردِ الزام ٹھہراتے تھے۔

اللہ بخشے نانی اماں کی شادی کو پانچ برس بیت چکے تھے مگر گود خالی تھی۔ انہوں نے نہ جانے کتنی منتیں مانیں، تعویز گنڈے کرائے، ٹوٹکے کیے، وظیفے پڑھے، فالیں نکلوائیں، مزاروں پر چادریں چڑھائیں یہاں تک کہ ایک مولوی صاحب سے چلّے تک کھنچوائے، مگر امید بر آنے کی کوئی صورت نہ ہوئی۔ آخر جب انہوں نے منّت مانی کہ اگر ان کی گود ہری ہو گئی تو وہ ہر سال بڑے پیر صاحب کے کونڈے کیا کریں گی، تب کہیں خدا خدا کر کے صبح کو متلی آئی۔ شروع کے مہینوں میں جب بھی صبح ہی صبح ان کا جی مالش کرتا تو فوراً اشکرانے کے دو نفل پڑھنے کھڑی ہو جاتیں۔

ماموں جان چونکہ پہلوٹی کی اولاد تھے اور بڑی منّتوں سے پیدا ہوئے تھے، لہٰذا اماں کے کچھ

زیادہ ہی لاڈلے تھے۔ کہیں انگلی پر ذرا سی کھروپچ بھی لگ جائے تو رو رو کر گھر سر پر اٹھا لیتے اور ماں صدقے قربان ہوتیں۔ کبھی ہلدی کا لیپ کر رہی ہیں، کبھی پٹّی باندھ رہی ہیں، کبھی اِنّا اِنزلنا پڑھ کر پُھونک کر رہی ہیں۔ بے چاری امی جان ماموں جان سے ٹھیک تین سال چھوٹی تھیں اور ہمیشہ اُنہیں طعنہ دیتی تھیں، "ہاں ہم تو بس کسی نہ کسی طرح پل ہی گئے ورنہ اتّاں ابّا کے سارے چونچلے بس بھائی صاحب ہی کے لئے تھے۔" ویسے بہن بھائی میں بڑی محبّت تھی۔ وہ پیار سے امی جان کو "بِھنّو" کہہ کر پُکارتے تھے جو اُن کے منہ سے بڑا اچھا لگتا تھا۔

نانا ابّا ماشاء اللہ کھاتے پیتے گھر سے تھے، ساٹھ بیگھا زمین تھی جس میں سے پانچ بیگھے پر آموں کا باغ تھا اور نوکروں کی ریل پیل تھی۔ خاندان کو گاؤں میں چھوڑ چھاڑ کر زمین آدھ بٹائی پر دی اور شہر میں آبسے۔ اچھی خاصی کوٹھی بنالی تھی، مگر تھے سادگی پسند۔ بقول شخصے، موٹا کھاتے تھے اور موٹا پہنتے تھے۔

جب ماموں جان پیدا ہوئے تو نو کر اُنہیں ننھے میاں کہہ کر مخاطب کرتے تھے۔ چنانچہ اُن کا نام ہی ننھے میاں پڑ گیا۔ اصل نام رفاقت تھا، جو ماں باپ کے سوا شاید ہی کوئی جانتا ہو، البتّہ اُن کے کلاس ٹیچر حاضری لیتے وقت اُن کا پورا نام لیتے تھے۔ "محمد رفاقت اللہ خاں!" اور وہ "حاضر جناب" کہہ کر بیٹھ جاتے تھے۔ ویسے سب لوگ انہیں ننھے میاں ہی کہتے تھے۔

ہر سال رمضان میں سوال اُٹھتا کہ اب ننھے میاں کی روزہ کشائی کی جائے۔ بارہ برس کے ہو چکے تھے اور ہر سال پڑوسنیں نانی اتّاں کو یاد دلاتیں، "آئے ہائے بی بی، بچّہ ماشاء اللہ بارہ کا بھر کے تیرہویں میں لگ گیا ہے، نو برس کی عمر میں روزے فرض ہو جاتے ہیں، آخر کب اُس کی روزہ کشائی کراؤ گی؟" نانی اماں ہر سال ہی پڑوسنوں کو ٹال دیتیں مگر بکرے کی ماں آخر کب تک خیر مناتی؟ چنانچہ اُنہوں نے رمضان سے ایک ہفتہ پہلے فیصلہ کر لیا کہ نانا ابّا سے مشورہ کریں گی۔ وہ باورچی خانے کے سامنے ہی پلنگ پر بیٹھے دو پہر کا کھانا کھا رہے تھے، نانی اتّاں گرم گرم چپاتیاں چمٹے سے پکڑ کر خود اُٹھتیں اور اُن کے دستر خوان پر پہنچا دیتیں۔ اِس سے پہلے کہ اُن کی چپاتی ختم ہو، گیند کی طرح پُھولی ہوئی اگلی چپاتی اُن کے سامنے پہنچ جاتی۔

نانی اتّاں چکلے پر بیلن گھماتے ہوئے بولیں، "ارے سنتے ہو؟"

"ہوں!" نانا ابّا پانی کا کٹورا اُٹھاتے ہوئے بولے۔ اُن کی اور نانی اماں کی گفتگو عموماً بس ہاں ہاں میں ہی ہوتی تھی۔ البتہ کبھی کبھار جب موڈ میں ہوتے تو بیوی سے خوب چھیڑ چھاڑ کرتے تھے اور وہ بھی اُنہیں جھڑک دیتی تھیں۔

"میں سوچ رہی ہوں کہ اِس رمضان میں ننھے میاں کی روزہ کشائی کر دی جائے۔"

"تو کس نے روکا ہے؟" نانا ابّا اور کہتے بھی کیا۔ عورتوں کے معاملے میں وہ کیا دخل دیتے؟۔ اُنہوں نے چارپائی پر بیٹھے بیٹھے ہی ایک طرف جُھک کر کٹورے سے اپنے دائیں ہاتھ کی پوری دھوئیں اور باقی پانی سے کُلی کر کے اُٹھ گئے۔

نانی اماں نے پڑوسنوں کو مژدہ سنا دیا کہ پہلے روزے کو ننھے میاں کی روزہ کشائی ہے۔ اگلے اتوار سے رمضان شروع ہو رہے تھے۔ پچھلے دو چاند تیسے ہوئے تھے لہٰذا سب کو یقین تھا کہ رمضان کا چاند اُنتیسا ہی ہوگا۔ ماموں جان خوش تھے کہ روزہ رکھیں گے اور پیسے ملیں گے۔ سنیچر کی شام کو مغرب کے بعد جب نمازی مسجد سے نکلے تو اُن کی نظریں آسمان کی طرف تھیں۔ مسجد کے برابر جو میدان تھا وہاں سے چاند کا اعلان کرنے کے لئے توپ داغی جاتی تھی۔ سالہا سال سے وہ توپ استعمال ہو رہی تھی جو رمضان سے پہلے ہی وہاں نصب کر دی جاتی اور بتّیس گولے مولوی صاحب کے حُجرے میں اُن کی چارپائی کے نیچے رکھ دیے جاتے تھے۔ ایک رمضان کے چاند کے لئے، ایک عید کے چاند کے لئے اور تیس افطار کا اعلان کرنے کے لئے۔ اگر عید کا چاند اُنتیسا ہوتا تو توپ دو بار داغی جاتی تاکہ لوگوں کو یقین ہو جائے کہ واقعی چاند ہو گیا۔ ویسے بھی نیچے ہوئے ایک گولے کو کوئی کہاں اُٹھائے پھرتا۔

لوگ مسجد کے باہر چاند دیکھنے کے لئے جمع ہو گئے۔ مطلع کچھ ابر آلود تھا مگر پھر بھی انگلیاں آسمان کی طرف اُٹھ رہی تھیں۔ بار بار آوازیں آتیں، "وہ رہا!"، "کدھر؟"، "وہ میری انگلی کی سیدھ میں۔" بالآخر کچھ لوگوں نے تصدیق کر دی کہ چاند ہو گیا۔ بوڑھا توپچی بھی چاند دیکھنے میں مصروف تھا۔ لوگوں نے اُس کے گرد جمع ہو کر آسمان کی طرف انگلیاں اُٹھائیں مگر اُسے کچھ نظر نہیں آیا۔ آخر کار تھک ہار کر اُس نے اقرار کر لیا کہ اُس کی نظر کمزور تھی اور عید کے بعد اُسے آنکھیں بنوانے کے لئے جانا تھا۔ "بس مجھے دو گواہ چاہئیں،" اُس نے اپنے ہاتھ کی دو انگلیاں کھڑی کر کے کہا۔ دو کیا وہاں

تو پورا مجمع تھا اور سب نے گواہی دی کہ اُنہوں نے چاند دیکھا تھا۔ چنانچہ توپچی نے بسم اللہ پڑھ کر فلیتے میں آگ لگا دی۔ بیشتر لوگوں نے کانوں میں انگلیاں ٹھونس لیں مگر کچھ بہادری کا مظاہرہ کرنے کے لئے یونہی کھڑے رہے۔ جب ایک بڑی سی دُھوں کے ساتھ توپ چلی تو آس پاس کے درختوں پر اونگھتی ہوئی ساری چڑیاں اُڑ گئیں۔ توپ کی آواز پورے شہر میں سُنی گئی اور گھروں میں خواتین کے ہاتھ دعا کے لئے اُٹھ گئے۔

پہلے روزے کو کئی پڑوسنیں دو پہر کے بعد ہی آ گئی تھیں تا کہ افطاری بنانے میں نانی اتاں کا ہاتھ بٹائیں۔ اُنہوں نے سحری کے بعد ہی ماموں جان کو سُلا دیا تھا اور تاکید کر دی تھی کہ وہ سوتے رہیں، مگر وہ صبح ہی صبح اُٹھ گئے۔ دو چار گھنٹے تو ہنسی خوشی گزرے مگر پھر کُمھلانا شروع ہو گئے۔ نانی اتاں باورچی خانے میں پڑوسنوں کے ساتھ مصروف تھیں۔ بیسن گھل رہا ہے، پیاز کٹ رہی ہے، مسالہ پِس رہا ہے۔ غرض بڑی گہما گہمی تھی۔ پورے محلّے میں افطاری بنتی تھی اور مسجد میں بھی پہنچائی تھی۔ آخر ننھے میاں کا پہلا روزہ تھا۔ سورج ڈھلتے ڈھلتے ننھے میاں بھی ڈھل گئے۔ پیٹ میں رہ رہ کر ایٹھن ہو رہی تھی اور نقاہت کا یہ عالم تھا کہ کبھی اِدھر پڑے ہیں کبھی اُدھر پڑے ہیں۔ وقت گزارنے کے لئے باورچی خانے کے دروازے پر آ کر کھڑے ہو گئے۔ نانی اتاں کی نظر پڑی تو تڑپ کر رہ گئیں، "ہائے میں قربان جاؤں، کیسا چُھوارے کی طرح سوکھ گیا ہے۔" اُنہوں نے اُٹھ کر بیٹے کو آغوش میں بھر لیا۔

"بہن، تم ننھے میاں کو نہلا دھلا کر تیار کرو، افطار میں گھنٹہ بھر رہ گیا ہے،" ایک پڑوسن بولیں۔ "ویسے بھی اب کام تو سب ختم ہو گیا ہے۔ بس شربت بننا ہے، سو بن جائے گا۔"

نانی اتاں بیٹے کا ہاتھ پکڑے کمرے کی طرف چل دیں۔ جب ماموں جان نے ٹھنگنا شروع کیا کہ پیاس لگی ہے تو جھک کر اُن کے رخسار پر چٹ سے ایک بوسہ جڑ دیا، "بس میرے لعل، کچھ دیر کی بات ہے۔" نہلا دھلا کر آنکھوں میں سرمہ لگایا، بال کاڑھے اور وہ سنہری شیروانی پہنا دی جو دو سال پہلے ماموں جان کی مسلمانی کے موقعے پر سلوائی گئی تھی۔ اِس بار بالکل فٹ آئی کیونکہ سلواتے وقت ذرا بڑی رکھی گئی تھی۔ کمرے سے نکلے تو پڑوسنوں نے دعائیں دیں، "ماشاء اللہ بالکل دولہا لگ رہا ہے،" "اللہ نظر بد سے بچائے،" "بی بی، ذرا ننھے میاں کی نظر اتار دو۔" غرض جتنے منہ اُتنی باتیں۔

نانی اتّاں اچانک بوکھلا کر بولیں، "ارے بہن، ذرا سورج کو دیکھو۔ابھی افطاری بھی نہیں بٹی۔"

"پریشان مت ہو بی بی، تمہارے نو کر پڑوس میں افطاری بانٹ آئے ہیں۔مسجد میں بھی پہنچ چکی ہے اور باہر مردوں کو بھی چلی گئی ہے۔"

اِتنے میں توپ کا گولا چھوٹا اور جلدی جلدی آنگن میں دستر خوان بچھایا گیا۔باورچی خانے سے افطاری کی قطار لگ گئی۔پکوڑے، بروُلے، چاٹ، دہی بڑے، تلی ہوئی چنے کی بِکھرما دال اور اُس پر ہری مرچ، پودینے اور ٹماٹر کی تہہ۔غرض یہ کہ دستر خوان بھر گیا۔شربت کا گلاس سب سے پہلے ماموں جان کے سامنے رکھا گیا۔تاکید کی گئی کہ تھوڑا تھوڑا پئیں مگر اُنہوں نے ایک ہی سانس میں پورا گلاس خالی کر دیا۔

***

کچھ کہانیاں بُنی جاتی ہیں، کچھ بنائی جاتی ہیں، کچھ سُنی جاتی ہیں اور کچھ سنائی جاتی ہیں۔یہ کہانی بھی سُنائی ہے۔حالانکہ نانا ابّا اور نانی اتّاں میرے ہوش سنبھالنے سے پہلے ہی اِس دارِ فانی سے کوچ کر گئے تھے، اللہ تعالیٰ اُنہیں کروٹ کروٹ جنت نصیب کرے۔مگر جب امّی جان اُن کے تذکرے میں رنگ بھرتیں تو ایسا لگتا تھا جیسے میں نے اُنہیں دیکھا ہو۔میں اور میری چھوٹی بہن، زرینہ سونے سے پہلے اُن کے دائیں بائیں لیٹ جاتے۔وہ ہمارے سروں پر اُنگلیوں سے کنگھی کرتی رہتیں اور اپنے ماضی کو ہمارے حال میں منتقل کرتی رہتیں یہاں تک کہ ہم سو جاتے۔صبح اُٹھ کر نہ مجھے یاد رہتا کہ کب مجھے اپنے بستر پر پہنچایا گیا اور نہ زرینہ کو۔

ماموں جان کو بھی اِسی طرح کہانیاں سُنانے کا شوق تھا۔جب وہ اپنی روزہ کُشائی کی کہانی سناتے تو کہتے تھے کہ "اگر اسی طرح ہر روزے پر میری روزہ کُشائی ہو تو میں پورے روزے رکھنے کو تیار ہوں۔" ہر رمضان میں سوال اُٹھتا تھا کہ وہ روزے کیوں نہیں رکھتے۔اُن کے پاس معقول جواب تھا۔کہتے تھے کہ "مرد اُس وقت تک مرد نہیں کہلا یا جا سکتا جب تک کہ اُس میں کوئی خامی نہ ہو۔میں نہ سگریٹ پیتا ہوں، نہ پان کھاتا ہوں، نہ جوا کھیلتا ہوں، نہ کوئی اور بری عادت ہے۔نماز بھی با قاعدگی سے پڑھتا ہوں۔بس لے دے کے ایک ہی خامی ہے کہ روزے نہیں رکھتا۔اب وہ خامی بھی نہ رہی تو کاہے کا مرد کہلاؤں گا۔" مردانگی کا ثبوت دینے کے لئے وجہ معقول تھی مگر ضمیر مطمئن نہیں تھا۔

رمضان آتے ہی چوروں کی طرح وقت گزارتے تھے۔ پیاس لگی تو لوٹا بھر کر بیت الخلا میں گھس گئے اور ہونٹوں پر آستین پھیرتے ہوئے نکل آئے۔ بھوک لگی تو محلّے کے ٹمٹر چھپّر ہوٹل میں گھس گئے جسے وہ کیفے ڈی فھونس کہتے تھے۔ دن میں گھر پر کبھی نہیں کھاتے تھے۔ روزہ نہ سہی مگر سحری اور افطاری میں پیش پیش ہوتے۔ کہتے تھے کہ اب میں اتنا کافر بھی نہیں ہوں کہ روزہ بھی نہ رکھوں اور سحری اور افطاری کے ثواب سے بھی خود کو محروم کر لوں۔ تھے ماشا، اللہ خوش خوراک، اور زبان ہر وقت چٹخارے لیتی رہتی تھی۔ رمضان میں صبح ہی کیفے ڈی فھونس میں تندوری نان اور نہاری کا ناشتہ کرتے اور واپسی میں سارے پڑوسیوں کے دروازے کھٹکھٹاتے محلّے کی ساری خواتین اُن کی بھابھیاں تھیں اور وہ سب کے بھیّا تھے۔

"بھابھی، کچھ منگوانا تو نہیں ہے؟" وہ دروازے پر کھڑے کھڑے ہی پوچھتے۔

"ہاں بھیّا، پیسے لیتے جاؤ،" پڑوسن دروازے پر آ جاتیں اور چق کے پیچھے سے ہاتھ نکال کر انہیں پیسے پکڑا دیتیں، "دو پیسے کا ہرا دھنیہ لیتے آنا اور ایک آنے کی پیاز۔"

وہ ستائی کا زمانہ تھا جب ایک روپے سیر بکری کا گوشت ملتا تھا اور آٹھ آنے سیر گاوا گوشت۔ خواب کی سی باتیں لگتی ہیں، اب تو ہر چیز کی قیمت آسمان سے باتیں کر رہی ہے۔ آدمی کھائے اور پہنے کیا؟ بہر حال ماموں جان سب کے آرڈر لے کر امی کے پاس آتے اور افطاری کے سامان کا آرڈر لیتے۔

"بھنّو، پکوڑوں کے لئے ہری مرچیں لیتا آؤں؟"

"ہاں لیتے آنا، اور چاٹ کے لئے کچھ چنے لے لینا کیونکہ چاٹ کے بغیر تو آپ کی افطاری مکمل ہی نہیں ہوتی،" امی جان کہتیں۔

"چاٹ پر املی یاد آ گئی۔ تم کہو تو املی بھی لیتا آؤں۔"

"نہیں، املی تو ہے،" امی جان جواب دیتیں۔

ساری پڑوسنوں کی فرمائشیں اُنہیں زبانی یاد رہتی تھیں۔ کبھی ایسا نہیں ہوا کہ کسی کے لئے کوئی غلط چیز خریدی ہو یا بقیہ ریز گاری واپس کرنے میں غلطی کی ہو۔

ہری مرچ کے پکوڑے ماموں جان کو بہت پسند تھے۔ وہ خاص طور پر فرمائش کر کے بنواتے

تھے۔امی جان ہری مرچ بیسن میں ڈبو کر تل دیتی تھیں۔

"پکوڑوں کی دو قسمیں ہوتی ہیں، بُھس بُھسے اور کُرکُرے۔ بُھس بُھسے پکوڑوں میں وہ بات کہاں جو کُرکُرے پکوڑوں میں ہوتی ہے،" وہ کہتے، "بِھنّو! تم وہ گول پکوڑے جو بناتی ہو، بالکل بُھس بُھسے ہوتے ہیں۔ لگتا ہے جیسے کپاس جبار ہے ہوں۔"

ہری مرچ کے پکوڑے وہ لہسن اور مرچ کی چٹنی میں ڈبو کر کھاتے تو زبان پر مرچ کی دھار بیٹھ جاتی تھی، مگر مجال ہے کہ سی سی کریں۔ مرچ بھی وہ چھانٹ کر خریدتے تھے۔ ہر سبزی والے کے کیبن کے سامنے کھڑے ہو کر ایک مرچ اُٹھاتے اور درمیان سے کتر کر زبان کی نوک پر گھستے۔

"بھیّا، تمہاری مرچوں میں تو نام کو تیزی نہیں ہے،" وہ شکایت کرتے۔

"میاں جی، بس جیسی مرچیں آتی ہیں ویسی بیچ لیتے ہیں،" سبزی والا معذرت کرتا۔

"اگلی بار ذرا دیکھ کر تِتیّا مرچ لانا،" کہہ کر وہ آگے بڑھ جاتے۔

تِتیّا مرچ کی تلاش میں وہ پوری سبزی منڈی کھنگال دیتے تب جا کر ایسی مرچ ملتی جو اُن کے معیار پر پوری اُترتی تھی۔

ہر سبزی فروش ماموں جان کی عادت سے واقف تھا۔ بھاؤ تاؤ کرنے میں وہ یکتا تھے اور رگڑ رگڑ کر پیسے کم کرواتے تھے۔ اسی لئے ہر سبزی فروش اُنہیں دوگنی قیمت بتاتا تھا کیونکہ اُسے معلوم تھا کہ اُن کا بس چلے تو مفت ہی لے جائیں۔ چلتے چلتے کہتے، "بھیّا، اِس میں ایک آدھ ٹماٹر اوپر سے ڈال دو۔" بہرحال سبزی فروش کو کبھی ایک آدھ ٹماٹر، کبھی پودینے کی ایک گٹھی اوپر سے ڈالنی پڑتی۔ جب وہ سبزی ترکاری کے جھولوں سے لدے پھندے واپس آتے تو پڑوسنوں کو ٹنڈے، ٹماٹر، لوکیاں، پیاز اور توریاں بانٹتے ہوئے گھر پہنچتے۔

***

ماموں جان یار باش آدمی تھے۔ اِسی چکر میں شادی بھی نہیں کی۔ جب پچیس کے ہو گئے تو ماں کو سخت فکر لاحق ہوئی کہ بیٹا کسی طرح شادی کی ہامی نہیں بھرتا۔ آخر اُنہوں نے نانا ابّا سے مشورہ کر کے دُور کے رشتے داروں میں پیغام بھجوا ہی دیا۔ لڑکی لاکھوں میں ایک تھی۔ سچ مچ قابلِ دید، چندے آفتاب چندے ماہتاب، سلیقہ شعار، سینے پرونے میں طاق، صوم و صلواۃ کی پابند، اِس سے

زیادہ کسی کو اور کیا چاہئے؟ جب نائی پیغام لے کر گیا تو لڑکی والوں کی تو آنکھیں کھل گئیں۔ اُنہیں معلوم تھا کہ نانا اّبا کھاتے پیتے گھر سے تھے اور سب سے بڑی بات یہ کہ صاحبِ جائیداد تھے، چنانچہ بلا کسی لیت و لعل کے اُسی نائی کے ہاتھ جوابی خط آ گیا۔ رشتہ منظور ہو گیا مگر شادی کے لئے دو سال کی مہلت مانگی گئی تھی کیونکہ لڑکی ابھی چھوٹی تھی۔ یہ بھی کوئی مسّلہ نہیں تھا۔ نانا اّبا نے جوابی پوسٹ کارڈ سے درخواست کی کہ "ہم لمبی منگنی کے قائل نہیں۔ ہماری خواہش ہے کہ نکاح جلدی کر دیا جائے خواہ رُخصتی دو سال کے بعد ہو۔" لڑکی والے اُس پر بھی تیار ہو گئے۔

ماموں جان نے بہتیرا احتجاج کیا مگر اُن کی ایک نہ چلی۔ طوعاً و کرہاً ماں باپ کے ساتھ چلے تو گئے اور دو بول بھی پڑھ دیے مگر دل کسی طرح نہ ٹھکا۔ وہ آزاد منش آدمی تھے۔ "بیوی بچّوں کی غُلامی مجھ سے نہیں ہو سکتی،" اُنہوں نے دوستوں سے شکایت کی۔

"تو پھر کیوں کہہ دیا کہ قبول کیا؟" ایک دوست نے کہا۔

"کیسے نہ کہتا؟ اّبا میاں کا غُصہ تو تم جانتے ہی ہو، ابھی بات منہ سے نکلی اور فوراً اُن کا جوتا ہاتھ میں آ گیا۔"

"تو پھر ایسا کرتے ہیں کہ لڑکی والوں کو بہکا دیتے ہیں،" ایک اور دوست نے مشورہ دیا۔

"کیا مطلب، بہکا دیتے ہیں؟"

"بس یہی کہ لڑکا آوارہ ہے، بد معاش ہے۔"

"مگر سوال یہ ہے کہ بہکاؤ گے کیسے؟"

"یہ تم مجھ پر چھوڑ دو،" اُسی دوست نے اطمینان دلایا۔ "میرے دو چچا زاد بھائی وہیں رہتے ہیں۔ وہ یہ کام کریں گے۔"

ماموں جان اِس اسکیم سے متفق ہو گئے۔ باقی دوستوں نے بھی اتفاق کیا۔

چنانچہ لڑکی کے والد کے پاس گاہے گاہے خبریں پہنچنا شروع ہو گئیں کہ لڑکا بد معاش ہے، او باش ہے، آوارہ ہے، ناکارہ ہے، نِرا نکھٹّو ہے اِسی لئے باپ کے ٹکڑوں پر پڑا ہے، مگر ماموں جان کے سسر کے کان پر جوں تک نہ رینگی۔ جب بات یہاں تک پہنچی کہ لڑکا ہم جنس پرست ہے تو اُن کا ماتھا ٹھنکا۔ کئی ذرائع سے اُن تک یہ خبر پہنچی۔ آخر اُنہوں نے زبانِ خلق کو نقّارۂ خُدا سمجھ کر نانا اّبا کو خط لکھ

ہی دیا۔ وہ خط پڑھ کر سنّاٹے میں آگئے اور دیر تک خط ہاتھ میں لئے گم سم بیٹھے رہے۔ آخر انہوں نے سمدھی کے مشورے کے مطابق بیٹے کو بلا کر تین طلاقیں لکھوائیں اور دو گواہوں سے دستخط کروا کر اُسی دن پوسٹ کر دیا۔ نانی اتاں نے بڑا رو پیٹ نامچایا اور ماموں جان نے اُن کے سارے دو ہتّر خاموشی سے اپنی پیٹھ پر کھائے۔ مگر بیٹا خواہ کیسا ہی ہو، ماں باپ کے لئے آخر بیٹا ہی ہوتا ہے۔ اُس دن کے بعد سے ماموں جان اپنی آزادی کا جشن مناتے رہے۔ نہ نانا اتّاں نے کبھی اُن کی شادی کا نام لیا اور نہ نانی اتاں نے۔

***

امی جان اور اتّا میاں خالہ زاد بہن بھائی تھے۔ دادی اتاں پانچ سال بڑی تھیں اور نانی اتاں کو "چھوٹی" کہہ کر مخاطب کرتی تھیں جبکہ نانی اتاں اُنہیں آپا کہتی تھیں۔ حالانکہ دونوں ایک ہی گھر میں پلی بڑھیں اور ایک ہی ماں کے پیٹ سے پیدا ہوئیں، مگر دونوں کے مزاج میں زمین آسمان کا فرق تھا۔ نانی اتاں بے حد منکسر المزاج، حلیم الطبع اور ملنسار تھیں جبکہ دادی اتاں تنہائی پسند اور زبان کی تیز تھیں۔ ذرا سی کسی کی بات بُری لگی اور اُنہوں نے فوراً منہ پر مار دی، مگر تھیں بڑی محبّت کی۔ بات صرف اِتنی تھی کہ وہ محبّت کا اظہار نہیں کر سکتی تھیں۔

"آپا بھی اِنتہا کر دیتی ہیں،" نانی اتاں اُنہیں سمجھاتیں۔ "کیا ضرورت تھی پڑوسن کو کہنے کی کہ اُن کی بیٹی کی مونچھیں ہیں اور اگر وہ لڑکا ہوتی تو کتنا اچھا ہوتا۔"

"آئے ہائے، تو میں نے کونسی غلط بات کہہ دی،" وہ اپنی ناک کے نیچے انگلی رکھ کر جواب دیتیں۔ "اُن کی بیٹی کی مونچھیں ہیں کہ نہیں؟"

"مگر کہنے کی کیا ضرورت ہے؟ اگر کانے کو کانا کہہ دیں تو وہ بھی بُرا مان جائے گا۔"

"تو پھر کانے کو تم کیا کہو گی؟"

"کچھ بھی نہیں۔ اُن کی بیٹی کو اللہ نے جیسا بنایا ہے، ویسی ہے۔ آپ اُن کی بیٹی پر نہیں، اللہ میاں پر تنقید کر رہی ہیں۔"

"تم تو مجھے اس طرح وعظ کر رہی ہو جیسے بہت بڑی عالم فاضل ہو،" جب دادی اتاں سے کوئی جواب بن نہیں پڑتا تھا تو ہمیشہ اسی طرح نانی اتاں کو چُپ کرا دیتی تھیں مگر نانی اتاں بھی ہار ماننے والی

9

نہیں تھیں۔

"اُس دن جب سخاوت صاحب کی بیوی نے اپنے بچے کو شکر اُدھار مانگنے کے لئے بھیجا تھا تو آپ نے اُسے بھی ٹکا سا جواب دے کر انکار کر دیا تھا۔"

"اور نہیں تو کیا؟ اُن کا بچہ تو روز ہی دروازے پر کھڑا رہتا ہے۔ کبھی شکر دے دو، کبھی پیاز دے دو۔ عجیب بھک منگے لوگ ہیں۔"

"مگر آدمی گڑ نہ دے، گڑ کی سی بات تو کر دے۔"

"مجھ سے لگی لپٹی نہیں رکھی جاتی۔"

کہتے ہیں کہ جب امی جان پیدا ہوئیں تو دادی اتاں اپنی سسرال گئی ہوئی تھیں۔ جب خبر پہنچی کہ چھوٹی بہن کی زچگی ہو گئی ہے اور بیٹی پیدا ہوئی ہے تو فوراً بیل گاڑی جُڑوا کر پہنچیں۔ نانی اتاں آنکھیں بند کئے ستارہی تھیں اور برابر میں امی جان لپیٹی لپٹائی سو رہی تھیں۔ دادی اتاں نے آگے بڑھ کر اُنہیں گود میں اُٹھالیا۔ سرخ سفید رنگت، سر پر ہلکے سے سنہری بال، ننھی سی ناک۔ "ہائے اللہ، بالکل جاپانی گڑیا ہے،" دادی اتاں نے کہا اور امی جان کو چمٹا لیا۔ پلٹ کر دائی کے ٹھیکرے میں دو روپے ڈالے اور بولیں، "یہ بچی میری ہے، سُن رہی ہو تم؟" نانی اتاں نے آنکھیں کھولیں اور بند کر لیں۔ "میں نے کہا کہ یہ بچی میری ہے۔"

نانی اتاں نے آنکھیں بند کئے ہی سر ہلا دیا اور اس طرح امی جان اور ابّا میاں کی منگنی ہو گئی۔ دادا اتّا اور نانا اتّا کو بھلا کیا اعتراض ہو سکتا تھا؟ عورتوں کی باتیں عورتیں ہی جانیں۔

بچپن ہی سے ابا میاں اور امی جان میں چھوٹی چھوٹی باتوں پر نوک جھونک ہوا کرتی تھی، مگر بڑے ہو کر ایک ہی دن میں نقشہ بدل گیا۔ جب دونوں میں کسی بات پر بحث ہو رہی تھی تو نانی اتاں نے ڈانٹ کر کہا، "ارے کچھ تو ایک دوسرے کا لحاظ کیا کرو۔ اگر ابھی سے یہ حال ہے تو شادی کے بعد کیا ہو گا؟" دونوں پر سکتہ ساطاری ہو گیا اور ایک دوسرے کو ٹیکی باندھ کر گھورنے لگے۔ آخر امی جان نے شرما کر نظریں جھکا لیں اور اُن کی پیشانی پر پسینے کی بوندیں پُھوٹ آئیں۔ ابّا میاں مسکرا کر پلٹے اور خاموشی سے خالہ کے گھر سے نکل آئے۔ ایک لمحے میں دنیا بدل چکی تھی۔ خیالات میں گم، امی جان کی شرم سے بُھگی ہوئی نگاہیں، دھک دھک کرتا ہوا دل، اِرد گرد ناچتی ہوئی دنیا۔ یہ اچانک

سب کچھ کیسے ہو گیا؟

امی جان بتاتی تھیں کہ دادا ابا خاصے کھاتے پیتے تھے اور صاحبِ جائیداد بھی تھے مگر طوائفوں کے چکر میں پڑ کر سب کچھ گنوا بیٹھے۔ چونکہ ابا میاں کے ہوش سنبھالنے سے پہلے ہی دادا ابّا کی جائیداد کا تیا پانچہ ہو چکا تھا لہٰذا ابا میاں نے اپنا بچپن بڑی عُسرت میں گزارا اور اسکول میں سخت محنت کی۔ ہر سال کلاس میں فرسٹ آیا کرتے تھے اور پانچ روپے مہینہ وظیفہ بھی ملتا تھا۔ جب اُنہوں نے میٹرک امتیازی نمبروں سے پاس کیا تو دادی اماں بڑے فخر سے کہتی تھیں کہ میرا بیٹا انٹرنس پاس ہے۔ اُس زمانے میں میٹرک کو انٹرنس ہی کہتے تھے اور انٹرنس پاس ہونا بڑی بات ہوتی تھی۔ آجکل کی طرح نہیں کہ بعضے لوگ بی اے، ایم اے کر لیں پھر بھی جاہل کے جاہل ہی رہتے ہیں۔ بڑے لوگوں کے لڑکے انٹرنس پاس کر کے لندن چلے جاتے تھے اور دو سال میں بیرسٹر ہو کر آ جاتے تھے۔ اگر کوئی یونیورسٹی کا طالبِ علم کسی بزرگ کو بتائے کہ وہ بی اے کر رہا ہے تو بزرگ اُسے مشورہ دیتے تھے کہ "بیٹا، چاہے بی اے کرو، چاہے ایم اے کرو، مگر انٹرنس ضرور کرنا کیونکہ انٹرنس کے بغیر نوکری نہیں ملتی۔" چنانچہ انٹرنس پاس کرنے کے بعد ابا میاں کو وزارتِ تعلیم میں کلرکی مل گئی اور دادی اماں نے شکرانے کے دو نفل پڑھ لئے۔ حالانکہ ماموں جان بھی انٹرنس پاس تھے مگر نوکری اُن کے بس کی نہیں تھی۔ کہتے تھے کہ "بھئی، میں تو آزاد پنچھی ہوں، کسی کی غلامی مجھ سے نہیں ہوتی۔"

جوں ہی ابا میاں کو نوکری ملی تو دادی اماں کو بیٹے کی شادی کی فکر پڑ گئی۔ دادا ابّا سے مشورہ کیا تو اُنہوں نے کہا، "ذرا اُسے کچھ کما کے جوڑ تو لینے دو، میرے پاس کیا رکھا ہے جو بہو کو بیاہ کر لاؤں گا۔"

"جوڑنے کو تو ماشاءاللہ سے اُس کی عمر پڑی ہے اور پیسے کی کیا ضرورت ہے۔ دو جوڑی کپڑے ہی تو بنانے ہیں وہ بن جائیں گے اور پھر کون سامیں غیروں میں جا رہی ہیں، بہن کی بیٹی ہی تو لانی ہے۔"

"پھر بھی، چار لوگوں کو ولیمہ تو کھلاؤ گی۔"

"تو اُس میں کون سے ہل بیل لگیں گے۔ آخر نبی نے بھی تو اپنی بیٹی بیاہی تھی۔ اُٹھا کر سادگی سے ایک یتیم کو دے دی جسے خود ہی پالا تھا۔"

"تم جانو اور تمہارا کام جانے۔"

اِس طرح دادا ابّا تو الگ ہٹ گئے اور دادی اماّں اپنی بہن کے گھر پہنچ گئیں اور بولیں، "میں تیری بیٹی کو لینے آئی ہوں۔"

"لے جائیں، کس نے روکا ہے؟" نانی اماّں نے جواب دیا، "آپ ہی کی بیٹی ہے، جب چاہیں لے جائیں۔"

امی جان کہتی تھیں، "ہمیں تو پتا بھی نہیں چلا کہ کب شادی ہوئی۔ نہ جوڑے، نہ زیور، نہ مائیوں، نہ مہندی۔ بس ماں باپ کے گھر سے اُٹھ کر خالہ خالو کے گھر آ گئے۔ مہر بھی شرعی بتّیس روپے آٹھ آنے رکھی گئی جو آج تک نہیں ملی۔" جب امی جان گھر میں داخل ہوئیں تو دادی اماّں نے اپنا ست لڑا ہار نکال کر اُن کے گلے میں ڈال دیا جو دادا ابّا نے انہیں اچھے وقتوں میں دیا تھا۔

شادی بھی ہو گئی، بچّے بھی ہو گئے مگر ابّا میاں اور امی جان کی چھیڑ چھاڑ قائم رہی۔

"شکر کرو کہ تمہاری شادی مجھ سے ہو گئی،" ابّا میاں چھیڑتے، "اگر کہیں اور ہو گئی ہوتی تو نہ جانے کیسا شوہر ملتا اور کیسی مٹی پلید کرتا۔"

"ہے ہے! ذرا زبان سنبھال کر بات کرو، میں ٹھیکرے کی مانگ ہوں، ٹھیکرے کی۔ کوئی ہنسی مذاق نہیں ہے۔ تمہاری اماّں نے ٹھیکرے میں دو روپے ڈالے تھے تب جا کر میں ہاتھ میں آئی تھی۔"

"بابا، یہ دو روپے تم مجھ سے لے لو تاکہ اِس طعنے سے تو پیچھا چھوٹے،" ابّا میاں ہنس کر کہتے۔

"اِتنی آسانی سے پیچھا نہیں چھوٹے گا،" امی جان تُرکی بہ تُرکی جواب دیتیں۔ "اب تو مع سود در سود کے وصول کروں گی۔ بلاؤ کسی بنیے کو جو سود کا حساب کرے۔"

2

امی جان بتاتی تھیں کہ رمضان کا مہینہ نانا ابّا کے نوکروں کے لئے خوف و ہراس کا مہینہ ہوتا تھا۔ وجہ اُس کی یہ تھی کہ نانا ابّا ویسے ہی غُصّیلے مشہور تھے، مگر رمضان میں تو اُن کا پارہ آسمان سے باتیں کرنے لگتا۔ نوبت ڈانٹ ڈپٹ سے بڑھ کر مار پیٹ تک پہنچ جاتی تھی۔ کہیں کسی نوکر سے ذرا سی اوچ پچ ہوئی اور نانا ابّا نے فوراً اپنا جوتا اُتار کر دو چار جڑ دیے۔ ویسے تو عموماً وہ نماز فجر پڑھ کر جو سوتے تو افطار سے کچھ دیر قبل ہی اُٹھتے تھے اور ایک بھونچال سا آ جاتا تھا۔ نانی اماں جھٹ پٹ لوٹے میں پانی بھر کر چوکی پر رکھ دیتی تھیں کہ سورج غروب ہونے سے پہلے ہی وہ وضو کر کے ظہر اور عصر سے فارغ ہو جائیں۔ بہت سمجھاتی تھیں کہ ایسے روزے سے کیا فائدہ کہ وقت پر نماز بھی نہ پڑھیں۔ کہتے تھے کہ ظہر اور عصر اکٹھی پڑھی جا سکتی ہیں۔ ثبوت کے طور پر شیعوں کی مثال دیا کرتے تھے۔

"تو ہو جاؤ نا تم بھی شیعہ، کس نے روکا ہے؟" وہ جل کر کہتیں۔

"میں تو کل کا ہوتا آج ہو جاتا لیکن اگر کسی مولوی نے میرا اور تمہارا نکاح فسخ کر دیا تو اچھی خاصی پچاس برس کی بیاہتا، میاں کے جیتے جی بیوہ ہو جائے گی،" نانا ابّا مسکرا کر جواب دیتے۔

"چلو ہٹو، دین کے معاملے میں مذاخ کرتے ہو،" وہ جھنجھلا کر ٹھیٹھ دیہاتی لہجے میں کہتیں۔

"میں مذاق نہیں کر رہا،" نانا ابّا کے پاس جواب تیار تھا۔ "میری مانو تو تم بھی شیعہ ہو جاؤ، کم از کم نکاح تازہ کرنے کی ضرورت تو نہیں پڑے گی۔"

13

"ذرا شرم کرو، بڑھاپے میں ایسی باتیں کرتے ہو، کوئی سُن لے گا تو کیا کہے گا؟"

دونوں کی یہ چھیڑ چھاڑ افطار کے بعد ہی ہوتی تھی جب نانا ابّا مغرب سے فارغ ہو کر کھانا کھاتے تھے۔ اُس کے بعد اُن تمام نوکروں کو بلا کر ایک ایک روپیہ دیتے جنہیں دِن میں جُوتے پڑتے تھے۔ یہ اُن کا معافی مانگنے کا طریقہ تھا۔

ایک دن علی الصبح سو کر اُٹھے تو پلنگ سے اُٹھتے اُٹھتے ایک طرف ڈھلکے اور دھم سے زمین پر آ رہے۔ جب اُٹھنے کی کوشش کی تو ایک طرف ڈھلکتے چلے گئے۔ تب اندازہ ہوا کہ سوتے میں فالج مار گیا۔ نانی اتّاں باورچی خانے میں چائے بنا رہی تھیں۔ اُن کا وتیرہ تھا کہ ہر صبح منہ اندھیرے اُٹھتی تھیں، اور نانا ابّا اور ماموں جان کو چائے کا پیالہ دے کر جگایا کرتی تھیں۔ نانا ابّا کے گرنے کی آواز سُن کر دوڑی دوڑی آئیں اور اُنہیں زمین پر پڑا دیکھ کر بھونچکّا سی رہ گئیں، اندر کا سانس اندر اور باہر کا سانس باہر۔ بالکل نہ سمجھ سکیں کہ چیخنا شروع کر دیں یا بڑھ کر شوہر کو سہارا دیں۔ جب ذرا ہوش میں آئیں تو نانا ابّا کو گود میں اُٹھا کر بستر پر لٹا دیا۔ ویسے تو وہ خاصے بھاری بھر کم آدمی تھے اور نانی اتّاں دھان پان سی تھیں مگر اُس وقت اُن میں نہ جانے کہاں سے اِتنی طاقت آ گئی کہ شوہر کو پھول کی طرح اُٹھا لیا۔

"بیوی، ہمیں فالج مار گیا،" نانا ابّا نے بتانے کی کوشش کی مگر زبان لگنت سے لڑکھڑا گئی۔

"ننھے میاں، ارے ننھے میاں!" نانی اتّاں کمرے سے نکل کر چلائیں۔

ماموں جان بر آمدے میں سو رہے تھے۔ ہڑبڑا کر اُٹھے اور ماں کی آواز میں اضطراب کو محسوس کر کے دوڑے دوڑے آئے۔

"دیکھ تو تیرے باپ کو کیا ہو گیا ہے؟" وہ زار و قطار رو رہی تھیں۔

ماموں جان نے وہیں سے دوڑ لگائی محلّے میں سات گھر چھوڑ کر ڈاکٹر رضوی کا مکان تھا، جو اپنی بھلی مانسی کے لئے پورے محلّے میں مشہور تھے۔ کئی بار دروازہ کھٹکھٹانے کے باوجود جب اندر سے کوئی جواب نہ آیا تو زور زور سے بار بار کھٹکھٹانے لگے۔ ڈاکٹر رضوی نے جھنجھلا کر دروازہ کھولا۔ "ارے بھائی، کون ہے؟" اُنہوں نے نند سی آنکھوں کو اوپر اُٹھاتے ہوئے پوچھا۔ "ارے ننھے میاں آپ؟ خیریت تو ہے؟"

"ڈاکٹر صاحب، ابّا میاں پر فالج کا حملہ ہوا ہے۔"

"اوہو! اچھا آپ چلیں، میں کپڑے بدل کر آیا۔"

"اِتنی صبح تکلیف دِہی کی معافی چاہتا ہوں،" ماموں جان نے معذرت کی۔

"ارے اِس میں معافی کی کیا بات ہے،" ڈاکٹر رضوی مسکرا کر بولے۔ "ڈاکٹر کی زندگی کا مقصد ہی یہی ہے کہ اُسے تکلیف دی جائے۔"

ڈاکٹر صاحب ماموں جان کے پیچھے پیچھے ہی پہنچے اور اپنا بیگ رکھ کر نانا میاں پر جھک گئے۔

"قبلہ، آپ کیسا محسوس کر رہے ہیں؟"

نانا ابّا خالی خالی نظروں سے گھور رہے تھے جیسے ڈاکٹر صاحب کو پہچاننے کی کوشش کر رہے ہوں۔ ڈاکٹر رضوی نے اُن کا داہنا بازو اُٹھایا اور اپنے ہاتھ پر تول کر چھوڑا تو نانا ابّا نے آہستگی سے گرا لیا۔ پھر بائیں بازو کو اُٹھا کر چھوڑا تو وہ دھڑام سے بستر پر آ گرا۔ بائیں ٹانگ میں بھی جان نہیں تھی۔ بالآخر اُنہوں نے فیصلہ سُنا دیا کہ جسم کا بایاں حصہ متأثر ہوا تھا۔

"میں دوائیں لکھ دوں گا، وہ آپ باقاعدگی سے دینا شروع کر دیں۔"

"بیٹے، یہ ٹھیک تو ہو جائیں گے نا،" نانی اَتاں نے کانے گھونگھٹ کے پیچھے سے سوال کیا۔

"خالہ، میرا کام تو بس علاج کرنا ہے،" ڈاکٹر رضوی نے اپنی اُنگلی آسمان کی طرف اُٹھاتے ہوئے کہا۔ "شفا دینا اوپر والے کا کام ہے۔"

"جیتے رہو بیٹا۔"

"ویسے بالکل ٹھیک تو شاید نہ ہوں مگر مجھے اُمید ہے کہ اِن شاء اللہ بہتر ہو جائیں گے۔"

"اِن شاء اللہ،" ماموں جان بولے۔

"علاج کے ساتھ ساتھ ورزش بہت ضروری ہو گی۔ ذرا بہتر ہوں تو ورزش شروع کرائیں گے،" ڈاکٹر رضوی اُٹھتے ہوئے بولے۔

***

نانا ابّا آہستہ آہستہ بہتر تو ہو گئے، چلنا پھر نا بھی شروع کر دیا، مگر بایاں بازو لٹک گیا اور بائیں ٹانگ میں لنگڑاہٹ آ گئی۔ اُن کی بات بھی مشکل سے سمجھ میں آتی تھی۔ زیادہ تر تو خاموش ہی رہتے۔ زندگی کی سست رفتاری پر کبھی کبھی کوفت ہوتی مگر صبر کر کے رہ جاتے۔ کہتے تھے کہ "میں جو

نوکروں پر برسا کرتا تھا، اللہ میاں نے اُس کی سزا دی ہے۔" وہ اپنی بیماری سے جیسے ڈھے گئے تھے۔ نانی اماں نے جو کھلا دیا وہ کھالیا، جو پہنا دیا وہ پہن لیا۔ وہ غُصّہ، وہ طمطراق، وہ کرّ و فر، سب کچھ ختم ہو گیا تھا۔

ایک دن ماموں جان کو اپنے پاس بلایا اور بولے، "میں بٹوارہ کر رہا ہوں۔"

"کیسا بٹوارہ، اتّا میاں؟" ماموں جان بولے۔

"بھئی زمین کا بٹوارہ،" اُنہوں نے جواب دیا۔ "اب میری زندگی کا کوئی بھروسہ نہیں، کسی دن بھی یہ چراغ گل ہو سکتا ہے۔"

"کیوں ایسی بات منہ سے نکال رہے ہیں۔ خُدا آپ کا سایہ ہمارے سروں پر ہمیشہ ہمیشہ قائم رکھے۔"

"بے وقوفی کی باتیں مت کرو، کوئی ہمیشہ زندہ رہا ہے؟"

"پھر بھی۔ خُدا آپ کی عمر دراز کرے۔"

"تم وکیل صاحب کو بلا لاؤ تا کہ وہ کاغذات تیار کریں۔"

"جیسے آپ حکم کریں،" ماموں جان نے سر ہلا کر کہا۔

"آدھی زمین تمہاری اور آدھی تمہاری بہن کی۔"

"ارے میں زمین لے کر کیا کروں گا۔ میں اکیلا ٹڑوں ٹوں، نہ کوئی آگے نہ کوئی پیچھے۔ آپ ساری زمین بھّنو کے نام کر دیں، بچّوں کے کام آئے گی۔"

"ذرا سوچ لو۔"

"بس سوچ لیا۔ میں اکیلا دَم ہوں، زمین جائیداد کی فکر تو وہ کرے جس کے آگے کوئی ہو۔ میرے آگے تو بھّنو ہی کے بچّے ہیں۔"

"جیسے تمہاری مرضی۔"

***

ان شاءاللہ خان ماشاءاللہ خان بیرسٹر زایٹ لا بڑے سے نام کے باوجود چھوٹی سی فرم تھی جسے دو بھائی چلاتے تھے۔ نانا ابّا کے وکیل، بیرسٹر ان شاءاللہ خان بڑے بھائی تھے۔ داڑھی، مونچھ اور سر

16

کے بالوں سے بے نیاز، سرخ سفید رنگت، باچھوں سے پان کی پیک رِستی ہوئی، جسے وہ بار بار اپنے دائیں ہاتھ کے انگوٹھے اور شہادت کی اُنگلی سے پونچھ کر اپنی پتلون کی جیب میں جذب کر لیتے تھے۔ بار بار اپنے بائیں ہاتھ کو سر پر پھیرتے جیسے ہوا میں اُڑتے ہوئے اپنے فرضی بال سنوار رہے ہوں۔ گول مٹول اتنے جیسے کوئی فُٹ بال لڑھکتی ہوئی چلی آ رہی ہو۔ موٹاپے کے باوجود چلتے اتنی تیز تھے کہ اچھے خاصے جوان لڑکے بھی اُن کے ساتھ چلتے چلتے ہانپنا شروع کر دیتے تھے۔ بہر حال اگلے دِن وہ بغل میں اپنا تھیلا دبائے ہوئے آ گئے۔ چونکہ ماموں جان نے اُنھیں کام کی نوعیت سمجھا دی تھی، لہٰذا سارے فارم ساتھ لائے تھے۔ پُرانے کاغذات دیکھے اور نئے فارم بھر کر نانا ابّا سے دستخط کروا لیے۔ چلتے وقت ماموں جان سے کہہ گئے کہ دو ایک روز میں رجسٹری ہو جائے گی تو وہ خود ہی اپنے ملازم کے ہاتھ نئے کاغذات بھجوا دیں گے۔

امی جان دن میں دو ایک بار ضرور ماں باپ کے گھر کا چکّر لگا لیتی تھیں کیونکہ نانا ابّا کا مکان اُسی محلّے میں پانچ گھر چھوڑ کر تھا۔ اگلی بار جب آئیں تو نانا ابّا نے ایک کتّھئی لفافہ تکیے کے نیچے سے نکال کر اُنھیں پکڑا دیا۔

"یہ کیا ہے ابّا میاں؟" اُنھوں نے لفافہ اُلٹتے پلٹتے پوچھا۔

"زمین کے کاغذات،" نانی اتّاں نے کہا۔ "تمھارے باوا نے ساری زمین تمھارے نام کر دی ہے۔"

"مگر کیوں؟" امی جان کی سمجھ میں کچھ نہیں آیا۔

"کیونکہ یہ اب اللہ میاں کے پاس جانے کی تیاری کر رہے ہیں۔"

"اتّاں، کیوں ایسی بات زبان پر لاتی ہیں،" امی جان رو ہانسی ہو کر بولیں۔ "خدا ابّا میاں کو سلامت رکھے۔"

نانا ابّا نے ہاتھ کے اشارے سے امی جان کو بیٹھنے کے لیے کہا۔ وہ ایک کُرسی آگے کھِسکا کر نانا ابّا کے پاس ہی بیٹھ گئیں۔

"دیکھو، اپنے بھائی کا خیال رکھنا۔"

"ابّا میاں، آپ ابھی بہت دِن جئیں گے۔" امی جان نے باقاعدہ آنسوؤں سے رونا شروع

کر دیا۔

"ننھے میاں نے اپنا حصّہ بھی تمہیں دے دیا ہے،" نانی اماں بولیں۔

"مگر کیوں؟" امی جان نے دوپٹے کے پلو سے اپنے آنسو پونچھتے ہوئے کہا۔

اِتنے میں ماموں جان کمرے میں داخل ہوئے اور امی جان اُٹھ کر اُن سے چمٹ گئیں۔ اِتنا پھوٹ پھوٹ کر روئیں کہ ہچکیاں بندھ گئیں۔ ماموں جان بھی پریشان ہوگئے۔

"آخر بات کیا ہے بھنّو؟"

"تمہارے باپ نے زمین کے کاغذات دے دیے ہیں،" نانی اماں نے کہا۔

"تو اِس میں رونے کی کیا بات ہے؟"

"جب میں نے کہا کہ تم نے اپنا حصّہ بھی اُسے دے دیا ہے تو اُس نے رونا شروع کر دیا۔"

"ارے پگلی،" ماموں جان نے امی جان کو چمٹاتے ہوئے کہا۔ "میرا حصّہ تیرے لئے نہیں، تیرے بچّوں کے لئے ہے۔"

نانا اَبّا، جو کبھی ہر وقت انگارے چباتے رہتے تھے، بیماری کے بعد بالکل بدل گئے تھے۔ نہ آئے کی پروا، نہ گئے کی فکر۔ بستر پر خاموشی سے پڑے چھت کو گھورتے رہتے تھے۔ اگر کبھی نانی اماں نے کوئی مشورہ مانگا تو بس ایک ہی جواب ہوتا تھا، "بھئی دیکھ لو، جو تمہاری سمجھ میں آئے وہ کر لو۔"

اِسی حالت میں اُنھوں نے دو سال گزارے پھر جب ایک رات کو سوئے تو صبح کو نہ اُٹھے۔ نانی اماں چائے کا پیالہ لے کر آئیں تو سو رہے تھے۔ اُنھوں نے لحاف کا کونا اُٹھا کر دیکھا تو فوراً سمجھ گئیں کہ ہمیشہ کے لئے سو گئے ہیں۔ کچھ دیر اُنھیں خاموشی سے تکتی رہیں، پھر چائے کا پیالہ میز پر رکھ کر ماموں جان کے کمرے میں گئیں۔ اُنھیں آہستہ سے جھنجھوڑا تو اُن کی آنکھ کھل گئی، نانی اماں خاموشی سے اُن کے سامنے کھڑی رہیں۔ وہ اُٹھ کر بیٹھ گئے اور ماں کی خاموشی کو سمجھنے کی کوشش کرنے لگے۔

"کیوں؟ خیریت تو ہے اماں؟" ماموں جان نے پوچھا۔

"تمہارے باپ اب اِس دنیا میں نہیں ہیں،" نانی اماں نے جواب دیا۔

ماموں جان ہڑبڑا کر بستر سے اُٹھے اور نانا اَبّا کے کمرے کی طرف دوڑے۔ جا کر دیکھا تو یہی سمجھے کہ سو رہے ہیں۔ ہِلا جلا کر دیکھا اور یقین آگیا۔ نانی اماں اُن کے پیچھے کھڑی تھیں۔ وہ ماں سے

چمٹ گئے اور سسکیاں لینے لگے۔ پھر جب برداشت نہ رہی تو دہاڑیں مارنے لگے۔ نانی اماں نے اُن کے سر پر ہاتھ رکھا اور بولیں، "صبر کرو بیٹا، صبر کرو۔ مرد اونچی آواز سے نہیں روتے۔" ماموں جان کی دہاڑیں پہلے ہچکیوں میں اور پھر سسکیوں میں تبدیل ہو گئیں۔

"جاؤ اپنی بہن کو بلا لاؤ،" اُنہوں نے کہا، "اور پڑوس میں بھی اطلاع کر دو۔"

"میں ڈاکٹر رضوی کو لے کر آتا ہوں،" ماموں جان بولے۔

"کاہے کے لئے؟ ڈاکٹر رضوی بے چارے کیا کریں گے؟ ڈاکٹر تو زندوں کا علاج کرتے ہیں۔"

ماموں جان روتے پیٹتے امی جان کو لینے کے لئے چل دیے۔ راستے میں جو جو ملا اُسے سناؤنی دے دی۔ شام تک جب لوگ دفتروں سے لوٹے تو جنازہ تیار ہو چکا تھا۔ عورتیں پہلے ہی پہنچ چکی تھیں۔ گھر بھرا ہوا تھا۔ عصر کے بعد جنازہ اُٹھنے تک پانچ قرآن ختم ہو چکے تھے۔

امی جان کا بُرا حال تھا۔ روتی جاتیں اور نانا ابّا کی باتیں دہراتی جاتیں۔ نانی اماں کی جیسی باوقار شخصیت تھی اُس کا پاس رکھتے ہوئے صبر و تحمل سے خاموش بیٹھی تھیں۔ کپڑے ہمیشہ سفید ہی پہنتی تھیں، البتّہ ہاتھوں میں دو دو سونے کی چوڑیاں پڑی رہتی تھیں جو اُنہوں نے اُتار کر امی جان کے حوالے کر دیں۔

نانا ابّا کے انتقال کے بعد نانی اماں جیسے بُجھ سی گئی تھیں۔ اگر کسی نے کچھ پوچھ لیا تو ہاں یا ناں میں جواب دے دیا ورنہ معلوم ہوتا تھا جیسے چُپ کا روزہ رکھ لیا ہو۔ اگر کسی نے کچھ کھلا دیا تو کھا لیا ورنہ سارے سارے دن منہ میں ایک کھیل تک اُڑ کر نہیں جاتی تھی۔ ہر وقت دوپٹّے کا پلو آنکھوں سے لگا رہتا تھا۔

"اماں اب کب تک روئیں گی،" امی جان اُنہیں سمجھاتیں۔ "رو رو کر آنکھیں کھو دیں گی۔"

"لکی میں روتی تھوڑی ہوں،" وہ جواب دیتیں۔ "یہ کمبختی کا مارا پُورا سمندر آنکھوں میں اُتر آیا ہے، وہی بہتا رہتا ہے۔"

نانی اماں امی جان کو پیار سے لکی کہہ کر مخاطب کرتی تھیں۔ جیسے جیسے وقت گزرا، نانی اماں سوکھ کر کانٹا ہوتی گئیں۔ آخر میں تو بس اپنا سایہ بن کر پلنگ پر پڑ گئیں۔ صبح کو جیسے ہی ابّا میاں دفتر کے لئے روانہ ہوتے، امی جان آ جاتیں اور سارا دن وہیں گزارتیں۔ باقی اوقات میں ماموں جان اُن کی خبر

گیری کرتے۔ ڈاکٹر رضوی صبح کو کلینک جاتے ہوئے اور شام کو واپس آتے ہوئے ضرور چکر لگاتے۔

"ڈاکٹر صاحب، اماں ٹھیک ہو جائیں گی؟" ایک دن ماموں جان نے پوچھ ہی لیا۔

"نہیں ننھے میاں، اب خالہ کا آخری وقت آ پہنچا ہے اور اپنی سانسیں پوری کر رہی ہیں،" ڈاکٹر رضوی نے کہا۔ "یہ میں ڈاکٹر کی حیثیت سے نہیں، بلکہ پڑوسی کی حیثیت سے کہہ رہا ہوں۔" ایک صبح کو جب ڈاکٹر رضوی آئے تو نانی اماں کا سانس اُکھڑنے لگا تھا۔ ہر سانس میں گڑگڑاہٹ تھی، جیسے کوئی حقّہ پی رہا ہو۔ سانس باہر آتے وقت ایک چیخ سی نکلتی تھی۔

"رات سے یہی کیفیت ہے،" ماموں جان نے کہا۔

"پھیپھڑوں میں پانی بھر گیا ہے،" ڈاکٹر رضوی نے جواب دیا۔ اُنہوں نے پاؤں چھو کر دیکھے، برف کی طرح ٹھنڈے تھے جبکہ پیشانی تپ رہی تھی۔ بلڈ پریشر کا آلہ اپنے بیگ سے نکالا اور اُس کی آستین نانی اماں کے سینک سے بازو پر چڑھا کر پمپ کیا اور اسٹیتھسکوپ سے سُن کر کہا، "لگتا ہے کہ ابھی آدھ پونا گھنٹہ لگے گا۔" وہ وہیں کُرسی ڈال کر بیٹھ گئے اور تھوڑی تھوڑی دیر کے بعد نانی اماں کی پیشانی چھو کر دیکھتے رہے، جو آہستہ آہستہ ٹھنڈی ہوتی جا رہی تھی۔ ماموں جان خاموشی سے کھڑے بار بار اپنے آنسو پونچھ رہے تھے۔

آخر کار نانی اماں کے جسم کو ایک ہلکا سا جھٹکا لگا اور سانس کی گڑگڑاہٹ بند ہو گئی۔ ڈاکٹر رضوی نے بڑھ کر اُن کی نبض دیکھی اور کرسی سے اُٹھ کر اپنا بیگ سنبھالا، ماموں جان کے کندھے پر ہاتھ رکھ کر دلاسہ دیا اور اپنے کلینک کے لئے چل دیے۔

3

ابّا میاں اور ماموں جان کی آپس میں خوب گُھٹتی تھی۔ حالانکہ ابّا میاں عمر میں اُن سے کئی سال چھوٹے تھے اور اُن کی عزّت بھی بہت کرتے تھے مگر گہرا یارانہ تھا اور ایک دوسرے کو "عالی جاہ" کہتے تھے مگر ہمیشہ "تم" کہہ کر مخاطب کرتے تھے۔ نانی اماں کے اِنتقال کے بعد ماموں جان اکیلے رہ گئے۔ سارا دِن تو ہماری طرف گزارتے اور رات کو سونے کے لئے اپنے گھر چلے جاتے۔ ایک دن کھانے کے بعد جب رات کو جانے لگے تو ابّا میاں نے کہا، "تم اتنے بڑے گھر میں اکیلے پڑے ہو۔ میری مانو تو اُسے بیچ کر یہیں منتقل ہو جاؤ۔"

"وہ مثل مشہور ہے کہ بہن کے گھر بھائی کتّا اور ساس کے گھر جمائی کتّا۔"

"ارے چھوڑو عالی جاہ، کہاں کی بات کرتے ہو،" ابّا میاں نے جواب دیا۔ "میں بھی تو تمہارا بھائی ہوں، سگانہ سہی مگر بھائی تو ہوں اور تم سے چھوٹا ہوں۔ جب باپ دُنیا سے چلا جاتا ہے تو بڑا بھائی باپ کی جگہ لے لیتا ہے۔ تمہاری خدمت میرا فرض اور تمہارا حق ہے۔"

ماموں جان نے آگے بڑھ کر اُنہیں گلے لگا لیا اور بولے، "میں سوتا ہی کب ہوں؟ رات بھر طرح طرح کی آوازیں آتی رہتی ہیں اور میں ڈر کے مارے بستر میں دُبکا پڑا رہتا ہوں۔"

"کوئی جِن وِن تو نہیں آ گئے؟" امی جان نے کہا۔

"اتّے بڑے بڑے بھائیں بھائیں کرتے گھر میں اگر جن بُھوت قبضہ نہ کریں گے تو کیا فرشتے آ کے رہیں گے؟" دادی اماں نے منہ ہی منہ میں بڑبڑاتے ہوئے کہا۔

21

"تو پھر یہ فیصلہ ہو گیا کہ تم وہ گھر بیچ کر ہمارے ساتھ ہی رہو گے؟" ابّا میاں نے ماموں جان سے کہا۔

"سوچتے ہیں،" ماموں جان نے جاتے جاتے جواب دیا۔

ہفتہ بھی نہیں گزرا تھا کہ ماموں جان نے آ کر خبر دی کہ مکان بِک گیا۔ حالانکہ ستائی کا زمانہ تھا، پھر بھی پورے پچاس ہزار کا گیا۔

"لو یہ مکان کے پیسے ہیں،" اُنہوں نے نوٹوں کی گڈّی امی جان کے آگے ڈال دی۔

"بھائی صاحب، میں اِن کا کیا کروں گی؟" امی جان نے گڈّی ہاتھ میں لیتے ہوئے کہا۔

"وہی جو سب کرتے ہیں۔"

"مگر ابّا میاں نے مکان تو آپ کے نام کر دیا تھا۔"

"میرے نام، تمہارے نام، کیا فرق پڑتا ہے؟"

"مگر یہ آپ کے پیسے ہیں۔"

"بِھنّو، یہ کب سے میرا تیرا ہونے لگا،" ماموں جان جھنجھلا کر بولے۔ "میں ٹھہرا اکیلا ٹھونٹھ، کیا کروں گا اتنے پیسوں کا؟ تم رکھو، بچّوں کے کام آئیں گے۔"

کافی دیر بحثا بحثی کے بعد آخرای جان نے پیسے لے لیے۔ میں اور میری بہن بہت خوش تھے کہ ماموں جان ہمارے گھر منتقل ہو گئے تھے۔ سارے دن ہم اُنہیں مصروف رکھتے۔ وہ رات کو مزے مزے کی کہانیاں سُناتے۔ کبھی عمرو عیّار طرح طرح کے بھیس بدلتا، کبھی افراسیاب بِجنّوں کی فوج لے کر دشمن سے جنگ کرتا۔ ہم دونوں ماموں جان کے اِرد گرد لیٹے کہانی سنتے سنتے سو جاتے۔ رات بھر خواب میں کبھی کوہ قاف پہنچ جاتے، کبھی ہیروں کی وادی میں گھومتے رہتے۔

ابھی اسکول میں ہم نے پہاڑے شروع کیے ہی تھے کہ ماموں جان نے مجھے پہاڑے رٹوانا شروع کر دیے۔ کلاس میں ابھی آٹھ کے پہاڑے پر تھے مگر مجھے بیس تک یاد تھے۔ جب بھی ماموں جان کا سامنا ہوتا تو میں چوکنّا ہو جاتا کیونکہ وہ کسی بھی وقت امتحان لے سکتے تھے۔ کئی بار تو یہ تک ہوا کہ کھانا کھاتے وقت جیسے ہی میں نے لقمہ منہ میں ڈالا، ماموں جان اُنگلی اُٹھا کر بولے، "بارہ ستّے؟"

"چوراسی۔"

"شاباش۔"

اُن کی شاباش سننے کے لئے ہر وقت چوکس رہنا پڑتا تھا۔ ماموں جان مجھ سے نختی بھی لکھواتے تھے۔ اِسی لئے ماسٹر صاحب کہتے تھے کہ میری لکھائی کلاس میں سب سے اچھی ہے۔ ماموں جان نے بچّوں کی کتابوں کے ڈھیر لگا دیے تھے۔ جب بھی بازار جاتے دو چار کتابیں اور بچّوں کے رسالے لے آتے۔ گھر میں ہر جگہ کتابیں نظر آتی تھیں۔ کبھی کبھار امّی جان اِدھر اُدھر کتابیں پڑی دیکھتیں تو مجھے اور زرینہ کو ڈانٹتیں کہ کتابیں سنبھال کر ایک جگہ رکھیں۔ ماموں جان اُنہیں سمجھاتے، "نہیں بھنّو، رہنے دو۔ اگر بچّے شروع ہی سے اپنے اِرد گرد کتابیں دیکھتے رہیں تو بڑے ہو کر بھی اُنہیں پڑھنے کا شوق رہتا ہے۔"

ماموں جان کا معمول وہی تھا۔ صبح ناشتے سے فارغ ہو کر امّی جان سے پوچھتے کہ کیا منگوانا ہے۔ پھر اڑوس پڑوس میں چکر لگا کر سب کی ضروریات معلوم کرتے۔ ابّا میاں اب باہر کے کاموں سے بالکل دست بردار ہو گئے تھے۔ اگر امّی جان کسی کام کے لئے کہتیں تو وہ کام ماموں جان کے سُپرد کر دیا جاتا۔ البتّہ دادی امّاں کو اُن سے خُدا واسطے کا بیر تھا۔ جب بھی ماموں جان کا سامنا ہوتا فوراً بڑ بڑانا شروع کر دیتیں۔

ایک دن دو پہر کو دادی امّاں باورچی خانے کے سامنے پلنگ پر بیٹھی چھالیہ کتر رہی تھیں اور امّی جان باورچی خانے میں چپاتیاں بنا رہی تھیں کہ ماموں جان سامنے سے گزرے۔

"کام کا نہ کاج کا، دشمن اناج کا۔" دادی امّاں نے منہ ہی منہ میں کہا، مگر اتنی آہستہ بھی نہیں کہ بات باورچی خانے تک نہ پہنچتی۔

"خالہ میّا، آپ تو خواہ مخواہ بھائی صاحب کے پیچھے پڑی رہتی ہیں،" امّی جان نے بُرا سا منہ بنا کر کہا۔ وہ اور ماموں جان دادی امّاں کو خالہ میّا کہتے تھے جبکہ وہ اُن دونوں کو للّی اور للا کہہ کر مخاطب کرتی تھیں۔

"آئے ہائے، پیچھے کیسے نہ پڑوں،" دادی امّاں نے جواب دیا۔ "مرد بچّہ ہے، گھر میں پڑا اچھا لگتا ہے؟ باہر نکل کر کوئی کام کاج ڈھونڈے۔"

ماموں جان بھی آخر دادی اماں کی ہر وقت کی نکتہ چینی سے تنگ آجاتے تھے۔ "دیکھتی رہنا خالہ میّا، ایک دن ایسا یہاں سے منہ کالا کر جاؤں گا کہ آپ میری صورت دیکھنے کو ترس جائیں گی۔ پھر ایک دن آ کر آپ کے سامنے دولت کے ڈھیر لگا دوں گا۔"

"ہاں۔ نہ نو من تیل ہو گا، نہ رادھا ناچے گی،" دادی اماں نے ایسے جیسے اپنے آپ سے کہہ رہی ہوں۔

"رادھا ناچے یا نہ ناچے، مگر آپ ضرور ٹھمکیں گی۔" ماموں جان مسکرا کر بولے۔

"بھائی صاحب! کچھ تو خیال کریں، یہ آپ کس سے مخاطب ہیں؟" امی جان نے دال بگھارتے ہوئے باورچی خانے سے ہی ڈانٹ پلائی۔ حالانکہ امی جان کی بھی دادی اماں سے نوک جھونک ہوتی رہتی تھی مگر وہ اُن کی بے حد عزّت کرتی تھیں۔ دادی اماں کی عزّت تو خیر سبھی کرتے تھے مگر اُن کی تیزاب میں بُجھی ہوئی زبان کا کوئی کیا کر سکتا تھا۔ دادا ابّا میرے ہوش سنبھالنے سے پہلے ہی اللہ کو پیارے ہو چکے تھے مگر اُن کا تذکرہ خاندان میں اِس طرح ہوتا تھا جیسے اُن کی سوانح عمری بیان کی جا رہی ہو۔ وہ مرتے مر گئے مگر وہ دادی اماں کے منہ سے پیار کے دو بول نہ سُن پائے۔ ایسی بات نہیں کہ دادی اماں ماموں جان سے محبّت نہیں کرتی تھیں۔ وہ ہفتے میں ایک آدھ بار قیمہ بھرے کریلے بناتی تھیں کیونکہ ماموں جان کو بہت پسند تھے۔ اگر کبھی امی جان اُن سے کہتیں، "خالہ میّا، یہ آپ روز روز قیمہ بھرے کریلے پکا لیتی ہیں،" تو ہاتھ چلا کر جواب دیتیں، "ارے للا شوق سے کھاتا ہے۔"

ماموں جان پیر پٹختے باہر چلے گئے اور امی جان باورچی خانے سے فارغ ہو کر دوپٹّے سے چہرے کا پسینہ پونچھتی ہوئی دادی اماں کے پلنگ کی پائنتی پر آ بیٹھیں۔

"کیوں للی، سالن بن گئے؟" دادی اماں نے پوچھا۔

"جی خالہ میّا، دال بگھار دی ہے، کوفتے تیار ہیں۔"

دادی اماں چھالیہ کترتی رہیں۔ امی جان نے دل کڑا کر کے کہا، "دیکھیں خالہ میّا، آپ بھائی صاحب کے ساتھ ذرا نرمی سے بات کیا کریں۔ ان کا دل بہت چھوٹا ہے۔"

"ارے تو میں کوئی اُس کی دُشمن تھوڑا ہی ہوں۔ جو کچھ کہتی ہوں اُس کی بھلائی کے لئے ہی کہتی

ہوں۔"

"پھر بھی، آپ کبھی کبھی بڑی سختی سے پیش آتی ہیں،"امی جان نے ڈرتے ڈرتے کہا۔

"تم سمجھتی ہو کہ مجھے اُس سے محبّت نہیں ہے،"دادی اماں روہانسی سی ہو کر بولیں۔ "ارے وہ میری ماں جائی کے پیٹ سے پیدا ہوا ہے۔"

امی جان خاموشی سے سنتی رہیں۔

"اور ماں جائی بھی ایسی جسے میں نے بیٹیوں کی طرح پالا تھا۔ ہماری اماں کو تو پڑوس میں مٹر گشتیوں سے فرصت نہیں تھی۔ میں ہی اُسے گود میں لادے لادے پھرتی تھی، اُس کے پوتڑے بدلتی، اُسے نہلاتی، حالانکہ میں خود پانچ برس کی بوند تھی۔ کیا خبر تھی کہ میری آنکھوں کے سامنے چلی جائے گی۔"دادی اماں نے دوپٹے سے اپنے آنسو پونچھتے ہوئے کہا۔

"بس، خالہ میّا، ہم سب کو ایک دِن جانا ہے، کوئی آگے کوئی پیچھے۔"

"جب چھوٹی سی تھی تو کمر بند میں دو گانٹھیں لگا لیا کرتی تھی۔ کھیل میں پیشاب کرنے کا ہوش بھی نہیں ہوتا تھا،"دادی اماں کچھ یاد کر کے مُسکرائیں۔ "جب پیشاب بالکل نکلنے والا ہوتا تو بھاگتی آتی تھی کمر مگر کمر بند کی گانٹھیں کون کھولے؟ میرے پاس ہی دوڑی دوڑی آتی تھی اور کبھی کبھی گانٹھیں کھولتے کھولتے ہی اُس کا پیشاب نکل جاتا تھا۔ پھر میں ہی اُس کا پائجامہ بدل کر دھوتی تھی۔ لاکھ سمجھاتی تھی کہ کمر بند میں ڈیڑھ گانٹھ لگاتے ہیں، مگر اُسے ڈیڑھ گانٹھ لگانا نہیں آتی تھی۔ آخر ایک دن بیٹھ کر اُسے ڈیڑھ گانٹھ لگانا سکھائی۔"

دادی اماں پھر آبدیدہ ہو گئیں اور بولیں،"ہائے میرے مولا، اُس کی آئی ہوئی مجھے کیوں نہ آ گئی۔ کم از کم یہ دن تو نہ دیکھنا پڑتا۔"

"جس کے جتنے سانس لکھے ہیں، پورے کرتا ہے اور چلا جاتا ہے،"امی جان سمجھانے لگیں۔

اب دادی اماں ہچکیوں کے ساتھ رونے لگیں۔ وہ ویسے بھی کافی جذباتی تھیں اور بات بات پر رو پڑتی تھیں۔ امی جان اُٹھیں اور کٹورے میں پانی بھر کر لے آئیں۔ دادی اماں نے دوپٹے کے پلّو سے آنسو پونچھے اور امی جان کے ہاتھ سے کٹورا لے لیا۔

جب دادی اماں کسی بات پر ناراض ہو جاتیں تو چُپ سادھ لیتی تھیں۔ بس پلنگ پر بیٹھی چالیہ

کتراتی رہتیں۔ اگر کسی نے کچھ پوچھ لیا تو بڑی مشکل سے ہاں میں جواب دے دیا۔ آخر ماموں جان اُنہیں منانے میں لگ جاتے اور سرہانے کھڑے ہو کر اُن کے کندھے دبانا شروع کر دیتے۔

"چھوڑ للا، میری جی اچھانائیں،" دادی اتّاں اُن کا ہاتھ ہٹاتے ہوئے کہتیں۔

"ارے خالہ میّا، آپ دراصل کام بہت کرتی ہیں اس لئے تھک جاتی ہیں،" ماموں جان جواب دیتے، "میں آپ کے کندھے دباؤں گا تو بھی اچھا ہو جائے گا۔"

"آج صبح ہی سے سر میں کچھ دھمک ہے،" وہ امی جان سے کہتیں، "للی ذرا میرے سر میں تیل تو ڈال دے۔"

"جی خالہ میّا۔"

امی جان باورچی خانے سے ایک چاندی کی کٹوری میں سرسوں کا تیل گرم کر کے لاتیں اور ہتھیلی پر تھوڑا سا اینڈ ڈیل کر دادی اتّاں کے سر پر مالش کرتیں۔ اُن کے دودھ جیسے سفید بال سرسوں کا تیل لگنے سے میلا میلے سے ہو جاتے تھے۔ جب امی جان اُن کے بالوں میں کنگھا کر کے چوٹی باندھنے لگتیں تو دادی اتّاں کہتیں، "ارے چھوڑ دے للی، چار بالوں کی پونچھ رہ گئی ہے، اُن کی چُٹیا کیا باندھے گی؟" ایک زمانے میں دادی اتّاں کے بال بڑے بڑے گھنے ہوتے تھے مگر اب تو واقعی چار بال رہ گئے تھے۔

ویسے تو دادی اتّاں سب کو ہی ڈانٹ ڈپٹ کرتی رہتی تھیں مگر میں اُن کا لاڈلا تھا۔ البتّہ زرینہ پر کڑی نظر رہتی تھی۔ بات بات پر اُسے ڈانٹتی تھیں۔ امی جان کو بہت بُرا لگتا تھا۔ ایک بار اُنہوں نے دبے الفاظ میں احتجاج کر دیا۔

"خالہ میّا، آپ دونوں بچّوں میں امتیاز برتتی ہیں۔"

"ارے توبہ کرو للی،" دادی اتّاں نے کہا۔ "دونوں میرے جگر کے ٹکڑے ہیں۔ بس بات اتنی سی ہے کہ بیٹا تو اپنا ہوتا ہے مگر بیٹی پرائے گھر کی ہوتی ہے۔"

"تو وہ کون سی کل کو پرائے گھر ہی جا رہی ہے۔ ابھی تو وہ پانچ سال کی بھی نہیں ہوئی۔"

"تم نہیں سمجھتیں، تمیز بچپن سے ہی سکھایا جاتا ہے۔ بیٹی کی تربیت اُس کی پیدائش سے ہی شروع ہو جاتی ہے۔"

دادی اتّاں جب مجھے قرآن شریف پڑھا رہی ہوتی تھیں تو زرینہ اُن چڑیوں کو بھگانے میں اِدھر

اُدھر بھاگ رہی ہوتی تھی جو آنگن میں دانہ دُنکا چُگنے کے لئے آجاتی تھیں۔ دادی اِتّاں کو یہ بات ایک
آنکھ نہیں بھاتی تھی۔

"کیا ہڑدنگوں کی طرح کُودکڑے مارتی پھرتی ہے؟" ایک دن دادی اِتّاں نے زرینہ کو ڈانٹا۔
امی جان نے بُرا سا منہ بنایا لیکن کچھ نہیں کہا۔

"لِلی، اِس کے لئے قاعدہ منگواؤ۔ کل سے اِسے بھی پڑھانا شروع کروں گی۔"

"جی خالہ میّا۔" امی جان نے جواب دیا۔

میں اور زرینہ دادی اِتّاں کی باتیں بڑے غور سے سُنتے تھے۔ ہم اُن کے ساتھ لیٹ جاتے اور وہ
طرح طرح کے قصّے سُناتیں۔ وہ سارے جانوروں کی بولیاں سمجھتی تھیں۔ اُنہی سے ہمیں پتا چلا کہ
فاختہ بڑی حلیم اور عبادت گزار ہے۔ ہر وقت کہتی رہتی ہے "سبحان تیری قُدرت، سبحان تیری
قُدرت" جبکہ تیتر بڑا مغرور جانور ہوتا ہے۔ ہر وقت "پدرم سُلطان بود، پدرم سُلطان بود" کہتا رہتا
ہے۔

"اور دادی اِتّاں مرغا کیا کہتا ہے؟" زرینہ نے ایک بار پوچھا۔
"مرغا کہتا ہے اشہدان لا الٰہ الّا اللہ۔"

جب وہ بہت تھک جاتیں تو مجھے اور زرینہ کو بُلا کر کمر دبانے کو کہتیں۔ خود اُلٹی لیٹ جاتیں اور
ہم دونوں اُن کی کمر پر بیٹھ کر کودتے رہتے۔ جب ذرا زور سے کودتے تو کہتیں، "بچّو ذرا ہولے
ہولے، اب اِن بوڑھی ہڈّیوں میں اِتنا دم نہیں ہے۔" ہم دیر تک اُن کی کمر پر بیٹھے اٹکن بٹکن
کھیلتے رہتے۔ وہ اِسی طرح سو جاتیں اور خرّاٹے لینا شروع کر دیتیں۔ کبھی کبھار ہماری لڑائی ہو جاتی اور
جب ہم زیادہ شور مچاتے تو سوتے سوتے ہی کہتیں، "او نہ ہو نہ!"۔ ہم فوراً چُپ ہو جاتے اور اُن
کے خرّاٹے دوبارہ شروع ہو جاتے۔ اُن کی گردن پر دائیں جانب ایک بڑا سا مسّا تھا جس سے ہم دونوں
کھیلتے رہتے۔ کبھی اُسے دبا کر موٹر کے بھونپو کی طرح پوں پوں کرتے، کبھی چٹکی میں دبا کر گھنڈی
کی طرح اِدھر اُدھر مروڑتے۔ اگر کچھ زیادہ ہی مروڑنے کی کوشش کرتے تو فوراً دادی اِتّاں کی آواز
آتی، "او نہ ہو نہ!" اور ہم فوراً ہاتھ ہٹا لیتے۔ اُن کی آنکھ کھل جاتی اور ہمیں ہٹا کر کہتیں، "توبہ ہے
جو گھڑی بھر آنکھ لگانے دیں۔" پھر اُٹھ کر اپنے بٹوے سے مجھے اکنّی نکال کر دیتیں۔ میں اور زرینہ

دوڑے دوڑے باہر جاتے اور غوثی دادا کی دکان سے بہت ساری چیزیں لے آتے۔ میں کُرتے کا دامن پھیلا دیتا اور وہ تِل کے چھوٹے چھوٹے لڈّو، گڑ دھانی، مربّے، بتاشے اور نہ جانے کیا کیا میری گود میں ڈال دیتے۔ اُنہیں سارا محلّہ غوثی دادا کہتا تھا۔ لوگ شکایت کرتے تھے کہ وہ کم تولتے ہیں۔ پتھر کے باٹ اِستعمال کرتے تھے اور جن کے گھروں میں ترازو باٹ تھے وہ قسمیہ کہتے تھے کہ جب وہ سیر بھر گھی خرید کر لائے اور گھر آ کر تولا تو تین پاؤ ہی نکلا۔ اگر کوئی غوثی دادا سے شکایت کرتا تو وہ یہ کہہ کر ڈانٹ دیتے تھے کہ "مجھے بے ایمان کہتے ہو، جاؤ کہیں اور سے لے آؤ۔" چونکہ پورے محلّے میں بس غوثی دادا ہی کی دُکان تھی لہٰذا لوگ خون کے گھونٹ پی کر رہ جاتے تھے۔

امی جان نے باورچی خانہ سنبھالا ہوا تھا۔ دادی اماں ہر وقت کسی نہ کسی کترَبیونت میں لگی رہتی تھیں۔ اُنہیں سینے پرونے اور طرح طرح کے کھانے پکانے کا شوق تھا۔ کچھ کھانے ایسے تھے جو اِبّا میاں فرمائش کر کے دادی اماں سے ہی پکواتے تھے، خصوصاً اُن کے ہاتھ کے گُلگُلوں کی بات ہی کچھ اور تھی۔ جہاں بارش کی پہلی پھوار پڑی گھر کے سارے افراد چارپائیوں کو آنگن سے برآمدے میں منتقل کرنے میں مصروف ہو گئے اور دادی اماں نے فوراً باورچی خانے میں گُلگُلوں کی کڑھائی چڑھا دی۔ اِدھر سب لوگ برآمدے میں چارپائیوں پر بیٹھے موسلا دھار بارش کی جھما جھم دیکھ رہے ہیں، اُدھر ماموں جان باورچی خانے سے گُلگُلوں کی رکابیوں پر رکابیاں لئے چلے آ رہے ہیں۔ میرا اور زرینہ کا یہ حال تھا کہ بجلی کی ہر چمک پر آنکھیں بند کر لیتے تھے اور ہر کڑک پر اُنگلیاں کانوں میں ٹھونس لیتے تھے اور منہ کا گُلگُلہ منہ ہی میں رہ جاتا تھا۔

4

ایک دن امی جان کی دُور کی ایک پھوپھی اپنے گاؤں سے آ پہنچیں۔ ان کا نام تو امیرن تھا مگر امی جان اُنہیں پھپّو کہتی تھیں۔ اُن کی بیل گاڑی ہمارے دروازے پر ہی آ کر رُکی۔ اُن کے ساتھ ایک عمر رسیدہ خاتون تھیں جن کا نام مُنّی بوبو تھا مگر جسم میں لحیم و شحیم تھیں۔ بیل گاڑی کے گرد مجمع لگ گیا اور لوگ مُنّی بوبو کو اُتارنے کی تگ و دَو کر رہے تھے۔ امیرن پھپّو مستقل ہدایات دے رہی تھیں۔ خدا خدا کر کے وہ بیل گاڑی سے اُتریں۔ اِس دوران ماموں جان بھاگ بھاگ کر اینٹیں لا رہے تھے۔ اُنہوں نے آنگن میں بچھے ایک پلنگ کی دونوں طرف کی پٹّیوں کے نیچے اینٹیں چُن کر او پر ایک چاندنی بچھا دی۔ مُنّی بوبو جب اُس پلنگ پر بیٹھیں تو پورا پلنگ بھر گیا۔ اگر ماموں جان اینٹیں نہ لگاتے تو دونوں میں سے ایک پٹّی ضرور ٹوٹتی۔ بے چاری کانوں سے اونچا سُنتی تھیں، بلکہ بہت اونچا سُنتی تھیں اِس لئے زیادہ تر خاموش بیٹھی سب کو ٹکر ٹکر دیکھتی رہتی تھیں۔ جب سب ہنستے تو خود بھی مُسکرا دیتیں۔ اُن کے بر خلاف امیرن پھپّو کی زبان تالو سے نہیں لگتی تھی، بے تُکان بولے جاتی تھیں۔ کھری زبان بولتی تھیں مگر کہیں کہیں اُن کی گفتگو میں شُستگی کی آمیزش بھی نظر آتی تھی۔ بعد میں امی جان نے بتایا کہ اچھی خاصی پڑھی لکھی تھیں۔ بچپن میں گلستان اور بوستان بھی پڑھی تھی اور کریما بھی، مگر کم عمری میں شادی ہو گئی اور وہ بھی کہاں، ایک گاؤں میں جن میں کوئی الف کے نام سے لٹھ بھی نہیں جانتا تھا۔ بس زمینیں بہت تھیں اِسی لئے اُن کے والد نے بیٹی اُٹھا کر اُنہیں دے دی۔ ہوتے ہوتے اُن کی زبان بھی سسرالیوں کی سی ہو گئی۔

دادی اماں نے امیرن پھپھو اور مُنّی بوبو کو دیکھ کر ایسا منہ بنایا جیسے مکھی نِگل لی ہو۔ معمولی علیک سلیک کر کے باورچی خانے میں جا گھسیں۔ ماموں جان مہمانوں کا سامان اُتروا رہے تھے جس میں زیادہ تر مٹکے ہی مٹکے تھے۔ آنگن میں مٹکوں کی قطار لگ گئی۔

"پھپھو یہ مٹکے کیسے ہیں؟" آخر امی جان نے پوچھ ہی لیا۔

"چلتے وقت بچّوں کے لئے کچھ بنا کے لے آئی تھی،" امیرن پھپھو نے جواب دیا۔ ماموں جان ایک ایک مٹکے کو کھول کھول کر دیکھ رہے تھے۔ کوئی مٹکا باجرے کی ٹِکیوں سے بھرا ہوا تھا، کسی میں پِنڈیاں تھیں، کسی میں سوجی کا سوکھا حلوہ۔

"ارے پھپھو، اِس تکلُّف کی کیا ضرورت تھی؟" امی جان بولیں۔

"ارے بِٹیا، بچّے کھالیں گے،" امیرن پھپھو نے کہا، "میں تو زمانے سے تم لوگوں کو دیکھنے کے لئے ترس گئی تھی۔ آخر براتے براتے یہ وقت آ پہنچا۔ دو دِن پہلے گھسیٹے خاں کو کہلا بھیجا کہ رِبّہ جوڑ کے لے آئیں۔ ویسے تو مُنّی بوبو کانوں سے پٹ ہیں مگر اُنہیں کہیں سے بھنک پڑ گئی اور میرے پیچھے پڑ گئیں کہ میں بھی چلوں گی۔ میری ایسی مت ماری گئی کہ تھک ہار کے اُنہیں بھی اپنے سنگ لگا لائی۔"

"تو اچھا کیا نا کہ آپ اُنہیں بھی لے آئیں۔"

"تمہاری ساس سے مِلنے کے لئے مری جا رہی تھیں مگر وہ بٹھہریں سدا کی جل کُکڑی۔ اب دیکھو بَورچی خانے میں جا گھسی ہیں۔ اِتّا بھی نا ہوا کہ مہمان کے پاس گھڑی دو گھڑی بیٹھ کے اُس کا حال احوال پوچھ لیں۔ نہ آئے کی پروانہ گئے کی فکر۔ تمہارا ہی دِل گُردہ ہے دُلہن جو اُس دِل جلی کے ساتھ گزارا کر رہی ہو۔"

"چھوڑیں پھپھو، آپ تو خالہ میّا کی عادت جانتی ہی ہیں،" امی جان نے کہا۔

"جانتی کیوں نہیں، بچپن سے ہی جانتی ہوں۔ سدا کی جل کُکڑی ہے، بات بات پہ منہ پُھلا لیتی تھی۔ ذرا سی کسی نے کوئی بات کہہ دی اور ٹسوے بہانے بیٹھ گئیں۔ بس اُسے ٹسوے بہانا آتا ہے، اور ندیدی لاتی ہے کہ جہاں کسی کے پاس کوئی چیز دیکھی، اُسی پہ رال ٹپک پڑی۔"

"اور آپ کا سفر کیسا گزرا؟" امی جان نے موضوع بدلنے کی کوشش کی۔

"کچھ مت پوچھو بِٹیا، گھر سے تو اچھے خاصے چلے تھے۔ جب موڑ پہ پہنچے تو بے کامڑ کناہا اور مینھو

کا برسنا ہا (یعنی جیسے ہی بیل گاڑی مڑی تو بارش شروع ہوگئی)۔ ایسا برسا، ایسا برسا کہ آنا آفنا ہی میں ہر طرف جل تھل ہو گیا میں نے ربّے کا پردہ ہٹا کے دیکھا تو جدھر دیکھو پانی، جدھر دیکھو پانی۔ چاروں طرف ندّیاں بہہ رہی تھیں اور بیلوں کے گھٹنوں گھٹنوں پانی تھا۔ گھسیٹے خاں کے بیل بھی ہاتھی کے ہاتھی ہیں، پھر بھی بڑی بڑی مشکلوں سے چل رہے تھے۔"

"تو پھر بارش بند ہوئی؟" امی جان نے اُن کی بات کو مختصر کرنے کی غرض سے پوچھا۔

"ارے سُنتی تو جاؤ بیٹیا۔ گھسیٹے خاں نے خاص طور پر تاکید کی تھی کہ مُنّی بوبو کو آگے بٹھانا تو میں نے اُنہیں آگے بٹھایا اور سامان بھی اُن کے برابر رکھ دیا۔ خود پیچھے بیٹھی۔ چیخ چیخ کر بولتے بولتے میرا تو گلا بیٹھ گیا مگر اُن کے پلّے کیا پڑتا۔ وہی حال ہوا کہ گونگا گائے اور بہرا بجائے۔ سَرکتے سَرکتے میرے پاس آ گئیں۔ میری ایسی مت ماری گئی کہ باتوں میں دھیان ہی نہ رہا۔ اب خدا کا کرنا کیا ہوا کہ آگے چڑھائی پہ ربّہ اُلار ہو گیا اور دونوں بیل پچھلی ٹانگوں پہ کھڑے ہو گئے۔ ربّہ جو اُلار ہوا تو مُنّی بوبو لڑھک کے میرے اوپر آ گریں۔ اب جو مٹکے لڑھکے ہیں تو سیدھے مُنّی بوبو پر آئے۔ میں تو پس کے رہ گئی۔ وہیں سے چِلائی، ہائے میں مری، ہائے، میں مری، مگر مجال ہے کہ گھسیٹے خاں کے کان پہ جوں تک رینگی ہو۔ اُنہیں اِتّی توفیق نا ہوئی کہ پردہ اُٹھا کے بارہ من کی لاش کو میرے اوپر سے ہٹاتے۔ وہ تو خدا بھلا کرے راہ گیروں کا کہ جوئے سے لٹک لٹک کے ربّے کو سیدھا کرا۔ خدا خدا کر کے مُنّی بوبو کِھسک کِھسک کے پیچھے ہٹیں اور میری جان میں جان آئی۔"

میں بڑی توجّہ سے امیرن پھپو کے سفر کا حال سُن رہا تھا۔ میری طرف دیکھ کر بولیں، "بیٹا ذرا پانی پِلا دے، حلق میں کانٹے پڑ رہے ہیں۔"

"اچھا پھپو، میں ذرا باورچی خانہ دیکھ لوں،" امی جان موقعے کا فائدہ اُٹھاتے ہوئے کھڑی ہو گئیں اور میں امیرن پھپو کے لئے پانی لینے چلا گیا۔

اگلے دن ناشتے کے بعد ہی امیرن پھپو نے ماموں جان سے کہا کہ گھسیٹے خاں کو کہیں کہ ربّہ جوڑ لیں۔

"ارے پھپو، ایسی بھی کیا جلدی ہے،" امی جان بولیں، "مدّتوں بعد تو ملی ہیں، دو چار دِن تو ٹھہریں۔"

"نا بیٹیا، بس اب چلیں گے۔ اَصل میں میرے آنے کا ایک مقصد تھا۔"

"جی، کیسا مقصد؟"

وہ سرہانے سے کھسک کر امی جان کے قریب آگئیں اور سرگوشیوں میں کہا، "تم عیسیٰ خاں کو تو جانتی ہو نا؟"

"کون عیسیٰ خاں؟"

"بھئی تمہارے باوا کے دُور کے رشتے دار ہیں۔"

"نہیں میں نے پہلے اُن کا نام نہیں سُنا۔"

"خیر۔ دو برس ہوئے، اُن کے داماد کو زمینوں کے جھگڑے پر دشمنوں نے گولی مار دی۔ پولیس بھی آئی، سب کچھ ہوا مگر نہ پرچہ کٹا، نہ مقدّمہ چلا۔ شاید دشمنوں نے پولیس کا منہ پیسے سے بھر دیا۔"

"معلوم ایسا ہی ہوتا ہے،" امی جان نے کہا۔

"بات یہ ہے کہ اُن کی بیٹی دو سال سے رانڈ ہوئی بیٹھی ہے، دو بچّے ہیں۔ بڑی اچھی بچّی ہے، بس سمجھو کہ اُس کے منہ میں زبان ہی نہیں ہے۔ میں نے سوچا کہ تمہاری ساس سے بات کروں کہ تمہارے بھیا کا نکاح اُس سے کر دیں۔ اب تمہارا بھیا بھی ماشاءاللہ سے پکی عمر پر پہنچ رہا ہے۔ اُس کا گھر بھی بس جائے گا اور ثواب کا ثواب ہوگا، مگر تمہاری ساس سے بات کون کرے۔ اب دیکھو ہمارے پاس پھٹکی تک نا، بے چاری مُنّی بو اپنا سامنہ لے کے چلی جائیں گی۔"

"میرا خیال نہیں کہ بھیا شادی کے لئے تیار ہیں۔"

"لو اور لو۔ پھر کیا بڑھاپے میں بیاہ کرے گا؟ خیر، میں تمہارے کان میں بات ڈالے دے رہی ہوں۔ اب تم اپنی ساس سے سُن گن لینا۔"

"دیکھیں، میں تذکرہ کر دوں گی۔"

"جیتی رہو بیٹیا۔ دودھوں نہاؤ، پُوتوں پھلو،" امیرن پھپو نے امی جان کے سر پر ہاتھ رکھ کر اِنہیں دعا دی، "یاد کر کے بات کرنا۔ میں تو بس اِسی لئے آئی تھی کہ تھوڑا سا ثواب کمالوں۔"

امیرن پھپو چلی گئیں تو امی جان نے دبے الفاظ میں دادی اِمّاں سے شکایت کی، "خالہ میّا، آپ نے زیادتی کی۔ امیرن پھپو اتنی دور سے آپ سے ملنے کے لئے آئیں مگر آپ اُن کے ساتھ اتنے

روکھے پن سے پیش آئیں۔"

"اور لو، تو کیا میں اُسے سر پہ بٹھاتی،" دادی اَماں نے ہاتھ اُٹھا کر کہا، "میں نے زندگی میں کبھی اُس جل کُکڑی کو منہ نہیں لگایا تو اُس سے چکنی چُپڑی کرنے سے رہی؟" امی جان صرف مُسکرا کر رہ گئیں۔

اگلے روز ہم دوپہر کا کھانا کھا رہے تھے۔ برآمدے میں ایک کونے میں چھوٹی سی دری بچھی رہتی تھی۔ کھانے کے وقت میں اور زرینہ باورچی خانے سے دستر خوان لا کر اس پر بچھا دیتے تھے۔ دادی اَماں عموماً جلدی ہی کھانا کھا کر کمرے میں قیلولہ کرنے چلی جاتی تھیں۔ دستر خوان پر میں اور زرینہ ایک جانب ماموں جان کے ساتھ بیٹھتے تھے۔ امی جان اور اباّ میاں ہمارے سامنے بیٹھتے تھے۔

"بھائی صاحب، امیرن پھپو آپ کے لئے ایک رشتہ لے کر آئی تھیں،" امی جان نے کٹور دان سے ایک چپاتی نکالتے ہوئے کہا۔

"کیا امیرن پھپو عالی جاہ کے لئے منّی بو بو کا رشتہ لے کر آئی تھیں؟" اباّ میاں کی ہنسی چھوٹ گئی۔

"تمہیں تو ہر وقت مذاق ہی سوجھتا رہتا ہے،" امی جان جھنجھلا گئیں، "امیرن پھپو کہہ رہی تھیں کہ کوئی دور کے رشتے دار ہیں۔ ان کی بیٹی بیوہ ہو گئی ہے۔ دو چھوٹے چھوٹے بچے ہیں۔"

"میری قسمت میں کیا بیوہ ہی لکھی ہے؟" ماموں جان نے پوچھا۔

"تو بھائی صاحب اس عمر میں آپ کو سولہ سال کی تو ملنے سے رہی۔"

"عالی جاہ، میری مانو تو شادی کر ہی لو۔ بیوہ ہے۔ ثواب کا ثواب ہو گا،" اباّ میاں نے کہا۔

"بھئی عالی جاہ، تو تم ہی کر لو اور ڈبل ثواب کما لو۔ میری بہن تمہاری خدمت کرتے کرتے تھک گئی ہے۔ وہ آئے گی تو تمہاری خدمت بھی کرے گی اور میری بہن کی بھی،" ماموں جان نے امی جان کی طرف دیکھ کر کہا۔

"ہاں، بڑی خدمت کرے گی،" امی جان جل ہی تو گئیں، "ابھی تو میں ایک کی خدمت کرتی ہوں پھر دو کی کرنی پڑے گی۔"

"دیکھا عالی جاہ، لگا دی نا تم نے بھس میں چنگاری!" ابامیاں نے کہا۔

غرض ماموں جان کی شادی کی بات حسبِ معمول کسی نتیجے پر پہنچے بغیر ہی ختم ہو گئی۔ میں اور زرینہ جب صبح کو باجرے کی ٹکیاں دودھ میں مل کر ناشتے میں کھاتے تو امیرن پھپو کو ضرور یاد کر لیتے۔

5

دادی اتّاں نے امی جان کے ایک ہرے دوپٹّے کے ٹکڑے کر کے ماموں جان کو دے دیے اور اُنہوں نے چھوٹے چھوٹے ڈنڈوں میں باندھ کر ہمارے لئے جھنڈے بنا دیے۔محلّے کے بچّے سارا دن وہ جھنڈے لئے جلوس نکالتے اور نعرے لگاتے پھرتے، "لے کے رہیں گے پاکستان، بٹ کے رہے گا ہندوستان۔" ہمارے محلّے کے پیچھے ہندوؤں کا محلّہ تھا جس میں بچّے اپنے جلوس نکالتے تھے اور وہاں سے جے ہند اور بھارت ماتا کی جے کے نعرے سُنائی دیتے تھے۔ ہم اور زور زور سے چیختے اور نعروں کا مقابلہ شروع ہو جاتا۔

ہمارے لئے بس یہ ایک کھیل تھا اور ہمیں کوئی اندازہ نہیں تھا کہ پورے ملک میں آگ لگی ہوئی ہے۔ ہندو مسلم فسادات شروع ہو چکے تھے۔ ابّا میاں اور ماموں جان مستقل یہی باتیں کرتے تھے کہ آج وہاں بلوہ ہو گیا اور اِتنے لوگ مارے گئے۔ شام کو محلّے کے کچھ لوگ آ جاتے اور ماموں جان باہر کُرسیاں بچھا دیتے۔ میں اور زرینہ ابّا میاں کے ساتھ بیٹھے باتیں سُنتے رہتے تھے۔ اُن کی باتیں سُن کر ڈر تو بہت لگتا تھا مگر پھر بھی اِس طرح کان لگائے بیٹھے رہتے تھے جیسے کوئی ڈراؤنی کہانی سُن رہے ہوں۔ ابھی تک ہمارے شہر میں امن تھا اور لوگ اِس طرح خبریں سُنتے تھے جیسے سب کچھ کسی اور ملک میں ہو رہا ہو۔ آخر جب نزدیک کے ایک گاؤں میں بلوہ ہو گیا تو سب لوگ گھبرا گئے۔ شام کی نشست میں جب پڑوسی جمع ہوئے تو سب پریشان تھے۔ ہمارے گھر کے بالکل سامنے کاظمی صاحب رہتے تھے۔ اُن کا بیٹا، خلیق، میری عمر کا تھا اور اسکول میں ہم دونوں تیسری کلاس میں تھے اور ایک ہی ڈیسک پر بیٹھتے تھے۔ زرینہ ابھی پی پی پہلی میں تھی اور ہمارے ساتھ ہی اسکول جاتی تھی۔ خلیق اکثر ہمارے گھر

آجاتا اور ہم تینوں آنکھ مچولی کھیلا کرتے تھے۔ کاظمی صاحب بھی روزانہ اِبّامیاں کی محفل میں شریک ہوتے تھے اور محفل کی جان تھے۔ وہ لطیفوں کے بادشاہ تھے اور ہر لطیفہ نیا ہوتا تھا۔ سُنانے کا انداز بھی انوکھا تھا۔ جیسے ہی کوئی لطیفہ یاد آتا، فوراً ہنسنا شروع کر دیتے اور اُن کی ہنسی بھی قہقہے سے شروع ہوتی۔ جہاں اُنہوں نے قہقہہ مارا، لوگ سمجھ جاتے کہ کوئی لطیفہ نازل ہو رہا ہے۔ وہ ہمہ تن گوش ہو جاتے مگر کاظمی صاحب ہیں کہ اپنی ہتھیلی کا پیالہ بنا کر اپنی ران پر زور زور سے مارے جا رہے ہیں۔ اُن کے قہقہے پورا محلّہ سُنتا تھا۔ اُنہیں کبھی کسی نے غُصّہ کرتے ہوئے نہیں دیکھا تھا۔ ہمیشہ ہنستے ہی رہتے تھے۔

اُس شام کاظمی صاحب بھی بہت پریشان نظر آرہے تھے۔ اُنہوں نے کہا، "آپ مانیں نہ مانیں مگر ہمیں اپنے دفاع کے لئے خود ہی کچھ کر نا پڑے گا۔"

"سوال تو یہ ہے کہ پولیس کہاں ہے۔" ماموں جان نے کہا۔

"پولیس پر بھروسہ کرنا فضول ہے، وہ تو صرف لاشیں اُٹھانے کے لئے آتی ہے۔" ایک صاحب بولے۔

"میری مانیں تو اسلحہ جمع کرنا شروع کر دیں۔ بلّم، برچھے، نیزے، چاقو، لاٹھیاں، جو کچھ بھی ملے، تیار رکھیں۔" کاظمی صاحب نے کہا۔

"میرے پاس ایک پُرانی بندوق ہے مگر ایک ہی فائر کرتی ہے،" ایک اور صاحب بولے۔ "فائر کرنے کے بعد کارتوس پھنس جاتا ہے اور چاقو سے کُرید کر نکالنا پڑتا ہے۔"

"مشکل یہ ہے کہ بلوائیوں کے جتھّے کے جتھّے آتے ہیں۔ کہاں تک مقابلہ کیا جائے؟" اِبّا میاں نے کہا۔

"بھئی اگر مرنا ہی ہے تو دو چار کو مار ہی مرو،" کاظمی صاحب نے کہا۔

اُس رات میں اور زرینہ بہت ڈرے ہوئے تھے اور رات بھر بُرے بُرے خواب نظر آتے رہے۔ صبح اُٹھ کر زرینہ کچھ چُپ چُپ تھی۔ ویسے تو وہ بہت چلبلی تھی اور ایک پَل خاموش نہیں رہتی تھی، مگر اُس دن گم سم سی تھی۔ میں نے پوچھا کہ کیا بات ہے تو کوئی جواب نہیں دیا۔ "کیا مُجھ سے خفا ہو؟"

بس اِنکار میں سر ہِلا دیا۔ پھر خود ہی بولی، "بھیّا، جب پیٹ میں برچھی گھونپتے ہونگے تو درد تو

بہت ہوتا ہو گا۔"

"درد تو ہوتا ہے مگر مرنے کے بعد بند ہو جاتا ہے،" میں نے جواب دیا۔

پھر سوچ کر بولی، "خدا کرے کہ جلدی سے مر جائیں تاکہ زیادہ درد نہ ہو۔"

میں نے کوئی جواب نہیں دیا۔ زرینہ درد سے بہت ڈرتی تھی۔ ایک بار جب اُسے بخار آ گیا تو ڈاکٹر رضوی نے کہا کہ وہ اُسے انجکشن لگائیں گے۔ اِدھر ڈاکٹر رضوی نے اپنا بیگ کھولا، اُدھر زرینہ نے پچھاڑیں کھانا شروع کر دیں۔ ماموں جان نے بڑی مشکل سے اُسے پکڑ پکڑا کے انجکشن لگوایا۔

٭٭٭

جیسے جیسے وقت گزرا محلّے میں تناؤ بڑھتا گیا۔ چہرے سُٹ گئے، مسکراہٹیں ختم ہو گئیں، سرگوشیاں ہونے لگیں، لوگ لمبے لمبے قدموں سے چلنے لگے۔ ہر شخص جلدی میں نظر آتا تھا۔ لوگوں کا آمنا سامنا ہوتا تو دو جملوں میں خیریت پوچھ کر اور بتا کر اپنا راستہ لیتے۔ اٹّامیاں کی محفلیں ختم ہو گئیں اور مسجد میں ہر نماز کے بعد آیتِ کریمہ کا وِرد ہونے لگا۔ معلوم ہوتا تھا جیسے پورے محلّے کو سانپ سونگھ گیا ہو۔ طرح طرح کی افواہیں گردش کرنے لگیں۔ کسی مسجد میں سؤر کی لاش پڑی ملی اور کسی مندر کے سامنے کٹی ہوئی گائے گئے۔ کئی محلّوں میں ہندو مسلم فساد ہو گئے۔

اٹّامیاں کام سے آنے کے بعد سارا وقت گھر میں ہی گزارنے لگے۔ وہ اور ماموں جان دن بھر کی خبریں ایک دوسرے کو سُنا سُنا کر فکر مند ہوتے، ساتھ ہی امی جان اور دادی اماں بھی پریشان ہوتیں۔ میں اور زرینہ سہمے سہمے رہتے کیونکہ چھوٹی چھوٹی باتوں پر امی جان کی ڈانٹ پڑنے لگی۔ جب ہنگامے بہت بڑھے تو کرفیو لگ گیا۔ سارا دن لوگ گھروں میں بند رہتے۔ میں دروازے سے باہر جھانک کر دیکھتا تو سامنے گلی میں نہ آدم نہ آدم زاد۔ ایک ہُو کا عالم تھا۔ گلی میں کتّے لڑتے پھر رہے تھے۔ ایک دُبلا پتلا، خارش زدہ کتّا دُم دبائے ہوئے آگے آگے چل رہا تھا اور باقی کتّے پیچھے سے بڑھ بڑھ کر اُس پر حملہ کر رہے تھے۔ وہ ہر حملے پر پیچھے مڑ کر ہلکی سے آواز میں بَخ کر دیتا اور باقی کتّے پیچھے ہٹ جاتے۔ جب کوئی پولیس والا وہاں سے گزرتا تو کتّوں کو پتھّر مار کر بھگا دیتا اور پھر خاموشی چھا جاتی۔

اُدھر دادی اماں بیمار پڑ گئیں۔ کہاں تو اُنہیں زندگی بھر زکام تک نہیں ہوا تھا اور اب اچانک ہلہلا

کے جاڑا چڑھا۔ امی جان نے کئی لحاف اُن پر ڈال دیے پھر بھی اُن کے ہاتھ پیر برف ہو رہے تھے۔ وہ بری طرح کپکپا رہی تھیں۔ میں اور زرینہ اُن کے اوپر لیٹ گئے مگر پھر بھی اُن کی کپکپی میں کمی نہیں آئی۔ خدا خدا کر کے اُن کا جاڑا اُترا۔ امی جان نے اوپر سے لحاف اُٹھا کر اُن کی پیشانی چھوئی تو بخار سے تپ رہی تھی۔ ماموں جان نے کہا کہ شام کو جب کرفیو میں وقفہ آئے گا تو وہ ڈاکٹر رضوی کے گھر جا کر اُنہیں لے آئیں گے۔ میں دادی اماں کا سر دبانے لگا جو بُخار سے پُھنک رہا تھا۔ زرینہ پاؤں دبا رہی تھی۔ امی جان ٹھنڈے پانی کے چھائے اُن کی پیشانی پر رکھ رہی تھیں۔ دادی اماں نیم بے ہوشی کے عالم میں بڑبڑا رہی تھیں جیسے سرسامی کیفیت ہو۔

اتنے میں باہر سے شور کی آوازیں آنے لگیں۔ ابّا میاں اور ماموں جان آنگن میں کھڑے ہوئے تھے۔ "لوگ تو اپنے گھروں میں بند ہیں، پھر یہ شور کیسا؟" ابّا میاں نے پوچھا۔

"سمجھ میں نہیں آتا۔ پولیس والے تو باہر گھوم رہے ہیں،" ماموں جان نے جواب دیا۔

امی جان اُٹھیں اور آنگن میں آ کر کھڑی ہو گئیں۔ شور آہستہ آہستہ بڑھتا ہی جا رہا تھا۔ میں اور زرینہ بھی اُٹھ کر آنگن میں آ گئے۔ اب آوازیں صاف سُنائی دے رہی تھیں۔ جے ہند کے نعرے لگ رہے تھے اور ساتھ ہی چیخ پکار اور گلی میں لوگوں کے بھاگنے کی آوازیں آ رہی تھیں۔

"معلوم ہوتا ہے کہ بلوائیوں نے حملہ کر دیا ہے،" ماموں جان نے کہا۔

میں اور زرینہ امی جان کی ٹانگوں سے لپٹ گئے۔ ابّا میاں دروازے کی طرف بڑھے تو ماموں جان نے روکا، "بے وقوف ہوئے ہو جو ایسے میں باہر نکلو گے؟"

"دیکھوں تو سہی کہ معاملہ کیا ہے،" ابّا میاں نے کہا۔

"کانوں سے تو تم سُن ہی رہے ہو۔ اب دیکھ کر کیا کرو گے؟"

ابّا میاں رُک گئے۔ اِتنے میں ایک جلتی ہوئی لکڑی دیوار کے اوپر سے آ کر آنگن میں گری۔ پھر تو اُن لکڑیوں کی بارش سی ہونے لگی۔ یہ ڈنڈے تھے جن کے سرے پر کپڑا لپٹا ہوا تھا اور اُسے مٹی کے تیل میں ڈبو کر آگ لگا دی گئی تھی۔ ایک لکڑی آنگن میں بچھے ہوئے پلنگ پر آ کر گری۔ موِنج کا پلنگ تھا، فوراً آگ پکڑ لی۔ امی جان مجھے اور زرینہ کو لے کر کمروں کی طرف بھاگیں۔ ہر طرف سے جلتی ہوئی لکڑیاں آ کر آنگن میں گر رہی تھیں۔ ماموں جان نے اُنگلی کے اِشارے سے ابّا میاں کی توجّہ ایک

کمرے کی چھت کی طرف دِلائی جس سے شعلے بلند ہو رہے تھے۔ اُنھیں یاد آیا کہ دادا اِبّانے کمروں پر لکڑی کی چھتیں ڈلوائی تھیں تاکہ گرمیوں میں ٹھنڈی اور جاڑوں میں گرم رہیں۔ اوپر سے گارا کر کے کھپریل بچھا دی گئی تھی۔ وہ دوڑ کر کمرے میں آئے اور اِمی جان کا ہاتھ پکڑ کر اُن سے کہا، "یہاں سے نکلو، چھت میں آگ لگ گئی ہے "۔اِمی جان مجھے اور زرینہ کو تقریباً گھسیٹتی ہوئی نکلیں اور دالان میں آ گئیں۔ پورا گھر جل رہا تھا۔ چھتیں گر رہی تھیں اور ہر طرف سے شعلے بلند ہو رہے تھے۔ دادی اِماں کا ہوش کسی کو نہیں آیا۔ ہوش اُس وقت آیا جب اُن کے کمرے کی چھت گری۔ اِبّامیاں دوڑتے ہوئے اُس کمرے میں گھسے مگر وہاں تو ہر طرف آگ ہی آگ تھی۔ دادی اِماں کا پلنگ کہیں نظر نہیں آ رہا تھا۔ ماموں جان اُن کے پیچھے ہی کمرے میں گھسے تھے۔ اِبّامیاں پر دیوانگی سی سوار تھی۔ وہ جلتی ہوئی لکڑیوں کو پکڑ پکڑ کر ایک کونے میں پھینک رہے تھے۔ آگ بڑھتی ہی جا رہی تھی۔ ماموں جان نے اُن کا ہاتھ پکڑ کر کھینچا۔ "اب یہاں کچھ نہیں بچا،" وہ چیخ کر بولے۔ اِبّامیاں نے ایک جھٹکے کے ساتھ ہاتھ چھڑایا اور پھر آگے بڑھے۔ ماموں جان نے اُنھیں کمرے کے گرد ہاتھ ڈال کر پیچھے کھینچا اور کمرے سے باہر لے آئے۔

"کیوں پاگل ہوئے ہو؟ اب وہاں کیا رکھا ہے؟" ماموں جان چیخ رہے تھے۔

"میری ماں!" اِبّامیاں نے مڑ کر کمرے کی طرف انگلی اُٹھائی۔ اُن کی آنکھوں سے وحشت ٹپک رہی تھی اور لگتا تھا جیسے سوتے میں بول رہے ہوں۔

"خدا کو یہی منظور تھا،" ماموں جان نے کہا، "تمہیں ابھی اپنے بچّے پالنے ہیں، اُن کی فکر کرو۔" دالان کی ایک طرف کی چھت گری اور ہم بھاگ کر پھر آنگن میں آ گئے۔ ہر طرف آگ کے شعلے بلند ہو رہے تھے۔ باہر کا شور ختم ہو چکا تھا۔ اچانک خاموشی کا احساس ہوا، صرف چٹختی ہوئی لکڑیوں کی آواز اور گرتی ہوئی چھتوں کی چر چراہٹ سنائی دے رہی تھی۔

"اب یہاں سے نکلنے کی فکر کرو کیونکہ یہ دیواریں گرنے والی ہیں،" ماموں جان نے کہا۔

جب ہم دروازہ کھول کر گلی میں نکلے تو وہاں نقشہ ہی کچھ اور تھا۔ محلّے کے بیشتر مکان ملبے میں تبدیل ہو چکے تھے اور ہر طرف سے دھواں اُٹھ رہا تھا۔ کچھ گھروں سے ابھی تک شعلے بلند ہو رہے تھے۔ گلی میں جگہ جگہ لاشیں بکھری ہوئی تھیں۔ کچھ لاشیں اوندھی پڑی تھیں اور پیٹھ سے رِستا ہوا

خون جم چکا تھا۔ کچھ لاشوں کی آنکھیں کُھلی ہوئی تھیں اور منہ پھٹے ہوئے تھے جیسے سخت کرب سے گزرے ہوں۔ ایک شیر خوار بچے کی آنکھیں بند تھیں جیسے سو رہا ہو اور پیٹ سے آنتیں نکل کر پھیل گئی تھیں۔ مجھے ماموں جان نے اُٹھا رکھا تھا اور زرینہ اتّا میاں کی گود میں تھی۔ پیچھے پیچھے امی جان آ رہی تھیں۔ ہم لوگ گلی میں دوڑ رہے تھے۔ سامنے ایک آدمی کھڑا ہوا اپنی طرف بُلا رہا تھا۔ پاس جانے پر معلوم ہوا کہ ہمارے اسکول کے ایک ماسٹر صاحب تھے اور سیدھی جانب اِشارہ کر رہے تھے۔ اُنہوں نے سرگوشیوں میں کہا، "اسکول میں جائیں، اسکول میں جائیں۔" ہم اسکول کی طرف مڑ گئے۔ آگے آگے ایک شخص لنگڑاتا ہوا چل رہا تھا۔ اُس کے کپڑے پھٹے ہوئے تھے اور جگہ جگہ خون کے دھبّے تھے۔ جب ہم گزرے اور پیچھے مڑ کر دیکھا تو وہ کاظمی صاحب تھے۔ شیو بڑھا ہوا تھا، بال بکھرے ہوئے تھے، ایک بازو سے خون رِس رہا تھا اور وہ خالی خالی نظروں سے سامنے گھور رہے تھے۔ اتّا میاں نے چلّا کر کہا، "کاظمی صاحب، اور باقی لوگ؟" اُنہوں نے ہاتھ چلا کر کہا، "سب ختم ہو گیا، سب ختم ہو گیا،" اور اسی طرح لنگڑا لنگڑا کر چلتے رہے۔ ماموں جان نے مجھے گود سے اُتارا اور کاظمی صاحب کو سہارا دیا۔ اُنہوں نے جھٹک کر کہا، "تم بچّے کو سنبھالو، میں بھی پیچھے پیچھے آتا ہوں۔"

اسکول کے گیٹ پر دو پولیس والے بندوقیں لئے ہوئے کھڑے تھے۔ اتّا میاں بولے، "کیوں میاں، اب یہاں کیا لینے کے لئے آئے ہو؟" اُنہوں نے کوئی جواب نہیں دیا۔ گیٹ سے داخل ہوتے ہی ایک میدان پڑتا تھا، جس کے دوسرے سرے پر لمبا سا برآمدہ تھا اور اُس کے پیچھے کلاس روم تھے۔ ہمارا کلاس روم بائیں کونے سے تیسرا تھا۔ وقفے کے دوران میدان میں بڑی کلاسوں کے لڑکے فُٹ بال کھیلتے تھے اور ہم لوگ کوڑا جمال شاہی کھیلا کرتے تھے۔ میں نے امی جان سے اُن کا ایک دوپٹہ بٹوا کر کوڑا بنا لیا تھا اور اپنی ڈیسک میں رکھتا تھا۔ ہم سب ایک دائرے میں بیٹھ جاتے اور ایک لڑکا ہاتھ میں وہ کوڑا لے کر "کوڑا جمال شاہی" گاتا ہوا دائرے کے گرد بھاگتا تھا اور کسی کے پیچھے چپکے سے آگے بڑھ جاتا تھا۔ اگر اُس نے نہیں دیکھا تو اگلے چکر میں اُسی کوڑے سے اُسے مار پڑتی تھی۔ وہ اُٹھ کر دائرے کے گرد پِٹتا ہوا بھاگتا تھا اور اپنی جگہ آ کر بیٹھ جاتا تھا۔ اگر اُس نے کوڑا دیکھ لیا تو اُس کی باری ہوتی تھی کہ کوڑا جمال شاہی گاتا ہوا دائرے کے گرد چکر لگائے۔ جب سے کرفیو لگا تھا تو ہمارا اسکول جانا بھی بند ہو گیا تھا۔

اُس وقت میدان میں لو کے ساتھ ہر طرف مٹّی اُڑ رہی تھی۔ جھلسا دینے والی دھوپ میں سارے بدن پر پسینے کے ریلے بہہ رہے تھے۔ ہم لوگ میدان سے گزر کر برآمدے میں پہنچے۔ وہاں تِل دھرنے کی جگہ نہیں تھی۔ اِسکول کی عمارت کھچا کھچ بھری ہوئی تھی۔ معلوم ہوتا تھا جیسے پورا محلّہ وہاں جمع ہو گیا تھا۔ جو لوگ صحیح سلامت تھے وہ کپڑوں کی پٹّیاں پھاڑ پھاڑ کر زخمیوں کو باندھ رہے تھے۔ کچھ عورتیں اونچی اونچی آوازوں میں بَین کر رہی تھیں اور کچھ خاموشی سے اپنے آنسو پونچھے جا رہی تھیں۔ ہر طرف آپا دھاپی پڑی تھی۔ ہم لوگ فرش پر ہی بیٹھ گئے۔ ابّا میاں کھوئے کھوئے سے تھے۔ اچانک اُٹھے اور چل دیے۔ جب گیٹ کے پاس پہنچے تو ماموں جان نے آواز دی، "کیوں بھئی کہاں جا رہے ہو؟"

"ایک بار اور دیکھ آتا ہوں،" ابّا میاں نے جواب دیا۔

ماموں جان اُن کی جانب دوڑے اور کندھوں کو پکڑ کر اُنہیں جھنجھوڑا۔ "تمہاری ماں اب اِس دنیا میں نہیں ہے۔"

"پھر بھی اپنی تسلّی کر لوں۔"

"کیا اُنہیں کھنڈروں میں تلاش کرتے پھرو گے؟"

ابّا میاں مڑ کر واپس آگئے۔ اِتنے میں باہر ایک لاری کی آواز آئی اور بہت سے رضاکار اُتر کر آئے۔ اُنہوں نے اپنے بازوؤں پر ہری پٹّیاں باندھی ہوئی تھیں۔ اُن میں سے کچھ زخمیوں کی مرہم پٹّی کرنے لگے اور کچھ رضاکار کھانے کا سامان لاری سے اُتار اُتار کر لانے لگے۔ مجھے ایسا لگ رہا تھا جیسے کوئی ڈراؤنا خواب دیکھ رہا ہوں۔ زرینہ بالکل خاموش بیٹھی تھی۔ اُس کے چہرے پر کوئی تاثر نہیں تھا۔

"بیٹی بھوک تو نہیں لگی؟" امی جان نے پوچھا۔

زرینہ نے کوئی جواب نہیں دیا۔ وہ اُسی طرح لوگوں کو گھورتی رہی جیسے کچھ سنائی نہ ہو۔

"بیٹی کچھ تو بول،" امی جان نے اُسے جھنجھوڑا، مگر اُسے تو سکتہ سا ہو گیا تھا۔

"بھئی اپنی بیٹی کو تو دیکھو ذرا،" امی جان نے گھبرا کر کہا۔

ابّا میاں آگے آئے اور زرینہ کو گود میں اُٹھا کر بولے، "کیوں بیٹی کیا بات ہے؟" مگر جواب ندارد۔ ماموں جان نے بھی بہت کوشش کی مگر ایسا لگتا تھا کہ زرینہ کہیں اور ہے۔ آخر ابّا میاں نے

اُسے زور سے ایک تھپڑ مارا اور وہ ایک سسکی لے کر جو روئی ہے تو سنبھالنا مشکل ہو گیا۔ ابّا میاں نے اُسے سینے سے لگا لیا۔ ماموں جان نے اُسے چُپ کرنے کی کوشش کی تو ابّا میاں نے کہا، "نہیں، اِسے جی بھر کے رو لینے دو۔"

ایک صاحب اِسکول کے گیٹ سے داخل ہوئے۔ اُنہیں دیکھ کر ہمارے نزدیک سیڑھیوں پر بیٹھے ہوئے ایک بزرگ وہیں سے چلّائے، "کہاں غائب ہو گئے تھے؟"

"ذرا حالات دیکھنے کے لئے نکل گیا تھا۔"

"ذرا حالات دیکھنے کے لئے نکل گیا تھا،" اُن بزرگ نے ڈانٹا، "یہاں خون خشک ہو رہا ہے اور صاحب زادے حالات دیکھتے پھر رہے ہیں۔"

"چچا جان، آپ فکر نہ کریں۔"

"فکر کرنے کی بات ہی ہے۔ کم از کم بتا کر جاتے۔"

"معافی چاہتا ہوں، واقعی بتلا کر جانا چاہیے تھا۔"

"یہاں قیامت گزر گئی اور تمہیں حالات دیکھنے کی فکر ہے۔"

وہ صاحب خاموش ہو گئے۔ اُن کے چچا کا غُصّہ بھی کچھ کم ہوا۔ بولے، "پھر کیا دیکھا؟"

"محلّے میں کتّے اور پولیس والے گشت کر رہے ہیں، لاشیں اُٹھائی جا چکی ہیں۔"

"پولیس والے اب آئے ہیں؟ کہاں تو کرفیو میں بندوقیں تانے پھر رہے تھے اور بلوائیوں کا سامنا ہوتے ہی بھاگ کھڑے ہوئے۔"

"پیچھے ہندوؤں کا محلّہ بھی خالی پڑا ہے۔"

"کیوں؟ ہندوؤں کو کیا ہوا؟"

"بس انتقامی حملے کے ڈر سے گھر چھوڑ چھوڑ کر بھاگ لیے۔"

اُن کی باتیں سُن کر کچھ اور لوگ بھی وہاں جمع ہو گئے اور چہ میگوئیاں ہونے لگیں۔

"اب تو بس انتقام ہی انتقام ہے،" ایک صاحب بولے۔

"سوال تو یہ ہے کہ پہلا حملہ کس نے کیا؟"

"یہ تو کوئی نجومی ہی بتا سکتا ہے۔ اب تو بات انتقام در انتقام پر پہنچ گئی ہے۔"

"ٹھیک ہے۔ انتقام ہی انتقام میں سب ایک دوسرے کو قتل کردیں۔ نہ رہے بانس نہ بجے بانسری۔"

غرض ہر ایک نے رائے زنی کی۔

ماموں جان کو کاظمی صاحب کی فکر تھی۔ نہ معلوم کہاں غائب ہو گئے تھے۔ آخر سامنے کی دیوار سے ٹیک لگائے بیٹھے ہوئے نظر آہی گئے۔ ماموں جان لوگوں کی بھیڑ کو چیرتے ہوئے اُن تک پہنچے مگر وہ ٹکٹکی باندھے خلا میں گھورتے رہے۔ کسی نے اُن کی قمیص کی آستین پھاڑ کر زخمی بازو پر پٹّی باندھ دی تھی۔

"کاظمی صاحب،" ماموں جان نے اُنہیں آواز دی۔

"سب ختم ہو گیا،" اُنہوں نے ہاتھ کا اِشارہ کر کے کہا اور اُسی طرح سامنے گھورتے رہے۔

"کاظمی صاحب، آپ پانی پئیں گے؟" ماموں جان نے پوچھا۔

"سب ختم ہو گیا۔"

ماموں جان نے بہت کوشش کی کہ کسی طرح کاظمی صاحب کچھ بولیں مگر اُن کے پاس ہر بات کا ایک ہی جواب تھا، "سب ختم ہو گیا۔" آخر ماموں جان اُنہیں اُن کے حال پر چھوڑ کر پلٹے۔ وہیں ایک رضاکار کسی کی مرہم پٹّی کر رہا تھا۔ اُس سے کہا، "بھیّا ذرا اِن کو بھی دیکھ لینا۔"

ابّا میاں میرے نزدیک ہی سر جھکائے بیٹھے تھے۔ کہاں تو اُن کے سر سے ٹوپی نہیں اُترتی تھی اور اچکن پہنے بغیر باہر نہیں نکلتے تھے، اور اب ننگے سر، بکھرے ہوئے بال، ہاتھ میں آنسوؤں سے تر رومال لئے بیٹھے تھے۔ بار بار رومال سے آنکھیں خشک کرتے۔ میں خاموشی سے بیٹھا اُنہیں تک رہا تھا۔ ماموں جان نے پیچھے سے آ کر اُن کی پیٹھ کو تھپکا۔

"میں اپنی ماں کو اپنے ہاتھوں سے دفن بھی نہ کر سکا،" ابّا میاں بولے، جیسے اپنے آپ سے باتیں کر رہے ہوں۔

"خُدا کی مرضی میں کس کو دخل ہے؟" ماموں جان نے اُن کی پیٹھ پر ہاتھ رکھ کر کہا۔

اِسی دوران باہر کچھ گاڑیوں کی آواز آئی اور دو فوجی گیٹ پر نظر آئے۔ کچھ لوگ اُن کے گرد جمع ہو گئے

"آپ لوگ یہاں سے کیمپ میں چلیں،" ایک سپاہی نے بلند آواز میں کہا، "وہاں آپ کی بہتر حفاظت کی جاسکے گی اور کھانے پینے کا بندوبست بھی ہوگا۔"

"جو ہونا تھا سو ہو چکا، اب کیا بہتر بندوبست ہوگا؟" ایک صاحب آگے بڑھ کر بولے۔

کافی لوگ اُٹھ کر کھڑے ہو گئے اور حکومت کو بُرا بھلا کہنا شروع کر دیا۔ شور بڑھتا ہی گیا اور کان پڑی آواز سنائی نہیں دے رہی تھی۔ آخر وہ سپاہی برآمدے کی سیڑھیاں چڑھ کر اوپر آیا اور چیخ کر کہا، "دیکھیں، اِس وقت جذبات میں آنے سے کوئی فائدہ نہیں ہوگا۔ باہر ہمارے ٹرک ہیں۔ آپ کو حفاظت سے کیمپ میں پہنچا دیں گے اور وہاں آپ زیادہ آرام سے رہیں گے۔"

کچھ لوگ تیار ہو گئے اور باقی لوگوں کو سمجھا بُجھا کر خاموش کیا۔ باہر فوجی ٹرکوں کی قطار لگی ہوئی تھی۔ ہم لوگ بھی ایک ٹرک میں سوار ہو گئے۔ ابھی کوئی سو سوا سو لوگ ہی چڑھے ہوئے تھے کہ سارے ٹرک بھر گئے۔ بچے ہوئے لوگ شور کرنے لگے تو وہی سپاہی بولا، "دیکھیں ہم اِنہیں چھوڑ کر واپس آتے ہیں۔ آپ فکر نہ کریں، سب کو یہاں سے نکالیں گے۔"

6

کیمپ کیا تھا، ایک لق ودق میدان تھا جس میں ہزار ہا لوگ تھے۔ ہر طرف لوگوں نے چادریں تان کر سایہ کیا ہوا تھا۔ ایک طرف تنبو ہی تنبو تنے ہوئے تھے۔ جیسے ہی ہم ٹرک سے اُترے، کئی رضاکار ہماری طرف بڑھے۔ ایک نے اتّامیاں کو مخاطب کرتے ہوئے کہا، "آپ کے ساتھ بچّے ہیں، آپ میرے ساتھ آئیں۔" وہ ہمیں ایک خالی تنبو میں چھوڑ کر آگے بڑھ گیا۔ ہمارے پاس نہ کوئی سامان تھا اور نہ بچھانے کے لئے کوئی چادر۔ بس تنبو کے نیچے زمین پر بیٹھ گئے۔ سورج مغرب کی جانب جُھک رہا تھا اور گرمی کی شدّت میں کچھ کمی آگئی تھی۔ صبح کے ناشتے کے بعد کسی نے کچھ نہیں کھایا تھا۔ ماموں جان اُٹھ کر تنبو سے نکلے تو اتّامیاں نے پوچھا کہ کدھر جا رہے ہیں۔

"میں ذرا دیکھوں کہ کچھ کھانے کے لئے مل سکتا ہے،" ماموں جان نے جواب دیا، "بچّے بھی صبح سے بھوکے ہیں۔"

امی جان بھی خاموش تھیں۔ کسی کے پاس کہنے کے لئے کچھ نہیں تھا۔ میں اُٹھا اور ماموں جان کے ساتھ لگ لیا۔ باہر پورا شہر آباد تھا۔ کچھ لوگوں نے تن بہ تقدیر ہو کر اُس کیمپ کو ہی گھر بنا لیا تھا۔ کہیں کوئی نائی چادر بچھا کر لوگوں کے بال کاٹنے بیٹھ گیا تھا۔ ایک جگہ دو درزی اپنی سِلائی کی مشینیں لئے بیٹھے تھے۔ تھوڑی دیر کے لئے میں دِن بھر کے واقعات بھول کر ارد گرد کی گہما گہی میں کھو گیا۔ ایک شخص ہاتھ میں ایک پلیٹ میں کچھ لئے جا رہا تھا۔ دوسرے ہاتھ میں روٹیاں تھیں۔ ماموں جان نے اُسے روک کر پوچھا، "کیوں بھی یہاں کھانے کا کوئی انتظام ہے؟"

"وہ اُدھر تنبوؤں کے پیچھے کھانا بٹ رہا ہے، آپ ناک کی سیدھ میں چلے جائیں اور جہاں تنبو ختم

45

ہوتے ہیں وہاں سے الٹی طرف مڑ جائیں۔ ہم وہاں پہنچے تو لوگوں کا جمِ غفیر تھا۔ ہم پیچھے ہی کھڑے رہے۔ ایک رضاکار اُدھر سے گزرا اور ماموں جان سے پوچھا، "آپ کے ساتھ اور کتنے لوگ ہیں۔"

"دو بچّے اور تین بڑے ہیں،" ماموں جان نے جواب دیا۔

"آپ میرے ساتھ آئیں۔"

وہ ہمیں لوگوں کی بھیڑ چیرتا ہوا آگے لے گیا۔ کئی لوگ وہاں سے دیگوں سے دال نکال کر پلیٹوں میں ڈال رہے تھے اور ایک طرف روٹیوں کا ڈھیر لگا ہوا تھا۔ اُس رضاکار نے مٹّی کی ایک چھوٹی سی ہانڈی میں دال اور بہت ساری روٹیاں لا کر ماموں جان کو دیں اور تاکید کی کہ ہانڈی دھو کر اپنے پاس ہی رکھیں اور اگلی بار کھانا لینے کے لئے آئیں تو ہانڈی ساتھ لے کر آئیں۔ وہ دال روٹی کھانے کے بعد ہم زمین پر ہی لیٹ گئے۔ تھکن سے ہر ایک کا بُرا حال تھا۔ کسی کو پتا نہیں چلا کہ کب نیند نے آ دبوچا۔

***

اگلے دن ہی صبح آنکھ کھل گئی۔ ماموں جان پہلے ہی اُٹھ گئے تھے اور ایک ہاتھ میں چائے کی کیتلی اور دوسرے ہاتھ میں تین چار پیالیاں پکڑی ہوئی تھیں، بغل میں کاغذ کا ایک بنڈل دبا ہوا تھا، جس میں روٹیاں تھیں۔

"بڑی مشکل سے سمجھا بجھا کر لایا ہوں ورنہ تم سب کو قطار میں کھڑے ہونا پڑتا،" وہ ہنستے ہوئے بولے۔

"میں ذرا دفتر کا چکّر لگا کر آتا ہوں،" ابّا میاں نے کہا۔

"ذرا عقل سے کام لو، عالی جاہ۔ شہر میں افرا تفری مچی ہوئی ہے، دفتر میں کون آیا ہو گا؟" ماموں جان نے پوچھا۔

ابّا میاں اُنہیں ایک طرف لے جا کر سمجھانے لگے، "جیب میں ایک دمڑی نہیں ہے۔ آخر کب تک اِس کیمپ میں پڑے رہیں گے۔ میں دفتر جا کر درخواست دیتا ہوں کہ کچھ قرض مل جائے۔" "تمہاری بہن نے وہ پچاس ہزار رکھ چھوڑے تھے جو مکان سے آئے تھے وہ بھی جل کر ختم ہو گئے۔"

"خیر، جو ختم ہو گیا، اُس کا کیا یاد کرنا،" ماموں جان نے کہا۔

اّبامیاں کی تنخواہ تھی ہی کتنی۔ جو کچھ بھی ملتا تھا وہ سفید پوشی کا بھرم قائم رکھنے پر ہی خرچ ہو جاتا تھا۔ مہینے کے آخر میں بڑی کسامُسی سے گزارہ ہوتا تھا۔ ڈاک خانے میں ایک اکاؤنٹ کھول رکھا تھا۔ اگر کسی مہینے میں دس پانچ روپے بچ جاتے تو اُس میں ڈال دیتے تھے۔ پچھلے جاڑوں میں دادی اّماں نے کہا کہ لحاف گدّے بہت پرانے ہو گئے ہیں اور روئی بھی پچک پچکا کر چپاتی بن گئی ہے۔ اگر نئے لحاف گدّے بن جائیں تو اچھا ہے۔ اّبامیاں فوراً ڈاک خانے گئے اور جو سو سوا سو پڑے ہوئے تھے، نکال کر لحاف گدّوں کا کپڑا لے کر آ گئے۔ پیچھے پیچھے ایک مزدور سر پر دُھنی ہوئی روئی کا گٹھر لایا۔ دادی اّماں نے پورا مہینہ لگا کر دو دو سیر روئی کے لحاف گدّے سیے۔

"قرضے ورضے کی کوئی ضرورت نہیں ہے،" اّمی جان نے کہا۔ اُنہوں نے اپنی قمیص کے اندر ہاتھ ڈال کر وہ پیٹی کھولی جو وہ ہر وقت پہنے رہتی تھیں۔ میں اور زرینہ اکثر سوچتے تھے کہ وہ یہ پیٹی کیوں پہنے رہتی تھیں۔ اُنہوں نے ایک طرف کے ٹانکے توڑے اور دوسرے سرے کو پکڑ کر ایک جھٹکا دیا تو اُس میں سے ایک بادامی لفافہ گر پڑا۔ یہ وُہی لفافہ تھا جو ناناّبا نے اُنہیں انتقال سے کچھ دن پہلے دیا تھا اور اُس میں زمینوں کے کاغذات تھے۔ اّمی جان نے ایک بار پھر پیٹی کو جھٹکا تو اُس سے وہی ست لڑا ہار نکل کر چھن سے زمین پر گرا جو دادی اّماں نے شادی پر اُن کے گلے میں ڈالا تھا۔

"یہ آخر کس دن کام آئے گا،" وہ زمین سے ہار اُٹھا کر اّبامیاں کو دیتے ہوئے بولیں۔

ماموں جان نے بڑھ کر اُنہیں گلے لگا لیا اور بولے، "خدا کی قسم بِھنّو، تم فرشتہ ہو فرشتہ۔"

"نہیں، یہ ہار تم اپنے ہی پاس رہنے دو،" اّبامیاں ہار لوٹاتے ہوئے بولے۔

"کیسی باتیں کرتے ہو؟" اّمی جان نے کہا۔ "زیور ہوتا ہی اِسی لئے ہے کہ بُرے وقت کام آئے۔ جب خدا تمہیں دے تو میرے لئے دس ہار بنوا دینا۔"

اّبامیاں بڑی مشکل سے تیار ہوئے اور ہار جیب میں ڈال کر باہر نکل لیے۔ بازار پہنچے تو اِکا دُکا دکانیں کھلی ہوئی تھیں باقی سارا بازار بند تھا۔ کہاں تو کھوے سے کھوا چھلتا تھا اور اب خال خال کوئی چلتا پھرتا نظر آ رہا تھا۔ صرّافے میں پہنچے تو فقط ایک سُنار اپنی دکان کھولے ہوئے بیٹھا تھا۔ شکن آلود کُرتا پائجامہ، سر پر تِر چھی سیاہ مخملی ٹوپی، موٹے شیشوں کی عینک، گھنی سفید داڑھی، ہاتھ میں اخبار لئے

بیٹھا تھا۔ جیسے ہی اب ّا میاں داخل ہوئے، اُس نے اخبار لپیٹ کر ایک جانب رکھا اور بولا، "فرمایئے قبلہ، آپ کی کیا خدمت کر سکتا ہوں؟"

"یہ بازار آج کیوں بند ہے؟" اب ّا میاں نے کرسی پر بیٹھتے ہوئے پوچھا۔

"کچھ نہ پوچھیں۔ کل بہت سی دکانیں لُٹ گئیں۔ غنڈے تھے۔ دکانداروں کو مارا پیٹا، کچھ دکانوں میں آگ لگا دی۔ کافی ہراس پھیلا ہوا ہے۔"

"معلوم ہوتا ہے کہ پوری قوم کو دیوانگی نے آ دبوچا ہے،" اب ّا میاں نے کہا۔

"میری دکان بھی لُٹ گئی۔ میں بڑی مشکل سے جان بچا کر بھاگا۔"

"بے حد افسوس ہے، مگر آپ کی ہمّت کی داد دینی پڑے گی کہ آپ پھر بھی یہاں بیٹھے ہیں۔"

"کیا کیا جائے، مرد اگر گھر میں بیٹھ جائے تو طعنوں کے سوا اور کیا ملے گا۔"

"بیشک۔"

"اگر آپ کچھ خریدنے کے لئے تشریف لائے ہیں تو یہاں آپ کو پیتل کی ایک انگوٹھی تک نہیں مل سکے گی۔"

"میں خریدنے کے لئے نہیں بلکہ کچھ فروخت کرنے کے لئے آیا ہوں،" اب ّا میاں نے جیب سے ہار نکالتے ہوئے کہا۔

سُنار ہار کو اُلٹتے پلٹتے دیکھتا رہا، پھر اچانک اُس کی آنکھوں میں ایک چمک سی آئی، "یہ ہار آپ نے کہاں سے لیا تھا؟"

"کیوں، کیا یہ سوال آپ ہر اُس شخص سے کرتے ہیں جو آپ کے پاس زیور بیچنے کے لئے آتا ہے؟" اب ّا میاں کے چہرے سے ناگواری ظاہر ہو رہی تھی۔

"اُفوہ، معاف کیجئے گا۔ دراصل یہ ہار میں نے پہلے بھی کہیں دیکھا ہے اور اِس جیسا ہار شاید ہی کسی کے پاس ہو۔"

"تو پھر اِس کا کیا مل جائے گا؟"

"میں آپ کو اِس کے پانچ ہزار دے سکتا ہوں۔"

"پانچ ہزار!" اب ّا میاں کرسی سے اُٹھتے ہوئے بولے، "یہ ہار میری والدہ نے شادی کے وقت

میری اہلیہ کو دیا تھا۔وہ کہتی تھیں کہ اِس ہار کے پچیس ہزار لگ گئے تھے۔"

سُنار نے کچھ سوچا اور کرسی کی طرف اشارہ کر کے کہا،"تشریف رکھیے،اب مجھے یاد آگیا۔آپ کی والدہ ماجدہ نے صحیح فرمایا تھا۔اِس ہار کے میں نے ہی پچیس ہزار لگائے تھے۔یہ ٹھیک بیس برس پہلے کی بات ہے۔اُس دن میری بیٹی کی آمین کی رسم تھی۔اُس نے سات سال کی عمر میں قرآن شریف ختم کیا تھا اور آج اس کی بیٹی ماشاءاللہ وہ پورے سات برس کی ہو گئی۔"

"ماشاءاللہ۔"

"اب وہ پورا نقشہ میری آنکھوں کے سامنے ہے۔ایک صاحب یہ ہارلے کر آئے تھے۔میں نے دو ایک روز اُن کا انتظار کیا پھر میں نے سوچا کہ شاید کسی اور نے اُنہیں زیادہ پیسے دے دیے۔"

"وہ میرے والد تھے اور اُنہوں نے کسی نواب سے کسی ہار خرید کر میری والدہ کو دیا تھا۔"

"جب ہی آپ کچھ کچھ جانے پہچانے سے لگتے ہیں۔آپ کے والد کی کافی شباہت آپ میں ہے۔"سُنار نے مُسکرا کر کہا۔

"مگر جب آپ نے بیس سال پہلے اِس کے پچّیس ہزار لگائے تھے تو اب پانچ ہزار کا کیسے رہ گیا؟"

"دراصل بات یہ ہے کہ آپ دیکھ ہی رہے ہیں کہ دکان بالکل خالی ہے اور میرے پاس کوئی اور سرمایہ بھی نہیں کہ دوبارہ کاروبار شروع کروں۔فقط یہ تجوری سلامت رہ گئی ہے اور اِس میں صرف پانچ ہزار پڑے ہیں۔میں نے سوچا کہ اِس ہار کو پگھلا کر کچھ زیور بنالوں گا اور اللہ توکل پر بیٹھ جاؤں گا۔ویسے کچھ کہا نہیں جاسکتا کہ حالات کیا رُخ اِختیار کریں۔"

"میرے ساتھ بھی یہی حالات ہیں۔بلوائیوں نے گھر جلا ڈالا۔میری والدہ بھی اُس آگ میں ختم ہو گئیں۔اب بچّوں کو لئے کیمپ میں پڑے ہوئے ہیں۔"

"بس قبلہ،کیا کہا جائے،دُعا کے سوا اور کیا چارہ ہے؟"

سُنار نے ہار اِبّامیاں کو واپس کر دیا۔وہ کرسی سے اُٹھے اور خدا حافظ کہہ کر دکان سے نکلے،مگر کچھ سوچ کر پلٹے اور سُنار کو ہار واپس دیتے ہوئے بولے،"چلیں آپ پانچ ہزار ہی دے دیں۔"

اُس نے اُٹھ کر تجوری کھولی اور اُس میں سے نوٹوں کی گڈّی نکال کر اِبّامیاں سے کہا،"اِن کو گن

لیں۔"

اتّا میاں نے گڈّی جیب میں رکھتے ہوئے جواب دیا، "اگر آپ نے گن لئے ہیں تو ٹھیک ہی ہونگے،"اور سُنار سے مصافحہ کرکے باہر نکل آئے۔

***

امّی جان اور ماموں جان سخت پریشان تھے۔ شام ہو چکی تھی اور اتّا میاں واپس نہیں آئے تھے۔ آخر سورج غروب ہونے سے کچھ ہی دیر پہلے ہاتھ میں ایک سُرخ رنگ کا سوٹ کیس لئے ہوئے وہ تنبو میں داخل ہوئے اور بہت خوش نظر آرہے تھے۔ ماموں جان اُن پر برس پڑے، "کہاں رہ گئے تھے؟ یہاں خون خُشک ہو رہا ہے اور قبلہ نہ جانے کہاں کہاں مارے پھر رہے ہیں؟"

"سنو تو سہی، آج میں بہت بڑے بڑے کام کرکے آرہا ہوں،"اتّا میاں نے جواب دیا۔ اُن کی باچھیں کھلی ہوئی تھیں۔

"کون سا تیر مار آئے،"ماموں جان نے کہا،"اور یہ سوٹ کیس کیسا ہے؟"

اتّا میاں نے زمین پر بیٹھے بیٹھے سوٹ کیس کھولا۔ ہم سب اُن کے گرد کھڑے ہوئے دیکھ رہے تھے۔ سوٹ کیس میں تہہ کئے ہوئے کپڑے کے ٹکڑے تھے۔

"سب کے لئے دو دو جوڑوں کا کپڑا ہے۔ سامنے کی لائن میں جو درزی بیٹھے ہیں، اُن میں سے ایک کو کہہ آیا ہوں۔ وہ تھوڑی دیر میں آ کر سب کے ناپ لے گا اور دو دو دن میں سی کر دے دے گا،"اتّا میاں نے کہا۔ پھر امّی جان کو مخاطب کرکے بولے،"اور دیکھو، وہ اپنی بیوی کو بھی لے کر آئے گا، وہ تمہارا ناپ لے لے گی۔"

زرینہ نے جھک کر سوٹ کیس سے ایک سُرخ دوپٹہ نکال لیا جو اتّا میاں نے اُسی کے لئے خریدا تھا کیونکہ سُرخ رنگ زرینہ کو بے حد پسند تھا۔ امّی جان کے لئے ہرا دوپٹہ تھا۔

"ہم جُمعے کو یہاں سے نکل جائیں گے،"وہ ماموں جان کی طرف مڑ کر بولے۔

"جُمعے کو نکل جائیں گے، مگر جائیں گے کہاں؟"

"پاکستان!"

"پاکستان؟"ماموں جان تقریباً چیخ کر بولے۔

"پاکستان؟" امی جان نے بھی پوچھا۔

"ہاں، پاکستان،" ابّا میاں نے جیب سے ایک لفافہ نکال کر دکھایا، "میں ہوائی جہاز کے ٹکٹ لے آیا ہوں۔"

"مگر وہاں ہمارا ٹھکانہ کہاں ہوگا؟" امی جان بولیں۔

"میں نے اچھّن میاں کو ایک پوسٹ کارڈ ڈال دیا ہے۔ پچھلے ہفتے اُن کا خط آیا تھا اور اُنہوں نے لکھا تھا کہ اگر ہم لوگ پاکستان آ جائیں تو وہ رہنے کا انتظام کر دیں گے۔"

"پھر سوچ لو،" ماموں جان نے کہا، "سب کچھ چھوڑ چھاڑ کر ایک اجنبی ملک میں آباد ہونا آسان نہیں ہے۔"

"کیا چھوڑ چھاڑ کر، اب چھوڑنے کے لئے رہ ہی کیا گیا ہے؟"

نہ ماموں جان کچھ بولے، نہ امی جان۔ دونوں کے چہروں پر ایک انجانے خوف اور انجانی کشمکش کو پڑھا جا سکتا تھا۔

دوسرے دِن صبح ہی صبح ہمیں ناشتہ کرانے کے بعد ماموں جان بولے، "میں ذرا محلّے کا ایک چکّر لگا کر آتا ہوں۔"

"کیوں خیریت؟ محلّے میں اب کیا رکھا ہے؟" ابّا میاں نے پوچھا۔

"کچھ نہیں، جا کر ذرا دیکھوں تو سہی۔ اگر گھر میں کچھ بچا ہو تو سمیٹ لاتا ہوں۔"

"میری مانو تو لعنت بھیجو" ابّا میاں نے کہا، "اگر کچھ لے بھی آئے تو رکھو گے کہاں؟"

امی جان نے بھی ضد کی کہ ماموں جان باہر نہ نکلیں مگر اُنہوں نے سمجھا بجھا کر چُپ کرہی دیا۔

"چلو میں بھی تمہارے ساتھ چلتا ہوں،" ابّا میاں نے کہا۔

"نہیں، تم یہیں ٹھہرو، بچّوں کو اکیلا مت چھوڑو،" ماموں جان کہتے ہوئے تنبو سے نکل گئے۔

"جب تک بھائی صاحب واپس نہیں آتے، تب تک مجھے تو فکر ہی رہے گی،" امی جان نے کہا۔

"فکر تو مجھے بھی رہے گی، لیکن خُدا پر چھوڑ دو،" ابّا میاں نے جواب دیا۔

دو پہر ہو گئی تھی مگر ماموں جان واپس نہیں آئے تھے۔ امی جان سخت پریشان تھیں۔ کئی بار کہہ چکی تھیں، "بھائی صاحب پتا نہیں کہاں رہ گئے؟" ابّا میاں باہر نکلے کہ آگے بڑھ کر دیکھیں۔ جیسے

ہی تنبو سے باہر نکلے تو دیکھا کہ سامنے سے ماموں جان سر پر ایک ٹاٹ کی بوری لادے چلے آرہے ہیں۔

"یہ کیا اُٹھا لائے؟" ابّا میاں نے پوچھا۔

"ذرا دم لینے دو، پھر بتاتا ہوں،" ماموں جان اِس طرح مُسکرا رہے تھے جیسے کوئی دولت ہاتھ لگ گئی ہو۔ تنبو میں داخل ہوئے تو بوری سرے سے اُتار کر گھسیٹتے ہوئے اندر لے آئے۔ ہم سب اُن کے گرد جمع ہو گئے۔

"گھر تو جلے ہوئے ملبے کا ڈھیر ہے، "ماموں جان بولے، "مگر باورچی خانہ صحیح سلامت کھڑا ہے۔ جتنے برتن بوری میں سما سکتے تھے، میں بٹور کر لے آیا ہوں۔"

"مگر آپ کو بوری کہاں سے ملی؟" امی جان نے پوچھا۔

"پورا محلّہ بھائیں بھائیں کر رہا ہے مگر غوثی دادا اپنی دکان لگائے بیٹھے ہیں۔ میں نے کہا بھی کہ غوثی دادا، کس کے لئے بیٹھے ہو، بولے کہ میرا کام تو دکان کھولنا ہے، قصور تو گاہک کا ہے کہ نہیں آرہا۔ میں نے بہتیرا سمجھایا کہ کیمپ میں آ جائیں، مگر وہ کس کی سُنتے ہیں؟"

"تو پھر یہ بوری کو آپ کہاں سے ملی؟" امی جان نے اُن کی سُنی اَن سُنی کرتے ہوئے دوبارہ پوچھا۔

"غوثی دادا ہی نے آٹے کی خالی بوری دے دی۔"

"مگر اِس میں ہے کیا؟"

"یہ پوچھو کہ کیا نہیں ہے، "ماموں جان نے بوری کھول کر چیزیں نکالنا شروع کر دیں۔ چمٹا، پھونکنی، تام چینی کی پلیٹیں، دیگچیاں اور نہ جانے کیا کیا اِلا بلا اُس تھیلی میں بھری ہوئی تھی۔ "سل تو بہت بھاری تھی مگر بٹّہ اُٹھا لایا۔"

ابّا میاں ہنستے ہوئے بولے، "تو پھر یہ سارا سامان کہاں لے جائیں گے؟"

"بھئی پاکستان لے جائیں گے، "ماموں جان نے جھنجھلا کر کہا۔

"گویا پاکستان میں سل تو مل جائے گی مگر بٹّہ نہیں ملے گا، "امی جان بھی ہنسنے لگیں، "بھائی صاحب کی باتیں تو بس ایسی ہی ہوتی ہیں۔"

تھوڑی دیر کے لئے ہم بالکل بھول گئے کہ دو دِن میں کیا سے کیا ہو گیا تھا۔

7

اورینٹ ایئر ویز کا ڈی سی۔3 طیّارہ اُترنے کے انتظار میں کراچی ایئر پورٹ کے اِرد گرد چکّر لگا رہا تھا۔ جس خوف کو مسافر پیچھے چھوڑ آئے تھے اُس کی جگہ انجانے شکوک نے لے لی تھی۔ آسمان پر ہر طرف شفق کی لالی دہک رہی تھی۔ نیند سے بوجھل آنکھیں بند تھیں مگر احساسات جاگ رہے تھے۔ وہ فصلیں جو کٹنے کے لئے تیار تھیں، اب تک سوکھ کر ختم ہو چکی ہونگی۔ وہ زیرِ تعمیر مکان جس کی دیواریں اُٹھ چکی تھیں، صرف چھت پڑنا باقی تھی، اب شاید چھت سے ہمیشہ محروم رہے، یا شاید کوئی چھت ڈال ہی دے۔ وہ جہیز جو ماں اپنی بیٹی کی پیدائش کے بعد ہی سے جوڑ رہی تھی، اب پیچھے ہی رہ گیا تھا۔ خالہ زاد، ماموں زاد اور چچا زاد منگیتروں کے درمیان ایک ایسی سرحد حائل ہو گئی تھی جسے صرف چڑیاں ہی پار کر سکتی تھیں۔ مستقبل کے خواب، پائیں باغ میں مہندی کی باڑھ کے پیچھے چُھپ چُھپ کر ملنا، جُھکی ہوئی نگاہوں، مُسکراتے ہوئے ہونٹوں اور کانپتے ہوئے ہاتھوں سے شبِ برات کے حلوے کی پلیٹ پیش کرنا، چھیڑ خانی کے جواب میں مُسکراتے ہوئے دانتوں میں دوپٹّے کا پلو دبا کر کمرے کی طرف بھاگ جانا۔ نہ جانے یہ سب کچھ ہوا بھی تھا یا صرف فرضی یادیں تھیں۔

اچانک نئی صبح کے سورج نے سر اُٹھایا تو چہروں پر مُسکراہٹ آ گئی۔ یہ سورج وہ سورج تو نہیں تھا جو وہ ساری زندگی دیکھتے آئے تھے۔ یہ پاکستان کا سورج تھا جس کے لئے دس لاکھ لوگوں نے اپنی جانیں دی تھیں اور ایک کروڑ لوگ گھر سے بے گھر ہو گئے تھے۔ یہ نئے ملک کا نیا سورج تھا۔ ایک نئی اُمید نے شبہات کی جگہ لے لی۔ جب جہاز کچھ اور نیچے آیا تو مسافر کھڑکیوں سے جھانک کر پتھریلی زمین کو گھورنے لگے۔ کہیں کہیں اِکّا دُکّا کا جھونپڑیاں اور کچّے گھر نظر آ رہے تھے جو اُن کے

53

نزدیک محلوں اور حویلیوں سے کم نہیں تھے۔

طیّارے کے پہیّوں نے ایک ہلکے سے جھٹکے سے رن وے کو چُھوا اور مسافروں نے طیّارے کی سست ہوتی ہوئی رفتار کے پیشِ نظر اپنی ہتھیلیاں اگلی سیٹ کی پشت پر رکھ لیں۔ ہوا کے دباؤ سے بند کانوں نے ایک ہلکی سی آواز سُنی، "اورینٹ ایئر ویز آپ کو کراچی میں خوش آمدید کہتا ہے،" اور ستار کی مدھم موسیقی اِردگرد بکھر گئی۔ طیّارہ ایک چھوٹی سی سفید دو منزلہ عمارت کے سامنے جا رُکا۔

اورینٹ ایئر ویز کی بس نے ہمیں ایئرپورٹ سے لے جا کر ایک ہوٹل پر اُتار دیا جہاں مسافروں کو ناشتہ کرایا گیا۔ باہر تانگوں کی قطار لگی ہوئی تھی۔ جیسے ہی ہم باہر نکلے، تانگے والوں نے گھیر لیا اور ہر ایک کی کوشش تھی کہ ہمارے سامان پر قبضہ کر لے۔ سامان ہی کیا تھا، ایک سوٹ کیس اور ٹاٹ کی ایک بوری۔ اباّ میاں آگے آگے تھے اور تانگے والوں سے معذرت کرتے ہوئے سب سے آگے ایک فٹن کے پاس کھڑے ہو گئے۔ "آج ہم بادشاہوں کی سواری پر بیٹھیں گے،" وہ ماموں جان کی طرف منہ کر کے بولے، "ملکہ وکٹوریہ بھی فٹن میں سفر کرتی تھی۔" جب سے ہم گھر سے نکلے تھے، پہلی بار اُن کے ہونٹوں پر مُسکراہٹ آئی تھی۔

"کیوں میاں، بھولاری کیمپ چلو گے؟"

"بھولاری کیمپ؟" فٹن والا سوچنے لگا، "اچھا اچھا، بھولاری کیمپ تو حیدر آباد کے پاس ہے۔"

"خیر، تو بھولاری کیمپ چلو گے؟"

"صاحب، اگر آپ بھولاری کیمپ گھوڑا گاڑی میں گئے تو دو چار دن تو لگ ہی جائیں گے،" فٹن والے نے ہنستے ہوئے کہا۔

"بھئی ہمیں نہیں معلوم تھا کہ بھولاری کیمپ اتنی دور ہے۔ ہم تو سیدھے ہندوستان سے چلے آ رہے ہیں۔"

"میں آپ کو کینٹ اسٹیشن پر چھوڑ دیتا ہوں، وہاں سے آپ کو ریل مل جائے گی۔" فٹن والے نے اپنی بیڑی کا آخری سرا پچینک کر جوتے سے رگڑتے ہوئے کہا۔

"ٹھیک ہے، تو پیسے بتاؤ"

"جو آپ کی مرضی ہو دے دینا۔"

"نہیں بھئی، ٹھیک ٹھیک پیسے بتاؤ،" ماموں جان پیچھے سے بولے۔

"اوروں سے ڈھائی روپے لیتا ہوں، آپ لیٹے پیٹے ہندوستان سے آرہے ہیں تو دو روپے دے دینا۔"

"چلو ٹھیک ہے۔"

***

ٹرین جب ایک تپتے ہوئے صحرا میں رُکی تو اندازہ ہوا کہ بھولاری کیمپ کسی شہر کا نام نہیں تھا۔ انگریزوں کے دَور میں یہ ایک آرمی کیمپ تھا جو جنگ عظیم کے بعد دوبارہ آباد نہیں ہوا تھا۔ پاکستان بننے کے بعد جب ہندوستان سے آنے والے مہاجرین کے سیلاب نے سندھ کا رُخ کیا تو حکومت نے بھولاری کیمپ کھول دیا۔ صحرا کے بیچوں بیچ ریلوے لائن کے ساتھ ہی ایک چھوٹا سا کمرہ بنا ہوا تھا جو اسٹیشن ماسٹر کا دفتر تھا۔ امّی جان زرینہ کا ہاتھ پکڑے ہوئے اُتریں۔ ابّا میاں نے مجھے کندھوں پر بٹھا کر سوٹ کیس اُٹھا لیا۔ ماموں جان نے سر پر برتنوں کی بوری رکھ لی۔ سامنے ایک کچّی سڑک تھی جس کے سرے پر دور سے ہی کیمپ کی بیر کیں نظر آرہی تھیں۔ آٹھ دس اور لوگ ہمارے ساتھ اُترے۔ ایک نوجوان نے جو ماموں جان کے برابر ہی چل رہا تھا، آگے بڑھ کر کہا، "چچا، یہ بوری مجھے دیدیں۔"

"ارے نہیں میاں، یہ اتنی بھاری نہیں ہے۔"

"نہیں، دیدیں مجھے، اچھا نہیں لگتا کہ آپ سر پر بوری اُٹھائے چلیں اور میں آپ کے برابر خالی ہاتھ چلوں۔"

"خوش رہو میاں،" ماموں جان نے بوری اُس کے حوالے کر دی۔ "اچھے خاندان کے معلوم ہوتے ہو"۔

نوجوان مسکرا کر رہ گیا۔ "معلوم ہوتا ہے کہ آپ سیدھے ہندوستان سے چلے آرہے ہیں۔"

"جی ہاں، مجھے یہاں کا پتہ ایک عزیز نے دیا تھا، شاید آپ اُنہیں جانتے ہوں۔" ابّا میاں بولے۔ ماموں جان نے سوٹ کیس اُن کے ہاتھ سے لے لیا۔

"کیا نام ہے اُن کا؟" نوجوان نے پوچھا۔

"خاندان میں تو اُنہیں اچّھن میاں کہتے ہیں مگر اُن کا اصلی نام فراہیم خان ہے۔"

"نام تو کچھ جانا پہچانا سا لگتا ہے، ذرا حلیہ بتائیں۔"

"چھوٹا سا قد ہے، چگی داڑھی ہے۔"

"کچھ خیال نہیں آ رہا، کیمپ میں ہی پوچھ کچھ کیجئے گا۔"

اِتنے میں ہم کیمپ میں پہنچ گئے اور نوجوان نے سر سے بوری اُتار کر زمین پر رکھ دی۔ "معاف کیجئے گا، مجھے ذرا جلدی ہے، والدہ کی دوا لے کر آ رہا ہوں۔"

"بہت بہت شکریہ میاں، اللہ کرے تمہاری والدہ جلد صحت یاب ہو جائیں۔" ماموں جان نے کہا۔

"شکریہ۔ آپ کسی بیرک میں خالی جگہ ڈھونڈ لیں اور وہیں پڑاؤ ڈال دیں۔"

"اور سامنے جو کوارٹر نظر آ رہے ہیں وہ کیسے ہیں، اُن میں کہیں جگہ مل جائے گی؟"

"نہیں چچا، وہ سپاہیوں کے فیملی کوارٹر ہیں اور سب بھر چکے ہیں۔ جو پہلے آیا اُس نے قبضہ کر لیا، اب تو بس یہی بیرکیں رہ گئی ہیں۔"

نوجوان تو آگے بڑھ گیا مگر ہم سب ہکّا بکّا کھڑے ہوئے اِرد گرد کا جائزہ لینے لگے۔ پیچھے امی جان خاموش کھڑی تھیں، زرینہ کا ہاتھ اب بھی اُنہوں نے مضبوطی سے تھام رکھا تھا۔ کیمپ کیا تھا، پورا شہر آباد ہو گیا تھا۔ ہر طرف لوگوں کا ہجوم تھا۔ میلے کچیلے بچّے اِدھر اُدھر کھیلتے ہوئے ایک دوسرے کے پیچھے بھاگ رہے تھے۔ کئی بچّوں کے جسم پر قمیص تک نہیں تھی، کسی کی ناک بہہ رہی تھی، کسی کے چہرے پر مکھیوں کی یلغار تھی۔ میں مبہوت ہو کر اُنہیں گھور رہا تھا۔

اِبّا میاں نے امی جان اور زرینہ کو ایک بیرک کے سامنے بٹھا دیا اور ماموں جان کو تاکید کی کہ وہ وہیں ٹھہریں۔ وہ خود میرا ہاتھ پکڑ کر بیرک میں داخل ہو گئے۔ اندر عورتیں ہی عورتیں تھیں جو ہانڈی روٹی میں مصروف تھیں۔ کان پڑی آواز سنائی نہیں دے رہی تھی۔ ہر خاندان نے اپنی اپنی باؤنڈری چادر تان کر بنا لی تھی۔ اِبّا میاں کو بیرک کا ایک کونا خالی نظر آیا۔ برابر میں سفید غرارے میں ملبوس، ایک عمر رسیدہ خاتون بیٹھی ہوئی چھالیہ کتر رہی تھیں۔ اُن کے سامنے ایک نوجوان لڑکی چولہے میں ادھ جلی لکڑیوں کو پھونکنی سے جلانے کی کوشش کر رہی تھی۔ "امی جان، یہ لکڑیاں تو آگ

پکڑنے سے رہیں،''لڑکی نے ٹنگ آکر پھونکنی ایک طرف ڈال دی۔

''بیٹی، لگی رہ۔ کبھی نہ کبھی تو جلیں گی،''عمر رسیدہ خاتون جو غالباً اُس لڑکی کی ساس تھیں لاپروائی سے بولیں۔

''بہن، یہ کونا خالی ہے کیا؟''اَبّا میاں نے آگے بڑھ کر پوچھا۔

خاتون نے اپنا چشمہ ٹھیک کرتے ہوئے ہم دونوں کا اوپر سے نیچے تک جائزہ لیا اور بولیں، ''کیوں بھیّا،اکیلے ہی ہو کیا؟''

''نہیں خالہ،میری بیوی باہر بیٹھی ہے،یہ میرا بیٹا ہے۔''

''بیوی نک چڑھی تو نہیں ہے؟''

''نہیں، بڑی خوش مزاج ہے،''اَبّا میاں کو ہنسی آگئی۔''اگر آپ کو پسند نہ آئے تو نکال دیجئے گا۔''

''تو پھر لے آؤ نا، کیوں بے چاری کو دھوپ میں چھوڑ آئے ہو؟''

اس طرح بیر ک کا وہ کونا ہمیں مل گیا مگر ماموں جان پر نظر پڑتے ہی بڑی بی کا ماتھا ٹھنکا۔''اور یہ صاحب کون ہیں؟''اُنہوں نے اپنے سروتے کو ایک طرف رکھتے ہوئے پوچھا۔

''جی خالہ، یہ میرے بھائی ہیں،''اَمی جان نے جواب دیا۔

''اور انکے بیوی بچّے؟''

اَمی جان کے چہرے پر ناگواری کے آثار دیکھ کر ماموں جان رو ہانسے ہو کر بول پڑے، ''بس خالہ، یہ بڑی دکھ بھری داستان ہے۔ میرے بیوی بچّے بلوائیوں کی نذر ہو گئے۔اُنہوں نے آنسو پونچھنے کے لئے جیب سے رومال نکال لیا۔

''بس بیٹا صبر کرو، قیامت گزر گئی۔ اب صبر کے سوا چارہ بھی کیا ہے،''بڑی بی نے کہا، ''مجھے تو بس اتنی سی فکر تھی کہ آس پاس شریف لوگ ہی آکر بسیں کیونکہ یہاں بہو بیٹیاں بھی ہیں۔''

''آپ بالکل فکر نہ کریں خالہ، ہم شریف لوگ ہی ہیں،''اَمی جان نے کہا۔

''جیتی رہو بیٹیا،''بڑی بی نے مطمئن ہو کر سروتا اُٹھا لیا۔

''اچھا بھئی، تم لوگ یہاں جھاڑ پونچھ میں ذرا اُچھّن میاں کا پتا چلاتا ہوں،''اَبّا میاں نے

کہا۔

وہ مجھے ساتھ لے کر کیمپ کا معائنہ کرنے کے لئے نکلے۔ ہر گزرنے والے سے پوچھ کچھ کی مگر کسی چھوٹے سے قد اور چگّی داڑھی والے اچّھن میاں یا فراہیم خان کا پتا نہیں چلا۔ تھک ہار کر واپس پلٹے۔ ایک شخص لمبے لمبے قدم لیتا ہوا اُن کے برابر سے گزرا تو اُنہوں نے پوچھا، "کیوں بھئی یہاں کوئی دکان بھی ہے؟" وہ ٹھہر کر اَبّا میاں کو گھورتا رہا مگر کوئی جواب نہیں دیا۔

"میں نے پوچھا یہاں کوئی دکان وُکان بھی ہے؟" اَبّا میاں نے اپنا سوال دہرایا۔

آخرکار اُس نے منہ ایک طرف کر کے پان کی پیک کی کُلّی کرتے ہوئے جواب دیا، "ہاں میاں جی، وہ پیلی بیرک دیکھ رہے ہو نا، وہ ناک کی سیدھ میں، وہیں چلے جاؤ، دکانیں ہی دکانیں ہیں۔"

اَبّا میاں نے سر کی جنبش سے شکریہ ادا کیا اور آگے بڑھ گئے۔ پیچھے سے آواز آئی، "میاں جی، ناک کی سیدھ میں جائیو، اِدھر اُدھر مڑ کر مت دیکھیو۔" اَبّا میاں نے ہاتھ ہلا کر پھر شکریہ ادا کیا۔ پیلی بیرک کیا تھی، پوری مارکیٹ تھی۔ لوگوں نے ہر قسم کی دکانیں کھولی ہوئی تھیں۔ اَبّا میاں نے ضرورت کا سامان خریدا اور لدے پھندے اپنی بیرک کی طرف پلٹے۔ امّی جان پڑوسن کے ساتھ محوِ گفتگو تھیں۔

"کوئی چادر واور لائے ہو؟" اُنہوں نے پوچھا۔

"ہاں، چادر بھی ہے، انگیٹھی بھی ہے، چائے کا سامان بھی ہے، دال بھی ہے، آٹا بھی ہے، جو پوچھو وہ ہے۔"

"تم تو ایسے خوش ہو جیسے پوری کائنات مل گئی ہو۔"

"خدا کی بندی، اس سے بڑی اور کیا نعمت ہوگی کہ آج رات کو جب سونے لگوگی تو بلوائیوں کا خوف نہیں ہوگا۔ یہ پاکستان ہے پاکستان۔"

***

بھولاری کیمپ میں کچھ نہیں تو پچپّیس تیس ہزار افراد تو ہوں گے۔ کچھ لوگ صبح کی ٹرین سے حیدرآباد جاتے تھے اور دن بھر محنت مزدوری کر کے شام کی ٹرین سے واپس آ جاتے تھے۔ جن کو کوئی ہنر آتا تھا انہوں نے وہیں اپنا کام شروع کر دیا۔ کسی نے جوتے گانٹھنا شروع کر دیے، کوئی

ڈاکٹری کرنے لگا اور کوئی کپڑے سینے کی مشین لے کر بیٹھ گیا۔ کاروباری لوگوں نے دکانیں کھول لیں اور شہر سے سامان لاکر بیچنے لگے۔ ہر شخص اپنے اپنے کام میں لگا ہوا تھا۔ بقول شخصے روٹی تو کسی طور کما کھائے مچھندر۔

اتّا میاں کو بھی فکر لاحق ہوگئی کہ روزی روزگار کی کوئی صورت ہو۔ پانچ ہزار روپے کب تک چلتے؟ اب تک ڈیڑھ ہزار تو خرچ ہو چکے تھے۔ سوچا کہ کوئی کاروبار ہی کریں۔ پیلی بیرک جاکر مارکیٹ سروے کیا۔ ہر قسم کی دکان تھی۔ اگر نہیں تھی تو دودھ کی دکان۔ چنانچہ اُنہوں نے دودھ کی دکان کھولنے کا فیصلہ کرلیا۔ لوگ صدرو گھوسی سے دودھ لیتے تھے۔ نام تو اُس کا صدرالدین تھا مگر لوگ اُسے صدرو صدرو کہتے تھے۔ کیمپ کے پیچھے ایک باڑہ بناکر اُس نے تین بھینسیں رکھی تھیں۔ ویسے تو چار تھیں، مگر ایک گابھن تھی۔ صبح ہی صبح صدرو کے باڑے میں دودھ لینے والوں کا جمگھٹا ہوتا تھا۔ اتّا میاں نے جب صدرو کے سامنے کاروبار کی تجویز پیش کی تو اُس نے صاف اِنکار کردیا۔

"میاں جی، ہماری روٹی کا معاملہ ہے۔ دودھ بیچنا ہمارا کام ہے اور خرید نا تمہارا کام ہے۔"

"بھئی صدرو، تم سمجھے نہیں، میں خریدنے کی بات ہی کررہا ہوں۔"

"لو اور لو، ابھی تو تم بیچنے کی بات کررہے تھے۔"

"وہ بھی کررہا تھا۔ اچھا یہ بتاؤ کہ تم دہی کہاں سے لیتے ہو؟"

"میاں جی، تم مجھے باتوں میں مت چلاؤ، میں پڑھا لکھا نئیں، پر سب سمجھ لیتا ہوں۔ ابھی تم دودھ بیچنے کی بات کررہے تھے کہ نئیں، بولو نئیں۔"

"میں دہی بیچنے کی بات کررہا تھا،" اتّا میاں کی آواز میں جھلاہٹ تھی۔ "میں تم سے دودھ خرید کر دہی بناؤں گا اور وہ بیچوں گا، اور اُبلا ہوا دودھ بیچوں گا، جو تم نہیں بیچتے۔"

بات آخر صدرو کی سمجھ میں آ ہی گئی، "تو ایسے بولو میاں جی۔"

"یہی تو میں شروع سے کہہ رہا ہوں۔"

"ٹھیک ہے، جتّا دودھ چاہو، مل جائے گا۔"

"مگر کیا بھاؤ دو گے؟"

"جو سب دیتے ہیں بو تم دے دینا، میں تم سے کوئی جیاستی پیسے تو لوں گا نئیں۔"

"سب لوگ تو سیر بھر دودھ کے چار آنے دیتے ہیں۔"

"تم بھی چار آنے دے دینا۔"

"مگر میں تو تم سے ایک من دودھ لوں گا۔ ایک من پر کچھ تو رعایت ہونی چاہیے،" اب ابّا میاں کے صبر کا پیمانہ چھلکنے ہی والا تھا۔ "اچھا ایسا کرو۔ ایک من دودھ دس روپے کا بنتا ہے۔ میں تمہیں آٹھ روپے دوں گا۔"

"آٹھ روپے کیوں دو گے؟ نہیں میاں جی، یہ سودا گھاٹے کا ہے،" صدر و پھر بچھڑ گیا۔

"خدا کے بندے، اس لئے کہ میں تم سے ایک من دودھ لوں گا۔"

"میاں جی، پیسہ میں ایک بھی کم نہیں کروں گا۔ ایسا کرو کہ ایک من پہ میں دس سیر دودھ پِھری دوں گا۔"

"لو، وہی بات ہوئی۔"

"بو بات کیسے ہوئی؟ پیسہ ایک کم نہیں ہو گا اور من پہ دس سیر بالکل پِھری۔"

"چلو منظور ہے۔"

ابّا میاں میں مزید بحث کرنے کی ہمّت نہیں تھی۔ طے یہ ہوا کہ پانچ سیر روز سے شروع کریں گے اور آہستہ آہستہ ایک من تک پہنچیں گے۔ صدر و نے وعدہ کیا تھا کہ اگر دودھ کم پڑا تو وہ شہر سے ایک اور بھینس لے آئے گا۔ شام کو ابّا میاں نے ماموں جان کو اپنا منصوبہ سُنایا تو اُنہوں نے کہا، "دکان تم مجھ پر چھوڑ دو اور خود شہر جا کر نوکری ڈھونڈھو۔"

اگلے دن ابّا میاں نے پیلی بیرک کی ایک خالی جگہ پر مٹّی کا چولہا بنوایا، ایک کڑھاؤ اور کرچھا خریدا، اور دودھ کی دکان کھل گئی۔ ماموں جان سارے دن دودھ سے بھرے کڑھاؤ میں کرچھا چلاتے رہتے۔ کئی ہفتے گزر گئے مگر روزانہ کی فروخت پانچ سیر سے آگے نہ بڑھ سکی۔ لاگت نکال کر کبھی بارہ آنے بچتے، کبھی چودہ آنے۔ روپیہ ڈیڑھ روپیہ روز تو مزدور بھی کمالیتا تھا۔ دن بھر اسی دُھن میں لگے رہتے کہ کسی طرح آمدنی بڑھے، مگر یہ لاہور کا بھاٹی گیٹ تو تھا نہیں کہ بے فکرے نوجوانوں کے غول کے غول رات کا کھانا کھانے کے بعد دودھ پینے کا مقابلہ کرنے کے لئے اُن کی دکان پر مجمع لگاتے۔

اِبّا میاں کو بھولا ری کیمپ ایک جہنّم کی طرح لگتا تھا۔ دن بھر لوگ کے تھیڑے، پسینے میں تربتر، اوپر سے سارے جسم پر ریت کی تہہ، غلاظت سے اُبلتی ہوئی نالیاں، اُن پر رفعِ حاجت کے لئے بیٹھے ہوئے ننگ دھڑنگ بچّے، اور مکھیاں ایسی کہ الامان والحفیظ۔ گھر گھر میں خون تھوکتے ہوئے تپِ دِق کے مریض، نہ پیٹ میں روٹی، نہ تن پہ کپڑا۔ عجیب سماں تھا۔ بھوک سے بے تاب، چیچک زدہ چہروں پر ہر وقت غصّہ دھرا رہتا تھا۔ بات بات میں لڑائیاں ہو جاتی تھیں۔ ایک دِن ماموں جان اپنی دکان بند کر کے لوٹ رہے تھے کہ سامنے والی بیرک سے پندرہ بیس آدمی ہاتھوں میں لاٹھیاں لئے ہوئے نکلے اور ایک دوسرے پر پِل پڑے۔ پیچھے سے اُن کے کچھ بزرگ نکلے اور بیچ بچاؤ کر کے اُنہیں ٹھنڈا کیا۔ سب کچھ پلک جھپکتے میں ہوا مگر اِس دوران اُن میں سے پانچ آدمی لہو لہان، اپنے سر پکڑے ہوئے زمین پر پڑے تھے۔ باہر اچھا خاصہ مجمع لگ گیا تھا۔ ایک شخص، جو ماموں جان کے برابر کھڑا ہوا تھا، کہنے لگا، "جھگڑا عورتوں سے شروع ہوا تھا۔ سارا دِن لڑتی رہی تھیں، شام کو جب مرد کام سے واپس آئے تو ہر ایک نے ایک کی دس دس لگائیں۔ بس مرد لٹھ لے کر نکلے اور ایک دوسرے پر پِل پڑے۔"

"واقعی، اللہ بچائے عورتوں کی شر سے!" برابر ہی کھڑے ہوئے ایک صاحب نے لقمہ دیا۔

ایک اور شخص جو پاس ہی کھڑا تھا، بولا، "یہ سب ایک ہی خاندان کے لوگ ہیں اور الوَر سے آئے۔ غصّہ اِن کی ناک پر رکھا رہتا ہے، اور اِن کی زبان لاٹھی میں ہے۔ وہ مثل مشہور ہے نا کہ ایک الوَری اور سو تلوَری۔"

غرض جتنے منہ اتنی باتیں۔ ماموں جان سر کو جھٹک کر آگے بڑھ گئے۔

پورا مہینہ گزر گیا۔ اِدھر صدر و گھوسی تنگ کر رہا تھا کہ ایک چوتھائی دودھ مفت دینے کا معاہدہ اِس شرط پر ہوا تھا کہ اِبّا میاں ایک من دودھ دھ روزلیں گے مگر ابھی تک گاڑی پانچ سیر سے آگے نہیں بڑھی تھی۔ اُدھر اِمی جان دبی دبی زبان میں احتجاج کر رہی تھیں کہ اگر جلد ہی بچّوں کی تعلیم کا کوئی بندوبست نہیں ہوا تو وہ بے پڑھے ہی رہ جائیں گے۔ ایک روز ماموں جان کہیں نکلے ہوئے تھے اور اِبّا میاں نے دکان سنبھال لی تھی۔ وہ کڑھاؤ میں کر چھے سے دودھ کی کھرچن چھٹا رہے تھے کہ اچانک آنکھ اُٹھا کر دیکھا تو سامنے اِچھن میاں کھڑے تھے۔ وہی چھوٹا سا قد، چھی داڑھی، سفید علی گڑھ کٹ

پائجامہ، بادامی اچکن اور سر پر جناح کیپ۔ اُنہیں دیکھ کر اتّامیاں کی باچھیں کھل گئیں اور کرچھا چھوڑ کر وہیں کھڑے ہو گئے۔ اچّھن میاں والہانہ انداز میں آگے بڑھے اور اتّامیاں سے لپٹ گئے۔ ''قسم خدا کی بھائی صاحب، آپ کو دودھ بیچتے ہوئے دیکھ کر میرا تو کلیجہ منہ کو آگیا،'' اُنہوں نے اتّامیاں کو بھینچتے ہوئے کہا۔ اچّھن میاں کی آواز اتنی پتلی تھی کہ سننے والے کو گمان ہوتا تھا جیسے کوئی لڑکی بول رہی ہو۔ ہمیشہ اونچی آواز میں بولتے تھے اور آس پاس کے غیر متعلق لوگ بھی اُن کی طرف متوجہ ہو جاتے تھے۔ چنانچہ وہاں ہر شخص اُنہیں دلچسپی سے دیکھ رہا تھا۔

''میاں، اِس میں کلیجہ منہ کو آنے کی کیا بات ہے؟ بڑے بڑے پیغمبروں نے بکریاں چرائی ہیں، میں تو ایک کونے میں بیٹھا دودھ ہی بیچ رہا ہوں،'' اتّامیاں نے جواب دیا۔

''پھر بھی، بقول شاعر، کیسے کیسے ویسے ہو گئے۔''

''کوئی بات نہیں۔ تیل دیکھو تیل کی دھار دیکھو، تاریخ تو ابھی بَن رہی ہے۔''

''خیر، چھوڑیں اِن باتوں کو، میرے ساتھ چلیں،'' اچّھن میاں اتّامیاں کا ہاتھ پکڑ کر بولے۔

''کہاں چلو گے؟''

''شہر چلیں، میں نے آپ کے لئے کوارٹر کا انتظام کر لیا ہے۔''

''مگر تم غائب کہاں ہو گئے تھے؟ مجھے یہاں کا پتہ دے کر خود کِھسک لئے۔''

''قسم خدا کی بھائی صاحب، میں نے آپ کے جواب کا بہت انتظار کیا۔ جب کوئی خبر نہیں آئی تو چل دیا، کیونکہ حیدرآباد میں ایک کوارٹر مل گیا تھا۔''

''بس میرا بھی ایک کے بعد ایک کام نکلتا چلا آیا پھر بلوہ شروع ہو گیا، اُسی میں دیر لگ گئی۔''

''وہ تو مجھے کل دولہا بھائی کے خط سے معلوم ہوا کہ آپ تو مہینہ بھر پہلے ہی نکل لئے تھے، اِسی لئے آج ہی ڈھونڈ ہتاڑ ہتاڑ ہانڈھتا ہتا آپ تک پہنچا۔ سارا دن بیرک بیرک چھان ماری، وہ تو اتفاقاً بچّوں پر نظر پڑ گئی تو آپ کا پتا چلا۔''

''خیر میاں، اللہ تعالے تمہیں جزا دے۔ دیر آید درست آید۔''

''بس بھائی صاحب، آپ چلیں میرے ساتھ۔ باقی باتیں ہوتی رہیں گی۔''

''ارے بھئی ایسے کیسے چلیں؟ ابھی تو یہ دکان بڑھانی ہے، سامان باندھنا ہے۔''

"قسم خدا کی بھائی صاحب، چھوڑیں دکان وُکان، سامان وامان۔ جب اپنا گھر بار ہی چھوڑ آئے تو کیسی دکان، کیسا سامان؟"

"دیکھو، اتنے جذباتی مت بنو، کل صبح کی گاڑی سے آ جانا، دوپہر کی گاڑی سے تمہارے ساتھ چلیں گے۔"

غرض اِبّا میاں نے بڑی مشکل سے اچّھن میاں کو اگلے دن کے لئے تیار کیا۔

8

انگریزوں کے دَور میں ہر آرمی افسر کے ساتھ نوکروں کی ایک پوری فوج ہوتی تھی، لہٰذا کنٹونمنٹ میں ہر افسر کے بنگلے میں دس بارہ سرونٹ کوارٹروں کی ایک قطار تھی۔ پاکستان بننے کے بعد ہر افسر کو ایک ہی اردلی ملتا تھا، لہٰذا باقی سب کوارٹر خالی پڑے تھے۔ جب ہندوستان سے مہاجروں کے قافلے آنے شروع ہوئے تو وہ کوارٹر بھی بسنا شروع ہو گئے۔ اچّھن میاں بھی ایسے ہی ایک کوارٹر میں رہتے تھے۔ اب اُنہوں نے لوگوں سے کہہ سُن کر ہمارے لئے بھی ایک کوارٹر کا انتظام کر دیا۔ بھولاری کیمپ سے نکلنے کے بعد ہم سب نے اطمینان کا سانس لیا۔ رہنے کا بندوبست تو ہو گیا۔ اب اتّا میاں کو روزگار کی فکر ہوئی۔ کچھ سمجھ میں نہیں آتا تھا کہ کیا کریں۔ ایک دن باتوں باتوں میں اچّھن میاں سے تذکرہ کر دیا۔

"مگر بھائی صاحب، کچھ نہ کچھ تو کرنا ہی پڑے گا،" اچّھن میاں نے جواب دیا۔

"دیکھو، دو تین لوگوں سے بات تو ہوئی ہے۔ کچھ نہ کچھ ہو ہی جائے گا۔"

"کیوں نہ کوئی کاروبار شروع کر دیں؟"

اتّا میاں نے ایک زوردار قہقہہ لگایا۔ "یہ بھی خوب رہی۔ یہ بتاؤ اچّھن میاں کہ ہماری سات پُشتوں میں کسی نے دکان داری کی ہے؟"

"کی تو نہیں ہے مگر سیکھنے سے تو سب کچھ آ جاتا ہے۔"

"تو پھر تم ہی کر لو، تم بھی تو بے روزگار ہو۔"

"میں سوچ تو رہا ہوں۔ بھائی خاں کی چارڑھی پر ایک پان بیڑی کا کیبن بِک رہا ہے۔ چلتا ہوا

کاروبار ہے اور وہ تین سو روپے مانگ رہا ہے۔"

"تو پھر اللہ کا نام لے کر خرید لو۔"

"ایسا کرتے ہیں بھائی صاحب کہ آدھے پیسے آپ ڈالیں اور آدھے میں ڈالتا ہوں، دونوں مل کر لے لیتے ہیں۔"

"نہیں اچّھن میاں، میں ساجھے داری کے خلاف ہوں۔ بزرگوں کا قول ہے کہ ساجھے کی ہنڈیا چوراہے پہ پھوٹتی ہے۔"

"اگر خدا انخواستہ دل میں کھوٹ آجائے تو دوسری بات ہے ورنہ بڑے بڑے کاروبار شراکت میں چلتے ہیں۔"

"بڑے کاروباروں کی بات دوسری ہے۔ کیا تم سمجھتے ہو کہ ایک پان کی دکان دو خاندانوں کی کفالت کر سکے گی؟"

"تو پھر ایسا کریں کہ آپ خرید لیں۔ میں کچھ اور دیکھ لوں گا۔"

"کیوں نہ تم ہی خرید لو، میرا بھی کوئی نہ کوئی وسیلہ نکل ہی آئے گا۔"

"نہیں بھائی صاحب، آپ میرے بزرگ ہیں۔ پہلے آپ بر سرِ روزگار ہو جائیں۔ میرا کیا ہے، جوان آدمی ہوں نہ کہیں محنت مزدوری کر لوں گا، باقی رزق تو رزّاق کی طرف سے اُترتا ہے۔"

ابّا میاں نے بہت سمجھایا مگر اچّھن میاں پیچھے ہی پڑ گئے، یہاں تک کہ ابّا میاں نے ہامی بھر لی اور یہ فیصلہ ہوا کہ صبح کو جا کر دیکھ لیں گے۔ اگلے دن صبح ہی صبح ماموں جان کو ساتھ لے کر بھائی خاں کی چارمی پر پہنچ گئے۔ دکان پر ایک بزرگ بیٹھے ہوئے گاہکوں کو پان بنا کر دے رہے تھے۔ سفید برّاق کُرتے پائجامے میں ملبوس، خشخشی داڑھی، سر پر کلف لگا ہوا سفید پلَر، باچھوں میں پان کی ریخیں۔ حلیے سے پان والے تو کسی طرح نہیں لگتے تھے۔ اچّھن میاں نے آگے بڑھ کر سلام کیا۔

"و علیکم السلام،" اُنہوں نے بڑے جو شیلے انداز سے اپنا چشمہ اوپر سرکاتے ہوئے جواب دیا۔

"یہ میرے بڑے عزیز بھائی ہیں،" اچّھن میاں نے ابّا میاں کی طرف اشارہ کرتے ہوئے کہا۔

"زہے نصیب۔ میرا نام مرزا سراج الدولہ ہے،" اُنہوں نے اپنا ہاتھ ایک کتھئی رومال سے پونچھ کر مصافحہ کے لئے بڑھا دیا۔ یہ کہنا مشکل تھا کہ اُس رومال کا رنگ واقعی کتھئی تھا یا کتھا لگ لگ کر کتھئی لگ

کر ہو گیا تھا۔

"مجھے کہیں سے معلوم ہوا ہے کہ آپ یہ دکان فروخت کر رہے ہیں،" اچّھن میاں نے پوچھا۔

مرزا صاحب نے اچّھن میاں کے بازو کو چھوتے ہوئے کہا، "ذرا ہٹ کر کھڑے ہوں۔ کہیں آپ کی آستین میں سوراخ نہ ہو جائے۔" اچّھن میاں نے مڑ کر اُس رسّی کو دیکھا جو ایک کونے میں لٹک رہی تھی اور اس کا ایک سرا سُلگ رہا تھا۔ گاہک اس سے اپنی سگریٹ یا بیڑی سُلگاتے تھے۔

"آپ نے صحیح فرمایا۔ یہ دکان برائے فروخت ہے،" مرزا صاحب بولے۔

"کیا لیں گے؟"

"میری طرف سے تو آپ ابھی آ کر بیٹھ جائیں، کچھ دینے دلانے کی ضرورت نہیں، مگر میرا بیٹا ضد کر رہا ہے کہ اِس پر اب تک تین سو روپے خرچ ہوئے ہیں۔"

"کتنی آمدنی ہو جاتی ہے؟" اتّا میاں نے پوچھا۔

"آمدنی وآمدنی کیا، بس یوں سمجھیں کہ گھر کا خرچ چل جاتا ہے۔"

"تو پھر آپ فروخت کیوں کر رہے ہیں؟"

مرزا صاحب کی پیشانی پر ایک خفیف سابل آیا مگر اُنہوں نے مسکرا کر جواب دیا، "بھئی دراصل میرے بیٹے نے بڑی مخالفت کی تھی مگر میں نے ضد کر کے یہ دکان لے لی کیونکہ وہ بھی بیروزگار تھا۔ میں نے اُس سے کہا کہ اِس بہانے میں ہی کچھ کمالاؤں گا۔ اب بیٹے کو ماشاءاللہ ایک اسکول میں ٹیچری مل گئی ہے اور اُسے ایک منٹ کے لئے بھی گوارا نہیں کہ میں یہاں بیٹھ کر پان بیڑی بیچوں۔"

"ماشاءاللہ، بڑا سعادت مند بیٹا ہے۔ اللہ عمر دراز کرے،" اتّا میاں نے کہا۔

"تو پھر ہم بات پکی سمجھیں؟" اچّھن میاں نے پوچھا۔

"میری طرف سے بسم اللہ، لیکن لکھا پڑھی تو بیٹا ہی کرے گا۔"

"ٹھیک ہے، آپ بیٹے سے کہیں کہ بیع نامہ تیار کرا لے۔ میں دستخط کر کے ادائیگی کر دوں گا،" اتّا میاں نے جواب دیا۔

"بجا فرمایا۔ آپ پانوں کی خریداری پان مارکیٹ میں فضلو سے کیجئے گا، بڑا بھلا آدمی ہے۔ اُس کی دکان پان مارکیٹ میں گھستے ہی داہنی طرف سے تیسری ہے۔ میرا نام لے دیں گے تو آپ کو پرانا گاہک

سمجھ کر کچھ رعایت کر دے گا،''ابّامیاں نے سُن کر سر ہلا دیا۔

''باقی سامان کے لئے جب آپ پان مارکیٹ سے شاہی بازار میں نکلیں تو گھنٹہ گھر کی طرف مڑ جائیں۔ سامنے دو دکانیں چھوڑ کر تیسری دکان حاجی صاحب کی ہے، اُن سے میں کتّھا، چونا، تمباکو، بیڑی، سگریٹ وغیرہ خرید تا ہوں، اُن سے بھی میرا نام لے دیجئے گا تو خیال رکھیں گے۔''

قصّہ مختصر، ابّامیاں نوکری کی تلاش میں لگ گئے اور ماموں جان نے پان بیڑی کی دکان سنبھال لی۔ سامنے ایک چھوٹی سی چوکی رکھی رہتی تھی جس پر سرخ میزپوش ڈھکا تھا، چوکی پر ایک جانب کتّھے کی لٹیا، دوسری جانب چونے کی لٹیا، دونوں لٹیا میں ایک ایک موسلی جس سے پانوں پر کتھا چونا لگاتے تھے، درمیان میں گل قند اور قوام کے ڈبّے، چوکی کے سامنے کئی قسم کی چھالیوں اور تمباکو کے ڈبّے، اور پیچھے کی طرف ایک ٹوکری، جس میں بھیگے ہوئے کپڑے میں پان رکھے رہتے تھے۔ کیبن کی دیواروں پر ریک سجے تھے جن پر دنیا بھر کی سگریٹوں اور بیڑیوں کی ڈبیاں تھیں۔ جب بھی کوئی گاہک جلتی ہوئی رسّی کے نزدیک کھڑا ہوتا تو ماموں جان فوراً اُسے خبردار کر دیتے تھے۔

دکان تو چل رہی تھی، مگر کچھ دِل نہیں ٹھکا۔ کبھی ابّامیاں دکان پر بیٹھتے اور کبھی ماموں جان۔ شاید ہی کوئی دن ایسا ہوتا تھا جب خرچ نکال کر روپے، ڈیڑھ روپے سے زیادہ بچتا ہو، مگر اُن کا عزم سلامت تھا۔ اچّھن میاں کو نوکری مل گئی تھی مگر کبھی کبھار چکّر لگاتے رہتے تھے۔ جب بھی آتے، ایک آہ بھر کر کہتے، ''کیسے کیسے ایسے ویسے ہو گئے'' ابّامیاں کا ہمیشہ ایک ہی جواب ہوتا، ''میاں، تیل دیکھو تیل کی دھار دیکھو۔''

ایک دن اچّھن میاں نے آ کر مژدہ سنایا کہ اُنہوں نے کہیں ابّامیاں کے لئے ملازمت کی بات کی ہے۔ کہنے لگے ''بھائی صاحب اب دکان بڑھائیے اور چلیے میرے ساتھ۔''

''بھئ تم ہمیشہ ہوا کے گھوڑے پر سوار آتے ہو۔ کچھ تو بتاؤ کہ کہاں لے جانا چاہتے ہو؟''

''بس آپ اُٹھ جائیں، یہ پان بیڑی کی دکان آپ سے نہیں چلے گی۔ میں نے آپ کے لئے نوکری کی بات پکی کر لی ہے۔''

ابّامیاں کو معلوم تھا کہ اچّھن میاں چلتے پُرزے ہیں اور کام کرانے کے ماہر ہیں، ''میاں کچھ کہو بھی، کیسی نوکری، کہاں کی نوکری؟''

"بس آپ اُٹھ جائیں، سندھ گورنمنٹ کی نوکری ہے، مکان بھی ملے گااور تنخواہ بھی اچھی خاصی ہو گی۔"

اُس زمانے میں سندھ کا دارالحکومت حیدرآباد تھااور کراچی وفاقی دارالحکومت تھا۔اتّامیاں اگلے دن اچھن میاں کے ساتھ وزارتِ تعلیم کے مرکز میں گئے تواچھن میاں نے چپراسی کے ہاتھ پر پرچی بھجوائی۔ دفتر کے دروازے پر تختی لگی تھی،ایس۔کے۔جو نیجو۔

چپراسی نے دروازے کی چق اُٹھاکر اندر جانے کا اشارہ کیا۔ جو نیجو صاحب منحنی سے ،پَستہ قد آدمی تھے مگر مونچھوں کی لمبائی سے اندازہ ہوتا تھا کہ وہ صرف دیکھنے والے کی نظر کواُن کے جسم سے ہٹاکر چہرے پر مرکوز کرنے کے لئے استعمال کی جاتی تھیں۔ رہی سہی کمی اُن کی شگفتگی سے پوری ہو جاتی تھی۔ مسکراتے ہوئے اپنی کُرسی سے اُٹھ کر کھڑے ہوئے اور آگے بڑھ کراچھن میاں سے لپٹ گئے۔ "کمال کرتے ہو بھئی، کہاں غائب ہو گئے تھے؟" جو نیجو صاحب نے کہااور اتّامیاں سے ہاتھ ملا کر بولے، "قبلہ، آپ نے بھی کمال کر دیا۔ حیدرآباد آتے ہی آپ کو منسٹری میں آنا چاہیے تھا،" وہ بے تکان بولے جا رہے تھے، "یہاں تولوگوں کا قحط ہے۔ سُناہے کہ ہندوستان سے اُن سرکاری ملازمین کی ٹرین آرہی ہے جنہوں نے پاکستان تبادلہ کرالیا ہے۔ جب اچھن میاں نے مجھے آپ کے متعلق بتایاتو میں نے کہا کہ فوراً لے آؤ مگر یہ غائب ہی ہو گئے۔"

اتّامیاں اِسی چکّر میں پڑے ہوئے تھے کہ آخراچھن میاں نے جو نیجو صاحب سے اتنی جلدی کیسے دوستی کرلی۔ قصّہِ مختصر اتّامیاں کو محکمہ تعلیم میں ملازمت مل گئی اور گورنمنٹ کے ملازمین کی کالونی میں ایک کوارٹر بھی مل گیالہٰذاہم وہاں شفٹ ہو گئے۔

***

اِدھر اتّامیاں نے دفتر جانا شروع کیا،اُدھر ماموں جان نے پان بیڑی کا کیبن سنبھال لیا۔ آہستہ آہستہ ماموں جان کے دوستوں نے اُن پر یلغار کر دی۔ سارا قصور ماموں جان کا ہی تھا۔ جو گاہک آتاوہ اُن کا دوست بن جاتا۔ کیبن کے سامنے سارے دن دوستوں کا جمگھٹا لگا رہتا۔ وہ لگاتار پانوں کے بیڑوں پر بیڑے چباتے رہتے۔ کیبن کے دونوں جانب جو خالی زمین تھی وہ پان کی پیکوں سے ایسی ہو گئی جیسے اُس پر سرخ پینٹ کیا گیا ہو۔ سگریٹ کے پیکٹوں پر پیکٹ کھلتے رہتے۔ پاسنگ شو پینے

والے بھی گولڈ فلیکس اور تھری کیسلز سے کم نہیں پیتے تھے۔ سڑک کے اُس پار جو کیبن تھا اُس کے اوپر "کیفے شرف الدین" کا ایک بڑا سا بورڈ لگا ہوا تھا۔ گاہے گاہے ماموں جان اپنی گدّی پر بیٹھے بیٹھے صدا لگاتے، "شرفو بھیّا، چار چائے بھیج دینا"۔ اُس زمانے میں دلیپ کمار اور نرگس کی فلم "میلہ" لگی ہوئی تھی جو اُن کے ایک دوست نے دس بارہ مرتبہ دیکھی تھی۔ وہ اُس فلم کی کہانی ڈائیلاگ اور گانوں کے ساتھ سُناتا اور کیبن کے سامنے لوگوں کا مجمع لگ جاتا جس میں گاہک کم اور تماش بین زیادہ ہوتے۔ دِن میں دو تین بار "یہ زندگی کے میلے دنیا میں کم نہ ہونگے" گایا جاتا۔ غرض یہ کہ ماموں جان کا کیبن یار باشی کا اڈّہ بن کر رہ گیا۔ اگر کوئی بھولا بھٹکا گاہک آبھی نکلتا تو وہاں جمگھٹا دیکھ کر آگے بڑھ آگے بڑھ جاتا۔

اتّا میاں کبھی کبھار دفتر سے واپسی پر چکر لگا لیتے۔ اُن کی سمجھ میں نہیں آرہا تھا کہ دکان کا اسٹاک تو ختم ہو رہا تھا مگر آمدنی ایک دھیلے کی نہیں تھی۔

"بھئی ننھے میاں یہ دُکان مجھے چلتی ہوئی نظر نہیں آتی،" آخرا یک دن اُنہوں نے پوچھ ہی لیا، "مرزا صاحب تو کہتے تھے کہ اِس سے اُن کے گھر کا خرچ چلتا تھا۔"

"خود میری سمجھ میں بھی نہیں آتا۔ معلوم ہوتا ہے کہ مرزا صاحب دروغ گوئی سے کام لے رہے تھے۔"

خدا کا کرنا کیا ہوا کہ اچانک ماموں جان کو پہلے پہل جاڑا چڑھ کر بخار آگیا۔ ڈاکٹر نے ملیریا تشخیص کیا۔ اتّا میاں نے کہا کہ اُن کی تین دن کی چھٹّیاں ڈیو ہو چکی تھیں لہٰذا وہ تین دن دکان پر بیٹھیں گے اور اُس دوران ماموں جان آرام کرلیں۔ اگلے دِن اُنہوں نے چھٹّی کی درخواست بھیجی اور صبح ہی کیبن پر پہنچ گئے۔ اسٹاک کا معائنہ کرنے کے بعد وہ خریداری کے لئے نکلے تو اُن کی آنکھوں کے سامنے اندھیرا چھا گیا جب اُنہیں معلوم ہوا کہ فضلو پنواڑی کے پچاس روپے چڑھے ہوئے ہیں۔ حاجی صاحب جن سے ماموں جان سگریٹ اور تمبا کو خریدتے تھے، الگ اپنا رجسٹر لے آئے اور اتّا میاں کو بتلایا کہ ننھے میاں پر سوا دو سو روپے اُدھار ہیں۔ سامنے شرفو چائے والا بھی پہنچ گیا کہ چوبیس روپے آٹھ آنے اُس کے بھی ہیں۔ اتّا میاں وہیں سر پکڑ کر بیٹھ گئے۔

شام کو اتّا میاں جب گھر پہنچے تو ماموں جان بستر پر بیٹھے شوربہ چپاتی کھا رہے تھے۔ بخار اُتر چکا تھا

مگر نفاست باقی تھی۔

"کیوں بھئی اب طبیعت کیسی ہے؟" اتّا میاں نے پوچھا۔

"طبیعت تو ٹھیک ہے،" ماموں جان نے جواب دیا، "تم سناؤ کچھ بکری وکری ہوئی؟"

"بکری کیا ہونی تھی، میں اسٹاک جمع کرنے کے لئے نکل گیا تھا۔ دکان بالکل خالی پڑی ہے۔"

"ہاں کئی دن سے مجھے خریداری کا موقع نہیں ملا۔"

"حاجی صاحب نے تو مال دینے سے انکار کر دیا۔ کہنے لگے کہ سواد و سوروپے چڑھ گئے ہیں۔"

"ارے حاجی صاحب تو سٹھیا گئے ہیں۔ کاروبار اُدھار کے بغیر کہیں چلتا ہے۔ تم اُن کے بیٹے سے بات کرتے، وہ مجھے کبھی انکار نہیں کرتا۔"

"بندے خدا کے، تم یہ قرض اُتارو گے کیسے، آمدنی تو ایک دھیلے کی نہیں ہے، ننگی دھوئے گی کیا اور نچوڑے گی کیا؟" اتّا میاں جھنجھلا کر بولے۔

"آمدنی کیوں نہیں۔ ہمارا اُدھار بھی تو گاہکوں پر چڑھا ہوا ہے۔"

"تمہیں معلوم بھی ہے کہ کس پر کتنا اُدھار ہے، کسی رجسٹر میں کوئی حساب کتاب لکھا ہے؟"

"سب اپنے یار ہیں۔ ایک ایک پائی چکا دیں گے۔ وہ تو میں لحاظ میں مانگتا نہیں ہوں۔"

"یہ لحاظ بھی خوب رہا،" اتّا میاں کو ہنسی آگئی، "فضلو پنواڑی کے بھی پچاس روپے چڑھے ہوئے ہیں، شرفو نے بھی اپنا حساب بتا دیا۔ میں نے پوچھا کہ چوبیس روپے آٹھ آنے کی چائے کون پی سکتا ہے۔ اُس نے تمہاری بڑی بُرائی کی۔ کہنے لگا کہ ننھے میاں نے تو ٹکسال کھول رکھی ہے۔ دن بھر یار دوست گھیرے رہتے ہیں۔"

"شرفو کی ایسی تیسی۔ میں کل ہی اُس کے پیسے اُس کے منہ پر مار دوں گا۔"

"میری مانو تو اِس کیبن سے جان چھڑاؤ۔ بزنس کرنا تمہارے بس کی بات نہیں۔"

"یہ تو میں بھی تم سے کہتا تھا کہ ہماری سات پُشتوں میں کسی نے دکان داری نہیں کی۔"

اتّا میاں کی اِس گفتگو نے ماموں جان کو ہلا کر رکھ دیا۔ دونوں کی برسوں پُرانی دوستی تھی، کبھی آپس میں تلخ کلامی نہیں ہوئی تھی مگر اچانک ماموں جان کو اتّا میاں کے لہجے میں تلخی نظر آئی۔ یار باشی اپنی جگہ تھے مگر بڑے خود دار۔ وہ سوچ بھی نہیں سکتے تھے کہ اُن کے کسی قول یا فعل سے اتّا میاں کو

یا کسی کو بھی کوئی تکلیف پہنچے گی۔ جب اتّا میاں وہاں سے ہٹ کر کمرے کی طرف بڑھے تو امی جان نے آہستہ سے کہا، "بھائی صاحب کو تو بس ٹلے نویسیوں سے فرصت ہی نہیں ملتی، کاروبار کیا خاک چلائیں گے؟"

"چھوڑو بھئی، تم اِس معاملے میں مت پڑو،" اتّا میاں نے کہا۔

امی جان کی بات ماموں جان نے بھی سُن لی اور اُن کے دل کو ایک دھکّا سا لگا۔ چھوٹی بہن کے منہ سے نکلی ہوئی بات نے جلتی پر تیل کا کام کیا اور اُنہوں نے فیصلہ کر لیا کہ بہن اور بہنوئی کی نگاہ میں اپنا وقار بحال کر کے رہیں گے خواہ اُنہیں کتنے ہی پاپڑ کیوں نہ بیلنا پڑیں۔

اگلے دِن ماموں جان نے اتّا میاں کو زبردستی دفتر بھیجا اور خود دکان پر پہنچ کر سامنے ہی ایک بڑا سا "آج نقد کل اُدھار" کا بورڈ لگا دیا۔ جب یار دوستوں نے دیکھا کہ مفت خوری کا دروازہ بند ہو چکا تھا تو ایک ایک کر کے سب کِھسک لئے۔ شام کو دکان بند کرنے سے پہلے گلے کو کھولا تو اُس میں بتّیس روپے کچھ آنے تھے۔ یہ پہلا موقع تھا کہ ماموں جان کے ہونٹوں پر کچھ مُسکراہٹ آئی ورنہ عموماً اُس میں پانچ چھ روپے سے زیادہ نہیں نِکلتے تھے۔ شام ہوتے ہوتے اُن کی طبیعت گِڑ بڑ ہونی شروع ہو گئی۔ آنکھیں ٹھنسی ٹھنسی سی ہو رہی تھیں اور جسم اینٹھ رہا تھا۔ لگتا تھا جیسے بُخار کی آمد آمد ہو۔ دُکان بند کر کے سامنے شر فو کے پاس پہنچ گئے۔ وہ اپنی دُھن میں مگن، اپنے انگوچھے سے میزیں صاف کر رہا تھا۔ ماموں جان بولے، "کیوں میاں شر فو، کل تم نے میرے بہنوئی سے خوب ایک ایک کی سو سو لگائیں۔"

شر فو چونک کر پیچھے مُڑا اور ماموں جان کو دیکھ کر کچھ گھبرا سا گیا۔ "کسم لے لونّھے میاں جو میں نے تمہاری بُرائی کی ہو۔ اُنہوں نے مُس سے پوچھا تو میں نے بتا دیا کہ میرے کتّے پیسے بنتے ہیں،" اُس نے اپنی صفائی پیش کی۔

"لو یہ پانچ روپے رکھو،" ماموں جان نے اُسے پانچ کا نوٹ دیتے ہوئے کہا، "تمہارے چو بیس روپے آٹھ آنے تھے۔ حساب کرتے جاؤ۔ جب تک تمہاری ایک ایک پائی نہ چُکا دوں تب تک اُدھار مت دینا۔"

"آپ کو تو عالم ہے کہ میں بھی غریب آدمی ہوں۔ جیسے تیسے بچّوں کا پیٹ پال رہا ہوں۔"

"مجھے بھی عقل آگئی ہے۔ آج سے اُدھار بالکل بند کر دیا ہے۔"

"تبھی تو میں کہوں کہ آج آپ کے یار دوست کدھر گئے۔"

"سب مطلبی، مفت خورے ہیں۔ آج میں نے ساروں کو طلاق دے دی۔"

"اچھا کیا۔ ایسے دوستوں سے تو دشمن اچھے ہیں۔"

"تم ٹھیک کہتے ہو شر فو،" ماموں جان نے چلتے چلتے کہا اور وہاں سے نکل آئے۔

گھر پہنچتے پہنچتے اُن کے دانت بجنے لگے اور جیسے ہی گھر میں گھسے، سیدھے بستر میں گُھس گئے۔ امی جان اُن کی حالت دیکھ کر گھبرا گئیں۔

"ذرا میرے اوپر دو چار لحاف ڈال دو،" ماموں جان کپکپاتے ہوئے بولے۔

"میں پہلے ہی کہہ رہا تھا کہ دو تین دِن آرام کر لو مگر تم نے زبردستی مجھے دفتر بھیج دیا،" اِبّامیاں نے کہا۔

امی جان نے اُن پر ایک لحاف لا کر ڈال دیا۔ میں اور زرینہ اُن کے پاس بیٹھ گئے۔ کچھ دیر دانت کٹکٹا کر اُنہوں نے آیت الکرسی پڑھنا شروع کر دی۔ ہم سمجھ گئے کہ اب ماموں جان کو بُخار چڑھ رہا ہے کیونکہ وہ بُخار میں مستقل بولتے رہتے تھے۔ کبھی آیتیں پڑھتے، کبھی گانے گاتے اور کبھی اسمٰعیل میرٹھی کی نظمیں لہک لہک کر سُناتے۔

بھائی   کر   ادا   شکر   کا   رب

جس نے ہماری گائے بنائی

"کل تم دکان پر نہیں جاؤ گے،" اِبّامیاں نے ذرا سختی سے کہا۔

"ارے صبح تک میں ٹھیک ہو جاؤں گا،" ماموں جان نے جواب دیا، "میعادی بُخار ہے، جاتے جاتے ہی جائے گا۔"

اگلی صبح اُٹھے تو بُخار اُتر چکا تھا۔ اِبّامیاں ناشتہ کر کے تیار ہو رہے تھے۔ ماموں جان کا سامنا ہوا تو بولے، "بھئی عالی جاہ، آج تم آرام کرو۔"

"میری فکر نہ کرو، میں آرام ہی کر رہا ہوں۔ تم دفتر جاؤ، نئی نوکری ہے۔ میں ناغا کرنے کا مشورہ نہیں دوں گا،" ماموں جان نے جواب دیا۔

"میں دفتر ہی جا رہا ہوں مگر تم ابھی آرام کرو۔ ایک آدھ دن دکان بند رہے گی تو کون سی قیامت آ جائے گی۔"

"ٹھیک ہے۔ تم تو نکلو ورنہ لیٹ ہو جاؤ گے۔"

ابّا میاں نے جاتے ہوئے امی جان کو تاکید کی کہ وہ ماموں جان کو روک کر رکھیں مگر ماموں جان کہاں رُکنے والے تھے۔ ناشتے سے فارغ ہو کر کپڑے بدلے اور جانے کے لئے تیار ہو گئے۔ امی جان نے بہتیرا روکا مگر وہ دُھن کے پکے تھے۔

"دیکھیں بھائی صاحب، آپ نے اِن سے وعدہ کیا تھا کہ آج آرام کریں گے،" امی جان نے شکایت کی۔

"بِھنّو، میں آرام ہی کروں گا۔ دکان پر بیٹھنا ہی تو ہے، بیٹھنے میں کون سے ہل بیل لگتے ہیں۔"

امی جان لاکھ روکتی رہیں مگر ماموں جان سُنی اَن سُنی کرتے ہوئے نکل ہی لئے اور سیدھے حاجی صاحب کی دُکان پر پہنچے۔ حاجی صاحب اُنہیں دیکھتے ہی بِھر گئے۔ "دیکھو ننھے میاں، میں کل تمہارے بھائی کو بول دیا کہ اُدھار بالکل بند ہے۔"

"ارے حاجی صاحب کون آپ سے اُدھار کی بات کر رہا ہے؟" ماموں جان نے بڑی لجاجت سے کہا۔

"میں بول دیا، پہلے گر جاؤ اتار و فرمائل مِلیں گا۔"

"ارے حاجی صاحب، آپ میرے بزرگ ہیں۔ آپ کے حکم کی تعمیل میرا فرض ہے،"

ماموں جان دوسروں کو شیشے میں اُتارنے کے فن میں ماہر تھے۔ حاجی صاحب کچھ پگھلے مگر اپنی ضد پر قائم رہے۔ ماموں جان نے لوہا گرم دیکھتے ہوئے جیب سے بیس روپے نکالے اور حاجی صاحب کے ہاتھ میں دیتے ہوئے بولے، "اگر اب میں آپ سے اُدھار مانگوں تو آپ مجھے اپنی دُکان سے نکال دینا۔ آپ مجھے پندرہ روپے کا مال دے دیں اور پانچ روپے میرے حساب میں لکھ دیں۔ میں روزانہ آپ کے دس پانچ روپے اُتارتا رہوں گا۔"

حاجی صاحب مان گئے اور اپنا بہی کھاتہ کھول کر ماموں جان کے صفحے پر پانچ روپے کی ادائیگی درج کر دی۔ وہاں سے کچھ بیڑیوں کے بنڈل لے کر فضلو پنواڑی کو جا کر منایا۔ مال کی سپلائی بھی

شروع ہوگئی اور آہستہ آہستہ قرض بھی اُترنا شروع ہوگیا۔ روزانہ گلے میں تیس پینتیس روپے جمع ہوجاتے۔ جس دِن سارے قرض خواہوں کا حساب بے باق ہوا اُس دن بڑے خوش خوش گھر آئے اور جیب سے کچھ نوٹ نکال کر امی جان کے ہاتھ میں دے دیے۔

"یہ کیسے پیسے ہیں بھائی صاحب؟" امی جان نے پوچھا۔

"یہ آج کا منافع ہے"، ماموں جان نے جواب دیا، "گِن لو، پورے بارہ روپے ہیں۔"

"تو میں اِن پیسوں کا کیا کروں گی؟" امی جان نے پوچھا۔

"بس جمع کرتی جاؤ۔ جب پورے تین سو ہو جائیں تو مجھے بتلا دینا۔"

ابّا میاں، جو رات کا کھانا کھا کر پلنگ پر لیٹے ہوئے تھے، اُٹھ کر بیٹھ گئے۔ "عالی جاہ، پہلے تو قرض چکاؤ پھر اپنی بہن کو پیسے دینا۔"

"قبلہ و بزرگوارم، پائی پائی چکا دی ہے"، ماموں جان نے سینہ پُھلا کر کہا۔

ابّا میاں اُٹھ کر کھڑے ہو گئے اور ماموں جان کو گلے لگا لیا۔ "بھئی تم نے تو کمال ہی کر دیا۔ مجھے اُمید نہیں تھی کہ اُس دکان سے کچھ ملے گا۔"

"ابھی تو دیکھتے جاؤ، تم رفاقت اللہ خان کو سمجھتے کیا ہو؟"

"نہیں قبلہ، آپ میرے پیر ہیں اور میں آپ کا مرید۔"

"لیکن یہ پیری مریدی زیادہ عرصے چلے گی نہیں۔"

"کیوں، خیریت؟"

"بھئی میں ٹھہرا آزاد پنچھی۔ زندگی بھر باد شاہت کی ہے، یہاں آ کر کبھی شیرہ فروش بننا پڑا، کبھی پنواڑی۔"

"تو پھر اُس کیبن سے چھٹکارا حاصل کر لو اور دوبارہ اپنے تخت پر براجمان ہو جاؤ۔"

"خیر چلنے دو جب تک چلتی ہے۔ اگر کوئی اچھا گاہک مل گیا تو دیکھا جائے گا۔"

ماموں جان کی چھیڑ خانیوں، ہنسی مذاق اور شگفتگی میں دِن بہ دِن اضافہ ہو رہا تھا۔ صبح ہی صبح دُکان پر پہنچ جاتے اور رات کو دیر گئے خوش خوش واپس آتے اور آتے ہی جیب سے پیسے نکال کر امی جان کے ہاتھ میں دے دیتے۔

ایک روز صبح ہی صبح ماموں جان شاہی بازار سے اپنا اسٹاک خریدنے کے لئے چھوٹکی گلّی سے گزر رہے تھے کہ اُنہیں ایک کبازیے کی دُکان پر ایک پرانا گرامو فون نظر آگیا۔ ساتھ میں سو سوا سو ریکارڈ بھی تھے۔ دکان کے پیچھے کی دیوار پر سفید کپڑے کا ایک بڑا سا بینر لگا ہوا تھا جس پر لکھا تھا "شبراتی خاں کا خزانہ۔ جو مانگو گے سو پاؤ گے" اور زمین پر دنیا بھر کے کاٹھ کباڑ کا ڈھیر لگا ہوا تھا۔ ماموں جان نزدیک جا کر معائنہ کرنے لگے تو کباڑی یہ آگے آگیا۔

"کیوں شبراتی میاں یہ باجہ بجتا بھی ہے یا نہیں؟" ماموں جان نے پوچھا۔

"نہ بجے تو میں اپنی مونچھ مونڈا دوں۔"

"مونچھیں تم پہلے ہی مونڈا چکے ہو،" ماموں جان نے ہنس کر کہا۔

"وہ تو میں نے یونہی کہہ دیا، میں آپ کو بجا کر دکھاتا ہوں۔"

شُبراتی خاں نے گرامو فون میں چابی بھر کر سوئیوں کی ڈبیہ سے ایک سوئی نکالی اور ساؤنڈ باکس میں لگا دی۔ ریکارڈوں کے ڈبّے سے ایک ریکارڈ نکال کر چڑھایا تو فضا میں موسیقی بکھر گئی، "مار کٹاری مر جانا، پہ انکھیاں کسی سے ملانا نا۔" دیکھتے ہی دیکھتے وہاں لوگوں کا مجمع لگ گیا۔

"تو بھئی کیا لو گے اِس کا؟" ماموں جان نے پوچھا۔

"اِس کے ساتھ ڈیڑھ سو کے لگ بھگ ریکارڈ ہیں۔"

"وہ تو ٹھیک ہے مگر لو گے کیا؟"

"کوئی اور مانگے تو ڈیڑھ سو سے کم نہیں لوں گا،" شُبراتی نے اپنی آستین سے ناک پونچھتے ہوئے کہا، "آپ مجھے کوئی شوقین آدمی لگتے ہیں، آپ سو دے دیں۔"

"سو روپے؟ پھر تم کوئی امیر گاہک ڈھونڈ لو،" ماموں جان نے کہا اور وہاں سے چل دیے۔

"ارے سنیں تو سہی، سنیں میرے بھائی،" پیچھے سے آواز آئی۔

ماموں جان مڑے اور سوالیہ نظروں سے کباڑیے کو دیکھنے لگے۔

"آپ کیا دیں گے؟"

"میاں، میں تمہیں پچیس سے زیادہ نہیں دے سکتا۔"

"کیا آپ مذاق کر رہے ہیں؟" شُبراتی نے کہا۔

"بھائی تم مجھے پڑھے لکھے معلوم ہوتے ہو اِس لیے میں پانچ اور دے سکتا ہوں۔"

"اگر میں آپ سے یہ کہوں کہ آپ میرا نقصان کر رہے ہیں تو آپ کو یقین آ جائے گا؟"

"نہیں، تمہارا نقصان کرنا میرا مقصد نہیں ہے مگر میری مجبوری یہ ہے کہ میں اِس سے زیادہ نہیں دے سکتا۔"

"دیکھیں، بونی کا وقت ہے، میں آپ کو خالی ہاتھ نہیں جانے دوں گا۔ آپ ایسا کریں کہ مجھے پچاس دے دیں۔"

"کاش میں آپ کو منہ مانگی قیمت دے سکتا۔" ماموں جان نے کہا اور چل دیے۔

"ارے ارے آپ تو ناراض ہو گئے، سنیں تو سہی،" شُبراتی نے زور سے آواز دی۔

ماموں جان پھر پلٹے اور بولے، "بھائی شُبراتی، مجھے معلوم ہے کہ کوئی اور گاہک آ ہی رہا ہو گا اور تمہیں پورے پچاس دے دے گا۔"

"نہیں، میں نے آپ سے کہا کہ بونی کا وقت ہے۔ چلیں آپ لے ہی جائیں مگر میرے اوپر ایک کرم کرتے جائیں۔"

"بولو۔"

"مجھے پانچ روپے اگلے دے دیں۔ اِس طرح مجھے منہ مانگی قیمت مل جائے گی۔ بونی کے لیے مبارک ہو گی۔"

"چلو منظور ہے۔ یہ پانچ روپے ایڈوانس رکھو، میں ابھی سودا لے کر واپس آتا ہوں تو باقی پیسے دے کر اِسے اُٹھا لوں گا۔"

گراموفون تو ماموں جان کی کیبن میں پہنچ گیا اور پیچھے کی طرف فٹ بھی ہو گیا مگر اُس کا بھونپو عین اُن کے کان کے سامنے تھا۔ سارے دِن کیبن میں گانے بجتے رہتے اور ماموں جان چیخ چیخ کر گاہکوں کو نمٹاتے رہتے۔ آہستہ آہستہ اُن کے گاہک بڑھنے لگے۔ کچھ لوگ تو گانے سننے کے لیے ہی آ کھڑے ہوتے۔ ایک بار پھر ماموں جان کی دوستیاں بڑھنے لگیں مگر اِس بار آج نقد کل اُدھار کے اصول پر سختی سے کاربند تھے۔ اِس دوران اُنہیں ایک پینٹر مل گیا جو ٹرکوں کو پینٹ کرتا تھا۔ اُس سے نیلی، پیلی، سرخ اور گلابی پھول پتّیاں بنوا کر پوری کیبن کو دلہن کی طرح سجا لیا۔ سامنے شر فو چائے والا

بھی بہت خوش تھا کیونکہ جو لوگ وہاں پان سگریٹ کے لئے آتے تھے وہ اکثر چائے بھی پیتے تھے۔ دونوں کا بزنس زوروں پر تھا اور ماموں جان روزانہ تیس چالیس روپے لا کر امی جان کو دیتے تھے۔ حاجی صاحب اور فضلو پنواڑی بھی ماموں جان کو ہاتھوں ہاتھ لینے لگے۔

ایک دن حاجی صاحب بولے، "ننھے میاں آپ ہفتے بھر کا سودا لے جایا کریں، یہ روز اتنی دور چل کر آتے ہیں۔"

"نہیں حاجی صاحب میں روز کا مال روز ہی بیچتا ہوں، بس اتنے ہی پیسے ہوتے ہیں،" ماموں جان نے جواب دیا۔

"ارے پیسوں کا کیا ہے، آتے رہیں گے۔"

"اچھا، یاد ہے آپ نے ایک بار میری پتلون اتار دی تھی۔"

حاجی صاحب بغلیں جھانکنے لگے۔ ماموں جان اب پورے بزنس مین ہو گئے تھے۔ آخر وہ دن بھی آپہنچا جب انہوں نے پورے تین سو روپے اتّامیاں کے ہاتھ میں دے دیے۔

"لو بھئی، یہ رہے تمہارے پیسے" ماموں جان نے کہا۔

"یہ کیسے پیسے ہیں؟" اتّامیاں نے پوچھا۔

"وہ کیبن تم نے تین سو ہی کا تو خریدا تھا۔"

"تو میں کیا کروں گا ان پیسوں کا۔ تم ہی رکھو۔"

"اور میں ان کا کیا کروں گا؟"

"تو اپنی بہن کو دے دو۔"

"بہن کی بات علیحدہ ہے۔ یہ پیسے تو تمہاری جیب سے نکلے تھے اور اس دکان پر تمہارا قرض ہے۔"

غرض بڑی ردّ و کد کے بعد اتّامیاں نے پیسے رکھ لئے۔ کیبن چلتا رہا مگر ماموں جان خوش نہیں تھے۔ ان کی طبیعت کا لا اُبالی پن پھر جاگ اٹھا اور ایک دن انہوں نے امی جان کو پیسے دیتے ہوئے کہا، "گن لو۔ پورے پانچ سو ہیں۔"

"اتنے پیسے کہاں سے آگئے؟" امی جان نے حیرت سے کہا۔

"آج کیا پانچ سو کی بِکری ہو گئی؟" اِتّا میاں نے پوچھا۔

"نہیں، میں نے اُس کیبن کا کریا کرم کر دیا۔"

"چلو اچھا کیا، مگر پانچ سو کس نے دے دیے۔ کوئی آنکھ کا اندھا گانٹھ کا پورا ہی اِتنے پیسے دے سکتا ہے۔"

"یہی سمجھ لو، مگر اُس میں گراموفون بھی شامل تھا۔"

میں اور زرینہ بہت خوش تھے کیونکہ اب ماموں جان ہمیں بازار بھی لے کر جاتے اور کہانیاں بھی سُناتے۔ اِمّی جان کے ساتھ ساتھ پڑوسنیں بھی خوش تھیں کہ بازار سے سودا سلف لانے کے لئے ماموں جان کی خدمات دوبارہ حاصل ہو گئیں۔

9

حالانکہ پاکستان کو قائم ہوئے سات سال گزر چکے تھے مگر کل کی سی بات لگتی ہے جب ماموں جان، میرا اور زرینہ کا ہاتھ پکڑ کر ہمیں اسکول میں داخل کرنے کے لئے لے گئے تھے۔ ہیڈ ماسٹر صاحب کو پرچی بھیجی تو فوراً اندر بلا لیا۔ ڈبلے پتلے، لمبے ترنگے، سیاہ شیروانی میں ملبوس، سر پر جناح کیپ، پہلی نظر میں وہ بالکل قائدِ اعظم لگے۔ میری نظر پچھلی دیوار پر لگی قائدِ اعظم کی تصویر پر گئی اور پھر میں نے ہیڈ ماسٹر صاحب کو دیکھا، دونوں میں سر مو فرق نہیں تھا۔ وہ ایک بڑی سی میز کے پیچھے سے اُٹھ کر آگے آئے اور بڑھ کر ماموں جان سے مصافحہ کیا۔

"تشریف لائیے رفاقت صاحب،" اُنہوں نے سامنے کی کُرسی کی طرف اِشارہ کیا۔ میں اور زرینہ خاموشی سے برابر والی کُرسیوں پر بیٹھ گئے۔ اُنہوں نے میز پر رکھی ہوئی گھنٹی بجائی اور وہی چپراسی داخل ہوا جس نے ماموں جان کی پرچی لی تھی۔

"دیکھیں شکور میاں، ذرا خالد صاحب کو بلائیں۔ اُن سے کہیے گا کہ ایک بچے کا ٹیسٹ لینا ہے،" چپراسی سر ہلا کر مڑا تو ہیڈ ماسٹر صاحب بولے، "اور دیکھیں، گرلز سیکشن سے جہاں آرا صاحبہ کو بھی لیتے آئیں۔"

میں اُس دوران اُن کی میز کا جائزہ لے رہا تھا۔ سامنے ایک قلمدان رکھا ہوا تھا، جس میں تین نِب والے ہولڈروں کے ساتھ دو پنسلیں بھی لگی ہوئی تھیں۔ قلم دان پر تین دواتیں رکھی ہوئی تھیں، ایک دوات میں سُرخ، دوسری میں سیاہ اور تیسری میں نیلی روشنائی تھی، قلم دان کے برابر ہی ایک سیاہی چُوس اور دوسری طرف کئی پیپر ویٹ ایک قطار میں لگے ہوئے تھے۔ چند فائلیں اور کچھ

کاغذات بڑے سلیقے کے ساتھ میز کی دونوں طرف رکھے تھے۔

"آپ کا بے حد شکریہ رفاقت صاحب کہ آپ نے اپنے بچوں کے لئے ہمارے اسکول کا انتخاب کیا،" ہیڈ ماسٹر صاحب نے کہا۔

"یہ میرے بھانجا اور بھانجی ہیں،" ماموں جان نے جواب دیا۔

اتنے میں دروازہ کھلا اور ہیڈ ماسٹر صاحب بولے، "آیئے خالد صاحب، رفاقت اللہ خان صاحب سے ملیں۔ یہ اپنے بھانجے اور بھانجی کا داخلہ کرانے کے لئے تشریف لائے ہیں۔"

خالد صاحب کو دیکھ کر محسوس ہوا جیسے ابھی ابھی لانڈری سے دُھل دُھلا کر اور استری ہو کر آئے ہوں۔ سفید پتلون، ہلکے گلابی رنگ کی قمیص، گہرا نیلا کوٹ اور سہ رنگی ٹائی۔ اُن کے گندمی رنگ پر اُن کا لباس یوں لگ رہا تھا، جیسے اُن کے جسم کا حصّہ ہو۔ وہ مُسکراتے ہوئے بڑھے اور ماموں جان سے مصافحہ کر کے زرینہ کے سر پر ہاتھ رکھا۔ پھر مُسکرا کر میری طرف ہاتھ بڑھایا۔ میں نے اپنا ہاتھ آگے کر دیا۔

اُنہوں نے منہ بسورتے ہوئے کہا، "بھئی آپ نے تو مرا ہوا چوہا ہمارے ہاتھ میں دے دیا۔ مرد اِس طرح تھوڑا ہی ہاتھ مِلاتے ہیں۔"

میں اُن کی شخصیت سے مرعوب سا ہو گیا تھا۔ میں نے شرما کر سر جھکا لیا تو کہنے لگے، "بھئی، کھڑے ہو کر ہاتھ مِلاتے ہیں۔"

میں کرسی سے اُٹھ کر کھڑا ہو گیا اور سر اُٹھا کر اُنہیں دیکھا تو اُن کا چہرہ بہت دور نظر آیا۔ وہ جھک کر میرے سامنے تقریباً اُکڑوں بیٹھ گئے اور اب وہ میری آنکھوں میں دیکھ رہے تھے۔ اُن کے چہرے پر ایک کھلنڈری سی مُسکراہٹ تھی۔ میں بھی شرما کر مسکرا دیا۔

"اب ہم دوبارہ ہاتھ مِلائیں گے، اور مردوں کی طرح، ذرا ہاتھ مضبوط کر کے۔" اُنہوں نے میری طرف ہاتھ بڑھایا تو میں نے مضبوطی سے دبا دیا۔

"یہ ہوئی نا بات، اب ہم دوست بن گئے، بن گئے نا؟"

میں نے جواب میں سر ہلا دیا۔ ماموں جان اور ہیڈ ماسٹر صاحب بڑی دلچسپی سے ہم دونوں کو دیکھ رہے تھے۔

اِس دوران میں میں خالد صاحب سے خاصا بے تکلف ہو چکا تھا۔ "بھئی آپ نے اپنا نام تو ہمیں بتایا ہی نہیں،" وہ مصنوعی ناراضگی سے بولے۔

"مجھے بلال کہتے ہیں،" میں نے بڑے تمیز سے جواب دیا۔

"مگر آپ کا پورا نام کیا ہے؟" وہ کھل کھلا کر ہنسے۔

"بلال احمد خان۔"

"بڑا اچھا نام ہے۔ کبھی اِس نام کی بے عزّتی نہ ہونے دینا۔"

اُن کا کہا میری سمجھ سے بالا تر تھا لہٰذا میں منہ اُٹھا کر اُن کی طرف تکنے لگا۔ اُنہوں نے جب مجھے سوالیہ نشان بنتے دیکھا تو بولے، "اپنی زندگی میں ایک بات یاد رکھنا کہ تمہارے نام میں ایک ایسے انسان کا نام شامل ہے جس کا کوئی ثانی نہیں۔"

پھر بھی میں کچھ نہ سمجھ سکا مگر اُن کا یہ جملہ ہمیشہ میرے ساتھ رہا۔ خالد صاحب مجھ سے اس طرح گفتگو کر رہے تھے جیسے میں اُن کے برابر کا تھا۔ وہ مجھے لے کر ایک خالی کلاس روم میں آئے۔ اُنہوں نے ایک کرسی کھینچ کر میز کے برابر رکھی اور مجھے بٹھا کر خود اُستاد کی کرسی پر بیٹھ گئے۔

"اچھا آپ کو گنتی آتی ہے؟"

"کیوں نہیں، مجھے تو پہاڑے بھی آتے ہیں اور جمع تفریق ضرب تقسیم بھی کر لیتا ہوں،" میں نے سینہ پُھلا کر کہا۔

"واہ بھئی واہ، میں تو سمجھ رہا تھا کہ آپ ابھی پہلی یا دوسری کلاس میں ہوں گے۔"

"نہیں، میں تو تیسری کلاس میں تھا۔"

"بہت خوب، اور تیسری کلاس میں ہی سب کچھ سیکھ گئے، غالباً آپ کا اسکول بہت اچھا تھا۔"

"جی، ویسے ہمیں ماموں جان بھی پڑھاتے تھے۔"

"اچھا، تو آپ کو پہاڑے کہاں تک یاد ہیں؟"

"بیس تک، مگر اٹھارہ کا پہاڑ اکچھ کچّا ہے۔"

"کوئی بات نہیں۔ تو سترہ اٹھّے کتنے ہوتے ہیں؟"

"ایک سو چھتّیس،" میں نے فوراً جواب دیا۔

"اور تیرہ چھکے؟"

"اٹھتر۔"

"بہت اچھے، بہت اچھے،" وہ بڑے جوش سے بولے۔

"مجھے سی اے ٹی کیٹ اور بی اے ٹی بیٹ بھی آتا ہے،" میں نے شیخی مارتے ہوئے کہا۔ اب میں خالد صاحب سے بلا جھجھک باتیں کر رہا تھا۔

"واہ بھئی، تو آپ کو انگریزی بھی آتی ہے۔ تو کتے کو کیا کہتے ہیں"

"ڈی او جی ڈوگ، ڈوگ معنے کتّا۔"

"اور آدمی؟"

"ایم اے این مین، مین معنے آدمی۔"

سالہا سال بیتنے کے بعد میں اب بھی کبھی کبھی سوچتا ہوں کہ خالد صاحب نے آدمی اور کتے کے متعلق ایک ساتھ ہی کیوں پوچھا۔ بہر حال اُنہوں نے مجھے حساب کے کچھ سوالات حل کرنے کے لئے دیے، املا لکھوایا اور واپس ہیڈ ماسٹر کے دفتر میں لے آئے۔

"بھئی بلال میاں پانچویں کلاس کے لئے فٹ ہیں،" اُنہوں نے ماموں جان سے کہا، "حالانکہ ابھی عمر میں دو سال چھوٹے ہیں مگر ماشاء اللہ کافی ذہین ہیں اور اِس میں آپ کی محنت کا بھی دخل ہے۔"

اِس طرح میرا داخلہ پانچویں میں ہو گیا اور زرینہ تیسری میں تھی۔ خالد صاحب مجھے کلاس روم دِکھانے کے لئے لے گئے۔ ایک پیریڈ ابھی ابھی ختم ہوا تھا اور دوسرا شروع ہونے والا تھا۔ جیسے ہی ہم کلاس میں داخل ہوئے پوری کلاس کھڑی ہو گئی۔ خالد صاحب نے ہاتھ کے اشارے سے کلاس کو بیٹھنے کے لئے کہا۔

"آج میں آپ سب کو بلال میاں سے متعارف کر رہا ہوں۔ یہ آپ کے نئے ساتھی ہیں اور اگلے ہفتے سے آپ کے ساتھ ہوں گے۔" پوری کلاس ایک بار پھر کھڑی ہو گئی اور سب تالیاں بجانے لگے۔ میں نے خالد صاحب کی طرف دیکھا، وہ بھی تالیاں بجا رہے تھے۔ اُنہوں نے اپنی بھوؤں کو جنبش دی اور میں سمجھ گیا۔ میں نے ذرا سا جھک کر شکریہ ادا کیا۔

کلاس میں ہر ڈیسک پر دو لڑکے بیٹھتے تھے مگر اگلی صف میں اُستاد کی میز کے سامنے جو ڈیسک تھا، اُس پر ایک ہی لڑکا بیٹھا تھا۔ خالد صاحب نے اُسے اشارہ کر کے بلایا، "عرفان، آپ بلال سے ملیں۔ یہ آپ کے ساتھ ہی بیٹھا کریں گے۔" عرفان نے اُٹھ کر مجھ سے ہاتھ ملایا۔

حالانکہ یہ گورنمنٹ اسکول تھا اور فیس صرف تین روپے مہینہ تھی، مگر اُس کا کلچر دوسرے اسکولوں سے بہت مختلف تھا اور اُس کا سہرا ہیڈ ماسٹر کے سر تھا۔ جس دن وہ وہاں آئے، اُنہوں نے تمام اساتذہ کی میٹنگ بلائی اور اُن کے سامنے ایک ایجنڈا رکھا جس کا مقصد اُس اسکول کو شہر کا بہترین اسکول بنانا تھا۔ اساتذہ کو ترغیب دی کہ وہ بچّوں کو برابری کا مقام دیں، اُن کے ساتھ عزّت کا برتاؤ کریں اور ہمیشہ اُنہیں "آپ" کہہ کر مخاطب کریں۔ دیکھتے ہی دیکھتے اسکول کہیں کا کہیں پہنچ گیا۔ حیدرآباد کے دوسرے اسکولوں کے مقابلے میں میٹرک میں سب سے زیادہ فرسٹ کلاسز ہمارے اسکول سے آتی تھیں۔ خواہ مباحثے ہوں یا اسپورٹس، ٹرافی ہمیشہ ہمارا اسکول جیتتا تھا۔

عرفان اور میں کلاس میں سب سے آگے کی قطار میں ٹیچر کی ٹیبل کے بالکل سامنے ایک ہی ڈیسک پر بیٹھتے تھے۔ عرفان شروع سے ہی کلاس مانیٹر ہوتا تھا کیونکہ کلاس میں سب سے ذہین تھا۔ میں نے آتے ہی چند دنوں میں ثابت کر دیا کہ میں بھی اُس سے پیچھے نہیں تھا، چنانچہ خالد صاحب نے مجھے اسسٹنٹ مانیٹر مقرر کر دیا۔ وہ ہمارے کلاس ٹیچر تھے اور انگلش پڑھاتے تھے۔ ہر سہ ماہی، ششماہی اور سالانہ امتحانوں میں کبھی میری فرسٹ پوزیشن ہوتی اور عرفان کی سیکنڈ پوزیشن اور کبھی عرفان کی فرسٹ پوزیشن آجاتی مگر کبھی ایسا نہیں ہوا کہ ہم دونوں میں سے کسی نے رقابت یا حسد کا اظہار کیا ہو۔ ہم میں اگر کوئی فرق تھا تو مالی حیثیت کا تھا۔ عرفان کا تعلق ایک کھاتے پیتے گھر سے تھا۔ نوکروں کی پوری فوج اُس کی کوٹھی پر کام کرتی تھی۔ ڈرائیور، مالی اور خانساماں کے علاوہ دو نوکرانیاں تھیں جن کا کام کپڑے دھونا، جھاڑ پونچھ کرنا، کھانا لگانا، بستروں کی چادریں بدلنا اور نہ جانے کیا کیا تھا جبکہ میں ایک غریب گھر سے تھا۔

میں اکثر عرفان کے گھر جاتا تھا مگر کبھی ایسا نہیں ہوا کہ مجھے احساس کمتری ہوا ہو۔ عرفان کے گھر والوں میں رعونت نام کو نہ تھی۔ نوکروں کے ساتھ بھی برابری کا برتاؤ ہوتا تھا، بلکہ چاچا دھڑیں بخش، جو اُن کے گھر کے خانساماں تھے، اکثر عرفان کی والدہ کو ڈانٹ دیتے تھے اور وہ بے چاری سر

جُھکائے سنتی رہتی تھیں۔ غالباً وہ اُن کی عمر کا لحاظ کرتی تھیں۔ ٹھیٹھ سندھی لہجے میں اردو بولتی تھیں جو اُن کے منہ سے اچھا لگتا تھا۔ جب وہ مجھ سے باتیں کرتیں تو دل یہ چاہتا کہ بس بولتی رہیں۔ ایک بار اسکول میں فٹ بال کھیلتے ہوئے عرفان گر گیا اور پیشانی پر معمولی سی کھروچ لگ گئی جس سے خون رسنے لگا۔ معمولی چوٹ تھی اور تھوڑی دیر رومال سے دبا کر رکھنے سے خون بند ہو گیا۔ اس دن شام کو میں اُس کے گھر گیا تو اُس کی والدہ کے سامنے میری پیشی ہو گئی۔

"ارے بلال، یہ آج عرفان کو پیشانی پے دھک کینسا لگا؟" اُنہوں نے اپنے مخصوص لہجے میں پوچھا۔

"خالہ، وہ ہم لوگ میدان میں فٹ بال کھیل رہے تھے۔ وہاں عرفان بھاگتے ہوئے گر گیا، اُس سے چوٹ آئی ہے۔"

"ہاں، وہ بھی یہ ہی بول رہا تھا۔ میں نے سونچا تھا کوئی جھگڑا مگڑا تو نہیں ہوا۔"

"نہیں خالہ، ہمارا کسی سے جھگڑا نہیں ہوتا۔"

"اچھی بات ہے۔ سب لوگ کے ساتھ بھائو رانگر رہنا چاہئے،" میں سمجھ گیا کہ اُن کا مطلب تھا کہ ہر ایک کے ساتھ بھائیوں کی طرح رہنا چاہئے۔

"جی خالہ، ہم کسی سے نہیں لڑتے بلکہ ہم تو کلاس مانیٹر ہیں اور ہر ایک سے اچھی طرح پیش آتے ہیں۔"

"بالکل، اگر مانیٹر ہی دنگا فساد کرنا شروع کر دیں تہ پوئے دوسرے بچے کیا سیکھیں گے؟" میں نے ہاں میں ہاں ملانے کے لئے سر ہلا دیا اور وہ دوسری طرف متوجّہ ہو گئیں۔

عرفان کی دو بہنیں تھیں، ایک فہمیدہ باجی جو عرفان سے پانچ سال بڑی تھیں اور بے حد کم گو تھیں۔ عرفان ہمیشہ اُنہیں سنجیدہ باجی کہتا تھا اور وہ سن کر صرف زیرِ لب مسکرا دیتی تھیں۔ ہر وقت پڑھتی رہتی تھیں اور جب بھی اُن کی والدہ وہاں سے گزرتیں، ہمیشہ اُنہیں ڈانٹتی ہوئی جاتیں، "خدا کی بندی، ذرا آنکھیں کھے آرام تہ دے۔ پڑھ پڑھ کر اتنی موٹی عینک تہ چڑھا لی ہے،" مگر فہمیدہ باجی سنی ان سنی کر کے دوبارہ پڑھنے میں محو ہو جاتیں۔

دوسری بہن شگفتہ تھی جو عرفان سے ایک سال چھوٹی تھی اور اُسے انگلیوں پر نچاتی تھی۔

شرارت اُس کے رویّے میں بھری تھی۔ جب بہت زیادہ تنگ کرتی تو عرفان اپنی والدہ سے شکایت کر دیتا تھا اور وہ صرف اِتنا کہہ کر خاموش ہو جاتیں کہ "بیٹی، بڑا بھائی ہے، عزّت کیا کرو۔"

"بڑے بھائی ایسے ہوتے ہیں؟" وہ کھلکھلا کر ہنستی۔ "گیارہ مہینے ہی تو بڑا ہے۔ وہ تو پیدا ہونے کی جلدی پڑی ہوئی تھی، ورنہ اگر تھوڑا سا اِنتظار کر لیتا تو میں بڑی ہوتی۔"

شگفتہ سے میری جان نکلتی تھی۔ جب عرفان سے میری دوستی بڑھی اور اُس کے گھر آنا جانا کچھ زیادہ ہی ہونے لگا تو شگفتہ نے میرے ساتھ بھی وہی سلوک کرنا شروع کر دیا جو اپنے بھائی کے ساتھ کرتی تھی۔ مشکل یہ تھی کہ میں اُسے ڈانٹ بھی نہیں سکتا تھا کیونکہ آخر دوست کی بہن تھی۔

عرفان کے والد، خورشید تالپور، سپرنٹنڈنٹ پولیس تھے اور ڈسپلن کے لئے مشہور تھے۔ جب سے وہ تبادلہ ہو کر حیدرآباد آئے تھے تو جرائم کی تعداد میں کافی کمی آ گئی تھی۔ تالپور صاحب کا شہر میں کافی دبدبہ تھا اور سارے جرائم پیشہ افراد یا تو شہر چھوڑ کر بھاگ گئے تھے یا چھپ کر گھروں میں بیٹھ گئے تھے۔ مجھ سے ان کی ملاقات کم ہی ہوتی تھی کیونکہ عموماً وہ ڈیوٹی پر ہی ہوتے تھے۔ مجھے اُن سے اپنی پہلی ملاقات ہمیشہ یاد رہتی ہے جب میں غالباً ساتویں کلاس میں تھا۔ ایک روز میں عرفان سے ملنے گیا تو وہ گھر پر نہیں تھا۔ اُس کے بجائے اُس کے والد سے مڈ بھیڑ ہو گئی جو لان میں بیٹھے چائے پی رہے تھے۔ اُنہوں نے ہاتھ کے اشارے سے مجھے بلا لیا اور میں سلام کر کے اُن کے سامنے والی کرسی پر بیٹھ گیا۔

"چائے پیو گے؟" اُنہوں نے میری طرف دیکھ کر پوچھا۔

"جی نہیں، شکریہ،" میں نے جواب دیا۔

"اچھی بات ہے، بچوں کو چائے کی عادت نہیں ڈالنی چاہئے۔"

میں خاموشی سے سر جھکائے سنتا رہا۔ میری سمجھ میں نہیں آ رہا تھا کہ اُن سے کیا بات کروں۔

"عرفان اکثر تمہارا تذکرہ کرتا رہتا ہے۔"

"جی۔ ہم دونوں کلاس میں ساتھ ہی بیٹھتے ہیں۔"

"مجھے معلوم ہے کہ تم دونوں کی دوستی پکی ہے۔"

"جی۔"

"دیکھو میاں، ایک بات یاد رکھنا۔ چونکہ تم عرفان کے دوست ہو اس لئے تمہیں بتا رہا ہوں۔"

مجھ پر گھبراہٹ طاری ہونا شروع ہو گئی۔ کیا عرفان کے والد مجھے کسی بات پر ڈانٹنے والے تھے یا کوئی نصیحت کرنے والے تھے۔

"تمہیں معلوم ہے کہ میں پولیس میں ہوں؟"

میں نے جواباً صرف سر ہلا دیا۔

"تم یہ ٹھاٹھ باٹھ اور نوکر چاکر دیکھ کر کہیں یہ نہ سمجھ لینا کہ تمہارے دوست کا باپ رشوت خور ہے۔"

"نہیں انکل، آپ کیسی بات کرتے ہیں؟" مجھے اب پسینہ آنا شروع ہو گیا تھا۔

"دیکھو میاں، جو اس گھر میں آتا ہے، میں اُس کے لئے یہ وضاحت کر دیتا ہوں۔ ایک ایس۔پی کی تنخواہ ڈھائی سو روپے ہوتی ہے۔ اب ڈھائی سو میں تو یہ عیّاشی نہیں ہو سکتی۔ اِس لئے دیکھنے والا تو یہی سمجھے گا کہ میں رشوت لیتا ہوں۔"

میں خاموشی سے اُن کی بات سنتا رہا۔ میری سمجھ میں نہیں آ رہا تھا کہ عرفان کے والد آخر میرے سامنے کیوں اپنی صفائی پیش کر رہے تھے۔

"دراصل گاؤں میں میرے والد بہت بڑے زمین دار ہیں۔ یہ کوٹھی بھی اُنہی کی خریدی ہوئی ہے، نوکر بھی اُنہوں نے ہی بھیجے ہیں اور اس گھر کا خرچ بھی وہی اُٹھاتے ہیں۔ مجھے تو زراعت کا شوق ہے مگر اُنہوں نے زبردستی مجھے پولیس میں بھرتی کروا دیا کیونکہ اُنہیں ایس۔پی کا باپ کہلانے کا شوق ہے۔"

"جی،" میں نے صرف اِتنا ہی کہا۔

"تم ابھی بچے ہو مگر میں عرفان کو بھی بتاتا رہتا ہوں کہ وہ اپنے دادا کے پیسوں پر عیش کر رہا ہے تاکہ وہ کبھی یہ نہ سوچے کہ اُس کا باپ کرپٹ ہے، اور تم بھی یاد رکھنا کہ تمہارا دوست کبھی تمہیں دھوکا نہیں دے گا کیونکہ اُس کے پیٹ میں کبھی حرام کا ایک دانہ بھی نہیں گیا۔"

اتنے میں میری نظر عرفان پر پڑی جو گیٹ سے اندر داخل ہو رہا تھا اور میں نے اطمینان کا سانس لیا مگر میں اِس بات سے بے حد متأثر ہوا کہ عرفان کے والد نے مجھ سے اس طرح گفتگو کی تھی جیسے

میں اُن کا ہم عمر ہوں۔

"بہت بہت شکریہ انکل، اب اجازت ہے؟" میں نے اُٹھتے ہوئے پوچھا۔

اُنہوں نے مسکراتے ہوئے اشارہ کیا اور میں عرفان کی طرف بڑھ گیا۔

***

عرفان اکثر مجھے وہ زمانہ یاد دلایا کرتا تھا جب ہماری دوستی نئی نئی ہوئی تھی۔ اُس کے والد نے کسی مالدار صنعت کار سے درخواست کر کے سوا ڈیڑھ سو لکڑی کی رائفلیں بنوا کر گورنمنٹ ہائی اسکول کی جونیئر بریگیڈ کو دی تھیں جنہیں کندھے پر رکھ کر وہ شہر میں پریڈ کرتے تھے۔ تین چار رائفلیں بچوں کے کھیلنے کے لئے گھر لے آئے جنہیں لئے ہوئے میں اور عرفان پورے گھر میں دھما چوکڑی مچاتے پھرتے تھے اور شگفتہ بھی ہمارے ساتھ شامل ہو جاتی تھی۔ اُس زمانے میں الجزائر کی جنگ آزادی زوروں پر تھی اور ہم دونوں کبھی کبھی بیٹھے بیٹھے الجزائر جانے کی پلاننگ کیا کرتے تھے تا کہ حرّیت پسندوں کا ساتھ دے کر فرانسیسیوں کو وہاں سے نکال باہر کریں۔ پھر جھوٹ موٹ کی جنگ ہوتی جس میں عرفان، میں اور شگفتہ لکڑی کی رائفلیں لئے ہوئے کمروں میں مورچے بنا لیتے۔ عرفان بن باللہ بنتا اور شگفتہ جمیلہ بوہائری کا رول ادا کرتی۔ گھر کے ملازمین بھی شانہ بشانہ ساتھ لڑتے، خصوصاً چاچا دھڑیں بخش ہمیشہ فرانسیسی سپاہی بنتے اور جب اُنہیں گولی لگتی تو رائفل پھینک کر سینے پر ہاتھ رکھے ہوئے گر کر مرنے کی زبردست ایکٹنگ کرتے۔ کبھی تڑپنا شروع کر دیتے، کبھی اُٹھنے کی کوشش کرتے کرتے پھر گر پڑتے اور آخر کار ہاتھ پاؤں پیچ کر ٹھنڈے ہو جاتے۔ سب لوگ ہنسنے لگتے اور میں کہتا، "چاچا آپ کو تو فلم میں ہونا چاہئے تھا۔"

چاچا دھڑیں بخش لگتے تو اچھے خاصے بوڑھے تھے مگر ابھی کچھ بال سیاہ تھے۔ رنگ کچھ سانولا سا تھا اور چہرے پر کہیں کہیں چیچک کے نشان تھے۔ ہلکی سی داڑھی مونچھیں تھیں جو کبھی کبھی بالکل صاف ہو جاتی تھیں۔ دراصل مہینے میں ایک دو بار حجام کی دکان پر جا کر شیو کروا لیتے تھے۔ عرفان اور شگفتہ نے اُن کا نام "اڑے بابا" رکھ چھوڑا تھا کیونکہ وہ ہر جملہ اڑے بابا سے شروع کرتے تھے۔ ہر صبح کو وہ ایک ہاتھ میں کیتلی اور دوسرے ہاتھ کی ہر اُنگلی میں ایک ایک کپ کا ہینڈل پھنسائے ہوئے ہر کمرے میں چائے بانٹتے پھرتے تھے۔ اتوار کو عرفان اور اُس کی بہنیں دیر تک سوتی تھیں۔ جب چاچا

دھڑیں بخش جگانے کی کوشش کرتے تو کروٹ بدل کر دوبارہ سو جاتیں۔

وہ ناراض ہو کر کہتے، "اڑے بابا، ہمارے گوٹھ میں تہ جب صبوح کو ککڑ چھتّ پہ بانگ دیتا ہے تہ سبھئی بچے اُٹھ جاتے ہیں۔"

"چاچا آج اتوار ہے۔"

"پر ککڑ کو تہ نیئں معلوم تہ آج اتوار ہے۔"

ہر اتوار کی صبح کو چاچا دھڑیں بخش سے یہی بحث ہوتی تھی مگر آخر میں جیت چاچا کی ہی ہوتی تھی۔

ایک زمانہ وہ آیا جب مجھے اور عرفان کو ابنِ صفی کا چسکا لگ گیا۔ جب جاسوسی دنیا اور عمران سیریز کے ناول گھر میں آنا شروع ہوئے تو عرفان کی امی اور شگفتہ بھی پڑھنے لگیں۔ فہمیدہ باجی نے یہ کہہ کر اُنہیں مسترد کر دیا کہ اُنہیں یہ خرافات پڑھنے کی فرصت نہیں ہے۔ بہر حال جب اخبار میں اشتہار آتا کہ ابنِ صفی کا نیا ناول فلاں تاریخ کو ایجنٹ حضرات کو تقسیم کیا جائے گا تو ہم چھوٹکی اور شاہی بازار کے نکٹر پہ واقع رمجو بھائی کے بک اسٹال پر پہنچ جاتے۔ وہاں ابنِ صفی کو پڑھنے والوں کا مجمع لگا ہوتا۔ بک اسٹال پر بیٹھا ہوا لڑکا بتاتا کہ رمجو بھائی ڈاک خانے بلٹی چھڑانے کے لئے گئے ہوئے ہیں۔ آہستہ آہستہ مجمع بڑھتا جاتا اور آپس میں چہ میگوئیاں ہوتی رہتیں کہ دیکھیں اِس بار کیپٹن حمید کیا گل کھلاتا ہے یا عمران سے کونسی حماقتیں سرزد ہوتی ہیں۔ خدا خدا کر کے رمجو بھائی کندھے پر کتابوں کا پلندہ لئے ہوئے آتے دکھائی دیتے اور مجمع کی بے تابی بڑھ جاتی۔ پیسے نکالنے کے لئے جیبوں میں ہاتھ جانا شروع ہو جاتے۔ عام نمبر دس آنے کا ہوتا تھا اور خاص نمبر سوا روپے کا۔ عرفان اور میں، آدھے آدھے پیسے ملا کر ایک ہی کتاب خریدتے تھے، مگر معاہدہ یہ تھا کہ پہلے میں پڑھوں گا، کیونکہ جب عرفان کے گھر وہ کتاب پہنچتی تھی تو ایک ہفتے سے پہلے واپس نہیں ملتی تھی۔

جیسے ہی رمجو بھائی پلندہ کھولتے تو مجمع میں ہل چل مچ جاتی۔ ہر ایک چاہتا تھا کہ وہ اسٹاک ختم ہونے سے پہلے حاصل کر لے۔ رمجو بھائی بار بار ایک ہاتھ سے اپنی ٹوپی سنبھالتے اور دوسرا ہاتھ لہرا کر لوگوں کو صبر کی تلقین کرتے۔ "تھوڑا صبر کرو، ہر ایک کو ملیں گا، میرے پاس بہت کتاب ہے، کوئی خالی ہاتھ نہیں جائیں گا،" مگر ایسے میں اُن کی کون سنتا۔

10

غفورن خالہ کے دِن کا بیشتر وقت دروازے میں ٹاٹ کا پردہ ہٹا کر باہر جھانکتے ہوئے گزرتا تھا جیسے اُنہیں کسی کا انتظار ہو۔ جو بھی وہاں سے گزرتا، اُنہیں سلام ضرور کرتا مگر کبھی جواب نہیں دیتی تھیں۔ بس خالی خالی نظروں سے گھورتی رہتیں۔ ہر ایک کو معلوم تھا کہ وہ بس اپنی دنیا میں کھوئی رہتی ہیں۔ ایک دِن ماموں جان حسبِ معمول سامنے سے "غفورن خالہ سلام" کہتے ہوئے گزرے تو بولیں، "ارے چھٹکنے، میں تیری خالہ کب سے ہوگئی، اب تک تو ماں تھی۔"

"خالہ، میں ہوں، ننھے میاں۔"

"ہاں۔ میرے لئے تو تُو ہمیشہ ننھا ہی رہے گا،" غفورن خالہ نے ہاتھ اُٹھا کر کہا، "آ جا، میں نے تیرے لئے بیسنی روٹی بنائی ہے۔ بیسنی روٹی پسند ہے نا تجھے؟"

ماموں جان کیا، پورا محلّہ ہی جانتا تھا کہ بچّوں کے غم میں غفورن خالہ کا دماغ پلٹ گیا تھا۔ وہ بِلا کسی حیل و حُجّت غفورن خالہ کے پیچھے پیچھے اُن کے کوارٹر میں داخل ہوگئے۔

"آ جا، آ جا۔ تُو ماں کو بالکل ہی بھول گیا ہے۔ باہر ہی باہر سے نکل جاتا ہے،" اُنہوں نے شکایت کی۔

"نہیں اتّاں، میں آپ کو کیسے بھول سکتا ہوں؟"

اُس دن کے بعد سے ماموں جان جب بھی وہاں سے گزرتے، غفورن خالہ دروازے میں کھڑی ملتیں اور انہیں کچھ کھلائے بغیر نہیں جانے دیتی تھیں۔ انہوں نے بھی غفورن خالہ کو "اتّاں" کہنا شروع کر دیا۔ جب کھانے کے وقت وہ امی سے کہتے کہ غفورن خالہ نے ان کا پیٹ بھر دیا ہے تو وہ ان

91

کا مذاق اُڑاتیں۔

"بھائی صاحب، آپ بڑے خوش قسمت ہیں کہ ایک پلی پلائی ماں مل گئی ہے،" وہ کہتیں، "ظاہر ہے کہ اگر ماں کے ہاتھ کا پکا مل جائے تو بہن کے ہاتھ کے پکے میں کیا مزہ آئے گا۔"

"بھئی اگر میری وجہ سے کسی کو خوشی مل جائے، تھوڑی دیر کے لئے ہی سہی، تو اِس سے زیادہ ثواب کا کام اور کیا ہو گا؟" ماموں جان چِڑ کر جواب دیتے۔

کالونی میں وہ غفورن خالہ کہلاتی تھیں۔ کسی کو معلوم نہیں تھا کہ واقعی یہ اُن کا نام تھا یا غفور چاچا کی بیوی ہونے کی حیثیت سے غفورن خالہ کہلاتی تھیں۔ یہ گورنمنٹ کے نچلے اور درمیانے درجے کے ملازمین کے کوارٹر تھے جو قطار در قطار ایک دوسرے سے ملحق تھے۔ کوارٹروں کے درمیان کوئی چھ سات فٹ اونچی دیواریں تھیں۔ پڑوسنیں دیوار کے ساتھ اِسٹول لگا کر کھڑی ہو جاتیں اور گھنٹوں ایک دوسرے کے ساتھ باتوں میں لگی رہتیں۔ اگر کبھی نمک، مرچ، شکر یا آٹے کی ضرورت پڑتی تو دیوار کے اوپر ہی سے پڑوسن سے اُدھار لے لیتیں۔ باہر کے دروازوں پر کواڑ نہیں تھے بلکہ ہر کوارٹر کے دروازے پر پردہ ٹنگا رہتا تھا، کسی پر نیلا، کسی پر پیلا، کسی پر سبز اور کسی پر سُرخ۔ جو لوگ بہت ہی غریب تھے وہ ٹاٹ کا پردہ ڈال دیتے تھے۔

گرمیوں میں لوگ آنگنوں میں سوتے تھے اور رات بھر خرّاٹوں سے پورا محلّہ گونجتا رہتا تھا۔ ہمارے کوارٹر کی دائیں جانب دو کوارٹر چھوڑ کر غفور چاچا کا کوارٹر تھا۔ پورا محلّہ ہی اُنہیں غفور چاچا کہہ کر مخاطب کرتا تھا۔ ان کے خرّاٹے دور دور تک سنائی دیتے تھے اور پورے محلّے کے لئے کافی تھے۔ ایک وہ دَور تھا جب غفور چاچا کی مونچھیں کیا تھیں، پورے گل مچھّے تھے جن کے اوپر موٹی سی ناک کا چھبّا تھا۔ اِتنی موٹی ناک سے تو دہلا دینے والے خرّاٹے ہی نکل سکتے تھے۔ پورا محلّہ اُن سے شکایت کرتا تھا کہ "چاچا ذرا خرّاٹوں پر کنٹرول کرو" مگر وہ بے چارے کیا کر سکتے تھے۔

غفور چاچا بھرتی تو چپراسی کی حیثیت ہی سے کیے گئے تھے، لیکن زندگی بھر بڑھئی کا کام کیا تھا۔ ہندوستان میں اُن کا فرنیچر کا کارخانہ تھا۔ اُن کے تین بیٹے تھے جو بِلّا، بھدّو اور چُھٹکنا کہلاتے تھے۔ اصلی نام تو کچھ اور تھے مگر اُن کے خاندان والے اُن ہی ناموں سے پکارتے تھے۔ تینوں بیٹے غفور چاچا کے ساتھ کارخانے میں ہی کام کرتے تھے اور ان کے علاوہ پچّیس، تیس بڑھئی ملازم تھے۔ کارخانے سے

اِتنی آمدنی تھی کہ اچھی خاصی بود و باش تھی۔ گھر میں روزانہ دو سیر دودھ آتا تھااور بکری کا گوشت پکتا تھا۔ اِس سے زیادہ کسی کو اور کیا چاہیے۔ ٹِلا کی شادی کر دی تھی اور اُس کی دو چھوٹی چھوٹی بیٹیاں تھیں۔ شروع شروع میں ساس بہو میں قطعاً نہیں بنی۔ بہو نے آتے ہی باورچی خانے پر قبضہ کرنے کے لئے ایڑی چوٹی کا زور لگا لیا مگر ساس کسی صورت سے اپنی ملکیت سے دست بردار ہونے کے لئے تیار نہیں تھیں۔ سارا جھگڑا ہی چولہے کا تھا۔ جب غفور چاچا ہر روز کی کل کل سے تنگ آ گئے تو اُنہوں نے بیٹے اور بہو کو علیحدہ کرنے کا فیصلہ کر لیا۔ کارخانے سے متصل ایک گھر بنوایا اور اُنہیں وہاں منتقل کر دیا۔ جیسے ہی بیٹا بہو علیحدہ ہوئے تو بیوی نے واویلا مچانا شروع کر دیا کہ وہ اپنی پوتیوں کو دیکھنے کے لئے ترس گئی ہیں۔ غفور چاچا نے بُہتیرا سمجھایا کہ " بھلی مانس، ترسنے کی کوئی بات نہیں ہے۔ کارخانہ پانچ گھر چھوڑ کر ہے تو چل کر وہاں جا سکتی ہے، " مگر وہی مرغے کی ایک ٹانگ۔ بھلا وہ بہو کے سامنے کیسے جھک سکتی تھیں۔ بالآخر بہو کو ہی جھکنا پڑا۔ وہ ٹِلا کو ناشتہ کرا کے بچّیوں کو لے کر آ جاتی اور سارا دن ساس کے ساتھ گزارتی۔ ساس بہو میں ایکا ہو گیا کیونکہ دونوں کا چکی، چولہا محفوظ تھا۔ غفور چاچا نے بھی اطمینان کا سانس لیا۔

زندگی بڑے چین سے گزر رہی تھی مگر جب پاکستان بننے لگا تو سب کچھ اُلٹ پلٹ ہو گیا۔ گلیوں میں مستقل لڑکے جلوس نکالتے پھرتے تھے۔ اِدھر سے نعرے لگتے، " لے کے رہیں گے پاکستان " اور " ایک دو ڈھائی، ترنگے میں آگ لگائی " اور اُدھر سے جواب آتا، " چاند ستارہ اُلٹا دیں گے، بھارت ماتا ایک رہے گی، ایک رہے گی "۔ جب فسادات پھوٹے تو بلوائیوں نے اُن کے کارخانے میں آگ لگا دی۔ بڑا بیٹا، بہو اور دونوں پوتیاں آگ میں جل کر ختم ہو گئے اور باقی دو بیٹوں کا کچھ پتا نہیں چلا کہ افرا تفری میں کہاں غائب ہو گئے۔ قیامت کا سماں تھا۔ باپ بیٹے، شوہر بیوی، بہن بھائی، سب ایک دوسرے سے بچھڑ گئے۔ کئی دن کرفیو لگا رہا اور سڑکوں پر ہو کا عالم تھا۔ آخر کار آرمی کے ٹرک آئے اور پورے محلّے کے افراد کو گھیر گھار کر ایک کیمپ میں پہنچا دیا۔ دونوں میاں بیوی پورے کیمپ میں بیٹوں کی تلاش میں چکّر کاٹتے رہتے تھے مگر کوئی پتا نہیں چلا کہ وہ زندہ بھی ہیں یا نہیں۔ اُنہیں اچھی طرح یاد نہیں تھا کہ کیمپ میں کتنے دن گزارے تھے لیکن ایک دن آرمی والے کیمپ میں آئے اور اُنہیں ٹرکوں میں لاد کر ریلوے اسٹیشن پہنچا دیا۔ وہ لٹے پٹے جب پاکستان پہنچے تو ذریعۂ معاش کی تلاش

کے دوران اُن کا ایک عزیز، جو ایک سرکاری دفتر میں ہیڈ کلرک تھا، اُنہیں اپنے افسر کے پاس لے گیا۔ بڑھئی کا بھلا وہاں کیا کام؟ مگر وہ افسر تھا بڑا رحم دِل۔ کہنے لگا کہ ''کالونی میں ہمیشہ ٹوٹ پھوٹ ہوتی رہتی ہے اور بڑھئی کی اکثر ضرورت پڑتی ہے، مگر یہاں بڑھئی کے لئے کوئی جگہ نہیں، البتّہ ایک چپراسی کی پوسٹ خالی ہے۔''

''مگر مجھے چپراسی کا کام کرنے کا کوئی تجربہ نہیں،'' غفور چاچا نے معصومیت سے کہا۔

''ارے چاچا، آپ بھی کمال کرتے ہیں، بھلا چپراسی کے کام کے لئے تجربے کی کیا ضرورت ہے؟'' افسر نے ہنستے ہوئے کہا۔ ''آپ کا عہدہ تو چپراسی کا ہی ہوگا، مگر کام ٹھوکا پیٹی کا ہوگا۔ آپ کے لئے آری، رندے کا بندوبست کر دیں گے۔ جہاں آپ کوئی ٹوٹ پھوٹ دیکھیں، مرمت کر دیں''

چنانچہ غفور چاچا کو پینتالیس روپے مہینہ کی نوکری مل گئی۔ اُنہیں راشن شاپ کے برابر ہی ایک کمرہ دے دیا گیا جہاں اُنہوں نے اپنی ورک شاپ قائم کر لی۔ درمیان میں ایک بڑی سی ورک بینچ لگا دی، دیواروں میں کیلیں ٹھونک کر ہتھوڑے، آرے، رندے، بسوُلے، چھینیاں، اور نہ جانے کیا کیا اُلا بلا لٹکا دیں۔ اُن کی ورک شاپ تیار تھی۔ کالونی میں جسے بھی مدد کی ضرورت ہوتی وہ غفور چاچا کے پاس چلا جاتا اور وہ بڑی محبت سے اُس کا کام کرتے۔ اگر کسی کے گھر جا کر کچھ کام کر نہ ہوتا تو فوراً اُس کے ساتھ ہو لیتے۔ کبھی کسی سے پیسے نہیں لئے، کہتے تھے کہ ''مجھے تنخواہ کس بات کی ملتی ہے؟'' اگر کبھی کسی نے زبردستی اُن کی جیب میں دو چار روپے ڈالنے کی کوشش کی تو فوراً اپنی جیب پر ہتھیلی رکھ کر ڈانٹ دیتے تھے، ''کیوں میاں، خواہ مخواہ مجھے کیوں حرام کھانے پر مجبور کرتے ہو؟''

وقت کے ساتھ ساتھ اُن کی سفید مونچھیں بھی ڈھلک گئیں۔ اولاد کا غم کس ماں باپ کو نہیں ہوتا؟ مگر کبھی اپنی زبان سے اُنہوں نے اظہار نہیں کیا۔ البتہ اُن کی بیوی کی دیوانگی پڑوسنوں کو رُلا دیتی تھی۔ فسادات، پاکستان، ہجرت، وہ سب کچھ بُھلا چکی تھیں۔ اُن کی دنیا میں اب بھی کارخانہ چل رہا تھا، بیٹے اب بھی دو پہر کو کھانا کھانے کے لئے آتے تھے، بہو اب بھی ہانڈی روٹی کرنے کے لئے آ جاتی تھی اور پوتیاں اب بھی اُن کے ارد گرد بھاگتی دوڑتی پھرتی تھیں۔ بیٹھے بیٹھے اچانک شروع ہو جاتیں، ''ہاں! میں بتانا بھول گئی، آج دو پہر کو جب منجھلا آیا تو میں نے اُس کے لئے آلو بھری روٹیاں بنائی تھیں۔ خوب گھی میں چپڑ کے بڑے شوق سے کھائیں۔ منجھلے کو آلو بھری روٹی بہت پسند ہے۔''

آپ ہی آپ مسکرا دیتیں، "مجھ سے کہنے لگا کہ اتاں، تمہیں کیسے معلوم ہوا کہ میں آج سوچ ہی رہا تھا کہ تم سے آلو بھری روٹی پکانے کے لئے کہوں گا۔ میں نے کہا کہ پگلے، تجھے کیا پتا کہ ماں کے کان بیٹوں کے دلوں میں ہوتے ہیں۔ تُو نے سوچا اور میں نے سُن لیا۔"

کچھ دیر سوچ کر کہتیں، "میری چُھٹکنیا تو آفت کی پر کالہ ہے۔ مجال ہے کہ بڑی کے ہاتھ میں کوئی کھلونا دیکھ سکے۔ جہاں بڑی نے کچھ اُٹھایا، اُس نے جھپٹا مار کر چھین لیا،" پھر خود ہی ہنسنا شروع کر دیتیں۔

پڑوسنیں جب اُن کی فرضی کہانیاں سُنتیں تو اپنے دوپٹے کے پلو سے اپنی آنکھوں کی نمی پونچھتی جاتیں۔ جب وہ غفور چاچا کے سامنے رات کے کھانے کے دوران، دن بھر کے واقعات، بیٹوں کی چھوٹی چھوٹی باتیں اور پوتیوں کی معصوم شرارتیں بیان کرتیں تو وہ بھی اُن کی ہاں میں ہاں ملاتے جاتے۔

11

ہمارے کوارٹر میں ڈیڑھ کمرہ تھا۔ سردیوں میں ایک کمرے میں چار پلنگ آ جاتے تھے۔ دروازے کے بالکل سامنے اتّا میاں کی چارپائی ہوتی تھی، اُن کے برابر امی جان کی چارپائی، پھر زرینہ کی اور آخر میں میری۔ دوسرے کمرے میں ماموں جان سوتے تھے۔ معلوم ہوتا تھا کہ ایک چھوٹی سی چارپائی رکھ کر چاروں طرف دیواریں اُٹھا دی گئی تھیں۔ ہم سب اُسے آدھا کمرہ کہتے تھے مگر ماموں جان اُسے اپنی قبر کہتے تھے۔ آگے ایک چھوٹا سا برآمدہ تھا جس پر ٹین کی چھت پڑی ہوئی تھی۔ اِسی لیے گرمیوں میں وہ آگ کی طرح تپتی تھی۔ برآمدے میں ماموں جان کے کمرے کے سامنے ہی ایک چولہا تھا جو امی جان کا باورچی خانہ تھا اور چولہے کے سامنے ہی ہم دری بچھا کر کھانا کھاتے تھے۔ برآمدے کے باہر ایک چھوٹا سا کچّا صحن تھا جس میں ایک طرف پانی کی گھڑونچی رکھی رہتی تھی اور دوسری طرف امی جان نے کیاری بنا کر اُس میں پودینہ اور ہری مرچیں لگا دی تھیں۔ کیاری کے ساتھ ہی ایک چوکی رکھی تھی جس پر جائے نماز بچھا رہتا تھا۔ امی جان نماز پڑھنے کے بعد ہمیشہ جائے نماز کا ایک کونا موڑ دیتی تھیں اور ہمیں بھی تاکید کرتی تھیں کہ ہم بھی نماز پڑھنے کے بعد کونا موڑ دیا کریں ورنہ، بقول اُنکے، اُس پر شیطان آ کر نماز پڑھتا ہے۔ ماموں جان اُن کی اِس بات پر بہت ہنستے تھے۔ کہتے تھے کہ

"اِس سے اچھی بات اور کیا ہو گی کہ شیطان بھی نماز پڑھنا شروع کر دے؟"

"بھائی صاحب، آپ تو مذہب کا بھی مذاق بنا لیتے ہیں،" امی جان جواب دیتیں۔

"تو مجھے دکھاؤ کہاں لکھا ہے کہ جائے نماز کا کونا نہ موڑو تو اُس پر شیطان نماز پڑھے گا؟"

"مجھے کیا معلوم؟ اماں ہی کہا کرتی تھیں۔"

ویسے اباّ میاں زیادہ تر دورے پر باہر ہی ہوتے تھے۔ اُن کا کام سندھ میں سارے گورنمنٹ اسکولوں کا معائنہ کرنا تھا۔ اسکولوں کی عمارتوں کی مرمّت، ٹوٹے پھوٹے فرنیچر کی تبدیلی، اساتذہ کی کارکردگی، سب ہی کچھ اُن کے معائنے میں شامل ہوتا تھا اور وہ اپنی رپورٹ محکمے کو پیش کر دیتے تھے۔ اُن کا دائرہ کار سکھر تک تھا اور جب سکھر جاتے تو شکارپور بھی اُن کے دورے میں شامل ہوتا۔ واپس آتے آتے پورا ہفتہ گزر جاتا تھا۔

اُسی دوران امی جان کو کلیم میں ہندوستان میں اپنی زمین کے عوض تیس ایکڑ زمین داد و کے نزدیک ایک گاؤں میں مل گئی۔ اباّ میاں نے بھی اپنے آبائی مکان کا کلیم بھر ا مگر وہ نامنظور ہو گیا کیونکہ اُن ہی کے بیان کے مطابق وہ مکان جل کر ختم ہو چکا تھا لہٰذا اُس کا کوئی وجود نہیں تھا۔ اباّ میاں داد و کے گئے اور اُس زمین کو آدھ بٹائی پر ایک ہاری کو دے آئے جس کا نام اللہ وسایو جامڑیو تھا۔ وہ ہر سال فصل کٹنے پر آتا اور اباّ میاں کو کبھی ہزار کبھی پانچ سو دے جاتا اور اباّ میاں امی جان کے اکاؤنٹ میں جمع کرا دیتے۔ اُن کی ریٹائرمنٹ کا وقت نزدیک آ رہا تھا اور امی جان کا ارادہ تھا کہ ابا میاں کو پرا ویڈنٹ فنڈ کے جو پیسے یکمشت ملیں گے اُنھیں ملا کر ایک چھوٹا سا مکان بنالیں گے۔

اللہ وسایو جب بھی آتا تو دو چار دِن ٹھہرتا اور اباّ میاں اُس کی خاطر اِس طرح کرتے جیسے برسوں کا بچھڑا ہوا دوست ہو۔ پڑوس میں سے ایک چارپائی اُدھار لی جاتی اور اباّ میاں آنگن میں اپنی چارپائی کے برابر بچھواتے۔ باقی لوگ برآمدے میں سوتے۔ امی جان بے حد کُڑھتیں۔ کہتیں کہ اتنے سے کوارٹر میں کسی اجنبی کو مہمان بنالینا کہاں کی عقل مندی ہے۔

"خدا کا خوف کرو، وہ ہمارا پارٹنر ہے، کوئی اجنبی تو نہیں،" اباّ میاں جواب دیتے، "اور پھر وہ کچھ دے کر ہی جاتا ہے، لے کر تو نہیں جاتا۔"

"میں کب کہتی ہوں کہ کچھ لے کر جاتا ہے، مگر یہ بھی تو سوچو کہ اِس چھوٹے سے کوارٹر میں تمہارے بیوی بچّے ہیں، ماشاء اللہ سے ایک بیٹی بھی گھر میں ہے۔ بڑا گھر ہو تو ایک بات بھی ہے۔ ایسا ہی ہے تو پڑوس میں کسی چھٹرے کے گھر سُلادیا کرو۔"

"اپنے مہمان کو دوسرے کے گھر سُلانا کہاں کی شرافت ہے؟"

"تم سے بحث کرنا فضول ہی ہے،" امی جان تنگ آ کر کہتیں، "یہاں تو میرا کوئی میکہ بھی نہیں

کہ وہ یہاں رہے تو میں دو چار دِن کے لئے میکے ہی چلی جاؤں۔"

غرض اباّ میاں اور اُمی جان کی یہ بحث ہمیشہ بغیر کسی فیصلے کے ختم ہو جاتی۔ اباّ میاں ہر روز اُمی جان سے طرح طرح کے کھانوں کی فرمائش کرتے۔ کبھی زردہ بن رہا ہے، کبھی اِسٹو، کبھی شِیر خورما۔ اُمی جان لاکھ سمجھاتیں کہ اللہ وسایو گاؤں کا رہنے والا ہے، وہ اِن کھانوں کے ذائقے تک سے واقف نہیں ہے، مگر اباّ میاں مہمان نوازی میں کوئی کسر نہیں رہنے دینا چاہتے تھے۔ پورے گھر میں بس ایک میں ہی تھا جس سے اللہ وسایو کی خوب گھُٹتی تھی۔ ایک بار میں اُسے فلم دکھانے کے لئے لے گیا۔ نیو میجسٹک سنیما میں صبیحہ اور سُد ھیر کی فلم "سسّی" لگی ہوئی تھی۔ دیکھ کر بے حد حیران ہوا کیونکہ اُس نے زندگی میں پہلی مرتبہ فلم دیکھی تھی۔ پڑھا لکھا نہیں تھا مگر اپنا نام لکھ لیتا تھا۔

"میرے بھاڑ ینجے نے مجھے نام لکھنا سکھایا تھا،" اُس نے نام لکھ کر دکھایا۔

"بھاڑ ینجا؟"

"اوہ میری بہن کا پُتّر۔"

"اچھا، بھانجا!"

"ہاں، ہاں، بھانجا۔"

"تمہارا بھانجا کون سی کلاس میں پڑھتا ہے؟" میں نے پوچھا۔

"اُس نے ابھی میٹرک کیا ہے۔"

"اچھا، میں نے بھی اِسی سال میٹرک کیا ہے۔"

"وہ ابھی کالج میں آئیں گا، گورنمنٹ کالج میں۔"

"اچھا میرا داخلہ بھی گورنمنٹ کالج میں ہو گیا ہے،" میں نے کہا۔ "کیا نام ہے تمہارے بھانجے کا؟"

"محمود۔"

"محمود سے کہہ دینا کہ مجھ سے مل لے، وہ رہے گا کہاں؟"

اباّ میاں، جو ہماری گفتگو سُن رہے تھے، بولے "اُس سے کہہ دینا کہ وہ یہیں ہمارے ساتھ آ کر رہے۔" اُمی جان نے بُرا سا منہ بنایا مگر کچھ بولیں نہیں۔

"نہیں، وہ ہاسٹل میں رہے گا، اُسے وظیفہ بھی ملے گا۔"

بعد میں امی جان نے ابّا میاں کو آڑے ہاتھوں لیا، بولیں "آخر تمہاری عقل کو ہو کیا گیا ہے۔ ماشاءاللہ گھر میں جوان بیٹی ہے اور ایک اجنبی لڑکے کو گھر میں رکھنے کی پیشکش کر رہے ہو۔"

"خدا کی بندی، میں تو تکلفاً کہہ رہا تھا، شائستگی بھی کوئی چیز ہے۔" ابّا میاں نے اپنی مدافعت کی۔

"تمہیں تو کچھ سمجھانا بھینس کے آگے بین بجانا ہے، اور وہ اگر تمہاری پیشکش کو قبول کر لیتا تو؟"

"مگر اُس نے کون سی پیشکش قبول کر لی؟"

"ہٹو، چھوڑو۔ تمہارا بس چلے تو پوری دنیا کو اِس ڈیڑھ کمرے کے کوارٹر میں لے آؤ۔"

اُن دونوں کی نوک جھونک حسبِ معمول کسی نتیجے پر پہنچے بغیر ختم ہو گئی۔

***

گورنمنٹ کالج، حیدرآباد میں اُس سال فرسٹ ایئر میں کم از کم ڈھائی سو لڑکے داخل ہوئے تھے، اُن میں محمود کو ڈھونڈنا کوئی آسان کام نہیں تھا۔ ہمارے سیکشن میں صبح کو حاضری لیتے وقت جب محمود جامڑیو کا نام آیا تو میرے کان کھڑے ہوئے اور میں نے پورے آڈیٹوریم میں نظریں گھما کر دیکھا۔ سب سے پچھلی قطار میں ایک سیدھے سادے لڑکے نے کھڑے ہو کر ہاتھ اُٹھایا اور "پریزنٹ سر" کہہ کر بیٹھ گیا۔

کلاس ختم ہونے کے بعد میں تیزی سے اُٹھا اور پشت پر جا کر محمود کے سامنے کھڑا ہو گیا۔

"آپ اللہ وسایو جامڑیو کے بھانجے ہیں؟" میں نے پوچھا۔

"جی،" اُس نے بیٹھے بیٹھے جواب دیا۔

"میرا نام بلال ہے،" میں نے اپنا ہاتھ اُس کی طرف بڑھا دیا۔

"اچھا، ماما نے تمہارا بتایا تھا،" اُس نے اُٹھ کر ہاتھ ملاتے ہوئے کہا۔

محمود ویسے تو سیدھا سادہ دیہاتی لڑکا تھا مگر بے حد ذہین تھا۔ میٹرک میں فرسٹ کلاس آئی تھی۔ کلاسیں ختم ہونے کے بعد میں ہاسٹل میں اُس کا کمرہ دیکھنے کے لئے گیا۔ اچھا خاصہ کمرہ تھا۔ میں نے اُسے پیشکش کی کہ کسی مدد کی ضرورت ہو تو بلا جھجک بتلا دے۔

وقت کے ساتھ ساتھ ہماری دوستی آپ سے تم اور تم سے تُو پر پہنچ گئی۔ جب بے تکلفی بڑھی تو

ایک طرح سے میں اُس کا اتالیق بن گیا۔اُس نے مجھ سے کہا کہ اُس کی پرورش دیہاتی ماحول میں ہوئی ہے اوراُسے شہری آداب کے متعلق کچھ معلوم نہیں۔ایک دن میں نے اُسے ایک رومال دیا۔

"جب چھینک آیا کرے تو جیب سے یہ رومال نکال کر اپنی ناک پر رکھ لیا کرو،"میں نے اُس سے مُسکراتے ہوئے کہا،"اور دیکھو، کھانا کھانے کے بعد زور سے ڈکار نہیں لیتے۔"

"تمہارا بہت بہت شکریہ،"اُس نے سنبھل سنبھل کر اُردو بولی۔

محمود میں ایک خوبی تھی۔وہ کسی بات کا بُرا نہیں مانتا تھا بلکہ جب اُسے کوئی بات بتلائی جاتی تو توجّہ سے سنتا اور ہمیشہ شکریہ ادا کرتا۔

"میرے میں سب سے بڑی خرابی یہ ہے کہ جب لوگ باتیں کرتے ہیں تو میں چُپ چاپ سنتا رہتا ہوں،اُن کی باتوں میں شریک نہیں ہوتا،"ایک دن اُس نے کہا۔

"ایسا کرو کہ بجائے اپنے متعلّق سوچتے رہنے کے،تم لوگوں کی باتوں میں دلچسپی لیا کرو اوراُن سے سوال کیا کرو۔اِس طرح اُنہیں معلوم ہو گا کہ تم اُن میں دلچسپی لے رہے ہو اور وہ بھی تم میں دلچسپی لینا شروع کر دیں گے۔"

آہستہ آہستہ محمود سُنڈی سے تتلی بن گیا۔اُس کی ایک خوبی جس کا آگے چل کر پتا چلا، یہ تھی کہ وہ گاتا بہت اچھا تھا۔کیفے میں ٹیریا میں اُس کے گرد بھیڑ لگی رہتی تھی اور وہ جب میز پر طبلے کی تھاپ دیتے ہوئے "بندر روڈ سے کیماڑی، میری چلی رے گھوڑا گاڑی"گاتا تو معلوم ہوتا کہ احمد رُشدی خود گا رہا ہے۔ ہوتے ہوتے اُس کا اپنا دوستوں کا حلقہ بن گیا اور میرے ساتھ مُلاقاتیں کم ہوتی گئیں،مگر جب ملتا تو بڑے خلوص سے ملتا اور مجھے گلے لگا لیتا۔خود میری مصروفیت بھی بہت تھی۔کالج ختم ہوتے ہی ٹیوشنز پڑھانے کے لئے چلا جاتا اور شام کو دیر سے ہی گھر لوٹتا تھا۔

ہوسٹل میں رہنے والے لنچ کے لئے ہوسٹل کے ڈائننگ روم میں جاتے تھے جو کالج کی عمارت کی پُشت پر ہی تھا۔محمود اکثر زبردستی مجھے اپنے ساتھ لنچ کے لئے لے جاتا تھا۔جب میں نے دیکھا کہ وہ پہنچتے ہی دروازے کے پیچھے ایک چھوٹی سی میز پر رکھے ہوئے مہمانوں کے رجسٹر پر دستخط کرتا تھا تو مجھے خیال آیا کہ وہ مہینے کے آخر میں حساب کرتے وقت میرے لنچ کے پیسے بھی ادا کرتا تھا لہٰذا میں اُس کے ساتھ جانے سے کترانے لگا۔ لنچ کے وقت میں اِدھر اُدھر ہو جاتا تاکہ محمود کی نظر مجھ پر نہ

پڑے۔ اگر وہ ضد بھی کرتا تو میں نہ کوئی بہانہ بنا دیتا۔

وقت کے ساتھ ساتھ محمود کی اُردو اتنی صاف ہوگئی کہ لب و لہجے سے بالکل لکھنوی لگنے لگا۔ ایک روز وہ کلاس میں نظر نہیں آیا تو میں نے نعیم چوہدری سے پوچھا جو ہوسٹل میں اُس کے برابر والے کمرے میں رہتا تھا۔ اُس نے بتایا کہ محمود کو بخار آگیا ہے۔ میں کلاس ختم ہوتے ہی اُس کے کمرے پر پہنچا۔ وہ بستر پر لیٹا ہوا کوئی کتاب پڑھ رہا تھا۔ کہنے لگا، "یار، تو کیوں اِدھر آگیا۔ مجھے سخت زکام ہو رہا ہے، تجھے بھی لگ جائے گا۔"

ویسے تو وہ ہر ایک کے ساتھ آپ جناب اور قبلہ و کعبہ کیا کرتا تھا مگر مجھ سے ہمیشہ سندھی لہجے میں تُو تڑاخ کر کے بات کرتا تھا۔ اُس نے کتاب بند کی تو میری نظر سرورق پر پڑی۔ ابوالکلام آزاد کی غبارِ خاطر تھی۔

"یار، تجھے اس جناتی زبان کا کب سے شوق ہو گیا؟" میں نے پوچھا۔

"جناتی زبان، ابے یہ ابوالکلام ہے۔ اگر تجھے غبار خاطر کا اسلوب جناتی لگتا ہے تو تُو ابن الکلام بھی نہیں بن سکتا،" وہ بستر سے اُٹھتے ہوئے بولا۔

"بھائی تو لیٹا رہ، آرام کر۔"

"بہت آرام ہو گیا۔ میں نے اسپرو کی دو گولیاں کھائی تھیں اُس سے بخار تو اُتر گیا۔ اب تو چل، میں بھی ذرا نہا کر کلاس میں آتا ہوں۔"

"سوچ لے، اگر تُو اور آرام کر لے تو کل تک بالکل بھلا چنگا ہو جائے گا۔"

"تُو میری فکر مت کر، میں بالکل بھلا چنگا ہوں۔" اُس نے اُٹھ کر الماری سے تولیہ اور صابن دانی نکالی اور میں اور میں بھی وہاں سے چل دیا۔

محمود ڈبیٹنگ کلب میں بھی حصّہ لیا کرتا تھا۔ اپنی تقریر خود لکھتا تھا مگر مجھ سے فرمائش کرتا تھا کہ میں اُس میں کچھ نمک مرچ لگا دوں۔ انٹر کالیجیٹ ڈبیٹس کے لئے کالج کی ٹیم میں محمود کا سیلیکشن ہو گیا اور اُس کی وہ تقریر یادگار تھی جس سے اُس نے ٹرافی جیتی۔ ہال کھچا کھچ بھرا ہوا تھا اور حاضرین میں حیدر آباد کے مختلف کالجوں کے طلبا تھے، مگر عجیب بد تمیز قسم کے لڑکے بھی اُن میں شامل ہو گئے تھے۔ مائیکروفون پر جو بھی آتا اُسے ہوٹ کر کے بھگا دیتے۔ پچھلے سال کی جس ٹیم نے ٹرافی

جیتی تھی وہ آل پاکستان فہیم کی تھی مگر ہوٹنگ کے سامنے وہ بھی نہ ٹھہر سکی۔ جب محمود مائیک پر آیا تو کان پڑی آواز سنائی نہیں دے رہی تھی۔ وہ آکر خاموش کھڑا ہو گیا اور اطمینان سے ایک طرف نظریں جمائے دیکھتا رہا۔ آخر ہوٹنگ کرنے والوں کو بھی تجسّس ہونا شروع ہو گیا اور اُنہوں نے خاموش ہو کر اُسی طرف دیکھنا شروع کر دیا۔ محمود کی آواز ویسے بھی کافی بھاری تھی اور ریڈیو ڈراموں کے لئے بیحد موزوں تھی۔ اُس کی گرجدار آواز ہال میں گونجی، "صدرِ محترم، کہاں گئی وہ قیصر و کسریٰ کی تمکنت، کہاں ہے ہلاکو اور چنگیز کا جبر و استبداد، اور کیا ہوا فراعین و نمرود کی خُدائی کا؟ آج وہ سب تاریخ پارینہ کے صفحات میں دفن ہیں۔ آج کے جاگیر دار، آج کے چوہدری اور آج کے وڈیرے اگر یہ سمجھتے ہیں کہ اُن کا ظلم و ستم تا قیامت جاری رہے گا تو یہ اُن کی خام خیالی ہے، کیونکہ ہمارے عوام خوابِ غفلت سے بیدار ہو چکے ہیں۔ آج کا کسان اور آج کا مزدور، اپنا حق طلب کرنے کے لئے سینہ سپر، سر بکف اور کفن بدوش ہو گیا ہے۔" ہال میں ایک جانب سے آواز آئی، "انقلاب، زندہ باد"۔ پھر تو انقلاب، زندہ باد کے نعروں سے پورا ہال گونجنے لگا۔ محمود نے آؤ دیکھا نہ تاؤ۔ وہ بھی اُن نعروں میں شامل ہو گیا اور اُس کی آواز چونکہ مائیک سے آ رہی تھی لہٰذا سب سے بلند تھی۔ ہر نعرے پر وہ مُٹّھی بند کر کے ہاتھ اُٹھاتا اور زندہ باد کا نعرہ لگاتا۔ ہوٹرز کچھ کھسیانے سے ہو کر خاموش ہو گئے اور ہال میں ایسی خاموشی ہوئی کہ اگر ایک پن بھی گرے تو پورا ہال سُن لے۔ حاضرین کو جیسے سانپ سونگھ گیا تھا۔ جب وقت ختم ہونے کی گھنٹی بجی تو وہ اپنی تقریر ختم کر رہا تھا۔ پورا ہال تالیوں سے گونج گیا اور ہر طرف سے سیٹیاں بجنے لگیں۔ اُس کے بعد جتنے مقررین آئے اُن میں سے ایک آدھ ہی اُس ہوٹنگ کا مقابلہ کر سکا۔ جب ججوں نے فیصلہ سُنایا تو پہلا انعام محمود کو ہی ملا۔

***

"بھئی میری سمجھ میں نہیں آتا کہ یہ اللہ وسایو سال بھر میں کبھی ہزار کبھی پانچ سو دے جاتا ہے۔ تیس ایکڑ زمین ہے، میرا تو خیال ہے کہ اِس سے کہیں زیادہ آمدنی ہونی چاہیے،" ابّا میاں نے ماموں جان سے کہا۔

"میرا اِس سلسلے میں کوئی خاص تجربہ تو نہیں لیکن اللہ وسایو مجھے تو ایماندار ہی لگتا ہے،" ماموں جان نے جواب دیا۔

103

"نہیں، میں اُس کی ایمانداری پر شک نہیں کر رہا مگر یہ سندھی صوفی منش لوگ ہوتے ہیں۔ جتنے کی ضرورت ہو اُتنا ہی کما کر قانع ہو جاتے ہیں۔ کہیں ایسا تو نہیں کہ وہ پوری زمین پر بوائی نہ کرتا ہو۔"

"یہ ہو سکتا ہے،" ماموں جان نے کہا۔

"میری مانو تو تم چھٹے چھما ہے چکّر لگا لیا کرو۔ دیکھو کہ وہ کیا کر رہا ہے۔"

"بھئی عالی جاہ، میرا تو یہ عقیدہ ہے کہ زمین اُسی کی ملکیت ہوتی ہے جو اُس پر ہل چلاتا ہے۔"

"کیسی باتیں کرتے ہو؟" اّبا میاں نے جھنجھلا کر کہا، "یہ زمین تمہاری جدّی پُشتی ہے۔"

"ہوا کرے، مگر جب ہم نے اس پر ہل چلانا چھوڑ دیا تو اس پر ہمارا حق بھی ختم ہو گیا،" ماموں جان نے جواب دیا۔

"خیر میں تم سے بحث نہیں کروں گا، کُم دیتگُم ولَی دِین۔"

"نہیں، اگر تم کہتے ہو تو میں کل ہی بس پکڑ کر داد و پہنچتا ہوں۔"

اگلے دن ماموں جان داد و گئے تو غائب ہی ہو گئے۔ امی جان سخت پریشان تھیں۔ دو ہفتے گزر گئے مگر ماموں جان کا کوئی پتا نہیں تھا۔ اّبا میاں بھی کہیں دورے پر گئے ہوئے تھے۔ خدا خدا کر کے ماموں جان واپس آئے تو امی جان نے اطمینان کا سانس لیا۔

"کہاں غائب ہو گئے تھے بھائی صاحب، کہ دو ہفتے کے بعد لوٹے ہیں۔ یہاں خون خشک ہو گیا،" امی جان اُن پر چڑھ دوڑیں۔

"بھئی اِس میں خون خشک ہونے کی کیا بات ہے، کونسا میں ولایت گیا تھا،" ماموں جان نے جواب دیا۔

"پھر بھی، اجنبی جگہ جاتے وقت کم از کم بتا تو جائیں کہ کب واپسی ہو گی۔"

"چھوڑو بھنّو، اب میں آ تو گیا۔"

"ہاں، آ تو گئے، یہاں والّوں کے والله خیر حافظ کا ورد کرتے کرتے زبان میں کانٹے پڑ گئے۔"

ماموں جان نے ہنس کر زرینہ سے کہا، "ذرا اپنی امی کو شہد چٹاؤ تاکہ اِن کی زبان کے کانٹے نکلیں۔"

اُسی شام کو اٹامیاں دورے سے واپس آئے تو ماموں جان نے اپنی رپورٹ دی۔

"بھئی مجھے اندازہ نہیں تھا کہ کھیتی باڑی کتنے جان جوکھوں کا کام ہے،" اُنہوں نے کہا، "اللہ وسایو کی پوری فیملی لگی رہتی ہے۔ ایک بیوہ بہن اور اُس کے چار بچّے دن رات لگے رہتے ہیں۔ بڑا بیٹا مدد کرتا تھا مگر اب وہ کالج میں چلا گیا ہے۔"

"جی، محمود تو ہمارے کالج میں ہے،" میں نے کہا۔

"ایک بیٹی زرینہ کی عمر کی ہے اور دو بیٹے ابھی چھوٹے ہیں۔ اللہ وسایو کا بہنوئی دو سال پہلے ٹی بی ہو کر ختم ہو گیا تھا۔ اب بڑی بہن اور اُس کے بچّوں کی ذمّہ داری بھی اللہ وسایو پر ہی ہے۔ اِسی چکّر میں اُس نے شادی نہیں کی۔ مجھے تو دیکھ کر اُس پر بڑا ترس آیا۔ اِس لئے رُک گیا کہ کم از کم اُس کا ہاتھ بٹا دوں۔ ویسے مجھے بڑا مزہ آیا۔ زندگی کا صحیح لُطف تو گاؤں میں ہی آتا ہے۔"

اٹامیاں سُن کر مُسکرائے۔ "تو پھر جا کر سنبھال لو وہ زمین۔"

"نہیں بھئی، تم جانتے ہو کہ میں بادشاہ آدمی ہوں۔ یہ محنت مزدوری مجھ سے نہیں ہوتی۔ پھر بھی جاتا رہوں گا۔"

ماموں جان کو گاؤں کی زندگی کا چسکا لگ گیا۔ جاتے تھے تو دس پندرہ پندرہ دِن کے بعد لوٹتے تھے اور اُن کا کمرہ خالی پڑا رہتا تھا۔ مجھے اور زرینہ کو اُن کی کمی کا احساس ہونا شروع ہو گیا۔ جب آتے بھی تھے تو بس گاؤں کی باتیں ہی کیا کرتے تھے۔ اگلی دفعہ جانے لگے تو مجھ سے بولے، "تم میرے کمرے میں کیوں نہیں مُنتقل ہو جاتے۔ خواہ مخواہ خالی پڑا رہتا ہے، ویسے بھی تم کالج میں ہو، پڑھائی بھی یکسوئی سے کرتے رہو گے۔" اندھا کیا چاہے، دو آنکھیں، میں نے فوراً اپنا بستر لپیٹا اور اُن کے کمرے پر قبضہ کر لیا۔

ماموں جان کو گئے ہوئے اِس بار پورا ایک مہینہ گزر گیا تھا مگر اُن کا کوئی پتا نہیں تھا۔ آخر میں نے اُنہیں خط لکھا اور بتلایا کہ ان کے بغیر گھر سُونا سُونا لگتا ہے اور ہم سب اُن کی باتیں کیا کرتے ہیں محلّے کے لوگ بھی اُن کی کمی کا شکوہ کرتے ہیں۔ جواب میں اُنہوں نے لکھا کہ اگلے مہینے تک آئیں گے۔

جب دو مہینے بعد پلٹے تو ان کا حلیہ ہی بدلا ہوا تھا۔ کہاں تو تنگ پائجامے، اچکن اور مخملی ٹوپی کے سوا کچھ نہیں پہنتے تھے اور اب لمبا سا کُرتہ، گھیر دار شلوار، سر پر سندھی ٹوپی اور کندھوں پر اجرک۔ شیو

بڑھا ہوا تھا اور لمبی لمبی مونچھیں تھیں۔ میں ٹیوشن پڑھا کر واپس آ رہا تھا کہ راستے میں ہی مل گئے۔ میں سر جھکائے چلا آ رہا تھا کہ پیچھے سے آ کر اُنہوں نے میری کمر پر ایک دھپ ماری۔ میں نے پلٹ کر دیکھا تو بالکل نہیں پہچانا مگر اُن کی مخصوص مُسکراہٹ نے اُن کا بھانڈا پھوڑ دیا۔

"ماموں جان؟" میں نے اُنہیں سوالیہ نظروں سے دیکھتے ہوئے پوچھا۔

"اور کون؟" وہ بولے۔

میں قہقہہ مار کر اُن سے لپٹ گیا۔ "یہ آپ نے اپنا حلیہ کیا بنا رکھا ہے؟"

"بالکل سندھی لگتا ہوں نا؟" اُنہوں نے اِس انداز سے کہا جیسے داد مانگ رہے ہوں۔ گھر میں داخل ہوتے ہوئے بولے، "میرے پیچھے ہی رہو، اپنی امی کو مت بتانا۔"

دروازے کا پردہ اُٹھا کر داخل ہوئے تو امی جان سامنے ہی کھڑی ہوئی تھیں۔ دیکھ کر مبہوت ہو گئیں۔

"بھائی صاحب؟" اُنہوں نے بھی ماموں جان کی مُسکراہٹ سے پہچانا۔ دوڑ کر اُن سے چمٹ گئیں۔

"اور زرینہ کہاں ہے؟ دیکھوں کہ وہ مجھے پہچانے گی یا نہیں۔ تم لوگ چُپ رہنا۔"

"زرینہ تو پڑوس میں گئی ہے، مگر آپ نے یہ کیا ڈرامے بازیاں شروع کر دیں؟" امی جان نے کہا۔

"بھئی جیسا دیس ویسا بھیس۔ گاؤں میں تو سب ایسے ہی لگتے ہیں۔ میں اکیلا اجنبی سا لگتا تھا لہذا میں نے بھی اپنا چولا بدل لیا۔"

اُنہوں نے میرا ہاتھ پکڑ کر مجھے اپنی طرف کھینچا تو میں نے ان کے ہاتھ کے کھردرے پن کو محسوس کیا۔ میں نے سوچا کہ اُن کے ہاتھ تو بڑے ملائم ہوتے تھے، پھر اتنے کھردرے کیسے ہو گئے۔ ابا میاں گھر میں داخل ہوئے تو پہلے تو ٹھٹکے پھر زور سے ہنسنے اور بولے، "بھئی تم بھی بڑے مداری ہو۔"

"عالی جاہ، مداری تو تم ہو کہ کبھی مجھے گھوسی بنا دیتے ہو، کبھی پنواڑی اور کبھی کسان۔"

"اچھی بات ہے۔ ویسے تم میں روح تو کسی نواب کی ہے مگر ہو محنتی۔"

تین دِن کے بعد ماموں جان پھر واپسی کے لئے تیار ہو گئے۔ کہنے لگے، "اِس بار تم لوگ وہاں چلو اور دیکھو کہ گاؤں کی زندگی میں کتنا ایڈونچر ہے۔"

"ماموں جان ابھی تو میرا اسکول کھلا ہوا ہے،" زرینہ نے کہا۔

"اور میرے مِڈ ٹرم امتحان ہو رہے ہیں،" میں نے بھی معذرت کی۔

"گرمیوں کی چھٹیاں بھی تو ہونے والی ہیں، کیوں نہ چھٹیوں میں چلیں؟" ابّامیاں نے کہا۔

بہر حال طے ہو گیا کہ اگلے مہینے جب چھٹیاں ہوں گی تو سب اکٹھے داد و چلیں گے۔

12

حسبِ معمول صبح کے تین بجے ٹائم پیس کا الارم بول پڑا۔ میں نے خاص طور پر یہ ٹائم پیس خریدی تھی کیونکہ بقول سید صاحب، اُس کا الارم سن کر قبر کے مردے بھی کلمہ پڑھتے ہوئے اُٹھ بیٹھتے ہیں۔ پچھلی ٹائم پیس تو صرف بھنبھنا کر خاموش ہو جاتی تھی اور میں سوتا رہ جاتا تھا۔ چنانچہ جب اُس نے الارم بجانا ہی بند کر دیا تو میں سید صاحب کی دُکان سے یہ نئی ٹائم پیس لے آیا۔ سید صاحب اتّاں میاں کے پرانے دوست تھے اور شاہی بازار میں اُن کی گھڑیوں کی دُکان پورے شہر میں مشہور تھی۔ بھانت بھانت کی گھڑیاں شو کیسوں میں کُھلے ہوئے ڈبّوں میں سجی ہوئی تھیں۔ مردانی گھڑیاں ایک شو کیس میں، زنانی گھڑیاں برابر والے شو کیس میں، اوپر سے نیچے تک رنگین تختوں کی قطاریں جن پر چھوٹی، بڑی، چوکور، گول ٹائم پیسیں سبھی تھیں۔ دیواروں پر لٹکے ہوئے طرح طرح کے کلاک، جن کے پنڈولم مستقل ٹِک ٹِک کرتے جھولتے رہتے۔ دکان کے دروازے سے داخل ہوتے ہی، سامنے شیشے کی الماری میں ایک بڑا سا گھڑیال رکھا تھا جس کا پنڈولم ایک بچے کی طرح اِدھر سے اُدھر، آہستہ آہستہ، اور نگلتے ہوئے ہاتھی کی سونڈ کی طرح جھومتا رہتا تھا۔ پہلی مرتبہ جب میں اتّاں میاں کے ساتھ سید صاحب کی دکان پر آیا تو غالباً چھٹی یا ساتویں کلاس میں تھا۔ سب سے پہلے میری نظر اُسی گھڑیال پر پڑی اور میں بڑی دیر تک اُس کے سامنے کھڑا ہوا ہلتے ہوئے پنڈولم کو گھورتا رہا۔ جب سید صاحب نے مجھے بتلایا کہ وہ گرانڈ فادر کلاک ہے تو مجھے بے اِختیار ہنسی آگئی۔ گویا وہ گھڑیال، دیواروں پر لٹکے ہوئے سارے کلاکوں کا دادا تھا۔

جب بڑی سوئی بارہ پر پہنچتی تو سارے کلاک گھنٹے بجانے شروع کر دیتے اور ایک ہنگامہ سا بر پا ہو

109

جاتا۔ ہر کلاک کے گھنٹے کی پچ مختلف تھی۔ کئی کلاک تو گھنٹے بجانے سے پہلے باقاعدہ موسیقی کی کوئی دُھن بجاتے تھے۔ کان پڑی آواز سنائی نہیں دیتی تھی۔ بازار میں چلنے والے لوگ بھی دکان کے دروازے پر کھڑے ہو جاتے اور گاہکوں سے بھاؤ تاؤ کرنے والے سیلز مین خاموش ہو کر گھنٹوں کے بند ہونے کا اِنتظار کرتے۔ گرانڈ فادر کلاک تقریباً دس سیکنڈ آگے تھا لہٰذا سب سے پہلے وہی بول پڑتا تھا۔ آواز اِتنی کرخت اور تیز تھی کہ پورے بازار میں سنائی دیتی تھی اور لوگ سمجھ جاتے کہ اب سارے کلاک گھنٹے بجانا شروع کر دیں گے۔

غرض سید صاحب کی ڈکان کیا تھی، پورا عجائب خانہ تھا۔ اُس دکان میں داخل ہوتے ہی مجھے ایچ۔ جی۔ ویلز کا ناول ٹائم مشین یاد آ جاتا تھا جو میں نے اسکول لائبریری سے لے کر پڑھا تھا۔ اُس ناول میں ٹائم مشین کا موجد مستقبل میں سفر کرتا ہے اور ایک عجیب سوسائٹی میں پہنچتا ہے جہاں انسانوں پر ایک بندر نُما مخلوق کی حکومت ہے۔ ٹائم مشین کے موجد کے کمرے کی دیواریں بھی کلاکوں سے ڈھکی ہوئی تھیں۔ سید صاحب اپنی کرسی پر بیٹھے ہوئے، ایک آنکھ کے حلقے میں میگنی فائنگ گلاس فٹ کئے دن بھر ٹائم ٹریولر کی طرح گھڑیوں میں جھانکتے رہتے تھے۔ میں نے اُن سے خاص طور پر کہا تھا کہ مجھے ایسی ٹائم پیس چاہیے جس کا الارم زور سے بولے۔ سید صاحب کہنے لگے، "میاں، اِس کا الارم سُن کر تو قبر کے مردے بھی کلمہ پڑھتے ہوئے اُٹھ بیٹھیں گے "۔ اُنہوں نے الارم بجا کر سُنایا، واقعی کافی بلند تھا۔ قیمت بھی صرف دس روپے تھی۔ چنانچہ میں خرید لایا اور پرانی ٹائم پیس پڑوسی کے بیٹے کو دے دی جس کا محبوب مشغلہ پُرانی چیزوں کو توڑ پھوڑ کر اندر سے معائنہ کرنا تھا۔

***

اس دن حسب معمول جب الماری میں رکھی ہوئی ٹائم پیس کا الارم بولا تو میں آنکھیں بند کئے، دیر تک پاؤں لٹکائے چار پائی پر بیٹھا رہا گویا الارم خود بخود بند ہو جائے گا۔ آخر تنگ آ کر اُٹھ ہی بیٹھا اور الماری سے ٹائم پیس اُٹھا کر الارم بند کر دیا۔ ابتدا میں میں ٹائم پیس کو سرہانے رکھ کر ہی سوتا تھا مگر کئی بار ایسا ہوا کہ میں نے ہاتھ بڑھا کر الارم بند کیا اور دوبارہ سو گیا۔ چنانچہ میں نے ٹائم پیس الماری میں رکھنا شروع کر دیا تھا تاکہ الارم بند کرنے کے لئے مجھے کھڑے ہو کر الماری تک جانا پڑے اور اِس

دوران شاید نیند بھاگ ہی جائے۔ یہ نسخہ کامیاب تو ضرور ہوا تھا مگر پھر بھی اس دن آنکھیں کھولتے ہوئے مجھے سخت اُلجھن ہو رہی تھی۔ میں بستر پر لیٹا ہی بارہ ساڑھے بارہ بجے تھا۔ بمشکل ڈھائی تین گھنٹے سویا ہوں گا۔ لگتا تھا جیسے سر پر ایک من کی بوری رکھی ہو۔ دیر تک بستر پر بیٹھا دونوں ہاتھوں سے اپنی کنپٹیاں دباتا رہا۔ لیٹنے کی ہمت نہیں پڑ رہی تھی کیونکہ مجھے معلوم تھا کہ اگر لیٹ گیا تو پھر سو جاؤں گا۔ بالآخر اُٹھ ہی گیا اور ڈگمگاتے ہوئے قدموں اور ادھ کھلی آنکھوں سے، کمرے سے نکل کر جیسے تیسے صحن میں پہنچ ہی گیا۔ گھڑونچی پر پانی کے دو مٹکے رکھے ہوئے تھے جن پر تام چینی کی پلیٹیں ڈھکی رہتی تھیں۔ دائیں جانب کے مٹکے پر ایک ایلومینم کا مگ رکھا رہتا تھا اور صرف اُسی مٹکے کا پانی استعمال ہوتا تھا۔ دوسرے مٹکے میں گندا پانی ہوتا تھا۔ دراصل نل کے پانی میں آدھی تو مٹّی ہوتی تھی۔ میں سونے سے پہلے اُسے بھر کر پھٹکری کی ایک چٹکی ڈال دیتا تھا جس سے رات بھر میں ساری مٹّی نیچے بیٹھ جاتی تھی۔ اگلی رات کو احتیاط سے صاف پانی کو دوسرے مٹکے میں پلٹ دیتا تھا۔ یہ میرا روزانہ کا معمول تھا۔ مٹکے میں مگ ڈبو کر میں نے پانی سے بھرا اور دوسرے ہاتھ سے چلّو بنا کر جب منہ پر چھپّا مارا تو فوراً ہی آنکھیں کھل گئیں۔ پانی برف کی طرح ٹھنڈا تھا۔ چہرے پر پانی کے ایک دو اور چھینٹے مارے۔ رات کی ٹھنڈی ٹھنڈی ہوا جب چہرے سے ٹکرائی تو پوری طرح بیدار ہو گیا۔

میں نے کمرے میں پہنچ کر لالٹین اُٹھائی اور پیچ گھما کر بتّی کو ذرا سا اونچا کیا جس سے ہلکی سی روشنی کمرے میں پھیل گئی۔ میرا معمول تھا کہ سونے سے پہلے انگیٹھی میں کوئلے ڈال کر بستر کے برابر رکھ لیتا تھا۔ ساتھ ہی کیتلی میں دودھ، چینی اور چائے کی پتّی ڈال کر ایک کپ پانی ڈال دیتا تھا۔ انگیٹھی کے برابر مٹّی کے تیل کی بوتل رکھی جاتی تھی اور میز کے ایک کونے میں ماچس کی ڈبیہ، ایک خالی کپ، اُس پر چھلنی اور چائے کی چمچی۔ سارا اہتمام ایسے کرتا تھا جیسے پوجا کے لوازمات جمع کئے جا رہے ہوں۔ میں نے کوئلوں پر تھوڑا سا مٹّی کا تیل چھڑک کر ماچس کی تیلی دکھائی اور اُس پر کیتلی رکھ دی۔ جب تک پانی اُبلتا، اپنا بستر تہہ کیا اور چارپائی پر بیٹھ کر چائے تیار ہونے کا انتظار کرنے لگا۔ کچھ دن پہلے تک میں انگیٹھی جلانے کے بعد دوبارہ بستر پر لیٹ جاتا تھا۔ کبھی کبھار ایسا بھی ہوا کہ نیند آ گئی اور پانی اُبلتے اُبلتے خشک ہو گیا۔ ایک بار مجھے خیال آیا کہ اگر اتّفاق سے لحاف کا کنارہ انگیٹھی پر جا پڑا تو میری لاش کو کوئلہ بن جائے گی۔ اُس دن کے بعد سے احتیاط سے کام لیتے ہوئے اُٹھتے ہی بستر کو لپیٹ

دیتا تھا۔

کمرہ ہی کیا تھا، ایک چار فٹ چوڑی اور آٹھ فٹ لمبی سُرنگ تھی جس میں بمشکل ایک چھوٹی سی چارپائی سماتی تھی، اتنی چھوٹی کہ میرے پیر پائنتی سے باہر نکلے رہتے تھے۔ سرہانے اور پیچھے کی دیوار کے درمیان تقریباً چار، ساڑھے چار فٹ کا فاصلہ تھا جہاں میں نے پڑھنے کے لئے میز کرسی لگا لی تھی۔ پہلے میں چارپائی پر بیٹھ کر ہی پڑھتا تھا مگر لکھنے میں دشواری ہوتی تھی۔ ایک گھٹنا اُٹھا کر اُس پر نوٹ بک رکھی اور جلدی جلدی گھسیٹنا شروع کر دیا، مگر اُس سے خوش خطی نہیں آتی تھی۔ چنانچہ جب کہیں سے لکڑی کا ایک تختہ مل گیا تو غفور چاچا سے اُس کی میز بنوا لی۔ اُنہوں نے بڑی خوبصورتی سے اُس تختے کو ریگ مال سے چکنا کیا، سروں کو رندے سے چھیل کر گول کیا اور پلاسٹک کا چمکیلا پینٹ کر کے سوکھنے کے لئے رکھ دیا۔ اس دوران انہوں نے چار بڑے خوبصورت پائے بنائے۔ معلوم ہوتا تھا جیسے خراد پر ڈھالے گئے ہوں مگر سارا کام انہوں نے چھینی اور ہتھوڑے سے کسی ماہر سنگ تراش کی طرح کیا تھا۔ جب میز تیار ہو گئی تو جس نے دیکھا وہ غفور چاچا کی مہارت پر حیران رہ گیا۔

میز کا مسئلہ تو حل ہو گیا۔ اب ضرورت تھی ایک کرسی کی۔ میری نظر چھوٹکی گٹی میں ایک کباڑیے کی دکان پر رکھی ہوئی ایک کرسی پر تھی۔ چھوٹکی گٹی ایک پتلی سی سڑک تھی جس کے دونوں طرف کباڑیے اپنی دکانیں لگاتے تھے۔ دنیا بھر کی پُرانی چیزیں کوڑیوں کے مول مل جاتی تھیں۔ رمضانی کباڑیے سے میں نے پُرانی کتابیں خریدتا تھا۔ کچھ کتابیں تو اُنیسویں صدّی کی چھپی ہوئی تھیں۔ غالباً انگریز جب پاکستان سے گئے تو چھوڑ گئے تھے۔ ایک دن جب میں رمضانی کباڑیے کی دکان پر پہنچا تو وہ آنکھیں بند کئے، کرسی پر بیٹھا پنکھا جھل رہا تھا۔

"کہو رمضانی بھیا، اِس کرسی کا سودا کرو گے؟"

رمضانی نے پہلے تو وہ کھلی آنکھوں سے مجھے دیکھا، پھر پوری طرح چوکنّا ہو گیا۔ "ارے میاں، بڑے دن کے بعد نجر آئے۔ کہاں گائب ہو گئے تھے؟"

"بس کیا بتاؤں رمضانی بھیا، آج کل پڑھائی سے فرصت ہی نہیں ملتی"۔

"اچھا ہے، خوب محنت کرو۔ بُجُرگوں نے کہا ہے کہ پڑھو گے، لکھو گے، بنو گے نواب۔ کھیلو گے، کُودو گے، ہو گے خراب"، رمضانی اسکول کالج کے بچّوں کو اِس طرح نصیحتیں کرتا تھا جیسے

خود کوئی بہت بڑا عالمِ فاضل ہو۔

"میں نے پوچھا تھا کہ اِس کرسی کا سودا کرو گے؟"

"نہیں میاں، یہ کرسی بکاؤ نہیں ہے" رمضانی نے کچھ سوچ کر کہا۔

"کمال کرتے ہو رمضانی بھیّا۔ کباڑی تو اپنے بدن کے کپڑوں کا بھی سودا کر دیتا ہے" میں نے رمضانی کو تاؤ دلانے کی کوشش کی۔ "پھر اپنے اِرد گرد دیکھو، سارے کباڑیے زمین پر بیٹھے ہیں"

رمضانی کو میری بات لگ گئی۔ "چلو تمہاری خاطر یہ بھی سودا منظور ہے۔ پڑھنے والے لڑکے ہو۔ نکالو ایک روپیہ اور لے جاؤ جے کرسی" وہ کرسی سے اُٹھتے ہوئے بولا۔

"ایک روپیہ؟" میں نے ہنس کر اپنا ہاتھ لہراتے ہوئے کہا۔ "بابر کے وقتوں کی کرسی ہے، ہتّھے تک ٹوٹے ہوئے ہیں اور ساری کالی پڑ گئی ہے۔ معلوم ہوتا ہے جیسے ادھ جلی ہو"

"دیکھو میاں، پرانے گاہک ہو، اِس لئے سودا کر رہا ہوں ورنہ جے کرسی میں نے اپنے لئے ہی رکھی تھی"

"چلو اٹھنّی لے لو اور سودا پکا" ۔

"دیکھو، اگلے بنکڑ پہ کُلفی والا بیٹھا ہے، اٹھنّی کی کُلفی کھا لیجیو، کم سے کم جان تو بنے گی"

"کیوں مذاق کرتے ہو رمضانی بھیّا؟ چلو دس آنے لے لو"

"میں روپے سے ایک پیسہ کم نہیں کرتا لیکن تمہاری خاطر دونّی چھوڑ دیتا ہوں، پرانے گاہک ہو، چلو نکالو چودہ آنے"

"ٹھیک ہے۔ ایسا کر لیتے ہیں کہ نہ تمہاری بات، نہ میری بات۔ بارہ آنے میں سودا کر لیتے ہیں۔ اگلے گاہک سے دونّی زیادہ لے لینا"

"ایمان کی قسم گھاٹے کا سودا ہے"

"ٹھیک ہے رمضانی بھیّا، کبھی کبھی ایسا بھی ہوتا ہے"

میں نے جیب سے ایک روپے کا نوٹ نکال کر رمضانی کے ہاتھ میں دے دیا۔ رمضانی نے چونّی واپس کی اور کرسی میری ملکیت میں آ گئی جسے لے کر میں سید ہاغفور چاچا کے پاس پہنچاتا کہ وہ اُسے نیا کر دیں۔ ایک ہفتے کے بعد جب وہ کرسی مجھے واپس ملی تو واقعی ایسی لگ رہی تھی جیسے ابھی ابھی فیکٹری

سے نکل کر آئی ہو۔ بہر حال میرا اسٹڈی روم تیار تھا۔

***

میں بستر پر بیٹھا ہوا کیتلی کی سنسناہٹ سنتا رہا۔ الماری میں رکھی ہوئی ٹائم پیس تین بج کر بیس منٹ دکھا رہی تھی۔ چائے میں اُبال آنے میں ابھی چند اور منٹ لگتے۔ بیٹھے بیٹھے مجھے ایک جھونکا سا آیا اور میں نے گھبرا کر سر کو جھٹکا۔ اِس بار میں اُٹھ ہی بیٹھا۔ کسے معلوم کہ کب شیطان دھوکا دے دے اور بیٹھے بیٹھے ہی نیند آ جائے۔ کیتلی کی ٹونٹی سے نکلتی بھاپ اور پانی اُبلنے کی آواز کافی دیر سے آ رہی تھی۔ میں نے کیتلی اُتار کر فرش پر رکھی اور انگیٹھی کو صحن میں لا کر رکھ دیا۔ مٹکے سے ایک مگ پانی لے کر کوئلوں پر ڈالا تو وہ سنسنا کر بجھ گئے۔ واپس کمرے میں آ کر مگ میں چائے اُنڈیلی اور میز پر رکھ کر بچی کھچی نیند کو بھگانے کے لئے ایک انگڑائی لی۔ اِس دوران میری نظر کھڑکی سے باہر سامنے والے گھر پر پڑی اور میں چونک گیا۔ کھڑکی کے پیچھے گلی میں کھلتی تھی اور گلی کی دوسری طرف جو کوارٹر تھا اُس کے ایک کمرے کی کھڑکی بالکل میری کھڑکی کے سامنے تھی۔ پچھلے دو مہینے سے وہ کوارٹر خالی پڑا ہوا تھا کیونکہ پرانے ملیریا انسپکٹر شمعون خان جو اُس کوارٹر میں رہتے تھے ریٹائر ہو کر اپنے آبائی گاؤں چلے گئے تھے اور اُن کی جگہ ابھی کوئی نیا انسپکٹر نہیں آیا تھا۔

ویسے تو میں شمعون خان کو چچا کہتا تھا مگر مجھے اُن سے سخت چِڑھ تھی۔ ایک تو اُن کی زبان بڑی گندی تھی۔ بات بات پر فحش گالیاں بکتے تھے، نہ بڑے کی شرم نہ چھوٹے کا خیال۔ ہر ایک کو بات بے بات ڈانٹ دینا اُن کی عادت تھی۔ ماموں جان اُنہیں مستقل فرعون خان کہا کرتے تھے اور کبھی کبھار اُن کے منہ پر کہہ دیتے تھے جس سے وہ سیخ پا ہو جاتے تھے۔ ماموں جان کی دیکھا دیکھی اوروں نے بھی اُنہیں فرعون خان کہنا شروع کر دیا اور آہستہ آہستہ کالونی کے بچے بھی اُنہیں فرعون چچا کہنے لگے۔

اُس زمانے میں شاید ہی کوئی ایسا گھر ہو جس میں کوئی نہ کوئی فرد ملیریا میں مبتلا نہ ہو۔ حکیم گلو کی جڑی بوٹا کر اُس کے کڑوے کسیلے قدحے پلاتے تھے اور ڈاکٹر کونین کی گولیاں دیتے تھے جن سے سارا منہ کڑوا ہو جاتا تھا۔ کڑواہٹ سے بچنے کا بس ایک ہی طریقہ تھا اور وہ یہ کہ گولی کو بالکل حلق کے سرے پر رکھ کر پانی کا ایک بڑا سا گھونٹ لیا جائے۔ جب ملیریا ایک وبا کی صورت اختیار کر گیا تو اقوام

متحدہ کی مدد سے حکومتِ پاکستان نے اینٹی ملیریا کا ایک ڈپارٹمنٹ قائم کر دیا۔ ملیریا انسپکٹر اپنی ٹیم کے ساتھ محلّوں اور کچّی آبادیوں کا دورہ کرتا تھا اور جہاں پانی جمع دیکھا وہیں ڈی ڈی ٹی چھڑک دی۔ وہ لوگوں کو مشورہ دیتا تھا کہ کہیں پانی جمع نہ ہونے دیں کیونکہ مچھر کھڑے ہوئے پانی میں پیدا ہوتے ہیں۔ شمعون خان تو باقاعدہ لوگوں کو ڈانٹتے تھے اور دھمکی دیتے تھے کہ اگر اگلی بار اُنہوں نے کہیں پانی جمع دیکھا تو پورے محلّے پر جرمانہ کر دیں گے۔

ایک مرتبہ امریکی امداد میں مچھر دانیاں آئیں تاکہ غریبوں میں بانٹی جائیں۔ پانچ ہزار مچھر دانیاں شمعون خان کے حصّے میں بھی آئیں۔ وہ اُنہوں نے ایک تقریب منعقد کر کے ایک کچّی آبادی میں بانٹیں۔ اخبار میں تصویر بھی چھپی جس میں شمعون خان ہار پہنے مچھر دانیاں بانٹ رہے تھے۔ کہنے والوں کی زبان کو کون پکڑ سکتا ہے، مگر سننے میں آیا کہ اُنہوں نے مشکل سے تین چار سو مچھر دانیاں بانٹی ہوں گی، باقی سب ایک ایک آڑھتی کو دو دو روپے میں بیچ دیں۔ کچھ دن بعد وہی مچھر دانیاں بازار میں دس دس روپے میں بک رہی تھیں۔ واللہ اعلم، دروغ بر گردنِ راوی۔ ظاہر ہے کہ وہ مچھر دانیاں امیروں کے گھروں میں ہی تنی ہوں گی کیونکہ ڈیڑھ روپیہ روز کمانے والے مزدور میں کہاں اتنی سکت تھی کہ دس روپے کی مچھر دانی خرید سکتا۔

مجھے حیرت اِس بات پر تھی کہ اُس رات شمعون خان کے کوارٹر کی سامنے والی کھڑکی میں روشنی نظر آ رہی تھی۔ غالباً دوسرا ملیریا انسپکٹر آ گیا تھا۔ کھڑکی پر سفید رنگ کا پردہ پڑا ہوا تھا۔ شاید سفید چادر کاٹ کر جلدی میں ٹانگ دیا گیا تھا، مگر روشنی کا مطلب تو یہی ہو سکتا تھا کہ صبح کے تین بجے بھی کوئی جاگ رہا تھا۔ اچانک مجھے جُھر جُھری سی آئی، شاید کھڑکی سے آنے والی ٹھنڈی ہوا کا اثر تھا۔ میں نے سر کو جھٹک کر کھڑکی بند کر دی اور پڑھائی کی طرف متوجہ ہو گیا۔ خواہ مخواہ بیکار قسم کے خیالات میں اتنا وقت ضائع کر دیا۔ میز پر میرے سامنے کلاسیکل میکینکس کی کتاب کھلی ہوئی رکھی تھی۔ اس دن پہلا پیریڈ ہی کلاسیکل میکینکس کا تھا اور ابھی تک میں نے اپنا ہوم ورک نہیں کیا تھا۔ میں کرسی پر بیٹھ کر کشیدگی، رفتار اور حرکی توانائی کے سوالات حل کرنے میں مشغول ہو گیا۔

***

رات کے کھانے کے بعد میں محلّے کے بچّوں کو ہوم ورک کرانے کے لئے بیٹھ جاتا تھا۔ گھر کے

115

سامنے بجلی کے کھمبے کے نیچے ایک ترپال بچھا کر اپنے ارد گرد بچوں کو جمع کر لیتا۔ ابتدا میں انوار صاحب، جو کالونی کے ہی ایک کوارٹر میں رہتے تھے اور کمشنر صاحب کے دفتر میں کلرک تھے، ایک دن مجھ سے اپنے بیٹے کی شکایت کرنے لگے کہ پڑھنے میں کمزور ہے۔ "بس شرارتوں میں اُس کا دل لگا رہتا ہے،" بڑی بے بسی کا اظہار کرتے ہوئے بولے۔

"انکل، آپ اُسے رات کے کھانے کے بعد میرے پاس بھیج دیا کریں۔ میں ہوم ورک میں اُس کی مدد کر دیا کروں گا۔"

"میاں، میں تمہارا بے حد احسان مند ہوں گا۔"

"ارے انکل، کیوں مجھے شرمندہ کر رہے ہیں، اِس میں احسان کی کون سی بات ہے؟"

اِس طرح یہ سلسلہ شروع ہو گیا اور دوسرے والدین بھی اپنے بچوں کو میرے پاس بھیجنے لگے۔ آہستہ آہستہ میں محلّے کے سارے بچوں کا بھائی جان بن گیا۔ رات کو بیٹھ کر بچوں کو ہوم ورک کرانے کے علاوہ اُن کے دن بھر کے جھگڑے چکاتا۔ جب آپس میں لڑائیاں ہوتیں تو بچے ایک دوسرے کو دھمکیاں دیتے کہ "بھائی جان کو بتا دوں گا" یہاں تک کہ ماں باپ بھی جب بچوں کی شرارتوں سے تنگ آ جاتے تو بھائی جان سے شکایت کرنے کی دھمکی دیتے۔ غرض یہ کہ ہر بچے کے لئے بھائی جان کی ناراضگی کسی قیمت پر منظور نہیں تھی۔ میری حیثیت اُن سب کے لئے ایک ہیرو کی سی ہو گئی اور میں بھی اپنے اِس رول پر نازاں تھا۔ کبھی کبھی مجھے محسوس ہوتا جیسے میں کسی سلطنت کا ایک ہر دل عزیز بادشاہ ہوں اور وہ بچے میری رعایا ہوں۔ خود اپنا بھی خیال رکھنے لگا کہ مجھ سے کوئی ایسی ویسی حرکت نہ ہو جائے جس سے کسی کو مایوسی ہو۔ مجھ میں ایک بُری عادت یہ تھی کہ کبھی کبھار سگریٹ پی لیتا تھا، مگر اِس کا خاص خیال رکھتا کہ محلّے کا کوئی فرد مجھے سگریٹ پیتے ہوئے نہ دیکھ لے۔

میں جب گھر پہنچتا تو امی جان فوراً اُٹھ کر میرے لئے کھانا گرم کرنے کے لئے باورچی خانے کا رُخ کرتیں مگر اُس رات وہ پڑوسن خالہ سے باتوں میں لگی ہوئی تھیں۔ کسی "مومنہ کی امی" کا تذکرہ ہو رہا تھا کہ بڑی ٹھسّے کی خاتون ہیں۔

"کون مومنہ کی امی؟" میں منہ ہی منہ میں بڑبڑایا۔ ہاتھ منہ دھوتے ہوئے میرے کان اُن کی گفتگو پر لگے ہوئے تھے اور میرا تجسس بڑھتا جا رہا تھا۔ آخر میں نے خود ہی دیگچی سے ٹھنڈا سالن نکالا

اور کٹوردان سے روٹی نکال کر کھانے لگا۔ جیسے تیسے کھانا ختم کر کے ترپال اُٹھائی اور باہر چل دیا۔

چلتے وقت میں نے حمایت علی شاعر کی نئی کتاب "آگ میں پھول "اُٹھالی جو اس زمانے میں پڑھ رہا تھا۔ بجلی کے کھمبے کے نیچے ترپال بچھاتے ہوئے مجھے حیرت ہوئی کہ ابھی تک کوئی بچّہ وہاں نہیں پہنچا تھا،ورنہ جیسے ہی میں کھانا کھا کر باہر نکلتا تو بچّے پہلے سے ہی کھمبے کے نیچے جمع ہوئے ملتے تھے۔اسی اثناء میں جاوید ہاتھ میں کتابیں لئے ہوئے آتا نظر آیا۔ جاوید نویں جماعت میں تھا اور بڑا محنتی ہونے کے ساتھ ساتھ کافی سنجیدہ بھی تھا۔

" باقی اور سب کہاں گئے ؟"میں نے پوچھا۔

"سب مومنہ باجی کے گھر میں ہیں،" جاوید نے دور ہی سے جواب دیا۔

"کون مومنہ باجی؟"

اِتنے میں جاوید نزدیک پہنچ چکا تھا۔ "مومنہ باجی، وہ سامنے کے گھر میں، کل ہی آئی ہیں،" جاوید کم سے کم الفاظ میں بتلانا چاہتا تھا۔اُس نے مڑ کر اس گھر کی طرف اشارہ کیا جو ہمارے کوارٹر کی پشت پر تھا اور جس کی کھڑکی سے صبح کے تین بجے لال ٹین کی روشنی نظر آئی تھی۔ جب جاوید نے میری توجّہ دلائی تب مجھے خیال آیا کہ اُس گھر سے بچوں کی بھاگ دوڑ اور شور شرابے کی آواز سنائی دے رہی تھی۔ غالباً آنکھ مچولی کھیل رہے تھے ۔'کون ہے یہ مومنہ باجی جس نے آتے ہی محلّے کے سارے بچّوں پر قبضہ کر لیا'میں سوچنے لگا، مگر جاوید سے مزید پوچھ گچھ کرنے کی ہمت نہیں ہوئی کہ کہیں وہ یہ نہ سوچے کہ بھائی جان مومنہ باجی کے متعلق اتنے متجسس کیوں ہیں۔

"اچھا بھئی دیکھیں کہ آج تمہیں کیا کرنا ہے،"میں نے جاوید کے ہاتھ سے کتاب لیتے ہوئے کہا۔

"بھائی جان، یہ ٹریگونومیٹری کا بھی کوئی سر پیر ہے؟ میری سمجھ میں نہیں آتا کہ یہ کہاں کام آئے گی،"جاوید نے بیٹھتے ہوئے کہا۔

"ارے بھئی ٹریگونومیٹری بے حد ضروری مضمون ہے۔اِس کے بغیر تم نہ پُل بنا سکتے ہو اور نہ الیکٹرانکس میں کچھ کر سکتے ہو۔روس نے خلا میں جو اسپوٹنک چھوڑا تھا وہ ٹریگونومیٹری کے بغیر ممکن نہیں تھا۔"

"پھر بھی میری سمجھ میں نہیں آتا کہ یہ سائن کوسائن اسپو ٹنک میں کہاں سے آ گئے۔"

"ابھی تو تم نے ٹریگونومیٹری شروع کی ہے۔ جیسے جیسے آگے بڑھو گے تو تمہاری دلچسپی بھی بڑھتی جائے گی۔"

جاوید نے اپنی نوٹ بک میرے سامنے رکھ دی اور میں نے اُس کے ہاتھ سے کتاب لے کر وہ صفحہ کھولا جس پر سوالات تھے۔

"بھئی مجھے تو کہیں کوئی غلطی نظر نہیں آئی، تمہارے ٹیچر تمہیں دس میں سے دس نمبر دیں گے،" میں نے جاوید کا ہوم ورک چیک کرنے کے بعد کہا، "اچھا میں تمہیں سائن کوسائن یاد رکھنے کی ایسی ترکیب بتاتا ہوں کہ زندگی بھر یاد رہے گی۔"

میں رات گئے تک جاوید کو پڑھاتا رہا مگر مستقل سوچتا رہا کہ آخر یہ مومنہ کون ہے۔ بار بار غصّہ آتا کہ بچّے اچھے خاصے پڑھ رہے تھے اور میں نے بڑی محنت سے مسلسل ہمت افزائی کر کے پڑھائی میں اُن کی دلچسپی پیدا کی تھی مگر اُس لڑکی نے آ کر ایک ہی دن میں میری ساری محنت اکارت کر دی۔ جاوید اپنا کام ختم کر کے کبھی کا جا چکا تھا مگر مجھے وقت کا احساس ہی نہ ہوا۔ میں حمایت کی کتاب کھولے ورق پلٹتا رہا مگر الفاظ میرے سامنے جنگ سے پلٹتی ہوئی شکست خوردہ چیونٹیوں کی فوج کی طرح صفحات پر رینگ رہے تھے۔ میری سلطنت میں ایک غاصب، مومنہ کی شکل میں داخل ہو گیا تھا جس نے میری رعایا کو ورغلا کر اُس پر قبضہ کر لیا تھا۔ 'یہ کھلا اعلانِ جنگ ہے،' میں نے سوچا۔ اقبال کے شعر پر شعر نازل ہو رہے تھے۔ باطل سے دبنے والے اے آسماں نہیں ہم اور مومن ہے تو بے تیغ بھی لڑتا ہے سپاہی۔ 'آہا، اگر تم مومنہ ہو تو ہم بھی مومن ہیں، اقبال کے مومن'۔ یہ خیال آتے ہی میرے ہونٹوں پر اچانک مسکراہٹ آ گئی، پھر مجھے اپنی بے وقوفی پر ہنسی آنے لگی۔ خواہ مخواہ اتنا وقت اپنے شیخ چلی پن میں ضائع کر دیا۔ میں نے کتاب بند کر کے تر پال لپیٹی اور گھر کی راہ لی۔

13

میری عادت تھی کہ ہر وقت کوئی نہ کوئی کتاب ہاتھ میں ہوتی تھی۔ گھر سے نکلتے وقت پر کتاب جس پر ہاتھ پڑتا وہی اُٹھا لیتا۔ کئی مرتبہ میرے دوستوں نے کہا بھی کہ "کوئی بیٹک نہیں ہے کہ سنیما ہاؤس میں بھی کتاب ہاتھ میں لیے بیٹھے ہیں۔"

"بس یار، کچھ ایسی عادت سی پڑ گئی ہے کہ جب تک ہاتھ میں کوئی کتاب نہ ہو تو خود کو تنہا تنہا محسوس کرتا ہوں،" میں دوستوں کی بات کو اسی طرح مذاق میں اُڑا دیتا تھا۔ اسکول کے زمانے سے ہی مجھے پڑھنے کا جنون تھا یہاں تک کہ اگر راستہ چلتے ہوئے بھی سڑک پر کوئی کاغذ کا ٹکڑا پڑا ہوا مل جائے تو اُسے اٹھا کر پڑھنا شروع کر دیتا تھا۔ میں سوچتا تھا کہ اگر کاغذ پر کسی نے کچھ لکھا ہے تو کیوں لکھا ہے؟ اِسی لیے نا کہ اُسے پڑھا جائے۔ اگر کسی نے نہیں پڑھا تو اِس سے لکھنے والے کی حق تلفی ہو گی۔ غرض یہ کہ میں کتابوں کا کیڑا تھا۔ کون سا ایسا موضوع تھا جس میں دلچسپی نہ رہی ہو؟ معاشیات سے لے کر سیاسیات تک، نفسیات سے لے کر طبیعیات تک اور اقبالیات سے لے کر اسلامیات تک، سبھی کچھ پڑھتا تھا مگر کچھ عرصے کے بعد میری دلچسپی کا رخ کسی اور طرف مڑ جاتا۔ نتیجتاً میں کسی موضوع کی گہرائی تک نہیں پہنچا البتہ گفتگو کے دوران ہر موضوع پر اظہارِ خیال کر سکتا تھا اور یہی بات دوستوں کو متأثر کرتی تھی۔ شہر کے بیشتر مقرّرین مجھ سے اپنی تقریریں لکھواتے تھے۔ مشہور تھا کہ مباحثہ کہیں بھی ہو، ٹرافی بلال کی لکھی ہوئی تقریر کو ہی ملے گی۔ مذہب کے معاملے میں بھی میری تلوّنِ طبع نہ جانے کہاں کہاں لیے پھری۔ ایک زمانے میں دہریہ ہو گیا اور چار آنے کی فیس دے کر ینگ کمیونسٹس آف پاکستان کا ممبر بھی بن گیا، پھر اپنے عیسائی دوستوں کے ساتھ گرجا جانے لگا۔ ایک

دور ایسا آیا جب اردو میں نماز پڑھنا شروع کر دی اور کئی دوستوں کو اپنا ہم خیال بھی بنالیا۔

ہر بار جب میرے نظریات تبدیلی کا رخ اختیار کرتے تو سخت مردہ دِلی کا شکار ہو جاتا جیسے کہ اپنا مذہب تبدیل کر رہا ہوں۔ مذہب تبدیل کرنے کا عمل بے حد کرب ناک ہوتا ہے۔ جب پُرانے بُت ایک ایک کر کے گرنے لگتے ہیں اور ہم اس نتیجے پر پہنچتے ہیں کہ اب تک نمرود کی خدائی میں جی رہے تھے، ہماری ساری عبادت، ساری پوجا پاٹ صرف ایک دھوکا تھی تو دِل کو شدید دھچکا لگتا ہے اور ہم پُرانے دوستوں، پُرانے رشتوں اور پُرانی قدروں کو خیر باد کر کے نئے بُت تراشنا شروع کر دیتے ہیں۔ نئے دوست بنتے ہیں، نئے رشتے قائم ہوتے ہیں اور نئی قدروں کی بنیاد پڑتی ہے۔ میں حضرت ابراہیم کے متعلّق سوچتا تھا کہ جب وہ اپنے تیشے سے اپنے باپ کے بنائے ہوئے بتوں کو توڑ رہے تھے تو کس قدر افسردہ رہے ہوں گے۔

کالج تک پہنچتے پہنچتے میں سارے تجربات کر چکا تھا اور تمام نتائج اخذ کر لئے تھے چنانچہ اب نہ صرف میرے خیالات میں ٹھہراؤ آ گیا تھا بلکہ یکسوئی کے ساتھ پڑھائی میں بھی لگ گیا تھا۔

***

شہر کے ایک کونے پر کنٹونمنٹ کا علاقہ تھا۔ اُس کے باہر ایک چٹیل پہاڑی تھی جو گنجی پہاڑی کہلاتی تھی۔ لوگ کہتے تھے کہ وہ پہاڑی کھوکھلی تھی اور انگریزوں کے زمانے میں اُس کے اندر آرمی کا اسلحہ خانہ تھا، مگر اب وہ علاقہ بنجر تھا۔ پہاڑی کے نیچے عیسائیوں کا قبرستان تھا جس میں انگریزوں کی پرانی پرانی قبریں تھیں۔ دور وادی میں کچھ گاؤں تھے جن کے سامنے میدانوں میں گائیں بھینسیں چرتی ہوئی نظر آتی تھیں۔ اُن کے پیچھے ایک کنواں تھا جس پر اُن عورتوں کا جھمگھٹا لگا رہتا تھا جو پانی لینے کے لئے کنویں پر آتی تھیں۔ کھیتوں میں کسان ہل چلاتے ہوئے نظر آتے اور کچھ ہی دنوں میں وہاں لہلہاتی ہوئی فصلیں کھڑی ہو جاتیں۔

کچھ لوگ گنجی پہاڑی کو گنجو ٹکر سمجھتے تھے حالانکہ گنجو ٹکر کا سلسلہ وہاں سے تقریباً ایک میل کے فاصلے پر ہے اور یہ چُونے کے پتھّر کی پہاڑیاں ہیں جو دریائے سندھ کے ساتھ ساتھ تقریباً چودہ میل تک پھیلی ہوئی ہیں، بلکہ ایک زمانے میں حیدر آباد ایک چھوٹا سا گاؤں تھا جو گنجو ٹکر پر قبل مسیح کے دَور سے آباد تھا، مگر وقت کے ساتھ ساتھ پھیلتا گیا۔ 1768 عیسوی میں حیدر آباد نیرن کوٹ کے نام

120

سے جانا جاتا تھا، مگر اب گنجو ٹکمس پر چند کھنڈرات کی شکل میں باقی رہ گیا ہے۔ اُس وقت غلام شاہ کلہوڑے نے قریبی تین پہاڑیوں پر ایک نئے شہر کی بنیاد رکھی اور اس کا نام حیدر آباد رکھا، جسے مہران کا دل بھی کہا جاتا تھا۔ غلام شاہ کلہوڑے کا مزار گنجو ٹکمس پر ہے اور اسکول کے زمانے میں ایک بار ہم بھی اپنی کلاس کے ساتھ وہاں گئے تھے۔

جب بھی مجھ پر قنوطیت کا دورہ پڑتا تو میں سب کچھ چھوڑ چھاڑ کر گنجی پہاڑی کی راہ لیتا تھا۔ پھر نہ کالج کی پرواہ ہوتی اور نہ ٹیوشنز کا خیال۔ مہینے میں ایک آدھ بار ضرور افسردگی کا شکار ہو جاتا تھا، بالکل ایسی حالت ہوتی تھی جیسے کوئی نشے کا عادی اپنی خوراک کی تلاش میں مارا مارا پھر رہا ہو۔ حالانکہ میرے گرد ہمیشہ دوستوں کی بھیڑ لگی رہتی تھی مگر کبھی کبھار خفقان سا اُٹھتا۔ دل چاہتا تھا کہ بس نکل بھاگوں اور کچھ وقت صرف اپنے ساتھ گزاروں۔ کئی مرتبہ یہ سوچا کہ کہیں یہ مالیخولیا کے آثار تو نہیں مگر ہر بار اِس خیال کو ذہن سے جھٹک دیا۔ دراصل میں بوریت کا شکار تھا۔ اسکول کے زمانے ہی سے مجھے اپنے کورس کی کتابیں بچّوں کی کہانیاں لگتی تھیں۔ ہمیشہ اگلی کلاسوں کی کتابوں کا مطالعہ کرتا۔ کالج کی پڑھائی بھی کوئی پڑھائی تھی، مجھے تو اِس وقت یونیورسٹی میں ہونا چاہیٔے تھا، مگر مشکل یہ تھی کہ یونیورسٹی میں داخلے کے لیٔے کالج میں دو سال گزارنے پڑتے تھے اور کالج میں پہنچنے کے لیٔے میٹرک کرنا ضروری تھا۔ مجھے تعلیمی نظام کی فرسودگی پر افسوس ہوتا۔ اسکول میں ایک مرتبہ مجھے ڈبل پروموشن مل گیا تھا مگر اگلے سال جب میں نے دوبارہ کوشش کی تو ہیڈ ماسٹر نے یہ کہہ کر انکار کر دیا کہ "اگرچہ تمہاری قابلیت میں شبہ نہیں ہے مگر تمہیں اپنے ہم عمروں کے ساتھ ہونا چاہیٔے۔" پہلے ہی میں کلاس میں سب سے چھوٹا تھا۔

گنجی پہاڑی پر بیٹھا ہوا میں عجیب عجیب ذہنی قلابے ملاتا رہتا۔ اگرچہ کوانٹم میکینکس یونیورسٹی میں پڑھائی جاتی تھی مگر میں اُس سے ابھی سے نہ صرف شدھ بدھ رکھتا تھا بلکہ خاصی گہرائی تک گیا تھا۔ کلاسیکل میکینکس جو کالج میں پڑھ رہا تھا، مجھے بچّوں کا کھیل لگتی تھی جسے میں ضرب تقسیم سے زیادہ اہمیت نہیں دیتا تھا۔ کبھی کبھی سوچتا تھا کہ کاش میں ایک ذرّہ ہوتا۔ پروٹون اور نیوٹرون تو خیر بہت بڑے ہیں، میں اُن سے بھی چھوٹا ہوتا، زیادہ سے زیادہ الیکٹرون ہوتا، تب زندگی کا صحیح لطف آتا۔ یہ کیا کہ ہم کمیت اور رفتار کی قید میں جکڑے ہوئے زندگی گزار رہے ہیں۔ اگر میں ایک الیکٹرون ہوتا تو

پوری کائنات میں روشنی کی رفتار سے بھاگا بھاگا پھرتا، کبھی ذرّہ بن کر کبھی ایک برقناطیسی موج بن کر۔ یہ ایک وقت پوری کائنات میں ہوتا، کہیں زیادہ کہیں کم۔ خدا بھلا کرے ہائیزن برگ کا کہ ریاضیات اور طبیعیات کے ماہرین اِنہی گورکھ دھندوں میں پھنسے رہتے کہ میرے وجود کا کتنا حصّہ کہاں ہونے کا کتنا احتمال تھا۔اُن کے تخمینوں اور نظریوں سے بے نیاز، میں ساری کائنات کی سیر کرتا پھرتا اور پھر کائنات کے مرکز میں جمع ہو کر پوری کائنات کا مشاہدہ کرتا کہ وہاں سے جو جوار بھاٹا چھوٹا تھا وہ کہاں تک پہنچا، یا پھر اپنی کائنات سے نکل کر کسی دوسری کائنات کا رخ کرتا جس کے اپنے زمان و مکاں ہوتے۔۔۔ مگر یہ کیونکر ممکن ہوتا؟ کائناتوں کے درمیان تو کچھ بھی نہیں۔ نہ زماں ہے نہ مکاں ،نہ وقت ہے نہ خلائ۔ بس ایک لا متناہی اندھیرا ہے جس میں نہ عدم ہے نہ وجود۔ ٹھیک ہے تو پھر میں خود اپنی ایک کائنات کی تخلیق کر لیتا جو میرے ساتھ ساتھ چلتی اور مجھے اگلی کائنات کی سرحدوں پر چھوڑ کر خود معدوم ہو جاتی۔ ممکن تھا کہ ایک نئی دریافت میرے سامنے نئے نظریات لاتی جو نئی ریاضیات کو جنم دیتے اور کائنات کا ایک نیا تصوّر پیش کرتے۔

اس زمانے میں بس اسی قسم کے اوٹ پٹانگ خیالات دماغ میں آتے رہتے تھے۔ میں نے اپنے مستقبل کا پورا خاکہ بھی کوانٹم میکینکس کے اصولوں کے مطابق مرتب کر لیا۔ میں زندگی کو ایک موج مفاعل کی حیثیت دیتا تھا جس پر سیکڑوں عوامل اثر انداز ہوتے ہیں۔ میں نے تمام ممکنہ عوامل کی فہرست مرتب کی تھی۔ مواقع، نا انصافیاں، ناگہانی حادثات، بیماریاں، سب کچھ حکیم کے نسخے کی طرح مختلف مقداروں میں ملا کر ایک عامل تیار کیا اور شروڈِنگر کی مساوات کو حل کرنے میں لگ گیا۔ سیکڑوں حل سامنے آئے اور ہر حل ایک مخصوص مستقبل کی نشان دہی کر رہا تھا۔ یکے بعد دیگرے امکانات کی قطار لگ گئی اور جو مستقبل سامنے آتا گیا میں اُسے رد کرتا گیا۔ آخرکار میں نے اپنے لئے جو حل چنا اُس کے مطابق مجھے اگلے چار سال یونی ورسٹی میں گزارنے تھے اور اس دوران فزکس اور اپلائڈ میتھ میں ڈبل آنرز کرنا تھا، پھر دو سال لگا کر ماسٹرز کرنا تھا جس میں میں کوسمولوجی میں اسپیشلائز کرتا۔ اُس کے بعد مزید چار سال آکسفورڈ میں اعلیٰ تعلیم کے لئے گزارنے تھے۔ مزید تین سال میں نے ریسرچ کے لئے رکھ لئے۔ یہ ہوئے کل تیرہ سال۔ یہ وہ سال ہوں گا جب میرے نام کی منحنی سندھ یونی ورسٹی کے فزکس ڈپارٹمنٹ کے اُس کمرے کے برابر والے کمرے کے دروازے پر لگی

ہوگی جس پر آج کل پروفیسر سمیع الدین کی تختی آویزاں تھی۔اُس تختی پر لکھا ہوگا "پروفیسر بلال احمد خان، پی ایچ ڈی (آکسن)"۔ یہ تھا میری شرو ڈنگری کی مساوات کا حل، جس میں بیوی بچّوں کے لئے کوئی جگہ نہ تھی۔ یہ بھی ممکن تھا کہ عوامل مجھے ایک ایسی زندگی کی جانب لے جائیں جس میں بیوی بچے ہوں، اچھی ملازمت ہو اور بس، مگر یہ بھی ہو سکتا تھا کہ کسی بیماری یا حادثے کا شکار ہو کر بقیہ زندگی ایک اپاہج کی طرح گزاروں یا پھر کسی نشے کا عادی ہو کر گندی نالیوں میں پڑا رہوں، سب کچھ ممکن تھا۔ میرے نزدیک زندگی ایک بہت بڑا جوا تھی، بلکہ بچہ جمورا تھی۔

ایک بار شاہی بازار سے گزرتے ہوئے میں لوگوں کے ایک جمگھٹے کو دیکھ کر رک گیا۔ ایک مداری نے مجمع لگا رکھا تھا۔ اپنے شاگرد کو ہپناٹائز کر کے لوگوں کے مستقبل کا حال پوچھ رہا تھا۔

"بچہ جمورا؟"

"ہاں، استاد"

"میں کون؟"

"عامل"

"تو کون؟"

"معمول"

"جو پوچھوں گا بتائے گا؟"

"بتاؤں گا"

مداری اپنا کان سوال پوچھنے والے کے منہ پر لگا کر سوال سنتا اور بچّہ جمورا سوال دہرا کر اُس کا جواب بتا دیتا۔ تماشہ دیکھنے والے تالیاں بجا کر داد دیتے اور مداری اگلے سوالی کے پاس پہنچ جاتا۔ مداری کا تماشہ دیکھتے وقت میں نے سوچا کہ زندگی کی حقیقت بھی شرو ڈنگر کے معمول کی سی ہے جو اپنے عامل کے اِشاروں پر بچّہ جمورا کی طرح ناچتی ہوئی گزر جاتی ہے اور اُس زندگی کو جینے والا بے بسی سے کھڑا دیکھتا جاتا ہے۔

گنجی پہاڑی پر بیٹھے بیٹھے میں نے کئی گھنٹے گزار دیے۔ سورج ڈھلنے لگا تھا۔ نیچے عیسائیوں کے قبرستان میں کتبوں کے سائے لمبے ہوتے جا رہے تھے تا یہاں تک کہ سورج سامنے گاؤں کے پیچھے

پہاڑیوں کی پشت پر غروب ہو گیااور میں واپسی کے لئے اُٹھ گیا۔

***

"مومنہ، مومنہ، مومنہ!" اُن کی سُن کر میرے کان پک گئے تھے۔ جب بھی میں گھر میں داخل ہوتا مومنہ کی امی دو چار پڑوسنوں کو گھیرے ہوئے امی جان کے ساتھ بیٹھی ملتیں، ویسے تھیں بڑی ملنسار اور باتیں بھی بڑی دلچسپ کرتی تھیں، جیسے کوئی کہانی سُنا رہی ہوں۔ پہلی مرتبہ جب میں نے اُنہیں دیکھا تو امی جان نے اُن کا تعارف کرایا" یہ مومنہ کی امی ہیں"۔انہوں نے بڑے پیار سے میری طرف دیکھا اور میرے سلام کے جواب میں دعائیں دیں۔ وہ پورے محلّے میں مومنہ کی امی کہلاتی تھیں اور اپنے شوہر کا تذکرہ بھی مومنہ کے ابّا کہہ کر کرتی تھیں۔ ٹھیٹھ حیدر آبادی لہجے میں بولتی تھیں جو اُن کے منہ سے بڑا بھلا لگتا تھا۔

"بیس برس ہونے کو آئے مومنہ کے ابّا کو کھٹے بینگن کھلاتے کھلاتے۔ بولتے اماں کے ہاتھ والی بات نہیں۔ ہم بھی اب کی سے جل گئے۔ بولے جاؤ قبرستان جا کے اماں کو اُکھاڑ لاؤ نا۔ پھر وہی پکائیں گے"۔

جب پڑوسنیں ہنسنے لگیں تو بولیں، "ہاں دیکھو نہیں تو، اماں کو من بھر مٹی تلے دبے اور ہمیں چولہا جھونکتے بیس برس ہو گئے، پر اماں کے ہاتھ کے کھٹے بینگن اب بھی چٹخارے ماریں۔ کون سمجھائے اِن لوگاں کو؟"

جب بھی آتیں تو سرپوش سے ڈھکی ایک پلیٹ میں کچھ نہ کچھ لے کر آتیں، کبھی کوئی سالن، کبھی کوئی میٹھا۔ روزانہ کا یہی معمول تھا، "آج مومنہ نے یہ پکایا، آج مومنہ نے وہ پکایا"۔ رات کو روزانہ امی جان، میرے سامنے کچھ نہ کچھ رکھ دیتی تھیں اور میری سمجھ میں نہیں آتا تھا کہ اگر مومنہ ہر وقت باورچی خانے میں گھسی رہتی ہے تو پڑھتی کس وقت ہے۔ بہر حال اُس کی بنائی ہوئی ڈشیں ہوتی مزیدار تھیں۔

مومنہ کے والد کی آمد سے پہلے جب کالونی میں خبر پہنچی کہ نئے ملیریا انسپکٹر کا نام چودھری اقبال باجوہ تھا تو ماموں جان نے اُن کے آنے سے پہلے ہی حسب عادت اُن کا نام چودھری مچھر رکھ دیا۔ یہ کیوں کر ممکن تھا کہ بات ماموں جان کے منہ سے نکلے اور محلّے میں الم نشرح نہ ہو جائے۔ چنانچہ پورا

محلہ چودھری مچھر کے انتظار میں چشم براہ تھا، خصوصاً ملیریا ڈپارٹمنٹ کے ملازمین بے حد مضطرب تھے۔ شمعون خان تو فرعون خان کہلاتے تھے اور خُدا خُدا کر کے اُن سے نجات ملی تھی، اب چودھری مچھر کہیں ہامان خان ثابت نہ ہوں، مگر جب چودھری صاحب آئے تو ملازمین کا اضطراب بے بُنیاد ثابت ہوا۔ وہ بڑی باغ و بہار شخصیت کے مالک نکلے۔ آنکھوں سے شرارت ٹپکتی تھی اور ہونٹ ہمیشہ مُسکراتے رہتے تھے۔ جس سے ملتے اس طرح ملتے جیسے زمانے کے بعد ملاقات ہو رہی ہو۔ راستہ چلتے ہوئے اجنبیوں سے بھی مذاق کرتے ہوئے نہیں چوکتے تھے۔ بلا مبالغہ ساڑھے چھ فٹ کے تو رہے ہوں گے۔ جب کوئی اُن سے مصافحہ کے لئے ہاتھ بڑھاتا تو وہ مُعانقے کے لئے دونوں بازو پھیلا دیتے۔ بات بات پر قہقہہ لگاتے اور موٹے اِتنے تھے کہ اُن کے اور ملنے والے کے سینوں میں اُن کا پیٹ حائل ہو کر رہ جاتا تھا۔ پُرانے لاہور میں پیدا ہوئے تھے اور وہیں پلے بڑھے تھے۔ ان سے مل کر سمجھ میں آتا تھا کہ لاہور کے بے فکرے کیوں مشہور ہیں۔ اگر دن میں کئی بار بھی ان سے ملاقات ہوتی تو ہر بار گلے مل کر مصافحہ کرتے تھے۔ ان کا قول تھا کہ بغیر معانقے کے مصافحہ جھوٹا ہوتا ہے۔ کہتے تھے کہ "ہم تو لہور کے تھڑوں کی پیداوار ہیں۔ ہر کام رجّ کے کرتے ہیں۔ رجّ کے کھاتے ہیں، رجّ کے ہنستے ہیں اور رجّ کے پیار کرتے ہیں۔" جب اُنھیں کہیں سے سُن گن ہوئی کہ ماموں جان نے اُن کا نام چودھری مچھر رکھ دیا ہے تو بہت ہنسے اور ماموں جان کو بھینچ کر رکھ دیا۔ اُس کے بعد جب کسی سے اپنا تعارف کراتے تھے تو یہی نام اِستعمال کرتے تھے، "جی مجھے چودھری مچھر کہتے ہیں۔"

ادھر بچّے ہر شام کو جب میرے پاس پڑھنے کے لئے آتے تو کہیں نہ کہیں مومنہ کا نام ضرور آ جاتا، "مومنہ باجی یہ، مومنہ باجی وہ"۔ مجھے اب اِس نام سے کچھ چڑسی ہوتی جا رہی تھی۔ دوسری جانب بچوں کے لئے ایک اور راستہ کھل گیا تھا۔ اُن کا مسئلہ یہ تھا کہ وہ ہوم ورک میں مدد لینے کے لئے میرے پاس آئیں یا مومنہ کے پاس جائیں، کیونکہ اُس نے بھی اُنھیں پڑھانا شروع کر دیا تھا۔ مجھے سخت مقابلے کا سامنا تھا۔ یہ میری انا کا مسئلہ تھا۔ بچّوں کی توجّہ اپنی جانب رکھنے کے لئے نئے ہتھکنڈوں کی ضرورت تھی۔ آخر کار میں نے بچوں کو چاکلیٹ بانٹنا شروع کر دیے۔ ایک ڈبّہ اپنے ساتھ لے کر بیٹھتا جس میں کئی قسم کی کینڈیاں ہوتیں۔ جو اچھا کام کرتا اُسے کینڈی ملتی۔ ہر ایک کو

کسی نہ کسی بہانے سے ایک آدھ چاکلیٹ یا لولی پاپ بطور رشوت دیتا رہتا۔

پورا ہفتہ گزر گیا تھا مگر میں نے مومنہ کی شکل تک نہیں دیکھی تھی اور نہ مجھے یہ پتا چل سکا کہ اُس کی عمر کیا ہے، کون سے اسکول یا کالج میں پڑھتی ہے اور کس قسم کی لڑکی ہے، کسی سے پوچھنے کی ہمت نہیں پڑتی تھی۔ مبادا لوگ مجھ پر بد معاشی کا شک کریں کہ لڑکیوں کے متعلق پوچھتا پھرتا ہے۔ پھر میں خود سے کہتا، 'ہو نہہ، مجھے کیا؟ پڑھتی ہو گی کہیں، میں کیوں خواہ مخواہ پریشان ہو رہا ہوں۔ قاضی جی دبلے کیوں؟ شہر کا غم۔ میں کیوں اپنا وقت برباد کروں؟'

کینڈی کی رشوت اپنا اثر دکھا رہی تھی۔ زیادہ تر بچے میرے پاس ہی آتے۔ دو چار غائب ہو جاتے جنہیں میں بہلا پھسلا اور ڈرا دھمکا کر دشمن کی صفوں سے کھینچ لاتا۔ جب میرا ضمیر ملامت کرتا تو اسے تھپک کر سلا دیتا۔ کہتے ہیں کہ محبت اور جنگ میں سب کچھ جائز ہے۔

ہر روز صبح کے تین بجے جب الارم بولتا تو میں اُٹھ کر سب سے پہلے نیند بھری آنکھوں سے سامنے والی کھڑکی کی چیک کرتا جہاں روزانہ ہی کمرے میں لالٹین جلتی نظر آتی۔ 'یہ لڑکی کبھی سوتی بھی ہے یا نہیں؟' میں سوچتا ہوا منہ دھونے کے لئے صحن کا رُخ کرتا۔ اگلے تین چار دنوں میں کئی خبریں مجھ تک پہنچیں، کچھ بچوں کی طرف سے، کچھ مومنہ کی امی کے ذریعے سے۔ لُبِّ لُباب یہ تھا کہ مومنہ گورنمنٹ گرلز کالج میں دوسرے سال میں آرٹس کی اسٹوڈنٹ تھی، اسپورٹس میں آل راؤنڈر تھی، مباحثوں میں کئی ٹرافیاں جیت چکی تھی، رسالوں میں اُس کے مضمون چھپتے تھے، کالج میں بڑی پاپولر تھی اور نہ جانے کیا کیا۔

میں نے اب مومنہ کے متعلق سنجیدگی سے سوچنا شروع کر دیا مگر کچھ اندازہ نہ لگا سکا کہ کس قسم کی لڑکی ہے۔ کبھی سوچتا کہ بڑی سنجیدہ اور بردبار ہو گی، پھر خیال آتا کہ شاید کھلنڈری اور ہو حق کرنے والی ہو گی۔ جب بھی میں اُس کے متعلق سوچتا، ایک نئی صورت اُبھرتی۔ گندمی رنگ، بیضوی چہرہ، بادامی آنکھیں جن سے تجسس اور دانائی کا اظہار ہوتا تھا۔ کچھ دیر کے بعد اچانک نئے نقوش سامنے آتے۔ گورا چٹّا رنگ، گول چہرہ، زندگی سے بھر پور بڑی بڑی آنکھیں جن سے شرارت ٹپکتی تھی۔ کبھی کبھار ٹھوڑی پر ایک چھوٹا سا تِل بھی لگا دیتا، کبھی دائیں جانب، کبھی بائیں جانب۔ غرض جتنے نقوش میرے ذہن سے اُبھرتے، سب کو جوڑ جوڑ کر ایک نیا چہرہ بناتا رہا۔ اچانک میرے اندر سے

ایک آواز آئی، "پھر وہی شیخ چلی پن؟"اور میں چونک کر مسکرادیا۔ "صحیح بات ہے، خواہ مخواہ اتنا وقت ضائع کر دیا،"میں نے خود کو جواب دیااور اپنی پڑھائی میں مصروف ہو گیا۔

***

امتحانوں کی تیاری کے سلسلے میں کالج کی ایک ہفتے کی چھٹّیاں تھیں۔ میں سارا دن گھر میں ہی پڑھتااور شام کو چار بجے اپنی ٹیوشنز پڑھانے کے لئے نکل جاتا۔ کالونی کے گرد ایک چہار دیواری تھی اور ساری آمد و رفت سامنے کے گیٹ سے ہوتی تھی جس پر ایک چوکیدار کی ڈیوٹی رہتی تھی۔ مجھے اپنی پہلی ٹیوشن کے لئے ہیر آباد جانا ہوتا تھا جس کا راستہ کالونی کی پشت پر تھا۔ اُس طرف ایک چھوٹا سا دروازہ تھا جو رات کو بند کر دیا جاتا تھا مگر سارا دن کھلا رہتا تھا۔ میں وہی دروازہ استعمال کرتا تھا۔ باہر نکل کر ایک میدان تھا جس میں ایک کچّی پگڈنڈی پر چلتا ہوا ایک پرانے قبرستان سے گزرتا تھا۔ پچھلے سال تک وہاں تدفین ہوتی رہی تھی مگر اب قبرستان بھر چکا تھااور کوئی نئی قبر نہیں تھی۔ دو قبروں کے درمیان ایک شخص نے پڑاؤ ڈال رکھا تھا جسے لوگ صوفی بابا کہتے تھے۔ قبروں کے بیچوں بیچ چار ڈنڈے گاڑ کر ایک ٹاٹ کی چھت ڈال لی تھی اور سارا دن اُسی کے نیچے بیٹھا رہتا تھا۔ ایک طرف پانی کی ایک مٹکی رکھی رہتی تھی جس پر ایک کٹورا ڈھکا رہتا تھا۔ صوفی بابا کی ساری متاع بس یہی تھی۔ رات کو وہیں لیٹ کر سو جاتا۔ کوئی ایسا بوڑھا بھی نہیں تھا۔ سر اور داڑھی کے بال سیاہ تھے اور جسمانی لحاظ سے بھی خاصا تندرست لگتا تھا۔ لوگ اپنے عزیزوں کی قبروں پر فاتحہ پڑھنے آتے تو صوفی بابا کو روپیہ دو روپیہ دے دیتے تھے اور اُسے تاکید کر جاتے کہ اُن کے عزیز کی قبر کے گرد صفائی کر دیا کرے۔

قبرستان کے پیچھے غریب آباد کی جھگّیاں تھیں، بلکہ ایک زمانے میں غریب آباد قبرستان کا ہی حصہ تھا۔ جب لٹے پٹے مہاجروں کے قافلے ہندوستان سے آئے تو جس کے جہاں سینگ سمائے وہیں بیٹھ گیا، خواہ وہ قبرستان ہی کیوں نہ ہو۔ اِس طرح غریب آباد کا محلّہ بسا۔ بلکہ کئی جھگیوں میں تو ابھی تک سو سو سال پُرانی قبریں تھیں جنہیں وہاں کے مکینوں نے احترامًا مسمار نہیں کیا تھا۔ لوگوں کا کہنا تھا کہ آدھی رات کے بعد غریب آباد میں جنّوں، بھوتوں اور روحوں کا راج ہوتا ہے۔ اسکول کے زمانے میں میرا ایک کلاس فیلو غریب آباد میں رہتا تھا۔ اُس نے ایک بار پوری کلاس کو جنّوں کی آپس

127

کی لڑائی کا آنکھوں دیکھا حال سنایا جس میں جنّ ایک دوسرے پر بڑھ بڑھ کر حملے کرتے اور پھر ہوا میں تحلیل ہو جاتے۔ اِسی لئے غریب آباد والے روحوں کو خوش رکھنے کے لئے کافی نیاز فاتحہ وغیرہ کرتے تھے اور وہیں سے کوئی نہ کوئی صوفی بابا کے لئے کھانا لے کر آتا تھا۔

صوفی بابا اچھا خاصا پڑھا لکھا لگتا تھا کیونکہ گفتگو میں کثرت سے انگریزی کے الفاظ استعمال کرتا تھا۔ کچھ خاص مذہبی بھی نہیں تھا بلکہ کبھی کسی نے اُسے نماز تک پڑھتے ہوئے نہیں دیکھا تھا۔ شروع شروع میں لوگ اُس سے فرمائش کیا کرتے تھے کہ اُن کے لئے دُعا کرے تو یہ کہہ کر صاف اِنکار کر دیتا کہ "اگر میری دعائیں قبول ہوتیں تو میں آج قبرستان میں نہ بیٹھا ہوتا۔"

"کیوں صوفی بابا، آپ تو بزرگ آدمی ہیں،" لوگ کہتے۔

"نہیں بھائی، اللہ میاں کو تو مجھ سے اللہ واسطے کا بیر ہے۔ اگر میں اُس سے کچھ مانگوں تو اُس کا اُلٹا ہی کر دیتا ہے۔" لوگ لاحول پڑھتے ہوئے اپنی راہ لیتے۔

جہاں صوفی بابا بیٹھتا تھا اُس کے بالکل سامنے، پگڈنڈی کی دوسری طرف ایک مزار تھا جس کے گرد ایک فصیل بنا دی گئی تھی اور قبر کے گرد رنگ برنگے جھنڈے لگے ہوئے تھے۔ کبھی کبھار قبر پر چادر چڑھانے کے لئے لوگ آیا کرتے تھے ورنہ وہ مزار اُجاڑ پڑا رہتا تھا۔ البتہ کوئی شام کو آ کر قبر پر چراغ جلا جاتا تھا۔ ایک مرتبہ میں نے فصیل کے ساتھ کھڑے ہو کر پاؤں اُچکائے اور اندر جھانک کر دیکھا۔ کچھ اندھیرا اندھیرا سا تھا۔ قبر پر سوکھے ہوئے پھولوں کے گچھے پڑے تھے، طاق پر سے چراغ کا تیل بہہ بہہ کر قبر پر پڑی ہوئی چادر پر پھیل گیا تھا۔ میں نے سوچا کہ کبھی نہ کبھی کسی مجاور کی نظر مزار پر پڑ جائے گی اور پھر عقیدت مندوں کی قطاریں لگا کریں گی۔

صوفی بابا کے متعلق لوگوں کی مختلف تھیوریاں تھیں۔ اکثر لوگ کہتے تھے کہ وہ عشق میں ناکام ہو کر قبرستان میں آ بیٹھا تھا۔ کچھ لوگوں کا خیال تھا کہ وہ کوئی بہت بڑا بزنس مین تھا اور جب اچانک بزنس بیٹھ گئی تو اُس نے قبرستان کی راہ لی۔ کوئی کہتا تھا کہ اُس نے اپنی بیوی کو اپنے ہی ایک دوست کے ساتھ رنگے ہاتھوں پکڑ لیا تھا اور دل برداشتہ ہو کر قبرستان میں آ بسا۔ غفور چاچا کے مطابق وہ کوئی سی آئی ڈی کا آدمی تھا اور اِس کی ڈیوٹی تھی کہ سامنے مزار پر نظر رکھے کیونکہ پولیس سمجھتی تھی کہ وہاں چرس بکتی ہے۔ بہر حال جتنے منہ اُتنی باتیں۔ میں جب بھی اُدھر سے گزرتا تو دور سے ہی ہاتھ ہلا کر صوفی بابا

کو سلام کرتا اور وہ بھی ہاتھ ہلا کر سلام کا جواب دے دیتا۔ کئی مرتبہ میں نے سوچا کہ کچھ دیر ٹھہر کر اُس کی کہانی سنوں مگر کبھی موقع ہی نہ مل سکا۔ قبرستان سے نکل کر پتھریلی پہاڑی تک چڑھائی شروع ہو جاتی تھی اور پھر ہیرا آباد کا محلّہ تھا جہاں میری ٹیوشن تھی۔

***

اُس دن میں جب گھر سے نکلا تو کچھ دیر ہو گئی تھی۔ بس ایسا کام میں مصروف ہوا کہ وقت کا پتہ ہی نہیں چلا۔ آج تک کبھی لیٹ نہیں ہوا تھا کیونکہ اپنے اسٹوڈنٹس کے لئے غلط مثال قائم نہیں کرنا چاہتا تھا۔ میرا نظریہ تھا کہ اگر ہم خود وقت کی پابندی نہیں کریں گے تو ہمارے چھوٹے کس طرح وقت کی قدر کرنا سیکھیں گے۔ بہر حال اب تو دیر ہو ہی گئی تھی۔ تیز تیز قدم اُٹھاتا ہوا جب میں کالونی کی پشت کے دروازے کی جانب بڑھا تو سامنے دروازے سے ایک برقع پوش لڑکی داخل ہوئی۔ میں اُسے راستہ دینے کے لئے ایک جانب ہو گیا۔ ایک لمحے کے لئے میں نے اُس کی طرف دیکھا اور نظریں جھکا لیں تاکہ اُسے یہ خیال نہ ہو کہ میں کوئی غنڈہ بدمعاش ہوں جو خواتین کو آنکھیں پھاڑ پھاڑ کر گھور رہا ہے۔ برقع کیا تھا ایک سلک کا سیاہ گاؤن تھا اور اوپر سے اُس نے سر سے کاندھوں تک ایک سیاہ اسکارف اوڑھ رکھا تھا جس میں اُس کا چہرہ چُھپا ہوا تھا۔ ایک ہاتھ میں کتابیں تھیں جنہیں اُس نے اپنے سینے سے لگا رکھا تھا۔ اُس ایک لمحے میں میری نظر اُس کے سرخ و سفید ہاتھ میں دبی ہوئی کتابوں تک پہنچ ہی گئی اور پھر میں نے نظریں جُھکا لیں۔ وہ اتنی تیزی سے میرے برابر سے گزری کہ میں نے ہوا کا ایک ہلکا سا جھونکا محسوس کیا جس میں رات کی رانی کی بھینی بھینی سی مہک تھی۔ میں چند لمحوں کے لئے مسحور سا ہو گیا۔ کالونی میں تو کوئی خاتون برقع نہیں پہنتی تھیں۔ تو یہ کون صاحبہ تھیں؟ میں نے وہ کتاب پہچان لی تھی جو اُس نے اپنے سینے کے ساتھ لگائی ہوئی تھی۔ ارنیسٹ ہیمنگوے کی اولڈ مین اینڈ ڈ سی۔ یہ کالج کے دوسرے سال میں انگلش کی ٹیکسٹ بکس میں سے ایک تھی اور میں نے بھی پڑھی تھی۔ اچانک مجھے ایسا لگا جیسے بجلی کا کرنٹ سر سے پاؤں تک دوڑ گیا ہو، 'مومنہ؟ کیا یہ مومنہ تھی؟ او مائی گاڈ، یہ مومنہ تھی۔ اُس کی چال بھی ایک ایتھلیٹ کی چال تھی۔ ضرور یہ مومنہ تھی۔ مجھے اپنی آنکھوں پر یقین نہیں آیا۔ میں سوچ بھی نہیں سکتا تھا کہ مومنہ برقع پہنتی ہو گی۔ اُس کی والدہ تو برقع نہیں پہنتیں اور کچھ خاص مذہبی بھی نہیں لگتیں، پھر مومنہ کیوں برقع پہنتی ہے؟'

سوالات کی ایک قطار میرے دماغ میں ہتھوڑے مارتی ہوئی چل رہی تھی۔ آخر کار میں نتیجے پر پہنچ ہی گیا۔ 'سمجھا! یہ بھی ایک ادا ہے۔ اُس نے اپنے آپ کو برقعے میں لپیٹ کر پُراسرار بنالیا ہے۔'

"Woman, thy name is Mystery!"

میں اکثر شیکسپیئر کے اقوال کو توڑ مروڑ کر اپنا لیتا تھا۔ خیالات میں گم، جب مجھے ہوش آیا تو میں اپنے اسٹوڈنٹ کے گھر کے دروازے پر پہنچ چکا تھا۔ مجھے بالکل یاد نہیں تھا کہ کب قبرستان سے گزرا اور یہ کہ میں نے صوفی بابا کو ہاتھ ہلایا تھا یا نہیں۔

میں نے ایک گھنٹے تک کیلکیولس میں تفرّق اور اِنضمام کے ساتھ مغز مارنے کے بعد اپنے اسٹوڈنٹس کو خدا حافظ کہہ دیا۔ اُنھیں بھی اندازہ ہو گیا کہ میری طبیعت کچھ ٹھیک نہیں لگتی مگر کسی نے اُس کا اظہار نہیں کیا۔ واپسی میں پھر میرے دماغ میں چکی چلنا شروع ہو گئی، 'مومنہ، مومنہ، مومنہ، مومنہ! بڑا شاعرانہ سانام ہے' وہ سرخ و سفید ہاتھ، جس میں اس نے کتابیں تھامی ہوئی تھیں، میرے اعصاب پر سوار تھا۔ مجھے وِینَس کا مجسمہ یاد آ گیا۔ اگر مومنہ الیگزندر اس کی موڈل ہوتی تو وہ اُسے بجائے سنگِ مرمر کے، گلابی اونِکس میں ڈھالتا جس میں ہلکی سی عُنّابی آمیزش ہوتی۔

* * *

عذرا آج ٹھیک ایک ہفتے کے بعد مجھ سے پڑھنے کے لئے آئی تھی۔ عام طور پر وہ کافی شرارتی ہوتی تھی خصوصاً لڑکوں کو چھیڑے بغیر اُسے چین نہیں آتا تھا، مگر مجھے خواہ مخواہ اُس پر پیار آتا تھا کیونکہ دیکھنے میں وہ بڑی معصوم تھی۔ چھٹی کلاس میں پڑھتی تھی مگر ہمیشہ اپنی عمر سے بڑی لڑکیوں سے دوستی کرتی تھی۔ جب سے مومنہ پڑوس میں آئی تو عذرا نے ہر شام اُسی کے پاس پڑھنے کے لئے جانا شروع کر دیا تھا۔ آج وہ آئی تو چپ چاپ میرے سامنے آ کر کھڑی ہو گئی جیسے اُس سے کوئی بہت بڑا جُرم سرزد ہو گیا ہو۔ میں بھی اُس کی گھبراہٹ پر دل ہی دل میں ہنس رہا تھا مگر بظاہر چہرے پر ناراضی طاری کر لی تھی۔ کچھ دیر تو وہ خاموش بیٹھی رہی اور میں دوسرے بچّوں کو پڑھاتا رہا۔ بالآخر اُس نے اپنی نوٹ بُک آگے بڑھا ہی دی۔

"بھائی جان، یہ سوال میری سمجھ میں نہیں آیا،" اُس نے ڈرتے ڈرتے کہا۔

"کیوں؟ اپنی مومنہ باجی سے پوچھ لیتیں،" میں نے مصنوعی غصے کا اظہار کرتے ہوئے جواب

دیا۔

"اُن کی سمجھ میں بھی نہیں آیا۔ اُنہوں نے کہا کہ آپ سے پوچھوں۔"

میں موم کی طرح پگھل گیا۔ "اچھا! کیا کہا تھا تمھاری مومنہ باجی نے؟"

"اُنہوں نے کہا کہ اپنے بھائی جان سے جا کر پوچھ لو۔"

میں اچانک ساتویں آسمان پر تھا۔ میں نے نوٹ بک آگے بڑھائی اور پڑھنے لگا۔ حساب کا معمولی سوال تھا۔ بیس مزدور روزانہ آٹھ گھنٹے کام کر کے ایک مکان کو چھتیس دن میں بنا لیتے ہیں، تو چوبیس مزدور روزانہ دس گھنٹے کام کر کے کتنے دن میں بنا لیں گے؟ میں نے زبانی ہی حل کر لیا، جواب تھا چوبیس دن، مجھے مومنہ کی غلطی بھی صاف نظر آ گئی جس نے چوّن دن جواب نکالا تھا۔ تھی نا آرٹس کی اسٹوڈنٹ۔ بھلا آرٹسی فارٹسی لوگ حساب کیا جانیں؟ جہاں ضرب دینا تھا وہاں تقسیم کیا اور جہاں تقسیم کرنا تھا وہاں ضرب دیا۔ احتیاطاً کتاب کے آخر میں جا کر میں نے جواب چیک کیا۔ چوبیس دن ہی تھا۔ البتہ مومنہ کی ہینڈ رائٹنگ دلچسپ تھی۔ اُس کی پوری شخصیت اُس کے طرزِ تحریر سے ظاہر ہوتی تھی۔ 'اُس کے حروف کا جھکاؤ سیدھی طرف ہے اور شوشوں پر گہرا دباؤ ڈالتی ہے۔ اِس کا مطلب ہے کہ وہ دوستوں کی قدر کرتی ہے، مگر اپنا مطلب نکالنے میں ماہر ہے،' میں اپنی اِس دریافت پر زیرِ لب مسکرایا۔ 'الفاظ کے درمیان فاصلہ یکساں ہے اور نقطے بڑی صفائی سے بناتی ہے جو اِس بات کی غمازی کرتا ہے کہ اپنے مقاصد حاصل کرنے میں غیر متزلزل ہے۔ مثالی ٹائپ اے پرسنالٹی!' میں نے سنبھال سنبھال کر بڑی خوش خطی کے ساتھ اگلے صفحے پر سوال کا حل لکھا اور ساتھ ہی ایک نوٹ تناسُبِ معکوس کے متعلق لکھ کر عذرا کو سمجھا دیا کہ وہ مومنہ باجی کو ضرور دکھا دے۔

14

مومنہ کے والد، چودھری اقبال باجوہ، جو اپنی بیٹی کو " موں مڑاں" کہہ کر مخاطب کرتے تھے، سرِ شام دفتر سے واپسی کے بعد بالٹی میں پانی بھر کر گھر کے دروازے کے سامنے چھڑکاؤ کر کے مٹّی کو دبا دیتے اور ایک دائرے میں کُرسیاں بچھا دیتے تھے۔ رات کے کھانے کے بعد وہاں بیٹھ کر مہمانوں کا انتظار شروع کر دیتے۔ کبھی کبھار جب وہ باہر آتے تو پہلے ہی سے دو چار مہمان اُنہیں بیٹھے ملتے۔ رات گئے تک جو بھی اُدھر سے گزرتا، ان کی محفل میں کچھ وقت گزار کر آگے بڑھتا۔ اکاؤنٹس ڈپارٹمنٹ کے ہیڈ کلرک بدیع الزّماں جو بہاری ہونے کے ناتے سے خود کو "ہم" کہتے تھے، اکاؤنٹنٹ گلشیر شہنواری جو پشتو میں اردو بولتے تھے اور شوکت حرّامی جو مزاحیہ شاعری کرتے تھے اور حرّامی تخلّص رکھتے تھے، ان کی محفل کی جان تھے اور جس شام اُن میں سے کوئی غائب ہوتا تو اُسے گھر سے بُلوایا جاتا۔ ابّا میاں بھی باقاعدگی سے رات کے کھانے کے بعد پہنچ جاتے تھے۔

چودھری صاحب اقبال کے شیدائی تھے اور بات بات میں اقبال کا کوئی شعر سُنا دیتے، مگر ٹھیٹھ پنجابی لہجے میں۔ ایک بار ابّا میاں نے ٹوکا، "چودھری صاحب، اقبال کا شعر ہے، پڑھتے وقت کم از کم شین قاف تو درست کر لیا کریں۔"

بہت ہنسے۔ بولے، "جس کا یہ شعر ہے، وہ بھی اِسی طرح پڑھتا تھا۔"

ابّا میاں مُسکرا کر بغلیں جھانکنے لگے۔ ویسے چودھری صاحب اُردو کے رسیا تھے۔ گفتگو کے دوران آسان الفاظ کا ثقیل الفاظ میں اِس طرح ترجمہ کرتے جاتے تھے کہ سننے والے کو قطعاً احساس نہیں ہوتا تھا کہ اُس میں اُن کی جدّ و جہد کا کوئی دخل ہے۔ ایک دن ابّا میاں سے نہیں رہا گیا۔ بولے،

133

"چودھری صاحب، معلوم ہوتا ہے کہ آپ فسانہ عجائب سُنا رہے ہوں۔"

"واہ عالی جاہ، اگر آپ مجھے تانگے والوں کی زبان میں گفتگو کرنے کی تلقین کر رہے ہیں تو میں کیوں نہ لکھنؤ کے تانگے والوں کی زبان استعمال کروں؟" وہ بھی ماموں جان کی دیکھا دیکھی ابّامیاں کو عالی جاہ کہہ کر مخاطب کرتے تھے۔

جب بھی کوئی آ کر محفل میں شامل ہوتا، چودھری صاحب باہر سے ہی اعلان کرتے، "اوئے موں مڑاں دی ماں، ایک چائے اور بنانا،" اور کچھ دیر بعد اُٹھ کر اندر سے چائے کی پیالی لا کر مہمان کو پیش کر دیتے۔ جب تک محفل لگی رہتی، اندر سے چائے پر چائے آتی رہتی۔

ابّامیاں اور چودھری صاحب کی دوستی اُس مرحلے پر پہنچ چکی تھی کہ دونوں گھنٹوں خاموش بیٹھ کر بھی ایک دوسرے کی صحبت سے لطف اندوز ہو سکتے تھے۔ جب قُربت اتنی بڑھ جائے تو خاموشی بھی گفتگو بن جاتی ہے۔ ایک شام ایسی ہی خاموشی کو توڑتے ہوئے چودھری صاحب بولے، "بھئی عالی جاہ، مجھے آپ سے بے حد اُنس ہے، مگر افسوس اس بات کا ہے کہ آپ میں ایک کمی ہے۔"

"وہ کیا، چودھری صاحب؟" ابّامیاں نے پوچھا۔

"بس کبھی کبھی دُکھ ہوتا ہے کہ آپ پنجابی نہیں ہیں۔"

"تو اُس سے کیا فرق پڑتا ہے،" ابّامیاں کچھ جُز بُز سے ہو گئے۔

"بھئی آپ سے جتنا بے تکلّف ہونے کو دل چاہتا ہے، اُتنا اردو میں نہیں ہوا جا سکتا۔"

"تو بے تکلّفی میں زبان کس طرح حارج ہوتی ہے؟"

"یوں سمجھیں کہ اردو میں بے تکلّفی کے درجات محدود ہیں۔ اگر بے تکلّف ہوئے تو آپ سے تم ہو گئے یا زیادہ سے زیادہ تُو ہو گئے، مگر پنجابی میں بے تکلّفی کی کوئی حدود نہیں ہیں۔"

"تو اس میں پریشانی کی کیا بات ہے۔ آپ کہتے ہیں تو میں پنجابی ہو جاتا ہوں،" ابّامیاں نے ہنس کر کہا۔

"آپ نے میرے دِل کی بات کہہ دی،" چودھری صاحب نے اپنا ہاتھ آگے بڑھا دیا۔

"تو یہ طے پایا کہ آج سے میں پنجابی ہو گیا۔"

"اور اب ہم صرف پنجابی میں گفتگو کیا کریں گے۔"

"منظور ہے،" اتّامیاں نے ہاتھ ملاتے ہوئے کہا۔

اُس دِن کے بعد سے چودھری صاحب اتّامیاں کو پنجابی میں مخاطب کرتے تھے اور وہ اپنی ٹوٹی پھوٹی پنجابی میں ہی جواب دیتے تھے۔

"بادشاہو، کی ہوریا اے؟"

"بس جی، تواڈی بادشاہی وچ عیش کر دے نیں۔"

جیسے جیسے بے تکلّفی بڑھی تو "بادشاہو" سے "شہنشاہو" اور پھر "سوہنیو" ہوئے، یہاں تک کہ "مکھنو" پر آ گئے۔

"میں کیا مکھنو، کی حال اے؟"

جب اتّامیاں نے پوچھا کہ بے تکلّفی کا اگلا درجہ کون سا ہے تو چودھری صاحب نے ہنس کر اقبال کا مصرع دہرا دیا، "ستاروں سے آگے جہاں اور بھی ہیں۔"

اسکول کے زمانے میں چودھری صاحب اقبال کی شاعری سے اتنے متاثر تھے کہ نیل کے ساحل سے لے کر تا بہ خاکِ کاشغر مسلم اُمّہ کو متحد کرنے کے خواب دیکھا کرتے تھے اور یقین کامل رکھتے تھے کہ ایک دِن وہ طارق بن زیاد دوم بن کر اسلام کا پھریرا لہراتے ہوئے سلطنتِ اُندلسیہ کی دوبارہ بنیاد رکھیں گے مگر افسوس کہ بقول ان کے، ان کی تقدیر میں دُشمنانِ اسلام کی فوجوں کا صفایا کرنے کے بجائے صرف مچھروں کی فوجوں کا صفایا کرنا لکھا تھا۔ کہتے تھے کہ جب گورنمنٹ کالج لاہور میں پہنچے تو وہاں اُس سال عُثمانیہ یونیورسٹی کے اردو کے پروفیسر معیزالرحمٰن فاروقی مہمان پروفیسر کی حیثیت سے آئے ہوئے تھے۔ پروفیسر معیز پورے بّرِصغیر میں مشہور تھے۔ اُنہوں نے میر تقی میر کے ایک شعر پر اپنا ڈاکٹریٹ کا پورا تھیسس لکھا تھا،

سرہانے میرؔ کے آہستہ بولو

ابھی ٹک روتے روتے سو گیا ہے

شاگرد اُن کا لیکچر منہ کھول کر سُنتے تھے۔ کبھی کبھار تو وہ صرف ایک شعر پر پورا پیریڈ گزار دیتے۔ چودھری صاحب پروفیسر معیزالرحمٰن کے مرید ہو گئے اور فیصلہ کر لیا کہ عُثمانیہ یونیورسٹی سے اردو میں آنرز کریں گے، چنانچہ انٹر کرنے کے بعد حیدرآباد دکن چلے گئے۔ اُن کے لاہور

سے بھاگنے کی ایک وجہ یہ بھی تھی کہ اُنھی دنوں میں دوسری جنگِ عظیم شروع ہوگئی تھی اور ان کے والد نے حکومتِ انگلشیہ کے وفادار ہونے کی حیثیت سے بیٹے کو فوج میں بھرتی کرنے کا فیصلہ کر لیا تھا، جبکہ بیٹے کو انگریزی سرکار سے سخت چِڑ تھی۔

چودھری صاحب کو عثمانیہ یونیورسٹی میں داخلہ بھی مل گیا اور پروفیسر صاحب کی شاگردی بھی نصیب ہوگئی جو بقول اُن کے، علم کا بحرِ ذخّار تھے۔ شام کو وہ اُن کے بنگلے پر باقاعدگی سے حاضری دیتے جہاں اُنھیں جواہرِ علم کے علاوہ ایک گوہرِ نایاب بھی پروفیسر صاحب کی بیٹی کی شکل میں دستیاب ہو گیا۔ میٹرک میں پڑھتی تھی، سیدھی سادی، قبول صورت، کھدّر میں ملبوس، سِمٹی سِمٹائی آتی اور اُن کے سامنے چائے کی پیالی رکھ کر چلی جاتی۔ پروفیسر معیز گاندھی جی کے پیرو تھے۔ خود بھی کھدّر پہنتے تھے اور گھر والوں کو بھی کھدّر پہناتے تھے۔

بی اے آنرز کا آخری پرچہ دینے کے بعد چودھری صاحب پروفیسر معیز کے سامنے جا حاضر ہوئے اور اُن سے درخواست گزار ہوئے کہ وہ اُنھیں اپنی فرزندی میں لے لیں۔ پروفیسر صاحب نے ہنس کر کہا، "میاں، یہ تو تمہارے والد کا کام ہے کہ تمہیں میری فرزندی کے لئے پیش کریں۔"

"قبلہ، میرے والد اب اِس دُنیا میں کہاں ہیں، آپ ہی میرے بزرگ ہیں،" چودھری صاحب نے آبدیدہ ہونے کی کوشش کرتے ہوئے کہا۔

"پھر بھی، کوئی بڑا تو ہوگا۔"

"میں ہی بڑا ہوں۔ اکلوتی اولاد ہوں اور میرے والدین بھی اپنے ماں باپ کی اکلوتی اولاد تھے۔"

"تو پھر تم یہ کرو کہ یہیں کسی کو بڑا بنا لو اور اُس سے کہو کہ پیغام لے کر آئے۔"

قصہ مُختصر یہ کہ چودھری صاحب جب آنرز کی ڈگری لے کر لاہور کے ریلوے اسٹیشن پر اُترے تو اُن کے پہلو میں نئی نویلی دلہن تھی۔ پلیٹ فارم پر پورا خاندان موجود تھا۔ کچھ نے استقبال کیا، کچھ بھڑکے اور کچھ نے تھو تھو کی۔ جب شور بڑھا تو اِن کے والد آگے بڑھے اور بیٹے سے پوچھا،

"ایہہ عورت کون اے تیرے نال؟"

"ابّا جی، ایہہ میری جنانی اے،" چودھری صاحب نے جواب دیا۔

"اوتہ میں وی ویکھڑاں کہ تیری جنانی اے، پر ہے کون؟"

"میرے پروفیسر دی گڈی اے۔"

چودھری صاحب کے ابّاجی لال پیلے ہو کر خاندان کے افراد پر برس پڑے۔ "اوئے شرم کرو، میرا منڈا اد کن توں لاڑی لایا اے، ہیرا منڈی دی کنجری پھر کے نئیں لے آیا۔"

اُنہوں نے پلٹ کر بیٹے کو گلے لگا لیا اور آگے بڑھ کر بہو کے سر پر ہاتھ رکھا۔ خاندان والے اپنا سا منہ لے کر رہ گئے۔ ان کا رعب ہی اِتنا تھا۔ خاندان میں کسی کی مجال نہیں تھی کہ اُن کے سامنے زبان کھول سکے، البتہ چودھری صاحب کی والدہ نے بڑا رونا پیٹنا مچایا۔ دو ہفتے پہلے ہی دونوں میاں چیچہ وطنی اپنے رشتے داروں سے ملنے گئے تھے۔ وہاں ایک دور کے رشتے دار کی بیٹی پسند آ گئی تھی اور اپنے بیٹے کا پیغام دے آئے تھے، لہٰذا اُن کا واویلا حق بجانب تھا۔

"میرے ابّاجی کی وضع داری پورے خاندان میں مشہور تھی،" چودھری صاحب نے کہا، "خاندان والوں کو تو ڈانٹ ڈپٹ کر خاموش کر دیا، اماں کو بھی یہ کہہ کر سمجھا بُجھا دیا کہ جوان بیٹا ہے۔ جو ہوا سو ہوا اُس پر مٹی پاؤ۔ میری بیوی سے بھی بڑا مشفقانہ سلوک کرتے تھے۔"

"مگر چودھری صاحب، آپ نے تو اپنے سسر کو بتایا تھا کہ آپ کے والد اِس دنیا میں نہیں ہیں،" جب وہ اپنی روداد کے اِس حصّے پر پہنچے تو شوکت حرامی نے چائے کی چُسکی لے کر اُن سے پوچھا۔

"بھئی اگر میں ابّاجی کو بیچ میں ڈالتا تو پھر تو ہونے سے رہی میری شادی،" چودھری صاحب نے قہقہہ لگاتے ہوئے جواب دیا، "بہرحال اُنہوں نے دعوتِ ولیمہ کا پُرتکلّف اہتمام کیا اور گھر کے سامنے چوک میں شامیانے لگ گئے۔ پورا خاندان مدعو تھا۔ کوئی ڈیڑھ دو ہزار مہمان تو ہونگے۔ کھانے کے بعد مہمانوں کو رُخصت کر کے جب گھر آئے تو مجھے اپنے کمرے میں بُلایا۔ حُقّہ گڑگڑاتے ہوئے اُنہوں نے سامنے بیٹھنے کا اِشارہ کیا۔ میں سر جُھکا کر اُن کے پائنتی بیٹھ گیا۔ میری کبھی اُن سے آنکھ ملا کر بات کرنے کی ہمّت نہیں ہوتی تھی۔"

"بیٹے اب ماشاءاللہ تمہاری شادی بھی ہو گئی، ولیمہ بھی ہو گیا۔ اب تم اپنا گھر بنانے کی فکر کرو،" اُنہوں نے بڑے پیار سے کہا۔

"ابّاجی گھر تو موجود ہے، میں آپ سے علیحدہ ہونے کی ہمّت بھی نہیں کر سکتا۔"

"نہیں، میرا مشورہ یہ ہے کہ تم اپنی بیوی کو لے کر یہاں سے اپنا منہ کالا کر جاؤ،" چودھری صاحب کے والد نے حُقّے کا کش لیتے ہوئے بڑی آہستگی سے کہا۔

"جی، اباّجی؟" وہ ہکاّ بکارہ گئے۔ اُنہوں نے نظریں اُٹھا کر اپنے والد کی طرف دیکھا۔

"تُم نے خاندان والوں کے سامنے ہماری ناک کٹوا دی ہے۔"

"مگر اباّجی، میں جاؤں گا کہاں؟"

"نہیں کوئی جلدی نہیں ہے۔ تم لاہور سے باہر کوئی نوکری ڈھونڈ لو اور پھر اِدھر کا رُخ بھی مت کرنا، بلکہ میرا مشورہ ہے کہ تم واپس دکن ہی چلے جاؤ۔ وہاں سرکار کی خدمت بھی کرتے رہنا اور اُن کی بیٹی بھی اُن کی نظروں کے سامنے رہے گی۔"

خوش قسمتی سے چودھری صاحب کو سرکاری نوکری مل گئی اور ملتان میں تقرّر ہو گیا۔ اگلے سال بیٹی پیدا ہوئی جس کا نام اُنہوں نے مومنہ رکھا۔ بیٹی کی پیدائش کی خبر اپنے والد کو بذریعہ تار بھیجی۔ جوابی مبارکباد بھی تار سے آئی اور ایک ہفتے کے بعد سو روپے کا منی آرڈر آیا۔ منی آرڈر کے کوپن میں تاکید لکھی تھی کہ بہو اور پوتی کے لئے کپڑے بنا لیں۔ باپ بیٹے میں مستقل خط و کتابت رہتی مگر باپ نے سختی سے تاکید کر دی تھی کہ گھر کے پتے پر خط نہ لکھیں بلکہ اُن کے دوست غلام سرور جیلانی کی معرفت لکھا کریں جن کی انار کلی میں چوڑیوں کی دُکان تھی۔

ہر مرتبہ جب چودھری صاحب ماں باپ سے ملنے کی خواہش کرتے تو جواب آتا کہ وہ لاہور نہ آئیں۔ تین سال کے بعد جب اُن کا تبادلہ لاہور ہوا تو اپنے والد کو خط لکھ کر لاہور آنے کی اجازت چاہی۔ جواب آیا کہ کوشش کر کے کہیں اور تبادلہ کرا لیں۔ اُسی دوران پاکستان بن گیا۔ بازاروں میں لوگوں کے ٹھٹ لگے ہوئے تھے۔ چوراہوں، فٹ پاتھوں، ہوٹلوں اور پان والوں کی دُکانوں کے سامنے تِل دھرنے کی جگہ نہیں تھی۔ 13 اور 14 اگست کی درمیانی رات تھی اور لوگوں کے کان ریڈیو پر لگے ہوئے تھے۔ رات کے بارہ بجے تھے جب ریڈیو پر اعلان ہوا، "السلام علیکم، پاکستان براڈ کاسٹنگ سروس۔ ہم لاہور سے بول رہے ہیں۔ تیرہ اگست، سنہ سینتالیس عیسوی کی درمیانی رات بارہ بجے ہیں۔ طلوعِ صبحِ آزادی۔" ہر طرف شور بلند ہوا، پاکستان زندہ باد کے نعرے لگنا شروع ہو گئے، لوگ گلے مل رہے تھے، مٹھائی بانٹ رہے تھے اور ایک دوسرے کو مبارک باد دے رہے

تھے۔

چودھری صاحب شش و پنچ میں تھے کہ کس طرح اپنا لاہور کا تبادلہ رُکوائیں کہ اُنہیں پیغام ملا کہ تمام تبادلے فی الحال منسوخ کر دیے گئے ہیں۔ ایک طرف تو اُنہوں نے اطمینان کا سانس لیا اور دوسری جانب دِل مسوس کر رہ گئے۔ والدین سے ملے بغیر چار سال گزر چکے تھے۔ اُنہیں یقین تھا کہ اُن کے ماں باپ بھی اُن سے علیحدگی کے بعد بے چین رہتے ہوں گے مگر وہ اپنے والد کی انا کا کیا کرتے۔ اکثر سوچتے تھے کہ اپنی شادی سے کیا کھویا اور کیا پایا، مگر کبھی اپنی بیوی کے سامنے اپنی کُڑھن کا اظہار نہیں کیا۔ اُس بے چاری کی کیا خطا تھی۔ کوئی لمحہ ایسا نہیں گزرتا تھا جب وہ اپنے ماں باپ کے متعلّق نہ سوچتے ہوں۔ آخر کار اُنہوں نے اپنے والد کو خط لکھ ہی دیا کہ اگر وہ اپنے بیٹے کی شادی سے ناخوش ہیں تو میں بیوی کو چھوڑنے کے لئے تیار ہوں، مگر مجھے یہ منظور نہیں کہ میں والدین کی خدمت سے محروم رہوں۔ "آپ میرے ساتھ جو سلوک کریں، مجھے منظور ہے مگر میں لاہور آ رہا ہوں" اُنہوں نے خط میں لکھا۔ اگلے ہفتے ہی جواب آیا کہ چودھری صاحب لاہور نہ آئیں بلکہ وہ خود ملتان آ رہے ہیں۔ ان کی خوشی کا کوئی ٹھکانہ نہیں تھا۔ فوراً جوابی خط لکھا کہ وہ آنے سے پہلے سے پہلے تار دے کر اپنی آمد کی تاریخ لکھیں اور بتلائیں کہ کونسی گاڑی سے آ رہے ہیں تا کہ وہ اسٹیشن پہنچ جائیں۔ شومیٔ قسمت جب وہ صبح ہی صبح خط پوسٹ کر کے دفتر پہنچے تو اُس دِن اُن کی ڈاک اُن کی میز پر ہی رکھی ہوئی تھی۔ پہلا ہی لفافہ کھولا تو جیلانی چاچا کا خط تھا جس میں اطلاع دی گئی تھی کہ تین دن پہلے ان کے والد دِل کا دورہ پڑنے سے انتقال کر گئے۔

"وہ دن اور آج کا دِن، یہ قَلَق سائے کی طرح مجھ سے چِمٹا ہوا ہے کہ میں اپنے والدین کی خدمت نہ کر سکا،" چودھری صاحب کی آواز رُندھ گئی۔

"دراصل ماں باپ کا رشتہ ہی ایسا ہوتا ہے کہ اولاد خواہ کتنی ہی خدمت کر لے، مگر اُن کے جانے کے بعد ضمیر ہمیشہ ملامت کرتا رہتا ہے کہ ہم اُن کے لئے کچھ نہ کر سکے،" ابّا میاں نے اُنہیں دلاسہ دیا۔

چودھری صاحب بظاہر اپنے گرد شگفتگی بکھیرتے رہتے تھے مگر اندر سے بے حد دُکھی تھے اور اپنے دُکھ پر قہقہوں کا مرہم لگاتے رہتے تھے۔ میرے ساتھ چودھری صاحب کا رویہ بے حد مشفقانہ

تھا۔ جب بھی ملتے، ایک ہی سوال ہوتا کہ پڑھائی کیسی چل رہی ہے؟ میں انہیں چودھری صاحب ہی کہتا تھا۔ ایک دن میرے کندھے پر ہاتھ رکھ کر بولے، "پتر میں تمہارے والد کا دوست ہوں۔ مجھے انکل کہا کرو۔" میں نے شکریہ ادا کیا اور اس دن سے انہیں انکل چودھری کہنے لگا۔

15

جیسے جیسے وقت گزرتا گیا، میرے اعصاب پر مومنہ کی گرفت مضبوط ہوتی گئی۔ کوئی لمحہ ایسا نہیں تھا جب وہ میرے دماغ پر ہتھوڑے نہ چلا رہی ہوتی۔ جیسے ہی صبح کے الارم کے ساتھ اُٹھتا سب سے پہلے کھڑکی سے جھانک کر تصدیق کرتا کہ مومنہ جاگ رہی ہے۔ خواہ کلاس روم میں ہوں یا ٹیوشن پڑھ رہا ہوں بس ایک ہی نام ذہن میں چکرا تا رہتا اور وہ مومنہ کا نام تھا۔ دن رات ہوائی قلعے بناتا رہتا کہ 'مومنہ یہ کہے گی تو میں وہ کہوں گا، مومنہ وہ کہے گی تو میں یہ کہوں گا، مگر مومنہ سے بات کیسے ہو گی؟ وہ تو برقع اوڑھتی ہے۔ خیر امتحان میں تین مہینے باقی ہیں پھر جائے گی تو یونی ورسٹی ہی، وہاں کون سی لڑکی برقع پہنتی ہے اور پھر کیمسٹری کی لیب میں تو برقع پہننے کی اجازت بھی نہیں ہوتی۔ مگر وہ کیمسٹری لے گی ہی کب؟ وہ تو آرٹس کی اسٹوڈنٹ ہے۔ نہیں، پھر بھی اُسے برقع اُتارنا ہی ہو گا۔' راستہ چلتے چلتے میں خود سے ایسی ہی گفتگو کرتا رہتا۔ دوستوں سے وحشت ہونا شروع ہو گئی تھی، کئی کئی دن شیو نہ کرتا اور ہر دوسرے تیسرے روز گنجی پہاڑی پر پہنچ کر رنگین خوابوں میں ڈوب جاتا۔ عموماً میں اور مومنہ روئی کے گالوں جیسے گدگدے گدگدے بادلوں کے اوپر سے گزرتے ہوئے ہوائی جہاز سے کودتے اور ہاتھ میں ہاتھ ڈالے ننھے بچوں کی طرح بادلوں پر چھلانگیں لگاتے پھرتے، پھر بادل چھٹتے، دھوپ نکلتی، اور آسمان پر رنگ برنگی قوسِ قزح تن جاتی۔ ہم اُس کے اوپر چڑھ جاتے اور وہاں سے پھسلتے ہوئے نزدیک آتی ہوئی زمین کو تکتے تکتے پھولوں سے لدے کسی باغیچے میں آ گرتے جہاں پودوں میں پھدکتے ہوئے خرگوشوں کو پکڑنے میں لگ جاتے۔ پوری دنیا ایک جادو نگری بن گئی تھی۔

پچھلے دو ہفتے سے بارش کی جھڑی لگی ہوئی تھی۔ کالے کالے، اودے اودے بادلوں کے پرے کے پرے اُمنڈتے چلے آتے اور بڑے دھوم دھڑکے سے برستے۔ بادلوں کی ہر کڑکڑاہٹ اور کوندے کی ہر لپک پر میں مومنہ کے متعلق سوچتا۔ ممکن ہے کہ وہ گرج چمک سے ڈرتی ہو اور کانوں میں اُنگلیاں ٹھونس کر کمرے میں گھس جاتی ہو۔ اگر وہ میرے ساتھ ہوتی تو میں اُسے سمجھاتا کہ گرج چمک سے تو بچّے ڈرتے ہیں۔ صبح سے ہی آسمان گاڑھے گاڑھے سفید اور سنہری بادلوں سے ڈھکا ہوا تھا جو ہوا کے دوش پر تیزی سے محوِ پرواز تھے۔ گنجی پہاڑی اور اُس کے اِرد گرد کی فضا دُھل کر نکھر گئی تھی۔ ہوا میں مٹّی کا ایک ذرّہ تک نہیں تھا۔ کھیتوں کے پیچھے بسے گاؤں میں کھیلتے ہوئے بچّے صاف نظر آ رہے تھے۔ عیسائی قبرستان کے پیچھے کا علاقہ نشیب میں تھا جہاں بارش کا پانی جمع ہونے سے ایک جھیل سی بن گئی تھی۔ آسمان پر اُڑتا ہوا مرغابیوں کا ایک غول جھیل کے اوپر چکر لگا رہا تھا۔ گاہے گاہے کوئی مرغابی ہوا میں غوطہ لگاتی ہوئی آتی اور جھیل کی سطح کو چھو کر اُڑ جاتی۔ میں دیر تک مرغابیوں کا یہ کھیل دیکھتا رہا اور میرا تجسس بڑھتا گیا۔ آخر میں پہاڑی سے اُتر کر جھیل تک آیا اور یہ دیکھ کر حیران رہ گیا کہ ہزاروں چھوٹی چھوٹی سنہری مچھلیاں جھیل میں تیرتی پھر رہی تھیں۔ میری سمجھ میں نہیں آیا کہ دو ہفتے میں پانی کے اُس ٹکڑے میں آخر مچھلیاں کیسے پیدا ہو گئیں۔ کیا مچھلی کے انڈے بارش میں برسے تھے؟ میں نے سوچا کہ اگر مومنہ میرے ساتھ ہوتی تو ہم اِس پر ضرور بحث کرتے۔ ممکن تھا کہ مومنہ کے پاس اُس کی کوئی توجیہہ ہو۔

چلتے چلتے میں نے سوچا کہ ستمبر سے یونی ورسٹی شروع ہونے والی تھی۔ گھر سے یونی ورسٹی تک کا ایک گھنٹے کا راستہ تھا۔ راستے میں قبرستان بھی پڑتا تھا، اور غریب آباد کی جھگّیاں بھی تھیں۔ ایک بھینس کالونی بھی پڑتی تھی جہاں سے بھینسوں کے ریوڑ کے ریوڑ صبح ہی صبح نہر پر جاتے تھے اور شام کو واپس آتے تھے۔ عجیب طوفانِ بدتمیزی کا منظر ہوتا تھا۔ سڑک پر ٹریفک کم ہوتا تھا اور بھینسیں زیادہ۔ ایک مرتبہ میرا ایک دوست جو یونی ورسٹی میں پڑھتا تھا، سائیکل پر سوار، اُدھر سے گزر رہا تھا کہ ایک بھینس نے اپنی گوبر سے لت پت دُم جو گھما کر ماری تو اُس کی قمیص پر گوبر کی ایک لکیر بن گئی۔ وہ بے چارہ وہیں سے پلٹا اور گھر سے قمیص تبدیل کر کے واپس آیا۔ اِس دوران اُس کی دو کلاسیں مِس ہو گئی تھیں۔ بھلا ایسے میں وہاں کسی لڑکی کا گزر کہاں؟ نہیں، بس میں مومنہ کے ساتھ ہی یونی ورسٹی جایا

کروں گا اور اُسے ساتھ لے کر ہی آیا کروں گا بلکہ مومنہ کے والد خود مجھ سے اس کا خیال رکھنے کے لئے کہیں گے۔

راستے میں ہم ہر موضوع پر گفتگو کیا کریں گے۔ کبھی سیاست پر، کبھی مذہب پر، کبھی معاشرت پر اور کبھی ثقافت پر۔ سماج کو خوب کوسا کریں گے اور معاشرے میں ہونے والی نا انصافیوں کے خلاف انقلاب کی باتیں کیا کریں گے۔ مجھے کوئی اندازہ نہیں تھا کہ مومنہ کی کیا کیا دلچسپیاں ہیں تاہم اتنا تو معلوم تھا کہ وہ ایتھلیٹ ہے۔ خیر، کھیلوں کے متعلق باتیں کیا کریں گے۔ کھیلوں کی دنیا کم کیا دلچسپ ہے؟ میں نے فیصلہ کیا کہ میں اگلے دن سے اخبار میں کھیلوں کا صفحہ ضرور پڑھا کروں گا تاکہ مومنہ مجھے نِرا بدّھو نہ سمجھے۔

***

اسکولوں کا سیشن اختتام پزیر ہو چکا تھا اور میری ٹیوشنز بھی اگلے سال تک کے لئے ختم ہو گئی تھیں۔ بچّوں کے اسکول بند ہونے کے بعد میرا رات کا ہوم ورک کرانے کا سیشن بھی ختم ہو چکا تھا۔ جب میں شام کو گھر لوٹتا تو سب سے پہلے مومنہ کے گھر سے بچّوں کے ہو حق کرنے کی آوازیں سنائی دیتیں۔ مجھ پر عجیب و حشت سی طاری تھی۔ نہ کسی کام میں دلچسپی تھی، نہ کھانے پینے کو دل چاہتا اور نہ کچھ پڑھنے کا موڈ بنتا۔ دوستوں سے ملنا جلنا اور ریسٹورنٹ میں جا کر گپّیں مارنا بھی موقوف ہو گیا تھا۔ بس ایک ہی دُھن سوار تھی اور وہ تھی مومنہ، جس کا صرف ایک ہاتھ میں نے دیکھا تھا۔ شاید ہی کوئی ایسی رات گزرتی ہو جب میں مومنہ کو خواب میں نہ دیکھتا ہوں مگر نہ اُس کے خد و خال واضح ہوتے اور نہ چہرہ مہرہ۔ بس ایک سایہ سا ہوتا جس کے ساتھ ساتھ میں اجنبی جگہوں پر ہوتا۔ کبھی پرانے محلات کے کھنڈروں کی بالائی منزلوں کے دالانوں میں ہوتا جہاں سے میں ہر طرف نیچے اُترنے کا راستہ تلاش کرتا پھرتا مگر کہیں سیڑھیاں نہ ملتیں۔ کبھی کسی پہاڑی پر ہوتا جہاں سے اُترنے کے لئے ڈھلان کی بجائے سیدھی سپاٹ دیواریں ہوتیں۔ اجنبی جگہوں پر مومنہ ساتھ ہوتی، ہر طرف اندھیرا سا ہوتا، کبھی کہر چھائی ہوئی ہوتی، کبھی مومنہ کہیں چلی جاتی اور مجھے طرح طرح کے لوگ ملتے، پگڑیاں پہنے ہوئے یا لمبی لمبی مونچھوں والے۔ میں اُن سے پوچھتا پھرتا کہ اُنہوں نے کسی لڑکی کو جاتے ہوئے تو نہیں دیکھا۔ وہ مختلف سمتوں میں اشارے کرتے ہوئے آگے بڑھ جاتے۔ کئی بار ایسا ہوا کہ میں سوتے

143

سوتے چونک کر اُٹھ بیٹھا۔ یوں لگا جیسے مومنہ کمرے میں ہے۔ اُس نے آہستہ سے مجھے جھنجھوڑا تو میری آنکھ کھل گئی، مگر وہاں اندھیرے کمرے میں کچھ نظر نہیں آیا۔ میں دیر تک پاؤں لٹکائے چار پائی پر بیٹھا رہا۔

ایک مرتبہ میں نے خود کو لاجپت روڈ اور رسالہ روڈ کے چوراہے کے بیچوں بیچ کھڑے دیکھا۔ یہ سوسائٹی کا چوراہا کہلاتا تھا اور ٹریفک کے لحاظ سے شہر میں سب سے زیادہ مصروف مقام تھا۔ دن بھر چاروں طرف ٹریفک جام ہی رہتا تھا۔ چوراہے پر کھڑے ہوئے ٹریفک کانسٹیبل کے ہاتھ سارے دن پھیلے پھیلے شل ہو جاتے مگر ٹریفک چل کر ہی نہیں دیتا تھا۔ لاجپت روڈ ایک جانب چڑھائی پر چڑھتی ہوئی شاہی بازار پر ختم ہوتی ہے اور دوسری جانب کینٹونمنٹ کے علاقے سے گزرتی ہوئی ٹھنڈی سڑک سے جا ملتی ہے۔ رسالہ روڈ ایک طرف دور تک سیدھی چلی جاتی ہے اور پھر مڑ کر اسٹیشن روڈ سے جا ملتی ہے جبکہ دوسری طرف کچھ دور چل کر تلک چاڑھی کی طرف چلی جاتی ہے۔ ایک زمانے میں چوراہے کے شمال مشرقی نکڑ پر میسی فرگوسن کے ٹریکٹروں کا شو روم ہوا کرتا تھا اور اُس کے برابر روزنامہ زمیندار کا دفتر تھا۔ وہاں سے ذرا سا آگے چل کر بسوں کا ٹرمینل تھا، جہاں سے پورے شہر کے لئے بسیں چلتی تھیں۔ اُس کے سامنے سڑک کی دوسری طرف تانگا اسٹینڈ تھا۔ جب رکشے آنے شروع ہوئے تو وہاں اُنہوں نے بھی اپنا اسٹینڈ قائم کر لیا۔ ایک وقت ایسا آیا کہ کوئی تانگوں کو پوچھتا بھی نہیں تھا اور سب رکشے ہی کو ترجیح دیتے تھے آہستہ آہستہ تانگے وہاں سے غائب ہی ہو گئے البتہ بسوں کا اڈہ موجود رہا مگر بسوں کی تعداد نہ ہونے کے برابر رہ گئی۔

میں نے دیکھا کہ میں سوسائٹی کے چوراہے پر عین اُس جگہ کھڑا تھا جہاں ٹریفک کانسٹیبل کھڑا ہوتا تھا۔ رات کا وقت اور ہو کا عالم تھا۔ بجلی کے کھمبوں پر لگے ہوئے اِکا دُکا بلب ٹمٹما رہے تھے پھر بھی ہر طرف گھپ اندھیرا تھا۔ سڑکیں خالی پڑی تھیں اور جہاں دن رات پیدل چلنے والوں سے فٹ پاتھ بھرے رہتے تھے وہاں نہ آدم نہ آدم زاد۔ مجھے رکشے کا انتظار تھا۔ چاروں طرف آنکھیں پھاڑ پھاڑ کر دیکھ رہا تھا کہ کوئی خالی رکشا ہوا نظر آ جائے مگر دور دور تک کسی سواری کا نام و نشان نہیں تھا۔ سامنے رکشا اسٹینڈ بھی خالی پڑا تھا۔ نیند سے میری آنکھیں بوجھل ہو رہی تھیں اور سمجھ میں نہیں آ رہا تھا کہ گھر کیسے پہنچوں گا۔ کہیں پوری رات اُس چوراہے پر ہی کھڑے کھڑے نہ گزر جائے۔ کچھ دیر

پہلے تک مومنہ میرے ساتھ ہی تھی پھر نہ جانے کہاں کہاں چلی گئی تھی۔

اچانک میں ہڑبڑا کر اُٹھ بیٹھا۔ سر درد سے پھٹا جا رہا تھا، گلا خشک ہو رہا تھا اور ایسا لگتا تھا جیسے جسم میں جان ہی نہیں ہے۔ چارپائی سے اُٹھا اور صحن میں جا کر مٹکے سے کٹورا بھر کر پانی پیا۔ واپس آ کر کافی دیر پاؤں لٹکائے بستر پر بیٹھا رہا۔ پھر وہی چوراہے والا خواب۔ اب تو شاید ہی کوئی ایسا ہفتہ گزرتا تھا جب دو تین مرتبہ میں یہی خواب نہ دیکھتا۔ دن بدن میری حالت بد تر ہوتی جا رہی تھی۔ امتحان سر پر تھے مگر مجھے سر پیر کا ہوش نہیں تھا۔ آنکھوں کے گرد سیاہ حلقے بڑھتے جا رہے تھے اور دل کی دھڑکن ہر وقت کانوں میں ہتھوڑے چلاتی رہتی تھی۔

***

میں اکثر حقیقت اور تاثر کی بحث میں پڑ جاتا تھا۔ ہم در حقیقت کیا ہیں اور لوگوں کا تاثر ہمارے متعلق کیا ہے، یہ ہماری شخصیت کے دو مختلف پہلو ہوتے ہیں اور ایک کا دوسرے سے کوئی تعلق نہیں ہوتا۔ حقیقت ہمارا باطن ہوتی ہے اور تاثر ہمارا ظاہر ہوتا ہے۔ بہت کم لوگ ایسے ہوتے ہیں جن کے ظاہر و باطن میں مماثلت ہو۔ لوگ بظاہر مجھے جینیئس سمجھتے تھے، پاپولر بھی تھا، ہر سال اپنی کلاس میں ٹاپ کرتا تھا، مگر در حقیقت بے حد کمزور اور عزّتِ نفس کے فقدان کا شکار تھا۔ 1947 کی قتل و غارتگری اور بھولاری کیمپ میں گزارے ہوئے وقت کی یادیں میرے لئے پھن کاڑھے ہوئے سانپ بن گئی تھیں جو ہر وقت ڈسنے کے لئے منہ کھولے میرے گرد حلقہ بنائے کھڑے رہتے تھے۔ بھولاری کیمپ میں میں نے انسانیت کو سسکتے ہوئے دیکھا تھا جہاں اچھے خاصے محنتی لوگ تپِ دق کا خون تھوکتے تھوکتے مر جاتے تھے۔ اس کے بعد جب کینٹونمنٹ کے کوارٹر میں رہتے ہوئے میں امیر بچوں کی صحبت میں رہا تو میرے احساسِ کمتری میں اضافہ ہی ہوتا رہا۔ وہ سب کونوینٹ اسکول میں پڑھتے تھے اور ہر وقت انگریزی بولتے تھے، گویا انگریزی ہی اُن کے پڑھے لکھے ہونے کا ثبوت تھی۔ میں بھی چاہتا تھا کہ کونوینٹ اسکول جاؤں اور اُن کا مقابلہ کروں۔ آخر ایک دن میں نے ابّامیاں سے فرمائش کر ہی دی کہ وہ مجھے کونوینٹ میں داخل کرا دیں۔ وہ پہلے تو خاموش رہے، پھر بولے "اچھا تم کونوینٹ اسکول میں کیوں جانا چاہتے ہو؟"

"اِس لئے کہ میری انگریزی اچھی ہو جائے گی،" میں نے جواب دیا۔ "کمشنر صاحب کا لڑکا اِتنی

145

اچھی انگریزی بولتا ہے،اور وہ سارے لڑکے جن کے ساتھ میں کھیلتا ہوں بڑی اچھی انگریزی بولتے ہیں۔"

"اچھا،وہاں کی فیس کتنی ہے؟"

"اٹھارہ روپئے مہینہ ہے،میں نے سب معلوم کر لیا ہے۔"

"اور اُن کے یہاں یونیفارم بھی ہے؟"

"ہاں یونیفارم بھی ہے۔سفید قمیص اور بادامی پتلون۔"

"اِس اسکول میں تو تم کوئی فیس نہیں دیتے؟"

"جی،یہاں تو میری فیس معاف ہے۔"

میں کچھ کچھ مایوس ہوتا جا رہا تھا کیونکہ مجھے اندازہ ہو گیا تھا کہ ابّا میاں مجھے باتوں میں لگا رہے ہیں۔

"اچھا تو تم اُس لئے کو نوینٹ اسکول میں جانا چاہتے ہو کہ تمہاری انگریزی اچھی ہو جائے گی؟"

"جی ہاں،بالکل بالکل"اب میں بے صبری سے اِس گفتگو کے اختتام کا انتظار کر رہا تھا۔

"اگر اُن کی انگریزی اِتنی اچھی ہے تو ظاہر ہے کہ اُن کے اُستاد تو بہت اچھے ہونگے؟"

"ظاہر ہے،"میں نے بڑے جوش سے کہا۔مجھے کچھ کچھ یقین ہوتا جا رہا تھا کہ وہ مجھے کو نوینٹ میں داخل کرانے پر تیار ہو جائیں گے۔

"اگر اُن کے اُستاد اتنے اچھے ہیں تو پھر تو تعریف کی بات یہ ہو گی کہ تم بجائے وہاں پڑھنے کے، بڑے ہو کر وہاں پڑھاؤ۔"

"جی اچھا،"مجھ پر گویا بجلی سی گر گئی۔

"دوسری بات یہ کہ تمہارے استاد اتنے اچھے نہ ہونے کے باوجود اگر تمہاری انگریزی بھی اتنی ہی اچھی ہو جتنی اُن لڑکوں کی ہے تو یہ اُس سے بھی زیادہ تعریف کی بات ہو گی۔"

"جی،"میں نے بڑی مایوسی سے کہا۔

"اچھا تم ایک کام اور کرنا۔"

"جی۔"

"تو پھر تم یہی کر و کہ ابھی سے سوچنا شروع کر دو کہ بڑے ہو کر اُس اسکول میں پڑھاؤ گے۔"

اُس وقت تو خیر میں بے حد مایوس ہوا تھا مگر ابّا میاں کے ساتھ میری یہ گفتگو ساری زندگی میرے ذہن سے چپکی رہی۔ وہ مجھے صاف طور پر کہہ سکتے تھے کہ بیٹا ہم غریب لوگ ہیں، اٹھارہ روپئے مہینہ کہاں سے لائیں گے، مگر انہوں نے مجھے ایک چیلنج دے دیا۔ اُسی کا نتیجہ تھا کہ انگریزی ہمیشہ میرا مضبوط ترین مضمون رہا اور میں نے اپنے والد کی غربت کو شکست دینے کا فیصلہ کر لیا۔

وہ گردشِ زمانہ ہی تھی جس نے میرے اندر بغاوت کے جراثیم کی نشو و نما کی اور میں کمیونزم کی طرف مائل ہو گیا مگر جلد ہی مجھے اندازہ ہو گیا کہ کمیونزم بھی ایک مستحکم معاشرے کے کھوکھلے وعدوں کے سوا اور کچھ نہیں دے سکتا۔ میرے نزدیک کارل مارکس کا سرمائے کا نظریہ صرف لفّاظی کا ہیر پھیر تھا۔ کالج تک پہنچتے پہنچتے میں اس نتیجے پر پہنچ چکا تھا کہ میرے لئے صرف ایک ہی راستہ ہے اور وہ ہے انتھک محنت، جس کے نتیجے میں افلاس کی چکی سے نکل سکتا تھا۔ میں اچھا خاصا اُس راہ پر گامزن تھا جسے میں نے بڑی سوچ بچار کے بعد اپنے لئے متعین کیا تھا مگر اچانک یہ مومنہ راستے کے پتھر کی طرح آ کر حائل ہو گئی تھی اور میں بجائے اُسے راستے سے ہٹانے کے، اُس سے ٹھوکر کھا چکا تھا۔ میں اس کے لئے اپنے جذبات کو کوئی معنی نہ پہنا سکا۔ نہ میں نے اس کی شکل دیکھی تھی اور نہ بات کی تھی پھر کیوں وہ میرے اعصاب پر سوار تھی۔ کیا یہ صرف میرا اعصابی خلل تھا؟

گنجی پہاڑی پر بیٹھے بیٹھے اچانک میرے ذہن کو ایک جھٹکا سا لگا۔ معلوم ہوتا تھا کہ شر وڈنگر کی مساوات کا ایک اور ہی حل مجھے متبادل مستقبل کی طرف لئے جا رہا تھا۔ کہاں گئے وہ پروفیسری کے خواب؟ کیا مومنہ ہی میری منزل تھی؟ میں سوچ چکا کہ میری موجودہ حالت تو مجھے صرف پاگل پن کی طرف لے جا رہی ہے۔ بقول شاعر، نہ خدا ہی ملا نہ وصالِ صنم۔

"سُدھر جاؤ بلال میاں، سُدھر جاؤ،" میں نے بے خیالی میں زور سے کہا اور چونک کر اِدھر اُدھر نظر دوڑائی، مگر آس پاس کوئی موجود نہیں تھا۔ میرے ہونٹوں پر مسکراہٹ دوڑ گئی۔ آج عرصے کے بعد میں مسکرایا تھا۔ سامنے سورج پہاڑیوں کے پیچھے جھک رہا تھا۔ میں نے آسمان پر سنہری بادلوں کے آگے ہنسوں کے ایک غول کو آٹھ کے ہندسے کی شکل میں پرواز کرتے ہوئے دیکھا تو سوچنے لگا کہ اب میں بھی اُن ہنسوں کی طرح آزاد ہوں، اُس شرابی کے ماند جس نے ابھی ابھی

شراب چھوڑنے کا فیصلہ کیا ہو۔

"راحتیں اور بھی ہیں وصل کی راحت کے سوا،" میں فیض کا یہ مصرع گنگناتا ہوا اُٹھا اور اپنا کوٹ کندھے پر ڈالے ہوئے گنجی پہاڑی سے اُترنے لگا۔

16

ریشم گلی کے لئے فوجداری روڈ پر لیڈی ڈفرن اسپتال کے برابر سے ایک چڑھائی جاتی ہے جو ایک چوک سے گزرتی ہوئی ریشم گلی کے ایک سرے پر پہنچا دیتی ہے۔ دوسرا سرا شاہی بازار میں ہے۔ ریشم گلی میں زیادہ تر چوڑیوں کی دکانیں تھیں مگر اُن کے علاوہ خواتین کی ضرورت کا سارا سامان، لپ اسٹک سے لے کر مِسّی اور دندا سہ تک مل جاتا تھا۔ عید کی چاند رات کو وہاں مردوں کا داخلہ ممنوع ہوتا تھا اور گلی کے دونوں سروں پر پولیس تعینات ہوتی تھی۔ مرد چوک میں کھڑے ہو کر اپنی خواتین کی واپسی کے انتظار میں ساری ساری رات گزار دیتے تھے۔

امی جان اور زرینہ کو شوق تھا کہ ہر سال چاند رات کو ریشم گلی میں چوڑیاں پہننے کے لئے جائیں اور انہیں لے جانے کی ڈیوٹی میری تھی۔ بہتیرا سمجھاتا تھا کہ عید سے دو ایک روز پہلے جا کر چوڑیوں کی شاپنگ کر لیس مگر ان کی ضد ہوتی کہ جانا چاند رات کو ہی ہے۔ وہاں گھنٹوں کھڑا ان کی واپسی کا انتظار کیا کرتا تھا۔ چوک میں لوگوں کا جم غفیر ہوتا تھا۔ کھوے سے کھوا چھلتا تھا۔ خوانچے والے بھی وہاں آ جاتے تھے اور مستقل پان، بیڑی، سگریٹ اور چائے کی صدائوں میں کان پڑی آواز سنائی نہیں دیتی تھی۔ گلی کے نکڑ پر لوگوں کا ازدحام ہوتا تھا جو اچک اچک کر دیکھتے تھے کہ ان کی خواتین کی واپسی کا کوئی امکان ہے یا نہیں۔ پولیس والے بار بار انہیں دھکے دے کر پیچھے دھکیلتے تھے۔ کچھ غنڈے قسم کے لڑکے بھی وہاں لڑکیوں کو چھیڑنے کے لئے آجاتے تھے اور پولیس والے اکثر ان کی پٹائی کر دیتے تھے۔ ایک مرتبہ اس طوفان بد تمیزی میں میری بھی پٹائی ہوتے ہوتے رہ گئی۔ ہوا یوں کہ جب امی جان اور زرینہ کو بہت دیر ہو گئی تو میں تنگ آ کر لوگوں کو چیرتا ہوا گلی کے نکڑ پر پہنچ گیا اور

پنجوں کے بل اچک اچک کر دیکھنے لگا کہ شاید ان کی واپسی کے کوئی آثار نظر آ جائیں۔ اسی دوران ایک پولیس والا میرے پاس پہنچ گیا۔

"کیوں میاں، کیا تاک جھانک کر رہے ہو؟" اس کی نیت اچھی نہیں لگتی تھی۔ معلوم ہوتا تھا کہ اس کا ہاتھ اٹھنے ہی والا ہے۔

"ارے نہیں انسپکٹر صاحب،" میں نے جواب دیا، "دراصل میری والدہ اور بہن بڑی دیر سے گئی ہیں مگر ابھی تک ان کا کوئی پتہ نہیں ہے۔"

وہ میری شائستگی سے متاثر ہو کر بولا، "خواتین کو سال میں ایک ہی بار تو موقع ملتا ہے۔ آ جائیں گی، جلدی کیا ہے۔"

زمانہ بیت گیا مگر آج بھی جب ریشم گلی سے گزرتا ہوں تو مجھے حسینی بھائی یاد آ جاتے ہیں۔ اب تو بہت بوڑھے ہو چکے ہوں گے یا ممکن ہے کہ انتقال بھی ہو گیا ہو۔ ریشم گلی کے اندر ہی حسینی بھائی کی لائبریری تھی جہاں ابنِ صفی کے سارے پُرانے ناول ایک آنہ روز پر ملتے تھے، البتہ خاص نمبر کا کرایہ دو آنے یومیہ تھا۔ اسکول کے زمانے میں سالانہ امتحان کا آخری پرچہ دے کر میں اور عرفان سیدھے حسینی لائبریری کا رخ کرتے تھے۔ لائبریری کیا تھی بس پان بیڑی کا ایک کیبن تھا جس میں تینوں طرف شیلف بنا کر کتابیں لگا دی گئی تھیں اور کیبن کے اوپر حسینی لائبریری کا بورڈ لگا ہوا تھا۔ حسینی بھائی کے زیادہ تر گاہک پان، بیڑی اور سگریٹ ہی لینے آتے تھے مگر سائیڈ میں لائبریری بھی چلتی تھی۔ ایک موٹے سے رجسٹر میں لائبریری کا ریکارڈ گجراتی میں لکھتے تھے۔ ہر ورق پر جگہ جگہ کتھے کے دھبّے تھے۔ کسی کی سمجھ میں نہیں آتا تھا کہ اُن کا سسٹم کیا تھا مگر جیسے ہی کوئی کتاب واپس آتی، فوراً ہی وہ اُس صفحے پر پہنچ جاتے جہاں اُس کا اندراج ہوتا تھا اور دن گِن کر بتلا دیتے کہ کتنا کرایہ بنا۔ اُن کے کیبن پر دن بھر گاہکوں کا جمگھٹا لگا رہتا تھا۔ بات بہت کم کرتے تھے کیونکہ منہ میں ہر وقت پان دبا رہتا تھا جس کی وجہ سے اُن کا ایک رخسار مستقل پھولا رہتا تھا۔ اگر بات کرنی ہی پڑ جائے تو منہ اوپر کر کے گٹ گٹراہٹ کے ساتھ بولتے تھے تاکہ پان کی پیک منہ سے نہ نکل پڑے۔ کیبن کے اندر ہی ایک اگال دان رکھا رہتا تھا جس میں تھوڑی تھوڑی دیر کے بعد پیک تھوک کر ایک اور پان منہ میں ڈال لیتے تھے۔ غالباً اُن کا اصل بزنس لائبریری ہی تھا، پان کی دکان تو اُنہوں نے صرف پان کھانے

کے لئے لگار کھی تھی۔

میں یہ ایک وقت چار پانچ کتابیں لیتا تھا اور عرفان بھی ابنِ صفی کے ناولوں کے علاوہ اپنی امی کے لئے ہاجرہ مسرور یا اے۔ آر۔ خاتون کا کوئی ناول لے لیتا تھا۔ لوگ کہتے تھے کہ حسینی بھائی کی لائبریری میں وہی وہانوی کے فحش ناول بھی تھے جو اٹھنّی روز پر ملتے تھے، مگر صرف وہ لوگ لے سکتے تھے جن پر حسینی بھائی کو اعتبار تھا۔ باقی سب کو ٹرخا دیتے تھے۔

یادیں اور باتیں سب پُرانی ہو چکی ہیں۔ میں اور عرفان کچھ ہی دنوں میں کالج سے فارغ ہو کر یونیورسٹی میں پہنچنے والے تھے مگر ہماری دوستی برقرار تھی۔ عرفان کے والد کا تبادلہ کسی چھوٹی سی جگہ ہو گیا تھا مگر بچوں کی تعلیم کی وجہ سے فیملی کو منتقل نہیں کیا تھا۔ شگفتہ کالج کے پہلے سال میں تھی اور فہمیدہ باجی فلسفے میں ایم۔ اے کر رہی تھیں۔ یہ اُن کا بھی آخری سال تھا۔ پہلے سے ہی کم گو تھیں، اب فلسفے نے اُن کی رہی سہی چولیں بھی ڈھیلی کر دی تھیں۔ اگر بولتی بھی تھیں تو اتنے بڑے بڑے الفاظ استعمال کرتیں کہ سننے والا منہ کھولے بیٹھا رہ جاتا تھا۔ رہی شگفتہ، تو وہ ویسی ہی کھلنڈری اور شرارتی تھی۔ ہر بات کا مذاق بنا لیتی تھی۔

اسکولوں کے امتحانات کے بعد میری ٹیوشنز تو اگلے سال تک کے لئے ختم ہو چکی تھیں لہٰذا کالج کے بعد عرفان کے ساتھ اُس کے گھر ہی چلا جاتا تھا جہاں ہم دونوں کمبائنڈ اسٹڈی کرتے تھے۔ اُس دن ڈرائنگ روم میں ہم وسعقاد دونوں بیٹھے پڑھ رہے تھے۔ عرفان انگلش کا کوئی مضمون لکھ رہا تھا اور میں گروپ تھیوری کا کوئی سوال حل کرنے میں لگا ہوا تھا۔ پیچھے صوفے پر فہمیدہ باجی بیٹھی ہوئی اپنی تھیسیس کی پروف ریڈنگ کر رہی تھیں۔ شگفتہ ہمیشہ کی طرح کافی ٹیبل پر کاپیاں پھیلائے ہوئے قالین پر بیٹھی ہمیں تنگ کر رہی تھی۔ کبھی ربر بینڈ میں کاغذ کا ٹکڑا پھنسا کر نشانہ لگا کر ایسا مارتی کہ سیدھا میری گردن پر لگتا، کبھی گنگناتی، "کیسے بیٹھے ہیں بندر میرے اُلّو کی طرح۔"

آخر تنگ آ کر میں نے کہا، "یار عرفان، میں اِس شگفتہ کی بچی کا اِس لئے لحاظ کرتا ہوں کہ تمہاری بہن ہے۔ اگر میری بہن ہوتی تو اب تک ایک ہاتھ جڑ دیتا۔"

"ایک آدھ ہاتھ میری طرف سے بھی جڑ دینا،" عرفان نے سر اُٹھائے بغیر جواب دیا۔

شگفتہ ایسی بن گئی جیسے اُس نے کچھ سنا ہی نہ ہو۔ جب اُسے مجھ سے اور عرفان سے خاطر خواہ رِدّ

عمل نہیں ملا تو بور ہو کر فہمیدہ باجی کی طرف متوجہ ہو گئی۔

"باجی ہمارے کالج میں اِس سال ایک نئی لڑکی آئی ہے۔ اُس کا نام مومنہ ہے۔ بڑے کمال کی لڑکی ہے۔"

"اچھا، کیا کمال کر دیا اُس نے؟" فہمیدہ باجی نے پوچھا۔

مومنہ کا نام سُنتے ہی میرے کان کھڑے ہو گئے۔ میری نظریں تو نوٹ بک پر ہی تھیں مگر کان شگفتہ کی گفتگو پر لگے ہوئے تھے۔

"ارے یہ پوچھیں کہ کیا کمال نہیں کیا۔ اسپورٹس میں آل راؤنڈر ہے۔ ٹریک اینڈ فیلڈ میں اِس سال سارے کپ اُسی نے جیتے ہیں اور زبردست قسم کی ڈیبیٹر ہے۔"

"ہوں!" معلوم ہوتا تھا کہ فہمیدہ باجی کو اِس گفتگو میں کوئی دلچسپی نہیں تھی۔

"پچھلے مہینے ہمارے یہاں سالانہ ڈیبیٹس کا مقابلہ تھا۔ مومنہ کو قرارداد کے حق میں بولنا تھا مگر جب اُس نے قرارداد کی مخالفت میں تقریر شروع کی تو آڈینس نے سمجھا کہ اُسے کوئی غلط فہمی ہوئی ہے۔ تقریر بھی بہت اچھی تھی مگر ہر ایک یہی سمجھ رہا تھا کہ ڈِس کوالیفائیڈ ہو جائے گی لیکن تقریر کے دوران میں ایسا پلٹا کھایا اور مخالفت میں جو دلائل دیے تھے اُن کی ایک ایک کر کے ایسی دھجّیاں اُڑائیں کہ پورا ہال تالیوں سے گونجنے لگا اور اُس نے ٹرافی جیت لی۔"

"بہت خوب! قرارداد کیا تھی؟" فہمیدہ باجی نے اپنی تھیسس کے ڈرافٹ پر ایک جگہ پنسل سے نشان لگاتے ہوئے پوچھا۔

"جُدا ہو دیں سیاست سے تو رہ جاتی ہے چنگیزی۔"

"اچھا ٹاپک ہے!"

بات وہیں ختم ہو گئی۔ میں چاہتا تھا کہ شگفتہ مزید کچھ اور کہے مگر معلوم ہوتا تھا کہ فہمیدہ باجی اپنے کام میں مصروف تھیں۔ آخر میں مایوس ہو کر اپنے کام کی طرف متوجہ ہو گیا۔

"بلال، تم تو مومنہ کو جانتے ہو گے،" شگفتہ کچھ دیر کے بعد بولی۔ "وہ تمہاری کالونی میں ہی رہتی ہے۔"

"نہیں، مجھے یاد نہیں کہ میں نے یہ نام پہلے سنا ہو،" میں نے ہکلاتے ہوئے جواب دیا۔

"میں اُس سے پوچھوں گی، شاید وہ تمہیں جانتی ہو۔"

میری سمجھ میں نہیں آرہا تھا کہ میں نے تو مومنہ کو طلاق ہی دی دی تھی تو پھر میرا دل کیوں اتنے زور سے دھڑکنا شروع ہو گیا تھا اور پسینہ بھی آنے لگا تھا۔

"اِس مہینے ایک رسالے میں اُس کا ایک مضمون چھپا ہے،" شگفتہ کچھ دیر بعد بولی۔

"اچھا، کون سے رسالے میں؟" میرے منہ سے اچانک نکلا۔

"یہ تو مجھے یاد نہیں۔"

میں کچھ شرمندہ سا ہو گیا، کیوں خواہ مخواہ میں نے اپنا منہ کھولا۔ کہیں کسی کو شک نہ ہو جائے کہ میں مومنہ میں دلچسپی لے رہا تھا مگر پھر یہ سوچ کر مطمئن ہو گیا کہ شگفتہ نے نوٹ نہیں کیا۔

میں اب تک خوش تھا کہ میں نے پورا ہفتہ مومنہ کے متعلق سوچے بغیر گزارا تھا مگر اب پھر میرے دماغ میں تجسس کلبلانے لگا۔ 'کون سے رسالے میں مضمون چھپا ہے؟ مضمون کا موضوع کیا ہے؟' میں کافی دیر اسی اُدھیڑ بُن میں لگا رہا۔ نظریں کتاب پر تھیں مگر خیالات کہیں اور تھے۔ آخر تنگ آ کر اُٹھ کھڑا ہوا۔

"کیوں کہاں چل دیے؟" عرفان نے اپنا قلم ایک طرف رکھتے ہوئے پوچھا۔

"بس یار چلتا ہوں، ایک کام یاد آ گیا۔"

"آخر یہ اچانک کون سا کام یاد آ گیا؟"

"بس وہ امی جان نے دو ایک چیزیں بازار سے لانے کے لئے کہا تھا، وہ اچانک یاد آ گئیں،" میں نے جھنجھلا کر جواب دیا۔ میں عرفان کے سوالات سے تنگ آ چکا تھا۔

"خیر، کل ملاقات ہو گی،" عرفان نے مشکوک نظروں سے دیکھتے ہوئے مجھے خدا حافظ کہا۔

وہاں سے نکل کر میں سیدھا رحجو بھائی کے بک اسٹال پر پہنچا جہاں موجودہ مہینے کے رسالے ایک قطار میں سجے ہوئے تھے۔ اُس زمانے میں رسالے بس گنے چنے ہی ہوتے تھے، کچھ فلمی رسالے اور کچھ خواتین کے رسالے۔ ابھی ڈائجسٹوں کی بھرمار نہیں ہوئی تھی۔ میں نے سوچا کہ مومنہ فلمی رسالے میں تو نہیں لکھے گی کیونکہ مذہبی لڑکی ہے، لہٰذا میں زیب النساء کا تازہ پرچہ اُٹھا کر فہرستِ مضامین پڑھنے لگا مگر کہیں مومنہ کا مضمون نہیں تھا۔ دو ایک اور رسالے دیکھ کر سوچا کہ فلمی رسالے

بھی دیکھ ہی لئے جائیں مگر وہاں بھی کچھ نہیں ملا۔ رجو بھائی بار بار بے چینی سے پہلو بدل رہے تھے۔ آخر کار بول ہی پڑے، "کیوں میرے بھائی، کیا سارے رسالے کھڑے کھڑے ہی پڑھ ڈالو گے؟"

"نہیں رجو بھائی، ایک خاص آرٹیکل کی تلاش تھی مگر معلوم نہیں تھا کہ کون سے رسالے میں ہے۔"

اِتنے میں میری نظر پیچھے رکھے ہوئے ایک رسالے پر پڑی جو میں نے پہلے کبھی نہیں دیکھا تھا، ماہنامہ نفسیات۔ بس دو تین جلدیں ہی تھیں، معلوم ہوتا تھا کہ زیادہ نہیں پڑھا جاتا تھا۔ میں نے ایک کاپی اُٹھالی اور رجو بھائی کی بے صبری کے پیشِ نظر جلدی سے ورق پلٹ کر فہرستِ مضامین پر نظر ڈالی۔ پہلا ہی مضمون تھا، "یَنگ اور ایڈلر، ایک تصویر کے دو رُخ۔ مومنہ خانم"۔

رجو بھائی کی جان میں جان آئی جب میں نے ڈیڑھ روپیہ نکال کر اُن کے ہاتھ پر رکھ دیا اور وہاں سے اتنی تیزی سے اِدھر اُدھر دیکھتا ہوا رخصت ہوا جیسے کوئی چور چوری کرکے بھاگ رہا ہو اور اُسے ڈر ہو کہ کوئی دیکھ نہ لے۔ نزدیک ترین ریسٹورنٹ میں گھس کر چائے کا آرڈر دیا اور رسالہ کھول کر بیٹھ گیا۔ 'اچھا تو محترمہ نفسیات میں دلچسپی رکھتی ہیں'۔ ایک زمانے میں میں خود نفسیات میں جو کچھ مل جاتا تھا وہ پڑھتا تھا۔ چھٹیوں کے زمانے میں تھیوسفیکل ہال کی لائبریری میں سارا دن بیٹھا نفسیات کے سیکشن کی ایک ایک کتاب کو کھنگالا کرتا تھا۔ مجھے معلوم تھا کہ کارل یُنگ ایک مشہور ماہر نفسیات تھا جس نے تجزیاتی نفسیات کی بنیاد ڈالی تھی۔ اُس کے نزدیک شخصیت کی تکمیل کے لئے ضروری تھا کہ شعور اور لاشعور ایک دوسرے میں مدغم ہونے کے باوجود اپنی اِنفرادیت کو برقرار رکھیں۔ اُس کے برخلاف الفریڈ ایڈلر نے انفرادی نفسیات کی بنیاد ڈالی تھی اور اُس کے نزدیک شخصیت کی کجی کی جڑیں احساسِ کمتری میں تھیں۔ ابتدا میں ایڈلر یَنگ سے بے حد متاثر تھا بلکہ اُسے اپنا اُستاد مانتا تھا مگر بعد میں اُس کے خیالات سے اختلاف کرکے علیحدگی اختیار کرلی تھی۔ مومنہ کا نظریہ یہ تھا کہ چونکہ احساسِ کمتری کی بنیاد لاشعور میں ہی پڑتی ہے لہٰذا یَنگ اور ایڈلر کا ایک ہی نظریہ ہے، فرق صرف زاویے کا ہے، کان اِدھر سے پکڑو یا اُدھر سے پکڑو، بات ایک ہی ہے۔

"ہوں، دلچسپ زاویہ ہے،" میں منہ ہی منہ میں بڑبڑایا۔ میرا خیال یہ تھا کہ یَنگ ماہر نفسیات کم اور فلسفی زیادہ تھا، خصوصاً ہندو مذہب کے مطالعے کے بعد تو وہ ذہنِ انسانی کو مکمل طور پر ایک فلسفی

کی نگاہ سے دیکھتا تھا جبکہ ایڈلر کے نظریے کو عملاً نا پا اور پرکھا جا سکتا ہے۔ رسالہ بند کرتے ہوئے میں نے اپنے سامنے رکھی ہوئی چائے کی پیالی دیکھی جو ٹھنڈی ہو چکی تھی۔ مجھے پتہ ہی نہیں چلا کہ کب بیرا چائے رکھ گیا تھا۔ میں اُٹھا اور کاؤنٹر پر بیٹھے ہوئے ایرانی مینیجر کے سامنے دونّی رکھ کر باہر نکل آیا۔ کہاں تو کل تک کُوانٹم فزکس کے پیچھے پڑا ہوا تھا اور آج سے نفسیات کا دورہ پڑ گیا۔ میں نے فیصلہ کر لیا کہ ماہنامہ نفسیات کے ایڈیٹر کو خط لکھوں گا جس میں مومنہ کے نظریے پر تنقید کروں گا۔ چلتے چلتے میں نے رسالے کے ورق پلٹے اور اُس صفحے کو دیکھ کر مطمئن ہو گیا جہاں ایڈیٹر کی ڈاک کا کالم تھا اور قارئین کے خطوط چھپے تھے۔ اگلے دن میں نے کالج کی لائبریری میں بیٹھ کر ایڈیٹر کے نام ایک لمبا چوڑا خط لکھا اور مومنہ کے ردِّ عمل کے متعلق سوچ کر مسکرا دیا، مگر پھر کچھ خیال آیا اور لفافے میں ڈالنے سے پہلے ہی پھاڑ کر میز کے نیچے رکھی ہوئی کوڑے کی ٹوکری میں ڈال دیا۔

***

امتحانات ختم ہو چکے تھے۔ طلبا کے جُھنڈ ٹِڈّی دل کی طرح ریسٹورنٹس اور سنیما گھروں میں منڈلاتے پھرتے تھے۔ کیفے جارج میں سارے دن انٹیلیکچوئل حضرات سگریٹیں پی پی کر سرخ انقلاب کو خوش آمدید کہنے کی منصوبہ بندی کرتے رہتے تھے۔ فردوس سنیما پر مارننگ شو پر لمبی لمبی قطاریں ہوتی تھیں جن میں ہر ایک دعوے دار ہوتا تھا کہ قطار میں کسی نے اُس سے زیادہ لارنس آف عریبیہ نہیں دیکھی ہوگی۔ ہر پان والے کی کیبن میں سارا دن ریڈیو پر "ہم بھول گئے ہر بات، مگر تیرا پیار نہیں بھولے" بجتا رہتا تھا۔ غرض شہر میں ہر طرف گہما گہمی نظر آتی تھی۔

میرا پروگرام آج عرفان کے ساتھ کبوتروں کا شکار کرنے کا تھا۔ شہر سے باہر چمڑے کی فیکٹریوں کے آس پاس جنگلی کبوتروں کی بھر مار تھی۔ اسکول کے زمانے سے ہی ہم دونوں اکثر چُھٹّی کے دن وہاں شکار کرتے تھے۔ عرفان کے پاس ایک پرانی ڈایانا کی ایئر گن تھی۔ میرے ہاتھ میں ایک تھیلا ہوتا تھا جس میں کبوتروں کو ذبح کرنے کے لئے چاقو رہتا تھا۔ راستے میں ایک نالہ پڑتا تھا جس میں کمر تک پانی ہوتا تھا۔ نالہ پار کرنے کے لئے ہم دونوں اپنی پتلونیں اُتار کر کندھے پر ڈال لیتے اور انڈر ویئر ہاتھ میں لے کر نالہ پار کرتے تھے۔ یہی وجہ تھی کہ عرفان جب کبھی کسی نئے دوست سے میرا تعارف کراتا تھا تو مجھے اپنا لنگوٹی اُتار دوست کہتا تھا۔

155

"ہم نے ایک دوسرے کو نگاہ دیکھا ہے،" وہ بڑے فخر سے کہتا تھا۔ "اِس سے زیادہ اور کیا دوستی ہو سکتی ہے؟"

دن بھر میں دس بارہ کبوتر مار لیتے تھے جو کافی تھے۔ اُن ہی سے تھیلا بھر جاتا تھا۔ گھر آکر چاچا دھڑیں بخش کے حوالے کر دیتے اور وہ بھون بھان کر شام کی چائے کے وقت تک تیار کر دیتے تھے۔

پروگرام کے مطابق ہمیں صبح ہی شکار کے لئے نکلنا تھا مگر مجھے پہنچتے پہنچتے دیر ہو ہی گئی۔ میں جیسے ہی گیٹ میں داخل ہوا تو دروازے کے سامنے ہی اُن کی کار کھڑی نظر آئی، قریب ہی بوڑھا ڈرائیور کھڑا کسی کا انتظار کر رہا تھا۔

"کیوں سائیں، کوئی باہر جا رہا ہے؟" میں نے پوچھا۔

"وہ چھوٹی بی بی کی کوئی سہیلی آئی ہیں، اُنہیں لے کر بازار جانا ہے۔"

میں ہاتھ کے اشارے سے اُسے خدا حافظ کہتا ہوا آگے بڑھ گیا۔ دروازے پر پہنچا تو اندر سے شگفتہ باہر نکل رہی تھی۔ اُس کے ساتھ برقعے میں ملبوس ایک لڑکی تھی۔ میری نظر سیدھی اُس کے ہاتھ پر پہنچی اور میں فوراً پہچان گیا۔ یہ مومنہ تھی اور میرے سامنے چند فُٹ کے فاصلے پر کھڑی تھی۔

"سنا ہے کہ آپ دونوں آج پھر قتل و غارت گری کی مہم پر روانہ ہو رہے ہیں،" شگفتہ کا اشارہ ہمارے شکار کے پروگرام کی طرف تھا۔

میں بھونچکا سا کھڑا تھا۔ میرا حلق خشک ہو رہا تھا اور کوشش کے باوجود منہ سے الفاظ نہیں نکل رہے تھے۔

"یہ میری دوست مومنہ ہیں،" شگفتہ نے اپنی سہیلی کی جانب اشارہ کرتے ہوئے کہا۔

"السلام علیکم،" میرے منہ سے بس اِتنا ہی نکلا۔

"اور یہ بلال ہیں، عرفان کے دوست"

"جی، میں بلال سے غائبانہ طور پر واقف ہوں،" مومنہ نے جواب دیا۔ "ہم ایک دوسرے کے پڑوسی ہیں۔"

میں مومنہ کے طرزِ تکلم پر حیران ہو گیا۔ برقع پوش خواتین عموماً غیر مردوں سے گفتگو کرتے ہوئے کتراتی ہیں، مگر مومنہ کے لہجے میں کسی قسم کی جھجک نہیں تھی۔ اُس کی بے تکلفی سے میری

ہمت بھی بڑھی کہ بغیر ہکلائے ہوئے بول سکوں۔

"جی، مومنہ کا تعارف پہلے ہی محلے کے بچے کرا چکے ہیں، سارے بچے اِن کے فین ہیں۔"

"فین تو وہ تمہارے بھی ہیں، بلکہ مجھے تو کبھی کبھی تم پر رشک آتا ہے۔"

"رشک تو مجھے بھی آپ پر آتا ہے، میں نے پورے سال محنت کر کے اُنہیں اپنا مرید بنایا تھا اور آپ نے آتے ہی پائیڈ پائپر کی طرح اُنہیں اپنے پیچھے لگا لیا"

شگفتہ کی سمجھ میں نہیں آ رہا تھا کہ اِس گفتگو کا پس منظر کیا ہے۔ آخر اُس نے دخل دے ہی دیا۔

"اچھا بھئی، عرفان آپ کا انتظار کر رہا ہے،" شگفتہ نے ٹوکا۔ "آپ لوگ اپنے خون خرابے پر جائیں اور ہم لوگ چلے شاپنگ کے لئے۔"

میں نے انہیں خدا حافظ کہا اور وہیں کھڑا رہا۔ سامنے ڈرائیور کار کا دروازہ کھولے اُن کا منتظر تھا۔ جب کار آگے بڑھی تو میں نے ہاتھ ہلا کر ایک بار پھر خدا حافظ کہا اور دیر تک وہیں کھڑا ہو مومنہ کے متعلق سوچتا رہا۔ 'کس قسم کی لڑکی ہے؟ مذہبی بھی نہیں لگتی، پھر برقع کیوں پہنتی ہے؟' اُس سے باتیں کرتے ہوئے بالکل یاد نہیں رہتا کہ بیچ میں نقاب حائل ہے،' میں سوچتا رہا اور یہ سمجھنے سے قاصر تھا کہ جس لڑکی کے لئے میں کچھ دن پہلے دیوانگی کی سرحدوں کو چھو رہا تھا، آج میں اُس سے بلا جھجھک گفتگو کر رہا تھا، کہیں اِس کی وجہ یہ تو نہ تھی کہ پہلے میں نے صرف اُس کا ہاتھ دیکھا تھا اور آج میں نے اُس کی آواز سنی تو اُس کی پراسراریت کچھ کم ہو گئی۔ ممکن تھا کہ جب میں اُسے برقعے کے بغیر دیکھتا تو ایک معمولی لڑکی نکلتی۔ کیا وہ برقعے کو بطورِ ہتھیار استعمال کر رہی تھی؟ اِسی مخمصے میں میں کافی دیر دروازے پر کھڑا ہوا لان میں چڑیوں کے اُس جھنڈ کو دیکھتا رہا جو فوارے پر پانی پی رہی تھیں۔ اتنے میں عرفان دروازہ کھول کر باہر نکلا۔

"ارے تم یہاں کھڑے ہو اور میں تمہارے انتظار میں سوکھ رہا ہوں۔"

"میں شگفتہ اور اُس کی سہیلی کو خدا حافظ کہہ رہا تھا،" میں نے جواب دیا۔

"اچھا، تو چلیں؟"

"تمہاری بہن طعنہ دے گئی ہے کہ ہم قتل و غارتگری کی مہم پر جا رہے ہیں۔"

"ہاں، جب بھُنے ہوئے کبوتر سامنے آئیں گے تو لمبے لمبے ہاتھ کر کے کھائے گی۔"

17

خُدا خُدا کر کے جیسے ہی امتحان ختم ہوئے، میں نے امی جان سے کہا کہ میں ماموں جان سے ملنے داد و جار ہاہوں۔

"یہ اچانک داد و کی کیا سو جھی؟" امی جان نے پوچھا۔

"بس، ماموں جان سے ملے ہوئے عرصہ ہو گیا۔ وہ تو ہمیں بھول ہی گئے ہیں، میرے خطوں کا جواب بھی ہفتوں بعد دیتے ہیں اور کبھی کبھار تو گول ہی کر جاتے ہیں۔ ذرا جا کر اُن کی خبر لیتا ہوں۔"

"ایسی بات نہیں۔ وہ کھیتی باڑی میں لگ گئے ہیں۔ تم اپنے باوا کو آنے دو پھر ہم سب چلیں گے۔"

"آپ لوگ تو سال بھر سے یہی کہتے آ رہے ہیں مگر اباّ میاں کو اپنے دوروں سے فرصت ہی نہیں مل پاتی۔"

"پھر بھی تم اُنہیں آنے تو دو، بیٹھ کر پروگرام بنا لیتے ہیں۔"

"امی جان مجھے تو آپ اجازت دے ہی دیں۔ میں پڑھ پڑھ کر تھک گیا ہوں۔ بس دو ایک دِن میں واپس آ جاؤں گا۔"

"ٹھیک ہے، چلے جاؤ، مگر اپنے ماموں کی طرح وہیں کے مت ہو جانا۔"

دراصل ایک تو پڑھائی کا بوجھ، اوپر سے مومنہ میرے دماغ پر بھوت بن کر سوار ہو گئی تھی اور میں کچھ وقت کے لئے اس ماحول سے نکلنا چاہتا تھا۔ ماموں جان ہمیشہ میرے راز ہوتے تھے اور اُن کے سامنے میں کھل کر بات کر لیتا تھا۔

میری منزل گوٹھ ہالیجو تھا جس کی آبادی سو سوا سو نفوس پر مشتمل تھی اور داد و شہر کے مشرقی نکڑے سے اس کا فاصلہ ڈیڑھ میل تھا۔ داد و پہنچ کر بس ایک چھپر پڑے ہوئے ہوٹل کے سامنے رُکی جس کے سامنے گاہک چار پائیوں پر بیٹھے خوش گپیوں میں مصروف تھے اور دو تین لڑکے چائے کے کپ لئے آجا رہے تھے۔ اندر فُل والیوم پر ریکارڈ بج رہا تھا، "جل جا پرائی آگ میں، پروانہ کہہ گیا۔"

'لاحول ولا قوّۃ، معلوم ہوتا ہے کہ یہاں بھی چھٹکارا نہیں ملے گا،' میں نے سوچا۔

سامنے ایک شخص اپنی چائے ختم کر کے اُٹھا اور چائے والے کو پیسے دے کر اپنی کُلہاڑی کندھے پر رکھی۔ میلی سی شلوار قمیص، سر پر اجرک کی پگڑی، سانولا سارنگ، بڑی بڑی سیاہ مونچھیں اور آنکھوں کے اوپر گھنی بھویں۔ شاید اپنے ساتھیوں کو کوئی لطیفہ سُنا کر اُٹھا تھا کیونکہ وہ بھی تک قہقہے لگا رہے تھے۔ اُس کے ہونٹوں پر مُسکراہٹ تھی اور آنکھوں سے شرارت ٹپک رہی تھی۔

"اللہ واہی،" اُس نے مڑ کر اپنے دوست سے کہا جو حیدر آباد جانے والی بس میں چڑھ رہا تھا۔

"اللہ واہی۔ محبّتوں قائم تہ جُدائی آہے ای کونہ،" اُس نے جواب دیا۔

"سلام علیکم،" میں آگے بڑھ کر بولا۔

"والیکم سلام؟" اُس نے مُسکرا کر جواب دیا اور مجھے سوالیہ نظروں سے دیکھنے لگا۔

"آپ کو معلوم ہے کہ اللہ و سایو جام ٹریو کی زمین کس طرف ہے؟"

"ہاں سائیں، وہ سامنے گوٹھ ہے، اللہ و سایو وہیں رہتا ہے۔"

"بہت بہت شکریہ،" میں نے ہاتھ کے اشارے سے خدا حافظ کہا اور آگے بڑھ گیا۔

"آپ میرے ساتھ چلو۔ میں بھی اُدھر جا رہا ہوں۔"

آگے جا کر ہم سڑک چھوڑ کر ایک پگڈنڈی پر ہو لیے۔ میری سمجھ میں نہیں آرہا تھا کہ اُس سے کیا بات کروں۔ پھر وہ خود ہی میری طرف دیکھ کر بولا، "آپ شہر سے آرہے ہو؟"

"جی، میں حیدر آباد سے آرہا ہوں۔" میں نے جواب دیا۔

"میں ایک دفعہ حیدر آباد گیا تھا، اُڑن کھٹولے کو دیکھنے کے لئے۔"

"اُڑن کھٹولے کو دیکھنے کے لئے؟"

"فلم، اُڑن کھٹولا!" اُس نے زور دے کر کہا، "میرا سلام لے جا، میرا پیام لے جا، اُڑن

کھٹولے والے راہی۔"

اُس نے باقاعدہ گانا شروع کر دیا پھر داد طلب نظروں سے میری طرف دیکھ کر قہقہہ لگایا اور اپنی بھویں اُچکائیں۔

"اچھی فلم تھی، میں نے بھی دیکھی تھی،" میں نے کہا۔

"ہم سارے دوست مل کر گئے تھے۔ حیدر آباد اچھا شہر ہے۔ اللہ وسایو کا بھاڑینجا بھی حیدر آباد میں پڑھتا ہے۔"

"آپ محمود کو جانتے ہیں؟"

"ہاں، اللہ وسایو میرا۔۔ وہ ہے۔۔ چاچے جو پُتّر،" اُس نے سوچ کر کہا۔

"چچازاد بھائی؟"

"ہاں، ہاں۔ چچازاد بھائی۔"

"واقعی دنیا بہت چھوٹی ہے، محمود میرے ساتھ کالج میں پڑھتا ہے۔"

ایک پگڈنڈی سے دوسری پگڈنڈی پر ہوتے ہوئے اور کھیتوں کے درمیان پانی کے نالوں کو پھلانگتے ہوئے ہم کوئی ایک ڈیڑھ میل نکل آئے تھے۔ اُس نے رُک کر دور اشارہ کیا۔ "وہ سامنے اللہ وسایو کی زمین ہے۔ آپ بولو تو میں ساتھ چلتا ہوں۔"

"نہیں، بہت بہت شکریہ۔ سامنے ہی تو ہے۔ میں پہنچ جاؤں گا۔"

آگے چل کر سامنے ایک نالہ تھا جسے پار کر کے میں ایک چھوٹے سے کچّے مکان کی پُشت پر تھا۔ وہاں سے چکّر کاٹ کر آگے بڑھا۔ سامنے کھیت میں ہل چلا کر سہاگہ دے دیا گیا تھا اور داب دے کر زمین ہموار کر دی گئی تھی، معلوم ہوتا تھا کہ زمین بُوائی کے لئے تیار تھی۔ مکان کے سامنے نیم کے درخت کے نیچے ایک چھوٹی سی چارپائی پر کوئی آلتی پالتی مارے بیٹھا ہوا تھا۔ جب نزدیک پہنچا تو معلوم ہوا کہ ماموں جان تھے۔ پہلی نظر میں تو میں نے پہچانا ہی نہیں۔ میلی کچیلی شلوار قمیص، سر کے بال بڑھے ہوئے، سر ہمیشہ ڈھکتے تھے مگر اب مخملی ٹوپی کی جگہ سندھی ٹوپی نے لے لی تھی، روزانہ شیو بنانے کے عادی تھے مگر اب بڑی بڑی مونچھیں تھیں اور شیو بڑھا ہوا تھا۔ میں نے نزدیک جا کر سلام کیا تو پلٹ کر دیکھا اور چیخ کر بولے، "ارے بلال میاں، میں خواب تو نہیں دیکھ رہا؟"

میں جُھک کر اُن سے چمٹ گیا اور بولا، "خواب تو میں دیکھ رہا ہوں ماموں جان، کیونکہ جاگتے میں تو آپ سے ملنا ناممکن ہے۔ آپ نے تو ہمیں چھوڑ ہی دیا۔"

"ارے کیسی بات کرتے ہو۔ میں تو تمہیں اُسی وقت چھوڑ سکتا ہوں جب روح جسم کو چھوڑ جائے۔"

اب میری نظر اُن کی بغل میں دبے ہوئے بکری کے بچّے پر پڑی جسے وہ بوتل سے دودھ پلا رہے تھے۔

"اِس بے چارے کی ماں چل بسی لہذا اب میں ہی اِس کی ماں ہوں،" اُنہوں نے اُسے پیار سے دیکھتے ہوئے کہا۔

بکری کا بچّہ اُچک اُچک کر جھٹکوں کے ساتھ بوتل کے نپل کو ماں کا تھن سمجھ کر چوس رہا تھا۔ بوتل خالی ہوئی تو اُنہوں نے بکری کے بچّے کو چھوڑ دیا اور وہ کودتا ہوا بھاگ گیا۔ ماموں جان نے سامنے دیکھا اور دونوں ہتھیلیاں منہ کے گرد لگا کر زور سے آواز دی، "ہو، محمود ہو ہو ہو!" میں نے پلٹ کر دیکھا تو دور کوئی شخص پھاؤڑے سے زمین کھود رہا تھا۔

"وہ محمود ہے کیا؟" میں نے پوچھا۔

"ہاں، نیم کا پیڑ لگا رہا ہے۔"

"یہ بھی عجیب بندہ ہے۔ کالج کی ایک ہفتے کی چھٹی ہوئی اور یہ پیڑ لگانے کے لئے یہاں پہنچ گیا۔"

معلوم ہوتا تھا کہ ماموں جان کی آواز محمود تک نہیں پہنچی۔ اِسی لئے وہ اپنی دھن میں لگا ہوا تھا۔ میں نے اِرد گرد نظر دوڑائی۔ ہم لوگ اونچائی پر بیٹھے تھے۔ غالباً یہ ایک ٹیلہ تھا جس پر ماموں جان کی چارپائی بچھی ہوئی تھی۔ نزدیک ہی نیم کا درخت تھا جس کے نیچے ایک گھڑونچی پر پانی کے دو مٹکے رکھے ہوئے تھے۔ ایک مٹکے کے ڈھکن پر ایلومینم کا ایک میلا کچیلا گلاس اوندھا دھرا تھا۔ گھر ذرا نشیب میں تھا اور اُس کے برابر ہی ایک بڑا سا باڑہ تھا جس کے گرد چار، ساڑھے چار فٹ اونچی کچّی مٹی کی چہار دیواری تھی جس پر جگہ جگہ اُپلے چپکے ہوئے تھے اور دروازے پر لکڑی کا ایک چھوٹا سا پھاٹک تھا۔ باڑے میں ایک جانب بھینس بندھی تھی اور اُس حصّے پر چھپر ڈال کر سایہ کر دیا تھا۔ بھینس کے پیچھے

گوبر کا ڈھیر لگ گیا تھا جس کے گرد مکھیاں بھنبھنا رہی تھیں۔ نزدیک ہی دو بکریاں بیٹھی تھیں اور ان کے ارد گرد کچھ مرغیاں چُگ رہی تھیں۔ کونے میں ایک بڑی سی ناند رکھی تھی جس میں تین چار پُرانی بالٹیاں ایک دوسرے پر چُنی ہوئی تھیں۔ ساتھ ہی دیوار سے ٹکی ہوئی کدالوں، بیلچوں اور کلہاڑیوں کی قطار تھی۔ بائیں جانب بھی ایک چھپّر تھا جس کے نیچے دو بیل کھونٹے سے بندھے جُگالی کر رہے تھے اور اُن کے برابر ایک گدھا آنکھیں بند کئے استارہا تھا۔ باڑے سے ملحق محمود کا گھر تھا جس کی کچی دیواروں پر غالباً حال ہی میں چونے کا پچارا پھیرا گیا تھا کیونکہ سفید براق دیواریں دھوپ میں چمک رہی تھیں۔ ٹیلے پر سے گھر کا آنگن صاف نظر آرہا تھا جس کے بیچوں بیچ کیاری میں ایک چھوٹا سا امرود کا درخت کھڑا تھا۔ کیاری میں شاید اسی دن پانی ڈالا گیا تھا کیونکہ درخت کے ارد گرد ابھی تک نمی تھی۔ ایک ہی نظر میں مجھے سارا منظر بڑا رومانی لگا۔

اتنے میں گھر سے ایک عورت نکلی اور ہماری طرف آنے لگی۔ میں نے پہلی نظر میں ہی اُس کا جائزہ لے لیا۔ اچھی خاصی لمبی ترنگی تھی۔ موٹی تو نہیں تھی مگر لگ رہی تھی کیونکہ چوڑی ہڈی کی تھی۔ دیکھتے ہی اندازہ ہو گیا کہ بڑے ٹھوس جسم کی ہے اور مشقّت کی عادی ہے، مگر اندر سے بڑی شانِ بے نیازی اور باوقار انداز سے مُسکراتی ہوئی نکلی تھی۔ اُس کی شخصیت سے میں بے حد متاثّر ہوا اور میں نے سوچا کہ اگر وہ پڑھی لکھی ہوتی تو شاید آرمی میں کرنل یا بریگیڈیئر ہوتی۔

"یہ ادی مختیار ہے، محمود کی ماں،" ماموں جان نے بتلایا۔ میں اُٹھ کر کھڑا ہو گیا۔

"ہی بلال آہے، مُنڈھن جو بھاڑے پینجو!" اُنہوں نے میرا تعارف کرایا۔

"بھلی کرے آ پاپُٹّر، بھلی کرے آیا،" اُس نے ہاتھ اُٹھا کر مجھ سے کہا اور نزدیک آ کر مُسکراتے ہوئے اپنا ہاتھ میری طرف بڑھا دیا۔ میں نے ہچکچاتے ہوئے اپنا ہاتھ بڑھایا اور مجھے محسوس ہوا جیسے میرا ہاتھ ایک کھردری لکڑی سے بنے ہوئے ہاتھ میں ہو۔ معلوم ہوتا تھا کہ ادی مختیار کی مُسکراہٹ اُس کے چہرے کا حصّہ تھی۔ میں سوچنے لگا کہ وہ غُصّے میں بھی مُسکراتی رہتی ہوگی۔ ماموں جان نے ایک بار پھر محمود کی طرف دیکھ کر ہانک لگائی، "ہواؤ، محمود ہو ہو ہو!" اِس بار محمود نے سر اُٹھا کر ہماری طرف دیکھا۔

"ڈِس تہ کیئر آیو آ ہے،" ماموں جان نے میری طرف اِشارہ کر کے کہا۔ میں نے ہاتھ ہلایا اور

محمود نے وہیں پاؤڈر پھینکا اور کپڑے جھاڑ کر دوڑ لگا دی۔

"ارے تُو تو کب آیا؟" وہ آ کر مجھ سے چمٹ گیا۔ اُس کے کپڑے پسینے میں بھیگے ہوئے تھے۔

"یار، تُو ذرا ہٹ کر کھڑا ہو، میں اِس وقت تیرے پسینے میں نہانے کے موڈ میں نہیں ہوں۔"

"مجھے پتہ ہی نہیں چلا کہ تُو اِدھر بیٹھا ہے۔"

"میں تو بڑی دیر سے یہاں بیٹھا ہوا تجھے دیکھ رہا ہوں اور ماموں جان تجھے آوازیں دیتے دیتے تھک گئے مگر تُو نے سُنا ہی نہیں۔"

اتنے میں دو لڑکے گھر کے اندر سے بھاگتے ہوئے باہر نکلے اور اُن کے پیچھے پیچھے ایک لڑکی ہاتھ میں ڈنڈا اٹھائے ہوئے باہر آئی۔ میں سمجھ گیا کہ وہ محمود کے بہن بھائی تھے۔ اتنی دیر میں دونوں لڑکے ہنستے ہوئے پلٹے اور اپنی بہن کو منہ چڑانے لگے مگر اُس کی توجّہ ہماری طرف تھی۔

"روبینہ یہ کیا ہو رہا ہے؟" ماموں جان نے ڈانٹ کر کہا۔

"ماموں، یہ دونوں شیطان کام نہیں کرنے دیتے،" اُس نے وہیں سے جواب دیا۔

"اچھا، اِدھر آؤ، بلال سے ملو،"

دونوں لڑکے بھاگتے ہوئے آئے اور وہ بھی ہاتھ میں ڈنڈا لئے ہوئے اُن کے پیچھے آئی۔

"یہ روبینہ ہے، یہ شبیر ہے اور یہ اقبال،" ماموں جان نے تینوں کا تعارف کرایا اور میری پیٹھ پر ہاتھ رکھ کر بولے، "اور یہ میرا بھانجا ہے، بلال۔ محمود اور بلال ایک ہی کلاس میں پڑھتے ہیں۔"

"تو ہاں ٹھیک تہ آہیو؟" میں نے شبیر سے ہاتھ ملاتے ہوئے پوچھا۔

"نہیں، نہیں،" ماموں جان نے چیخ کر کہا، "اِن کے ساتھ صرف اردو بولی جاتی ہے۔"

میں نے مڑ کر اِن کی جانب دیکھا۔ وہ بولے، "سندھی تو اِن کی مادری زبان ہے، میں اِنہیں اردو سکھا رہا ہوں۔"

ماموں جان فر فر سندھی بولتے تھے۔ میں اچھی خاصی بول لیتا تھا۔ اسکول کے زمانے میں ہمیشہ سندھی میں میرے نمبر اردو سے زیادہ آتے تھے حالانکہ اردو میری مادری زبان تھی۔ محمود کی اردو بھی اب بہت اچھی ہو گئی تھی خصوصاً اس لئے کہ اُسے اردو کا کلاسیکی لٹریچر پڑھنے کا خبط تھا۔ ادی مختیار البتہ اردو سے قطعی نابلد تھی۔

روبینہ، زرینہ کی عمر کی تھی۔ شبّیر چودہ پندرہ سال کا تھا اور اقبال ہو گا کوئی دس بارہ سال کا۔ اقبال ماموں جان کے کندھے پر اپنی کہنی ٹکائے کھڑا تھا اور میں اپنے خیالات میں گم، خود کو اُس ماحول میں اجنبی محسوس کر رہا تھا۔ جب سے ہوش سنبھالا تھا، ماموں جان کو ساتھ ہی دیکھا تھا اور اُنہوں نے بڑے پیار سے ہم بہن بھائی کو پالا تھا مگر اب وہ بالکل اجنبی اجنبی سے لگ رہے تھے۔ وہ کتنے بدل گئے تھے۔ وہ ماموں جان تو نہیں رہے تھے جن سے ہم واقف تھے۔ اُن کا لباس، اُن کا اندازِ گفتگو، اُن کا حلیہ، اُن کے رشتے، اُن کا رہن سہن، سب کچھ بدل چکا تھا۔ اچھے خاصے گورے چٹّے ہوا کرتے تھے مگر اب دھوپ میں کام کرتے کرتے رنگ بالکل میلا ہو گیا تھا۔ مجھے محمود اور اُس کی فیملی سے حسد ہونے لگا۔ یہ کیسی فیملی ہے جس نے ہمارے ماموں جان پر قبضہ کر لیا ہے۔ روبینہ نے اُنہیں "ماموں" کہا تھا اور اقبال اُن کے کندھے سے ایسا لگا ہوا تھا جیسے وہ واقعی اُس کے ماموں ہوں۔ محمود، ادی مختیار، روبینہ، شبّیر اور اقبال، ماموں جان کے گرد گھیرا ڈالے کھڑے تھے اور میں آنکھیں پھاڑ پھاڑ کر ہر ایک کا چہرہ دیکھ رہا تھا۔ اُن کی آوازیں کہیں دور سے آتی ہوئی محسوس ہو رہی تھیں اور اُن کی گفتگو شہد کی مکھیوں کی بھنبھناہٹ کی طرح لگ رہی تھی۔

تھوڑی دیر میں ماحول سے بالکل بے نیاز ہو گیا۔ میری نگاہ روبینہ پر مرکوز تھی جو بڑے انہماک سے ماموں جان کی باتیں سُن رہی تھی۔ کھلتا ہوا گندمی رنگ، دھنکیے کی تانت کی طرح کسا ہوا چھریرا بدن، لمبی لمبی پلکوں کا سائبان جو اُس کی زندگی سے بھر پور آنکھوں پر اس طرح جھکا ہوا تھا جیسے ابھی سوتے سوتے جاگی ہو۔ اُس کی توجہ ماموں جان کی طرف تھی جو کوئی کہانی سنا رہے تھے اور وہ ادھ کھلے ہونٹوں سے مسکرا رہی تھی۔ مجھے رہ رہ کر میر تقی میر کا شعر یاد آ رہا تھا۔

ناز کی اس کے لب کی کیا کہیے

پنکھڑی اک گلاب کی سی ہے

جب وہ مسکراتی تو اُس کے ہونٹ ہلکے سے وا ہو جاتے تھے، جن سے اس کے سفید دانتوں کی ایک باریک سی لکیر نظر آتی تھی جو اس کی خوب صورتی میں مزید اضافہ کر دیتی تھی۔ اچانک اُس نے میری جانب دیکھا اور ایک لمحے کے لئے مجھے محسوس ہوا کہ باوجود کوشش کے وہ اپنی نظریں نہ ہٹا سکی ہو۔ اُس ایک لمحے میں میرے اندر نہ جانے کتنی بجلیاں کوندیں، کتنے جوالا مکھی پھٹے، کتنے بگولے

اٹھے، اس کا اندازہ نہ مجھے ہوا اور نہ اسے۔ مگر ہم دونوں نے بہ یک وقت گھبرا کر ماموں جان کی طرف دیکھا جو اپنی کہانی سنانے میں مگن تھے۔

"جب ہمارا جہاز کراچی ایئر پورٹ پر چکر لگا کر ہاتھوں اوپر سے سڑکیں بالکل دھاگوں کی طرح نظر آ رہی تھیں جن پر تانگے اور موٹر کاریں بالکل کھلونے لگ رہی تھیں،" ماموں جان کہہ رہے تھے۔

"ماموں، آپ کو ڈر نہیں لگا،" اقبال نے پوچھا۔

"نہیں بھئی، ڈر کس بات کا؟"

"اتنی اونچائی پر مجھے تو بہت ڈر لگے گا۔"

مجھے کچھ شرمندگی سی ہوئی۔ کہیں کسی نے مجھے روبینہ کو گھورتے ہوئے نہ دیکھ لیا ہو۔ مجھے خصوصاً محمود کا خیال تھا۔ میں نے غیر ارادی طور پر ایک بار پھر روبینہ کی طرف دیکھا۔ اسی وقت اس کی نظر بھی میری جانب اٹھی اور گھبرا کر پھر ایک بار ہم دونوں نے ادھر ادھر دیکھنا شروع کر دیا۔

اچانک ایک مرغی اُڑتی ہوئی باڑے کی فصیل پھلانگ کر نکلی اور کھیتوں کی طرف بھاگنے لگی۔ ماموں جان گھبرا کر چارپائی پر کھڑے ہوئے اور چلّا کر بولے، "ارے پکڑو اُسے۔ شبّیر، اقبال، دوڑو!"

دونوں لڑکے مرغی کے پیچھے دوڑے اور گھیر گھار کر آخر پکڑ ہی لیا۔ ہم سب بڑی توجّہ سے اُس طرف دیکھ رہے تھے۔ شبّیر کی بغل میں مرغی دبی ہوئی پھڑ پھڑا رہی تھی۔ ماموں جان نے اطمینان کا سانس لیا اور بیٹھ گئے۔ مجھے بڑا عجیب سا لگا۔ آخر مرغی ہی تو تھی، ماموں جان کو اتنا پریشان ہونے کی کیا ضرورت تھی۔

"بچ گئی ورنہ آج زندگی سے ہاتھ دھو بیٹھتی،" ماموں جان نے کہا۔

"بے چاری مرغی، وہ بھی تو آزادی چاہتی ہے،" میں نے طنزیہ انداز میں کہا۔

"تم نہیں جانتے بلال میاں۔ پڑوسیوں نے اپنی زمین پر کتّا ر کھا ہوا ہے، وہ مرغیوں کا دشمن ہے۔ ہماری ایک مرغی پہلے ہی مار چکا ہے۔ میں تو پڑوسی سے لڑنے کے لئے پہنچ گیا تھا۔ اُلٹا اُس نے مجھے ہی ڈانٹنا شروع کر دیا اور کہنے لگا کہ کتّا خود اُس کی تین مرغیاں چٹ کر چکا ہے۔ میں بڑا شرمندہ ہوا اور اُس سے معافی مانگ کر آ گیا۔ یہاں آ کر میں نے سوچا کہ اگر کتّا اُس کی سو مرغیاں بھی مار ڈالے

تو اُس میں میرا کیا قصور ہے۔ کتّا تو اُسی کا ہے۔ مجھے پھر غُصّہ آیا اور میں اُس سے نمٹنے کے لئے واپس جانے لگا۔ وہ تو مجھے اللہ وسایو نے سمجھا بُجھا کر ٹھنڈا کیا اور نہ اُس دن پڑوسی سے دو دو ہاتھ ہو جاتے۔"

ماموں جان اپنا قصّہ سُنا کر خوب ہنسے اور اُن کے ساتھ ساتھ سب ہنسنے لگے۔ میں بھی مُسکرا دیا۔

میں نے سوچا کہ بے چارے ماموں جان کتنے بدل گئے ہیں۔

"تو اللہ وسایو کہاں ہے؟ نظر نہیں آیا،"میں نے پوچھا۔

"جو ہی گیا ہے،رشتے داروں سے ملنے کے لئے۔کل تک آ جائے گا۔"

***

جھینگروں کی کان پھاڑ جھائیں جھائیں سے لگتا تھا کہ اُن کی چیخیں آسمان سے باتیں کر رہی تھیں۔ آج تک میری سمجھ میں یہ بات نہیں آئی کہ جھینگر کی مادہ کو کیسے پتہ چلتا ہے کہ کون سے نر کی جھائیں جھائیں زیادہ پُر کشش ہے کہ وہ اس کی طرف راغب ہو۔ مجھے تو سب کی آواز ایک ہی جیسی لگتی ہے۔ میری دائیں جانب محمود سو رہا تھا جس کے فلک شگاف خرّاٹے سُن کر کس کو نیند آتی۔ بائیں جانب ماموں جان کا پلنگ تھا اور وہ بے خبر سو رہے تھے۔ ہم تینوں کے پلنگ ٹیلے پر ہی بچھے ہوئے تھے۔ میری آنکھوں میں نیند نام کو نہیں تھی۔ سونے کی کوشش میں کبھی کروٹیں بدلتا اور کبھی سیدھا لیٹا ہوا آسمان کو تکتا رہتا۔ چاند کی آخری راتوں میں سے ایک تھی مگر آسمان ستاروں سے بھرا ہوا تھا۔ حیدر آباد میں رات کی روشنیوں میں بھلا اتنے تارے کہاں کہاں دکھائی دیتے تھے، مگر یہاں کے گھپ اندھیرے میں آسمان کچھ اور ہی نظر آرہا تھا۔ اُس رات معلوم ہوتا تھا کہ جیسے شہابی تیروں کی بوچھاڑ ہو رہی ہو۔ میں بستر پر پڑا ہوا ٹوٹتے ہوئے تاروں کا کھیل دیکھتا رہا۔ آس پاس کی جھاڑیوں میں بار بار سرسراہٹ سی ہوتی۔ رات کو جاگنے والے جانور خوراک کی تلاش میں گھوم رہے تھے۔ ڈر بھی لگتا تھا کہ کہیں کوئی سانپ یا چوہا بستر پر نہ چڑھ آئے۔

میں نے بائیں جانب کروٹ لی اور سونے کی کوشش میں آنکھیں بند کر لیں۔ تکیہ کچھ سخت تھا لہٰذا دونوں ہتھیلیاں ملا کر رخسار کے نیچے رکھ لیں۔ جب بے تُکے خیالات کا سلسلہ شروع ہوا تو میں سمجھ گیا کہ نیند آیا ہی چاہتی ہے مگر نزدیک ہی ایک کتے نے بھونکنا شروع کر دیا جس کے جواب میں ایک اور کتا بھونکنے لگا۔ ہوتے ہوتے نوبت یہاں تک آ پہنچی کہ کتوں کا ایک غول جمع ہو گیا۔ سب

167

بری طرح بھونک رہے تھے اور ایک دوسرے کو بھنبھوڑ رہے تھے مگر مجال ہے کہ محمود کے خراٹوں پر کوئی اثر ہوا ہو۔ اسی دوران باڑے میں گدھے نے بھی رینکنا شروع کر دیا۔ میں اسی طرح ہتھیلیوں پر رخسار رکھے کڑھ رہا تھا کہ ماموں جان بستر سے اٹھے اور چپل پہن کر اس طرف چل دیے جدھر کتے لڑ رہے تھے۔ انہوں نے مٹی کے ڈھیلے اٹھا اٹھا کر کتوں کو مارنا شروع کر دیا۔ ایک ڈھیلا کسی کتے کو لگا بھی تو وہ ٹیاؤں ٹیاؤں کرتا بھاگ گیا۔ آخرکار سارے کتے بھاگ گئے اور خاموشی چھا گئی۔ ماموں جان واپس آ کر بستر پر لیٹ گئے۔

میری نیند دوبارہ غائب ہو گئی تھی اور میں اسی طرح آنکھیں کھولے پڑا رہا۔ رات کا اندھیرا ایسا بھی نہیں تھا کہ ہاتھ کو ہاتھ نہ سجھائی دے۔ تاروں کی روشنی میں مجھے سامنے گھر کے دروازے پر ایک سایہ کھڑا دکھائی دیا۔ غور سے دیکھا تو وہ ڈیل ڈول اور قد و قامت سے ادی مختیار لگی۔ میں نے سوچا کہ وہ وہاں کھڑی کیا کر رہی تھی۔ شاید کتوں کے شور سے اس کی آنکھ کھل گئی تھی اور وہ صورت حال کا جائزہ لینے کے لئے باہر نکل آئی تھی۔

اتنے میں ماموں جان اپنے بستر سے اٹھے اور چپل پہننے لگے۔ ادی مختیار باڑے میں داخل ہو گئی اور ماموں جان بھی اٹھ کر اس کے پیچھے چل دیے۔ وہ منظر دیکھ کر میں سناٹے میں آ گیا۔ یہاں تو کوئی اور ہی ڈرامہ ہو رہا تھا۔ مجھے پہلے ہی شُبہ تھا۔ جس طرح میں نے ادی مختیار کو ماموں جان کا خیال رکھتے ہوئے دیکھا تھا، مجھے اُسی وقت اندازہ ہو گیا تھا کہ دال میں کچھ کالا ہے۔

اچانک مجھے اپنے ارد گرد خاموشی کا احساس ہوا۔ ٹمٹماتے ستارے سانس روک کر کھڑے ہو گئے اور جھائیں جھائیں کرتے جھینگر چُپ ہو کر سناٹے کو سننے لگے۔ اس خاموشی میں میرے دل کی دھڑکن کان پھاڑے ڈال رہی تھی۔ ماموں جان اور ادی مختیار؟ میں سوچ بھی نہیں سکتا تھا۔ شام ہی تو میں نے وہاں پھاٹک کے اوپر سے جھانک کر اندر دیکھا تھا۔ فرش پر ہر طرف غلاظت ہی غلاظت تھی۔ جب بدبو سے دماغ پھٹنے لگا تو میں نے ناک پر رومال رکھ لیا تھا۔ بھینس اور بیلوں کے گوبر، گدھے کی لید، بکریوں کی مینگنیوں اور مرغیوں کی بیٹ سے پورا فرش ڈھکا ہوا تھا اور ہر جگہ مکھیاں بھنبھنا رہی تھیں۔ مجھے تو وہاں کوئی صاف جگہ نظر نہیں آئی، سوائے مرغیوں کے ڈربے کے اوپر جہاں ٹاٹ کی ایک بوری بچھی ہوئی تھی، مگر کیا ڈربے کی چھت اتنی مضبوط تھی؟ ظاہر ہے کہ وہ

دونوں اتنی رات گئے وہاں مویشیوں کو چارا یا مرغیوں کو دانہ ڈالنے کے لئے تو نہیں گئے تھے۔ سوچ سوچ کر مجھے کراہیت محسوس ہونے لگی۔ ماموں جان تو بڑے نفاست پسند ہوا کرتے تھے۔ کسی کا جھوٹا پانی تک نہیں پیتے تھے۔ مایوسی اس بات کی ہوئی کہ جس کو دیوتا سمجھ کر بچپن سے اب تک اس کے بُت کو پوجتا چلا آیا تھا وہ بُت تو موم کا نکلا اور ذرا سی گرمی سے پگھل کر ڈھیر ہو گیا۔ میری مایوسی پہلے جھنجھلاہٹ اور پھر غُصّے میں تبدیل ہوگئی اور میں اُٹھ کر بستر پر بیٹھ گیا۔ محمود کے خراٹے اسی زور و شور سے جاری تھے۔ میں نے سوچا کہ اسے جھنجھوڑ کر اٹھاؤں اور لے جا کر دکھاؤں کہ اُس کی ماں میرے ماموں کے ساتھ کس طرح رنگ رلیاں منا رہی تھی۔ پھر خیال آیا کہ محمود میرا دوست ہے اور مجھے اتنا عزیز ہے کہ میں اسے اس قسم کا دھچکا نہیں دے سکتا۔ ماں آخر ماں ہی ہوتی ہے اور اسے ماں ہی رہنا چاہیے۔ میں دوبارہ لیٹ گیا اور آنکھیں بند کر کے دماغ میں چلتی ہوئی چکی کو روکنے کی کوشش کرنے لگا۔ آخرکار نیند آ ہی گئی اور یہ معلوم نہیں ہو سکا کہ ماموں جان کب اپنے بستر پر واپس آئے تھے۔

18

صبح کو آنکھ کھلی تو طبیعت پر عجیب کسل مندی طاری تھی۔ دل چاہا کہ دوبارہ لیٹ جاؤں مگر اٹھ ہی گیا۔ سورج اچھا خاصہ چڑھ چکا تھا۔ میں نے گھڑی دیکھی تو دس بج رہے تھے۔ سامنے محمود نیم کا درخت لگانے کے لئے گڑھا کھود رہا تھا جو اس نے پچھلے روز ادھورا چھوڑ دیا تھا۔ ماموں جان زمین پر بیٹھے بکری کے بچے کو بوتل سے دودھ پلا رہے تھے۔ اُن کی پیٹھ میری طرف تھی۔ میرے اٹھنے سے چارپائی کی چرچراہٹ ہوئی تو انہوں نے پیچھے مڑ کر دیکھا۔

"کیوں میاں، اٹھ گئے؟" انہوں نے پوچھا۔

"جی ماموں جان، بہت دیر ہو گئی۔ کسی نے اٹھایا بھی نہیں،" میں نے جواب دیا۔

"ہم نے سوچا کہ کل کے سفر سے تھک گئے ہوں گے، اسی لئے نہیں اٹھایا۔"

بکری کا بچہ دودھ کی بوتل ختم کرکے قلانچیں بھرتا ہوا بھاگ گیا اور ماموں جان اٹھ کر میری طرف آئے۔

"کیوں طبیعت تو ٹھیک ہے نا؟" انہوں نے مجھے خاموش بیٹھا دیکھ کر پوچھا۔

"بس کچھ سر میں درد ہے۔ شاید رات کا کھانا ٹھیک طرح ہضم نہیں ہوا،" میں نے جواب دیا۔

"نیند تو ٹھیک سے آئی نا؟" وہ چونک کر بولے۔ غالباً اُن کے اندر کا چور چوکنّا ہو گیا تھا۔

"ہاں نیند تو خوب آئی، پتہ ہی نہیں چلا کہ کب صبح ہوئی،" میں نے انہیں مطمئن کرنے کے لئے کہا۔

"اچھا تو تم منہ ہاتھ دھو لو پھر ناشتہ کر لو۔ ہم لوگوں نے تو صبح ہی ناشتہ کر لیا تھا۔"

171

"نہیں ماموں جان، ناشتے کا تو کوئی پروگرام نہیں۔ میں پیٹ کو ذرا آرام دینا چاہتا ہوں البتہ چائے پی لوں گا۔"

"خیر، تم منہ ہاتھ دھو لو، میں چائے بنواتا ہوں،" ماموں جان سامنے گھر کی طرف چل دیئے اور میں بستر پر پاؤں لٹکائے بیٹھا ان کے اور ادی مختیار کے متعلق سوچتا رہا۔ آخر اٹھ کر بستر لپیٹا اور گھڑونچی پر رکھے ہوئے مٹکے میں گلاس ڈبو کر پانی نکالا۔ کلّی کر کے چہرے پر دو تین چھینٹے مارے اور پتلون کی جیب سے رومال نکال کر چہرہ خشک کرنے لگا۔ میری نظریں روبینہ پر تھیں جو گھر سے ہاتھوں میں ایک ٹرے لئے ہوئے نکل رہی تھی۔ میرے اوپر اچانک گھبراہٹ طاری ہو گئی اور سوچنے لگا کہ اس سے بات کیسے کروں گا۔ اگر دل میں چور نہ ہوتا تو کوئی بات نہیں تھی۔ میں نے گھبرا کر ادھر ادھر دیکھا مگر وہاں کوئی اور نہیں تھا۔ دور محمود کدال چلانے میں مصروف تھا اور اس کی پیٹھ ہماری طرف تھی۔ روبینہ بھی کچھ شرمائی شرمائی سی تھی۔ اس نے ایک لمحے کے لئے میری طرف دیکھا اور نظریں جھکا کر بولی، "ناشتہ کریں۔"

اس نے ٹرے چارپائی کے بیچوں بیچ رکھ دی اور کھڑے ہو کر میرے بیٹھنے کا انتظار کرنے لگی۔ میری سمجھ میں نہیں آرہا تھا کہ اس سے کیا بات کروں۔ گلے میں گولا سا پھنسا ہوا تھا اور بار بار تھوک نگل رہا تھا۔

"شکریہ،" میں نے آہستہ سے کہا اور چارپائی پر بیٹھ گیا۔ "آپ بھی تشریف رکھیے۔"

وہ پائنتی کی طرف ایک پٹّی پر بیٹھ گئی۔ ٹرے میں بڑے سلیقے سے ناشتہ لگا ہوا تھا۔ ایک پلیٹ میں پراٹھا اور دوسری پلیٹ میں فرائی کیے ہوئے دو انڈے تھے۔ ایک طرف طشتری پر رکھی ہوئی چائے کی پیالی تھی جس کے ساتھ ایک چمچی بھی تھی۔ معلوم ہوتا تھا کہ اس ناشتے کی تیاری میں ماموں جان کا ہاتھ تھا کیونکہ انہیں معلوم تھا کہ میں ناشتے میں ایک پراٹھا و فرائی کیے ہوئے انڈوں کے ساتھ کھاتا ہوں۔ امی جان پراٹھا ہمیشہ تہہ کر کے پلیٹ میں رکھتی تھیں۔ میں نے چمچی چائے میں ہلائی اور پیالی اٹھائی۔

"آپ پراٹھا نہیں لے رہے؟" اس نے سرگوشی میں کہا۔ معلوم ہوتا تھا کہ مجھ سے بات کرتے ہوئے اُسے بھی دشواری ہو رہی تھی۔

"نہیں، ناشتے کا کچھ موڈ نہیں ہے، چائے ہی کافی ہے۔"

"آپ کو نیند تو ٹھیک آئی نا؟" اس نے میری طرف دیکھ کر کہا اور جواب کا انتظار کئے بغیر نظریں جھکا لیں۔

"نیند تو ٹھیک آئی، بس رات کھانا کچھ زیادہ کھا لیا تھا۔"

میں خاموشی سے چائے پیتا رہا۔ روبینہ کسی طرح دیہاتی لڑکی نہیں لگتی تھی۔ دیہاتی لڑکیاں تو بڑی تیز طرار اور معصوم سی ہوتی ہیں، مگر روبینہ کی شائستگی اور رکھ رکھاؤ سے معلوم ہوتا تھا کہ ماموں جان اس کی تربیت بڑی محنت سے کر رہے تھے۔

"آپ نے میٹرک میں آرٹس لے رکھے ہیں یا سائنس؟" میں نے خاموشی توڑنے کے لئے پوچھا۔

"میں آرٹس میں ہوں۔"

"کیوں، سائنس کیوں نہیں لی؟"

"کیونکہ میرا ارادہ وکالت پڑھنے کا ہے۔"

"یہ اچھی بات ہے کہ آپ نے ابھی سے اپنی فیلڈ چُن لی ہے، مگر وکالت کیوں"

"بس ماموں کا مشورہ تھا کہ زیادہ سے زیادہ لڑکیوں کو وکالت میں جانا چاہیے کیونکہ اس پیشے میں خواتین کی کمی ہے۔"

اب مجھے روبینہ سے گفتگو کرتے ہوئے جھجک محسوس نہیں ہو رہی تھی اور وہ بھی قدرے بے تکلفی سے باتیں کر رہی تھی۔

"اور فارغ اوقات میں آپ کیا کرتی ہیں؟" میں نے پوچھا۔

"مجھے پڑھنے کا شوق ہے۔ ماموں جب بھی شہر جاتے ہیں کوئی نہ کوئی کتاب لے آتے ہیں۔ میرے پاس اردو ڈائجسٹ اور خواتین ڈائجسٹ کے سارے شمارے ہیں۔ کبھی کبھی ریڈرس ڈائجسٹ بھی لاتے ہیں۔ کہتے ہیں کہ اسے پڑھنے سے انگریزی اچھی ہو جائے گی۔"

میری نظریں مستقل اس کے چہرے پر تھیں۔ باتیں کرتے کرتے بار بار اس کے بالوں کی ایک لٹ گر کر سامنے آ جاتی جسے وہ بڑی نزاکت سے درست کرتی۔ اس نے میری طرف دیکھا اور

مسکرا کر نظریں جھکا لیں۔ مجھے دو بارہ سانس لینے میں دشواری ہونے لگی۔

"محمود کہہ رہا تھا کہ اگلے سال آپ کالج میں داخلہ لینے حیدرآباد آ رہی ہیں؟"

"جی،" اس نے آہستہ سے کہا اور اٹھ کر کھڑی ہوئی، "آپ کچھ کھا لیتے تو اچھا تھا۔"

"شکریہ،" میں نے ٹرے اٹھا کر اسے دی۔ ایک بار پھر ہماری نظریں ملیں اور وہ ٹرے لے کر چل دی۔

جب تک وہ گھر میں داخل نہیں ہوئی، میں ٹکٹکی باندھے اسے دیکھتا رہا اور سوچنے لگا کہ روبینہ میں کون سی خصوصیت تھی جس نے مجھے اتنا متاثر کیا تھا۔ مجھے اچانک ولیم ورڈزورتھ کی نظم Solitary Reaper کے اشعار یاد آ گئے۔

She was a phantom of delight

When first she gleam'd upon my sight;

A lovely apparition, sent

To be a moment's ornament;

Her eyes as stars of twilight fair;

Like twilight's, too, her dusky hair;

***

"پٹر، مانی کھائنڑ کھاں پوئے و نجائیں،" ادی مختیار بولی۔

"نہ ماسی، اجاں مانی جو وقت نہ کونہ تھیو آ ہے،" میں نے جواب دیا۔

"نہ، توں کجھ کھائنڑ جے بنا نہ وج۔" ادی مختیار ضد کرنے لگی، "موں تو نہُس جے لائے باف میں ترِیل پلو پچائیو آ ہے۔"

ماموں جان نے بتلایا کہ بھاپ میں تلی ہوئی پلا مچھلی ادی مختیار کی خاص ڈش تھی۔ بہرحال میں رُک گیا اور جب مچھلی سامنے آئی تو واقعی بے حد لذیذ تھی۔ شبّیر اور اقبال اندر سے پلیٹوں پر پلیٹیں لاتے رہے اور میں، محمود اور ماموں جان کھاتے رہے۔

کھانے سے فارغ ہونے کے بعد میں نے رخصت چاہی۔ ماموں جان نے چُٹکا کر میری پیٹھ تھپکی

اور میں محمود کے ساتھ وہاں سے چل دیا۔ وہ مجھے بس اسٹاپ تک پہنچانے کے لئے ساتھ ہو لیا تھا۔ راستے بھر وہ ماموں جان کی باتیں کرتا رہا کہ کس طرح اُنہوں نے اُس کی فیملی کو سہارا دیا اور اُس کے باپ کی موت کے بعد اُن کی آمد سے ایک بار پھر اُن کی زندگی میں خوش گوار تبدیلی آئی تھی۔

"ہم لوگ تو بابا کی موت کے بعد بالکل ٹوٹ پھوٹ گئے تھے۔ میرا ماموں شادی کرنے والا تھا مگر بابا کے انتقال کے بعد اُس نے فیصلہ کر لیا کہ جب تک اپنے پاؤں پر کھڑا نہیں ہو جاتا، وہ شادی نہیں کرے گا،" محمود نے کہا۔

میں خاموشی سے اسے سنتا رہا۔ جب میں نے اس کی بات پر کوئی رائے زنی نہیں کی، تو اس نے میری طرف دیکھا۔

"واقعی تمہارے ماموں نے اپنا فرض خوب نبھایا ہے مگر کچھ دن کی بات اور ہے۔" میں نے خاموشی کو توڑنے کے لئے کہا۔

"تمہارے ماموں جان نے بھی ہمارا بہت ساتھ دیا ہے۔ ہمارے ساتھ مل کر زمین پر کام کرتے ہیں اور میرے بہن بھائی کو بڑی محنت سے پڑھاتے ہیں۔"

"ماموں جان دیکھنے میں تو لاپروا اور لاأبالی لگتے ہیں مگر جب وقت پڑتا ہے تو بے حد فرض شناسی کا ثبوت دیتے ہیں،" میں نے کہا۔ شاید محمود کو میرے لہجے میں طنز کی آمیزش کا احساس نہیں ہوا۔

"یار، میں دیکھ رہا ہوں کہ تو کچھ چپ چپ سا ہے۔"

"نہیں یار، ایسی کوئی بات نہیں،" میں نے جواب دیا۔

"نہیں کوئی بات ضرور ہے۔ تیری طبیعت تو ٹھیک ہے نا؟"

"طبیعت ٹھیک ہے، بس نیند ٹھیک طرح نہیں آئی۔"

"میرے خراٹوں نے تجھے سونے نہیں دیا ہو گا۔"

"تو نے خود ہی کہہ دیا۔"

"بس یار مجبوری ہے مگر میرے خراٹوں کا ایک فائدہ یہ ہے کہ ہوسٹل کے کمرے میں کوئی میرے ساتھ نہیں ٹکتا۔ ایک دن کے بعد ہی بوریا بستر لے کر جا کر دوسرا کمرہ ڈھونڈتا ہے۔"

"میری ماں تو تورات کو اپنی ناک اتار کر تکیے کے نیچے رکھ لیا کرتی اور صبح کو نکال کر دوبارہ پہن لیا

کر۔"

سامنے بس اسٹینڈ پر حیدر آباد کی بس تیار کھڑی تھی جو ہمارے پہنچتے پہنچتے چل پڑی۔ ہم دونوں نے وہیں سے دوڑ لگائی اور محمود چیخا، "بابا بس روکو!" کئی لوگ جو اردگرد کھڑے تھے، چلانے لگے، "ارے بابا روکو، بس روکو۔" خوش قسمتی سے ڈرائیور نے سُن لیا اور بس آہستہ کر دی۔ میں چلتی ہوئی بس میں چڑھ گیا اور کھڑکی سے جھانک کر محمود کو ہاتھ ہلا دیا۔

دادو سے نکلتے ہی جب کچّے پکّے مکانوں کا سلسلہ ختم ہوا تو دونوں جانب کھیت تھے۔ میں کھڑکی کے ساتھ کی سیٹ پر بیٹھا تھا اور میرے برابر کی سیٹ خالی تھی۔ گرم ہوا کے ساتھ اُڑتی ہوئی ریت کے ذرّے میرے چہرے سے ٹکرا رہے تھے۔ میں نے کھڑکی کا شیشہ بند کر دیا اور جیب سے رومال نکال کر پسینہ پونچھنے لگا۔ نیند سے آنکھیں بوجھل ہو رہی تھیں۔ میں نے اونگھنا شروع کر دیا اور پچھلے دو دن کے واقعات کے متعلّق سوچنے لگا۔ میں جس مقصد کے لئے ماموں جان کے پاس آیا تھا وہ تو رہ ہی گیا اور میں ماموں جان کی دنیا میں ہی گم ہو گیا۔ نہ اُنہوں نے امی جان کے متعلّق کچھ پوچھا اور نہ ابّا میاں کے متعلّق۔ زرینہ کا نام بھی ایک بس ایک بار اُن کی زبان پر آیا جب اُنہوں نے بتلایا کہ روبینہ بھی زرینہ کی ہم عمر تھی۔ میں جب تک وہاں ٹھہرا وہ مستقل اپنی ہی دنیا میں رہے۔ بھلا یہ بھی کوئی بات تھی کہ ایک مرغی کے لئے وہ اتنے پریشان ہوئے جیسے ہسٹیریا کا دورہ پڑ گیا ہو، اور پھر پڑوسی کے کتّے کے حوالے سے ہنس ہنس کر دوہرے ہو گئے۔ ایسی ہنسنے کی کون سی بات تھی۔ اُن کا ذوق بڑا نفیس ہوا کرتا تھا پھر آخر اُن کی حسِّ مزاح کو کیا ہو گیا۔

میں نے پسینہ سکھانے کے لئے بس کی کھڑکی کا شیشہ ایک طرف کھسکایا اور ریت کے ذرّے پھر میرے چہرے سے ٹکرانے لگے۔ میں نے رومال سے پسینہ پونچھتے ہوئے فیصلہ کیا کہ مومنہ کو میری طرف سے طلاق، طلاق، طلاق۔ خواہ مخواہ اس کے چکر میں اتنا وقت برباد کر دیا۔ اچھا ہی ہوا کہ ماموں جان کے سامنے میں نے اپنا مسئلہ نہیں رکھا ورنہ وہ پہلے میرا مذاق اڑاتے اور پھر ڈانٹ پلاتے۔

اچانک میرا ذہن ماموں جان اور وادی مختیار کے تعلقات کی طرف چلا گیا اور میں نے سوچا کہ ہم خواہ کتنے ہی مہذب، کتنے ہی شائستہ اور کتنے ہی نفاست پسند کیوں نہ ہو جائیں مگر ہمارے اندر نہ جانے کیسے کیسے ہولناک عفریت چھپے ہیں جو ہمیں اپنی آماج گاہ بنا لیتے ہیں اور ہم زندگی بھر ان سے برسر

پیکار رہتے ہیں۔ کبھی انہیں مار بھگا دیتے ہیں اور کبھی خود پسپا ہو جاتے ہیں۔ پسپائی کے ان لمحات میں ہماری ساری تہذیب اور شائستگی کافور ہو جاتی ہے اور ہم اپنی جبلّتوں کے سامنے گھٹنے ٹیک دیتے ہیں۔ ان لمحات میں بڑے بڑے اولیا بھی ٹھوکر کھا جاتے ہیں اور ان کا ایمان بھی ڈگمگا جاتا ہے۔ پچھلی رات ماموں جان اور ادی مختیار کے لئے بھی پسپائی کی رات تھی اور وہ اپنے اندر کے جنّوں بھوتوں سے شکست کھا گئے تھے۔ آخر انسان ہی تو تھے۔ میں نے مسکرا کر آنکھیں بند کر لیں اور سونے کی کوشش کرنے لگا۔

سٹرک کافی ٹوٹی پھوٹی تھی اور جگہ جگہ گڑھے پڑے ہوئے تھے جن پر بس دھکّے کھاتی ہوئی رینگ رہی تھی۔ داد و سے حیدرآباد کا فاصلہ ہی کتنا تھا۔ ایک سو بیس میل سے بھی کم، مگر بس چار پانچ گھنٹے لے لیتی تھی۔ میں اُن ہچکولوں کے دوران رِشتوں کے متعلّق سوچنے لگا۔ خواہ وہ باپ بیٹے ہوں، یا بہن بھائی، اگر دوریاں ہو جائیں تو رِشتے ختم ہی ہو جاتے ہیں کیونکہ ہر ایک کی اپنی زندگی، اپنے مسائل، اپنی کشمکش اور اپنے شب و روز ہوتے ہیں مگر اس کا یہ مطلب نہیں کہ اُن کی محبّتیں کم ہو جاتی ہیں۔

اچانک ایک جھٹکے کے ساتھ میری آنکھ کھل گئی۔ میں نے سوچا کہ میں ماموں جان اور ادی مختیار کے ساتھ انصاف نہیں کر رہا تھا۔ کیا یہ ممکن نہیں تھا کہ وہ دونوں اس بارے میں واقعی کسی کام سے گئے ہوں۔ مرغیوں کو دانہ ڈالنا، بھینس کے لئے سانی بنانا، بیلوں کو نیار دینا، گاؤں والوں کے لئے ہزاروں کام ہوتے ہیں جن کے متعلق ہم شہر والوں کو کیا معلوم؟ میرا ضمیر ملامت کرنے لگا کہ میں نے ماموں جان اور ادی مختیار کے متعلق کیوں ایسا سوچا۔ ادی مختیار میرے دوست کی ماں تھی اور میرے ساتھ بھی بڑی شفقت سے پیش آئی تھی۔

ایک طرح سے اچّھا ہی ہوا کہ ماموں جان نے اپنی زندگی کی ایک سمت مقرّر کر لی ورنہ خواہ مخواہ بے مقصد زندگی گزار رہے تھے۔ حیدرآباد پہنچتے پہنچتے میں نے ماموں جان کو آخر کار معاف کر ہی دیا۔ اُنہیں پورا حق تھا کہ جیسے اپنی زندگی گزارنا چاہیں گزاریں۔ ہمیں کیا حق تھا کہ اُن کی زندگی میں دخل انداز ہوں۔ البتّہ گزرے ہوئے دنوں کی یادیں، ماموں جان کا ساتھ اور ہماری پرورش میں اُن کا کردار کیسے بُھلایا جا سکتا تھا۔ میں جب بس سے اُترا تو محسوس ہوا کہ ایک بہت بڑے خسارے سے دوچار ہو کر لوٹا ہوں۔

19

میری داد و سے واپسی کے ایک ڈیڑھ مہینے بعد اچانک ایک روز ماموں جان دروازے کا پردہ ہٹا کر گھر میں داخل ہوئے۔ اتوار کا دِن تھا اور ہم لوگ برآمدے میں دری پر بیٹھے ہوئے دوپہر کا کھانا کھا رہے تھے۔ ابّا میاں بھی گھر میں تھے۔ اُنہوں نے فرمائش کر کے امّی جان سے بیسنی روٹی بنوائی تھی اور مجھے صبح ہی صبح خاص طور پر آم لانے کے لئے بازار بھیجا تھا۔ جب میں نکلنے لگا تو تاکید کی کہ آم والے سے ٹانچی لگوا کر آم چکھوں اور اُسی صورت میں خریدوں جب شرطیہ میٹھا ہو۔ امّی جان نے بھی اپنی شاپنگ لسٹ دے دی۔ جب میں لدا پھندا واپس آیا تو امّی جان نے زرینہ سے کہا کہ بالٹی میں مٹکوں سے ٹھنڈا پانی بھر کر آم بھگو دے۔

لوگ عموماً آم کو چھیل کر چھری سے کاٹتے ہیں مگر میں پلپلا کر کے اوپر چھوٹا سا سوراخ کرتا ہوں اور نچوڑ نچوڑ کر اُس کا رس پیتا ہوں، خصوصاً بیسنی روٹی کا لقمہ آم کے رس میں لتھڑ کر کچھ اور ہی مزہ دیتا ہے۔ امّی جان ہمیشہ میرا مذاق اُڑاتی تھیں۔ کہتی تھیں کہ قلمی آم تو کاٹ کر ہی کھایا جاتا ہے اور دیسی آم چوسا جاتا ہے۔ میں جواب دیتا کہ پسند اپنی اپنی۔ بہر حال اُس دن میں نے کھانے کے دوران آستینیں چڑھائی ہوئی تھیں اور کہنیوں سے آم کا رس ٹپک رہا تھا۔ مڑ کر دیکھا تو ماموں جان پیچھے کھڑے تھے۔ مجھ سے پہلے ابّا میاں کی نظر اُن پر پڑی تھی اور اُنہوں نے اپنے ہونٹوں پر اُنگلی رکھ کر ابّا میاں کو خاموش کر دیا تھا۔ امّی جان کی پیٹھ دروازے کی طرف تھی اور ماموں جان چپکے سے آ کر اُن کی آنکھوں پر اپنی ہتھیلیاں رکھنے والے تھے کہ میں پہلے ہی چیخ پڑا، "ارے ماموں جان!"

ہم لوگ اُٹھ کر کھڑے ہوئے اور باری باری اُنہیں گلے لگایا۔ لگتا ہی نہیں تھا کہ وہ سیدھے

179

زمینوں پر سے چلے آرہے ہیں۔ سفید بُراق شلوار قمیص، سیاہ واسکٹ، سر پر سندھی ٹوپی، کلین شیو، گھنی مونچھیں۔ لگتا تھا جیسے کوئی وڈیرہ چلا آرہا ہو۔ اُن کے کپڑوں سے بھینی بھینی خوشبو بھی آرہی تھی۔ غالباً عطرِ حنا کی تھی۔

"کیوں بھئی، نہ کوئی خط، نہ اطلاع، یہ اچانک کیسے پہنچ گئے؟" ابّامیاں نے پوچھا۔

"بس، میں نے سوچا کہ تم لوگوں کو سرپرائز دوں، معلوم ہوتا ہے کہ میں صحیح وقت پر پہنچا ہوں،" ماموں جان جوتے اُتار کر کھانے میں شامل ہو گئے۔

"اور سُناؤ، اللہ و سایو ٹنگ تو نہیں کرتا؟" ابّامیاں نے پوچھا۔

"نہیں بھئی، وہ تو اللہ میاں کی گائے ہے۔ بے چارہ بڑا محنتی ہے۔"

"بھائی صاحب، آپ شام کو کیا کھانا پسند کریں گے؟" امی جان نے دخل دیا۔ لگتا تھا کہ اُنہیں یہ بات ناگوار گزری کہ ماموں جان آتے ہی ابّامیاں سے باتوں میں لگ گئے تھے اور اُنہیں نظر انداز کر دیا تھا۔

"بھی بھنّو، بہت عرصہ ہو گیا، قیمہ بھرے کریلے نہیں کھائے۔"

"ارے، آپ کو کیسے معلوم ہوا کہ آج شام کے لئے میں قیمہ بھرے کریلے ہی بنا رہی ہوں۔"

"بس وہی آگئی تھی،" ماموں جان نے مسکرا کر کہا۔

"وہی تو مجھے آئی تھی۔ بھلا ایسا کیسے ہو سکتا ہے کہ بھائی کے دل میں کوئی خواہش ہو اور بہن کو پتہ نہ چلے۔"

"خالہ میّا مرحومہ جب زندہ تھیں تو اکثر قیمہ بھرے کریلے پکاتی تھیں۔"

"کیونکہ اُنہیں معلوم تھا کہ آپ بڑے شوق سے کھاتے ہیں۔"

"کبھی کبھار بہت یاد آتی ہیں،" ماموں جان نے کہا، "ہمارے بزرگ محبّت تو بے حد کرتے تھے مگر اظہار نہیں کرتے تھے۔"

"بزرگوں ہی کا قول تھا کہ بچّوں کو کھلاؤ تو سونے کا نوالہ مگر دیکھو شیر کی نظر سے،" ابّامیاں نے کہا۔

"پُرانے لوگوں کی پُرانی باتیں،" ماموں جان نے کٹور دان سے بیسنی روٹی کا ایک ٹکڑا نکال کر

کٹور دان بند کر دیا۔

"بھئی پوری روٹی لو عالی جاہ،" اتّامیاں کٹور دان سے بقیہ روٹی نکالتے ہوئے بولے۔

"نہیں عالی جاہ، کچھ بھوک سے زیادہ ہی کھالیا،" ماموں جان نے روٹی واپس کٹور دان میں ڈال دی۔ "میری سمجھ میں نہیں آتا کہ اِس کٹور دان میں یہ کنڈی کیوں لگی ہوئی ہے گویا کوئی اِس میں تالا ڈالے گا۔"

امّی جان نے برتن سمیٹ کر باورچی خانے کا رُخ کیا۔ تام چینی کی ایک پلیٹ امّی جان کے ہاتھ سے گری اور ایک چھنا کے کے ساتھ فرش پر لڑھکنے لگی۔ زرینہ تیزی سے پلیٹ اُٹھانے کے لئے دوڑی۔

"بھئی میں نے شادی کرلی ہے،" ماموں جان نے سرگوشی کے انداز میں اتّامیاں سے کہا۔

"کیا کہا؟" اتّامیاں نے بھویں سکیڑتے ہوئے دبی زبان سے کہا۔

"میں نے شادی کرلی ہے۔"

جب ماموں جان نے دوبارہ کہا تو میرے بھی کان کھڑے ہوئے۔ اُدھر امّی جان اور زرینہ میں کوئی بحث ہو رہی تھی۔

"بھئی سُنتی ہو؟" اتّامیاں نے ہنستے ہوئے امّی جان کو پکارا اور وہ پلٹ کر سوالیہ انداز میں دیکھنے لگیں۔

"سنا تم نے؟ تمہارے بھیّا نے شادی کرلی ہے،" اتّامیاں نے ہاتھ اُٹھا کر ماموں جان کی طرف اشارہ کیا۔

"شادی کرلی ہے؟" زرینہ کی آنکھیں پھٹی ہوئی تھیں۔

"مگر کس سے؟" امّی جان بھی زرینہ کی طرح ہکّا بکّا تھیں۔

"ادی مختیار سے؟" میں نے شرارت آمیز انداز سے پوچھا۔

"اب وہ ادی مختیار نہیں، تمہاری مُمانی جان ہیں۔" ماموں جان نے اپنی اُنگلی اُٹھا کر مجھے تنبیہ کی۔

میرا دل چاہا کہ اُٹھ کر ماموں جان کو گلے لگالوں۔ داد کی وہ رات میرے ذہن سے بری طرح

چمٹی رہی تھی جب میں نے ماموں جان کو رات کے اندھیرے میں ادی مختیار کے ساتھ جانوروں کے باڑے میں گھستے ہوئے دیکھا تھا تب سے میں ماموں جان سے کچھ بدظن سا ہو گیا تھا مگر یہ ساہو کر میری نظروں میں ان کی عزت بحال ہو گئی کہ انہوں نے ادی مختیار سے شادی کر لی تھی۔ گھر میں کان پڑی آواز سنائی نہیں دے رہی تھی۔ ہر ایک حیران تھا۔ شاید پڑوسی سمجھ رہے ہوں کہ ہمارے گھر میں لڑائی ہو رہی ہے۔

"عالی جاہ، پہلے تو آپ یہ بتلائیں کہ یہ ادی مختیار کون صاحبہ ہیں؟" ابّا میاں نے بڑے چُھپتے ہوئے انداز میں پوچھا۔

"اللہ وسایو کی بڑی بہن ہے،" ماموں جان اِس طرح جواب دے رہے تھے جیسے اُن کا کوئی زبانی امتحان ہو رہا ہو۔

"مگر یہ کیسی شادی ہے کہ نہ سہرا بندھائی نہ دُوار رُکائی،" امّی جان ناراض ہو کر بولیں۔ "آخر بہن بہنوئی بھی کوئی چیز ہیں۔"

"بِھنّو، سہرا بندھائی بھی مل جائے گی اور دُوار رُکائی بھی مل جائے گی۔ ابھی تو سب کچھ بڑی جلدی میں ہوا ہے۔"

"آخر ایسی کیا آفت آ پڑی تھی کہ بہن بہنوئی اور بھانجے بھانجی کو بھی بھول گئے۔"

"دراصل گاؤں میں چہ میگوئیاں ہونا شروع ہو گئی تھیں۔ میں اللہ وسایو کے چچا کو ایک آنکھ نہیں بھاتا۔ وہ پکا شیطان ہے اور گاؤں والوں کو مستقل میرے خلاف بھڑکاتا رہتا تھا کہ اللہ وسایو نے ایک اجنبی کو اپنے گھر میں ڈال رکھا ہے جس میں اُس کی بیوہ بہن اور بھانجی بھی رہتی ہیں۔"

ابّا میاں بڑی دلچسپی سے ماموں جان کی کہانی سُن رہے تھے۔

"اچھا تو پھر کیا ہوا؟" ابّا میاں نے پوچھا۔

"ہونا کیا تھا، اُسی کے ساتھ تُو تُو میں میں ہو گئی۔ میں ٹھہرا پٹھان آدمی۔ میں نے کہا بلاؤ قاضی کو، میں بیوہ اور یتیموں کا سہارا بنوں گا۔"

"واہ میرے شیر! یہ ہوئی نا پٹھان کی شان،" ابّا میاں بولے۔

"بس، معلوم ہوتا تھا کہ گاؤں کے مولوی صاحب بھی گھات لگائے بیٹھے ہیں۔ سامنے آتے ہی

بولے السلام علیکم، مہر کتنی ہو گی؟"

"تو گھر والوں کا کیا ردِّ عمل تھا؟"

"اللہ وسایو نے تو میرے کچھ کہنے سے پہلے ہی کہہ دیا، منظور ہے، منظور ہے۔ اب بولو میں کیا کرتا۔" ہم لوگ ماموں جان کے گرد کھڑے ہوئے تھے۔ اُنہوں نے باری باری سب کی طرف بے چارگی سے دیکھا۔

ابّامیاں نے زور دار قہقہہ لگایا۔ "بھیجا تھا ہاری پر نظر رکھنے کے لئے اور جناب کی نظر تھی ہاری کی بہن پر۔"

"بہر حال میرا ضمیر صاف ہے۔ اِتنے نیک اور ایماندار لوگ میں نے آج تک نہیں دیکھے۔ اللہ وسایو اور اُس کی پوری فیملی نے مجھے جس طرح اپنایا یا اُسے دیکھتے ہوئے اگر میں نے بھی اُنہیں اپنا لیا تو اس میں کون سی بُرائی ہے؟"

"کوئی بُرائی نہیں،" ابّامیاں نے کہا، "بلکہ میں تم سے بے حد متأثر ہوا ہوں۔ تمہاری خوشی میں ہماری خوشی ہے۔"

امی جان کے چہرے کے تاثرات سے اندازہ لگانا مشکل تھا کہ وہ کیا سوچ رہی ہیں۔ ابّامیاں نے اُن کی طرف دیکھا اور بولے، "بھئ تم نے ابھی تک اپنی رائے کا اِظہار نہیں کیا۔"

"میں سوچ رہی ہوں کہ جب شادی کی عمر تھی، اُس وقت تو بھائی صاحب شادی کے نام سے کانوں پر ہاتھ رکھتے تھے اور اب آ کر اچانک اتنی بڑی ذمّے داری قبول کر لی۔"

"بِھنّو، معلوم ہوتا ہے کہ تم خوش نہیں ہو،" ماموں جان نے کہا۔

"ارے نہیں بھائی صاحب، یہ کیسے ممکن ہے کہ میں آپ کی خوشی میں خوش نہ ہوں؟ بس اِتنی اچانک آپ نے یہ خبر سُنائی کہ دل اور دماغ کو ہم آہنگ ہونے میں کچھ وقت تو لگے گا۔"

"خدا کی بندی، شکر کرو کہ تم نند بن گئیں،" ابّامیاں نے کہا، "اب کم از کم لڑنے کے لئے ایک بھاوج تو پیدا ہو گئی ورنہ مجھ سے لڑتے لڑتے تمہاری عمر گزر گئی۔"

"ہاں، جیسے کہ میں تو ہر وقت لڑتی ہی رہتی ہوں،" امی جان نے کھسیا کر کہا اور ابّامیاں کو ہنستا ہوا چھوڑ کر کمرے میں چلی گئیں۔

"اور عالی جاہ، تم بھی شکر کرو کہ پلے پلائے بیوی بچّے مل گئے۔"اتّاّمیاں ماموں جان کی ران پر ہاتھ مار کر بولے۔

"گھر والوں کا کیا ردِّ عمل ہے،"میں نے پوچھا۔

"گھر والے کیا، پورا گاؤں خوش ہے۔ سب نے مجھے گلے لگا یا۔ اللہ وسایو بھی خوش ہے، بچّے بھی خوش ہیں، مگر محمود کو منانا پڑے گا۔"

"محمود کیا کہتا ہے؟"

"وہ گھر چھوڑ کر چلا گیا۔"

"گھر چھوڑ کر چلا گیا، مگر کہاں؟"میں نے پوچھا۔

"خدا جانے، جہاں جہاں جا سکتا تھا وہاں ڈھونڈا۔ کچھ لوگوں نے اُسے حیدرآباد کی بس پر چڑھتے دیکھا تھا۔"

"مگر وہ کہاں جا سکتا ہے، کالج تو بند ہے۔ ہوسٹل کے لڑکے بھی اپنے اپنے گھروں کو جا چکے ہیں۔"

"اللہ جانے، مختیار بھی پریشان ہے۔ میں کہہ کر آیا ہوں کہ اُسے تلاش کرکے منا لے جاؤں گا۔"

"آپ پریشان نہ ہوں ماموں جان، میں پتہ کرتا ہوں۔"

مجھے اتّاّمیاں اور امّی جان کا رویّہ بالکل پسند نہیں آیا۔ اتّاّمیاں مستقل ماموں جان کا مذاق اُڑاتے رہے اور امّی جان منہ پھلا کر کمرے میں چلی گئیں۔ آخر ماموں جان ہمارے چھوٹے سے خاندان کا حصّہ تھے اور اپنی ساری زندگی ہمارے ساتھ گزاری تھی۔ اب اگر اُن کی زندگی میں کوئی خوشی آئی تھی تو ہمیں اُس میں فراخ دِلی سے شامل ہونا چاہیے تھا۔

ماموں جان دسترخوان سے اُٹھ کر صحن میں آئے اور ہاتھ دھو کر تولیہ سے صاف کرنے لگے۔ اِتنے میں امّی جان کمرے سے نکلیں اور ماموں جان کے کاندھے پر ہاتھ رکھ کر روتے ہوئے بولیں، "معاف کیجیے گا بھائی صاحب، میں نے بڑی خود غرضی کا ثبوت دیا ہے۔"

"ارے کیا ہوا بھئی، یہ گاڑی اچانک کیسے چل دی،"ماموں جان نے ہنس کر کہا۔

"نہیں، میں نے بڑی کم ظرفی دکھائی۔ مجھے ایسا لگا جیسے آج میں نے اپنا بھائی کھو دیا۔"

"ارے پگلی، تیرا بھائی کیسے کھو سکتا ہے؟" اُنہوں نے امی جان کو گلے سے لگا لیا۔

ابّا میاں دسترخوان سے اُٹھے اور ماموں جان کی پیٹھ تھپک کر بولے، "مبارک ہو بھئی۔ اللہ تعالیٰ تمہیں خوشیاں دکھائے۔"

***

اگلے دن میں نے محمود کی تلاش کالج سے شروع کی۔ پوری عمارت خالی پڑی تھی۔ کہیں کوئی نظر نہیں آیا۔ کالج کی پُشت پر ایک گیٹ تھا جو ہوسٹل کی طرف کُھلتا تھا۔ ہوسٹل کے ہر بلاک میں کمروں کی قطاریں تھیں۔ محمود سی بلاک میں رہتا تھا۔ سارے کمروں میں تالے پڑے ہوئے تھے۔ جب میں محمود کے کمرے پر پہنچا تو اُس کا دروازہ بھی بند تھا مگر تالا نہیں پڑا ہوا تھا۔ میں نے دروازہ کھٹکھٹایا مگر کوئی ردِّ عمل نہیں ہوا۔ مایوس ہو کر وہاں سے چلنے لگا تو دروازہ کھلنے کی آواز آئی۔ میں نے پلٹ کر دیکھا تو دروازے میں محمود کھڑا ہوا تھا مگر عجیب حالت تھی۔ بال بکھرے ہوئے، شیو بڑھا ہوا، آنکھوں سے وحشت ٹپک رہی تھی اور معلوم ہوتا تھا جیسے ابھی ابھی سو کر اُٹھا ہو۔

"ابے، تو اکیلا یہاں کیا کر رہا ہے؟" میں نے پوچھا۔

"اور تو اِدھر کیا لینے آیا ہے؟"

"مجھے تو ماموں جان سے پتہ چلا کہ تو گھر سے ناراض ہو کر آ گیا ہے۔"

"او نہہ، ماموں جان!" اُس نے بڑے طنزیہ لہجے میں کہا اور اپنی کُرسی پر جا کر بیٹھ گیا، سامنے ایک کتاب کھلی ہوئی رکھی تھی۔ وہ اُس نے اُٹھالی۔

"یار تو یہ ناراضگی چھوڑ اور گھر جا۔ یہاں تو تجھے کھانے کے لئے بھی کچھ نہیں ملے گا،" میں نے اُس کے کندھے پر ہاتھ رکھ کر کہا۔

محمود نے میرا ہاتھ جھٹکا اور کُرسی کو دھکّا دے کر کھڑا ہو گیا۔ کُرسی اُلٹ کر پیچھے کی دیوار سے ٹکرائی۔

"ابے تو مجھ پر کیوں خفا ہو رہا ہے؟"

میں اُس کی طرف بڑھا اور اُس نے میرا گریبان پکڑ لیا۔ "تم لوگوں کو دوسروں کے مال پر قبضہ

کرنے کے سوا آتا کیا ہے؟"

"کیا، کیا۔ یہ تم لوگوں سے تیری مراد کیا ہے اور کس نے کس کے مال پر قبضہ کیا ہے؟"

میں نے اپنا گریبان چھڑانے کی کوشش کی تو اُس نے پیچھے ہٹ کر گھونسا مارا جو میری ناک پر پڑا۔ کچھ دیر تک تو میری سمجھ میں نہیں آیا کہ کیا ہوا مگر پھر سر جھٹک کر ہوش آیا تو محمود سامنے کھڑا دوسرے گھونسے کی تیاری کر رہا تھا۔ میں نے آؤ دیکھا نہ تاؤ، جھک کر اُس کے پیٹ پر گھونسا مارا۔ وہ پیچھے چارپائی پر جا کر گرا اور چارپائی کی پٹّی تڑاخ سے ٹوٹ گئی۔ میرے اوپر بھی دیوانگی سوار ہو گئی تھی۔ میرے لئے دو ہی راستے تھے۔ یا تو لڑوں یا بھاگ جاؤں۔ اُس کا پہلا گھونسا کھانے کے بعد میری نیت بھاگنے کی ہی تھی مگر جب وہ میرا جوابی گھونسا کھا کر چارپائی پر گرا تو میں نے اپنا ارادہ بدل دیا۔ اِس سے پہلے کہ وہ اُٹھتا، میں نے اُس کے اوپر جھک کر اُس کی گردن دبوچ لی۔

"ہم نے کسی کے مال پر قبضہ نہیں کیا۔ جس کی زمین پر ہم بیٹھے ہیں وہ ہماری زمین پر ہندوستان میں بیٹھا ہے،" میں نے اُس کی گردن دباتے ہوئے کہا۔ میرے جبڑے تنے ہوئے تھے۔ اُس نے اپنی ایک ٹانگ اُٹھا کر میرے پیٹ میں اتنی زور سے ماری کہ میرا سر دیوار سے ٹکرایا اور آنکھوں کے سامنے سیاہ سائے گردش کرنے لگے۔ ہم دونوں کا سانس لوہار کی دھونکنی کی طرح چل رہا تھا۔ میں دیوار سے ٹیک لگا کر بیٹھا تو پھر اُٹھا نہیں گیا۔

"مگر ہمیں کیا مِلا۔ میرا باپ بھی اُسی زمین پر ہندو ڈیرے کے لئے پسینہ بہاتا تھا اور اب میرا ماموں مسلمان ڈیرے کے لئے پسینہ بہا رہا ہے۔"

"تُو نے ہمیں ڈیرہ کہا،" میرے جسم میں تو گویا آگ ہی لگ گئی، "اُس زمین نے جتنا پسینہ تیرے ماموں کا پیا ہے، اُتنا ہی پسینہ میرے ماموں کا پیا ہے۔ کون سا وہ ڈیرہ زمین کو اپنا پسینہ پلاتا ہے؟"

یہ کہتے ہی میں نے اُٹھ کر محمود کا گریبان پکڑا اور اُسے چارپائی سے اُٹھا کر ایک زوردار گھونسا سید کیا جو اُس کی ناک پر لگا اور خون نکلنا شروع ہو گیا۔ جیسے ہی میرا دھیان بٹا، اُس کا گھونسا میرے جبڑے پر لگا۔ ہم دونوں جنگلیوں کی طرح لڑ رہے تھے۔ قمیصوں کی جگہ چیتھڑے لٹک رہے تھے، جگہ جگہ سے خون رِس رہا تھا اور سانس لینے کے لئے زور لگانا پڑ رہا تھا۔ اب دونوں میں اتنی سکت نہیں تھی کہ اپنے پاؤں پر کھڑے ہو سکیں۔ بے دم ہو کر آمنے سامنے کی دیواروں سے ٹیک لگا کر سانس درست

کرنے کی کوشش کرنے لگے۔

"میرے ماموں نے جتنی محبّت تم لوگوں کو دی ہے اُتنی شاید ہمیں بھی نہیں دی۔" میں نے پھولے ہوئے سانس پر قابو پانے کی کوشش کی۔

"ہاں، اِتنی محبّت دی ہے کہ میری ماں پر بھی قبضہ کر لیا۔ وڈیرے کا کام ہی کیا ہے؟"

"ابے، تو نے پھر وڈیرہ کہا۔ میرا ماموں بھی اُس زمین پر اتنی ہی محنت کرتا ہے جتنا تیرا ماموں کرتا ہے۔"

"اب مجھے پتہ چلا کہ کیوں محنت کرتا ہے،" دم محمود میں بھی نہیں تھا کہ دوبارہ اُٹھے۔

"شرم کر محمود جامڑیو، شرم کر۔ وہ تیری ماں ہے اور میرے ماموں نے اُس سے نکاح کیا ہے، وڈیرے کی طرح اغوا کر کے اپنے گھر میں نہیں ڈال دیا۔"

"مگر میرے باپ پر کیا گزرتی ہو گی جسے میں نے صرف تین سال پہلے اپنے ہاتھوں سے دفن کیا تھا؟"

"تیرا باپ بہت خوش ہو گا کہ جس عورت کے ساتھ اُس نے اپنی زندگی گزارنے کا فیصلہ کیا تھا، اُسے ایک سہارا مل گیا اور اُس کے بچّوں کے سر پر کسی نے ہاتھ رکھا۔" مجھ میں اب بولنے کی سکت نہیں تھی۔ محمود نے کوئی جواب نہیں دیا۔

"میری سمجھ میں نہیں آتا کہ تیری ماں خوش ہے، تیرے بہن بھائی خوش ہیں، تیرا ماموں خوش ہے، پورا گاؤں خوش ہے تو تُو اُن کی خوشیوں میں کیوں روڑے اٹکار ہا ہے۔"

ہم دونوں خاموش ہو گئے۔ خواہ مخوا بات اِتنی بڑھی۔ میں تو پہلے گھونسے پر ہی سوچ رہا تھا کہ کاش کوئی آ کر بیچ بچاؤ کرا دے مگر وہاں کوئی ہوتا تو آتا۔ اچانک محمود نے ہنسنا شروع کر دیا۔ اُس کے ساتھ ساتھ مجھے بھی ہنسی آ گئی۔ پھر تو قہقہوں کا سلسلہ بند ہونے کا نام ہی نہیں لیتا تھا۔ جتنا میں ہنستا تھا اُتنا ہی محمود۔ آخر وہ اُٹھ کر بیٹھ گیا۔

"یار، یہ ماموں لوگ ہوتے خطرناک ہیں،" اُس نے سنجیدگی سے کہا اور ہمارے قہقہوں کا سلسلہ دوبارہ شروع ہو گیا۔ وہ کراہتا ہوا کھڑا ہوا اور میز سے گلاس اُٹھا کر باہر واش روم چلا گیا۔ واپس آ کر اُس نے مجھے پانی پلایا اور بولا، "یار افسوس یہ ہے کہ یہاں کوئی ریفری نہیں تھا جو فیصلہ کرتا کہ کون

جیتا۔"

"بھائی تو تو گاؤں کا آدمی ہے، جاندار ہے، مگر میں نے تو زندگی میں ایک مکھی بھی نہیں ماری۔"

"پھر بھی میرا خیال ہے کہ کم تو بھی نہیں تھا۔"

"خیر چھوڑ، اب یہ بتا کہ گھر کیسے جاؤں گا۔ یہ چیتھڑے لٹکا کر تو میں باہر نکلنے سے رہا،" میں نے کہا۔

"اِس کی پروا مت کر، میرے پاس ڈھیر ساری قمیصیں ہیں۔"

"اور یہ جو توڑ پھوڑ ہوئی ہے اُس کا حساب بھی دینا پڑے گا۔ چارپائی اِدھر ٹوٹی پڑی ہے اُدھر کرسی چکنا چور پڑی ہے۔"

"یار، آدھے نقصان کا ذمہ دار تو تُو بھی ہے۔"

"چل منظور ہے۔"

"ویسے یار، مزہ آگیا۔"

"تُو مزے کی بات کرتا ہے، یہاں سر میں گومڑے پڑے ہوئے ہیں اور جسم کا کوئی حصہ نہیں جو نہ دُکھ رہا ہو۔"

"یہی تو زندگی ہے، پیارے!" محمود نے فلمی انداز میں کہا، "ویسے یار تیرا بہت بہت شکریہ کہ تو نے یہاں آکر میرا عضّہ اُتروا دیا۔ مجھ سے بڑی بھول ہوئی تھی۔ بس ماں نے شادی کی تو باپ یاد آگیا۔"

"زندگی اِسی کا نام ہے، پیارے!" میں نے بھی اُسی کے انداز میں کہا، "جانے والے چلے جاتے ہیں مگر اُن کی یادیں زندہ رہتی ہیں۔ جب بھی اُن کے ساتھ گزارے ہوئے حسین لمحات یاد آئیں تو مُسکرا کر اُن یادوں کا استقبال کرنا چاہیے، اِس سے زیادہ ہم اُنہیں دے بھی کیا سکتے ہیں۔"

محمود سوچ میں ڈوب گیا۔ میں نے اُس کے کندھے پر ہاتھ رکھ کر کہا، "چل یار، یہاں سے چلتے ہیں۔"

"مگر کہاں جا رہے ہیں؟"

"پہلے تو ہاتھ منہ دھوتے ہیں، قمیص بدلتے ہیں پھر تو اپنا سامان سمیٹ اور گھر چلتے ہیں۔ ماموں

جان تیرا انتظار کر رہے ہیں۔"

چلتے وقت دونوں خون آلود قمیصیں محمود نے وہیں میز پر ڈال دیں اور سوٹ کیس پیک کر کے تیار ہو گیا۔ میں نے کہا، "اب یہ قمیصیں تو اُٹھاو ورنہ لوگ سمجھیں گے کہ یہاں کوئی قتل ہوا ہے اور پولیس سیدھی داد و پہنچے گی۔"

گھر پہنچے تو میری ایک آنکھ سُوج کر کپّا ہو گئی تھی اور اُس کے گرد ایک بڑا سا کالا دھبّہ تھا۔ محمود کے ہونٹ پھول کر ڈھول بن گئے تھے اور ایک باچھ سے خون رِس کر خشک ہو چکا تھا۔ سب سے پہلے ماموں جان کی نظر پڑی اور اُٹھ کر کھڑے ہو گئے۔ محمود نے ان کے پاؤں چھوئے اور اُنہوں نے اُسے گلے لگا لیا۔

"مجھے معاف کر دیں ماموں، مجھ سے بڑی بھول ہوئی،" محمود بولا۔

"معاف کرنے سے پہلے یہ تو بتاؤ کہ تم لوگوں نے اپنا یہ حال کیسے بنا لیا،" ماموں جان نے کہا۔

"بس ماموں جان، میں نے مار مار کر اس کا بُھرکس بنا دیا کیونکہ لاتوں کے بھوت باتوں سے نہیں مانتے،" میں نے محمود کی گردن پکڑ کر کہا۔

"اچھا اچھا اور یہ جناب کی آنکھ کیوں سوجی ہوئی ہے؟" اتّا میاں نے پوچھا۔

"چاچا، لاتوں کے بھوت بھی ہاتھ رکھتے ہیں،" محمود نے اپنی گردن چھڑاتے ہوئے جواب دیا۔

20

جب زرینہ گورنمنٹ گرلز کالج میں داخل ہوئی تو آپا شمس نے پوری فیملی کا انٹرویو لیا۔ حیدرآباد کا بچہ بچہ آپا شمس کا نام جانتا تھا۔ وہ کالج کی پرنسپل تھیں اور اپنے ڈسپلن اور موٹاپے کے لئے مشہور تھیں۔ چھٹی کے وقت کالج کے گیٹ پر لوگوں کا جمگھٹا ہوتا تھا جس میں زیادہ تر وہ لڑکے ہوتے تھے جو اپنی بہنوں کو لینے کے لئے آتے تھے مگر کچھ غنڈے قسم کے لڑکے بھی وہاں جمع ہو جاتے تھے جو اپنے بالوں میں چنبیلی کا تیل ڈال کر سائیکلوں کی گھنٹیاں بجاتے ہوئے آتے تھے اور صرف لڑکیوں کا نظارہ کرنے کے لئے وہاں کھڑے ہو کر شو مارتے تھے۔ آپا شمس سختی سے ان کا نوٹس لیتی تھیں اور چوکیدار کو تاکید کرتی تھیں کہ ایسے لڑکوں کو وہاں سے بھگا دے۔ عرفان کے والد سے کہہ کر ایک پولیس والے کی ڈیوٹی بھی وہاں لگوا دی تھی۔ کبھی کبھار چھٹی کے وقت خود گیٹ پر آ کر کھڑی ہو جاتیں اور وہاں انتظار کرنے والوں سے پوچھ گچھ کرتیں۔ جس سے مطمئن نہیں ہوتی تھیں اسے وہاں سے ہٹا دیتی تھیں، بلکہ سنتے تھے کہ ایک آدھ کی پٹائی بھی کر دیتی تھیں۔

امی جان مجھے لے کر انٹرویو کے لئے گئیں۔ دادو سے ماموں جان بھی آ گئے تھے کیونکہ روبینہ بھی کالج میں داخل ہو رہی تھی۔ آپا شمس نے مجھے گھور کر دیکھا اور بولیں، "آپ کون ہیں؟"

"جی، میں زرینہ کا بھائی ہوں،" میں نے گھبرا کر کہا۔

انہوں نے میرا پورا انٹرویو لیا۔ کیا کرتے ہو؟ کہاں پڑھتے ہو؟ کیا مضامین ہیں؟ کلاس میں کیسے ہو؟ ان کے سوالوں کے جواب دیتے دیتے میں اچھا خاصا نروس ہو گیا تھا اور گلے پر پسینے کی چپچپاہٹ محسوس کر رہا تھا۔

191

"بیٹے، دراصل ان بچیوں کے والدین مجھ پر بھروسہ کرکے انہیں یہاں بھیجتے ہیں۔اس لئے میں خیال رکھتی ہوں کہ یہاں صرف شریف لڑکوں کی رسائی ہو،"انہوں نے کہا۔

"آپ بالکل فکر نہ کریں میڈم،آپ کو کبھی مجھ سے کوئی شکایت نہیں ہوگی،"میں نے ہکلاتے ہوئے جواب دیا۔

بالآخر مجھے آپا شمس کی طرف سے کلیرنس مل گئی کہ زرینہ کو کالج کی چھٹی کے وقت اپنے ساتھ لے جایا کروں گا۔ماموں جان نے روبینہ کے سلسلے میں بھی میرے لئے اجازت لے لی اور آپا شمس نے کہا کہ وہ میرا نام گیٹ کیپر کے رجسٹر میں لکھوا دیں گی۔

اب اسے امی جان کی قدامت پسندی کہہ لیں یا کچھ اور، مگر وہ زرینہ کو کہیں اکیلا نہیں جانے دیتی تھیں۔ان کی ضد ہوتی کہ یا تو میں اسے لے کر جاؤں یا کوئی اور لڑکی اس کے ساتھ ہو۔انہیں کئی بار سمجھایا کہ اب زمانہ بدل چکا ہے اور زرینہ اب کوئی بچّی نہیں ہے،ماشاءاللہ کالج میں پہنچ گئی ہے، مگر وہی مرغے کی ایک ٹانگ۔ہر بار ان کا ایک ہی جواب ہوتا،"مجھے پسند نہیں کہ لڑکیاں اکیلی سڑکوں پر ماری ماری پھریں۔"نتیجہ یہ ہوا کہ میرے دن کا بیشتر وقت زرینہ کی خدمت میں صرف ہونے لگا۔کبھی اسے شاپنگ پر لے جانا، کبھی کالج پہنچانا، کبھی کالج سے اٹھانا، کبھی کسی سہیلی کے گھر لے جانا۔غرض میں اچھا خاصا گھن چکر بن کر رہ گیا تھا۔کبھی کبھار جھنجھلاہٹ بھی ہوتی مگر پھر خیال آتا کہ بہن ہے اور وہ بھی اکلوتی۔خود زرینہ کو بھی پسند نہیں تھا کہ میرا سارا وقت اس کی چوکیداری میں صرف ہو مگر امی جان کو کون سمجھاتا۔

ہمارے کالج کے آخری دنوں میں میرا زیادہ تر وقت یا تو عرفان کے ساتھ گزرتا تھا اور یا پھر محمود کے ساتھ، مگر جب میں یونیورسٹی میں پہنچا تو دونوں سے ملاقات ہونا بند ہی ہو گئی۔عرفان تو لیاقت میڈیکل کالج چلا گیا اور محمود کو ماموں جان نے سمجھا بجھا کر لاہور بھیج دیا اور اُس نے پنجاب یونیورسٹی میں داخلہ لے لیا۔میں نے ماموں جان سے پوچھا بھی تھا کہ محمود کو اتنی دور کیوں بھیج رہے ہیں تو کہنے لگے،"اچھا ہے پنجابی سیکھ جائے گا، کچھ پنجابیوں سے پِٹے گا، کچھ کو پیٹے گا اور تمہاری طرح اسمارٹ ہو کر آئے گا۔"

ابتدا میں باقاعدگی سے محمود کے خط آیا کرتے تھے مگر آہستہ آہستہ کم ہوتے گئے۔غالباً پڑھائی

کی وجہ سے مصروفیت بڑھ گئی تھی۔ خود میں بھی خطوط لکھنے کے معاملے میں سست تھا۔ البتہ عرفان سے ملاقات ہو جاتی تھی۔ اُس کی کلاسیں شام تک چلتی تھیں اس لئے اُس نے ہوسٹل میں ہی کمرہ لے لیا تھا۔ اتوار کے اتوار گھر جاتا تھا۔ میں اُس کے گھر جاتے ہوئے کتراتا تھا کیونکہ اُسے ہفتے میں ایک ہی دن تو گھر والوں کے ساتھ گزارنے کا موقع ملتا تھا۔ لہذا ہم گاہے بہ گاہے جام شورو ہی میں ملتے تھے۔

جب بس یونی ورسٹی کیمپس سے چلتی تھی تو تقریباً دو میل کے فاصلے پر ایک ریلوے کراسنگ تھی اور عرفان کا ہوسٹل وہاں سے قریب ہی تھا۔ ہم دونوں مہینے میں ایک آدھ بار ریلوے کراسنگ پر ملتے اور شنواری ہوٹل میں دوپہر کا کھانا کھاتے تھے۔ ہوٹل کیا تھا، ایک بڑے سے چھپّر کے نیچے میزیں اور بینچیں پڑی ہوئی تھیں وہیں بیٹھ کر لنچ کرتے تھے۔

ریلوے کراسنگ پر پوری ایک کالونی آباد ہو گئی تھی۔ سڑک کی دونوں طرف پٹھانوں کے ہوٹل تھے۔ خصوصاً رات کو وہاں بڑی رونق رہتی تھی۔ ہر ہوٹل میں فلمی گانے تیز آواز میں بجتے تھے اور کان پڑی آواز سنائی نہیں دیتی تھی۔ ہوٹلوں کے سامنے میدان میں چارپائیاں بچھی رہتی تھیں۔ وہیں ٹرکوں کا اسٹاپ تھا۔ تھکے ہارے ٹرک ڈرائیور اپنے اپنے ٹرک پارک کرکے چارپائیوں پر براجمان ہو جاتے اور کھانا کھا کر وہیں لیٹ جاتے۔ پورے میدان میں مالشیے گھومتے رہتے اور ہر طرف سے تیل مالش کی صدائیں آتیں۔ اونگھتے ہوئے ٹرک ڈرائیور کسی مالشیے کو بلا لیتے اور مالش کراتے کراتے سو جاتے۔ رات گئے تک وہاں میلہ سا لگا رہتا تھا۔

دوپہر کو میں اور عرفان جب وہاں جاتے تو سٹری گرمی ہوتی تھی۔ شنواری ہوٹل کی ساری بینچیں بھری رہتی تھیں۔ ہمیں عموماً تنور کے پاس ہی جگہ ملتی تھی کیونکہ لوگ وہاں بیٹھتے ہوئے کتراتے تھے۔ جہاں کوئی میز خالی ہوئی اُس پر مکھیوں کی یلغار ہو جاتی۔ معلوم ہوتا تھا کہ میز پر مکھیوں کا میز پوش بچھا ہوا ہے۔ ہمارے وہاں بیٹھتے ہی مکھیاں اُڑ کر اِدھر اُدھر بھنبھناتی رہتیں۔ اُلٹا ہاتھ مستقل مکھیاں اُڑانے میں مصروف رہتا۔ تنور سے گرمی کے بھبکے آتے تھے۔ تنورچی اپنے بنیان اور لنگی میں ملبوس، چرس کی سگریٹ منہ میں دبائے ہوئے تنور کے دہانے پر بیٹھا اپنے کام میں مگن رہتا تھا۔ جسم پر پسینے کے بہتے ہوئے ریلے تنور میں ٹپکتے رہتے اور نان کے پیڑے کو بیلنے کے دوران رِستی ہوئی ناک کو ہاتھ کی پُشت سے رگڑ کر صاف کرتا رہتا۔ اُس کے بنائے ہوئے تنوری نان اور فرائی کی ہوئی دال میں

جو لذت تھی اُس کے مقابلے میں قورمے قلیے ہیچ تھے۔

عرفان کے سوا اور کسی کے ساتھ کم ہی بیٹھک ہوتی تھی۔ ایسی بات نہیں کہ میں نئے دوست نہیں بنا سکتا۔ بہتیرے لڑکوں سے دوستی ہو گئی تھی مگر چونکہ میری شامیں ٹیوشن پڑھانے میں گزرتی تھیں لہذا زیادہ سوشل ہونے کا موقع نہیں ملتا تھا۔ زندگی عجیب گھن چکر ہو کر رہ گئی تھی۔ سارا دن کلاسیں اٹینڈ کرو اور لیب اٹینڈ کرو، شام کو ٹیوشن پڑھاؤ، رات کو بیٹھ کر نوٹس بناؤ۔ گھر میں اباّ میاں تو شاذ و نادر ہی ہوتے تھے، امی جان پڑوسنوں کے قصے نمٹانے میں لگی رہتی تھیں، باقی رہی زرینہ، تو وہ فرسٹ ایئر میں کیا آئی تھی، کتابوں کا کیڑا ہو کر رہ گئی تھی۔ کالج سے آنے کے بعد کتابوں سے لگی رہتی تھی۔ اگر کچھ پوچھنے کی کوشش کی جاتی تو سر اٹھا کر ہاں ناں میں جواب دیا اور پھر کتاب پر جھک گئی، خصوصاً جب سے موٹے موٹے شیشوں کی عینک لگانا شروع کی تھی تب سے بالکل پروفیسر لگتی تھی۔

کالج کے بعد روبینہ اور شگفتہ بھی اکثر زرینہ کے ساتھ ہمارے گھر آ جاتیں اور شام تک دھما چوکڑی مچائے رکھتیں۔ شام کو عرفان کا ڈرائیور آ کر روبینہ کو ہوسٹل چھوڑ دیتا اور شگفتہ کو گھر لے جاتا۔ شگفتہ کی چھیڑ خانیاں جوں کی توں تھیں مگر میں نے ابتدا میں ہی اُسے آڑے ہاتھوں لیا۔ میری کسی بات پر اُس نے چھپتی کسی تو میں نے کہا، "دیکھو شگفتہ، اِس گھر میں بادشاہ ہوں لہذا ذرا سنبھل کر رہا کرو۔ تمھارے گھر میں تو میں عرفان کا خیال کر کے خاموش ہو جاتا ہوں مگر یہاں یہ چھیڑ خانی نہیں چلے گی۔"

"جی جہاں پناہ، آپ کا فرمان سر آنکھوں پر،" اُس نے جھک کر اِس انداز سے کہا کہ زرینہ اور روبینہ کی ہنسی چھوٹ گئی۔ میں نے دونوں کو گھورا تو وہ کھسیانی سی ہو گئیں۔

شرارت شگفتہ میں کوٹ کوٹ کر بھری ہوئی تھی۔ میری دھمکی کا کوئی اثر نہیں ہوا اور مستقل مجھے "جہاں پناہ" کہہ کر مخاطب کرنے لگی۔ ایک بار جب میں گھر میں داخل ہوا تو تینوں موجود تھیں۔ شگفتہ نے صدا لگائی، "باادب، باملاحظہ، ہوشیار۔ نزول اجلال ہو رہا ہے!" غصّہ تو مجھے بہت آیا مگر خون کے سے گھونٹ پی کر رہ گیا۔ آخر کار میں نے اُس کا نوٹس ہی لینا چھوڑ دیا۔ ایسی بات نہیں تھی کہ وہ میری بے عزتی کرتی تھی۔ بس چھیڑ چھاڑ اُس کی عادت تھی مگر ہمیشہ تہذیب کے دائرے میں رہتی تھی۔ اس کی گفتگو میں کبھی عامیانہ پن نہیں ہوتا تھا۔

جب روبینہ ہمارے گھر میں ہوتی تو دن بھر زرینہ کے ساتھ خرمستیوں میں لگی رہتی مگر جیسے ہی میں گھر میں داخل ہوتا تو فوراً سنجیدہ ہو جاتی۔ ایک بار میں نے اُس سے کہا بھی کہ "بھئی میں کوئی اجنبی تو نہیں آخر خراب تم میری کزن ہو گئی ہو، تم محمود سے بھی اِسی طرح تکلف کرتی ہو؟"

"ضرور اِس کے دل میں چور ہے اِسی لئے آپ کے سامنے لئے دیے رہتی ہے،" زرینہ نے کہا۔

روبینہ نے اُس کے گھٹنے پر ایک چپت ماری اور شرما کر مُسکرا دی۔

"آخر وہ اُس کا بڑا بھائی ہے،" اِمی جان نے زرینہ سے کہا، "بڑے بھائیوں کا ادب کیا جاتا ہے۔ تمہاری طرح نہیں کہ ہر وقت ہڑدنگاپن کرتی رہتی ہو۔ نہ بڑے کا لحاظ نہ چھوٹے کا خیال۔"

"ہاں، تو بھیّا کون سے میرے بزرگ ہیں، مجھ سے دو سال ہی تو بڑے ہیں۔"

"پھر بھی، بڑا تو ہے۔"

"خیر مذاق ختم، اُٹھو اور اپنے پیارے پیارے ہاتھوں سے اچھی سی چائے بنا لاؤ،" میں نے کہا۔

زرینہ نے تو سنی ان سنی کر دی مگر روبینہ اُٹھی اور باورچی خانے کی طرف چل دی۔

"اپنے پیارے پیارے ہاتھوں سے بنانا،" زرینہ نے چلا کر کہا۔

اِس بار اِمی جان نے اُس کے گھٹنے پر چپت ماری مگر اُس کی کھی کھی جاری رہی۔

***

پچھلے سال شگفتہ اِنٹر میں زولوجی میں فیل ہو گئی تھی اور باقی مضامین میں بھی واجبی سے نمبر لیے تھے لہٰذا اُسے فرسٹ اِیئر دہرانا پڑا اور وہ کالج میں زرینہ اور روبینہ کے ساتھ ہی آ گئی۔ مجھ سے عرفان نے کہا تھا کہ میں شگفتہ کو ٹیوشن پڑھاؤں مگر میں نے اِنکار کر دیا۔

"دیکھو، پہلی بات تو یہ ہے کہ میں اگر شگفتہ کو ٹیوشن پڑھاؤں گا تو تم سے پیسے لینے سے تو رہا، دوسری بات یہ کہ جس طرح شگفتہ مجھے اُنگلیوں پر نچاتی ہے وہ تو تمہیں معلوم ہی ہے، اور تیسری بات یہ کہ شگفتہ میرے لئے زرینہ کی طرح ہے۔ زرینہ کو میں بغیر پٹائی کیے نہیں پڑھا سکتا تو پھر شگفتہ کو کیسے پڑھا سکتا ہوں؟"

"تو پھر مشورہ دو،" عرفان نے کہا۔

"دیکھو، میں اُس کے لئے کوئی اچھا سا ٹیوٹر دیکھتا ہوں،" میں نے جواب دیا۔

195

زولوجی ڈپارٹمنٹ میں ایک لڑکی تھی، رابعہ شلوانی۔ بڑے غریب گھر سے تھی۔ والد کا انتقال ہو چکا تھا اور وہ اپنی والدہ اور دو چھوٹے بھائیوں کے ساتھ ہیر آباد میں ایک کچّا مکان میں رہتی تھی۔ رابعہ فرسٹ ایئراور انٹر کے سارے مضامین پڑھاتی تھی اور بڑی اچھی ٹیوٹر تھی۔ ٹیوشن کے پیسوں سے ہی اُس کا گھر چلتا تھا اور بھائیوں کو بھی پڑھا رہی تھی۔ میں نے پچھلے سال رابعہ کو ایک ٹیوشن دلوائی تھی کیونکہ میرے پاس وقت نہیں تھا۔ پانچ اسٹوڈنٹس کا ایک گروپ تھا اور وہ اُس سے کافی خوش تھے بلکہ سال کے آخر میں اُن میں سے تین کی فرسٹ کلاس آئی تھی۔

میرے اور رابعہ کے درمیان ٹیوشنز کا رشتہ تھا۔ دونوں کو اچھی ٹیوشنز کی تلاش رہتی تھی۔ ویسے تو وہ بڑی خوش مزاج لڑکی تھی اور تھی بھی بڑی خوبصورت۔ نکلتا ہوا قد، کِھلتا ہوا رنگ، دُبلی پتلی، بھرے بھرے ہونٹ جو اس کی حساس شخصیت کی نشان دہی کرتے تھے، مگر کسی کو آپ سے تم پر آنے کا موقع نہیں دیتی تھی۔ کیمپس میں نہ جانے کتنے لڑکے اس کے لئے آہیں بھرتے تھے لیکن کسی کی ہمت نہیں ہوتی تھی کہ اس سے بے تکلف ہو سکے، بلکہ پچھلے سال مجھے بھی کچھ دن کے لئے اس سے عشق ہو گیا تھا مگر اچانک کافور ہو گیا۔ ہوایوں کہ ایک روز وہ گہرے طوطئی رنگ کی قمیص پہن کر آئی جس پر لال، پیلے، گلابی اور اودے پھول بنے ہوئے تھے۔ میں نے دیکھتے ہی کہا، "آج تو آپ بالکل پھلواری لگ رہی ہیں۔" اس نے بڑی ناگواری سے مجھے گھور کر دیکھا اور بولی، "آپ کا نیا اسٹوڈنٹ کیسا جا رہا ہے؟" میرے اوپر ڈھیروں پانی پڑ گیا اور میں نے بغلیں جھانکنا شروع کر دیں۔ بہتیرا سوچ چکا کہ اس سے کہوں کہ بخدا میری نیت اس سے فلرٹ کرنے کی نہیں تھی، بس اچانک وہ جملہ میرے منہ سے نکل گیا تھا مگر آگے کہنے کی ہمت نہیں ہوئی۔

میں نے رابعہ سے پوچھا اور وہ شگفتہ کو پڑھانے کے لئے تیار ہو گئی۔ اُدھر شگفتہ کو بھی ایک سال ضائع ہو جانے پر زبردست دھچکا لگا تھا لہٰذا وہ پڑھائی میں سنجیدہ ہو گئی۔

***

"سنو!" میں جیسے ہی بس سے اُترا تو پیچھے سے ایک نسوانی آواز آئی۔ میں نے مُڑ کر دیکھا تو مومنہ تھی اور میرے پیچھے ہی بس سے اُتری تھی۔ میرے دِل کی دھڑکن اچانک تیز ہو گئی۔ 'اُف خدایا، میں اِس سے کیسے بات کروں گا؟' پسینے کے قطرے میری پیشانی پر اُبھر آئے اور میں

196

نے تُھوک نگلنے کی کوشش کی مگر حلق بالکل خُشک تھا۔ کیمپس پر اکثر نظر آجاتی تھی مگر کبھی ڈو بدو گفتگو کا اتّفاق نہیں ہوا تھا۔ پوری یونی ورسٹی میں صرف وُہی ایک لڑکی تھی جو نہ صرف برقع پہنتی تھی بلکہ نقاب ڈالے رہتی تھی۔ کئی اور لڑکیاں ایسی تھیں جو برقع پہن کر آتی تھیں مگر یونی ورسٹی میں آکر اُتار دیتی تھیں۔ گرلز کامن روم میں ایک دیوار پر کھونٹیوں کی قطار تھی جن پر بُرقعے ٹنگے رہتے تھے۔

یونی ورسٹی کیمپس حیدر آباد سے منتقل ہو کر تقریباً دس میل کے فاصلے پر جام شورو میں آ گیا تھا اور دن بھر یونی ورسٹی کی بسیں چلتی رہتی تھیں۔ حیدر آباد پہنچ کر پہلا بس اسٹاپ گورنمنٹ گرلز کالج کے سامنے تھا۔ زرینہ کی چھٹی بھی اسی وقت ہوتی تھی لہٰذا عموماً میں اسے ساتھ لے کر پیدل گھر جاتا تھا۔ تقریباً پون گھنٹہ لگتا تھا۔ اکثر وہ اور روبینہ کالج کے بعد شگفتہ کے گھر اس کے ساتھ چلی جاتیں اور زرینہ مجھے صبح کو ہی بتا دیتی کہ اس دن میں اسے کالج سے نہ اٹھاؤں، لہٰذا میں یونی ورسٹی سے سیدھا گھر چلا جاتا۔ میں نے ایک بار بس کنڈکٹر سے کہا کہ اگر وہ مجھے پہلے ہی گنجی پہاڑی کے سامنے جہاں سے سڑک حیدر آباد کی طرف مڑتی تھی، بس رُک وا کر چھوڑ دے تو ہماری کالونی وہاں سے صرف پندرہ منٹ کے فاصلے پر تھی۔ چنانچہ جس دن زرینہ کا پروگرام شگفتہ کے گھر جانے کا ہوتا اس دن میں وہیں بس رُک وا کر اتر جاتا۔ اُس دن مومنہ بھی اُسی بس میں تھی اور وہ بھی میرے ساتھ اُتر گئی۔ یہ بات نہیں کہ میں لڑکیوں سے بات کرتے ہوئے گھبراتا ہوں۔ آخر ہماری کلاس میں بھی لڑکیاں تھیں اور اُن سے بلا جھجھک گفتگو کرتا تھا، لیکن اگر دِل میں چور ہو تو زبان گُنگ ہو جاتی ہے۔ مومنہ کے متعلق میں نے نہ جانے کتنے ہوائی قلعے بنائے تھے اور جب بھی کیمپس پر نظر آتی تو میرے اندر کا چور دِل پر ہتھوڑے چلانا شروع کر دیتا تھا۔ لہٰذا جب اُس نے مجھے مخاطب کیا تو میرے ہاتھوں کے طوطے اُڑ گئے۔

"فرمائیے،" میں نے رُک کر ہکلاتے ہوئے کہا۔

"تم تو ایسے بھاگے جا رہے ہو جیسے مجھ سے کوئی خطرہ ہو۔"

مجھے اُس کی بے تکلّفی پر حیرت ہوئی۔ وہ اِس طرح بول رہی تھی جیسے برسوں کی جان پہچان ہو، حالانکہ اِس سے پہلے صرف ایک بار عرفان کی بہن نے تعارف کرایا تھا اور وہ بھی سرسری طور پر۔

"جی؟" اِس سے زیادہ میں کچھ نہیں کہہ سکا۔

"بھئی اگر ایک خاتون تمہارے ساتھ بس سے اُتری ہے تو تمہارا اخلاقی فرض ہے کہ اُس کا خیال رکھو۔ ویسے بھی یہ سنسان جگہ ہے۔"

"بجا فرمایا، مگر آپ کی یہ بے تکلفی میں سمجھنے کی کوشش کر رہا ہوں۔"

"یہ کیا آپ آپ لگا رکھی ہے۔ نہ میں تمہاری کوئی بزرگ ہوں اور نہ اُستاد کہ مجھے آپ کہہ کر مخاطب کرو۔"

اُس کے اندازِ تخاطب سے میری ساری رومانیت کافور ہو گئی اور مجھے جھنجھلاہٹ ہونے لگی۔

"دراصل عام معیار یہی ہے کہ بے تکلفی وقت کے ساتھ ساتھ بڑھتی ہے۔"

"میں تکلّفات کی قائل نہیں۔ اگر تم مجھے آپ کہو اور کل سے تم کہو تو آج ہی سے کیوں نہ کہو، خواہ مخوا ایک دن کیوں ضائع کرو۔"

"تو کیوں نہ میں آپ کو تُو کہنا شروع کر دوں؟"

"اب اتنی بھی بے تکلّفی نہیں کہ تُو تڑاخ پر اُتر آؤ۔"

"آہا، ابھی آپ نے فرمایا تھا کہ آپ تکلّفات کی قائل نہیں تو پھر آپ کو تُو پر کیوں اعتراض ہے؟"

"گفتگو کے کچھ آداب بھی ہوتے ہیں۔ نہ میں کوئی بچّی ہوں اور نہ تمہاری ملازمہ کہ مجھے تُو کہہ کر مخاطب کرو۔"

"کمال ہے، چت بھی اپنی، پٹ بھی اپنی،" میں نے جھنجھلا کر کہا۔

"تمہارے لہجے کے تناؤ سے لگتا ہے کہ اب تمہیں غصّہ آرہا ہے۔ کہیں یہ الفاظ کے فقدان کا نتیجہ تو نہیں؟"

اب مجھے واقعی غصّہ آنا شروع ہو گیا تھا۔ عجیب منطقی طبیعت کی لڑکی تھی۔ میں نے سوچا کہ ہم وہاں ویران جگہ پر چلچلاتی دھوپ میں کھڑے بحث کر رہے تھے۔ اب تک تو ہمیں گھر پہنچ جانا چاہیے تھا۔ میں نے چلنا شروع کیا تو وہ بھی چل پڑی۔

"میری سمجھ میں نہیں آتا کہ آپ کس قسم کی لڑکی ہیں۔ خواہ مخوا مجھ سے اُلجھنا شروع کر دیا۔ نہ جان نہ پہچان، بڑی خالہ سلام،" میں نے کہا۔

" یہ تم عورتوں کے محاورے کب سے استعمال کرتے ہو۔ معلوم ہوتا ہے کہ تمہارے والد بے حد سخت گیر ہیں اور تم اُن سے دور رہ کر خالاؤں اور پھوپھیوں کی صحبت میں پلے ہو۔ اِسی لئے تمہاری گفتگو سے نسوانیت ٹپکتی ہے۔ "

" تم مستقل میری توہین کیے جا رہی ہو۔ بات کرتی ہو گفتگو کے آداب کی، مگر معلوم ہوتا ہے کہ والدین نے تمہیں گفتگو کے آداب سکھائے ہی نہیں ہیں، " اب واقعی میرا پارہ آسمان کو چھور ہا تھا۔

" توہین تو میں اُس صورت میں کر سکتی ہوں جب تم میں عزّتِ نفس کی کمی ہو۔ جس میں عزّتِ نفس ہو اُس کی توہین کیسے کی جا سکتی ہے؟ "

" یہ تم مستقل جو میں کر رہی ہو کیا یہ تمہارا عزّتِ نفس کا اظہار ہے؟ میں میں تو صرف وہی کرتے ہیں جو اپنے احساسِ کمتری پر اپنی انا کا خول چڑھا لیتے ہیں۔ "

" آہا، تو جناب کو نفسیات میں بھی دخل ہے۔ یہ تو میرا سبجیکٹ ہے۔ "

" تو کیا تم اتنی دیر سے میری تحلیلِ نفسی کر رہی ہو؟ "

" شکر ہے کہ آپ سے تم پر تو آئے، ویسے تم انٹیلیکچوئل قسم کے آدمی لگتے ہو۔ کم از کم تم سے ڈھنگ کی گفتگو کی جا سکتی ہے۔ "

" شکریہ، مگر مجھے خود کو انٹیلیکچوئل ثابت کرنے کے لئے تمہارے سرٹیفیکیٹ کی ضرورت نہیں۔ "

" خیر، اب ہم کالونی پر پہنچ گئے ہیں لہٰذا میرا مشورہ ہے کہ اِس قضیے کو یہیں ختم کر دیں۔ "

" ٹھیک ہے۔ میں تمہارے ساتھ چلتا ہوا نظر نہیں آنا چاہتا لہٰذا میں آگے آگے چلتا ہوں ورنہ لوگ خواہ مخواہ باتیں بنانا شروع کر دیں گے۔ "

" اگر تم میرے آگے آگے چلو گے تو لوگ مجھے تمہاری بیوی سمجھیں گے، " مومنہ نے ہنستے ہوئے کہا۔ اُس کی ہنسی میں پُر کشش نسوانیت تھی خصوصاً جب وہ ہنسنے کے بعد سانس لیتی تھی۔

" تو میں پھر ساتھ ساتھ ہی چلتا ہوں، " میں نے جھنجھلا کر کہا۔

" پھر لوگ مجھے تمہاری محبوبہ سمجھیں گے۔ میں نہ تمہاری بیوی ہوں نہ محبوبہ۔ "

" تمہیں کسی طرح چین نہیں، " مجھے پھر غُصّہ آنے لگا، " جاؤ، تم آگے جاؤ، میں پیچھے پیچھے آتا

ہوں۔"میں نے اپنی رفتار سُست کردی۔

"ذاتی طور پر مجھے کوئی پروا نہیں کہ لوگ کیا سمجھتے ہیں۔لوگوں کے کچھ سمجھنے یا نہ سمجھنے سے میری صحت پر کوئی اثر نہیں پڑتا۔"

"مگر میری صحت پر پڑتا ہے۔"

وہ آگے بڑھ گئی اور میں سوچنے لگا کہ وہ آخر کس قسم کی لڑکی ہے۔ عشق کرنے کے لئے تو قطعی غیر موزوں ہے کیونکہ اُس میں رومانوی یا جمالیاتی حِس کا دور دور تک کہیں کوئی شائبہ نہیں تھا۔ بحیثیت بیوی بھی اُس میں اور مائیگرین کے درد میں کوئی فرق نہیں ہے۔ جس کے ساتھ وہ رشتۂ اِزدواج میں مُنسلک ہوتی اُس بے چارے کو تو اپنی بقیہ زندگی سر پکڑ کر بیٹھے ہوئے گزار نا پڑتی۔ البتّہ اُس کے ساتھ دوستی ہو سکتی تھی کیونکہ وہ بِلا جھجک گفتگو کر سکتی تھی، مگر پھر سوچ کر میں نے اِس خیال کو بھی رد کر دیا کیونکہ اچھی گفتگو کے لئے ضروری ہے کہ مُقابل کے نظریات سے اختلاف کے باوجود اُس کے نُکتہ نظر کی تضحیک نہ کی جائے۔ میرے نزدیک مو منہ صرف مُنہ پھٹ اور زبان دراز تھی۔ گھر پہنچتے پہنچتے میں اِس نتیجے پر پہنچا کہ اس سے دور رہنا ہی بہتر ہے۔

21

پروفیسر سمیع الدین تھیوریٹیکل فزکس میں بین الاقوامی شہرت رکھتے تھے۔ پچھلے سال انہوں نے ہمیں کوانٹم تھیوری کا ایک کورس پڑھایا تھا اور میں اُن کی قابلیت سے بے حد متاثر تھا۔ تب ہی سے میں نے فیصلہ کر لیا تھا کہ اگلے سال ماسٹرز میں اپنا تحقیقی مقالہ اُن ہی کی نگرانی میں لکھوں گا۔ میں نے سوچا کہ پہلے سے اُن کے کان میں بات ڈال دوں، ایسا نہ ہو کہ وقت آنے پر وہ کہیں اور مصروف ہو جائیں اور مجھے کوئی دوسرا راستہ اختیار کرنا پڑے۔ ویسے تو میں اُن کا شاگرد رہ چکا تھا اور شاید اُنہوں نے مجھے یاد بھی رکھا ہو کیونکہ میں کلاس میں اُن سے کافی سوالات کرتا تھا۔ پھر بھی کیا بھروسہ پروفیسروں کی یاد داشت کا۔ اتنے شاگردوں سے سابقہ پڑتا ہے کہ ہر ایک کو تو یاد نہیں رکھا جا سکتا۔ حالانکہ وہ کافی ضعیف ہو چکے تھے مگر کیمپس پر ایک بلڈنگ سے دوسری بلڈنگ کی طرف جاتے ہوئے اکثر نظر آتے تھے۔ چلتے اتنا تیز تھے جیسے ہوا کے گھوڑے پر سوار ہوں۔ ہمیشہ سر جُھکائے ہوئے سوچ میں گم رہتے تھے۔ اُن کی سیدھے ہاتھ کی اُنگلی ہر وقت حرکت میں رہتی تھی گویا ہوا میں کچھ لکھ رہے ہیں۔ ہر وقت اُن کے دماغ میں فارمولے گھومتے رہتے تھے۔ اگر کوئی سلام کرتا تو ہاتھ کے اشارے سے ہی جواب دیتے ہوئے آگے بڑھ جاتے تھے۔ سفید داڑھی مونچھیں، سر کے بال ندارد، آنکھوں پر گاندھی والا چشمہ اور جسم ایسا کہ پھونک مارو تو اُڑ جائیں۔ یہ تھے پروفیسر سمیع الدین۔

میں جب اُن کے دفتر پہنچا تو وہ کچھ لکھنے میں مصروف تھے۔ میں کچھ دیر تو دروازے میں خاموشی سے کھڑا انتظار کرتا رہا مگر بالآخر انہیں سلام کر کے اُن کی توجہ اپنی جانب مبذول کرنے کی

201

کوشش کی۔ وہ پھر بھی سر جھکائے لکھتے رہے اور میں نے یہ سوچ کر کہ شاید اونچا سنتے ہیں، دروازہ کھٹکھٹایا تو انہوں نے سامنے والی کرسی کی طرف بیٹھنے کا اشارہ کر کے پھر سر جھکا لیا اور پھر لکھنے میں مصروف ہو گئے۔ میں اُن کے سامنے آکر خاموشی سے بیٹھ گیا۔ جب کئی منٹ گزر گئے تو میں کچھ بے چین سا ہونے لگا مگر اسی وقت انہوں نے اپنا قلم میز پر رکھا اور چشمہ اتار کر میری طرف سوالیہ نظروں سے دیکھنے لگے۔

"السلام علیکم" میں نے دوبارہ سلام کیا۔

"والیکم سلام؟" انہوں نے سوالیہ انداز میں جواب دیا جیسے کہہ رہے ہوں کہ آگے بھی کچھ بولو، مگر پھر اُن کی آنکھوں میں چمک سی آئی جیسے مجھے پہچان گئے ہوں۔ "اخّاہ، بلال میاں۔ تم پچھلے سال میری کلاس میں تھے۔"

"یس سر،" مجھے حیرت ہوئی کہ اُنہیں میرا نام یاد تھا۔

"کہو کیسے آنا ہوا؟"

"دراصل اگلے سال ماسٹرز کا پروگرام ہے۔ تھیوریٹیکل فزکس اور کوسمولوجی میں دلچسپی ہے۔ کافی عرصے سے آپ سے ملنے کی خواہش تھی"

"تو پھر اتنے دن انتظار کیوں کیا، پہلے ہی آجاتے"

"دراصل میں اپنا ریسرچ پروجیکٹ آپ کی نگرانی میں کرنا چاہتا ہوں۔ میں نے سوچا کہ پہلے ہی آپ سے مل لوں، کہیں ایسا نہ ہو کہ وقت پر آپ کہیں اور مصروف ہو جائیں۔"

"نہیں میاں، میں ان کے لئے بالکل مصروف نہیں جنہیں تھیوریٹیکل فزکس میں دلچسپی ہو۔ خال خال طلبہ ہی ادھر آتے ہیں ورنہ جسے دیکھو، ڈاکٹر یا انجنیئر بننے کا خواب دیکھتا ہے۔"

"بے شک۔"

"اچھا تو یہ بتاؤ کہ تم کو سمولوجی میں کیوں انٹریسٹیڈ ہو؟"

"کوسمولوجی میں میری دلچسپی خصوصاً تخلیقِ کائنات کے عمل میں ہے"

"بہت خوب۔ اِس کا مطلب ہے کہ تمہیں اپنی منزل کا علم ہے"

"تخلیقِ کائنات میں میری دلچسپی کوانٹم تھیوری سے شروع ہوئی"

"بہت خوب، بہت خوب۔ تمہیں تو اب تک اِسی ڈپارٹمنٹ میں ہونا چاہیے تھا"

"شکریہ، مجھے کوانٹم میکینکس کافی فیسی نیٹ کرتی ہے"

"کوئی خاص پہلو؟"

"ایک چیز جو مجھے اکثر پریشان کرتی ہے وہ یہ ہے کہ کہیں ہائیزنبرگ کی غیر یقینی کی جڑیں ہمارے مشاہدے کی کمزوری میں تو نہیں؟"

"کیا مطلب؟" پروفیسر کی پیشانی پر شکنیں اُبھر آئیں۔

"مطلب یہ کہ ہمارے آلاتِ پیمائش کی درستگی کس حد تک قابلِ قبول ہے؟"

پروفیسر صاحب چند لمحوں کے لئے سوچتے رہے پھر اس طرح اٹھ کھڑے ہوئے جیسے کرنٹ لگا ہو۔ "واہ! واہ! واہ میاں واہ!" وہ ایک ہاتھ کو لہراتے ہوئے کمرے میں ٹہلنے لگے اور وقفے وقفے سے واہ واہ کے نعرے لگاتے رہے جیسے کسی شعر کی داد دے رہے ہوں۔ آخر کار ایک اور زور دار قہقہہ لگا کر مجھ سے مخاطب ہوئے، "تم نے تو ایک ہی جملے میں فزکس کی پوری عمارت دھڑام سے گرا دی، "اُنہوں نے "دھڑام" بڑے زور سے کہا تھا اور پھر ٹہلتے ہوئے واہ واہ کرنے لگے تھے۔ ایسا لگتا تھا کہ اُن پر وجد کی سی کیفیت طاری ہو گئی ہو۔

"بھئی اگلے سال مجھے تمہارا انتظار رہے گا۔ تم ضرور میرے ساتھ کام کرنا،" اُنہوں نے گرم جوشی سے اپنا ہاتھ آگے بڑھا دیا۔ میں سمجھ گیا کہ مزید بیٹھنے کا موقع نہیں لہٰذا اُٹھ کر اُن سے ہاتھ ملایا اور خدا حافظ کہہ کر کمرے سے نکل آیا۔

***

مومنہ کا میجر سبجیکٹ فلسفہ تھا جب کہ مائنر نفسیات اور جغرافیہ تھے، ایک سے ایک خشک مضمون، مگر میں یہ سمجھنے سے قاصر تھا کہ اُس جیسی جھلی لڑکی کا آخر اتنی پاپولر لکیسے ہے۔ کیمپس پر جب بھی نظر آتی اُس کے گرد مجمع ہوتا اور اُس ہجوم میں ہمیشہ وہی بولتی نظر آتی تھی۔ اُس کے حواریوں میں آصف بھی شامل تھا جو اسکول میں میرا کلاس فیلو ہوتا تھا۔ ایک روز میں نے اُس سے پوچھا کہ مومنہ کے متعلق اُس کی کیا رائے ہے۔

"کس لحاظ سے؟" اُس نے پوچھا۔

"بس یہی کہ کس قسم کی لڑکی ہے۔"

"بڑی اِنٹیلی جنٹ لڑکی ہے۔ جنرل نالج میں شاید ہی کوئی اُس کا مقابلہ کر سکے،" اُس نے جواب دیا۔

"کچھ نک چڑھی نہیں ہے؟"

"نہیں، میرا تو خیال ہے کہ بڑی ہنس مُکھ ہے، مگر تم کیوں اُسے نک چڑھی سمجھتے ہو؟"

"وہ ہمارے پڑوس میں رہتی ہے اور اُسی اسٹاپ پر اُترتی ہے جہاں میں اُترتا ہوں، میرا تاثر تو اُس کے مُتعلّق بڑا منفی ہے۔"

"مگر کیوں؟"

"بحث بہت کرتی ہے اور ہر بات میں مخالفت کا پہلو نکال لیتی ہے،" میں نے جواب دیا،"اگر میں کہوں الف تو وہ کہے گی بے، اور اگر میں اپنا مؤقف تبدیل کر کے بے پر آ جاؤں تو وہ فوراً الف پر پہنچ جائے گی۔"

"مگر میرا مشاہدہ اِس کے برعکس ہے۔"

"ممکن ہے کہ اُسے مجھ سے ہی پر خاش ہو۔"

"تو پوچھ کیوں نہیں لیتے؟"

"چھوڑو یار، میں کوئی پاپولرٹی کے مُقابلے میں تو شامل نہیں ہو رہا۔"

آصف تو معذرت کر کے چلا گیا کیونکہ اُس کی لیب شروع ہونے والی تھی مگر بس کے انتظار میں کیفے ٹیریا کے سامنے پتھر کی بینچ پر بیٹھا مومنہ کے مُتعلّق سوچتا رہا کہ آخر وہ میرے ساتھ چوہے بلّی کا کھیل کیوں کھیل رہی ہے۔ مجھے مخواہ چھیڑ چھیڑ کر بھڑکاتی تھی اور اگر میں جواب میں کچھ کہتا تو فوراً مجھ پر بد تمیزی کا الزام لگا دیتی تھی۔ کہیں ایسا تو نہیں تھا کہ اُس کی شخصیت میں افیّت پسندی کا عضر چُھپا ہوا ہو اور وہ میری جھلاہٹ سے لطف اندوز ہوتی ہو۔ اُس کے والد تو بے حد خوش مزاج تھے اور والدہ بھی بڑی ملنسار تھیں، پھر وہ کیوں ایسی تھی۔ ممکن ہے کہ اُس نے کہیں دھوکا کھایا ہوا اور اُس کا غُصّہ مجھ پر اُتارتی ہو۔ وہ کسی بد روح کی طرح مجھ سے چُپٹ گئی تھی۔ پہلے میں نے اُس کے عشق میں گرفتار ہو کر اتنا وقت ضائع کیا۔ اب اِسے عشق کہہ لیں یا بے وقوفی کہ راتوں کو جاگ جاگ کر

ستارے گنے جا رہے ہیں اور آہیں بھری جا رہی ہیں۔ پھر جب اُس سے واسطہ پڑا تو سارا عشق کافور ہو گیا مگر میرے ذہن سے پھر بھی چمٹی رہی۔ پڑھتے پڑھتے اچانک خیال آ جاتا کہ جب اُس نے یہ کہا تھا تو میں نے یہ جواب کیوں نہیں دیا۔ پھر ایک نیا سلسلہ چل نکلتا اور اُس کے ساتھ ایک خیالی بحث شروع ہو جاتی۔ نگاہیں کتاب پر ہوتیں اور دماغ میں چکی چلتی رہتی۔ صفحوں پر صفحے پلٹنے کے بعد خیال آتا کہ ایک لفظ نہیں پڑھا۔ چنانچہ واپس کئی صفحے پلٹنے کے بعد وہیں سے شروع کرتا جہاں عدمِ توجّہ کا شکار ہوا تھا۔

***

میں بینچ پر بیٹھا ہوا اپنی بوریت کے متعلق سوچتا رہا اور اس نتیجے پر پہنچا کہ زندگی کی یکسانیت کو دور کرنے کے لئے کچھ کرنا چاہیے۔ سوچتے سوچتے خیال پھر مومنہ کی طرف چلا گیا۔ جیسے ہی بس پہاڑی کے پیچھے سے نکل کر سامنے آئی، میں اُٹھ کھڑا ہوا اور اُسی وقت فیصلہ کر لیا کہ اب مومنہ سے کھلی جنگ ہو گی خواہ مجھے اُس کی تذلیل ہی کیوں نہ کرنی پڑے۔ یہ بھی کوئی بات تھی کہ جو اُس کے منہ میں آتا تھا بک دیتی تھی اور میں اُس کے خاتون ہونے کا لحاظ کرنے میں مارا جاتا تھا۔

دوپہر کے بعد یونیورسٹی کی بسیں حیدرآباد سے تقریباً خالی ہی آتی تھیں لیکن جام شورو سے واپسی پر رش شروع ہو جاتا تھا۔ بس اسٹاپ پر خاصہ رش تھا پھر بھی مجھے سیٹ مل ہی گئی اور میرے بعد آنے والوں کو کھڑا رہنا پڑا۔ بس کھچاکھچ بھری ہوئی تھی اور گرمی سے بُرا حال تھا۔ پسینے کے ریلے چہروں پر بہہ رہے تھے۔ جام شورو کی بنجر پہاڑیاں گرمی میں تپتی تھیں۔ جب ہوا رُک جاتی تھی تو حبس کی وجہ سے سانس لینا مشکل ہو جاتا تھا اور جب چلتی تھی تو لو کے تھپیڑوں میں ریت کی کرکراہٹ شامل ہوتی تھی۔

حیدرآباد کے موڑ پر جب کنڈکٹر نے مجھے اُتارنے کے لئے بس رُکوائی تو مومنہ بھی حسبِ معمول اگلے دروازے سے اُتری اور بس آگے بڑھ گئی۔ مومنہ نے پلٹ کر میری طرف دیکھا اور رُک گئی۔

"کئی دنوں سے نظر نہیں آئے،" اُس نے کہا۔

"کام زیادہ تھا اِس لئے لائبریری میں رُک جاتا تھا،" میں نے جواب دیا۔

205

"اچّھا، میں سمجھ رہی تھی کہ شاید مجھ سے کتراتے ہو،اسی لئے بعد والی بس لیتے ہو۔"

"کیا تم خود کو کوئی ہوُّوا سمجھتی ہو کہ میں تم سے گھبراؤں گا؟"

"سوال تو یہ ہے کہ تم کیا سمجھتے ہو؟"

"دیکھو،میں نے اب یہ فیصلہ کر لیا ہے کہ میں تمہیں اینٹ کا جواب پتھر سے دوں گا۔"

"معلوم ہوتا ہے کہ زرہ بکتر پہن کر آئے ہو۔"

"اپنی بات کرو۔ تم تو سر تا پہ زرہ بکتر پہن کر چلتی ہو۔"

"خبردار اگر تم میرے برقعے تک پہنچے۔ میرا لباس میرا ذاتی معاملہ ہے جس میں کسی کو دخل اندازی کی اجازت نہیں۔"

"تو میں کون سا دخل در 'مشمولات' کر رہا ہوں؟"

"ایں! تہذیب، تہذیب، تہذیب۔ تمہارا یہ ریمارک بے حد عامیانہ ہے،"مومنہ نے رک کر میری طرف اپنی انگلی اٹھائی۔

"جب تم آبیل مجھے مار والا انداز اختیار کرو گی، تو ایسا ہی جواب ملے گا۔"

"تمہیں تو مرزا غالب کے دور میں پیدا ہونا چاہیے تھا۔"

"یہ کیا بات ہوئی؟"

"تم اُن ہی کے زمانے کے محاورے اور ضرب الامثال استعمال کرتے ہو۔"

"اور تمہیں بھی بقراط کے زمانے میں پیدا ہونا چاہیے تھا۔"

"اگر میں بقراط کے زمانے میں ہوتی تو افلاطون کے بجائے میں ہی مکالمات کی مصنّفہ ہوتی۔"

"تو اب بھی افلاطون سے کم ہو کیا؟"

"اِس عزّت افزائی کے لئے بے حد ممنون ہوں۔"

"کیا تم نے میرے سوال میں طنز کا پہلو محسوس نہیں کیا؟"

"اچّھا،تو تم طنز کر رہے تھے؟ میں سمجھی کہ واقعی میری مدح سرائی کر رہے ہو۔"

"میں بھی آپ کی خوش فہمی کے لئے بے حد ممنون ہوں،"میں نے بڑے تلخ لہجے میں کہا۔

"خیر چھوڑو، یہ بتاؤ کہ تم کل انٹر کالجیٹ ڈبیٹس کے فائنل میں گورنمنٹ کالج کیوں نہیں

آ ئے؟"

"بس، میں نے بتایا ناکہ آج کل زیادہ تروقت لائبریری میں گزر رہا ہے۔"

"معلوم ہے کہ پہلا انعام کسے ملا؟"

"کسے ملا؟"

"فرید صدیقی کو۔"

"اچھا؟"

"اس کی تقریر تم نے ہی لکھی تھی نا؟"

"نہیں، البتہ اسے کچھ پوائنٹس ضرور دیے تھے۔"

"میں نہیں مانتی۔ وہ اسلوب تمہارا ہی تھا۔ میں نے تمہاری لکھی ہوئی اور بھی تقریریں سنی ہیں۔"

"اگر میں کسی کے لئے تقریر لکھتا ہوں تو کبھی اس کی تشہیر نہیں کرتا، کیونکہ میرے نزدیک سارا کریڈٹ اسی کو جانا چاہئے جو اسٹیج پر ہے۔"

"تم خود اسٹیج پر کیوں نہیں آتے؟"

"یہ میری کمزوری ہے۔ تقریر کے دو اجزا ہوتے ہیں۔ مواد اور خطابت۔ اگر خطابت کمزور ہے تو مواد خواہ کتنا ہی اعلیٰ ہو، مقرّر ہوٹنگ کا شکار ہو جاتا ہے اور اگر مواد کمزور ہو مگر خطابت طاقتور ہو تو تالیاں تو بج جاتی ہیں مگر ججز متاثر نہیں ہوتے۔ میں خطابت میں بہت کمزور ہوں۔"

مومنہ نے کوئی جواب نہیں دیا۔ ہم لوگ کالونی کے نزدیک پہنچ چکے تھے۔ میں ابھی کچھ کہنے کے لئے الفاظ تلاش کر ہی رہا تھا کہ اسی نے خاموشی کو توڑا، "جس طرح تم نے اپنی کمزوری کا اظہار کیا ہے اس سے معلوم ہوتا ہے کہ ہماری دوستی ہوتی جا رہی ہے کیونکہ اپنی کمزوری کا اظہار صرف دوستوں ہی کے سامنے کیا جا سکتا ہے۔"

"مجھے تو یہ تمہارا حُسنِ ظن لگتا ہے لیکن اگر تم اِسے حقیقت سمجھتی ہو تو حقیقت ہی ہوگی۔"

"اچھا یہ بتاؤ کہ تم کیا واقعی یہ سمجھتے ہو کہ ہم اپنی ترقی کے لئے تاجِ برطانیہ کے مرہونِ منّت ہیں؟"

"یہ تاجِ برطانیہ بیچ میں کہاں سے آ کو دا؟"

"فرید نے اپنی تقریر میں یہی تو کہا تھا کہ یہ انگریزی راج کی برکت ہے کہ ہم آج بیسویں صدّی میں سانس لے رہے ہیں۔"

"بھئی مباحثے کا موضوع تو یہی تھا اور فرید کو قرار داد کی موافقت میں تقریر کرنی تھی، ویسے تمہیں یہ تو ماننا پڑے گا کہ انگریزوں نے جو ادارے قائم کئے وہ ہمیں پکی پکائی کھیر کی شکل میں مل گئے۔"

"اِس میں تو شک نہیں مگر تمہیں یہ بھی ماننا پڑے گا کہ جب انگریز ہندوستان میں آئے تھے تو ہندوستان دنیا کا امیر ترین ملک تھا اور جب گئے تو ہمیں کنگال کر گئے۔"

"مجھے اِس سے کب انکار ہے۔ تم نے فاطمہ ڈرّانی کی تقریر سُنی تھی جس نے قرار داد کی مخالفت کی تھی؟"

"ہاں اُسے سیکنڈ پرائز ملا تھا۔ وہ تقریر بھی تمہاری لکھی ہوئی تھی؟"

"لکھی ہوئی تو نہیں تھی، اُسے بھی صرف پوائنٹس ہی دیے تھے،" میں نے مُسکراتے ہوئے جواب دیا۔

"واقعی مان گئی۔ دونوں تقریروں کا جواب نہیں تھا۔ ہال تالیوں سے گونج رہا تھا۔ فرید جب اسٹیج سے اُترا تو کسی نے انگریز سرکار زندہ باد کا نعرہ بھی لگایا تھا۔"

"مگر اِس کا مطلب یہ نہیں کہ جو کچھ فرید نے کہا، میں اُس سے مُتّفق ہوں۔"

"تمہیں تو وکیل ہونا چاہیے تھا، خواہ مخواہ سائنس میں جا گھسے۔"

"تم کیوں اسٹیج پر نہیں آتیں، کالج میں تو بڑی اچھی ڈبیٹر تھیں،"

"نہیں، میں نے ساری غیر نصابی سرگرمیاں ترک کر دی ہیں۔ بس صرف پڑھائی کر رہی ہوں۔"

اِتنے میں برابر سے ایک کار گرد اُڑاتی ہوئی، تین چار بار ہارن بجا کر آگے نکل گئی۔ میں سڑک کی طرف تھا اور گھبرا کر ہٹا تو مومنہ کے کندھے سے میرا کندھا ٹکرایا۔ وہ گرتے گرتے بچی اور میرے ہاتھ بے اختیار اُسے سنبھالنے کے لئے بڑھے، مگر وہ خود ہی سنبھل گئی۔ مومنہ کے کندھے کے لمس

نے میرے جسم میں ایک سنسنی سی دوڑا دی، اور شاید یہی کیفیت اُس کی بھی تھی۔ کالونی کے گیٹ سے گزرتے ہوئے وہ آہستہ سے بولی، "اچھا، پھر ملیں گے،" اور آگے بڑھ گئی۔

***

میں ایک بار پھر ہیجانی کیفیت میں مبتلا ہو گیا۔ یہ میری سمجھ سے بالاتر تھا کہ کبھی تو مومنہ بڑے دوستانہ ماحول میں گفتگو کرتی تھی اور کبھی بھوکی بلی کی طرح حملہ آور ہوتی تھی۔ شاید یہ اُس کی شخصیت کا ایک پہلو تھا۔ کیا وہ میری طرف سے عدمِ اعتماد کا شکار تھی کہ جونہی میں اُس کے نزدیک آتا، وہ فوراً حملہ کر کے اپنے گرد حصار کھینچ لیتی تھی، اور اگر میں بطور حفظِ ماتقدّم چھوٹتے ہی اُسے آڑے ہاتھوں لیتا تو وہ فوراً مجھ سے لگاؤ کا اظہار کر کے سفید پرچم بلند کر دیتی، گویا دوسرے کو زیر کرنے کے لئے اُس کے پاس صرف دو ہی ہتھیار تھے، ڈنڈا اور مکھن۔ اگر ڈنڈے سے کام نہ چلے تو مکھن لگا کر آزماؤ۔ پچھلے دو سال سے اُس کی یہی حکمتِ عملی تھی۔ بہر حال یہ سوال میرے ذہن میں گردش کرتا رہتا کہ اگر مومنہ کو مجھ پر اعتماد نہیں تو اُس کی کیا وجہ ہو سکتی ہے۔ جب اُس کا موڈ اچھا ہوتا تو وہ بڑی شائستگی کا مظاہرہ کرتی تھی۔ ادبی ذوق بھی رکھتی تھی اور کبھی کبھار رومینٹک ہونے کی حد تک نزدیک آ جاتی اور ایسا لگتا جیسے وہ میرے ساتھ فلرٹ کر رہی ہو، مگر میرا رویّہ اُس کے ساتھ یکساں تھا۔ اب تو اُس سے گفتگو کرتے وقت نہ میری زبان گنگ ہوتی تھی اور نہ سانس لینے میں دشواری محسوس ہوتی تھی، یہاں تک کہ میں یہ بھی بھول گیا تھا کہ میں نے اُس کی شکل تک نہیں دیکھی تھی اور اِس سلسلے میں میرا تجسس بھی ختم ہو گیا۔

شاید آپ سوچیں کہ مجھے مومنہ سے عشق ہو گیا تھا۔ نہیں بھئی، ایسی کوئی بات نہیں تھی۔ البتہ یہ میں تسلیم کرنے کے لئے تیار ہوں کہ ایک زمانے میں مجھ پر واقعی دیوانگی طاری ہو گئی تھی اور میں سمجھا تھا کہ عشق ہو گیا، مگر بڑی سوچ بچار کے بعد اِس نتیجے پر پہنچا کہ عشق وِشق کچھ نہیں تھا۔ بھلا یہ بھی کوئی تُک ہے کہ نہ شکل دیکھی اور نہ بات کی، بس عشق ہو گیا۔ میرے نزدیک وہ صرف اعصابی خلل تھا جس کا شکار کوئی بھی ہو سکتا ہے۔ بہر حال میں کم از کم اتنے کریڈٹ کا مستحق تو ہوں کہ میں نے اُس خلل سے خود ہی نجات پا لی۔ اِس بار میں نے اٹل فیصلہ کر لیا کہ مومنہ کو تین طلاقیں دینے کے بعد آئندہ میں نہ اُس کے متعلق سوچوں گا نہ اُس سے رابطہ رکھوں گا۔ اوّل تو رابطہ ہی کیا تھا؟

صرف دن میں ایک بار بس،ہی سے تواکٹھے اُترتے تھے۔اب یہ بھی تو ممکن نہیں تھا کہ ایک ہی راستے پر اجنبیوں کی طرح خاموشی سے چلتے رہیں۔ آخر پڑوسی تھے۔اُس رابطے کو ختم کرنے کا ایک ہی طریقہ تھا کہ میں بعد والی بس لوں،مگر پھر یہ بھی دشواری تھی کہ مجھے ٹیوشن پر جاناہوتا تھا۔خیر،میں نے سوچا کہ اپنے شاگردوں سے مشورہ کرکے ٹیوشن کا وقت تبدیل کرنے کی کوشش کروں گا۔ اُلجھن خواہ کوئی بھی ہو،اُس سے نجات حاصل کرنے کا واحد طریقہ یہی ہے کہ کوئی اٹل فیصلہ کر لیا جائے اور اُس پر قائم رہا جائے،خواہ اُس کے نتائج کچھ بھی ہوں۔

22

جب روبینہ، زرینہ کے ساتھ کالج کے بعد ساتھ ہوم ورک کرنے کے لئے آجاتی تو اسے شام کو واپس ہوسٹل چھوڑنے کی ڈیوٹی بھی میری ہوتی۔ آندھی آئے یا طوفان، روبینہ کو مغرب سے پہلے پہلے ہوسٹل پہنچنا ہوتا تھا کیونکہ آپا شمس کا حکم تھا کہ ہوسٹل کی لڑکیاں اگر کالج کے بعد باہر جائیں تو سورج غروب ہونے سے پہلے واپس آجائیں ورنہ ان کی سخت باز پُرس ہوتی تھی۔

ابتدا میں روبینہ میرے ساتھ اکیلے جاتے ہوئے ہچکچاتی تھی اور میں یہ سوچ کر کتراتا تھا کہ اگر کسی دوست نے اسے میرے ساتھ دیکھ لیا تو خواہ مخواہ بات کا بتنگڑ بن جائے گا اور بات نہ جانے کہاں کہاں جا پہنچے گی۔

"اچھا جی، تو عشق ہو رہا ہے؟"

"کون تھی وہ لڑکی؟"

"بڑے چھپے رستم نکلے!"

"یار ہمیں بھی تو پتہ چلے۔"

جتنے منہ اتنی باتیں۔ کچھ دوست تو اپنے فرضی معشوقوں کی داستانیں بھی نمک مرچ لگا کر سناتے تھے مگر میرے نزدیک یہ گھٹیا حرکت تھی۔ میں روبینہ کو لے کر کالونی کے پچھلے دروازے سے نکلتا اور قبرستان سے گزر کر ہیر آباد کی چڑھائی کے بعد میروں کے قبّوں کے برابر سے گرلز کالج کی سڑک پر ہو لیتا تھا۔ یہ راستہ نسبتاً سنسان تھا اور کسی دوست سے آمنا سامنا ہونے کا امکان بہت کم تھا۔

گزرتے ہوئے وقت اور بدلتے ہوئے ماحول کا اندازہ اس ماحول میں رہتے ہوئے کبھی نہیں ہوتا۔ کوئی نہیں کہہ سکتا کہ خاندان کے بچے کب بڑے ہوئے اور جوان کب بوڑھے ہو گئے۔ یہی حال میرے اور روبینہ کے رشتے کا تھا۔ نہ مجھے یاد آیا اور نہ اسے پتہ چلا کہ وہ کون سا لمحہ تھا جب ہم آپ سے تم ہو گئے۔ بس اچانک ہی محسوس ہوا کہ روبینہ بے حد جذباتی اور محبت کرنے والی لڑکی ہے۔ قدرت نے اس کے ہونٹ صرف مسکرانے کے لئے تراشے تھے۔ خواہ کوئی کتنی ہی کڑوی کسیلی بات کہہ دے مگر مجال ہے کہ روبینہ کی بھوں پر کوئی بل پڑے۔ جینے کو تو ہم سب ہی جیتے ہیں مگر روبینہ زندگی کو چسکیاں لے لے کر جرعہ جرعہ پیتی تھی۔

"مجھے بڑی شرمندگی ہوتی ہے کہ مجھے ہوسٹل چھوڑنے میں تمہارا اتنا وقت ضائع ہو جاتا ہے،" وہ اکثر کہتی۔

"خدا کی بندی، اس میں شرمندگی کی کیا بات ہے؟" میں جواب دیتا، "اگر میں تمہارے لئے اتنا بھی نہ کر سکوں تو تمہیں میری کزن ہونے کا کیا فائدہ؟"

"یہ بھی تمہاری محبت ہے کہ تم مجھے اپنی کزن سمجھتے ہو،" ایک بار اس نے کہا۔

"بھئی کزن تو ہو۔ ماموں زاد نہ سہی ممانی زاد سہی،" میں نے جواب دیا۔

روبینہ کھلکھلا کر ہنسی۔ "یہ بھی خوب رہی۔ تو آج سے میں تمہاری ممانی زاد کزن ہوں۔"

"وہ تو اسی دن سے ہو جب ماموں جان نے تمہاری اماں سے شادی کی تھی،" میں نے کہا، "بس آج سے تمہارا نام میں نے ممانی زادی رکھ دیا۔"

اچانک غیر ارادی طور پر میرا ہاتھ اٹھا اور میں نے اس کا بازو دبا دیا۔ اس کے جسم اور گدگدے بازو کے لمس نے میرے پورے بدن کو جھنجھنا کر رکھ دیا اور وہ خود بھی چند لمحوں کے لئے مبہوت ہو گئی۔ میں نے کچھ کہنا چاہا مگر آواز گلے میں پھنس کر رہ گئی۔ وہ زمین پر نظریں جمائے خاموشی سے میرے ساتھ چلتی رہی۔ اس کے ہونٹوں پر مسکراہٹ تھی۔ کئی بار اس نے کچھ کہنے کے لئے ہونٹ کھولے مگر کچھ نہ بول سکی۔

"کہیں ایسا تو نہیں کہ تم ہی نے اپنے ماموں کو اس شادی پر اکسایا ہو، تاکہ تم مجھے ممانی زادی کہہ سکو؟" بالآخر اس نے میری طرف دیکھ کر آہستہ سے کہا۔

میں ہنس کر خاموش ہوگیا۔ روبینہ نے مسکرا کر میری طرف سوالیہ نظروں سے دیکھا اور شاید میری طرف سے جواب نہ پا کر اسے مایوسی ہوئی۔ باقی راستہ ہم دونوں خاموش رہے یہاں تک کہ کالج کے گیٹ پر پہنچ گئے۔ میں نے بہت کوشش کی کہ کچھ بولوں مگر منہ سے کچھ نہ نکلا۔ یہی کیفیت روبینہ کی بھی تھی۔ اس نے سرگوشی میں خدا حافظ کہا اور گیٹ میں داخل ہوگئی۔

***

شاید ہی اتوار کی کوئی ایسی صبح گزری ہو جب میں نے شیو کرنے کے دوران ریڈیو پاکستان کراچی سے "حامد میاں کے ہاں" نہ سنا ہو۔ پروگرام ختم ہونے تک میں شیو کر چکا تھا۔ حسبِ معمول چہرے پر تبت سنو کی ایک تہہ چڑھائی اور تولیہ سے صاف کر کے ریڈیو بند کر دیا۔ اب میں باہر جانے کے لئے تیار تھا۔ اس دن میرا پروگرام عرفان کے گھر جانے کا تھا۔ پچھلے کئی ہفتے سے اس سے ملاقات نہیں ہوئی تھی۔ بس ایک اتوار ہی ہوتا تھا جب وہ گھر آتا تھا، ورنہ پورے ہفتے کالج، ہوسٹل اور اسپتال میں ہی گزرتا تھا۔ امی جان برآمدے میں بیٹھی کچھ سی رہی تھیں۔ جب میں انہیں خدا حافظ کہنے کے لئے رکا تو انہوں نے میرے ہاتھ میں مختلف اشیاء کی ایک لمبی چوڑی فہرست پکڑا دی اور تاکید کی کہ واپسی میں خریداری کرتا آؤں۔ میں نے اس پر نظر ڈالی تو دل ہی دل میں لاحول پڑھی۔ ارہر کی دال، آلو، پیاز، ٹنڈے، ٹماٹر اور نہ جانے کیا کیا الا بلا۔ سوچا کہ شاپنگ کر کے ہی عرفان کے گھر جاؤں گا کیونکہ واپسی میں نہ معلوم وقت ملے یا نہ ملے۔ چنانچہ دو بھاری تھیلے اٹھائے ہوئے جب میں عرفان کے بنگل میں داخل ہوا تو دونوں بازو شل ہو چکے تھے۔

عرفان چہار دیواری میں لان کے کنارے پر ہی اپنی کار کا ہڈ کھولے اس پر جھکا ہوا تھا۔ شگفتہ اس کے برابر کھڑی ہوئی اسے کچھ ہدایات دے رہی تھی۔ میں نزدیک پہنچا تو شگفتہ نے چہک کر کہا،
"خوش آمدید، خوش آمدید، بلال بھائی۔ بھلی کرے آیا۔"

"ارے یہ تم اتنی مہذب کب سے ہوگئیں۔ مجھے تو تم سے صرف چھیڑ خانی کی توقع رہتی ہے۔"

"نہیں اب میرے اور آپ کے درمیان چھیڑ خانی کا رشتہ ختم ہو گیا ہے۔"

"یہ انقلاب کیسے آیا اور یہ میں اچانک تم سے آپ کیسے ہو گیا؟" مجھے شگفتہ کی اس پر تکلف گفتگو

213

پر حیرت ہو رہی تھی۔

"جب سے زرینہ سے میری دوستی ہوئی ہے۔ آپ زرینہ کے بڑے بھائی ہیں اس لئے آپ کی عزّت مجھ پر فرض ہے۔"

"یہ تم مجھے بے وقوف تو نہیں بنا رہیں؟"

"نہیں میں بالکل سنجیدہ ہوں۔" شگفتہ نے جواب دیا۔

"دراصل میں نے ہی اسے آج ڈانٹا تھا کہ تمہیں تنگ نہ کیا کرے،" عرفان نے کہا۔

"چلو اچھا ہے۔ کم از کم اس کی چھیڑ خانیوں سے تو مجھے نجات ملی۔"

"نہیں، میں نے اسے سمجھایا ہے کہ میری بھی عزت کیا کرے۔"

"مجھے خود بھی اب احساس ہو گیا ہے کہ میں کچھ زیادہ ہی غیر سنجیدہ ہو گئی تھی،" شگفتہ نے کہا۔

"ہاں بھئی، تم اب ماشاءاللہ یونیورسٹی میں جا رہی ہو۔ تمہیں سنجیدہ تو ہو ہی جانا چاہیے۔"

"یار، بڑے دنوں بعد ملاقات ہوئی،" عرفان نے کہا۔

"کیا کیا جائے۔ تم بھی مصروف ہو گئے ہو اور مجھے بھی وقت نہیں مل پاتا،" میں نے دونوں تھیلے وہیں رکھ کر اپنے کندھوں کو دباتے ہوئے کہا۔

"ان جھولوں میں کیا ہے؟"

"چلتے وقت امی جان نے اپنی شاپنگ لسٹ دے دی تھی، اسی کو بھگتاتے ہوئے آ رہا ہوں،" میں نے جواب دیا۔ "اور تم یہ کار کا ڈاکٹری معائنہ کیوں کر رہے ہو؟"

"بس یار اس نے چلنے سے انکار کر دیا ہے۔ ڈرائیور، گدھا گاڑی لینے کے لئے گیا ہے تاکہ اس کے پیچھے باندھ کر گیراج پہنچا دیں۔"

"میری مانو تو تم اس میں دو گدھے جوت کر ہی چلایا کرو تو اچھی چلے گی۔"

"بابا کے سامنے یہ بات مت کہہ دینا۔ ان کی دل شکنی ہو گی،" شگفتہ بولی۔

"اپنے بابا سے کہو کہ وہ اس بوڑھی گاڑی کی ریوڑھیاں کھالیں۔"

"نہیں بھئی بابا سے اپنی بیوی نمبر دو کہتے ہیں،" عرفان نے کہا۔

عرفان کی کار 1942ء کی آسٹن تھی۔ اس کے والد نے پانچ سو روپے میں ایک انگریز سے

خریدی تھی جو قیام پاکستان کے وقت واپس انگلینڈ جار ہاتھا۔ شاذو نادر ہی چلتی تھی ورنہ زیادہ تر گیراج میں ہی کھڑی رہتی تھی۔

’’آپ کی ممانی زادی بھی تشریف رکھتی ہیں،‘‘ شگفتہ نے کہا۔

’’کیا روبینہ بھی آئی ہوئی ہے، مگر یہ ممانی زادی کا تمہیں کیسے پتہ چلا؟‘‘

’’اسی نے بتلایا ہے کہ یہ نام اسے تم ہی نے دیا ہے۔ اب ہم سب اسے ممانی زادی ہی کہیں گے،‘‘ عرفان نے جواب دیا۔

’’مگر وہ آئی کیسے اور ہے کہاں؟‘‘

’’امی کے ساتھ باورچی خانے میں لگی ہوئی ہے۔ صبح کو ڈرائیور اسے لے کر آگیا تھا اور دو پہر کو اس کا پروگرام زرینہ کے پاس جانے کا تھا مگر اب گاڑی ہی کھڑی ہو گئی۔‘‘

’’خیر میں اسے اپنے ساتھ لے جاؤں گا۔ میں جا کر تمہاری امی کو سلام کر کے آتا ہوں۔‘‘

’’آپ وہاں نہیں جا سکتے،‘‘ شگفتہ نے کہا، ’’کیونکہ وہاں داخلہ ممنوع ہے۔‘‘

’’تو تم کیوں نہیں اپنی امی کا ہاتھ بٹاتیں۔ تم بھی کھانا پکانا سیکھ لو ورنہ تمہارا شوہر بھوکا ہی مر جائے گا۔‘‘

’’تو میں کسی باورچی سے شادی کروں گی۔‘‘

’’اچھا تم جا کر امی کو سلام کرو، میں ہاتھ دھو کر آتا ہوں،‘‘ عرفان نے کار کا ہڈ بند کرتے ہوئے کہا۔

میں نے باورچی خانے کے دروازے پر قدم رکھا تو اندر بڑی گہما گہمی نظر آئی۔ بیچوں بیچ ایک بڑی سی ٹیبل تھی جس کی ایک طرف روبینہ کھڑی پیاز کاٹ رہی تھی اور دوسری طرف عرفان کی امی کباب بنا رہی تھیں۔ پیچھے انگیٹھیوں کی ایک قطار تھی جن پر کڑھائیاں اور دیگچیاں چڑھی ہوئی تھیں اور چاچا دھڑیں بخش کفگیر اور چمچے چلا رہے تھے۔ معلوم ہوتا تھا کہ کسی بڑی دعوت کا اہتمام ہو رہا ہے۔ جب کسی نے میری طرف توجہ نہ دی تو میں نے خود ہی عرفان کی امی کو سلام کیا۔

’’ارے بلال تم کب آیا،‘‘ انہوں نے اپنے مخصوص انداز میں پوچھا۔

’’خالہ، میں تو کافی دیر سے آیا ہوا ہوں مگر آپ ادھر مصروف تھیں۔‘‘

"توں تہ ہمیں بھول ہی گیا۔ جب سے عرفان ہاسٹیل میں گیا ہے تو نے ادھر آنا ہی چھوڑ دیا۔"

"ایسی بات نہیں خالہ۔ عرفان تو مجھے وہیں مل جاتا ہے۔ اب بے چارے کو آنے کے لئے اتوار ہی تو ملتا ہے تو سوچتا ہوں کہ وہ فیملی کے ساتھ ہی گزارے۔"

"اچھا، تہ توں خود کو اس فیملی کا حصہ نہیں سمجھتا؟"

"نہیں خالہ، یہ بات نہیں۔ آپ کی محبت ہی تو مجھے ادھر لے آتی ہے۔"

"خیر، چل کر بیٹھو ابھی کھانا تیار ہو رہا ہے،" وہ مڑ کر چاچا دھڑیں بخش کی دیگچیوں کا معائنہ کرنے لگیں۔

"بلال، تم جانے لگو تو بتا دینا۔ میں تمہارے ساتھ ہی جاؤں گی کیونکہ گاڑی خراب ہو گئی ہے،" روبینہ نے دوپٹے سے اپنی آنکھیں پونچھتے ہوئے کہا۔

"تو تم یہ رو کیوں رہی ہو؟"

"تم آ کر یہ پیاز چھیلو تو جواب مل جائے گا۔"

"تو پھر تم چلو کیونکہ میں بھی بس جا رہا ہوں۔"

عرفان کی امی نے پلٹ کر میری طرف دیکھا اور بولیں، "نا بیٹا، کھانا کھا کر جانا۔"

"نہیں خالہ، میں پھر کبھی آؤں گا۔ دراصل امی جان نے کچھ سودا لانے کے لئے کہا تھا۔ وہ بھی انتظار کر رہی ہوں گی۔"

واپسی میں روبینہ میرے ساتھ تھی اور میرے دونوں ہاتھوں میں تھیلیے لٹک رہے تھے۔

"یہ تمہیں اتنی جلدی کیا پڑی تھی۔ کھانا بالکل تیار تھا۔"

"کیوں، تمہیں بھوک لگ رہی ہے؟"

"اور نہیں تو کیا۔ میرے پیٹ میں تو چوہے دوڑ رہے ہیں۔"

"تو ہم آج کیفے حیات میں مرغ مسلم کھائیں گے۔ تم نے کبھی مرغ مسلم کھایا ہے؟"

"نہیں۔"

"میں نے بھی نہیں۔ لیکن کیفے حیات کے مرغ مسلم کی کافی تعریف سنی ہے۔ آج ٹرائی کریں گے۔"

"اگر کسی نے ہمیں ساتھ ریسٹورنٹ میں جاتے ہوئے دیکھ لیا تو؟"

"تو کیا ہوگا؟ کوئی تمہیں میری محبوبہ تو سمجھنے سے رہا۔"

"کیوں، میرے اندر کیا برائی ہے؟" روبینہ نے روٹھنے کے انداز میں کہا۔

میں نے رک کر اس کی طرف دیکھا اور بولا، "کوئی جب اپنی محبوبہ کے ساتھ نکلتا ہے تو کیا اس طرح ہاتھوں میں ٹاٹ کے تھیلے لٹکائے پھرتا ہے؟"

"یہ بات تو ہے۔ تو پھر بہن بھائی سمجھے گا۔"

"بہن بھائی بھی نہیں۔ اگر ہم بہن بھائی ہوتے تو ایک تھیلا تمہارے ہاتھ میں ہوتا اور ایک میرے ہاتھ میں۔"

"چلو، ایک تھیلا میں اٹھائے لیتی ہوں۔"

"چھوڑو، معاف کیا۔ گھبرانے کی کوئی بات نہیں دیکھنے والا ہمیں زیادہ سے زیادہ میاں بیوی سمجھے گا۔"

"شریر کہیں کے،" روبینہ نے میرے بازو پر اپنے ہاتھ کی پشت سے ہلکی سی دھپ ماری اور خاموش ہو گئی۔

23

کراچے کی سردی میں میرا کمرہ رات کو بالکل برف ہو جاتا تھا۔ صبح کے تین بجے الارم سے آنکھ کھلتی تو سب سے پہلے پیروں کے ٹھنڈے ہونے کا احساس ہوتا حالانکہ میں موزے پہن کر سوتا تھا۔ امّی جان نے خاص طور پر میرے لئے ڈبل روئی کا لحاف سیا تھا مگر اتنی سردی میں اُس سے بھی کام نہیں چلتا تھا۔ لاکھ دل چاہتا کہ بس دُبکے پڑے رہو مگر اِس خیال سے کہ الارم کی آواز سے گھر والوں کی آنکھ نہ کھل جائے، آخر اُٹھنا ہی پڑتا تھا۔ انگیٹھی میں مٹّی کا تیل چھڑک کر ماچس کی جلتی ہوئی تیلی دکھاتا اور چائے کی کیتلی رکھ کر کھڑکی کھول دیتا تاکہ کمرے میں دھوئیں کے ساتھ ساتھ کاربن مونوکسائڈ جمع نہ ہو جائے۔ کھڑکی کھلتے ہی کوئٹہ کی ہوا کے جھونکے کمرے کو ریفریجریٹر میں تبدیل کر دیتے۔ خدا خدا کر کے چائے تیار ہوتی اور میں لحاف اوڑھ کر کُرسی پر آ بیٹھتا۔ ایسے میں پڑھائی کرنا ایک کار دارد تھا مگر اُس کے سوا کوئی چارہ بھی نہیں تھا۔

غالباً اُسی سردی کا نتیجہ تھا کہ زکام ہو گیا۔ امّی جان نے حسبِ معمول جوشاندے کے قدحے پلانا شروع کر دیے۔ گلِ بنفشہ، گاؤ زبان، عنّاب، ملیٹھی، تِر پھلا، اِسطو خودوس، خوب کلاں اور نہ جانے کیا کیا جڑی بوٹیاں ڈال کر دیگچی چولہے پر چڑھا دیتیں اور سر پر سوار ہو کر پلاتیں۔ مجھے جوشاندے سے سخت چِڑ تھی مگر امّی جان کو ٹالنا ناممکن تھا۔ طوعاً و کرہاً زہر مار کرنا پڑتا۔ وہ سمجھاتیں کہ جوشاندہ زکام کے لئے تیر بہ ہدف ہے۔ اگر پابندی سے پیا جائے، ساتھ ہی ساتھ آرام کیا جائے اور خوب پانی پیا جائے تو ہفتے دس دن میں زکام ٹھیک ہو جاتا ہے، مگر دو ہفتے تک صبح شام پابندی کے ساتھ پینے سے بھی زکام وہیں کا وہیں رہا۔ بالآخر میں نے بغاوت کر دی اور امّی جان نے بھی تنگ آ کر میرا پیچھا چھوڑ دیا۔

219

زکام بھی عجیب قسم کا تھا۔ نہ ناک بہتی تھی نہ چھینکیں آتی تھیں۔ بس کھانسی تھی۔ امی جان نے اپنی حکمت استعمال کر کے لعوقِ سپستاں تجویز کیااور میں نے سُنی ان سُنی کر دی۔ کچھ لوگوں کا خیال تھا کہ کھانسی بیٹھ گئی ہے اور خود ہی ٹھیک ہو جائے گی۔ اگر ایک بار کھانسی بیٹھ جائے تو کبھی کبھی چھ مہینے لے لیتی ہے۔

اِسی دوران میں چھ مہینے گزر گئے۔ صبح کو ٹھیک ٹھاک اُٹھتا تھا مگر جیسے جیسے دِن گزرتا، سر میں درد شروع ہو جاتا، جسم میں کپکپی ہوتی اور شام تک بخار ہو جاتا۔ کھانس کھانس کر کمر میں سیدھی جانب درد ہونے لگا۔ کھانسی کا یہ عالم تھا کہ جب آتی تھی تو رکنے کا نام نہیں لیتی تھی۔ کلاس روم میں میں نے دروازے کے ساتھ پیچھے کی سیٹ پر بیٹھنا شروع کر دیا۔ جب کھانسی آتی تو باہر نکل جاتا تھا۔ کئی لوگوں نے مشورہ دیا کہ ڈاکٹر کو دکھاؤں مگر اسے میری لاپروائی ہی کہنا چاہیے کہ میں ہر بار ٹال جاتا۔ زندگی میں کبھی کسی ڈاکٹر کے علاج کی ضرورت پیش نہیں آئی تھی۔ ایک بہانہ یہ تھا کہ میرے پاس وقت نہیں ہے۔ یونیورسٹی اور اُس کے بعد ٹیوشنز۔ دن میں کئی کئی بار ایسپرو کی گولیاں کھاتا۔ ہوتے ہوتے نوبت یہاں تک پہنچ گئی کہ ہر وقت بُخار رہنے لگا۔ اِدھر فائنل امتحان سر پر آ پہنچے تھے۔

ایک روز چھوٹکی گلّی سے گزر رہا تھا تو سلیمان کے میڈیکل اسٹور پر ایسپرو خریدنے کے لئے رُک گیا۔ سلیمان میرا اسکول کا کلاس فیلو تھا اور انٹر کے بعد پڑھائی چھوڑ دی تھی۔ چھوٹکی گلّی پر شاہی بازار میں داخل ہوتے ہی دائیں جانب اُس کے بڑے بھائی کا میڈیکل اسٹور تھا۔ سلیمان نے وہیں بیٹھنا شروع کر دیا تھا۔ میں نے جب اُس سے ہاتھ ملایا تو وہ بولا، "یار تمہیں تو کافی تیز بُخار ہے۔"

"بس یونہی کھانسی زکام بخار چل رہا ہے،" میں نے جواب دیا۔

"کب سے؟"

"سال بھر تو ہو گیا۔ بس کھانسی بیٹھ گئی ہے، جانے کا نام ہی نہیں لیتی۔"

"ڈاکٹر کو دکھایا؟"

"نہیں، خود ہی ٹھیک ہو جائے گی۔"

"خدا کے بندے اگر سال بھر میں ٹھیک نہیں ہوئی تو کیسے ٹھیک ہو جائے گی؟" اُس نے کہا، "اور تمہیں بُخار بھی ہے۔"

"دیکھو امتحان ختم ہونے کے بعد ڈاکٹر کو دکھاؤں گا۔"

"اور اگر تم امتحان ختم ہونے سے پہلے ہی اللہ میاں کو پیارے ہو گئے تو؟"

"یار کھانسی سے بھی کوئی مرتا ہے؟"

"کھانسی کی کوئی وجہ تو ہو گی۔ میری مانو تو تم فوراً ڈاکٹر کو دکھاؤ اور اپنا ایکسرے کرواؤ، مجھے تو لگتا ہے کہ تمہارا نمونیہ بگڑ گیا ہے۔"

"ٹھیک ہے۔ ابھی امتحان میں ایک ہفتہ رہ گیا ہے، وہ ختم ہوتے ہی ڈاکٹر کو دکھاؤں گا۔ فی الحال تم مجھے ایسپرو کی گولیاں دے دو۔"

میں نے سخت کھانسی اور بُخار کی حالت میں ہی امتحان دیا اور آخری پرچہ دیتے دیتے حالت ابتر ہو گئی۔ گھر پہنچ کر سیدھا اپنے کمرے کا رخ کیا اور آنکھیں بند کر کے بستر پر دراز ہو گیا۔ امی جان نے آ کر پیشانی پر ہاتھ رکھا تو پریشان ہو کر بولیں، "افوہ، بُخار میں پُھنک رہا ہے،" اور زرینہ سے کہا کہ ٹھنڈے پانی کے چھپے میری پیشانی پر رکھے۔ میری عادت ہے کہ اگر میری طبیعت خراب ہو تو میں خاموشی سے پڑا رہوں اور کوئی دخل اندازی نہ کرے۔ زرینہ میری پیشانی پر چھپے رکھتی رہی اور اسی دوران کچھ نیند سی آنے لگی۔ رات بڑی بے چینی کے ساتھ گزری اور صبح ہوتے ہوتے میرے اوپر نیم بے ہوشی کی کیفیت طاری ہو گئی۔ سر درد سے پھٹ رہا تھا اور ایسا لگ رہا تھا جیسے آنکھوں پر پٹّی بندھی ہوئی ہو۔ عجیب عجیب خواب نظر آ رہے تھے۔ کبھی لگتا جیسے کوئی ہاتھی میرے اوپر آ بیٹھا ہو اور اُس کے وزن سے میرے لئے ہلنا جلنا ناممکن ہو، کبھی محسوس کرتا جیسے میں گر رہا ہوں۔ اچانک میں نے دیکھا کہ میں پُرانے اسکول کے آڈیٹوریم میں کھڑا ہوں۔ ایک زمانے میں یہ حیدر آباد کے اسکولوں میں سب سے بڑا آڈیٹوریم تھا اور یہاں اکثر مشاعرے، مباحثے اور ڈرامے ہوا کرتے تھے تو ہال کھچا کھچ بھر جاتا تھا مگر اُس وقت بالکل خالی تھا اور اُس میں ایک کرسی تک نہ تھی۔ پورے آڈیٹوریم میں ملگجا سا اندھیرا تھا اور ہر طرف گرد جمی ہوئی تھی۔ ہال کے بیچوں بیچ ایک میز تھی جس پر پلاسٹک کا ایک کبوتر رکھا تھا اور وہ مسلسل اپنے پر پھڑ پھڑا رہا تھا۔ اچانک میرے سامنے پروفیسر سمیع الدین آ کھڑے ہوئے۔ میں نے کہا، "اِس کبوتر کے پروں کی پھڑ پھڑاہٹ توانائی میں تبدیل ہوتی ہے اور اسی توانائی کو یہ اپنے پر پھڑ پھڑانے کے لئے استعمال کرتا ہے۔"

"بے وقوف ہوئے ہو کیا؟" پروفیسر سمیع الدین نے چیخ کر ڈانٹا، "تم دوامی حرکت کی بات کر رہے ہو۔ یہ تھر موڈائنامکس کے پہلے دو قوانین کی نفی کرتی ہے۔"

اُن کی ڈانٹ کی گونج میرے ذہن پر ہتھوڑے کی طرح پڑی اور میں سوچنے لگا کہ کبوتر کے پروں کی پھر پھڑاہٹ کا کیا جواز تھا۔ میری سوچنے سمجھنے کی صلاحیت مفقود ہوتی جا رہی تھی۔ کبھی ہاتھی میرے اوپر آ بیٹھتا، کبھی میں گرنا شروع ہو جاتا اور کبھی کبوتر پر پھر پھڑانے لگتا۔ ایسا لگتا تھا کہ میرے ارد گرد کئی پروسیسں تھیں کیونکہ مسلسل اُن کی آوازیں آ رہی تھیں۔

"ذرا اپنکھا جھلو۔"

"بُخار تیز ہو گیا ہے۔"

"بی بی، یہ لحاف تو اُس کے اوپر سے اُٹھاؤ۔ ایک تو اتنا بخار ہے اور اوپر سے لحاف لاد دیا ہے۔"

کسی نے لحاف ہٹایا اور مجھے محسوس ہوا کہ ہاتھی میرے اوپر سے اُٹھ گیا ہے۔ ساتھ ہی چہرے پر پنکھے کی ہوا آئی۔

"مومنہ، کٹورے میں پانی لا کر منہ پر چھپاکا مارو، اُس سے ہوش آئے گا۔"

'اُف خدایا،' میں نے سوچا، 'مومنہ بھی یہاں موجود ہے اور مجھے اِس حالت میں دیکھ رہی ہے۔ بال بھی بکھرے ہوئے ہیں، کئی دن سے شیو بھی نہیں بنایا اور نہ جانے کیا کیا ہذیان بک رہا ہوں۔'

اچانک چہرے پر پانی کے چھپاکے کا احساس ہوا اور کپکپی کے ساتھ ایک لمحے کے لئے آنکھیں کُھلیں اور پھر بند ہو گئیں۔ اُس ایک لمحے میں میں نے صرف دو پُر تفکّر سُرمئی آنکھیں دیکھیں جو مجھے گھور رہی تھیں۔

'تو یہ مومنہ ہے!' میں نے سوچا، 'مگر میں نے اِس کا چہرہ تو دیکھا ہی نہیں ___ یاد یکھا تھا؟ شاید کتابی چہرہ تھا ___ یا پھر گول تھا۔' میں نے بہت کوشش کی کہ دوبارہ آنکھیں کھول کر اچھی طرح دیکھوں مگر پھر پھر پھڑاتا ہوا کبوتر سامنے آ گیا اور ایک بار پھر غشی طاری ہو گئی۔

دوبارہ کچھ ہوش آیا تو کوئی مجھے گود میں اُٹھائے ہوئے تیز قدموں سے چل رہا تھا۔ میں سمجھا کہ شاید یہ بھی فریبِ خیال ہو کہ آواز آئی، "زرینہ، تم میرے ساتھ آؤ۔" یہ انکل چودھری کی آواز تھی۔ میں سمجھ گیا کہ وہ مجھے کہیں اُٹھا کر لے جا رہے ہیں۔ میں نے آنکھیں کھول کر دیکھا تو باہر میرا

ڈپارٹمنٹ کی پک اپ کھڑی تھی جس میں وہ اپنے اسٹاف کو لاد کر محلّوں میں ڈی ڈی ٹی چھڑکنے کے لئے لے جاتے تھے۔ اُنہوں نے مجھے پک اپ میں ڈالا اور زرینہ سے کہا کہ میرے ساتھ بیٹھ جائے۔

"ہم لوگ کہاں جا رہے ہیں،" میں نے نحیف آواز میں پوچھا۔

"اسپتال جا رہے ہیں،" زرینہ نے میری پیشانی پر ہاتھ پھیرتے ہوئے جواب دیا۔ مجھے اطمینان ہو گیا اور دوبارہ آنکھیں بند کر لیں۔

کھلی ہوئی پک اپ میں تازہ ہوا کے جھونکوں سے جسم میں کچھ ٹھنڈک پہنچی اور میں نے آنکھیں کھول دیں۔ انکل چودھری سول اسپتال میں ایمر جنسی ڈپارٹمنٹ کے سامنے پک اپ روک کر تیزی سے اُترے اور اندر جا کر اسٹاف پر برسنا شروع کر دیا۔ "یہ ایمر جنسی ڈپارٹمنٹ ہے اور تم یہاں پڑے سو رہے ہو۔ اگر باہر کوئی گاڑی آ کر رُکتی ہے تو تمہیں دوڑ کر دیکھنا چاہیے کہ تمہاری مدد کی ضرورت تو نہیں۔"

اچانک پورے ڈپارٹمنٹ میں ہلچل سی مچ گئی۔ لوگ اُنہیں ملٹری کا کوئی افسر سمجھے تھے۔ انکل چودھری کی پرسنالٹی بھی ایسی تھی کہ کوئی کرنل یا بریگیڈیئر لگتے تھے۔ اُن دنوں ویسے بھی ایّوب خان کا مارشل لا لگا ہوا تھا اور لوگ ملٹری والوں سے گھبراتے تھے۔ چنانچہ دو آدمی اسٹریچر لئے ہوئے دوڑے دوڑے باہر آئے اور مجھے اُٹھا کر اندر لے گئے۔

"ڈاکٹر کہاں ہے؟" اُنہوں نے نرس سے پوچھا جو مجھے بستر پر لٹا رہی تھی۔

"جی سر، وہ کھانا کھانے گئے ہیں،" نرس نے ڈرتے ڈرتے جواب دیا۔

"کھانا کھانے گئے ہیں؟ دوسرا ڈاکٹر نہیں ہے؟"

"جی سر، بس ڈاکٹر جاوید ہی ڈیوٹی پر ہیں، اُنہیں بُلانے کے لئے آدمی بھیجا ہے۔"

چند ہی منٹ میں بے چارے ڈاکٹر جاوید منہ پونچھتے ہوئے آئے۔ اُنہیں پہلے ہی بتلا دیا گیا تھا کہ ملٹری کا کوئی بہت بڑا افسر ناراض ہو رہا ہے۔

"سوری سر، میں کھانا کھانے کے لئے چلا گیا تھا،" ڈاکٹر جاوید نے معذرت کی۔

"کیا مذاق ہے؟ ایمر جنسی میں کم از کم دو ڈاکٹر تو ڈیوٹی پر ہوں۔ اگر کوئی مرتا ہوا مریض پہنچے تو وہ انتظار تو نہیں کر سکتا کہ ڈاکٹر کھانے سے فارغ ہو کر اُسے دیکھے،" انکل چودھری نے روکھے پن سے

کہا۔

"جی سر۔"

"میں بات کروں گا کرنل حیدر سے۔"

انکل چودھری کا خاصہ رعب پڑ گیا۔ کرنل حیدر سول اسپتال کے ایڈمنسٹریٹر تھے۔ اُس زمانے میں ہر ڈپارٹمنٹ کا ہیڈ ملٹری کا افسر ہوتا تھا۔ غرض یہ کہ آناً فاناً تمام ٹیسٹس ہو گئے اور ایکسرے بھی ہو گیا۔ میرے پاس زرینہ اور انکل چودھری کرسیوں پر بیٹھے تھے۔

"انکل، آپ نے تو آتے ہی اسپتال میں کھلبلی مچا دی،" زرینہ نے سرگوشی کرتے ہوئے کہا۔

"بیٹی، جہاں حکومت کا عمل دخل ہو وہاں اسی طرح کام نکالنا پڑتا ہے۔"

"یہ لوگ آپ کو کوئی بہت بڑا افسر سمجھے تھے۔"

"ظاہر ہے، ورنہ کوئی گھاس بھی نہ ڈالتا۔"

"لیکن انکل، اگر پول کھل جاتی تو کیا ہوتا؟"

اُنہوں نے مسکرا کر میری طرف دیکھا اور آنکھ مار کر بولے، "اگر پول کھل جائے تو چپ چاپ دُم دبا کر بھاگ لینا چاہیے۔"

اتنے میں ڈاکٹر جاوید آ گئے اور اُنہوں نے بتلایا کہ میرے دائیں پھیپھڑے کی جھلّی میں ورم ہے جو غالباً پُرانے نمونیہ کا نتیجہ ہے۔ "ابھی کوئی دوا نہیں دینا چاہتا۔ فی الحال بُخار تو اُتر گیا ہے، بلڈ پریشر بھی نارمل ہے، صرف معمولی حرارت ہے۔ اُس کے لئے ایسپرین کافی ہوگی۔ میں اِنہیں وارڈ میں منتقل کیے دیتا ہوں۔ صبح کو ڈاکٹر رشیدہ آ کر معائنہ کریں گی اور علاج بھی تجویز کریں گی۔"

"آپ کا کیا خیال ہے ڈاکٹر صاحب، اِس کیس میں کوئی پیچیدگی تو نہیں ہے؟" انکل چودھری نے کرسی سے اُٹھتے ہوئے پوچھا۔

"ارے تشویش کی کوئی بات نہیں۔ بس آرام کرنا پڑے گا اور پورا علاج کرانا پڑے گا۔"

"آپ کا بے حد شکریہ، ڈاکٹر جاوید۔ کم از کم اب مجھے اطمینان ہو گیا۔"

"اب مجھے اجازت دیجیے، تھوڑی دیر میں اِنہیں وارڈ میں منتقل کر دیں گے۔"

"رات کو کسی کے رُکنے کا انتظام کیا جائے؟"

"ضرورت تو نہیں ہے۔ خواہ مخواہ کٹنے والے کو بھی تکلیف ہوگی۔"

ڈاکٹر جاوید جیسے ہی انکل چودھری سے ہاتھ ملا کر رخصت ہوئے، ابّا میاں کمرے میں داخل ہوئے۔ اُن کے چہرے پر ہوائیاں اُڑ رہی تھیں۔

"کیوں، خیریت تو ہے؟" انہوں نے گھبراتے ہوئے پوچھا۔

"ارے عالی جاہ، آپ کب پہنچے؟ سب خیریت ہے، گھبرانے کی کوئی بات نہیں،" انکل چودھری نے جواب دیا۔

ابّا میاں نے زرینہ کے سر پر ہاتھ رکھا اور میری پیشانی چھوئی۔ زرینہ نے کرسی سے اُٹھ کر ابّا میاں کو جگہ دی۔ اُنہوں نے بیٹھتے ہوئے کہا، "میں تو سیدھا شکار پور سے چلا آرہا ہوں۔ گھر پہنچ کر پتہ چلا تو میرے تو ہاتھوں کے طوطے اُڑ گئے۔ اُلٹے پاؤں لوٹا اور رکشا پکڑ کر آگیا۔"

"گھبرانے کی کوئی بات نہیں عالی جاہ۔ پُرانا نمونیہ ہے، ٹھیک ہو جائے گا،" انکل چودھری نے کہا۔

"آپ کا بے حد شکریہ چودھری صاحب، کہ آپ اِسے اسپتال لے آئے۔"

"ارے شکریے کی کیا بات ہے۔ جیسے آپ کا بچہ ویسے میرا بچہ۔"

مجھے جنرل وارڈ میں منتقل کر دیا گیا۔ ابّا میاں، انکل چودھری اور زرینہ میرے ساتھ آئے۔ غالباً ایمر جنسی والوں نے وارڈ کے اسٹاف کو متنبہ کر دیا تھا کہ وہ کوئی بہت بڑے افسر ہیں۔ لہٰذا سارا عملہ مستعدی کے ساتھ مصروف نظر آرہا تھا۔ تھوڑی دیر کے بعد ایک نرس نے آکر ان کو مشورہ دیا کہ اب وہ مریض کو خدا حافظ کہیں کیونکہ رات کافی ہو چکی ہے۔

میری طبیعت کافی بہتر تھی۔ سوتے وقت نرس نے دو گولیاں ایسپرین کی دیں اور میں رات بھر بے خبر سوتا رہا۔ صبح کو آنکھ کھلی تو سب سے پہلے میری نظر عرفان پر پڑی جو سامنے کھڑا مجھے گھور رہا تھا۔

"اب کیسی طبیعت ہے؟" عرفان نے پوچھا۔

"مگر تمہیں کیسے پتہ چلا کہ میں اسپتال میں ہوں؟" میں نے سوال کیا۔

"دراصل آج میری ڈیوٹی ڈاکٹر رشیدہ کے ساتھ ہے۔ میں اُنہیں اسسٹ کر رہا ہوں۔ میں

سارے مریضوں کے چارٹ جمع کر رہا تھا جن کو آج ڈاکٹر رشیدہ دیکھیں گی۔ اچانک تمہارا چارٹ سامنے آگیا۔"

"تھینک یو، یار۔ اب مجھے یقین ہے کہ میری دیکھ بھال اچھی طرح ہو جائے گی،" میں نے کہا۔

"ڈاکٹر رشیدہ ہماری پروفیسر ہیں اور پلمونولوجی پڑھاتی ہیں۔"

"پلمونولوجی؟"

"پھیپھڑوں کے امراض۔ اچھا اب تم یہاں سے اُٹھو، تمہارا انتظام پرائیویٹ وارڈ میں کر دیا ہے۔"

"پرائیویٹ وارڈ میں، مگر کیوں، یہاں کیا بُرا ہوں؟"

"اس لئے کہ وہاں تمہاری دیکھ بھال اور اچھی طرح ہو سکے گی۔"

"مگر یار پرائیویٹ وارڈ کا خرچ کہاں سے آئے گا؟"

"تم اس کی فکر مت کرو، سب ہو جائے گا۔"

"مگر کیسے ہو جائے گا؟"

"میں نے بابا کو فون کیا تھا۔ وہ اور امی آ رہے ہیں۔ بابا نے ہی مجھ سے کہا تھا کہ فوراً تمہیں پرائیویٹ وارڈ میں منتقل کروا دوں۔"

"نہیں بھئی، ہماری حیثیت پرائیویٹ وارڈ کے اخراجات برداشت کرنے کی متحمل نہیں ہے۔ تم مجھے یہیں رہنے دو۔ ظاہر ہے کہ تمہارے بابا سے تو میں کچھ نہیں کہہ سکتا مگر یہ مناسب نہیں معلوم ہوتا۔"

"میرے یا تمہارے مناسب یا غیر مُناسب سمجھنے سے کچھ نہیں ہوتا، بس تم چپ چاپ اُٹھ جاؤ۔"

***

پرائیویٹ وارڈ ایک اچھا خاصا ہوٹل کا کمرہ لگتا تھا۔ صاف ستھرا بستر، برابر میں میز پر رکھا ہوا لیمپ اور اُس کے ساتھ خوب صورت گل دستہ، اٹیچڈ باتھ روم، ملاقاتیوں کے لئے دو کرسیاں، کھڑکی کے ساتھ ایک اسٹڈی ٹیبل اور اُس کے ساتھ ایک کُرسی۔ عرفان میرے ساتھ ہی کمرے میں آیا اور جیسے

ہی میں بستر پر لیٹا، ایک نرس آکر میرے سامنے کھڑی ہوگئی۔ وہ مُسکرا کر میری طرف سوالیہ نظروں سے دیکھنے لگی اور بولی، "اب میرے بے بی کی طبیعت کیسی ہے؟"

میں اُس کی بے تکلّفی پر چونکا اور عرفان نے ہنستے ہوئے کہا، "یہ کیتھرین مُنتظر ہے اور ہم اِسے کیتھی کہتے ہیں۔ اِس کی باتوں کا بُرا مت ماننا، یہ ہر ایک سے اِسی طرح مذاق کرتی ہے۔"

اب میں نے اوپر سے نیچے تک اُس کا جائزہ لیا۔ سفید شلوار قمیص میں ملبوس، اُس پر سفید ایپرن اور سر پر سفید نرسنگ کیپ۔ ڈبلی پتلی، سانولا رنگ، آنکھوں سے ٹپکتی شرارت اور مُسکراتے ہونٹ۔ عجیب جاذبیت تھی اُس کی شخصیت میں۔

"مگر میں اِن کا بے بی کیسے ہو گیا؟" میں نے عرفان سے پوچھا۔

"تمہارا دوست بالکل بے بی نہیں لگتا؟" وہ عرفان کی طرف دیکھ کر بولی، "دل چاہتا ہے کہ اِس کا گال پکڑ کر نوچ لیا جائے۔ میں نے آج سے اِن کا نام بے بی رکھ دیا۔"

اُس نے جس طرح دانت کچکچا کر کہا، اُس پر مجھے بھی ہنسی آگئی۔ "اگر میں بے بی ہوں تو آپ نمک پارہ ہیں۔"

"نمک پارہ؟" عرفان نے ہنس کر کہا، "یہ نمک پارہ کہاں سے آ گیا؟"

"ذرا اِن کے چہرے کو دیکھو، نمک ہی نمک بکھرا ہوا ہے۔ معلوم ہوتا ہے کہ یہ نمک کی کان ہیں۔"

"اچھا مذاق ختم۔ گیارہ بجے ڈاکٹر رشیدہ تمہیں دیکھنے آئیں گی۔ اگر اُن کے ساتھ دو تین اسٹوڈنٹس آئیں تو تمہیں اعتراض تو نہیں ہوگا؟" عرفان نے پوچھا۔

"نہیں بھئی اعتراض کی کیا بات ہے بشرطیکہ وہ سب کے سامنے میرے کپڑے نہ اُتروائیں،" میں نے جواب دیا۔

عرفان اور کیتھی تو چلے گئے اور میں پچھلے چوبیس گھنٹے کے واقعات کے متعلق سوچنے لگا۔ مومنہ نے مجھے جس حال میں دیکھا تھا اُس پر کچھ خجالت محسوس ہو رہی تھی۔ میں نے بہت کوشش کی مگر اُس کی شکل یاد نہ آسکی۔ بس دو چُبھتی ہوئی سُرمئی آنکھیں یاد تھیں جن سے پریشانی کا اظہار ہو رہا تھا۔ پھر اچانک سُرمئی آنکھوں سے میرا ذہن قیافہ شناسی کی طرف جا بھٹکا جس کے مطابق سرمئی آنکھوں

والے لوگ عموماً دُہری شخصیت کے حامل ہوتے ہیں۔ زیادہ تر خوش اخلاق ہوتے ہیں مگر جب دوسری شخصیت نمایاں ہوتی ہے تو روکھے پن کا اظہار کرتے ہیں اور دوست بنانے میں کافی احتیاط برتتے ہیں۔ میرے ساتھ مومنہ کا جو رویّہ تھا وہ اِس قیافے پر پورا اُترتا تھا۔

اچانک میرے خیالات کا تانتا چاچا دھڑیں بخش کی آواز سے ٹوٹا، "اڑے بابا، تم نے کیا کر لیا اپنے آپ کو؟" وہ کمرے میں داخل ہوتے ہوئے بولے۔ اُن کے ہاتھ میں ایک ٹوکری لٹک رہی تھی جسے اُنہوں نے میز پر رکھ دیا۔

"ارے چاچا آپ یہاں کیا کر رہے ہیں؟" میں نے بستر پر بیٹھتے ہوئے کہا۔

"بابا، میں تمہارے لئے ناشتا لایا ہوں۔"

"مگر کھانا تو یہاں اسپتال میں بھی ملتا ہے۔"

"بیگم صاب نے کہا ہے کہ اسپتال کا کھانا نہیں کھانا۔ تم گھر سے کھانا لے کر جاؤ۔"

"ارے چاچا آپ کیوں اتنی تکلیف کریں گے؟"

"تکلیف کیا، تم بھی تو ہمارے پُتر کے مافِک ہے۔ جیسے عرفان ویسے تم۔"

چاچا دھڑیں بخش نے ٹوکری سے ایک پلیٹ نکالی، چھری سے ٹوسٹ پر مکھن لگایا، انڈا چھیلا اور چائے بنائی۔

"گھر میں تو سب خیریت ہے نا چاچا؟" میں نے پوچھا۔

"ہاں سب ٹھیک ہے، ابھی سارے لوگ آئیں گے۔"

میں نے ناشتا ختم کیا تو چاچا دھڑیں بخش نے پلیٹیں ٹوکری میں رکھیں اور اُٹھ گئے۔ "ابھی میں دوپہری کو کھانا لے کر آؤں گا، اسپتال کا کھانا مت کھانا،" وہ چلتے چلتے کہہ گئے۔

ناشتا کرکے میں لیٹ گیا۔ ہلکا سا بُخار بھی تھا۔ ابھی لیٹا ہی تھا کہ اتّا میاں آ گئے، اُن کے پیچھے امی جان اور زرینہ بھی تھیں۔

"بھئی ہم تو تمہیں جنرل وارڈ میں ڈھونڈ رہے تھے۔ وہاں پتہ چلا کہ تمہیں پرائیویٹ وارڈ میں منتقل کر دیا گیا ہے،" اتّا میاں نے کہا۔

"دراصل عرفان نے یہاں ٹرانسفر کرا دیا۔ میں نے اُسے بہت کہا کہ ہماری حیثیت ایسی نہیں

کہ پرائیویٹ وارڈ کے اخراجات برداشت کر سکیں مگر اُس نے کہا کہ اُس کے والد کی ضد ہے۔"

ابھی یہ باتیں ہو ہی رہی تھیں کہ عرفان کے سارے گھر والے آگئے۔ اُس کے والد، والدہ، فہمیدہ باجی اور شگفتہ۔ کمرہ بھر گیا اور سب لوگ مجھے بھول بھول کر علیک سلیک میں لگ گئے۔ معلوم ہوتا تھا کہ سالہا سال کے بعد ملے ہوں۔ میری نظر دروازے کی طرف گئی اور وہاں ایک خاتون کھڑی مُسکرا رہی تھیں۔ اُن کے پیچھے عرفان اور کیتھی تھے۔ میں سمجھ گیا کہ وہ ڈاکٹر رشیدہ ہیں۔

"یہاں کوئی پارٹی ہو رہی ہے کیا؟" وہ مُسکرا کر بولیں۔ سارے لوگوں کی توجّہ اُن کی جانب مبذول ہو گئی۔ "کیتھی، تم نے شاید مہمانوں کو بتایا نہیں ہے کہ مریض کے کمرے میں یہ یک وقت دو مُلاقاتیوں سے زیادہ نہیں ہو سکتے۔"

"آیئے آپ لوگ برآمدے میں بیٹھیں۔ یہاں کافی کرسیاں ہیں،" کیتھی نے کہا۔

ڈاکٹر رشیدہ کی شخصیت بڑی باوقار تھی۔ جسم ذرا بھاری تھا مگر دراز قد ہونے کی بنا پر بارعب لگتی تھیں۔ پہلی نظر ڈالنے کے بعد اُن سے آنکھ ملا کر بات کرنا مشکل تھا، مگر جب وہ بولتیں تو سامنے والے کو فوراً اندازہ ہو جاتا کہ وہ بے حد حلیم الطبع اور شفیق انسان ہیں۔

"کیوں میاں، اب کیسی طبیعت ہے؟" اُنہوں نے پوچھا۔

"جی، کل کے مُقابلے میں تو بہتر ہوں،" میں نے جواب دیا۔

"میں نے تمہاری ہسٹری دیکھی ہے، تم سال بھر سے کھانس رہے ہو اور اب خبر لی ہے؟"

"بس میری لاپرواہی ہی سمجھ لیں۔"

"عرفان کہہ رہا تھا کہ تم دونوں بچپن کے دوست ہو۔"

"جی، ہم لوگ پانچویں جماعت سے ہی ساتھ پڑھے ہیں۔"

"ہاں، عرفان نے مجھے بتایا تھا۔ یہ میرا سب سے پسندیدہ شاگرد ہے،" وہ عرفان کی طرف دیکھ کر مُسکرائیں۔

"تھینک یو، میڈم،" عرفان نے کہا۔

ڈاکٹر رشیدہ نے میرے سینے اور پسلیوں کو دیر تک اسٹیتھو سکوپ سے چیک کیا اور بولیں، "تمہیں معلوم ہے کہ تمہارے دائیں پھیپھڑے کی جھلی پر ورم ہے؟"

"جی، ڈاکٹر جاوید نے بتایا تھا۔"

"مگر فکر کی کوئی بات نہیں، ٹھیک ہو جاؤ گے، لیکن آئندہ صحت کا خیال رکھنا،" اُنہوں نے کہا۔

"جی، میڈم،" میں نے جواب دیا۔

اُنہوں نے وہیں کھڑے کھڑے نُسخہ لکھا اور کیتھی کے ہاتھ میں دے دیا۔ چلتے وقت مجھ سے بولیں، "بس آرام کرو اور خوب کھاؤ پیو۔ تمہارا وزن صرف تّوے پاؤنڈ ہے جو تمہاری عمر اور قد کے لحاظ سے بہت کم ہے۔"

جیسے ہی وہ کمرے سے باہر نکلیں سب اُن کے گرد جمع ہو گئے۔ عرفان نے ہر ایک کا تعارف کرایا اور اُنہوں نے ہدایت کی کہ وہ سب، مریض کو خدا حافظ کہیں اور آرام کرنے دیں، اور کمرے میں بیک وقت دو لوگوں سے زیادہ نہ جائیں۔ سب کو رُخصت کرنے کے بعد میں آنکھیں بند کر کے لیٹ گیا۔ حالانکہ کچھ حرارت تھی مگر کھانسی میں کافی افاقہ تھا جو غالباً آرام کرنے کا نتیجہ تھا۔

اچانک میرے کان میں ہلکی سی آواز آئی، "شاید بے بی سو گیا ہے۔" میں نے آنکھیں کھولیں تو کیتھی میرے اوپر جُھکی ہوئی مُسکرا رہی تھی۔ اُس کے ہاتھ میں ایک ڈِش تھی۔

"بے بی تو شاید سو گیا ہو، مگر میں جاگ رہا ہوں،" میں نے کہا۔

کیتھی کی شخصیت اتنی پُرکشش تھی کہ لوگ بے اختیار اُس کی طرف کھنچے چلے آتے تھے۔ عرفان نے مجھے بتایا تھا کہ ہر سال کرسمس پر اُس کے وارڈ میں مٹھائی کے ڈھیر لگ جاتے تھے جو اُس کے پُرانے مریض لے کر آتے تھے۔ اگر ایک بار بھی کسی کی تیمارداری کیتھی کرتی تو وہ ہمیشہ اُسے یاد رکھتا تھا۔

اُس نے اپنی ڈِش میز پر رکھی اور اُس میں سے کچھ نکالنے لگی۔ میں بستر پر لیٹا ہوا دیکھ رہا تھا مگر چونکہ اُس کی پیٹھ میری طرف تھی اِس لئے اندازہ نہیں ہو سکا کہ کیا کر رہی ہے۔ جب وہ مُڑی تو اُس کے ہاتھ میں ایک سرِنج تھی جس پر سوئی فٹ کر رہی تھی۔ میں ایک جھٹکے کے ساتھ اُٹھ کر بیٹھ گیا۔

"یہ کیا تم مجھے انجکشن لگا رہی ہو؟" میں نے گھبرا کر پوچھا۔ مجھے انجکشن سے بہت ڈر لگتا تھا۔

"ہاں، یہ اینٹی بایوٹک ہے۔"

"مگر میں انجکشن نہیں لگواؤں گا۔ زندگی میں آج تک انجکشن نہیں لگوایا۔"

"اچھا، بے بی انجکشن سے ڈرتا ہے،" اُس نے منہ بسورتے ہوئے کہا۔

"کچھ بھی ہو جائے میں انجکشن نہیں لگواؤں گا،" میں نے کہا، "بچپن میں ایک بار چیچک کے ٹیکے لگے تھے، اُن کا نشان ابھی تک موجود ہے۔ دیکھو، میں تمہیں دکھاتا ہوں،" میں اپنی آستین اوپر کرنے لگا۔

"بھلے آدمی، اِس انجکشن سے کوئی نشان نہیں پڑے گا اور نہ تمہارے حُسن میں کوئی کمی آئے گی،" اُس کی ہنسی کسی طرح نہیں رُک رہی تھی۔ میں بستر سے اُٹھ کر کھڑا ہو گیا۔

"معلوم ہوتا ہے کہ بے بی بھاگنے کی تیاری کر رہا ہے،" وہ ہنسی روکنے کی کوشش کرتے ہوئے بولی۔

"تم مجھے گولیاں چاہے جتنی کھلا دو مگر انجکشن نہیں لگواؤں گا۔"

"یار، میں تمہیں قتل تھوڑا ہی کر رہی ہوں، انجکشن ہی تو لگا رہی ہوں۔"

"ٹھیک ہے، تم مجھے قتل کر دو مگر انجکشن نہیں لگواؤں گا۔"

"آخر تمہارا خون بھی تو ٹیسٹ ہوا تھا کیا اُس وقت بھی تم نے ایسا واویلا مچایا تھا؟"

"میرا خون کبھی ٹیسٹ نہیں ہوا۔"

"پھر تمہاری فائل میں یہ رپورٹ کہاں سے آ گئی؟"

"خون کہاں ٹیسٹ ہوا تھا؟"

"ایمر جنسی میں۔"

"وہاں تو مجھے ہوش ہی نہیں تھا۔ ضرور بے ہوشی کی حالت میں خون لیا گیا ہو گا۔"

"بہر حال ہر ہفتے تمہارا خون بھی ٹیسٹ ہو گا۔ تم کیسے مرد ہو کہ انجکشن سے ڈرتے ہو۔"

"مردانگی کا ثبوت دینے کے لئے میں تمہیں ڈنڈ بیٹھک کر کے دکھا سکتا ہوں۔"

"ڈیڑھ پسلی کے تو ہو ڈنڈ بیٹھک کرو گے؟"

"مگر انجکشن نہیں لگواؤں گا،" میں نے کچھ ہچکچاہٹ سے کہا۔

"ٹھیک ہے، مت لگواؤ۔ میں جا کر ڈاکٹر رشیدہ کو بتا دیتی ہوں۔ وہ خود آ کر لگا دیں گی۔"

ڈاکٹر رشیدہ کا نام سُن کر میری تو جان ہی نکل گئی اور میں نے ہتھیار ڈال دیے۔ "مگر تم نے اِتنی

موٹی سوئی لگائی ہے۔ تمہارے پاس کوئی پتلی سوئی نہیں ہے؟" میں نے اُس کی سرنج کی طرف اُنگلی اُٹھا کر کہا۔

"یہ دو اذرا گاڑھی ہے اور اِس کے لئے یہی سوئی استعمال ہوتی ہے۔"

"ٹھیک ہے، مگر ذرا آہستہ لگانا،" میں بستر پر بیٹھ گیا اور اپنی آستین اوپر کرنے لگا۔

"تم لیٹ کر منہ دیوار کی طرف کرو اور اپنا پائجامہ نیچے کرو۔"

"کیا مطلب، پائجامہ نیچے کرو،" میں نے چیخ کر کہا اور دوبارہ کھڑا ہو گیا۔

"میں کولہے میں انجکشن لگاؤں گی۔"

"کولہے میں کیوں، بازو میں ہی لگا دو۔"

"کیونکہ یہ انجکشن کولہے میں ہی لگتا ہے۔ اگر بازو میں لگایا تو زیادہ تکلیف ہو گی اور تمہارا بازو سوج کر ڈھول ہو جائے گا۔"

"ٹھیک ہے بھئی، کولہے میں ہی لگا دو مگر اپنا منہ دوسری طرف کر لینا،" میں نے کراہتے ہوئے کہا۔

"تم کراہ تو اِس طرح رہے ہو جیسے سولی پر چڑھائے جا رہے ہو،" اُس کی ہنسی دوبارہ شروع ہو گئی۔

میں نے لیٹ کر کروٹ بدلی اور منہ دیوار کی طرف کر کے اپنا پائجامہ ذرا سا نیچے کر دیا۔ اُس نے اپنی اُنگلی سے مزید نیچے کیا اور روئی کے پھاہے سے الکحل لگانے لگی۔ جب میں نے سانس روک کر مُٹھیاں بھینچیں تو بولی، "ابھی تو میں نے سرنج چھوئی تک نہیں ہے۔"

"ٹھیک ہے۔ جب انجکشن لگانے لگو تو بتا دینا۔"

اُس نے میرے کولہے پر ایک ہلکی سی دھپ ماری اور پائجامہ سرکا کر اوپر کر دیا۔

"کیوں، لگ گیا؟"

"لگ گیا۔ خواہ مخواہ آسمان سر پر اُٹھا لیا تھا۔ میں نے تمہارا نام صحیح رکھا ہے۔"

"کچھ بھی ہو، مجھے انجکشن سے بہت ڈر لگتا ہے۔ اگر کسی اور کو بھی لگ رہا ہو تو میں اپنا منہ دوسری طرف کر لیتا ہوں۔"

"یہ انجکشن تمہیں روزانہ لگے گا۔ اب کل اتنا شور مت مچانا ورنہ میں واقعی ڈاکٹر رشیدہ کو بھیج دوں گی۔"

"نہیں، اب تو ہمّت پڑ گئی ہے۔"

اُس نے اپنی ڈش سنبھالی اور جاتے جاتے مُسکرا کر بولی، "بے بی!"

24

"یار، یہ تمہاری ڈاکٹر رشیدہ ہیں بڑی زبردست، اتنی نرم گفتار خاتون میں نے آج تک نہیں دیکھی۔ بولتی ہیں تو لگتا ہے کہ ہونٹوں سے پھول جھڑ رہے ہوں۔"

"تم کبھی اُن کی کلاس میں آ کر دیکھو۔ میں تو جب اُنہیں سنتا ہوں تو لگتا ہے جیسے اُستاد بسم اللہ خان کی شہنائی بج رہی ہے۔"

"واہ، کیا مثال دی ہے۔ ویسے اگر اُنہیں آنکھیں بند کر کے سنو تو بالکل لتا منگیشکر کی سی آواز ہے۔ میری مانو تو تم کلاس روم میں سازندے بٹھا دو اور ڈاکٹر رشیدہ سے فرمائش کرو کہ وہ اپنے لیکچر گا کر سنایا کریں۔"

عرفان سرِ شام ہی میرے پاس آ کر بیٹھ جاتا تھا اور اسی قسم کی اوٹ پٹانگ باتیں ہوتی رہتی تھیں۔

"یار یہ چاچا دھڑیں بخش تو مجھے کھلا کھلا کر مار ڈالیں گے،" میں نے عرفان سے کہا۔

"کیوں کیا ہوا؟"

"میں کھانے کے معاملے میں ہمیشہ سے چور ہوں مگر وہ سارا دن مجھے زبردستی ٹھونساتے رہتے ہیں۔"

"دیکھو، تمہاری غذا ڈاکٹر رشیدہ نے مقرر کی ہے۔ تمہارا وزن بہت کم ہے اور تمہیں کھانے کی ضرورت ہے۔"

"پھر بھی آدمی کتنا کھائے گا؟"

"اب تم ہلکی ہلکی ورزش کرنا شروع کرو۔ برآمدے میں ہی ٹہلو۔ روزانہ آٹھ دس چکر لگا لیا کرو۔"

"دراصل اب میں یہاں بوریت محسوس کرنے لگا ہوں۔"

"یہ تو اچھی بات ہے، اِس کا مطلب ہے کہ تم ٹھیک ہو رہے ہو۔"

"یہ بتاؤ کہ کتنے دن اور یہاں رہنا پڑے گا۔"

"یہ فیصلہ تو ڈاکٹر رشیدہ، ہی کریں گی۔"

"تم اُن سے سفارش کرو کہ بالکل ٹھیک ہوں۔"

"تم ابھی ٹھیک نہیں ہو۔ اِسی ہفتے جو تمہارا بلڈ ٹیسٹ ہوا تھا اُس میں تمہارا ای ایس آر کافی ہائی تھا۔"

"یہ ای ایس آر کیا بلا ہے؟"

"یوں سمجھو کہ ہمارے خون میں جو سرخ خلیے ہیں وہ پورے جسم میں خون کے ساتھ گردش کرتے رہتے ہیں۔ اگر کچھ خون نکال کر ایک ٹیوب میں رکھ دیں تو سرخ خلیے آہستہ آہستہ نیچے بیٹھنا شروع کر دیتے ہیں۔ اگر اُن کے گرنے کی رفتار تیز ہو تو اُس سے ظاہر ہوتا ہے کہ جسم میں کہیں ورم ہے۔ تمہارے پھیپھڑے کی جھلّی ابھی سوجی ہوئی ہے اِس لئے تمہیں ابھی آرام کی ضرورت ہے۔"

"تم نے تو مجھے ڈاکٹری پڑھانا شروع کر دی۔ اچھا تو یہ سوجن کس طرح ختم ہو گی؟"

"تمہیں دن میں تین بار جو گولیاں دی جا رہی ہیں وہ اِسی سوجن کو ختم کرنے کے لئے ہیں۔"

مجھے عرفان کی باتوں سے بڑی مایوسی ہوئی مگر اس کے سوا کوئی چارہ نہیں تھا کہ خاموشی سے ٹھیک ہونے کا انتظار کیا جائے۔

"یار تمہارے والدین نے مجھ پر بڑا احسان کیا ہے۔ چاچا دھڑیں بخش کی بھی اب فُل ٹائم ڈیوٹی لگ گئی ہے۔ میری سمجھ میں نہیں آتا کہ میں تمہاری فیملی کے اِحسان کا بدلہ کیسے چکاؤں گا؟"

"پہلی بات تو یہ ہے کہ کوئی اِحسان نہیں کیا۔ دوسرے یہ کہ اگر تمہارے بجائے میں یہاں پڑا ہوتا تو کیا وہ میرے ساتھ یہ سب کچھ نہیں کرتے۔ تم اِس کا بدلہ اِسی طرح چُکا سکتے ہو کہ ہمیں اپنا سمجھو، اور۔۔۔"

عرفان کی بات ادھوری ہی رہ گئی کیونکہ اُس کی امی، شگفتہ اور روبینہ آپہنچیں۔ عرفان کی امی، روبینہ کی تعریف کرتے ہوئے نہیں تھکتی تھیں۔ کھانا پکانا دونوں کا محبوب مشغلہ تھا۔ خصوصاً جب سے چاچا دھڑیں بخش کی ڈیوٹی میرے پاس لگی تو وہ باورچی خانے سے دست بردار ہو گئے ورنہ وہ اپنی موجودگی میں کسی کو وہاں گھسنے نہیں دیتے تھے۔ عرفان کی امی بھی خوش تھیں اور دن بھر روبینہ کے ساتھ نئی نئی ڈشوں پر تجربے کرتی رہتیں تھیں۔

***

سر کا درد کچھ بڑھتا ہی گیا۔ آنکھوں میں بھی جلن ہو رہی تھی۔ میں آنکھیں بند کیے لیٹا رہا اور نہ جانے کب نیند آ گئی۔ نہ معلوم کتنی دیر سویا ہوں گا مگر اچانک آنکھ کھل گئی۔ ایوننگ ان پیرس کی بھینی بھینی خوشبو کمرے میں پھیلی ہوئی تھی۔ 'روبینہ!' میرے ذہن کے کسی گوشے سے آواز آئی۔ میں نے سر موڑ کر دیکھا تو وہ میرے بستر کے برابر کرسی پر بیٹھی مجھے ہی گھور رہی تھی۔

میرا معمول تھا کہ مہینے میں ایک بار زرینہ کے لئے پرفیوم کی ایک شیشی لاتا تھا اور ہر بار کوئی نیا پرفیوم ٹرائی کرتا تھا۔ ایک مرتبہ ایوننگ ان پیرس لا کر دی تو روبینہ ہمارے گھر میں ہی تھی۔ زرینہ نے اپنے ہاتھ کی پشت پر ایک پھوار چھڑک کر دو تین پھونکیں ماریں اور سونگھ کر بولی، "نہیں بھیا، میرے لئے تو بس شاں تلی ہی لایا کریں۔"

روبینہ نے زرینہ کا ہاتھ سونگھ کر کہا، "کمال کرتی ہو۔ اتنی مست کن خوشبو ہے۔ مجھے تو بہت پسند آئی۔"

"اچھا روبینہ تو یہ پرفیوم تمہارا ہو گیا،" میں زرینہ کے ہاتھ سے شیشی لے کر اسے دینے لگا۔

"نہیں بلال، یہ تم زرینہ کے لئے لائے ہو۔"

"تو کیا ہوا؟ میں کل اسے شاں تلی لا کر دے دوں گا۔"

بڑی مشکل سے روبینہ نے وہ شیشی لی، مگر اس کے بعد میں ہمیشہ جب زرینہ کے لئے شاں تلی لیتا تھا تو ایک شیشی ایوننگ ان پیرس کی روبینہ کے لئے بھی لے لیتا تھا۔ میں جب بھی اس کے نزدیک ہوتا تو ایوننگ ان پیرس کی بھینی بھینی خوشبو میرے گرد چکراتی رہتی۔

سوتا جاگتا ذہن جب پوری طرح بیدار ہوا تو احساس ہوا کہ روبینہ کے چہرے پر گہرا تفکر طاری

تھا۔اس نے ہاتھ بڑھا کر اپنی ہتھیلی میری پیشانی پر رکھ دی اور اس کے نرم ہاتھ کے لمس سے میرا پورا جسم جھنجھنا اٹھا۔

"تمہیں تو بخار ہے،" اس نے کہا۔

"بس آج صبح سے ہی طبیعت کچھ گڑبڑ ہے۔ آنکھوں میں جلن سی ہے۔"

"تمہیں آرام کی ضرورت ہے،" اس نے میری پیشانی پر ہاتھ رکھ کر آہستہ آہستہ دبانا شروع کر دیا۔ میں آنکھیں بند کیے بے خودی کی منزلیں طے کرتا ہوا نہ جانے کہاں کہاں سے کہاں پہنچ گیا۔ میرے لیے یہ پہلا موقع تھا جب کوئی لڑکی میرے اتنے نزدیک آئی تھی۔ ویسے بھی میرے جذبات بڑی جلدی بر انگیختہ ہو جاتے تھے۔ ایک بار کیمپس پر ایک لڑکی میرے برابر سے گزری، حالانکہ واجبی سی تھی، مگر تیز ہوا سے اس کے ریشمی دوپٹے کا پلو اڑ کر میرے ہاتھ سے چھو گیا اور میرے پورے جسم میں سنسنی سی دوڑ گئی۔

"تم کب آئیں؟" میں نے پوچھا۔

"میں تو بڑی دیر سے بیٹھی ہوئی ہوں،" روبینہ نے جواب دیا۔

"اکیلی ہی آئی ہو؟"

"ہوں!"

"کیوں اتنی تکلیف کرتی ہو؟"

"تمہاری ممانی زادی جو ہوں۔"

میں بے اختیار مسکرا دیا۔

***

جب سے میں اسپتال میں داخل ہوا تھا، ماموں جان ہفتے میں ایک آدھ بار ضرور چکر لگا لیتے تھے اور عموماً رات کو رک جاتے تھے۔ اس وقت وہ میرے پاس اسپتال میں کرسی پر بیٹھے بیٹھے سو گئے تھے۔ داد و سے سیدھے چلے آ رہے تھے اور کافی تھکے ہوئے لگ رہے تھے۔ میں انہیں دیکھ دیکھ کر سوچ رہا تھا کہ وہ کتنے بدل گئے ہیں۔ داد کی دھوپوں نے رنگ بالکل سیاہ کر دیا تھا۔ کہاں تو اتنے دبلے پتلے ہوتے تھے اور اب جسم اتنا گٹھیلا ہو گیا تھا۔ اچھے خاصے بازوق آدمی ہوا کرتے تھے۔ بات بات

میں کوئی شعر سُنا دیتے۔ موقع پا کر کوئی چٹکلا چھوڑ دیتے اور اگر موقع نہ ہوتا تب بھی کسی طرح اپنا کوئی چٹکلا فٹ کر دیتے تھے۔ ہر وقت مُسکراتے رہنا اور لوگوں کو ہنساتے رہنا اُن کا مشغلہ ہوا کرتا تھا۔ اُن جیسا بے فکرا انسان میں نے نہیں دیکھا تھا، مگر جب اُنہوں نے کینچلی بدلی تو کُچھ کے کُچھ ہو گئے۔ اب وہ اتنے سنجیدہ ہو گئے تھے کہ کبھی کبھار میرا دل چاہتا کہ جس طرح بچپن میں اُن کے پیٹ پر بیٹھ کر گُدگدی کرتا تھا اور وہ بے تحاشا ہنستے تھے، اُسی طرح اب اُنہیں گُدگداؤں۔ میں نے سوچا کہ آخر وقت رُک کیوں نہیں جاتا، آخر ہم بڑے کیوں ہو جاتے ہیں اور جو ہمارے بڑے ہیں وہ بوڑھے ہو جاتے ہیں، آخر کیوں؟

ماموں جان نے ایک ہلکی سی کراہ کے ساتھ کُرسی پر پہلو بدلا اور میں اُنہیں ٹکٹکی باندھے گھورتا رہا۔ نہ جانے کب سے اُنہوں نے شیو نہیں کیا تھا۔ اُن کے کندھے پر پڑی ہوئی اجرک نہ جانے کب سے نہیں دُھلی تھی۔ شلوار قمیص بھی میلی ہو گئی تھی۔ ایک وہ زمانہ تھا جب وہ سلیپنگ سوٹ پہن کر سوتے تھے۔ اب تو غالباً دن رات وہی کپڑے پہنے رہتے جو میلے ہو کر ہی اُترتے۔ ظاہر ہے کہ جس شخص کا اوڑھنا بچھونا مٹّی ہو وہ کہاں تک پوشاک بدلے گا۔ اُن کا ذوق، اُن کا کلچر، اُن کا لب و لہجہ، سب کُچھ بدل چُکا تھا۔ اب تو وہ اردو بھی سندھی لہجے میں بولتے تھے۔ کوشش کے باوجود میں اپنی آنکھوں کو خشک نہ رکھ سکا۔ سوچا کہ اُٹھ کر اُنہیں جھنجھوڑوں اور پوچھوں کہ ماموں جان، آخر آپ کو ہو کیا گیا ہے؟ آپ کیوں اتنے بدل گئے ہیں؟ ہمارے پُرانے ماموں جان کو آپ نے کہاں چھوڑ دیا؟

پچھلے سال جب ماموں جان ایک مرتبہ آئے تھے تو امی جان نے اُن کے ہاتھ میں ایک بادامی لفافہ پکڑا کر کہا تھا کہ میں نے زمین آپ کے نام مُنتقل کر دی ہے۔

"یہ کب ہوا اور کس خوشی میں ہوا؟" ماموں جان نے پوچھا تھا۔

"بس بھائی صاحب، جب اتّا میاں مرحوم نے زمین کا بٹوارہ کیا تھا تو آپ نے ساری زمین مجھے دے دی تھی کیونکہ آپ نے کہا تھا کہ آپ کے آگے پیچھے کوئی نہیں ہے۔ اب ماشاء اللہ آپ کی اپنی فیملی ہے اور آپ اُس زمین پر اتنی محنت کر رہے ہیں تو یہ آپ ہی کا حق ہے،" امی جان نے جواب دیا تھا۔

"ارے بھئی تمہارے بھی تو بچّے ہیں۔ تم اُنہیں کیوں اُن کے حق سے محروم کر رہی ہو؟"

ماموں جان نے وہ لفافہ امی جان کی گود میں ڈال دیا تھا۔

"بھئی عالی جاہ،" اتّا میاں نے کہا، "ہمارے پاس اللہ کا دیا سب کچھ ہے۔ میری ملازمت ہے، بلال کی تعلیم بھی ختم ہو رہی ہے، زرینہ بھی اپنے گھر کی ہو جائے گی۔ ہمیں اب اور کیا چاہیے؟"

"پھر بھی یہ ہماری جدّی پُشتی زمین ہے، یاد ہے یہ تمہارے ہی الفاظ ہیں۔"

"یاد ہے عالی جاہ، اور مجھے تمہارے الفاظ بھی یاد ہیں کہ زمین اُسی کی ملکیت ہوتی ہے جو اُس پر ہل چلاتا ہے۔ لہٰذا حق دار کو حق رسید۔"

ماموں جان "ارے ارے" ہی کرتے رہ گئے تھے اور امی جان نے زبردستی لفافہ اُن کی جیب میں ٹھونس دیا تھا۔

***

جب اتّا میاں میرے کمرے میں داخل ہوئے تو ماموں جان کو کُرسی پر سوتا ہوا دیکھ کر ٹھٹھک گئے۔ اُنہوں نے ہونٹوں پر اُنگلی رکھ کر مجھے خاموش رہنے کا اشارہ کیا اور خود چُپ چاپ دوسری کُرسی پر بیٹھ گئے۔

"معلوم ہوتا ہے کہ کافی تھک گئے ہیں،" اُنہوں نے ماموں جان کی طرف دیکھ کر آہستہ سے کہا۔

"جی، کافی دیر سے سو رہے ہیں،" میں نے سرگوشی کرتے ہوئے جواب دیا۔

"اور تمہاری طبیعت کیسی ہے؟"

"میں بالکل ٹھیک ہوں مگر یہ لوگ چُھٹی نہیں دیتے۔"

"اچھا ہے، جب تک ہو سکے آرام کر لو۔"

حالانکہ ہم لوگ سرگوشیوں میں باتیں کر رہے تھے مگر ماموں جان کی آنکھ کھل گئی۔ "ارے عالی جاہ، تم کب آئے؟" اُنہوں نے اتّا میاں سے ہاتھ ملاتے ہوئے پوچھا۔

"بس ابھی ابھی آ کر بیٹھا ہوں۔"

"میں تو بس آنکھیں بند کر کے ذرا سستا رہا تھا مگر پتہ ہی نہیں چلا کہ کب نیند آ گئی۔"

"اور سُناؤ عالی جاہ، تمہاری سلطنت میں کیا ہو رہا ہے؟" اتّا میاں نے پوچھا۔

"تم سنو گے تو چونک جاؤ گے۔"

"آخر کون سی چونکا دینے والی خبر سُنا رہے ہو؟"

"اللہ وسایو کی منگنی کر دی ہے۔"

"مبارک ہو۔ شادی کب کر را رہے ہو؟"

"ابھی تو میں اُس کے لئے علیحدہ کمرہ بنا رہا ہوں۔ پکا کمرہ ہو گا۔ خدا بھلا کرے ملک صاحب کا کہ اُنہوں نے اینٹیں مفت دے دیں۔"

"یہ ملک صاحب کون ہیں؟"

"بھئی اُن کا اینٹوں کا بھٹّہ ہے۔ پچھلے سال اُن کا بیٹا میٹرک میں فیل ہو گیا تھا۔ میں نے سال بھر اُسے پڑھایا اور وہ اِس سال پاس ہو گیا۔ جب میں نے ملک صاحب سے تذکرہ کیا کہ میں اللہ وسایو کے لئے کمرہ بنا رہا ہوں تو کہنے لگے کہ اینٹیں میرے ذمّے۔ چنانچہ اُنہوں نے اینٹوں کے ساتھ ساتھ دس بوریاں سیمنٹ کی بھی ڈلوا دیں۔"

"چلو اچھا ہے، بے چارے اللہ وسایو کا بھی گھر بس جائے گا،" ابّا میاں نے کہا۔

"اور تم سناؤ عالی جاہ، تمہاری سلطنت میں کیا ہو رہا ہے؟" ماموں جان نے پوچھا۔

"میں بھی تمہیں چونکا دینے والی خبر سُنا دیتا ہوں،" ابّا میاں کے ہونٹوں پر مُسکراہٹ تھی۔

"میں چونکنے کے لئے پوری طرح تیار ہوں، سُناؤ۔"

"میں نے مکان بنوانے کے لئے پلاٹ خرید لیا ہے۔"

"مُبارک ہو، ماشاءاللہ،" ماموں جان نے ہاتھ ملانے کے لئے آگے بڑھا دیا، "کہاں لیا ہے؟"

"لطیف آباد میں، ایک سو بیس گز کا ہے، اچھا خاصا مکان بن جائے گا۔"

"ابّا میاں، آپ نے پہلے تو تذکرہ نہیں کیا،" میں نے شکایت کی۔

"بھئی ابھی ابھی ادائیگی کر کے سیدھا چلا آ رہا ہوں، ابھی تمہاری ماں کو بھی نہیں بتایا۔"

"تو پھر مکان کب بنوار ہے ہو؟" ماموں جان نے پوچھا۔

"ابھی دیکھو، اگلے سال میں ریٹائر ہو جاؤں گا۔ جیسے ہی پراویڈنٹ فنڈ ملے گا تو مکان بنوانا شروع کر دوں گا۔ ظاہر ہے کہ سر چُھپانے کی جگہ تو ہونی چاہیے۔"

"جب بنوانا شروع کرو تو مجھے بلا لینا۔ کم از کم مجھے دیواریں اُٹھانے کا تو تجربہ ہو ہی گیا ہے۔"

"اِس سے اچھی بات کیا ہو گی کہ معمار اپنے گھر کا ہی ہو،" اتّا میاں نے ہنس کر کہا، "اچھا بئی اُٹھ جاؤ، تمہاری بہن انتظار کر رہی ہو گی، بلال کو بھی آرام کرنے دو۔"

اتّا میاں اور ماموں جان تو خدا حافظ کہہ کر چلے گئے مگر اُن کی گفتگو میرے ذہن پر ہتھوڑے مارتی رہی۔ اتّا میاں کی ریٹائرمنٹ میں صرف ایک سال رہ گیا تھا مگر ابھی میری تعلیم بھی مکمل نہیں ہوئی تھی اور زرینہ کی شادی بھی نہیں ہوئی تھی۔ پنشن ملنے کے بعد اُن کی آمدنی آدھی ہو جاتی۔ میری ٹیوشنز کے باوجود گھر کی آمدنی اتنی نہیں تھی کہ اعلیٰ معیارِ زندگی ہو۔ بس گزارہ ہو جاتا تھا اور سفید پوشی قائم رہتی تھی۔ اتّا میاں اِتنے بوڑھے بھی نہیں لگتے تھے کہ ریٹائر کر دیے جائیں۔ بال ابھی تک سیاہ تھے۔ صرف کانوں کے اوپر قلمیں سفید ہو گئی تھیں۔ سر میں بھی بس اِکا دُکا گلے سفید بال تھے۔ چہرے پر کچھ ایسی جُھریاں بھی نہیں تھیں البتہ گردشِ ایّام نے پیشانی پر کچھ سلوٹیں ڈال دی تھیں۔

میں نے سوچا کہ پراویڈنٹ فنڈ تو بڑھاپے کا سہارا ہوتا ہے۔ اگر اتّا میاں نے اپنا پراویڈنٹ فنڈ مکان بنانے میں لگا دیا تو پھر کھائیں گے کیا، اور پھر زرینہ کی شادی پر بھی تو کچھ خرچ ہو گا۔ بیٹی کو بیاہنا آسان کام نہیں ہوتا۔ زمین سے تھوڑے بہت پیسے آ جاتے، وہ بھی ماموں جان کے نام کر دی۔ خیر، اچھا کیا۔ ماموں جان بھی اپنے ہی ہیں، اور پھر یہ اُن کا حق بھی ہے۔ جس جان فشانی سے وہ اُس زمین میں لگے ہوئے ہیں وہ ہر ایک کے بس کی بات نہیں۔ اُس زمین کی بدولت وہ اپنوں سے دور ہو گئے اور اجنبی ماحول کو اپنا لیا۔ اِس سے بڑی قربانی اور کیا ہو گی۔

رات بھر میں آنکھیں بند کیے پڑا رہا مگر ذہن جاگتا رہا۔ بار بار نیند کے جھونکے آتے اور پھر خیالات کا سلسلہ شروع ہو جاتا۔ صبح ہوتے ہوتے میں نے فیصلہ کر لیا کہ میں آگے نہیں پڑھوں گا۔ میری بی ایس سی تو مکمل ہو ہی گیا تھا۔ ایم ایس سی میں مزید دو سال لگتے۔ مجھے اسپتال میں داخل ہوئے دو مہینے گزر چکے تھے اور یونی ورسٹی کھلنے میں صرف دو ہفتے باقی تھے۔ میں نے سوچا کہ میں داخلہ نہیں لوں گا بلکہ فُل ٹائم ملازمت ڈھونڈوں گا۔ کسی اسکول میں ٹیچنگ تو مل ہی جائے گی۔ ویسے بھی ٹیوشنز پڑھا پڑھا کر مجھے کافی تجربہ ہو چکا تھا۔ دو سال میں مکان بنوانے کے لئے نہ سہی، کچھ نہ کچھ پیسے

تو جمع ہو ہی جائیں گے۔

میرا فیصلہ اٹل تھا اور اُس کے بعد وہی سکون ملا جو ہوم ورک مکمل کرنے کے بعد ملتا ہے۔ اچانک مجھے شر وڈنگر کا خیال آیا اور میں مُسکرا دیا۔ لگتا تھا کہ اُس کی مساوات میں اب کچھ نئے عوامل شامل ہو رہے ہے تھے جن کے متعلق میں نے پہلے سوچا بھی نہیں تھا۔ نئے مستقبل سامنے آتے گئے اور میں اِس نتیجے پر پہنچا کہ چھوٹی سی نوکری ہوگی، چھوٹی سی تنخواہ ہوگی، چھوٹا سا گھر ہوگا جس میں بیوی ہوگی اور دو تین بچّے ہوں گے۔۔ بس دو ہوں گے۔۔ نہیں دو تو کم ہیں، تین ہوں گے، مگر تین سے زیادہ نہیں کیونکہ چھوٹی سی تنخواہ میں تین ہی پل جائیں تو بہت ہے۔ بیوی کون ہوگی؟ یہاں آ کر میں اٹک گیا۔ میرا خیال روبینہ کی طرف گیا۔ روبینہ اچھی لڑکی ہے، غربت میں پلی ہے لہٰذا چھوٹی سی تنخواہ میں اُس کا گزارہ ہو جائے گا۔ ویسے بھی اب تو وہ ماموں کی بیٹی ہے، کزن ہی ہوئی اور کزن کا رشتہ تو بڑا رومینٹک ہوتا ہے۔ ابّا میاں اور امّی جان بھی تو کزن ہی ہیں۔ نوک جھونک اپنی جگہ مگر دونوں نے ایک دوسرے کا کتنا ساتھ دیا ہے۔ چنانچہ میں نے فیصلہ کر لیا کہ روبینہ ہی سے شادی کروں گا۔

اچانک میرے ذہن کو جھٹکا سا لگا اور سامنے دو آنکھیں آ گئیں۔ پریشانی میں ڈوبی ہوئی دو سُرمئی آنکھیں جن میں اضطراب تھا۔ میں نیم بے ہوشی میں نہ جانے کیا کیا ہذیان بک رہا تھا جب اُس نے چلو میں پانی بھر کر میرے چہرے پر چھپاکا مارا تھا تو مجھے ہوش آ گیا تھا۔ نہیں، مومنہ اتنی بری نہیں ہے۔ بحثا بحثی اپنی جگہ، مگر وہ میری عزّت کرتی ہے اور میری صلاحیتوں کی مدّاح ہے۔ مجھے آصف کی بات یاد آ گئی کہ جب کسی نے مومنہ کے سامنے میری بُرائی کی تھی تو اُس نے سختی سے میرا دفاع کیا تھا۔ مجھے ایک ایک کر کے اُس کی باتیں یاد آنے لگیں۔ جب بھی وہ کوئی نئی کتاب خریدتی تھی تو پڑھ کر مجھے ضرور دیتی تھی اور بعد میں ہم اُس پر تبصرہ بھی کیا کرتے تھے۔ اکثر ایسا ہوتا کہ میرے پاس پڑھنے کے لئے وقت نہیں ہوتا تھا یا کوئی تھوڑی سی پڑھنے کے بعد اندازہ ہو جاتا کہ میرے مطلب کی نہیں ہے۔ پھر بھی کہیں نہ کہیں سے ضرور پڑھ لیتا تھا تاکہ اُسے واپس کرتے وقت یہ نہ کہنا پڑے کہ میں نے پڑھی ہی نہیں۔ کئی کتابیں صرف سُونگھ کر اُس کے سامنے اتنا عمیق اور سیر حاصل تبصرہ کر چکا تھا کہ اُسے بالکل اندازہ نہیں ہو سکا کہ میں نے پڑھی ہی نہیں۔ مومنہ کے متعلق سوچتے سوچتے میں نے خود سے سوال کیا کہ کیا مجھے مومنہ سے عشق ہو گیا ہے؟ کافی سوچ بچار کے بعد اِس نتیجے پر پہنچا کہ یہ ممکن ہی

نہیں ہے۔

میرے خیالات کا سلسلہ کیتھی کی آمد سے ٹوٹا۔ اُن دنوں اُس کی صبح کی ڈیوٹی تھی۔ وہ ٹھیک سات بجے آ کر ٹمپریچر لیتی اور بلڈ پریشر چیک کرتی۔

"میرا بے بی سو کر اُٹھ گیا؟" اُس نے آتے ہی اپنی چھیڑ خانی شروع کر دی۔

"تمہارا بے بی اب بڑا ہو گیا ہے،" میں نے کسی قدر جھنجھلا کر کہا۔

"اچھا، یہ کب ہوا، مجھے تو کسی نے نہیں بتایا۔"

"دیکھو کیتھی، تم سب کے سامنے مجھے بے بی مت کہا کرو۔ اِس طرح میرا نام ہی بے بی پڑ جائے گا۔"

"ٹھیک ہے، تو اب میں صرف اکیلے میں تمہیں بے بی کہا کروں گی۔"

"نہیں اکیلے میں بھی نہیں۔"

اِس سے پہلے کہ میں کچھ اور کہتا، اُس نے میرے منہ میں تھرمامیٹر فٹ کر دیا اور بازو پر بلڈ پریشر کے آلے کی تھیلی لپیٹنے لگی۔

"بس اب تم اُٹھ کر غسل وغیرہ سے فارغ ہو جاؤ کیونکہ تمہارے چاچا دھڑیں بخش ناشتا لے کر آتے ہی ہوں گے۔"

"تم نے آج موسم کا حال نہیں بتایا،" میں نے پوچھا۔

"ٹمپریچر 98.8 ہے اور بلڈ پریشر 120 اور 70 ہے،" اُس نے جاتے جاتے کہا۔

کیتھی تو چلی گئی مگر میرا دل بستر سے اُٹھنے کو قطعی نہیں چاہ رہا تھا۔ رات بھر نیند کی بے قاعدگی کی بنا پر عجیب سی کسلمندی تھی۔ دل چاہ رہا تھا کہ بس بستر پر پڑے رہو۔ بڑی بور زندگی گزر رہی تھی۔ اسپتال جیل خانہ بن گیا تھا۔ ڈاکٹر رشیدہ نے کہہ دیا تھا کہ جب تک میرا وزن کم از کم 120 پاؤنڈ نہیں ہو گا تب تک وہ مجھے چھٹی نہیں دیں گی۔ اِدھر چاچا دھڑیں بخش نے کھلا کھلا کر تنگ کر دیا تھا۔ صبح کو چار ٹوسٹ اور مکھن، اور دو اُبلے ہوئے انڈے۔ دوپہر کو ایک سبزی اور ایک دال، پھر شام کو چار بجے چائے لے کر آ جاتے تھے اور اُس کے ساتھ بُھنی ہوئی کلیجی۔ مجھے کلیجی سے سخت چڑ تھی۔ عجیب سی ہِیک آتی تھی مگر چاچا دھڑیں بخش ڈانٹ ڈانٹ کر کھلاتے تھے، "ارے بابا، دوائی سمجھ کر

کھاؤ، ڈاکٹر نے کھانے میں لکھ کر دی ہے۔ "کھاتے وقت اُبکائی سی آتی مگر پھر بھی زہر مار کر لیتا تھا۔ رات کے کھانے میں ہمیشہ بکری یا مرغی کا گوشت اور اُس کے ساتھ دودھ کا ایک گلاس ہوتا تھا۔ میری خوراک ہمیشہ سے کم تھی مگر چاچا دھڑیں بخش کا بس چلتا تو وہ میرے حلق میں پائپ ڈال کر کھانا اُنڈیل دیتے۔

***

سلیم غیر متوقّع طور پر مجھ سے اسپتال میں ملنے آگیا۔ اُس کا شمار فزکس ڈپارٹمنٹ کے ذہین ترین طلبا میں ہوتا تھا۔ ہم دونوں کی دوستی البرٹ آئن اسٹائن کے حوالے سے ہوئی تھی۔ وہ آئن اسٹائن کا پرستار تھا اور جب اُس کے نظریۂ اضافیت پر گفتگو کرتا تو ایسا معلوم ہوتا تھا جیسے کوئی شاعر مشاعرے میں اپنی تازہ غزل سُنا رہا ہو۔ ہم اکثر کیفے یونٹی میں بیٹھے نظریۂ اضافیت پر گفتگو کرتے تھے۔ سلیم کوانٹم میکینکس کو ایک "بھوت" کہتا تھا جس کا کوئی سر پیر نہیں، جبکہ میرا نظریہ تھا کہ آئن اسٹائن تو کائنات کو زمان و مکان کے حوالے سے دیکھتا ہے مگر اُس کا نظریۂ اضافیت اُس کیفیت پر کوئی روشنی نہیں ڈالتا جو تخلیقِ کائنات کے وقت تھی اور جب مادّے کا کوئی وجود نہیں تھا۔ اگر کائنات کو پیستے رہیں حتیٰ کہ ذرّہ "ذرّہ" نہ رہے اور مادّہ اپنا "مادّہ پن" کھو کر توانائی کی لہروں میں تبدیل ہونا شروع ہو جائے تو وہاں صرف کوانٹم میکینکس ہی کام کرے گی یا پھر کوئی نئی ریاضی مرتّب کرنی پڑے گی۔ بہرحال سلیم کے ساتھ کیفے یونٹی میں جو مکالمات ہوتے تھے اُنہوں نے ہی مجھے تھیوریٹیکل فزکس کی جانب مائل کیا تھا۔

"فرمایئے کیسے مزاج ہیں؟" اُس نے ہاتھ ملا کر کرسی پر بیٹھتے ہوئے کہا۔

"میں تو اب ٹھیک ہوں مگر آپ کو کیسے معلوم ہوا کہ میں یہاں ہوں؟" اگرچہ ہم ایک دوسرے کو اچھی طرح جانتے تھے مگر بے تکلفی نہیں تھی۔ حالانکہ میں ہر ایک سے بڑی جلدی بے تکلف ہو جاتا تھا مگر سلیم سے کبھی آپ جناب سے آگے بات نہیں بڑھی، یہاں تک کہ کبھی ایک دوسرے کو عامیانہ لطیفہ تک نہیں سُنایا۔ غالباً اُس کی وجہ یہ تھی کہ سلیم کسی کو زیادہ نزدیک آنے کا موقع نہیں دیتا تھا اور میں بھی اُس کی خلوت پسندی کا احترام کرتا تھا۔

"مجھے دراصل پروفیسر سمیع الدین نے بھیجا ہے کہ آپ کی خیریت معلوم کروں۔"

245

"پروفیسر سمیع الدین نے؟ مگر اُنہیں کیسے پتہ چلا؟"

"یہ تو آپ اُن ہی سے دریافت کریں۔"

"بس، میں اب بالکل ٹھیک ہوں مگر ڈاکٹر کہتے ہیں کہ ابھی دو چار ہفتے مزید رُکنا پڑے گا۔"

"پروفیسر سمیع الدین کو آپ کے داخلے کی فکر ہے۔ میں داخلہ فارم ساتھ لایا ہوں، آپ بھر دیں کیونکہ آخری تاریخ میں صرف چار دن رہ گئے ہیں۔"

میں سوچ میں پڑ گیا کیوں کہ میں فیصلہ کر چکا تھا کہ اب پڑھائی چھوڑ کر نوکری ڈھونڈوں گا۔ مجھے اِس بات پر بھی شرمندگی تھی کہ میں نے پچھلے سال خاص طور پر پروفیسر سمیع الدین سے مل کر اُن کے ساتھ کام کرنے کی خواہش کا اظہار کیا تھا۔ جب اُنہیں معلوم ہو گا کہ میں نہیں آ رہا تو اُنہیں کتنی مایوسی ہو گی۔

"کس سوچ میں پڑ گئے؟" میری طرف سے جواب نہ ملنے پر سلیم نے پوچھا۔

"بات دراصل یہ ہے کہ میں پڑھائی چھوڑ رہا ہوں،" میں نے کسی قدر ہچکچاتے ہوئے کہا۔

"کیا؟ اچانک آپ نے پڑھائی چھوڑنے کا فیصلہ کیسے کر لیا؟"

میری سمجھ میں نہیں آ رہا تھا کہ اُسے کیا جواب دوں۔ اُس سے اتنی بے تکلفی بھی نہیں تھی کہ ذاتی معاملات اُس کے سامنے لائے جاتے مگر اب کوئی چارہ بھی نہیں تھا۔ میں مناسب الفاظ تلاش کر رہا تھا۔ وہ میری خاموشی سے بھانپ گیا کہ میں جواب نہیں دینا چاہتا۔

"خیر، یہ آپ کا ذاتی معاملہ ہے مگر ہم سب کو سخت مایوسی ہو گی،" اُس نے کہا۔

"دراصل بات یہ ہے کہ چند ناگزیر وجوہ کی بنا پر مجھے ملازمت کرنا پڑے گی۔ سوچ رہا ہوں کہ یہاں سے نکلنے کے بعد کسی بھی اسکول میں چھوٹی موٹی ملازمت مل ہی جائے گی۔"

سلیم سے کچھ دیر اِدھر اُدھر کی باتیں ہوتی رہیں۔ اس دوران اُس نے شرو ڈنگر کی بلی پر بحثی بھی کی۔ جو کوانٹم میکینکس کے مطابق یہ ایک وقت زندہ بھی ہے اور مر بھی چکی ہے۔ ظاہر ہے کہ ایسی بلی تو پھر بھوت ہی ہو گی۔ سلیم کا اشارہ شرو ڈنگر کے اُس خیالی تجربے کی جانب تھا جس کے مطابق اگر ایک بلی کو کسی صندوق میں بند کر دیا جائے اور اُس میں ایک زہر بھی رکھ دیا جائے جسے کھا کر بلی فی الفور مر جائے گی تو کسی بھی وقت یقین کے ساتھ یہ کہنا ممکن ہے کہ بلی نے زہر کھا لیا یا نہیں۔ اگر

کھالیا تو مر گئی ورنہ زندہ ہے۔ لہٰذا جب تک صندوق کھول کر نہ دیکھا جائے اُس وقت تک وہ بلی بیک وقت زندہ بھی ہے اور مر بھی گئی ہے۔ میں نے ہنس کر اُسے یاد دلایا کہ کوانٹم میکینکس کے تضادات سے بھی ہم بہت کچھ سیکھتے ہیں۔ چلتے وقت میں نے اُسے تاکید کی کہ وہ میری طرف سے پروفیسر سمیع الدین سے معذرت کر لے اور اُنہیں بتلا دے کہ اسپتال سے فارغ ہوتے ہی اُن کی خدمت میں حاضر ہوں گا۔

25

ایک ہفتے پہلے ہی زرینہ نے محمود کا خط لا کر دیا تھا جس میں اُس نے لکھا تھا کہ یونی ورسٹی کی چھٹِّیوں میں اُس نے لاہور میں ایک پولٹری فارم میں مُلازمت کر لی ہے تا کہ اس دوران کچھ پیسے کما سکے۔ اُس کا ایم اے کے لئے سندھ یونی ورسٹی ہی میں داخلے کا ارادہ تھا کیونکہ گھر سے دور رہ کر وہ بور ہو چکا تھا۔ میں سوچ ہی رہا تھا کہ داخلے کی آخری تاریخ آ چکی ہے مگر محمود کا کوئی پتہ نہیں۔ میں کرسی پر بیٹھا اخبار پڑھ رہا تھا کہ باہر کوئی آہٹ سنائی دی۔ میں نے سامنے دیکھا تو دروازے میں زرینہ کھڑی تھی۔ اُس نے پیچھے مڑ کر دیکھا اور مُسکرا کر بولی، "بھیّا، آنکھیں بند کریں آپ کے لئے سرپرائز ہے۔"

"کیسا سرپرائز؟" میں نے پوچھا۔

"آپ آنکھیں تو بند کریں۔"

میں نے اخبار اُٹھا کر اپنے چہرے کے سامنے کر لیا۔ اچانک ایک ہاتھ نے مجھ سے اخبار چھین لیا اور سامنے محمود کھڑا مُسکرا رہا تھا۔

"ابے تُو کب آیا؟" میں نے کرسی سے اُٹھ کر اُسے زور سے بھینچا۔

"بس بھائی بس، مجھے پتہ ہے کہ اسپتال والوں نے تجھے کھلا کھلا کر تگڑا کر دیا ہے،" اُس نے کَسمَسا کر کہا۔

"میں ابھی تیرے متعلق ہی سوچ رہا تھا۔"

"دل کو دل سے راہ ہوتی ہے۔ تُو نے سوچا اور میں آ گیا۔"

"مگر تو آیا کب؟"

"میں کل ہی لاہور سے پہنچا تھا۔ روبینہ اور شگفتہ مجھے لینے کے لئے اسٹیشن آئی تھیں اور اُنہی سے معلوم ہوا کہ تُو یہاں اسپتال میں پڑا ہوا ہے۔"

"تو پھر تُو کل ہی کیوں نہیں آ گیا، اور یہ زرینہ تجھے کہاں مل گئی؟"

"بس کافی دیر ہو گئی تھی۔ میں عرفان کی طرف ہی چلا گیا تھا اور وہاں سے صبح ہی یونی ورسٹی گیا کیونکہ آج داخلے کی آخری تاریخ تھی۔ وہیں زرینہ مل گئی اتو اُسے لے کر سیدھا یونی ورسٹی سے چلا آرہا ہوں۔"

"یار اچھا ہوا کہ تُو واپس آ گیا۔ ہم لوگ تجھے بہت مِس کرتے تھے،" میں نے اُس سے ہاتھ ملاتے ہوئے کہا۔

"بس، بابا نے بھی لکھا تھا کہ اگر پنجابی بولنا سیکھ گئے ہو تو واپس آ جاؤ۔"

مجھے حیرت ہوئی کہ وہ ماموں جان کو "بابا" کہہ رہا تھا۔ 'تو آخر اُس نے ماموں جان کو اپنی فیملی کا حصہ تسلیم کر ہی لیا۔ 'واقعی ماموں جان کا جادو چل گیا، 'میں نے سوچا۔

"اور تُو بول، تُو نے اپنے داخلے کے فارم تو بھیج دیے تھے نا؟" اُس کے سوال سے میرے خیالات کا تانتا ٹوٹ گیا۔

"ہاں، میرے فارم تو بہت پہلے ہی داخل ہو گئے تھے،" میں نے بہانہ بنا دیا۔

میں اپنی پڑھائی چھوڑنے کے بارے میں کسی کو نہیں بتانا چاہتا تھا کیونکہ مجھے معلوم تھا کہ ابّا میاں اور امی جان کسی طرح نہیں مانیں گے۔

"زرینہ، یونی ورسٹی میں تمہارا داخلہ تو آسانی سے ہو گیا نا؟" میں نے موضوع بدلنے کے لئے زرینہ کی طرف مڑ کر پوچھا۔

"جی بھیّا۔ میں، شگفتہ اور روبینہ اکٹھے ہی کیمپس گئے تھے۔"

"اور اڑوس پڑوس کی خبریں سُناؤ۔"

"کوئی خاص خبر تو نہیں۔ ہاں انکل چودھری کا ٹرانسفر ہو گیا ہے،" زرینہ نے جواب دیا۔

"انکل چودھری کا ٹرانسفر؟ کہاں؟" پوچھتے وقت میرے گلے میں کوئی گولا سا پھنس گیا۔

"گوجرانوالہ جا رہے ہیں۔ وہاں کے مچھروں نے دعوت نامہ بھیجا ہے،" زرینہ نے ہنستے ہوئے

کہا۔

"کیوں، اُنہوں نے حیدرآباد کے سارے مچھر مار دیے؟"

"معلوم ایسا ہی ہوتا ہے۔"

"مگر انکل چودھری پچھلے ہفتے ہی میرے پاس آئے تھے۔ اُنہوں نے کوئی تذکرہ نہیں کیا۔"

"اُن کا ٹرانسفر آرڈر پرسوں ہی آیا ہے۔"

مجھے تجسّس ہو رہا تھا کہ مومنہ کا کیا پروگرام ہے مگر پوچھنے کی ہمت نہیں پڑ رہی تھی۔ آخر پوچھ ہی لیا، "تو پھر مومنہ تو ہوسٹل میں رہے گی۔"

"نہیں، مومنہ باجی تو چھٹیاں ہوتے ہی لاہور اپنی دادی کے پاس چلی گئی تھیں۔ انکل چودھری بتا رہے تھے کہ وہ وہیں ایم اے میں داخلہ لیں گی۔"

"ہاں، صحیح بات ہے۔ گوجرانوالہ تو وہاں سے قریب ہی ہے۔" میں کوشش کر رہا تھا کہ زرینہ اور محمود پر میری بے چینی آشکار نہ ہو لہٰذا میں نے موضوع تبدیل کرنے کی کوشش کی۔

"اور سُنا یار، کیسی گزری؟" میں نے محمود سے پوچھا۔

"بس میں پیدا ہو گیا۔"

"کیا مطلب؟"

"تُو نے وہ کہاوت نہیں سنی؟ جِنے لہور نئیں ویکھیا او جمیا ای نئیں۔"

"یہ تو بات ہے۔ لہور لہور اے۔"

محمود لاہور کے بارے میں بڑی تفصیل سے بتا رہا تھا، مگر میرا دھیان مستقل مومنہ کی طرف لگا ہوا تھا۔ کم از کم اُسے مل کر تو جانا چاہیے تھا، مگر یہ بات بھی تھی کہ وہ تو صرف چھٹیاں گزارنے کے لئے اپنے دھیال گئی تھی۔ اُسے کیا معلوم تھا کہ اِس دوران اس کے والد کا تبادلہ ہو جائے گا۔ محمود بولتا رہا اور میں ہوں ہوں کرتا رہا۔ دل چاہ رہا تھا کہ وہ اور زرینہ بس اُٹھ جائیں کیونکہ مجھے تنہائی کی ضرورت تھی۔ پھر میرا خیال زرینہ کی طرف گیا۔ کیوں یونیورسٹی سے اُس کے ساتھ چلی آئی اور اب کتنی دلچسپی سے اُس کی کہانی سُن رہی ہے۔ ٹکٹکی باندھے اُسی کو دیکھے جا رہی ہے۔ ہمارے خاندان میں لڑکیاں کب اتنی بے باک ہوتی ہیں؟ 'میں بعد میں اُسے ضرور تنبیہ کروں گا،' میں نے سوچا۔ مجھے

محمود کے ساتھ اُس کی بے تکلفی قطعی ناپسند تھی۔

"تم کچھ کھوئے کھوئے سے لگ رہے ہو،" اچانک محمود نے کہا۔

"ہیں؟" میں چونکا اور سمجھ میں نہیں آیا کہ کیا جواب دوں۔

"تمہاری طبیعت تو ٹھیک ہے نا؟" وہ کرسی سے اُٹھا اور میری پیشانی پر ہتھیلی رکھ دی، "تمہیں بخار تو نہیں لگتا۔"

"نہیں یار، بخار وخار نہیں ہے، بس میں اب اسپتال میں پڑے پڑے تنگ آ گیا ہوں،" میں نے بہانہ بنایا۔

"بس کچھ دن کی بات اور ہے۔ عرفان بتا رہا تھا کہ ہفتے دس دن میں تمہیں چھٹی مل جائے گی۔"

"امید تو ہے۔"

"اچھا اب ہم چلتے ہیں، تم آرام کرو۔"

"تو تم لوگ کدھر جا رہے ہو؟"

"میں تمہارے گھر ہی جاؤں گا، زرینہ کو وہیں چھوڑوں گا اور انکل آنٹی کو سلام کرکے عرفان کے گھر جاؤں گا۔ اُس کی اماں نے تاکید کی تھی کہ رات کو وہیں آ جاؤں۔"

"بھیّا اپنا خیال رکھیے گا،" زرینہ اُٹھتے ہوئے بولی۔

وہ دونوں تو چلے گئے مگر مجھ پر سخت جھلاہٹ طاری تھی اور زرینہ پر رہ رہ کر غصّہ آ رہا تھا۔ میں نے باہر برآمدے میں ٹہلنا شروع کر دیا۔ آخر زرینہ کی ہمّت کیسے ہوئی کہ محمود کے ساتھ اکیلی گھومنے پھرنے لگی، اور پھر محمود کو بھی سوچنا چاہیے تھا کہ دوست کی بہن کو رکشوں میں اِس طرح ساتھ لئے پھرنا کہاں کی شرافت ہے۔ اگر کوئی دیکھ لیتا تو کیا سوچتا۔ میں جتنا سوچتا اُتنا ہی میرا غصّہ بڑھتا جا رہا تھا اور میری ٹہلنے کی رفتار اُسی مناسبت سے بڑھ رہی تھی۔ سورج غروب ہو چکا تھا مگر مجھے بالکل احساس نہیں ہوا کہ برآمدے میں اندھیرا پھیل چکا ہے۔ میں سر جھکائے تیزی سے ٹہل رہا تھا کہ برآمدے میں روشنی ہو گئی۔ میری نظر عبدالحکیم پر پڑی جو دیوار پر لگے سوئچ آن کر رہا تھا۔ یہ اُس کی ڈیوٹی تھی کہ روزانہ سورج غروب ہونے کے بعد سارے واردز کے چکر لگاتا اور جہاں کوئی لائٹ آف نظر آتی اُسے آن کر دیتا تھا۔ عموماً جب وہ میرے کمرے کے سامنے سے گزرتا تو رُک کر سلام کرتا اور خیریت

پوچھتا تھا مگر اُس دِن اُس نے مجھے سر جُھکائے ٹہلتا ہوا دیکھا تو شاید سمجھا کہ میں کوئی وظیفہ پڑھ رہا ہوں لہٰذا وہ خاموشی سے گزر گیا۔

اُسی دوران میرے خیالات کا سلسلہ ٹوٹا تو میں سوچنے لگا کہ کیوں خواہ مخواہ میں زرینہ اور محمود پر ناراض ہو رہا ہوں۔ آخر زرینہ اب یونیورسٹی میں ہے۔ کوئی بچّی تو نہیں ہے۔ اپنے بھلے بُرے کو اچھی طرح سمجھتی ہے اور پھر محمود بھی شریف لڑکا ہے۔ حالانکہ میرے اور اُس کے تعلقات تو تُرش و تلخ کے تھے مگر کبھی میں نے اُس کے منہ سے کوئی لچر بات نہیں سُنی تھی۔ اب میرے غُصّے کی جگہ پشیمانی نے لی۔ ضمیر نے بہن کی طرف سے بدگمان ہونے پر ملامت کرنا شروع کر دی۔ میں نے دِل ہی دِل میں زرینہ اور محمود سے اپنی بدگمانی کی معافی مانگی اور پھر ٹہلنے کی رفتار سست ہو گئی۔ جسم پسینے سے شرابور ہو رہا تھا اور ذہنی دباؤ ختم ہو کر طبیعت میں قدرے تازگی آ گئی تھی۔ کافی عرصے کے بعد اتنی ورزش ہوئی تھی۔ میں کمرے میں پہنچ کر بستر پر دراز ہو گیا اور جسم کو ڈھیلا چھوڑ کر آنکھیں بند کر لیں۔ میں نے سوچ چکا کہ اگر زرینہ کی شادی محمود سے ہو بھی جاتی ہے تو کیا بُرائی ہے۔ آخر ایک نہ ایک دن تو اُس کی شادی ہونی ہی ہے۔ محمود بڑا باکردار لڑکا ہے۔ امیر نہ سہی مگر غربت اور مشقّت نے اُسے سخت جان بنا دیا ہے اور وہ محنت کا عادی ہے۔ ایسے لوگ فرض شناس ہوتے ہیں۔ ایک مرتبہ عہدِ وفا کر لیتے ہیں تو اُسے ہر حال میں نبھاتے ہیں۔

***

'بلال میاں، ہوش کے ناخن لو۔ مومنہ تمہاری زندگی سے نکل چکی ہے،' میں نے سوچا۔ پھر میرا خیال روبینہ کی طرف گیا۔ میں اکثر مومنہ اور روبینہ کا موازنہ کیا کرتا تھا۔ مومنہ کے ساتھ جتنا وقت گزرتا تھا، میں مستقل ذہنی تناؤ میں مبتلا رہتا ہے جیسے سخت جسمانی ورزش کر رہا ہوں، مگر روبینہ سے باتیں کرنے کے بعد طبیعت اتنی ہی پرسکون ہوتی تھی جتنی اچھی ورزش کرنے کے بعد آرام دہ کرسی پر لیٹ کر پسینہ سکھاتے وقت ہوتی ہے۔ مومنہ ٹھاٹھیں مارتے سمندر کی لہروں کی مانند تھی جو کلفٹن کے ساحل سے ٹکرا کر پلٹ جاتی ہیں جبکہ روبینہ پشاور کی یخ بستہ صبح کی گنگنی دھوپ تھی۔ مومنہ سے مل کر وہی کیفیت ہوتی تھی جیسے کسی تفریحی پارک میں لگے ہوئے رولر کوسٹر سے اتر کر ہوتی ہے جبکہ روبینہ حیدرآباد کے تپتے ہوئے دن کے بعد شام کی ٹھنڈی ہوا کا جھونکا تھی۔

253

خیالات میں گم، نہ جانے کتنی دیر میں آنکھیں بند کئے پڑا رہا۔ اُس دوران کچھ غنودگی طاری ہونے لگی۔ اتنے میں کسی کی سرگوشی سُنائی دی، "سو گئے کیا؟" میں نے آنکھیں کھولیں تو سامنے عرفان کھڑا تھا۔

"آؤ بیٹھو،" میں نے اُٹھتے ہوئے کہا، "بس یونہی سُستی سی ہو رہی تھی۔"

"میں اپنی ڈیوٹی ختم کر کے گھر جا رہا تھا۔ سوچا کہ تمھاری خیریت معلوم کرتا چلوں،" عرفان نے بیٹھتے ہوئے کہا۔ میں بھی ایک کرسی کھینچ کر اُس کے سامنے بیٹھ گیا۔

"یہ بتاؤ کہ تمھیں یہاں کام کرنے کے پیسے بھی ملتے ہیں؟" میں نے پوچھا۔

"پیسے کس بات کے؟ یہ تو میری پڑھائی کا حصہ ہے۔ یوں سمجھو کہ یہاں میری حیثیت ڈاکٹر کے اردلی کی سی ہے۔"

عرفان سے اِدھر اُدھر کی باتیں ہوتی رہیں لیکن میں محسوس کر رہا تھا کہ وہ کچھ کہنا چاہتا ہے مگر کہتے کہتے رُک جاتا ہے۔ آخر میں نے پوچھ ہی لیا، "کیا بات ہے عرفان، تم کچھ پریشان سے ہو؟"

"نہیں، ایسی کوئی بات نہیں۔"

"مگر تمھارا لہجہ بتا رہا ہے کہ کوئی بات ضرور ہے۔"

"دراصل تم سے ایک مشورہ کرنا ہے۔"

"بولو۔"

عرفان کچھ جھجک جھجک سا رہا تھا جیسے مناسب الفاظ تلاش کر رہا ہو۔ کئی بار اُس نے منہ کھولنے کی کوشش کی مگر ہر بار اُس کے ہونٹ کپکپا کر رہ گئے۔

"کیا عشق میں کامیابی کے سلسلے میں تو مشورہ نہیں مانگ رہے؟" میں نے اپنے منہ پر ہتھیلی کی فصیل بنا کر آہستہ سے کہا۔

"پھر وہی مذاق، "اُس نے میرے سینے پر ہلکا سا گھونسا مارا، "میں سنجیدہ گفتگو کر رہا ہوں۔"

"تو کرو نا، تمھارے منہ سے تو الفاظ ہی نہیں نکل رہے۔"

"میں تمھیں یہ کہنا چاہتا تھا کہ زرینہ میرے لئے بالکل شگفتہ کی طرح ہے۔"

"شکریہ۔ یہ تم مجھے اطلاع دے رہے ہو یا مشورہ مانگ رہے ہو؟"

"بات دراصل یہ ہے جس طرح مجھے شگفتہ کا مستقبل عزیز ہے،اسی طرح زرینہ کا مستقبل بھی عزیز ہے۔"

"اس اطلاع کا بھی شکریہ،"اب مجھے جھنجھلاہٹ شروع ہو گئی تھی کہ آخر عرفان کہنا کیا چاہتا ہے۔

"میری نظر میں زرینہ کے لئے ایک بہت اچھا رشتہ ہے،"عرفان نے پیچھے ہٹ کر اپنی کمر کرسی کی پشت سے ٹکا دی جیسے بہت بڑا وزن اُتر گیا ہو۔

"یہ زرینہ کہاں سے آ کو دی؟"

"ظاہر ہے کہ جس طرح زرینہ تمہاری بہن اسی طرح میری بھی ہے۔ اگر بھائیوں کو بہنوں کی شادی کی فکر نہیں ہو گی تو کس کو ہو گی؟"

"تو اب مشورہ مانگو،"میں نے تنگ آ کر کہا۔ سمجھ میں نہیں آ رہا تھا کہ کیوں عرفان مطلب کی طرف نہیں آ رہا۔

"محمود کے متعلق تمہارا کیا خیال ہے ؟"اُس نے اپنی نظریں میرے چہرے پر گاڑ دیں اور میرے ردِّ عمل کا انتظار کرنے لگا۔

"دیکھو عرفان۔ان باتوں کا فیصلہ تو بزرگ ہی کرتے ہیں۔"

"وہ تو ٹھیک ہے مگر محمود نے مجھ سے کہا ہے کہ پہلے میں تمہاری رائے لوں کیوں کہ تم دونوں کی دوستی اُس کے نزدیک سب سے زیادہ اہم ہے۔"

"یار یہ محمود کو شادی کا مرض کیسے لگ گیا۔ ابھی پڑھائی ختم نہیں ہوئی اور شادی کی فکر پڑ گئی؟" میں نے کہا،"بہر حال محمود میرا دوست ہے اور بے حد عزیز ہے۔ اگر بالفرض میں اِس رشتے سے اتفاق نہ بھی کروں تو اس سے ہماری دوستی پر تو کوئی فرق نہیں پڑنا چاہیے۔"

"تو میں اُس سے کہہ دوں کہ تمہیں کوئی اعتراض نہیں؟"

"نہیں، میرے نزدیک تو زرینہ کے لئے محمود سے بہتر کوئی رشتہ نہیں ہو گا،"میں نے جواب دیا،"اُسے کہو کہ وہ ماموں جان اور ادی مختیار کو میرے والدین کے پاس پیغام لے کر بھیج دے، مگر فی الحال میرا نام نہیں آنا چاہیے۔"

"ویسے میری مانو تو تم اپنے والدین سے تذکرہ کر دینا۔"

"مجھے یقین ہے کہ وہ انکار نہیں کریں گے۔"

"تو میں چلتا ہوں۔ ہاں ایک اور خوش خبری سُن لو۔"

"کیا کسی اور کی شادی بھی کرانی ہے؟"

"نہیں، خوش خبری یہ ہے کہ تمہارے پچھلے بلڈ ٹیسٹ کا رزلٹ آ گیا ہے اور تمہارا ای ایس آر گیارہ پر آ گیا ہے۔"

"اور ہونا کتنا چاہیے؟"

"تمہاری عمر کے حساب سے دس سے کم ہونا چاہیے۔ جب اسپتال آئے تھے تو پچیس تھا۔"

"اس کا مطلب یہ ہوا کہ میری رہائی کا وقت قریب آ رہا ہے۔"

"دیکھو اگر اگلے ہفتے بلڈ ٹیسٹ ٹھیک ہوا تو تمہیں چھٹی مل جائے گی۔"

میرے ہاتھ میں آئزک ایسیموف کی کتاب "آئی، روبوٹ" تھی اور ابھی اُس کی ایک کہانی ختم کی تھی۔ ایسیموف میرا پسندیدہ ترین مصنف تھا اور دوسرے سائنس فکشن لکھنے والے اُس کے سامنے پانی بھرتے تھے۔ مگر اب بوریت ہونے لگی تھی کیونکہ کوئی کہاں تک پڑھے۔ ہر کہانی کئی کئی بار پڑھ چکا تھا۔ میں نے سر اُٹھا کر دیکھا تو سامنے کیتھی کھڑی مُسکرا رہی تھی۔ "آج بے بی گھر جا رہا ہے،" اُس نے ہاتھ اُٹھا کر جانے کا اشارہ کیا۔

"کیا؟" میرے اوپر گویا بجلی سی گری اور میں ایک جھٹکے کے ساتھ کرسی سے اُٹھ کر کھڑا ہو گیا۔

"صبر، صبر۔ ذرا مجھے ٹمپریچر تو لینے دو۔"

"اب کیسا ٹمپریچر اور کیسا بلڈ پریشر، اگر ٹھیک نہ ہوا تو تم مجھے روک لو گی؟"

"پھر بھی ضابطے کی کارروائی تو کرنی ہی ہے۔"

میں نے جوں توں کیتھی سے پیچھا چھڑایا اور اپنا سامان سمیٹنے لگا۔

"کیتھی، تم نے اس دوران میرا جو خیال رکھا اُس کے لئے بے حد شکریہ" میں نے سر کو خفیف سا جھٹکا کر کہا۔

"شکریہ کیسا، یہ تو میرا فرض تھا، ویسے تم اپنا خیال رکھنا،" اُس نے جاتے ہوئے کہا۔

کیتھی چلی گئی تو میں نے الماری سے اپنے کپڑے نکالے اور غسل خانے میں تبدیل کر کے اسپتال کے کپڑوں کو بستر پر ڈال دیا۔ الماری سے اپنا سوٹ کیس نکال کر کتابیں، ٹوتھ پیسٹ، کنگھا، تبّت سنو، کارمینا، چپلیں اور ساری الا بلا بھر کر وارڈ سے اِس طرح نکلا جیسے کوئی قیدی لمبی سزا بُھگت کر

جیل سے رِہا ہو رہا ہو۔

گھر میں داخل ہوا تو امی جان مجھے دیکھتے ہی صدقے قربان کرتی ہوئی اُٹھیں اور مجھے چُٹالیا۔

"کل ہی زرینہ کہہ رہی تھی کہ تم دو چار دن میں اسپتال سے فارغ ہو جاؤ گے،" وہ دوپٹّے سے اپنی پیشانی کا پسینہ پونچھتے ہوئے بولیں۔

"شکر ہے کہ آخر کار جان چھوٹ گئی،" میں نے جواب دیا۔

"اب ذرا اپنی صحت کا خیال رکھنا۔ یہ رات دن کی بھاگ دوڑ رنگ لائی ہے۔"

"جی، امی جان۔"

میں نے اپنا سوٹ کیس چارپائی پر رکھ کر کھولا اور کتابیں نکال کر کمرے کی راہ لی۔ زرینہ یونیورسٹی گئی ہوئی تھی۔ ابّا میاں حسبِ معمول کہیں اندرونِ سندھ دورے پر گئے ہوئے تھے۔ میرے کمرے میں غفور چاچا نے پچھلے سال پوری دیوار پر ایک تختہ ٹھونک کر ٹُک شیلف بنا دیا تھا جس پر ہر قسم کی کتابوں کی قطار لگی ہوئی تھی۔ کورس کی کتابیں میز کی پُشت پر لگی رہتی تھیں۔ میں دیر تک کھڑا اُنہیں گھورتا رہا جیسے اب اُن کتابوں سے کوئی واسطہ ہی نہ ہو۔ پڑھائی چھوڑنے کا فیصلہ جذباتی لحاظ سے میرے لئے بے حد تکلیف دہ تھا مگر اب اس کے سوا کوئی چارہ نہیں تھا کہ فیصلے پر قائم رہا جائے۔

شروع سے ہی میری عادت تھی کہ سوتے وقت ہمیشہ اگلے دن کا سارا پروگرام ترتیب دے لیا کرتا تھا، مگر جب اگلی صبح سو کر اُٹھا تو طبیعت پر عجیب سی قنوطیت طاری تھی۔ میرے پاس کرنے کے لئے کچھ نہیں تھا۔ ملازمت کی تلاش کہاں سے شروع کی جائے، کن لوگوں سے ملا جائے، کس قسم کی ملازمت تلاش کی جائے؟ اِن سوالوں کا میرے پاس کوئی جواب نہیں تھا۔ میں کافی دیر تک بستر میں پڑا سوچتا رہا مگر کسی خاص نتیجے پر نہیں پہنچ سکا۔ آخر کار اُٹھ ہی بیٹھا۔ گھڑی دیکھی تو نو بج رہے تھے۔ زرینہ یونیورسٹی جا چکی تھی اور امی جان برآمدے میں اپنی سِلائی مشین کھولے بیٹھی تھیں۔

"کیوں بیٹے، نیند ٹھیک آئی؟" وہ مجھے دیکھتے ہی اُٹھ بیٹھیں۔

"جی امی جان،" میں نے جواب دیا۔

"میں نے تمہیں اُٹھانا مناسب نہیں سمجھا، پتہ نہیں اسپتال میں ٹھیک طرح سوتے بھی تھے یا نہیں۔ تم جب تک تیار ہو میں ناشتہ بناتی ہوں۔"

"جی امی جان،" میں نے کہا اور غسل خانے کی راہ لی۔

"تم یونی ورسٹی جاؤ گے، یا ابھی آرام کرو گے؟"

"نہیں امی جان، میں یونی ورسٹی جاؤں گا۔ بہت آرام کر لیا،" میں نے جواب دیا۔

میں نے سوچ رکھا کہ بہتر یہی ہو گا کہ یونی ورسٹی چلا جاؤں۔ اس دوران مزید کچھ سوچنے کا موقع ملے گا۔ پروفیسر سمیع الدین سے بھی مشورہ کر لوں گا۔ ویسے بھی اُنھوں نے سلیم کی معرفت پیغام بھیجا تھا کہ میں اسپتال سے چھٹی کے بعد اُن سے مل لوں۔ ابھی تک میں نے سلیم کے سوا کسی کو پڑھائی جاری رکھنے یا نہ رکھنے کے بارے میں نہیں بتایا تھا۔ کلاسیں شروع ہوئے دو ہفتے گزر چکے تھے۔ مجھے اس خیال سے سخت الجھن ہو رہی تھی کہ فرداً فرداً سارے دوستوں سے سوال و جواب ہوں گے کہ میں پڑھائی کیوں چھوڑ رہا ہوں۔ کچھ لوگ ہمدردی کا اظہار کریں گے جس سے مجھے سخت چِڑ ہے۔ اگر کوئی خواہ مخواہ ہمدردی جتائے تو اُس سے بے چارگی کا احساس پیدا ہوتا ہے جس سے مزید حوصلہ شکنی ہوتی ہے۔ میرا نظریہ یہ ہے کہ انسان اپنے فیصلے خود کرتا ہے۔ کچھ فیصلے دانشمندانہ ہوتے ہیں اور کچھ احمقانہ۔ بیشتر فیصلے حالات کے تحت کیے جاتے ہیں اور اُن میں سے کچھ حالات پر اپنا قابو ہوتا ہے، کچھ پر نہیں۔ اب پڑھائی چھوڑنے کا فیصلہ میرا اپنا تھا اور اُس وقت وہی فیصلہ مُناسب لگا لہٰذا اُس میں بے چارگی کہاں سے آ گئی۔

میں جب پروفیسر سمیع الدین کے کمرے پر پہنچا تو مجھے دیکھتے ہی اُٹھے اور لپک کر اپنا ہاتھ مصافحے کے لئے بڑھا دیا۔ دوسرے ہاتھ سے میری پیٹھ تھپتھپا کر بولے، "آ جاؤ میاں، بولو طبیعت تو ٹھیک ہے؟"

"جی، الحمد للہ،" میں نے کرسی پر بیٹھتے ہوئے جواب دیا۔

"اسپتال سے کب فارغ ہوئے؟"

"کل ہی چھٹی ملی۔ سیدھا آپ ہی کے پاس چلا آ رہا ہوں۔"

"اچھا ہوا تم آ گئے۔ بس کل سے تم کلاس میں آنا شروع کر دو۔"

"لیکن سر، میں نے تو اس سال داخلہ بھی نہیں لیا۔"

اُنھوں نے مُسکرا کر اپنی میز کی دراز کھولی اور ایک تہہ شدہ کاغذ میرے ہاتھ میں دیتے ہوئے

بولے،"تمہارا داخلہ ہو گیا ہے۔میں نے تمہاری فیس جمع کروا دی تھی۔"

میری سمجھ میں نہیں آ رہا تھا کہ اُنہیں کیا جواب دوں۔ کاغذ کی تہیں کھول کر دیکھا تو داخلے کی فیس کی رسید تھی۔

"میرے ساٹھ روپے تم پر اُدھار ہیں،"وہ ہنس کر بولے۔

"آپ کا بے حد شکریہ، لیکن سر، میرا تو اِس سال داخلہ لینے کا کوئی پروگرام نہیں۔"

"دیکھو بے وقوفی کی باتیں مت کرو،"اُنہوں نے میری طرف اپنی انگلی اُٹھا کر کہا،"مجھے سلیم نے بتایا ہے کہ تمہیں ملازمت کی ضرورت ہے۔"

"جی سر، میرا پروگرام یہی ہے کہ ابھی ملازمت کروں گا اور جب موقع ملے گا، ماسٹرز کرنے کے لئے آ جاؤں گا۔"

"میں نے تمہاری ملازمت کی بات پکی کر لی ہے۔ اگلے مہینے سے تم کونوینٹ اسکول میں پڑھاؤ گے اور تمہاری تنخواہ دو سو ستّر روپے مہینہ ہو گی، جو گھر چلانے کے لئے کافی ہے۔"

مجھے اپنے کانوں پر یقین نہیں آیا۔ اس طرح بیٹھے بٹھائے کیسے نوکری مل گئی۔ بچپن کا وہ سین مجھے یاد آ گیا جب میں نے اپنے والد سے فرمائش کی تھی کہ مجھے کونوینٹ اسکول میں داخل کر دیں اور اُنہوں نے بجائے یہ کہنے کے کہ میری حیثیت تمہیں وہاں پڑھانے کی نہیں ہے، مجھ سے کہا تھا کہ تعریف کی بات تو یہ ہو گی کہ تم بڑے ہو کر کونوینٹ اسکول میں پڑھاؤ۔

"لیکن سر، یہ ملازمت کیسے مل گئی؟"میں نے پوچھا۔

"بھئی وہ کونوینٹ کے پرنسپل، فادر تولوس فنرکس کے آدمی ہیں۔ جب اُنہیں علمی قبض پڑتا ہے تو میرے پاس فکری عیاشی کرنے کے لئے آ جاتے ہیں۔ پچھلے ہفتے آئے تو کہنے لگے کہ اُن کا سائنس ٹیچر دو سال کے لئے باہر جا رہا ہے، ایم فل کرنے کے لئے۔ لہذا اُنہیں دو سال کے لئے ایک سائنس ٹیچر چاہیے۔ میں نے تمہارا نام دے دیا۔ بات پکی ہو گئی ہے، تم کسی وقت جا کر اُن سے مل لینا۔"

"تھینک یو سر، لیکن فُل ٹائم ٹیچنگ کے ساتھ یونیورسٹی کیسے آؤں گا؟"

"وہ انتظام بھی ہو گیا ہے۔ فادر تولوس اس بات پر تیار ہو گئے ہیں کہ تم روزانہ پہلے تین پیریڈ پڑھاؤ گے۔ وہاں سے گیارہ بجے فارغ ہو جاؤ گے۔ یہاں میں نے ٹائم ٹیبل اِس طرح سیٹ کرایا ہے کہ

تمہاری تھیوری کی ساری کلاسیں بارہ بجے کے بعد شروع ہوں گی اور صبح میں لیب ہو گی۔ تم اپنا لیب ورک فارغ وقت میں پورا کر لیا کرنا۔"

میں خاموشی سے پروفیسر سمیع الدین کی ہدایات سُن رہا تھا۔ مجھے خاموش دیکھ کر بولے، "کیوں کیا سوچ رہے ہو؟"

"میری سمجھ میں نہیں آ رہا سر، کہ کس زبان سے آپ کا شکریہ ادا کروں؟" میں نے کہا۔

"بھئی شکریہ وُکریہ کیا، اس میں میری بھی تھوڑی سی خود غرضی شامل ہے،" اُنہوں نے جواب دیا۔

جب میں نے اُنہیں سوالیہ نظروں سے دیکھا تو بولے، "یاد ہے، تم نے مجھ سے وعدہ کیا تھا کہ تم میرے ساتھ اپنا ریسرچ پروجیکٹ کرو گے؟ میں چاہتا ہوں کہ اگلے سال تم ہائیزن برگ کے غیر یقینی کے اصول پر ہی اپنا تحقیقی مقالہ لکھو کیونکہ تم نے اُس پر اپنے شکوک کا اظہار کیا تھا۔"

"تھینک یو سر۔"

پروفیسر سمیع الدین کی اس عادت سے میں واقف تھا کہ جب وہ کسی کو یہ پیغام دینا چاہتے تھے کہ ملاقات کا وقت ختم ہوا، تو وہ مصافحے کے لئے اپنا ہاتھ بڑھا دیتے تھے۔ چنانچہ جونہی انہوں نے اپنا ہاتھ بڑھایا تو میں کرسی سے اُٹھا اور اُن سے ہاتھ ملا کر باہر نکل آیا۔

میں کبھی کبھی سوچتا ہوں کہ اب ایسے اُستاد کہاں جو اپنے شاگردوں کا اس حد تک خیال رکھیں۔ اُس وقت میں گویا ساتویں آسمان پر تھا۔ دِل چاہتا تھا کہ جو بھی سامنے آئے اُسے گلے لگالوں۔ اچانک شر و ڈ نگر کی مساوات میں کچھ نئے عوامل شامل ہو گئے تھے اور زندگی پھر ایک بار اپنی ڈگر پر آ گئی تھی۔

لنچ بریک شروع ہو گیا تھا۔ کیفے ٹیریا میں تِل دھرنے کی جگہ نہیں تھی۔ سارے ہی دوستوں سے ملاقات ہوئی اور ہر ایک نے اپنی میز پر مزید ایک کرسی فٹ کرنے کی کوشش کی۔ آخر آصف نے اپنی میز پر جگہ بنا ہی لی۔ کیفے ٹیریا میں کان پڑی آواز سُنائی نہیں دے رہی تھی۔ بیرے دھڑا دھڑ سپلیمینٹ کی پلیٹیں لئے گھوم رہے تھے۔ اُس زمانے میں ایک آنے کی روٹی اور چار آنے کا سالن آتا تھا۔ سالن میں تین بوٹیاں اور شوربہ ہوتا تھا۔ اگر سالن ختم ہو جائے تو سپلیمینٹ مفت ہوتا تھا جس میں صرف تھوڑا سا شوربہ ہوتا تھا۔ حالانکہ صرف ایک سپلیمینٹ کی اجازت تھی مگر بیرے اپنے

پسندیدہ گاہکوں کو کئی کئی سپلیمنٹ لاکر دیتے تھے۔ چنانچہ ایک پلیٹ سالن میں آسانی سے تین چار لڑکے کھانا کھا لیتے تھے۔

جب میں کیفے ٹیریا سے نکلا تو دیکھا کہ زولوجی ڈپارٹمنٹ کے سامنے کچھ لڑکیاں ایک گروپ میں کھڑی ہوئی کسی بحث میں مصروف ہیں۔ عموماً ایسے گروپ کا مرکز مومنہ ہوا کرتی تھی۔ مومنہ کے نام پر ذہن میں ایک جھٹکا سالگا۔ 'یہ مومنہ کہاں سے آٹپکی؟' میں نے سوچا کہ اب مومنہ میری زندگی سے نکل چکی تھی۔ مجھے شفیق الرحمٰن کے ایک افسانے کا کردار یاد آیا جس کا نام موڈی تھا۔ وہ ایک کیمپ میں اپنے دوستوں کا لیڈر تھا۔ کیمپ کی زندگی بڑی خشک تھی۔ دن بھر برف باری ہوتی رہتی تھی اور کام کے علاوہ کچھ اور کرنے کے لئے نہیں تھا۔ بڑی بور زندگی گزر رہی تھی۔ پھر ایک لڑکی کچھ دن کے لئے کیمپ میں آگئی اور اُس کے آنے سے موڈی کے دوستوں میں زندگی کی لہر دوڑ گئی۔ ہر ایک اُس سے عشق لڑانے کے چکر میں پڑ گیا۔ جب وہ واپس جانے لگی تو سارے دوست اُسے خدا حافظ کہنے کے لئے ریلوے اسٹیشن گئے۔ وہاں سے واپسی پر ہر ایک کا منہ لٹکا ہوا تھا۔ موڈی نے انہیں خوب ڈانٹا اور اپنی ختم ہوتی ہوئی سگریٹ کے ٹکڑے کو جوتے سے رگڑتے ہوئے کہا، ''چھوٹے موٹے رومانس کو اس طرح بھول جایا کرو جیسے سگریٹ کا یہ ٹکڑا۔''

موڈی کی نصیحت اپنی جگہ مگر میں نے مومنہ کے ساتھ کون سارومان کیا تھا؟ صرف بس اسٹاپ پر ہی تو اکٹھے اُترتے تھے۔ میں کسی طرح تسلیم کرنے کے لئے تیار نہیں تھا کہ میرے اور اُس کے درمیان کوئی جذباتی رشتہ تھا الہٰذا وہ سگریٹ کا آخری ٹکڑا نہیں تھی۔ 'ویسے اچھی لڑکی تھی، اکثر یاد آیا کرے گی،' میں نے سوچا اور ایک گہرا سانس لے کر آگے بڑھ گیا۔

***

جب میں گنجی پہاڑی کے موڑ پر بس سے اُترا تو سورج ڈھل رہا تھا اور دن بھر کی گرمی کے بعد ٹھنڈی ہوا چلنا شروع ہو گئی تھی۔ ویسے بھی آسمان پر مغرب کی جانب ہلکے ہلکے نارنجی، پیلے اور سرخی مائل بادل تھے، جن کے پیچھے سے غروب ہوتا ہوا سورج جھانک رہا تھا۔ معلوم ہوتا تھا کہ کسی پینٹر نے اپنے برش سے آسمان پر تیکھے تیکھے رنگ بکھیر دیے ہوں۔ عموماً مومنہ میرے ساتھ بس سے اُترتی تھی مگر اُس دن میں اکیلا ہی گھر جا رہا تھا۔ 'او نہ، پھر وہی مومنہ،' میں نے سوچا اور ہنسوں کے

اُس غول کو دیکھنے لگا جو مغرب کی جانب پرواز کر رہا تھا۔ "میں زندگی کا ساتھ نبھاتا چلا گیا،" محمد رفیع کی آواز میرے ذہن میں گونج رہی تھی۔ جب بھی مجھ پر مایوسی کا دورہ پڑتا ہے تو یہ گانا میرے اندر ایک نیا ولولہ پیدا کر دیتا ہے۔

گھر پہنچ کر اپنے کمرے میں داخل ہوتے ہی میری نظر میز پر رکھی ہوئی کتاب کے ٹائیٹل پر پڑی، "فلسفہ ملّا صدرا"۔ مجھے یاد آیا کہ یہ کتاب تو میں نے پچھلے سال مومنہ کو پڑھنے کے لئے دی تھی۔ اُس کے بعد نہ تو اُس نے واپس کی اور نہ مجھے یاد رہا۔ وہ ملّا صدرالدین شیرازی کی ضخیم کتاب تھی جو سولہویں صدّی کے ایرانی فلسفی تھے اور ملّا صدرا کے نام سے مشہور تھے۔ اُس کتاب کا موضوع تھا "وجود"، جس میں اُنہوں نے وجود پر سیر حاصل بحث کی۔ اُن کے نزدیک ماہیت وجود کی ایک غیر لازمی خاصیت تھی اور دونوں لازم و ملزوم نہیں تھیں۔ ماہیت کے بغیر وجود ممکن تھا مگر وجود کے بغیر ماہیت ناممکن تھی۔ ملّا صدرا کے اس فلسفے نے وحدت الوجود کے نظریے کی بنیاد ڈالی جس پر مسلمان فلسفی صدیوں تک بحث کرتے رہے۔ وہ کتاب پڑھ کر میرے دماغ میں گومڑے پڑ گئے تھے اور میں نے سوچا تھا کہ مومنہ کو ضرور پسند آئے گی اور جب وہ پڑھ لے گی تو اُس پر تبادلۂ خیال کریں گے۔

"امی جان، یہ کتاب کہاں سے آئی؟" میں نے پوچھا۔

"بیٹے، مومنہ دے گئی تھی،" اُنہوں نے باورچی خانے سے ہی جواب دیا، "میں تمہیں کل دینا بھول گئی تھی۔"

"مگر مومنہ تو لاہور چلی گئی تھی۔"

"نہیں، پچھلے ہفتے سامان پیک کرانے کے لئے آئی تھی۔ پرسوں ہی وہ لوگ چلے گئے۔ چودھری صاحب کا تبادلہ ہو گیا۔"

"جی، مجھے زرینہ نے بتایا تھا۔"

"تمہارے لئے خط بھی چھوڑ گئی ہے، وہیں کتاب میں ہی ہو گا۔"

میں نے کتاب اٹھا کر دیکھی۔ اُس کے درمیان ایک لفافہ تھا۔ میری طبیعت پر عجیب پژمردگی چھا گئی۔ کانپتے ہوئے ہاتھوں سے لفافہ چاک کیا۔ کاغذ کی تہیں کھول کر دیکھا تو پہلی نظر میں سارا صفحہ سادہ نظر آیا۔ غور سے دیکھا تو صفحے کے بیچوں بیچ باریک سی تحریر میں ایک چھوٹا سا جملہ لکھا ہوا تھا،

"خوشگوار یادوں کے لئے بے حد شکریہ۔ مومنہ "

میں دیر تک گم سُم کاغذ کا وہ ورق ہاتھ میں لئے کھڑا رہا۔ مومنہ ، جو میرے لئے کرب میں ڈوبی ہوئی دو سُرمئی آنکھیں اور ایک گلابی او نکس میں ڈھلا ہوا ہاتھ تھی، اب جا چکی تھی۔ اب نہ وہ مجھے کچھ دے سکتی تھی اور نہ میں اُسے کچھ۔ یہ زندگی بھی عجیب ہے۔ ہر موڑ پر رنگ برنگے لوگ ملتے ہیں اور خدا حافظ کہتے ہوئے گزر جاتے ہیں، مگر اُن سے وابستہ یادیں ہمیشہ ہمارے ساتھ رہتی ہیں۔ اگر وہ یادیں خوشگوار ہوں تو سرمایۂ حیات بن جاتی ہیں۔ ہم ایک دوسرے کو دے بھی کیا سکتے ہیں سوائے خوشگوار یادوں کے۔ وقت کے ساتھ ساتھ اُن یادوں میں تخیلاتِ آرزوئی (wishful thinking) بھی شامل ہو کر حقیقت کا روپ دھار لیتے ہیں اور ماضی تمنّائی مزید رنگین ہو جاتا ہے۔

"تمہارا بھی شکریہ،" میں نے ایک اُداس مُسکراہٹ کے ساتھ منہ ہی منہ میں کہا اور وہ خط دوبارہ تہہ کر کے لفافے میں ڈال کر کتاب میں رکھ دیا۔ 'اچھا ہوا کہ وہ خوشگوار یادیں لے کر گئی ہے،' میں نے سوچا۔

"آ جاؤ بیٹے، میں نے ارہر کی دال بنائی ہے۔ گرم گرم چپاتیوں سے کھالو،" باورچی خانے سے امی جان کی آواز آئی۔

میں اُن کے سامنے ہی دری بچھا کر بیٹھ گیا۔ انہوں نے دال کی رکابی میرے سامنے رکھ دی اور میں توے سے چپاتی کے اُترنے کا انتظار کرنے لگا۔

میں گھر میں داخل ہوا تو ابا میاں برآمدے میں کرسی بچھائے اخبار پڑھ رہے تھے۔ انہوں نے میرے ہاتھ میں ایک لفافہ پکڑا دیا۔ میں نے الٹ پلٹ کر دیکھا۔ پتہ تو ماموں جان کے ہاتھ کا ہی لکھا ہوا تھا۔ ان کی خوش خطی ہزاروں میں پہچانی جاتی تھی۔

"ماموں جان کا خط ہے؟" میں نے پوچھا۔

"ذرا پڑھ کر دیکھو،" ابا میاں نے مسکرا کر کہا۔

میں نے لفافے سے خط نکال کر تہیں سیدھی کیں اور پہلا جملہ ہی پڑھ کر کہا، "ارے ماموں جان مع بیگم تشریف لا رہے ہیں۔"

"آگے پڑھو۔"

لکھا تھا کہ وہ زرینہ کے لئے محمود کا پیغام لے کر آ رہے ہیں اور ان کی خواہش ہے کہ ابا میاں اور امی جان میرا رشتہ روبینہ کے ساتھ کر دیں۔

"ہم پانچ تاریخ کو بیٹی لینے اور بیٹی دینے کے لئے آ رہے ہیں۔ امید ہے کہ آپ مایوس نہ کریں گے،" ان کے خط کا آخری جملہ تھا۔

میں نے خط پڑھ کر تہہ کیا اور لفافے میں ڈال کر ابا میاں کو دے دیا۔ انہوں نے اخبار لپیٹ کر اپنے برابر رکھا اور سامنے کرسی کی طرف اشارہ کیا۔ میں بیٹھ گیا۔

"ارے سنتی ہو؟" ابا میاں نے پیچھے مڑ کر امی جان کو آواز دی۔ وہ کمرے سے نکل کر آئیں اور برابر کی کرسی پر بیٹھ گئیں۔

"تو کیا خیال ہے تمہارا؟"

"جی میرا کیا خیال ہو سکتا ہے۔ یہ باتیں تو بڑوں کے سوچنے کی ہوتی ہیں،"

"ہم تو سوچ رہے تھے کہ انکار کر دیں،" انہوں نے امی جان کی طرف دیکھ کر کہا اور مسکرانے لگے۔

مجھے اندازہ تھا کہ ابامیاں صرف مجھے چھیڑ رہے ہیں۔ میں نے سوچا کہ میں بھی ان کے مذاق میں شامل ہو جاؤں۔

"مجھے بھی محمود میں کوئی خاص بات تو نظر نہیں آتی اور روبینہ بھی بس واجبی سی لڑکی ہے،" میں نے کوشش کر کے بڑی سنجیدگی سے کہا۔

"تم کیا کہتی ہو؟" ابامیاں نے امی جان کی طرف دیکھ کر کہا۔

"بھئی اگر بلال کی مرضی نہیں ہے تو ہمیں انکار کر دینا چاہیے،" امی جان کی مسکراہٹ سے ظاہر ہو رہا تھا کہ وہ بھی اس چھیڑ خانی میں شامل ہو گئی ہیں۔

آخر کار ابامیاں نے ہتھیار ڈال دیے۔ انہوں نے لپٹا ہوا اخبار اٹھا کر مجھے آہستہ سے مارا اور بولے، "دل میں تو لڈو پھوٹ رہے ہیں اور صاحب زادے ہمارے سامنے ایکٹنگ کر رہے ہیں۔" امی جان بھی مسکرا دیں۔

"محمود بہت اچھا لڑکا ہے اور زرینہ کے لئے اس سے بہتر رشتہ میری نظر میں نہیں ہے،" میں نے کہا۔ "مگر آپ نے زرینہ سے پوچھ لیا ہے؟"

"زرینہ تو ساتویں آسمان پر ہے،" امی جان نے جواب دیا۔

"مگر زرینہ ہے کہاں؟"

"کمرے میں ہے۔"

میں نے زرینہ کو آواز دی اور وہ کمرے سے نکل کر سمٹی سمٹائی، شرماتی لجاتی آئی۔ مسکراہٹ روکنے کی کوشش کے باوجود اس کی باچھیں کھلی ہوئی تھیں۔ یونیورسٹی کی لڑکیاں تو اپنی شادی کے سلسلے میں بڑی بے باک ہوتی ہیں مگر زرینہ اس معاملے میں پچھلی صدی کی لڑکی کی تھی۔ میں نے آگے بڑھ کر اس کے سر پر ہاتھ رکھا تو اس نے اپنے دوپٹے کا پلو آنکھوں پر رکھ لیا۔

"ارے پگلی، اس میں رونے کی کیا بات ہے؟" میں نے ہنس کر کہا اور وہ آنسو پونچھتی ہوئی واپس کمرے میں چلی گئی۔

***

زرینہ تو بقول امی جان ساتویں آسمان پر تھی، مگر میں اور بھی بلندی پر پرواز کر رہا تھا۔ آناً فاناً ایک نئی دنیا وجود میں آگئی۔ سورج سے دیکھتے ہوئے نیلے آسمان پر گاڑھے گاڑھے اودے اودے نیلے پیلے بادل چھا گئے۔ ٹھنڈی ٹھنڈی ہوائیں چلنے لگیں، پھولوں کے رنگ کچھ اور تیکھے ہوگئے، چڑیاں چہچہائیں، مور ناچے، درختوں کے پتے ہوا میں سرسرانے لگے، فضا میں شہنائیاں بجنے لگیں۔ غرض پوری دنیا میرے گرد ناچ رہی تھی۔ دل چاہا کہ راہ چلتے ہوئے ہر راہ گیر کو گلے لگالوں اور وحید مراد کی طرح اچھلتا کودتا کو کو رینا گاتا پھروں۔ اس کیفیت کا تجربہ مجھے زندگی میں پہلی بار ہوا اور نہ اس وقت تک کی پوری زندگی غربت سے جنگ کرنے میں گزری تھی۔

روبینہ سراپا محبت تھی اور اس کے ساتھ زندگی گزارنے کا تصور مسحور کن تھا۔ میں نے پہلے بھی سوچا تھا کہ روبینہ میری بیوی ہوگی، ایک چھوٹا سا گھر ہوگا، دو تین بچے ہوں گے۔ 'مگر یہ بچے کہاں سے آگئے؟' میرے سوچتے ہوئے ذہن سے سوال ابھرا۔ مجھے تو سمولوجی میں ریسرچ کے لئے آکسفورڈ جانا تھا۔ خیر آکسفورڈ بھی چلے جائیں گے۔ روبینہ میرے ساتھ ہوگی، وہ وہاں وکالت پڑھے گی۔ یہ کس نے کہا ہے کہ سائنس داں کی بیوی وکیل نہیں ہو سکتی یا وکیل کا شوہر سائنس داں نہیں ہو سکتا۔ ہاں، یہ صحیح ہے۔ پڑھائی ختم کرنے کے بعد بچے بھی ہو جائیں گے۔ ایسی بھی کیا جلدی ہے؟ یہ کہاں لکھا ہے کہ شادی کرتے ہی بچے بھی پیدا کرنا شروع کر دو۔

اُس روز میرا سارا دن اپنے آپ سے باتیں کرنے میں گزرا۔ میں جلد از جلد محمود اور روبینہ سے مل کر ماموں جان کے خط کے متعلق بتانا چاہتا تھا۔ مجھے اندازہ تھا کہ محمود کو تو معلوم ہوگا کیونکہ عرفان پہلے ہی مجھ سے مشورہ کر چکا تھا اور مجھے یقین تھا کہ ماموں جان نے وہ خط محمود کی تحریک پر ہی لکھا ہوگا۔ مگر روبینہ کے متعلق مجھے نہیں معلوم تھا کہ ماموں جان نے خط لکھنے سے پہلے اس سے مشورہ کیا تھا یا نہیں۔

اگلے دن کیمپس پر میں نے بہت تلاش کیا مگر دونوں بہن بھائی نظر نہیں آئے۔ میں

انسٹی ٹیوٹ آف سندھ لوجی گیا۔ محمود سندھی لٹریچر میں ایم۔اے کر رہا تھا اور اس کی زیادہ تر کلاسیں وہیں ہوتی تھیں۔ وہاں جا کر پتہ چلا کہ وہ داد و گیا ہوا ہے۔ مجھے یقین ہو گیا کہ روبینہ بھی اس کے ساتھ ہو گی۔

لنچ کے بعد میں ریڈنگ روم میں آ بیٹھا۔ پورے کیمپس پر صرف ریڈنگ روم ہی ایسی جگہ تھی جو ائیر کنڈیشنڈ تھی۔ کچھ طلبا وہاں بیٹھ کر پڑھتے تھے اور باقی اونگھنے کے لئے آتے تھے جن میں اس دن میں بھی شامل تھا۔ اچانک کسی نے میرے کندھے پر ہاتھ رکھا۔ میں نے آنکھیں کھولیں اور مڑ کر دیکھا تو پیچھے عرفان کھڑا تھا۔

"ارے عرفان، تم یہاں کیا کر رہے ہو؟" میں نے سرگوشی میں پوچھا۔ ریڈنگ روم میں اونچی آواز میں گفتگو کرنے کی ممانعت تھی۔

"آؤ، باہر چل کر باتیں کرتے ہیں،" اس نے جواب دیا۔

جیسے ہی ہم باہر برآمدے میں پہنچے تو ایسا لگا جیسے کسی بھٹی میں گھس گئے ہوں۔ اس دن شدید گرمی تھی۔ ٹمپریچر غالباً 45 سے تو اوپر ہی رہا ہو گا۔

"مگر تم اس وقت یہاں کر کیا رہے ہو؟" میں نے عرفان کی پیٹھ پر ہاتھ مار کر پوچھا۔

"بس تم سے ملنے کے لئے چلا آیا۔ چلو کیفے ٹیریا میں چل کر بات کرتے ہیں۔"

لیاقت میڈیکل کالج سے یونیورسٹی تک کوئی پندرہ بیس منٹ کا فاصلہ تھا۔ اتنی شدید دھوپ میں وہاں سے چل کر آنے کے لئے کوئی بہت ضروری وجہ ہی ہو سکتی تھی۔ چونکہ لنچ ٹائم ختم ہو چکا تھا لہذا کیفے ٹیریا خالی پڑا تھا۔

"خیریت تو ہے؟" میں نے کرسی پر بیٹھتے ہوئے پوچھا۔

"ہاں خیریت ہے۔ بس تم سے ایک مشورہ کرنا تھا،" عرفان نے جواب دیا۔

"تو مشورے کے لئے تم شام تک انتظار نہیں کر سکتے تھے جو اتنی تیز دھوپ میں چلے آ رہے ہو۔"

"بات ہی ایسی ہے کہ مجھ سے صبر نہیں ہوا۔"

"بولو۔"

"یار، دراصل میں روبینہ سے شادی کرنا چاہتا ہوں۔"

"کیا؟" میں نے چیخ کر کہا۔ مجھے ایسا لگا جیسے میرے اوپر کوئی پہاڑ آ گرا ہو۔

"کیوں، تمہیں کچھ اعتراض ہے؟"

"بھئی، میں اعتراض کرنے والا کون ہوتا ہوں؟"

"نہیں، تمہارے لہجے سے لگ رہا ہے کہ تمہیں اعتراض ہے۔"

"نہیں بھئی مگر تم نے روبینہ سے بات کی ہے؟"

"کی ہے اور اس نے ہاں کر دی ہے۔"

"اچھا!" میں نے تھوک نگلنے کی ناکام کوشش کی۔

"تو پھر تم اس سلسلے میں میری کیا مدد کر سکتے ہو؟"

"میں کیا مدد کر سکتا ہوں۔ تم اپنے والدین کو مناؤ۔"

"اماں اور بابا تو راضی ہیں۔ اماں تو روبینہ کی تعریف کرتے ہوئے نہیں تھکتیں۔"

"ٹھیک ہے۔"

"پھر تم اپنے ماموں جان سے بات کر لو۔ کہیں ایسا نہ ہو کہ اماں اور بابا پیغام لے کر جائیں اور وہ لوگ انکار کر دیں۔"

"ٹھیک ہے۔ میں تمہارا پیغام پہنچا دوں گا۔"

"مگر یار تمہارے انداز سے لگ رہا ہے کہ تم خوش نہیں ہو۔ کوئی ایسی ویسی بات ہو تو مجھے بتلاؤ۔"

"نہیں یار کوئی ایسی ویسی بات نہیں ہے۔ میں آج محمود اور روبینہ کو ڈھونڈھ رہا تھا مگر پتہ چلا کہ وہ داد و گئے ہیں۔"

"محمود داد و گیا ہو گا۔ روبینہ تو شگفتہ کے ساتھ ہمارے گاؤں گئی ہے۔ دادا سے ملنے کے لئے۔"

"اچھا؟" میں نے آہستہ سے کہا۔

"اچھا یار، میں چلتا ہوں۔ میری لیب ہے۔"

"ٹھیک ہے۔ تو پھر ملیں گے۔"

عرفان نے ہاتھ ملایا اور چل دیا۔ میں وہیں بیٹھا سوچتا رہا۔ سمجھ میں نہیں آرہا تھا کہ اچانک یہ کیا ہو گیا۔ میں عرفان سے کہہ سکتا تھا کہ ماموں جان چاہتے تھے کہ روبینہ سے میری شادی ہو، مگر منہ سے یہ بات نکلی ہی نہیں۔ وہ میرے بچپن کا دوست تھا اور میری ہمت نہیں ہوئی کہ ایسی بات کروں جس سے اسے مایوسی ہو۔ یہ بات بھی میری سمجھ سے بالاتر تھی کہ روبینہ نے عرفان کو ہاں کر دی تھی۔ ایک طرف تو وہ میرے اتنی نزدیک آگئی تھی کہ میں نے اس کے ساتھ زندگی گزارنے کے خواب دیکھنا شروع کر دیئے تھے اور دوسری طرف وہ عرفان کے ساتھ پینگیں بڑھا رہی تھی۔ کیا وہ میرے ساتھ صرف فلرٹ کر رہی تھی؟ اپنے آپ سے یہ سوال کرکے میں چونکا۔ ضرور یہی بات تھی۔ عرفان کے گھر والوں سے اس کے بڑھتے ہوئے ربط و ضبط سے مجھے پہلے ہی اندازہ ہو جانا چاہیے تھا۔ ویک اینڈ پر شگفتہ کے ساتھ پورا پورا دن گزار تی تھی، عرفان کی امی کی سہیلی بن گئی تھی، اور اب عرفان کے دادا سے اپنے سر پر ان کا ہاتھ رکھوانے کے لئے ان کے گاؤں بس گئی تھی۔ یہاں تک ہو گیا اور مجھے پتہ ہی نہ چلا۔

مجھے زندگی میں شاید ہی کبھی اتنا غصہ آیا ہو۔ ایسا لگتا تھا جیسے میرا چہرہ پھٹنے والا ہو۔ اگر میرا بس چلتا تو اپنے کپڑے پھاڑ ڈالتا یا جو سامنے آتا اسے دو چار ہاتھ جڑ دیتا۔ میں کیفے ٹیریا سے نکلا اور فنر کس ڈپارٹمنٹ کے پیچھے کی پہاڑی سے اترنے لگا۔ حالانکہ ڈھلان تقریباً عمودی تھی مگر میں بلا سوچے سمجھے اترتا ہی چلا گیا اور وہاں سے حیدرآباد کی سٹرک پر ہو لیا۔ میں بس بھی لے سکتا تھا مگر اس وقت ایسا پاگل پن سوار تھا کہ کسی کا سامنا نہیں کرنا چاہتا تھا۔ جام شورو سے حیدرآباد کا فاصلہ تقریباً آٹھ میل تھا۔ میں نیم دیوانگی کے عالم میں چلتا رہا، بلکہ دوڑتا رہا۔ چلچلاتی دھوپ میں پورے جسم سے پسینہ بہہ رہا تھا اور پیاس سے زبان میں کانٹے پڑ رہے تھے۔

مجھے عرفان پر غصہ آنے لگا۔ آخر ہے نا ڈیرے کی اولاد، میں نے خود سے کہا۔ اپنا ڈیرہ پن دکھا ہی دیا۔ اسے خود خیال ہونا چاہیے تھا کہ روبینہ میرے کتنے نزدیک تھی۔ اسے روبینہ سے اظہار عشق کرنے سے پہلے مجھے بتانا چاہیے تھا۔ اور پھر روبینہ؟ وہ بھی دوغلی نکلی۔ عشق مجھ سے کر رہی تھی اور شادی رچا رہی ہے عرفان کے ساتھ۔ اگر اس وقت میرے سامنے ہوتی تو کچا چبا جاتا۔

میں سر جھکائے چلتا رہا۔ راستے میں یونیورسٹی کی ایک بس گزری۔ ڈرائیور مجھے پہچانتا تھا کہ میں

یونی ورسٹی کا اسٹوڈنٹ تھا۔ وہ بس آہستہ کرکے میرے برابر آکر روکنے لگا۔ میں نے ہاتھ کے اشارے سے منع کر دیا تو وہ آگے بڑھ گیا۔ جب میں نے سر اٹھا کر ارد گرد نگاہ ڈالی تو پتا چلا کہ غلام محمد بیراج تک پہنچ گیا ہوں جو جام شورو اور حیدر آباد کے درمیان تھا۔ سورج اس وقت ڈھل رہا تھا اور دھوپ کی تمازت میں کمی آگئی تھی، مگر میں اب بھی پسینے میں شرابور تھا۔ میں المنظر کے لان میں ایک کرسی پر آکر تقریباً گر گیا۔ المنظر پُل کے کنارے ایک چھوٹا سا آؤٹ ڈور ریسٹورنٹ تھا جہاں لان میں کرسیاں اور میزیں لگی ہوئی تھیں۔ لوگ وہاں بیٹھ کر چائے پیتے اور دریا کا نظارہ کرتے تھے۔ سر شام ہی دن بھر کی تپش کے بعد ٹھنڈی ہوا چلنا شروع ہو جاتی تھی۔ دریا کے کنارے مچھیرے قطار میں بیٹھے ہوئے پلا مچھلی تلتے تھے۔ جس طرح لاہور کے متعلق کہاوت ہے کہ جس نے لاہور نہیں دیکھا وہ پیدا ہی نہیں ہوا اسی طرح حیدر آباد کے متعلق کہا جاتا ہے کہ جس نے دریا کے کنارے مچھیروں کی تلی ہوئی پلا نہیں کھائی وہ حیدر آباد گیا ہی نہیں۔

بیرا میرا آرڈر لینے آیا تو میں نے اس سے پانی کا ایک پورا جگ اور کچھ دیر ٹھہر کر ایک چائے لانے کے لئے کہا۔ اس زمانے میں اسپیشل چائے عام ریسٹورنٹس میں چار آنے کی آتی تھی جبکہ المنظر میں آٹھ آنے کی تھی۔ دریا کے کنارے جب ٹھنڈی ٹھنڈی ہوا جسم سے ٹکرائی تو میرا پسینہ خشک ہوا۔ ٹھنڈا پانی پینے کے بعد جان میں جان آئی۔ میرا غصہ رفع ہو چکا تھا اور میں دوبارہ ڈھنگ سے سوچنے کے قابل ہو گیا تھا۔

مجھے عرفان کے متعلق سوچ کر بڑی ندامت ہوئی۔ میں نے خواہ مخواہ اسے اپنے غصے کا ہدف بنایا تھا۔ وہ میرے بچپن کا دوست اور مجھے بے حد عزیز تھا۔ میری بیماری کے دوران جس طرح اس نے میری دیکھ بھال کی تھی یہاں تک کہ اس کے والد نے میرے اسپتال کے اخراجات کا بوجھ تک اٹھایا تھا اس کے پیش نظر تو مجھے چاہیے تھا کہ اگر وہ یہ جاننے کے باوجود کہ میں روبینہ میں دلچسپی لے رہا ہوں، خود اس سے شادی کرنے کی خواہش کا اظہار کرتا تو مجھے بخوشی اس کے حق میں دست بردار ہو جانا چاہیے تھا۔ "سوری عرفان!" میں نے زیرِ لب کہا اور خود کو معاف کر دیا۔

کافی سوچ بچار کے بعد میں اس نتیجے پر پہنچا کہ مجھے روبینہ سے جواب طلبی کا حق ہے۔ اگر وہ عرفان کو چاہتی تھی تو مجھے اتنا نزدیک آنے دیا۔ اس نے جان بوجھ کر مجھے مواقع فراہم کیے اور

کبھی اس بات کا اظہار نہیں کیا کہ اسے اپنے ساتھ میرا بڑھتا ہوا میل جول پسند نہیں تھا۔ وہ فلرٹ قسم کی لڑکی بھی نہیں معلوم ہوتی تھی اور مجھے اس کے جذبات میں خلوص نظر آتا تھا۔ کہیں ایسا تو نہیں کہ اسے کسی سے میرے متعلق کوئی ایسی بات معلوم ہو گئی ہو جس کی بنا پر اس کا دل میری طرف سے کھٹا ہو گیا۔ میرے لئے ایک راستہ تو یہ تھا کہ میں روبینہ سے قطع تعلق کر کے اسے پہچاننے سے بھی انکار کر دوں اور دوسری صورت یہ تھی کہ خاموشی سے پیچھے ہٹ جاؤں۔ بہر حال میں نے فیصلہ کر لیا کہ کم از کم میں اس سے جواب ضرور طلب کروں گا۔

***

میرا معمول تھا کہ صبح ساڑھے سات بجے اسکول پہنچ جاتا تھا کیونکہ پونے آٹھ بجے اسمبلی ہوتی تھی اور فادر تولوس کا حکم تھا کہ تمام اساتذہ اسمبلی میں موجود ہوں۔ پہلے تین پیریڈ پڑھا کر میں اسکول سے نکل لیتا تھا تھا کیونکہ سڑک پار کر کے جارج کے کیفے کے سامنے سے گیارہ بجے یونیورسٹی کی بس ملتی تھی۔ اس دن اسکول میں بالکل دل نہیں لگا اور جیسے تیسے تینوں پیریڈ بھگتائے۔ پچھلی رات نیند بھی ٹھیک طرح نہیں آئی تھی اور رات بھر دماغ میں چکی چلتی رہی تھی۔

یونیورسٹی پہنچ کر میں نے سیدھا آرٹس فیکلٹی کا رخ کیا۔ مجھے معلوم تھا کہ اس دن آرٹس فیکلٹی کے آڈیٹوریم میں روبینہ کی پولیٹیکل سائنس کی کلاس ہوتی تھی۔ کلاس ختم ہونے میں ابھی بیس منٹ باقی تھے۔ میں نے جھانک کر اندر دیکھا تو روبینہ کلاس میں موجود تھی۔ میں باہر ہی کھڑے ہو کر انتظار کرنے لگا۔ خدا خدا کر کے کلاس ختم ہوئی مگر روبینہ نہیں نکلی۔ سارے اسٹوڈنٹس جا چکے تھے۔ میں نے دوبارہ اندر جھانک کر دیکھا تو وہ اکیلی بیٹھی ہوئی کچھ لکھ رہی تھی اور اس کے سامنے کئی کتابیں کھلی رکھی تھیں۔ میں اس کے سامنے جا کر کھڑا ہو گیا۔

"ارے بلال، تم یہاں کیا کر رہے ہو؟" اس نے اپنا قلم ایک طرف رکھتے ہوئے پوچھا۔

"تم ہی سے ملنے آیا ہوں۔"

"خیریت؟ یہ تم اتنے سنجیدہ کیوں نظر آ رہے ہو؟"

"کیونکہ تم سے کچھ سنجیدہ گفتگو کرنی ہے۔"

"تو آؤ، ادھر بیٹھو،" اس نے اپنے برابر والی سیٹ کی طرف اشارہ کیا۔

272

"یہاں نہیں۔ کہیں اور چلو۔"

"کیوں، یہاں کیا برائی ہے؟"

"کہیں تنہائی میں بیٹھ کر باتیں کریں گے۔"

"یہاں بھی تنہائی ہی ہے۔"

میں اس سے گفتگو کا آغاز کرنے کے لئے مناسب الفاظ تلاش کر رہا تھا۔

"تم خاموش کیوں ہو؟ پریشان بھی لگتے ہو۔ آخر بات کیا ہے؟"

"عرفان تم سے شادی کرنا چاہتا ہے۔"

"اچھا تو اس نے تمہیں بتا دیا!"

"کیا تم نے اس سے کہا تھا کہ مجھے نہ بتائے؟"

"نہیں، بلکہ میں نے اس سے کہا تھا کہ تم سے مشورہ کرے۔"

"تم نے اسے ہاں کر دی ہے؟"

"ہاں۔"

"تو پھر مشورہ کس بات کا چاہیے؟ مشورہ کرنے کی ضرورت تو فیصلہ کرنے سے پہلے ہوتی ہے۔ جب فیصلہ ہو ہی گیا تو مشورہ کیسا؟"

"اس لئے کہ عرفان تمہارا دوست ہے اور تم اسے صحیح طور پر گائیڈ کر سکو گے۔"

"عرفان کوئی دودھ پیتا بچہ تو نہیں ہے کہ اسے میری رہنمائی کی ضرورت ہو۔"

"مجھے تمہارے لہجے میں کچھ تلخی سی لگ رہی ہے۔ معلوم ہوتا ہے کہ تم خوش نہیں ہو۔"

"روبینہ، تم کیوں مجھ سے پہیلیاں بجھوار ہی ہو،" میں اس کے تجاہلِ عارفانہ پر جھجھلا گیا۔ کیا وہ بھی مومنہ کی طرح مجھ سے چوہے بلی کا کھیل کھیل رہی تھی؟

"بلال، پہیلیاں تو تم بجھوار ہے ہو۔ مجھے تو عرفان میں کوئی خرابی نظر نہیں آتی۔ اگر کوئی خرابی ہے تو مجھے بتاؤ۔ تم اسے مجھ سے زیادہ جانتے ہو۔"

"میں نے کب کہا کہ عرفان میں کوئی خرابی ہے؟"

"تو پھر تم کیوں اتنے جذباتی ہو رہے ہو؟"

میری سمجھ میں نہیں آ رہا تھا کہ کیا جواب دوں۔ یا تو روبینہ میرے جذبات کو نہیں سمجھ رہی تھی، یا پھر وہ میری زبان سے سننا چاہتی تھی۔ وہ مجھے گھورتی رہی اور میں خاموش رہا۔

"میں نے تمہیں اپنانے کے لئے کیا کیا سوچا تھا مگر مجھے کیا معلوم تھا کہ میرا جگری دوست ہی میرے خوابوں کو چکنا چور کر دے گا؟" آخر میں نے کہہ ہی دیا۔

"مگر تم نے تو کبھی اس کا اظہار نہیں کیا۔ میں تو انتظار ہی کرتی رہی۔"

"تو یہ اتنا وقت جو ہم نے ساتھ گزارا، تم یہ سمجھتی ہو کہ میں تم سے صرف فلرٹ کر رہا تھا؟"

"نہیں، میں ایسا ہر گز نہیں سمجھتی لیکن تم نے اپنے جذبات کا اظہار نہیں کیا۔"

"اظہار، اظہار! مجھے حیرت ہے کہ تمہارے لئے میرے جو احساسات تھے انہیں سمجھنے کے لئے تمہیں الفاظ کی ضرورت تھی۔"

"دیکھو بلال، محبت ایک پودے کی طرح ہوتی ہے اور محبت کا اظہار اس پودے کے لئے پانی کا درجہ رکھتا ہے۔ اگر محبت کو اظہار کا پانی نہ ملے تو وہ سوکھتے سوکھتے آخر مر جاتی ہے۔"

"مگر مجھے فلمی ڈائیلاگ بولنا نہیں آتے۔ میں تو سیدھا سادہ آدمی ہوں۔"

"مجھے معلوم ہے اور میں تمہاری سادگی اور بے لوثی کی قدر کرتی ہوں لیکن اگر تم مجھے ذرا سا اشارہ بھی کر دیتے کہ مجھ سے شادی کرنا چاہتے ہو تو میں تمہاری طرف دوڑی آتی۔"

"تم مشورے کی بات کر رہی تھیں۔ کم از کم عرفان کی پیشکش قبول کرنے سے پہلے مجھ سے بات نہیں کر سکتی تھیں۔"

"نہیں، اس وقت تک بہت دیر ہو چکی تھی۔ میں پہلے ہی تمہارے اور عرفان کے درمیان آ چکی تھی۔ اگر بالفرض میں تم سے مشورہ کرنے کے لئے آبھی جاتی تو کیا تم یہ کہہ سکتے تھے کہ عرفان سے نہیں بلکہ مجھ سے شادی کرو؟"

میرے پاس روبینہ کی اس بات کا کوئی جواب نہیں تھا۔ میں نے سر اٹھا کر چھت میں لگے پنکھے کو دیکھا جس کا ایک پر شاید ڈھیلا تھا اور چلتے وقت مستقل کھٹ کھٹ کی آواز آ رہی تھی۔

"روبینہ، شاید تمہیں نہیں معلوم کہ مرد کی سب سے بڑی کمزوری اس کی انا ہوتی ہے۔ اگر ایک بار اس کی انا کو ٹھیس لگ جائے تو وہ یا تو خونخوار ہو جاتا ہے اور یا پھر اپنے گرد خول چڑھا لیتا ہے اور

بقیہ زندگی اس خول میں بیٹھ اپنی ٹوٹی پھوٹی انا کے ٹکڑوں کو جوڑنے میں لگا رہتا ہے،" میں نے کہا۔

"اور شاید تمہیں بھی نہیں معلوم کہ عورت کی سب سے بڑی کمزوری یہ ہے کہ وہ کعبہ بن کر جینا چاہتی ہے۔ وہ چاہتی ہے کہ اس کا شوہر مستقل محبت کا کلمہ پڑھتا ہوا اس کے گرد طواف کرتا رہے۔ اگر کوئی ان دونوں کے درمیان آ جائے تو وہ بھی خونخوار ہو جاتی ہے۔"

"میرے اور تمہارے درمیان تو کبھی بھی کوئی نہیں آیا۔"

"کیوں نہیں، میرے اور تمہارے درمیان تو پوری کائنات ہے۔ تم کائنات کا طواف کرتے رہتے ہو۔ میں نے تمہارا بہت انتظار کیا اور میں اسی نتیجے پر پہنچی کہ تمہاری منزل بیوی بچے اور گھر بار نہیں بلکہ کائنات ہے اور میں تمہارے اور تمہاری منزل کے درمیان حائل نہیں ہونا چاہتی۔ تمہاری زندگی پڑھنے پڑھانے اور ریسرچ میں ہی گزرے گی اور میں تنہا بچے پالوں گی۔ یہ مجھ سے نہ ہو سکے گا۔"

"مجھے تم سے کوئی شکایت نہیں ہے، لیکن اگر تم عرفان کے بجائے کسی اجنبی سے شادی کر لیتیں تو مجھے اتنا دکھ نہ ہوتا کیونکہ تم کہیں ہوتیں اور میں کہیں ہوتا۔ کچھ دن تمہارے نہ ملنے کا ماتم کر کے خاموش ہو جاتا مگر اب تو تم میری نظروں کے سامنے رہو گی اور میں زندگی بھر سینہ کوبی کرتا رہوں گا۔"

روبینہ نے کوئی جواب نہیں دیا اور میں بھی خاموشی سے بیٹھا اسے گھورتا رہا۔ آڈیٹوریم ویسے بھی ساؤنڈ پروف تھا اور وہاں پنکھے کی کھٹ کھٹ کے سوا ایسا لگتا تھا جیسے پوری دنیا خاموش ہو۔

"میں جب بھی عمر ماروی کی کہانی کے متعلق سوچتی ہوں تو خیال آتا ہے کہ کہانی کی ہیروئین ماروی نہیں بلکہ اصل ہیرو عمر تھا جس نے بالآخر اپنے جذبات کو قربان کر کے ماروی کو اپنی قید سے آزاد کر دیا،" روبینہ نے کہا۔

"مگر میں نہ تو عمر کی طرح کوئی وڈیرہ ہوں اور نہ میں نے تمہیں قید کیا ہے۔"

"نہیں، تم نے تو قید نہیں کیا۔ میں خود ہی تمہاری قید میں آ گئی تھی مگر آزاد کرنے کا حق میں تمہیں دیتی ہوں۔"

"جب میں نے تمہیں قید ہی نہیں کیا تو میرے پاس آزاد کرنے کا حق کہاں سے آ گیا، اور پھر

مجھے کون آزاد کرے گا؟"

"تم تو کل بھی آزاد تھے، آج بھی آزاد ہو اور کل بھی آزاد ہو گے کیونکہ پوری کائنات تمہاری قید میں ہے۔"

"یہ سب کتابی باتیں ہیں۔ حقیقت یہ ہے کہ میں نے تمہارے ساتھ زندگی گزارنے کے خواب دیکھنا شروع کر دیئے تھے۔ اب سمجھ میں نہیں آتا کہ ان خوابوں کے ملبے کو کس طرح اٹھاؤں گا۔"

"میں تمہارے دکھ کو سمجھتی ہوں اور یہ تمہارا احسان ہوگا کہ اس میں میرا دکھ بھی شامل کر لو۔"

"مگر تمہارا دکھ تو خود تمہارے اپنے فیصلے کا نتیجہ ہے۔ یہ تو سوچو کہ جب شادی کے بعد عرفان کو تمہارے اور میرے تعلقات کا علم ہو گا تو اس کا کیا رد عمل ہو گا۔"

"عرفان کے نزدیک تو میں صرف تمہاری ممانی زادی ہوں۔"

"لیکن میرے نزدیک تم میری ہو اور اپنے نزدیک کیا ہو۔ حقیقت حقیقت ہی ہوتی ہے۔ ملمع چڑھانے سے حقیقت بدل تو نہیں جاتی۔"

روبینہ کے پاس اس کا کوئی جواب نہیں تھا۔ وہ سر جھکائے اپنی پنسل کا سرا ڈیسک پر مار کر بجاتی رہی اور میں خاموش بیٹھا اسے گھورتا رہا۔ ایک آنسو ٹپک کر اس کی کتاب پر گرا اور وہ اپنی ہتھیلی کے سرے سے اسے صاف کرنے کے لئے ملنے لگی۔ میری سمجھ میں نہیں آ رہا تھا کہ کیا کروں۔ دل چاہا کہ اٹھ کر اسے چمٹا لوں مگر میں خاموش بیٹھا دیکھتا رہا اور اس کے آنسو ٹپ ٹپ گرتے رہے۔

"کل تمہارے گھر والے زرینہ کے لئے محمود کا پیغام لے کر آ رہے ہیں،" میں نے کہا۔

"مجھے معلوم ہے۔"

"ماموں جان نے لکھا تھا کہ ان کی اور تمہاری والدہ کی خواہش ہے کہ میری اور تمہاری شادی ہو جائے۔"

"یہ مجھے معلوم نہیں تھا۔"

"مگر تمہاری مرضی پوچھے بغیر وہ ایسا کیسے کر سکتے ہیں؟"

"پچھلے مہینے میں داد وگئی تھی تو انہوں نے مجھ سے تمہارے متعلق پوچھا تھا۔ ظاہر ہے کہ میں نے تعریف ہی کی ہوگی۔ ممکن ہے کہ انہوں نے سمجھا ہو کہ میری اور تمہاری شادی ہو جانی چاہیے۔"

"اب تم مجھے بتاؤ کہ اگر کل انہوں نے یہ بات چھیڑی تو میں کس طرح سنبھالوں گا؟"

"میں کیا کہہ سکتی ہوں۔ تم بہتر سمجھ سکتے ہو۔"

"اور فرض کرو کہ میں ہاں کہہ دوں؟"

"تو میں کیا کر سکتی ہوں۔ بابا اور اماں کا فیصلہ قبول کرلوں گی۔"

"تم میرے ساتھ خوش رہ سکو گی؟"

"اس کی فکر تم مت کرو۔ میں زندگی سے نباہ کرنا خوب جانتی ہوں،" روبینہ نے پھیکی سی مسکراہٹ کے ساتھ کہا۔

"مگر تم اس کا انجام سمجھتی ہو؟"

"تمہاری اور عرفان کی دوستی ختم ہو جائے گی۔"

"کیا تم سمجھتی ہو کہ میں اتنا گر سکتا ہوں کہ ایک دوست کی پیٹھ میں چھرا گھونپ دوں گا؟"

"نہیں۔ اسی لئے میں فیصلہ تم پر ہی چھوڑتی ہوں۔"

"فیصلہ تو میں کر ہی لوں گا مگر سوچتا ہوں کہ اس طوفان کا مقابلہ کیسے کروں گا جو اس وقت آئے گا جب عرفان کو میرے اور تمہارے تعلقات کا پتہ چلے گا۔"

روبینہ نے کوئی جواب نہیں دیا۔ وہ ڈیسک پر اپنی پنسل کھٹکھٹاتی رہی۔ میرے پاس بھی اب کہنے کے لئے کچھ نہیں بچا تھا۔

"دیکھ لو، تمہاری ایک ہاں نے حالات کو کتنا الجھا دیا ہے،" میں نے کہا اور وہاں سے اٹھ گیا۔

روبینہ خاموش بیٹھی کتاب کے ورق پلٹتی رہی۔

28

"ہم چھوکری لینے اور چھوکری دینے آئے ہیں،" ادی مختیار نے دروازے میں داخل ہوتے ہی گھونسا تانتے ہوئے ٹھیٹھ سندھی لہجے میں کہا۔ ان کی بانچھیں ایک سرے سے دوسرے سرے تک کھلی ہوئی تھیں۔

"چھوکری نہیں لڑکی!" ماموں جان نے ان کے کان میں کہا۔

"ہاں، لڑکی لینے اور لڑکی دینے آئے ہیں،" انہوں نے پھر ہاتھ اٹھا کر کہا۔

امی جان نے ہنستے ہوئے ادی مختیار کو گلے لگا لیا۔ محمود مٹھائی کے ڈبے اٹھائے ہوئے پیچھے کھڑا تھا۔

"بھئی رشتہ اس طرح نہیں مانگتے کہ آتے ہی اعلان جنگ کر دیں،" ماموں جان ادی مختیار کو سمجھانے لگے، "پہلے چائے پانی ہوتا ہے، پھر ادھر ادھر کی باتیں ہوتی ہیں، آخر میں رشتے کی بات ہوتی ہے۔"

"ہم تہ گوٹھ کے سیدھے سادے لوگ ہیں، ہمیں ادھر ادھر کی باتوں کا پتہ نہیں،" ادی مختیار نے اپنا ہاتھ لہرا کر کہا۔

"ہاں تہ پہلے بیٹھو، حال احوال پوچھو تہ پوئے ہم بات کریں گے،" ماموں جان نے ہنستے ہوئے اسی لہجے میں جواب دیا۔

ابا میاں بھی ادی مختیار کی سادگی پر مسکرا رہے تھے۔ میں نے محمود کے ہاتھ سے مٹھائی کے ڈبے لے کر باورچی خانے میں رکھ دیئے۔ زرینہ ایک طرف سمٹی سمٹائی کھڑی تھی۔ ادی مختیار نے بڑھ

کر اسے چمٹا لیا۔

"بھئی ہم تو صبح سے ہی تمہارا انتظار کر رہے تھے،" ابامیاں نے ماموں جان کے کندھے پر ہاتھ رکھ کر کہا۔

"عالی جاہ، ہم نے پہلی بس لی تھی مگر داد و کی سڑک کا تو تمہیں پتہ ہی ہے۔ دھکے کھاتے کھاتے اب پہنچ پائے ہیں۔"

"بس کھانا تیار ہے، آپ لوگ منہ ہاتھ دھو کر تیار ہو جائیں،" امی جان بولیں۔

اس دن صبح ہی سے امی جان اور زرینہ باورچی خانے میں لگی رہی تھیں اور معلوم ہوتا تھا کہ بہت بڑی دعوت کا اہتمام ہو رہا ہے۔ بڑے کمرے میں چار پائیاں دیوار کے ساتھ کھڑی کر کے فرش پر دستر خوان بچھا دیا گیا کیونکہ اس دن گرمی کچھ زیادہ ہی تھی اور دوپہر کو برآمدے میں دھوپ رہتی تھی۔

"بھنّو، یہ تم نے قیمہ بھرے کریلے کھلا کر خالہ میّا کی یاد دلا دی،" ماموں جان نے کہا۔

"وہ بڑے پیار سے آپ کے لئے پکاتی تھیں کیونکہ انہیں معلوم تھا کہ قیمہ بھرے کریلے آپ کو پسند ہیں،" امی جان نے جواب دیا۔

"عالی جاہ، یہ تم نے ماش کی دال تو چھوئی بھی نہیں،" ابامیاں نے دال کی ڈش ماموں جان کی طرف بڑھاتے ہوئے کہا۔

"بھئی، اب مزید کھانے کے لئے تو مجھے دوسرے پیٹ کی ضرورت ہوگی۔"

"چکھ تو لو۔ جس دن تمہاری بہن ماش کی دال پکاتی ہیں اس دن میری تو عید ہو جاتی ہے۔"

"اللہ میاں تم سے بہت خوش رہتے ہوں گے کہ یہ بندہ دال کھا کر ہی خوش ہو جاتا ہے اور اللہ میاں کو تمہارے لئے قورمے، قلیے اور تنجن کا بندوبست نہیں کرنا پڑتا۔"

ادی مختیار بڑی دلچسپی سے ان دونوں کی باتیں سن رہی تھیں۔ وہ اردو تو اچھی خاصی سمجھنے لگی تھیں مگر بولنے میں ابھی کچھ جھجکتی تھی۔

کھانے کے بعد ماموں جان بولے، "بھئی دراصل ہم اپنے بیٹے کے لئے تمہاری بیٹی مانگنے آئے ہیں۔"

زرینہ فوراً اٹھی اور تیر کی طرح کمرے سے نکل گئی۔ ماموں جان اسے جاتے ہوئے دیکھ کر مسکرائے۔

"عالی جاہ، تمہارا اور ادی مختیار کا بے حد شکریہ کہ تم نے ہماری عزت افزائی کی،" ابامیاں نے جواب دیا۔

"تو پھر تمہاری طرف سے ہاں سمجھیں؟" ماموں جان نے بھویں اُچکا کر باری باری ابامیاں اور امی جان کی طرف دیکھا۔

"بھائی صاحب ایسے کیسے ہاں سمجھیں،" امی جان نے جواب دیا، "ابھی تو آپ نے پیغام دیا ہے۔ ہمیں سوچنے کا موقع دیں۔ ہم بزرگوں سے بھی مشورہ کریں گے۔ سوچ سمجھ کر اور چھان پھٹک کر جواب دیں گے۔"

"بھئی ہم بھی تو سنیں کہ کونسے بزرگ ہیں جن سے مشورہ کرنا ہے،" ماموں جان نے پوچھا۔

"ماشاءاللہ ہماری بیٹی کے ایک ماموں بھی ہیں، ان سے بھی پوچھنا ہے،" امی جان نے جواب دیا اور ابامیاں کی طرف دیکھنے لگیں۔

"تمہاری بیٹی کا ایک ہی ماموں ہے جو تمہارے سامنے بیٹھا ہے اور اس کی طرف سے ہزار بار ہاں ہے اور پھر۔۔۔" ماموں جان نے ہنس کر کہا مگر ابامیاں نے ان کی بات کاٹ دی۔

"بھئی عالی جاہ، یہ ہماری بیٹی کا معاملہ ہے جسے ہم اتنی آسانی سے رخصت نہیں کریں گے۔"

"ہاں، آپ دونوں ہمارے گھر کے چکر کاٹتے رہیں،" امی جان نے کہا، "جب آپ لوگوں کی جوتیاں گھس جائیں گی تب ہی ہم جواب دیں گے۔"

"ٹھیک کہا۔ بیٹی اتنی آسانی سے نہیں ملتی،" ابامیاں نے پیوند لگایا۔

"یہ آپ کی شادی تھوڑا ہی ہے کہ چٹ منگنی پٹ بیاہ۔ ذرا صبر سے کام لیں،" امی جان بولیں۔ ان کے قہقہے پورے پڑوس میں گونج رہے تھے اور پڑوسنوں کے کان ہمارے گھر کی طرف لگے ہوئے تھے کیونکہ امی جان نے انہیں پہلے ہی بتلا دیا تھا کہ زرینہ کی منگنی والے آ رہے ہیں۔ ادی مختیار بے چینی سے پہلو بدل رہی تھیں کیونکہ ان کی سمجھ میں کوئی بات نہیں آ رہی تھی۔

"بھنو، میں نے تو سوچا تھا کہ آج منہ میٹھا کر لیں گے،" بالآخر ماموں جان نے بڑی بے بسی سے

کہا۔

"منہ میٹھا کرنے کے لئے کسی بہانے کی کیا ضرورت ہے؟" ابامیاں نے پوچھا۔

"تو جاؤ بلال میاں، مٹھائی کا ڈبہ لے کر آؤ،" ماموں جان نے مجھ سے کہا۔

"تو کیا ہاں ہو گئی؟" ادی مختیار نے ماموں جان سے سرگوشی میں پوچھا۔

"ارے ہاں ہی سمجھو،" انہوں نے جواب دیا۔

میں نے مٹھائی کا ڈبہ لا کر ماموں جان کو دے دیا۔ انہوں نے ایک لڈو نکال کر ابامیاں کی طرف بڑھایا۔ جب ابامیاں نے ان سے لڈو لینا چاہا تو انہوں نے اپنا ہاتھ کھینچ لیا۔

"یوں نہیں، منہ کھولو۔" ابامیاں نے منہ کھولا تو ماموں جان نے پورا لڈو ان کے منہ میں ٹھونس دیا۔ انہوں نے دوسرا لڈو اٹھا کر امی جان کی طرف بڑھایا تو امی جان نے ان کا ہاتھ پکڑ کر آدھا لڈو خود کھایا، بقیہ ادی مختیار کو کھلا دیا۔

ابامیاں نے محمود کی پیٹھ پر ہاتھ رکھ کر کہا، "بھئی لڑکا بھی اپنا ہے، لڑکی بھی اپنی ہے۔ ہماری طرف سے ہاں سمجھو۔ محمود نے مسکرا کر سر جھکا دیا۔

"مگر آپ شادی کی جلدی نہ کریں کیونکہ ابھی زرینہ پڑھ رہی ہے،" امی جان نے کہا۔

"بھئی ایسا کرو کہ نکاح جلد ہی کر دو اور رخصتی اگلے سال ہو جائے گی،" ماموں جان نے جواب دیا۔

"ٹھیک ہے، ہم آپس میں فیصلہ کر کے آپ کو آگاہ کر دیں گے۔"

اُس دوران مجھے مستقل یہ فکر لاحق تھی کہ کسی طرح وہ محفل ختم ہو کیونکہ مجھے خدشہ تھا کہ کہیں ماموں جان میری اور روبینہ کی شادی کا سلسلہ نہ چھیڑ دیں، مگر مرفی کا قانون ہے کہ جس بات کا خدشہ ہو وہ ضرور ہوتی ہے۔ یہی وجہ ہے کہ ٹوسٹ پر مکھن لگاتے وقت اگر اتفاقیہ طور پر ٹوسٹ ہاتھ سے چھوٹ کر زمین پر گر جائے تو ہمیشہ مکھن والی طرف نیچے ہوتی ہے۔ چنانچہ مبارک سلامت کے دوران ماموں جان بولے، "بھئی دوسری بات یہ ہے کہ میں اپنے بھانجے کے ساتھ اپنی بیٹی کی شادی کرنا چاہتا ہوں اور ماموں ہونے کی حیثیت سے خود ہی پیغام دے رہا ہوں۔"

ابامیاں نے ایک فلک شگاف قہقہہ لگایا اور بولے، "ایک نہ شد دو شد۔"

"ذرا سوچیں تو سہی۔ مدعی بھی خود مدعا علیہ بھی خود۔ گواہ بھی خود قاضی بھی خود،" امی جان نے ہنستے ہوئے کہا۔

میں نے حالات کو قابو سے باہر ہوتے ہوئے دیکھ کر کہا، "مگر میرا تو ابھی شادی کا کوئی ارادہ نہیں ہے۔"

میرے الفاظ سب پر بجلی کی طرح گرے۔ کہاں تو پورے کمرے میں قہقہے گونج رہے تھے اور کہاں سب کو سانپ سونگھ گیا تھا۔ میں نے باری باری ہر ایک کی طرف دیکھا۔ ماموں جان کے ہاتھ میں لڈو تھا اور ان کا منہ کھلے کا کھلا رہ گیا تھا۔ ابامیاں کے چہرے پر ناگواری اور غصے کے ملے جلے تاثرات تھے۔ امی جان اور ادی مختیار مبہوت تھیں اور محمود مجھے سوالیہ نظروں سے گھور رہا تھا۔ کمرے میں پھیلی ہوئی خاموشی میں مجھے اپنے دل کی دھڑکن صاف سنائی دے رہی تھی۔

"میں تو سمجھتا تھا کہ اس رشتے میں تمہاری مرضی شامل تھی،" بالآخر ابامیاں نے شکایتی لہجے میں کہا۔

میرے پاس کوئی جواب نہیں تھا۔ ماحول پر عجیب پژمردگی طاری تھی اور میں خود کو مجرم تصور کر رہا تھا۔ میری وجہ سے اتنی خوشگوار فضا اچانک مکدر ہو گئی تھی۔

"کیوں میاں، میری بیٹی میں کون سے کیڑے ہیں جن کی وجہ سے تم نے میرے پیغام کو مسترد کر دیا؟" ماموں جان نے بڑے تلخ لہجے میں پوچھا۔

"نہیں ماموں جان، ایسی بات نہیں۔ روبینہ مجھے بے حد عزیز ہے مگر میں ابھی شادی نہیں کرنا چاہتا۔ میں ابھی پڑھنا چاہتا ہوں،" میں نے جواب دیا۔

"ہاں تو اگلے سال تمہاری تعلیم مکمل ہو جائے گی تب شادی کر لینا،" امی جان نے کہا۔

"اس کے بعد میرا ارادہ مزید تعلیم کے لئے باہر جانے کا ہے،" میں نے ڈرتے ڈرتے جواب دیا۔

"اور کتنا پڑھو گے۔ اب تمہاری عمر اپنا گھر بنانے کی ہے۔"

"اب اس کا پیچھا چھوڑ دو۔ اگر وہ شادی کرنا نہیں چاہتا تو نہ کرے،" ابامیاں نے جھنجھلا کر کہا۔

کمرے میں ناخوشگوار خاموشی چھائی تھی۔ کسی کے پاس کہنے کے لئے کچھ نہیں تھا۔ ماموں

جان، ادی مختیار اور محمود خاموشی سے ایک دوسرے کو تک رہے تھے، میں وہاں سے اٹھ جانا چاہتا تھا مگر ہمت نہیں پڑی۔ آخر محمود اٹھا اور میری طرف دیکھ کر سر سے ہلکا سا اشارہ کر کے کمرے سے باہر نکل گیا۔ میں بھی اٹھ کر اس کے پیچھے پیچھے چل دیا۔ گھر سے باہر نکل کر وہ میری طرف مڑا اور بولا،

"ابے یہ کیا ڈراما شروع کر دیا؟ میں تو سمجھتا تھا کہ تم ایک دوسرے کو پسند کرتے ہو۔"

"یہ تجھ سے کس نے کہہ دیا کہ میں روبینہ کو پسند نہیں کرتا؟"

"تو پھر کیا مسئلہ ہے؟"

"تو نے اپنی بہن سے بھی پوچھا کہ وہ مجھے پسند کرتی ہے؟"

"وہ تو تیری تعریف میں زمین آسمان کے قلابے ملاتی ہے۔"

"اور تم لوگوں نے فرض کر لیا کہ وہ مجھ سے شادی کرنا بھی پسند کرے گی؟"

"مجھے تو کوئی وجہ نظر نہیں آتی کہ انکار کرے۔"

"بھائی میرے، یہ بیسویں صدی ہے۔ ایک پڑھی لکھی لڑکی سے پوچھے بغیر اس کی منگنی کرتے پھرنا کہاں کی عقل مندی ہے؟"

"یار میری سمجھ میں تو کچھ نہیں آ رہا،" محمود نے جواب دیا۔

اس دن گرمی کچھ زیادہ ہی تھی۔ دھوپ کی تپش سے جسم پر پسینے کے ریلے بہہ رہے تھے۔ سامنے ہی نیم کا ایک گھنا درخت تھا۔ ہم دونوں اس کے نیچے آ کر کھڑے ہو گئے۔

"ہم لوگوں نے تو سوچا تھا کہ میری شادی زرینہ سے اور تیری روبینہ سے ہو جائے تو دونوں خاندان اور نزدیک آ جائیں گے۔ میری اماں کی بھی یہی خواہش ہے،" محمود نے کہا۔

"خواہش کرنا ہمارا کام ہے مگر کاش ہماری ہر خواہش پوری ہو سکتی،" میں نے جواب دیا۔

"خیر، جیسی خدا کی مرضی۔"

"ویسے میری نظر میں روبینہ کے لئے ایک رشتہ ہے۔"

"کیسا رشتہ؟"

"عرفان کے متعلق تیرا کیا خیال ہے؟"

"کیا؟" محمود نے آنکھیں نکال کر پوچھا۔

"عرفان نے مجھ سے کہا ہے کہ تجھ سے تذکرہ کروں۔"

"تو یہ بات ہے۔ تو دوست کے لئے قربانی دے رہا ہے۔"

"نہیں، ایسی کوئی بات نہیں۔ مجھے معلوم ہے کہ میں روبینہ کو خوش نہیں رکھ سکوں گا مگر وہ عرفان کے گھر میں خوش رہے گی۔ شگفتہ سے بھی اس کی گاڑھی چھنتی ہے اور عرفان کی امی بھی روبینہ کی بہت تعریف کرتی ہیں۔"

"مجھے بھی عرفان میں کوئی خرابی تو نظر نہیں آتی،" محمود نے کچھ سوچ کر کہا، "ٹھیک ہے، روبینہ سے پوچھ لیتے ہیں۔"

"میں نے روبینہ سے پوچھ لیا ہے۔ اسے کوئی اعتراض نہیں ہے۔"

"اچھا جی۔ بہن میری ہے اور اس کے رشتے آپ طے کرتے پھر رہے ہیں!" محمود نے میری پیٹھ پر ایک دھپ ماری۔

"بھائی، تیری بہن میری بھی تو کچھ لگتی ہے۔"

"عرفان کے گھر والے کیا کہتے ہیں؟"

"وہ بھی راضی ہیں۔"

"تو پھر ٹھیک ہے۔ چل کر بابا اور اماں سے بات کرتے ہیں۔"

"ویسے مجھے ماموں جان کی طرف سے کچھ خطرہ ہے کہ شاید وہ نہ مانیں کیونکہ وہ کٹر کمیونسٹ ہیں اور وڈیروں کے سخت خلاف ہیں،" میں نے کہا۔

"پھر بھی، دیکھ لیتے ہیں اور انہیں سمجھا بھی لیں گے،" محمود نے جواب دیا۔

گھر میں داخل ہوئے تو حالات معمول پر نظر آئے۔ زرینہ باورچی خانے میں چائے بنا رہی تھیں۔ ابا میاں اور ماموں جان کمرے میں فرش پر بیٹھے ہوئے سیاست پر بحث کر رہے تھے۔ نزدیک ہی امی جان ادی مختیار کو تنجن بنانے کی ترکیب سمجھا رہی تھیں۔ ماموں جان کو تنجن کھانے کا شوق تھا مگر ادی مختیار کو معلوم ہی نہیں تھا کہ تنجن کیا ہوتا ہے۔

میں اور محمود ابا میاں اور ماموں جان کے پاس جا کر بیٹھ گئے۔ ماموں جان نے اپنا ہاتھ بڑھا کر پیار سے میری پیٹھ تھپتھپائی مگر کچھ بولے نہیں۔

"ماموں جان، دراصل روبینہ کے لئے میری اور محمود کی نظر میں ایک رشتہ ہے،" میں نے ہمت کر کے کہا۔

"کیسا رشتہ؟" ماموں جان نے پوچھا۔ ادی مختیار کے بھی کان کھڑے ہوئے اور وہ ہماری جانب متوجہ ہو گئیں۔

"عرفان کے متعلق آپ کا کیا خیال ہے؟"

"کون عرفان؟" ماموں جان کی پیشانی پر سلوٹیں آ گئیں۔

"عرفان میرے بچپن کا دوست ہے۔ آپ تو اسے جانتے ہی ہیں۔"

"ارے وہ ایس۔ پی تالپور کا بیٹا؟"

"جی۔"

"نہیں بھئی، وہ ڈیروں کے خاندان سے ہے۔ ہم وڈیروں کو اپنی بیٹی نہیں دے سکتے۔" میں نے محمود کی طرف دیکھا۔ وہ بھی اس انداز سے میری طرف دیکھ رہا تھا جیسے کہہ رہا ہو،

"دیکھا، میں نے پہلے ہی بتایا تھا۔"

"ماموں جان، آپ عرفان کو تو اس وقت سے جانتے ہیں جب ہم بچے تھے۔"

"مگر میں اس کے خاندان کو تو نہیں جانتا۔"

"نہیں، تالپور بے حد شریف النفس آدمی ہے،" ابامیاں نے کہا، "بلال کے علاج کا سارا خرچ انہوں نے ہی اٹھایا ہے۔"

"یہ تو میں بھی گواہی دیتا ہوں کہ عرفان کے گھر والے بڑے شریف لوگ ہیں اور پھر وہ روبینہ کو پسند بھی کرتے ہیں،" محمود نے کہا۔

جب میں نے ماموں جان کو بتایا کہ ایک بار عرفان کے والد نے مجھ سے کہا تھا کہ عرفان کبھی مجھے دھوکا نہیں دے گا کیونکہ اس کے منہ میں حرام کا ایک دانہ بھی نہیں گیا تو وہ سوچ میں پڑ گئے۔ آخر ادی مختیار سے بولے، "کیوں بھئی تم کیا کہتی ہو؟"

"میں کیا بولوں؟ جو سب کی مرضی ہو وہ کریں،" ادی مختیار نے جواب دیا۔

چناں چہ ماموں جان نے فیصلہ کیا کہ پہلے روبینہ سے پوچھ لیں۔ اگر وہ رضا مند ہو تو تالپور صاحب پیغام لے کر گاؤں آ سکتے ہیں۔

<h1 style="text-align:center">29</h1>

اگلے روز صبح کو جب یونی ورسٹی کی بس جام شور و میں ریلوے کراسنگ پر پہنچی، تو میں وہیں اتر گیا۔ عرفان کا کالج وہاں سے دس منٹ کے فاصلے پر تھا۔ ماموں جان اور وادی مختیار پچھلے دن ہی شام کو دادو کے لئے روانہ ہو گئے تھے اور محمود بھی اُن کے ساتھ چلا گیا تھا۔ اس کا پروگرام دو تین دن دادو میں گزارنے کا تھا۔ چلتے وقت میں اس نے اس سے کہہ دیا تھا کہ میں عرفان کو اطلاع دے دوں گا کہ ماموں جان کی طرف سے گرین سگنل مل گیا تھا۔

چلتے چلتے مجھے روبینہ کا خیال آیا۔ اس کی مسکراہٹ، اس کی بے ساختگی، اس کے قہقہے کی کھنک، اس کا خلوص، اس کی بے تکلفی، ایک ایک کر کے اس کے ساتھ گزارے ہوئے لحات ایک فلم کی طرح میرے دماغ میں چکی چلا رہے تھے۔ ایک مرتبہ اس کے ساتھ چلتے ہوئے راستے میں میں اسے کوانٹم میکینکس سمجھا رہا تھا۔ جب میں نے شرو ڈنگر کا حوالہ دیا تو وہ وہیں کھڑی ہو گئی اور میرے سامنے بڑی بے بسی سے ہاتھ جوڑ کر بولی، "خدا را یہ نام آئندہ میرے سامنے مت لینا کیونکہ یہ نام سن سن کر میرے کان پک گئے ہیں۔ کم بخت یہ شرو ڈنگر نہ معلوم کون سا ولن ہے جو بار بار میرے اور تمہارے درمیان آ کر حائل ہو جاتا ہے۔"

مجھے جب بھی وہ سین یاد آتا تھا تو میں بے اختیار مسکرا دیتا، مگر اس دن کے بعد میں نے پھر کبھی روبینہ کے سامنے شرو ڈنگر کا نام نہیں لیا۔

'روبینہ، تم بہت یاد آیا کرو گی،' سوچتے سوچتے گلے میں کوئی گولا سا پھنسنے لگا۔

کالج کی عمارت میں داخل ہوتے ہی برآمدوں میں طلبا کی بھیڑ نظر آئی۔ غالباً کلاسوں کے

درمیان وقفہ تھا۔ اس دوران میری نظر جہانگیر پر پڑی جسے میں پہلے کئی بار مل چکا تھا۔ وہ فرسٹ ائیر سے ہی ہوسٹل میں عرفان کا ہم کمرہ ساتھی تھااور میں جب بھی عرفان سے ملنے اس کے ہوسٹل جاتا تھا تو جہانگیر سے بھی ملاقات ہوتی تھی اور اس سے خاصی بے تکلفی ہو گئی تھی۔ اکثر ہم تینوں ریلوے کراسنگ پر شنواری ہوٹل میں چھپر کے نیچے بیٹھ کر تنوری نان اور فرائی کی ہوئی دال کا لنچ کرتے تھے۔ جہانگیر سے معلوم ہوا کہ عرفان تو اپنے کمرے میں ہی ہے کیونکہ اس کی طبیعت کچھ خراب تھی لہٰذا میں نے ہوسٹل کا رخ کیا۔

جب میں عرفان کے کمرے میں داخل ہوا تو وہ کرسی پر بیٹھا شیو بنا رہا تھا۔ سامنے میز پر آئینہ رکھا ہوا تھا۔ مجھے دیکھ کر وہ تولیہ سے اپنا چہرہ صاف کرتے ہوئے بولا، "خیریت؟ یہ بے وقت کیسے آ گئے۔"

"پہلے تو یہ بتاؤ کہ تمہاری طبیعت کیسی ہے؟ جہانگیر نے بتایا کہ دشمنوں کی طبیعت کچھ نا ساز ہے۔"

"دشمن تو ہٹے کٹے ہیں، البتہ میں ہی کچھ گڑ بڑ ہوں،" عرفان نے مسکرا کر کہا۔

"کیوں خیریت؟"

"بس یار، رات کو نیند کچھ ٹھیک طرح نہیں آئی۔ میرا خیال ہے کہ فلو کی آمد آمد ہے۔"

"تو پھر تم نے اپنے لئے کوئی دوا تجویز کی؟"

"ہاں ابھی ایسپرین لی ہے۔ میں اسی لئے اٹھا تھا کہ نہا دھو کر کلاس روم کا رخ کروں۔"

"خیر، تمہارے لئے ایک خوش خبری ہے،" میں نے مسکرا کر کہا۔

"سناؤ۔"

"ماموں جان نے ہاں کر دی ہے۔"

عرفان نے کسی گرم جوشی کا اظہار نہیں کیا۔ خاموشی سے میز سے شیو کا سامان اٹھانے لگا۔ جب میں اس کے ردِ عمل کو کوئی معنی نہیں پہنا سکا تو کہا، "خیریت تو ہے۔ یہ تم بجھے بجھے سے کیوں لگ رہے ہو؟"

"یار، یہ شادی نہیں ہوگی،" اس نے میری طرف مڑ کر کہا۔

"کیوں بھئی ،اب کیا ہوا؟"

"کل میں روبینہ سے ملا تھا۔ اس نے مجھے تمہاری اور اپنی گفتگو کے متعلق بتلا یا۔ اس کے بعد میں نے فیصلہ کیا کہ میں اس سے شادی نہیں کر سکتا۔ اس نے بھی مجھ سے اتفاق کیا۔"

میری سمجھ میں نہیں آ رہا تھا کہ کیا جواب دوں۔ کچھ تو شرمندگی تھی اور کچھ غصہ کہ روبینہ نے عرفان کو بتا دیا جب کہ میں عرفان کو اس کی ہوا بھی لگنے نہیں دینا چاہتا تھا۔

"روبینہ نے تمہیں کیا بتایا؟" میں نے پوچھا۔

"اس نے تمہارے احساسات کے متعلق بتایا تو مجھے بے حد دکھ ہوا کہ میں خواہ مخواہ تم دونوں کے راستے میں آ گیا۔ مجھے تم سے بھی شکایت ہے کہ تم نے مجھے کچھ نہیں بتایا۔"

"دیکھو عرفان، میری اور تمہاری دوستی بہت پرانی ہے۔ جب تم نے مجھ سے کہا کہ تم روبینہ سے شادی کرنا چاہتے ہو تو میں کیسے تمہاری دل شکنی کر سکتا تھا؟"

"تم سمجھتے ہو کہ جب مجھے بعد میں پتہ چلتا تو کیا دل شکنی نہ ہوتی۔ روبینہ نے اچھا کیا کہ معاملہ آگے بڑھنے سے پہلے ہی بتا دیا۔"

"عرفان تم غلطی کر رہے ہو۔ روبینہ بہت اچھی لڑکی ہے۔ اس سے بہتر بیوی تمہیں نہیں مل سکتی۔"

"اگر اتنی اچھی لڑکی ہے تو تم اس سے کیوں نہیں شادی کر لیتے۔ میں تمہارے راستے سے ہٹ گیا ہوں بلکہ اب اپنی غلطی کو محسوس کرتا ہوں۔ مجھے روبینہ کو شادی کی پیشکش کرنے سے پہلے تمہیں بتانا چاہیے تھا۔"

"تم سمجھتے ہو کہ تمہارے پیچھے ہٹنے سے میں خوش ہوں گا؟"

"مگر میں خوش ہوں گا۔ پلیز تم پھر سوچ لو،" عرفان نے میرے کندھے پر ہاتھ رکھ کر کہا۔

"مگر روبینہ مجھ سے شادی کرنا نہیں چاہتی۔"

"کون کہتا ہے؟"

"روبینہ نے خود مجھ سے کہا۔"

"مگر روبینہ نے مجھے بتایا کہ وہ تمہاری جانب سے کوئی پیش قدمی نہ ہونے کی وجہ سے جھلائی

ہوئی تھی۔"

"کچھ بھی ہو۔ اگر ایک بار تم نے پیش قدمی کی ہے تو تمہیں پیچھے نہیں ہٹنا چاہیے۔"

"میری سمجھ میں تو کچھ نہیں آتا۔"

"دیکھو میں روبینہ کو سمجھاؤں گا۔"

***

ماروی ہوسٹل اونچی اونچی دیواروں کی بنا پر باہر سے کوئی قلعہ لگتا تھا مگر تھا لڑکیوں کا ہوسٹل۔ گیٹ پر ہمیشہ دو چوکیداروں کی ڈیوٹی ہوتی تھی جو مجھے روبینہ کے "مائٹ" یا رشتے دار کی حیثیت سے جانتے تھے کیونکہ میں اکثر روبینہ سے ملنے جاتا تھا۔ خصوصاً عزیز اللہ چوکیدار میرے ساتھ بڑی نرمی سے پیش آتا تھا۔ میں اسے چاچا عزیز اللہ کہتا تھا اور عموماً اس کے لئے کے ٹو سگریٹ کا ایک پیکٹ لے کر جاتا تھا۔ اس نے مجھے دیکھتے ہی دوسرے چوکیدار سے کہا، "جاؤ روبینہ بی بی کو بولو کہ ادا بلال آیا ہے۔" میں نے عزیز اللہ کی خیریت دریافت کی اور گیٹ کے اندر مہمانوں کے لاؤنج میں جا کر بیٹھ گیا۔

میں ایک طرف غیر متوقع طور پر خوش تھا تو دوسری طرف میرا ضمیر ملامت بھی کر رہا تھا کیونکہ میری خوشی کی وجہ عرفان کی روبینہ سے میرے حق میں دست برداری تھی۔ میں نے ضمیر کی آواز کو دبانے کی بہت کوشش کی مگر کامیابی نہیں ہوئی۔ عرفان میرا دوست تھا اور میں کس طرح اسے مایوس کر کے روبینہ کو اپنا سکتا تھا۔ میں نہ جانے کتنی دیر، سر جھکائے ہوئے، سوچ میں گم، اپنے ہاتھوں کی پوروں کو جوڑے اپنی ٹھوڑی پر مار تا رہا۔ اچانک روبینہ کی موجودگی کا احساس ان پیرس کی بھینی بھینی خوشبو سے ہوا۔ میں نے سر اٹھا کر دیکھا تو وہ سامنے کھڑی مسکرا رہی تھی۔ گہرے سبز رنگ کے سوٹ اور کھلے ہوئے بالوں میں سبز رنگ کا ربن باندھے بالکل ایسی لگ رہی تھی جیسے ابھی ابھی دھل دھلا کر واشنگ مشین سے نکلی ہو۔

"اچانک کیسے آ پہنچے؟" اس نے سامنے کی کرسی پر بیٹھتے ہوئے کہا۔

"آج صبح عرفان سے میری ملاقات ہوئی تھی،" میں گہرا سانس لے کر بولا۔

"اچھا، تو آج پھر تم میری کلاس لینے کے لئے آئے ہو،" اس نے انگلی اٹھا کر ایک قہقہہ لگایا۔

"دیکھو روبینہ، تمہیں اپنی اور میری گفتگو کا تذکرہ عرفان سے نہیں کرنا چاہیے تھا۔"

"بھئ میں اس سے شادی کرنے والی تھی اور پوری زندگی اس کے ساتھ گزارنے کے عہد و پیماں کرنے والی تھی۔ اگر اس زندگی کی ابتدا ہی چھپے ہوئے رازوں سے ہو تو تم خود ہی بتاؤ کہ کیا تم اسے برداشت کر سکو گے؟"

میرے پاس کوئی جواب نہیں تھا۔ میں شیشے کے دروازے کے پار، اسٹول پر بیٹھے عزیزاللہ کو دیکھتا رہا جو سگریٹ کے کش پر کش لگائے جا رہا تھا۔ معلوم ہوتا تھا کہ وہ میرا دیا ہوا سگریٹ کا پیکٹ اسی وقت ختم کر نا چاہتا تھا۔

"سارا قصور میرا ہے۔ نہ میں تمہارے پاس آتا اور نہ بات بگڑتی،" میں اس انداز میں بولا، جیسے خود سے باتیں کر رہا ہوں۔

"نہیں، میں تمہیں قصور وار نہیں ٹھہراتی۔ تم نے اچھا کیا کہ اپنے جذبات کا اظہار کر دیا اور اس کے لئے میں تمہاری شکر گزار ہوں۔"

"اگر میں تمہارے پاس نہ آتا تو یہ رشتہ پکا نہ تھا۔ تم اور عرفان ہنسی خوشی زندگی گزارتے۔"

"مجھے یقین نہیں کہ ہم سب خوش رہ سکتے تھے۔ تمہارے دل میں ہمیشہ ایک کسک رہتی، میرے دل میں تمہارے ساتھ گزارے ہوئے خوشگوار لمحات کچھو کے لگاتے رہتے، اور جب عرفان کو پتہ چلتا تو اس کی زندگی بھی جہنم بن جاتی۔"

"اور اب کون خوش ہے؟ کیا تم خوش ہو، عرفان خوش ہے یا میں خوش ہوں؟ کیا عرفان کے گھر والے خوش ہوں گے جب وہ انہیں بتائے گا کہ یہ شادی نہیں ہو سکے گی؟ میں تو یہ سوچ سوچ کر پریشان ہو رہا ہوں کہ محمود کا سامنا کیسے کروں گا اور ماموں جان کو اپنا منہ کیسے دکھاؤں گا۔"

"یہ تمہارا مسئلہ نہیں۔ جب بابا میری رائے لیں گے تو میں انکار کر دوں گی، قصہ ختم۔ عرفان بھی اپنے گھر والوں سے نمٹ لے گا۔"

"پھر بھی۔ سب کو مایوس ہی ہونا ہے۔"

"وقتی مایوسی سے بچنے کے لئے پورے مستقبل کو داؤ پر لگا دینا کہاں کی عقل مندی ہے؟"

"میری مانو تو تم عرفان سے شادی کر ہی لو۔ سیدھا سادہ حل یہی ہے۔ جب مسئلہ پیچیدہ ہو تو آسان ترین حل اختیار کرنا چاہیے۔"

"بہت خوب۔ کل عرفان تمہاری سفارش لے کر آیا تھا اور آج تم عرفان کی سفارش لے کر آدھمکے،" روبینہ نے ایک کھنکتا ہوا قہقہہ بکھیرتے ہوئے کہا، "کیا تم دونوں مجھے کسی نیلام گھر میں پڑا ہوا مال سمجھتے ہو کہ جو بڑھ کر بولی لگائے گا، مال اسی کا ہو جائے گا۔"

روبینہ کی یہ عادت مجھے بہت پسند تھی کہ وہ تلخ سے تلخ بات ہنس کر کہتی تھی جس سے سننے والا لاجواب ہو جاتا تھا۔

"عرفان مجھ سے کہہ رہا تھا کہ تم نے مجھ سے ناراض ہو کر اس سے شادی کر نا منظور کیا تھا؟"

"ناراضگی کس بات کی؟ بلال، تم مجھے بے حد عزیز ہو۔ میں تم سے کیسے ناراض ہو سکتی ہوں۔ بس ایک وقتی کم زرری تھی جس کی بنا پر میں نے عرفان سے ہامی بھر لی اور اس کے لئے میں خود کو ملزم سمجھتی ہوں۔"

"میری سمجھ میں نہیں آتا کہ میں اپنی عادت کو کس طرح بدلوں۔ مجھ سے یہ رومانس وغیرہ نہیں ہوتا مگر اس کا یہ مطلب نہیں ہے کہ میرے جذبات نہیں ہیں،" میں نے بے بسی سے کہا۔

"میں کب کہتی ہوں کہ تم خود کو بدلو۔ جیسے بھی ہو اچھے ہو۔"

"کچھ دن پہلے تک ہم سب خوش تھے مگر اچانک پتہ نہیں کہ یہ کیا چر خہ چل پڑا؟"

"ہم اب بھی خوش رہ سکتے ہیں۔ یہ شادی وادی کا چکر چھوڑو۔ ابھی تو ہماری پڑھائی بھی ختم نہیں ہوئی۔ جب وقت آئے گا تو نہ جانے کون کس سے شادی کرے گا۔"

"تم ٹھیک کہتی ہو۔"

"رشتوں اور محبتوں کے لئے شادی ہونا ضروری تو نہیں۔ مجھے یقین ہے کہ شگفتہ اور عرفان کی امی اسی طرح مجھ سے محبت کرتی رہیں گی، زرینہ تو میری بھابی بننے والی ہی ہے اور میں پہلے کی طرح تمہاری ممانی زادی رہوں گی، "روبینہ نے مسکرا کر کہا۔

"چھوڑو یار، تم نے اداس کر دیا۔"

"اداسی کا علاج تو تمہارے پاس ہے ہی۔ تم وہی گانا گا لیا کرو جو کبھی کبھار گنگناتے ہو۔۔۔ میں زندگی کا ساتھ نباہتا چلا گیا،" روبینہ کہہ کر سوچ میں ڈوب گئی۔

"تم ویک اینڈ پر تو آ رہی ہو نا؟" میں نے اٹھتے ہوئے کہا، "تمہیں زرینہ کو منگنی کی مبارک باد

بھی تو دینی ہے۔"

"ہاں، ویک اینڈ پر ملاقات ہوگی۔"

میں نے روبینہ کو خدا حافظ کہہ کر دروازہ کھولا تو پیچھے سے اس کی سرگوشی سنائی دی، "اپنا خیال رکھنا۔"

***

بس ذہنی رو ہی تو ہے، بہک جائے تو نہ جانے کہاں کہاں لئے پھرتی ہے۔ میں نے سوچا کہ ہماری کائنات میں اربوں کہکشائیں ہیں اور ہر کہکشاں میں اربوں نظام ہائے شمسی ہیں۔ ہم اپنی کائنات کے ایک سرے پر ایک چھوٹی سی کہکشاں کے ایک چھوٹے سے نظام شمسی کے ایک سیّارے پر بیٹھے ہیں گویا ہماری وقعت صرف اتنی ہے کہ کائنات کے ایک سرے پر پھینک دیے جائیں۔ ہماری کائنات کی تخلیق سے قبل ایک اتھاہ اندھیرا تھا جو ازل سے تھا اور ابد تک رہے گا۔ اچانک اُس اندھیرے میں ایک جھماکا ہوا جس سے قوانینِ فطرت وجود میں آئے اور مادّہ پیدا ہو گیا۔ علمائے تکوینیات کے مطابق یہ جھماکے مستقل ہوتے رہتے ہیں اور کائناتیں پیدا ہوتی رہتی ہیں۔ ہماری کائنات اکیلی نہیں بلکہ لاتعداد کائناتیں ہیں مگر اُن کے اپنے زمان و مکاں ہیں جن کا ہمیں کوئی ادراک نہیں۔

یہ جھماکے کیوں ہوتے ہیں اور اُن کی نوعیت کیا ہے؟ اس کے متعلق علمائے تکوینیات خاموش ہیں۔ اس کے سوا کیا کہا جا سکتا ہے کہ یہ صرف کن فیکون کا ایک کھیل ہے جو ازل سے جاری ہے اور اسی طرح جاری رہے گا۔ اس کے دوران کائناتیں پیدا ہوتی رہتی ہیں اور مرتی رہتی ہیں۔ ہماری کائنات کی جب تخلیق ہوئی تو اتنی چھوٹی تھی کہ سوئی کی نوک پر سما سکتی تھی۔ پھیلتے پھیلتے پونے چودہ ارب سال میں یہاں تک آ پہنچی ہے اور مسلسل پھیل رہی ہے۔ ایک وقت آئے گا کہ کہکشائیں اور اُن میں موجود اربوں ستارے اور سیارے ایک دوسرے سے اتنے دور ہو جائیں گے کہ اپنا ربط کھونا شروع کر دیں گے اور آہستہ آہستہ ہماری کائنات مر جائے گی۔ کلُّ مَن عَلَیہا فان۔

ممکن ہے کہ اِن اربوں متوازی کائناتوں میں ایک ایسی کائنات بھی ہو جو ہو بہو ہماری کائنات کی نقل ہو۔ وہی عناصر، وہی فطری قوانین، وہی فزکس۔ ممکن ہے کہ اُس کائنات میں بھی بلال اور روبینہ ہوں جو ایک چھوٹے سے گھر میں رہتے ہوں، اُن کے دو چھوٹے چھوٹے بچّے ہوں، بلال کوئی

چھوٹی موٹی نوکری کرتا ہو اور چھوٹی سی تنخواہ میں مشکل سے گزارہ ہوتا ہو۔ یہ بھی ممکن ہے کہ روبینہ پہلے کسی اسکول میں پڑھاتی رہی ہو مگر بچوں کی پیدائش کے ساتھ ہی اس نے ملازمت چھوڑ دی ہو۔ چند سال میں جب بچے اسکول جانا شروع کر دیں گے تو روبینہ دوبارہ ملازمت کر لے گی اور وہ پھر فراخ دلی سے خرچ کر سکیں گے۔ بہت ممکن ہے کہ بلال اور روبینہ کی سیدھی سادی زندگی ہو، چھوٹے چھوٹے مسائل ہوں اور اُن کے سیدھے سادے حل ہوں۔

سب کچھ ممکن ہے۔ ہماری کائنات میں نہ سہی، کسی اور کائنات میں سہی۔

30

آئینہ خانہ تصور میں

ایک اک خیال ابھرتا آتا ہے

اور کچھ دیر تھر تھرا کر

آپ ہی آپ ڈوب جاتا ہے

حمایت علی شاعر

وقت کے متعلق میں نے بہت سوچا ہے مگر کسی حتمی نتیجے پر نہیں پہنچ پایا۔ آپ لاکھ ریاضی کے فارمولے لگائیں، پنسلوں پر پنسلیں گھسیں، کاغذ کے دستوں پر دستے سیاہ کریں مگر وقت کی گتھی ہے کہ سلجھنے کا نام نہیں ہی لیتی۔ وقت ایک ایسا دریا ہے جو یکساں رفتار سے ایک ہی سمت میں بہہ رہا ہے اور ہم سب اسی میں تیر رہے ہیں، پوری دنیا تیر رہی ہے، پوری کائنات تیر رہی ہے۔ ہم نہ وقت سے چھٹکارا پا سکتے ہیں، نہ اسے روک سکتے ہیں اور نہ پلٹ کر مخالف سمت میں تیر سکتے ہیں۔ ہم وقت کی رفتار کو بھی نہیں بدل سکتے۔ یہ اور بات ہے کہ اگر ہم ہاتھ پاؤں مارتے رہیں تو ایسا لگتا ہے کہ آگے نکل جائیں گے اور اگر خاموشی سے بہتے رہیں تو پیچھے رہ جائیں گے مگر یہ صرف ہمارے فہم کا دھوکہ ہے، ورنہ حقیقت یہ ہے کہ وقت کی رفتار سب کے لئے یکساں ہے۔ ہم چاہے جتنی تگ و دو کریں، منزل پر سب ساتھ ہی پہنچتے ہیں۔

میری زندگی کا سب سے بڑا پچھتاوا یہ ہے کہ ابامیاں کے انتقال کے وقت ان سے چار ہزار میل

دور تھااور اپنے ہاتھوں سے ان کے جسدِ خاکی کو قبر میں نہ اتار سکا۔ ویسے بھی والدین اور بچوں کے درمیان پچھتاوے کا رشتہ ہوتا ہے۔ اولادماں باپ کی چاہے جتنی خدمت کرلے مگران کے جانے کے بعد زندگی بھر پچھتاتی رہتی ہے کہ ان کی کوئی خدمت نہ کرسکی۔ ابامیاں بھی میرے لئے وراثت میں پچھتاوا چھوڑ کر چل دیے تھے۔ جب میں ان کے انتقال کے دو ہفتے کے بعد پہنچاتوامی جان نے بتایا کہ ماموں جان کو سنبھالنا مشکل ہو گیا تھااور وہ ابامیاں کو قبر میں اتارتے ہوئے بے ہوش ہو کر گر پڑے تھے۔ دونوں کی دوستی ہی ایسی تھی کہ ایک جان دو قالب تھے۔ میں نے زندگی میں کبھی ابا میاں اور ماموں جان کو ایک دوسرے پر ناراض ہوتے نہیں دیکھاتھا۔ دونوں ایک دوسرے پر جان چھڑکتے تھے۔

جب ادی مختیار کا انتقال ہوا   تھا تو ماموں جان نے گاؤں کے قبرستان میں ان کی قبر کے برابر ایک تختہ گاڑ کر اپنے لئے جگہ محفوظ کرلی تھی۔ پانچ سال تک وہ تختہ وہیں گڑارہااور جب ماموں جان دنیا سے رخصت ہوئے تو انہیں ادی مختیار کے برابر ہی دفن کیاگیا۔ آج ماموں جان کی انیسویں برسی ہے۔ پورے خاندان میں بس مجھے ہی ان کی تاریخ وفات یاد رہتی ہے۔ جب بھی ماموں جان کی باتیں یاد آتی ہیں تو سینے میں بھاری پن کے باوجود ہونٹوں پر مسکراہٹ آجاتی ہے۔ امی جان نے ایک مرتبہ کسی بات پر مجھ سے کہا تھا، "تمہارے ماموں کو تو بس محفلیں لگانے کا شوق ہے۔" اس پر میں نے جواب دیا تھا کہ "ماموں جان تو بذاتِ خود ایک محفل ہیں،"اور یہ حقیقت تھی۔ جہاں وہ بیٹھے ہوں، مجال ہے کہ ان کے گرد دوستوں کا مجمع نہ لگ جائے۔

***

کل کی سی بات لگتی ہے جب آکسفورڈ میں میرا داخلہ ہوا تھا۔اسی سال ابامیاں نے لطیف آباد میں مکان بنوانا شروع کر دیا تھا اور اگلے سال ریٹائر ہو گئے تھے۔ بچپن میں کبھی میں نے انہیں نزدیک سے نہیں جانا۔ یہ بات نہیں کہ مجھے ان سے محبت نہیں تھی مگر میرے نزدیک ان کا کام بس اتنا ہی تھا کہ ہمارے پیٹ میں روٹی، جسم پر کپڑے اور سر پر چھت ہو۔ باقی سب کچھ امی جان ہی دیکھتی تھیں۔ کبھی ایسا نہیں ہوا کہ ابامیاں کے ساتھ دل سے دل کی بات ہوئی ہو۔ نہ کبھی انہوں نے مجھ سے پوچھااور نہ میں نے ان سے کہ ہم کیا سوچتے رہتے ہیں، کون سے زخم اور مایوسیاں ہمارے

سینوں میں سلگتی رہتی ہیں اور کیسی امنگیں ہمارے دلوں میں امڈتی رہتی ہیں، مگر میں جتنا عرصہ باہر رہا، ان کے خط باقاعدگی سے میرے پاس آتے رہے اور میں بھی باقاعدگی سے ان کے جواب دیتا رہا۔ عموماً ہر ہفتے ایک خط آ جاتا تھا اور بیشتر خطوط کافی طویل ہوتے تھے۔ لگتا تھا جیسے پورے ہفتے کی ڈائری لکھ رہے ہوں۔ میں بھی وقت نکال کر انہیں لمبے لمبے خط لکھتا تھا۔ کہاں کہاں گیا، کس کس سے ملا، کس کس سے ملا، ناشتے میں کیا کھایا، کس کورس میں کتنے نمبر آئے۔ اپنی ریسرچ کی تفصیلات لکھتا تھا جو غالباً ان کے سر پر سے گزر جاتی ہوں گی، مگر وہ ہر خط میں تاکید کرتے تھے کہ میں مفصل خط لکھا کروں۔ اب ان کی حیثیت میرے لئے ایک قلمی دوست کی سی تھی۔ اس پانچ سال کے عرصے میں جو میں نے آکسفورڈ میں گزارا، ہم دونوں نے ایک دوسرے کو پہلی بار اتنے نزدیک سے دیکھا۔

محمود اور زرینہ کی شادی کی تاریخ طے ہو چکی تھی۔ محمود نے سول سروس کے امتحان میں امتیازی پوزیشن حاصل کی تھی اور اس کا سلیکشن فارن سروس میں ہو گیا تھا۔ ابا میاں نے لکھا تھا کہ ماموں جان محمود کی پوسٹنگ ہونے سے پہلے شادی کر دینا چاہتے تھے مگر ان کی سمجھ میں نہیں آ رہا تھا کہ میری غیر موجودگی میں زرینہ کو کیسے رخصت کر دیں۔ میں نے جواب میں لکھا کہ اس وقت میرا آنا نا ممکن ہے لہٰذا بسم اللہ کر کے زرینہ کی شادی کر دیں۔ اب میں انہیں کیسے بتاتا کہ بہن کی شادی میں شرکت کرنے کے لئے انگلینڈ سے پاکستان آنا میرے لئے ہنسی کھیل نہیں تھا۔ چالیس پاؤنڈ مہینہ مجھے اسکالرشپ ملتا تھا۔ یونیورسٹی کی فیس، کھانے اور کمرے کا کرایہ ادا کرنے کے بعد مشکل ہی سے کچھ پیسے بچتے تھے۔

اگلے خط میں انہوں نے لکھا کہ ''عالی جاہ محمود کے ولیمے کی تیاریاں اس طرح کر رہے ہیں جیسے کسی بہت بڑے رئیس کی دعوت کا اہتمام کر رہے ہوں۔ وہ گاؤں والوں کو مغلیہ کھانوں سے روشناس کرانے کے چکر میں ہیں۔ آئے دن حیدرآباد آ کر ایسے باورچی ڈھونڈ رہے ہیں جو مغلیہ ڈشیں بناتے ہوں۔ ان کا پروگرام ہے کہ باورچیوں کی فوج بھرتی کر کے گاؤں لے جائیں گے۔ میں نے بہت سمجھایا کہ عالی جاہ، گاؤں والے قورموں قلیوں کے ذائقے کیا جانیں۔ تم سیدھا سادا کھانا بنواؤ تو کہنے لگے کہ ہمیں بھی تو اپنے یہاں کھانے متعارف کرانے چاہییں۔''

ابا میاں کے ایک خط سے ہی معلوم ہوا کہ ادی مختیار امید سے ہیں۔ پھر انہوں نے ماموں جان

کے ساتھ اپنی چھیڑ چھاڑ کی تفصیل بیان کی۔ لکھا تھا کہ "میں نے تو تمہارے ماموں سے کہہ دیا کہ عالی جاہ، خدا کا خوف کرو۔ ساٹھ برس کی عمر میں باپ بننے جا رہے ہو اور پھر تمہاری بیگم کی عقل کو کیا ہو گیا کہ کل بیٹی کو رخصت کر کے فارغ ہوئی ہیں اور آج ماں بننے کی تیاری کر رہی ہیں۔" پھر ان ہی کے ایک خط سے پتہ چلا کہ بد قسمتی سے مختیار ادی زچگی سے جانبر نہ ہو سکیں اور نہ ہی بچے کو بچایا جا سکا۔ میرے دل کو ایک دھچکا سا لگا۔ ادی مختیار کا مسکراتا ہوا چہرہ میری آنکھوں کے سامنے آگیا۔

***

جوں جوں وقت گزرتا گیا والدین کے لئے میری بے تابی بڑھتی گئی۔ ابا میاں کی ساری زندگی محنت و مشقت میں گزری تھی۔ زرینہ کو رخصت کرنے کے بعد وہ اور امی جان تنہارہ گئے تھے۔ میں سوچتا تھا کہ اگر کچھ دن ان کو آرام پہنچانے کا باعث بن سکوں تو اس سے بڑی خوش نصیبی اور کیا ہو گی۔ وقت کے ساتھ ساتھ ابا میاں کے خطوط مختصر ہوتے گئے اور کسی کسی ہفتے ناغا بھی ہو جاتا تھا۔ میں ہر خط میں ان سے پوچھتا کہ ان کی طبیعت تو ٹھیک ہے نا اور ہر بار ان کا ایک ہی جواب آتا، "میں بالکل ٹھیک ہوں۔ بس مصروفیت کچھ بڑھ گئی ہے اس لئے خط لکھنے میں تاخیر ہو جاتی ہے۔" میری سمجھ سے بالاتر تھا کہ آخر کون سی مصروفیت ہو گئی تھی۔ کہیں ایسا تو نہیں تھا کہ انہوں نے ریٹائرمنٹ کے بعد کوئی دوسری نوکری شروع کر لی ہو۔ ادھر وقت تھا کہ کسی صورت گزر ہی نہیں پاتا تھا۔ میری ریسرچ مکمل ہو چکی تھی اور تھیسس لکھنے میں مصروف تھا۔

آخر کار میں نے عرفان کو ٹیلی فون کیا۔ اتوار کے دن صبح ہی ٹیلی گراف آفس پہنچ گیا اور ٹرنک کال بک کر دی۔ انگلینڈ سے پاکستان فون کرنا بھی ایک کار دارد تھا۔ کبھی کبھار تو سارا دن کال ملنے کے انتظار میں بیٹھنا پڑتا تھا۔ خوش قسمتی سے گھنٹے بھر میں ہی کال مل گئی اور عرفان نے بتایا کہ ابا میاں سخت بیمار ہیں۔ انہیں لیوکیمیا تھا اور کیمو تھیراپی کے کئی راؤنڈ ہونے کے باوجود ان کے جسم کا دفاعی نظام اتنا کمزور ہو چکا ہے کہ ایک کے بعد ایک انفیکشن ہوتا ہے اور مستقل اینٹی بایوٹک پر رہتے ہیں۔ میں نے کہا کہ میری ڈگری مکمل ہو چکی ہے اور میں نے اپنا تھیسس داخل بھی کر دیا ہے۔ اب آخری ڈیفینس باقی ہے جس میں صرف ایک مہینہ رہ گیا ہے۔ عرفان نے کہا کہ میں جس قدر جلد ممکن ہو پہنچ جاؤں کیونکہ اسے زیادہ امید نہیں ہے۔ میں نے اس سے شکایت کی کہ وہ کم از کم مجھے ابا

298

میاں کی بیماری کے متعلق مطلع کر سکتا تھا تو اس نے کہا کہ ابامیاں نے اسے سختی سے منع کر دیا تھا کیونکہ وہ میری تعلیم میں خلل نہیں ڈالنا چاہتے۔

اس ایک مہینے میں ایسا محسوس ہوا جیسے وقت رک گیا ہو۔ ابامیاں کا خط آئے ہوئے پورا مہینہ گزر چکا تھا۔ ان کا پچھلا خط بھی بڑا مختصر تھا۔ اگر میں عرفان کو فون نہ کرتا تو پتہ ہی نہ چلتا کہ ابامیاں میں اتنی سکت ہی نہیں تھی کہ بیٹھ کر خط لکھ سکیں۔ میں نے انہیں ایک لمبا چوڑا خط لکھ کر بتلایا کہ انتظار کی گھڑیاں ختم ہو رہی ہیں۔ میں نے ٹریول ایجنسی سے ٹکٹ بھی خرید لیا ہے اور اگلے مہینے 14 تاریخ کی سیٹ بھی بک ہوگئی ہے۔ جواب میں امی جان کا خط آیا جس میں انہوں نے لکھا تھا کہ ابامیاں نے میرا خط پڑھا اور بہت خوش ہوئے۔ "وہ تمہارا انتظار کرنے کے لئے تیار تھے مگر اللہ میاں نے ان کی ایک نہ سنی۔ جیسی اللہ کی مرضی۔"

***

بلاک اے، مکان نمبر 117 لطیف آباد نمبر 8، بس یہی پتہ میرے پاس تھا جس سے میں گھر پہنچ سکتا تھا۔ رکشے میں دو سوٹ کیس مشکل ہی سے سمائے تھے اور باقی جگہ میں سکڑ سکڑ کر بیٹھ گیا تھا۔ جہاز میں گاہے گاہے خاموشی سے رو دھو کر فارغ ہو لیا تھا۔

گھر میں داخل ہونے تک مجھے یقین نہیں تھا کہ ابامیاں کا انتقال ہو چکا ہے۔ امی جان کا خط گویا ایک مذاق ہے اور میں جیسے ہی دروازہ کھولوں گا تو ابامیاں سامنے ہی بیٹھے ہوں گے۔ مجھے دروازہ کھٹکھٹانے کی ضرورت پیش نہیں آئی کیونکہ اندر سے چٹخنی نہیں لگی ہوئی تھی۔ میں نے دھکا دیا تو کھل گیا۔ سامنے صحن میں امی جان نل کے سامنے بیٹھی پرات میں کپڑے دھو رہی تھیں۔ ان کی پیٹھ دروازے کی طرف تھی۔ دروازہ کھلنے کی آہٹ پر انہوں نے مڑ کر دیکھا اور اٹھ کر کھڑی ہو گئیں۔ میں انہیں دیکھ کر بھونچکا سا رہ گیا۔ کیا وہ وہی امی جان تھیں جنہیں میں پانچ سال پہلے چھوڑ کر گیا تھا۔ وہ ہمیشہ خوش لباس ہوا کرتی تھیں، ہمیشہ بھڑکیلے رنگ پہنتی تھیں اور مجال ہے کہ ان کے کپڑوں پر کوئی شکن نظر آئے۔ غربت کے باوجود ہاتھوں میں ہمیشہ سونے کی دو دو چوڑیاں ہوتی تھیں۔ کبھی میں نے انہیں اس حال میں نہیں دیکھا تھا کہ بال سلیقے سے کڑھے ہوئے نہ ہوں، مگر اب میری پہلی نظر ہی ان کی سفید لٹھے کی شلوار قمیص پر پڑی۔ بال آدھے سے زیادہ سفید ہو چکے تھے اور

299

چہرے پر جھریاں نظر آ رہی تھیں۔ میں نے سوچا کہ پانچ سال ہی تو باہر رہا۔ پانچ سال میں کسی کو اتنا بوڑھا ہوتا ہوا نہیں دیکھا۔ میں نے سوٹ کیس زمین پر رکھے اور انہیں چمٹا لیا۔ کہنے کے لئے نہ میرے پاس کچھ تھا اور نہ ان کے پاس۔ نہ جانے کتنی دیر میں ان سے چمٹا ہوا سسکیاں لیتا رہا۔ انہوں نے میری پیٹھ تھپتھپائی اور بولیں، "صبر کرو بیٹا، صبر کرو۔"

اگلے دن جب میں گھر سے نکلا تو دنیا ہی بدلی ہوئی ملی۔ سڑکیں وہی تھیں، گلیاں وہی تھیں مگر لوگ وہ نہیں تھے۔ بیشتر دوست ملازمتوں کے سلسلے میں حیدرآباد چھوڑ کر جا چکے تھے۔ پورے شہر میں جن سڑکوں اور گلیوں میں بچپن گزرا تھا ان پر میں کسی ٹورسٹ کی طرح گھومتا پھرا۔ گاڑی کھانہ، سرے گھاٹ، فقیر کاپڑ، تلک چاڑھی۔ جن ریسٹورنٹس میں دوستوں کے ساتھ بیٹھ کر فیض احمد فیض اور حبیب جالب کے اشعار پڑھے جاتے تھے، سماج کو کوسا جاتا تھا اور لینن کو خراجِ تحسین پیش کیا جاتا تھا، ان ساری ریسٹورنٹس میں جا کر چائے پی مگر ہر میز پر تنہا تھا وہ خواہ کیفے ہو یا کیفے یونٹی یا پھر اے ون ریسٹورنٹ۔

عرفان سے ملاقات ہوئی مگر بڑی ☺ مختصر۔ اس سے ملنے میں اسپتال پہنچا تو وہ سرجری میں داخل ہو رہا تھا۔ اس نے معذرت کی کہ اس کا مریض آپریشن کے لئے تیار کیا جا چکا ہے۔ چلتے چلتے اس نے مڑ کر کہا، "میں نے شادی کر لی ہے۔"

"روبینہ سے؟"

"نہیں۔"

میں نے جب اسے خدا حافظ کہا تو نہ جانے کیوں میرے ہونٹوں پر مسکراہٹ تھی۔

***

جب مجھ پر قنوطیت کا دورہ پڑتا ہے اور اپنی گزری ہوئی زندگی پر نظر ڈالتا ہوں تو لگتا ہے کہ پردہ سیمیں پر کوئی فلم چل رہی ہو۔ کبھی کبھی سوچتا ہوں کہ کاش میں اس فلم کو روک سکوں اور ریوائنڈ کر کے اپنے پسندیدہ منظر سے دوبارہ شروع کر سکوں مگر بد قسمتی سے وقت کا پروجیکٹر نہ رک سکتا ہے اور نہ ریوائنڈ ہو سکتا ہے۔ ہماری زندگی میں نہ کوئی ماضی ہے، نہ کوئی مستقبل۔ صرف مسلسل حال ہی ایک حقیقت ہے جو ہمیشہ ہمارے ساتھ رہتا ہے۔ ہمیں بالکل یاد نہیں رہتا کہ کون سا لمحہ تھا

300

جب ہم نے محسوس کیا کہ ہمارے چھوٹے بھائی، بھتیجے اور بھانجے جو ہر وقت ہمارے کندھوں پر چڑھے رہتے تھے اچانک شیو کرنے لگے یا داڑھی رکھنے لگے۔ یہ بھی یاد نہیں رہتا کہ ہماری خالہ زاد اور چچا زاد بہنیں جو ہر وقت ہمیں چھیڑتی رہتی تھیں اور ہم سے آئس کریم کھانے کے لئے پیسے جھپٹتی رہتی تھیں، کب ہمارے سامنے شرماتی لجاتی اور اپنے سینے پر دوپٹہ پھیلاتی ہوئی آنا شروع ہوئیں۔ البتہ جب وقت کے دریا میں طغیانی آتی ہے اور لہروں کا زیر و بم طوفانی حدوں کو چھونے لگتا ہے تو ہم لاکھ ہاتھ پاؤں ماریں مگر بہتے ہوئے کہیں سے کہیں پہنچ جاتے ہیں۔ ہمارے سارے رشتے ناتے اور دوستیاں معطل ہو جاتی ہیں۔ پھر جب دوبارہ دریا میں سکون آتا ہے تو دنیا ہی بدلی ہوئی ملتی ہے۔ وقت کا دریا بہتا رہتا ہے، بچے بڑے ہو چکے ہوتے ہیں اور بزرگ بوڑھے ہو چکے ہوتے ہیں۔ وہ لنگوٹیا یار جن سے دن رات کا ساتھ تھا اب اپنے اپنے مسائل میں الجھے ہوئے ملتے ہیں اور اگر سرِ راہ مل جاتے ہیں تو خیریت پوچھ کر آگے بڑھ جاتے ہیں۔

یہ بھی کل کی سی بات لگتی ہے جب میں پاکستان واپس آنے کے بعد پہلی بار ماموں جان سے ملنے گیا تھا۔ اپنے گھر کے سامنے ٹیلے پر چارپائی بچھائے ہوئے بیٹھے تھے۔ ان کے سامنے لہلہاتے ہوئے کھیت تھے جن میں مکئی کی فصل کٹنے کے لئے تیار تھی۔ مجھے یاد آیا کہ جب سات آٹھ سال قبل پہلی بار ان سے گاؤں میں ملنے آیا تھا تب بھی وہ اسی طرح چارپائی پر بیٹھے بکری کے بچے کو دودھ پلا رہے تھے۔ اس بار ان کی پشت پر نظر پڑتے ہی میں نے محسوس کیا کہ وہ کافی موٹے ہو گئے ہیں۔ میں نے نزدیک پہنچ کر سلام کیا تو انہوں نے مڑ کر دیکھا اور میں بڑھ کر ان سے چمٹ گیا۔ میں ان کے سامنے جا کر بیٹھ گیا اور سوچنے لگا کیا وہ وہی ماموں جان ہیں جن کو میں نے بچپن سے دیکھا تھا۔ وزن کافی بڑھ چکا تھا، بال سفید ہو چکے تھے، چہرے پر جھریاں پڑ گئی تھیں اور سامنے کے کئی دانت اکھڑ گئے تھے جس کی وجہ سے ان کا تلفظ بھی بگڑ چکا تھا۔ بات کرتے وقت مسلسل ان کے ہونٹ تھوک سے گیلے ہو جاتے اور وہ بار بار اپنی اجرک کے کونے سے صاف کرتے جاتے تھے۔ ان کی مسکراہٹ بھی تھکی تھکی سی لگتی تھی۔

"مجھے معلوم ہو گیا تھا کہ تم آ گئے ہو،" انہوں نے کہا۔

"جی ماموں جان، مجھے آئے ہوئے تین دن ہو گئے۔ جس دن پہنچا اسی دن سے آپ سے ملنے

کے لئے بے چین تھا،" میں نے جواب دیا۔

"میں بھی پچھلے ہفتے ہی حیدرآباد سے لوٹا ہوں۔ دل تو بہت تھا کہ بھنو کے ساتھ کچھ اور وقت گزار سکوں۔ عالی جاہ کے جانے کے بعد وہ بھی اکیلی رہ گئی ہے۔ ادھر میں بھی اکیلا ہوں۔ تمہاری ممانی کے انتقال کے بعد بالکل اکیلا ہو گیا ہوں۔"

ماموں جان نے بتلایا کہ محمود اور زرینہ سے تو اسی وقت ملاقات ہوتی تھی جب محمود کا تبادلہ ایک ملک سے دوسرے ملک میں ہوتا تھا۔ ان دنوں محمود کی پوسٹنگ سوڈان میں تھی۔ جب انہوں نے کہا کہ روبینہ کی شادی ہو چکی ہے تو ایسا لگا جیسے کسی نے دل میں چٹکی سی لی ہو مگر میں نے سوچا کہ روبینہ اب صرف میرے ماضی کا حصہ ہے اور مجھے کوئی حق نہیں کہ اس کی زندگی میں دخل انداز ہوں۔ میں نے یہ بھی نہیں پوچھا کہ اس نے کس سے شادی کی ہے۔ بہرحال اس کے تین بچے ہو چکے تھے اور وہ کراچی میں وکالت کر رہی تھی۔ روبینہ کے چھوٹے بھائی شبیر کو کنگ ایڈورڈ میڈیکل کالج میں داخلہ مل گیا تھا۔ اقبال نے روبپیٹ کر انٹر کیا تھا اور آگے پڑھنے سے انکار کر دیا تھا۔ ماموں جان نے اسے ایک ٹرک خرید کر دے دیا تھا جس میں وہ بجری ڈھوتا تھا اور اپنے کام میں خوش تھا۔

"ماموں جان، آپ کی طبیعت تو ٹھیک ہے نا؟" میں نے پوچھا۔

"بس کچھ مت پوچھو میاں۔ مجھے تو گٹھیا لے ڈوبی۔ اچھا خاصا اللہ وسایو کا ہاتھ بٹایا کرتا تھا مگر اب تو ہلنا جلنا بھی دو بھر ہو گیا ہے۔ بے چارہ اکیلا ہی لگا رہتا ہے اور میں کھا کھا کے موٹا ہوا جا رہا ہوں۔"

"آپ حیدرآباد ہی کیوں نہیں آ جاتے۔ وہاں امی جان بھی ہیں، میں بھی ہوں۔ میری مانیں تو وہیں آ جائیں۔"

"نہیں میاں، میں یہیں ٹھیک ہوں۔ اگر حیدرآباد چلا گیا تو تمہاری ممانی یہاں اکیلی رہ جائیں گی۔ ہاں اگر ان کی قبر کو یہاں سے اٹھا کر لے جا سکتے ہو تو میں بھی ساتھ چلوں گا۔"

مجھے یاد آیا کہ ایک بار انہوں نے کسی بات پر مجھے سمجھاتے ہوئے کہا تھا، "دیکھو میاں، مرد کی شان یہ ہے کہ جب بھی کوئی ذمہ داری لیتا ہے یا کوئی عہد کرتا ہے تو اسے ہر قیمت پر نبھاتا ہے خواہ اس میں اس کی گردن ہی کیوں نہ کٹ جائے۔" انہوں نے ساری زندگی اسی مقولے کا جیتا جاگتا نمونہ بن

کر گزاری تھی۔

***

مجھے سندھ یونیورسٹی میں اس کمرے میں بیٹھتے ہوئے تیس سال سے اوپر ہو چکے ہیں جو ایک زمانے میں پروفیسر سمیع الدین کا دفتر تھا۔ جب آکسفورڈ سے واپسی پر میرا تقرر وہاں بہ حیثیت ایسوسی ایٹ پروفیسر ہوا تو میں نے فرمائش کر کے وہ کمرہ اپنے لئے منتخب کیا۔ پروفیسر سمیع الدین کو میری غیر موجودگی میں ہی ریٹائرمنٹ کے بعد یونیورسٹی آف میونخ سے بطور ایڈجنکٹ پروفیسر کام کرنے کی دعوت ملی تھی اور وہ جرمنی چلے گئے تھے۔ جب اس کمرے پر میرے نام کی تختی لگانے کے لئے ان کی تختی ہٹائی جانے لگی تو میں کانپ کر رہ گیا۔ میں نے کہا کہ پروفیسر سمیع الدین کی تختی لگی رہنے دیں اور اس کے نیچے میری تختی لگا دیں۔

کبھی کبھار مجھے روبینہ کی بات یاد آ جاتی ہے۔ اس نے کہا تھا کہ میری عمر بس پڑھنے پڑھانے میں ہی گزرے گی، چنانچہ وہی ہوا۔ اب تو مجھے ریٹائر ہوئے بھی زمانہ ہو گیا مگر یونیورسٹی والوں کی مہربانی ہے کہ انہوں نے مجھے میرے کمرے سے بے دخل نہیں کیا۔ وقت گزاری کے لئے آ جاتا ہوں۔ لکھتا پڑھتا رہتا ہوں۔ یہاں زیادہ تر اساتذہ میرے پرانے اسٹوڈنٹس ہیں اور بے چارے بڑی عزت کرتے ہیں۔

امی جان کے انتقال کو بھی سالہا سال گزر گئے۔ میں لطیف آباد میں اسی گھر میں رہتا ہوں جو ابا میاں نے بنوایا تھا۔ ایک بار کہیں سے ایک بلی گھر میں آ گئی۔ میری نظر پڑی تو دروازے میں کھڑی میاؤں میاؤں کر رہی تھی۔ میں نے اٹھ کر تھوڑا سا دودھ ایک پرچ میں ڈال کر اس کے سامنے رکھ دیا۔ تب سے وہ میرے گھر کی ہی ہو رہی۔ میں نے اس کا نام چاندنی رکھ دیا ہے۔ جب میں گھر میں داخل ہوتا ہوں تو دروازے کے قفل میں چابی گھومنے کی آواز سن کر دوڑی دوڑی آتی ہے اور دروازہ کھلنے کا انتظار کرتی ہے۔ جیسے ہی میں داخل ہوتا ہوں، میرے پیروں سے لپٹ جاتی ہے۔ جب میں صبح کو اخبار پڑھنے کے لئے اسے سامنے فرش پر بچھا کر بیٹھتا ہوں تو فوراً آ کر اخبار پر بیٹھ جاتی ہے۔ اب میں اس سے لاکھ التجا کروں، لاکھ گڑ گڑاؤں، "بھئی چاندنی، مجھے اخبار پڑھنے دو،" مگر مجال ہے کہ وہ ٹس سے مس ہو۔ بس سر کو اٹھائے مجھے گھورتی رہتی ہے جیسے کہہ رہی ہو، "اخبار زیادہ ضروری ہے یا

میں؟''آخر تھک ہار کر میں اسے اٹھا کر ایک طرف بٹھا دیتا ہوں۔ میں جب گھر میں ہوتا ہوں تو چاندنی ہی سے باتیں کرتا رہتا ہوں۔ اسے دن بھر کی روداد سناتا ہوں۔ دن میں کیا کیا کیا، کس کس سے ملاقات ہوئی، دوپہر کو کیا کھایا۔

کبھی کبھار چاندنی سے باتیں کرتے ہوئے سخت کوفت ہوتی ہے کیونکہ وہ نہ میری کسی بات کا جواب دیتی ہے، نہ مجھ سے کچھ پوچھتی ہے اور نہ اپنے دن کا احوال سناتی ہے۔ بس چپ چاپ سنتی رہتی ہے۔ جب میں بہت پیچھے پڑتا ہوں، ''چاندنی، کچھ تو بولو، میں ٹھیک کہہ رہا ہوں نا؟'' تو سر اٹھا کر میری طرف دیکھتی ہے اور آہستہ سے ''میاؤں'' کہہ کر سر جھکا لیتی ہے۔ میں مطمئن ہو جاتا ہوں کہ میری بات اس کی سمجھ میں آگئی۔ وہ بے انتہا حساس بلی ہے۔ ایک بار میں بخار کی حالت میں بستر پر پڑا چھت کو گھورتا رہا اور اس نے سارا دن میرے بستر پر بیٹھ کر گزار دیا۔ اگر گھر میں چاندنی نہ ہوتی تو وقت بڑی مشکل سے کٹتا۔

جیسے جیسے ہماری عمر بڑھتی ہے، ہماری یادداشت کی بغاوت بھی بڑھتی جاتی ہے۔ کل کی بات یاد نہیں رہتی مگر برسوں پرانی یادیں کل کی سی باتیں لگتی ہیں۔ جن پرانے دوستوں کا خیال برس ہا برس سے نہیں آیا ان کے چہرے اچانک سامنے آکر کھڑے ہو جاتے ہیں۔ ایک زمانے میں میں سوچتا تھا کہ ماضی اور مستقبل کا کوئی وجود نہیں، بس حال ہی ایک حقیقت ہے، مگر اب میرے نزدیک نہ حال کی کوئی وقعت ہے اور نہ مستقبل کا کوئی وجود، بس ماضی ہی ایک ٹھوس حقیقت ہے۔ مرزا غالب نے یاد ماضی کو عذاب قرار دیا تھا لیکن اگر کسی سے اس کا ماضی بھی چھن جائے تو وہ کیا نکرے جیے۔

میں عموماً دوپہر کو جب گھر میں ہوتا ہوں تو کھانا کھانے کے بعد آرام کرسی پر بیٹھ کر کچھ دیر اونگھ لیتا ہوں۔ یہ کرسی میں نے امی جان کی زندگی کے آخری دنوں میں ان ہی کے لئے خریدی تھی۔ وہ جب بہت تھک جاتی تھیں تو اس پر آنکھیں بند کر کے بیٹھ جاتیں اور آگے پیچھے جھولتی رہتی تھیں حتیٰ کہ انہیں نیند آجاتی۔ ان بے چاری کو تو اسے زیادہ استعمال کرنے کا موقع نہیں ملا مگر میں برس ہا برس سے استعمال کر رہا ہوں۔ ابھی کل پرسوں کی ہی بات ہے کہ میں حسب معمول اس پر آنکھیں بند کیے بیٹھا تھا کہ بے خبر سو گیا۔ نہ جانے کتنی دیر سویا ہوں گا کہ اچانک ایک جھٹکے کے ساتھ آنکھ کھل گئی۔ کسی نے زور سے پکارا تھا، ''مومنہ !'' میں نے گھبرا کر ادھر ادھر دیکھا مگر وہاں میرے سوا کوئی

نہیں تھا۔ چاندنی میرے سامنے فرش پر لیٹی سو رہی تھی۔ میں نے غور کیا تو شاید وہ آواز میری ہی تھی۔ بڑے دنوں کے بعد یہ نام میری زبان پر آیا تھا۔ اس کے ساتھ گزارا ہوا وقت منظر در منظر میرے سامنے آ گیا مگر یہ یاد نہیں آیا کہ مومنہ کا کوئی وجود تھا بھی یا نہیں۔

اب میں زندگی کے اس مقام پر پہنچ گیا ہوں کہ یہ یاد نہیں رہتا کہ کون سا واقعہ حقیقتاً پیش آیا تھا اور کون سا فقط ذہنی اختراع ہے، کیونکہ ہماری تمناؤں کی پرچھائیاں بھی حقیقی کرداروں کا روپ دھار لیتی ہیں۔ یہ سوچتے سوچتے کہ کاش ایسا ہوا ہوتا، بالآخر یقین ہونے لگتا ہے کہ واقعی ایسا ہوا تھا۔ وہ یادیں ہماری ماضی تمنائی کا حصہ بن جاتی ہیں اور جب بھی ان کی پرچھائیاں نظر آتی ہیں تو ہونٹوں پر خود بخود مسکراہٹ آ جاتی ہے۔

خبرِ تحیرِ عشق سن، نہ جنوں رہا، نہ پری رہی

نہ تو تُو رہا، نہ تو میں رہا، جو رہی سو بے خبری رہی

سراج اورنگ آبادی

مصنف

ڈاکٹر رفیع مصطفیٰ نے اپنے کیریئر کی ابتدا 1962 میں جامعہ عربیہ ہائی اسکول، حیدرآباد سندھ میں کنڈر گارٹن ٹیچر کی حیثیت سے کی۔ 1964 میں سندھ یونیورسٹی میں بطور لیکچرار تقرری ہوئی اور 1969 میں یونیورسٹی آف برٹش کولمبیا سے پی ایچ ڈی کرنے کے بعد پاکستان، برطانیہ، سوڈان اور کینیڈا کی مختلف یونیورسٹیز میں تحقیق و تدریس میں مصروف رہے۔ 1991 میں انہوں نے ایک پرائیویٹ کیریئر کالج کی بنیاد ڈالی۔ اب ایک آئی ٹی کمپنی کے CEO ہیں اور سالہا سال سے ریٹائر ہونے کی کوشش کر رہے ہیں۔

پاکستان سے ان کا رابطہ انٹر نیشنل ڈیولپمنٹ اینڈ ریلیف فاؤنڈیشن IDRF کی وساطت سے ہے، جو پاکستان میں مختلف رفاہی کام کرتا ہے اور جس سے وہ پچھلے 35 سال سے منسلک ہیں۔

***